MICHAEL JENSEN
TOTENLAND

atb aufbau taschenbuch

MICHAEL JENSEN wurde 1966 im Norden Schleswig-Holsteins geboren. Er lebt mit seiner Familie in Hamburg und Flensburg. Im
Hauptberuf ist er als Arzt und Therapeut tätig. Seine beruflichen Erfahrungen hat er in zwei Sachbüchern zusammengetragen. Dabei interessieren ihn besonders die seelischen Spätfolgen des Zweiten Welt-
kriegs, vor allem bei den Nachkommen von Opfern und Tätern.
»Totenland« ist sein erster Kriminalroman. Für sein literarisches
Schreiben hat er ein Pseudonym gewählt.

Alle lieferbaren Titel des Autors sehen Sie unter aufbau-verlage.de
und mehr zum Autor unter autor-jensen.de.

Ende April 1945. Inspektor Jens Druwe, im Krieg schwer verwundet,
erhält einen Notruf aus dem Ort Kattrup im Norden Deutschlands.
Gerhard Lessling, ein hoher Parteifunktionär der NSDAP, wird tot aufgefunden – offenbar wurde er erschlagen. Die Leiche weist Spuren
einer Rachetat von Gegnern des untergehenden Regimes auf. Als erster Verdächtiger gerät Ludwig Steinfeld ins Visier, ein ehemaliger politischer Häftling aus Hamburg. Bald stellt sich heraus, dass der Tote
Hehlergut bei seinem Bruder versteckt hat – und dass er erschossen
wurde, bevor man ihm den Kopf einschlug. Druwe begreift, dass der
Fall eine viel größere Dimension als zuerst angenommen hat – und er
sich mit den Mächtigen des Nazireichs anlegen muss, die nichts mehr
zu verlieren haben.

MICHAEL JENSEN

TOTEN-
LAND

EIN JENS-DRUWE-ROMAN

KRIMINALROMAN

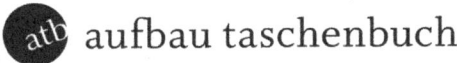 aufbau taschenbuch

MIX
Papier | Fördert
gute Waldnutzung
FSC® C083411

ISBN 978-3-7466-3460-9

Aufbau Taschenbuch ist eine Marke der Aufbau Verlage GmbH & Co. KG

4. Auflage 2025
© Aufbau Verlage GmbH & Co. KG, Berlin 2019
www.aufbau-verlage.de
10969 Berlin, Prinzenstraße 85
Der Verlag behält sich das Text- und Data-Mining nach § 44b UrhG vor,
was hiermit Dritten ohne Zustimmung des Verlages untersagt ist.
Bei Fragen zur Sicherheit unserer Produkte wenden Sie sich bitte an
produktsicherheit@aufbau-verlage.de.
Umschlaggestaltung www.buerosued.de, München
unter Verwendung von Motiven von Getty Images/Ralf Wilken und
plainpicture/victor s. brigola
Satz LVD GmbH, Berlin
Druck und Binden CPI books GmbH, Leck, Germany

Printed in Germany

I

Und sieh! die tage die wie wunden brannten
In unsrer vorgeschichte schwinden schnell..
Doch alle dinge die wir blumen nannten
Versammeln sich am toten quell.

Stefan George (1868–1933), Das Jahr der Seele

4348 TAGE

12. April 1945

Eintönig und seltsam hohl klang das Klappern der Holzschuhe auf dem Katzenkopfpflaster. Hunderte Füße stolperten vorwärts. Weniger Glückliche trugen nur Lumpen an den Füßen, vereinzelt sah man die Knochenmänner sogar barfuß. Um fünf waren sie in Fuhlsbüttel aufgebrochen. Die Langenhorner Chaussee hinauf nach Norden, heraus aus Hamburg. Am alten Ochsenzoll hatten sie die Stadtgrenze erreicht, waren in den kleinen Schmuggelstieg abgebogen. Nun schleppte sich der Zug auf der Ulzburger Straße in ländliches Gebiet. Die Häuser wurden seltener. Die verstohlenen Blicke hinter den Vorhängen auch. Ebenso das rasche Abwenden, wenn Leute auf die Kolonne trafen. Lieber einen Umweg nehmen, als diesen Menschen in die leeren Augen zu sehen. Menschen. Knochenmänner. Todgeweihte. Tote. Der Aprilmorgen war kalt. Aus den Hecken und Gräben griffen Nebelfinger nach den mageren Knöcheln der Häftlinge. Jeder Schritt schien ihnen noch den letzten Rest Leben auszusaugen. Der Nebel war schon die Verheißung ihres kalten Grabs. Endlich die lang ersehnte Ruhe in Frieden. Dabei tobte draußen noch immer der Krieg. Hielt die Welt umarmt in seinem letzten, irrwitzigen Veitstanz.

Plötzlich Unruhe im Zug. Ein Stolpern. Schreie und Befehle. Eine kleine Nebelbank über der Straße. Ein Mann im Graben. Kurz gesprungen. Das fahle Gesicht im gefrorenen Gras. Warten auf die Erlösung. Schlafen. Nur schlafen. Steinfeld wusste, dass es falsch war. Sie würden ihn finden. Aber egal. Nur ein wenig ausruhen. Seine Lider waren schwer, die Augen brannten. Er lag am Rand einer Wallhecke, den Rücken gegen einen kleinen, knorrigen Weidenstamm gelehnt. Er hörte sein Keuchen, das Rasseln in seiner Brust. Immer wieder unterdrückte er ein Husten, wollte sich nicht verraten. Die Kälte kroch von unten in seinen ausgemergelten Körper. Kein Gramm Fett schützte ihn. Nur ein grober Wollfetzen trennte die feuchte, kalte Erde von seiner Haut. Grau und verschlissen. Wie sein Leben. Es war, als wollte der Boden ihn schon holen. Ihn aufnehmen. Umwandeln. Dort konnte er dann endlich schlafen.

In der Ferne ein Schuss. Steinfeld hob kurz die Lider. Ihn schreckte nichts mehr auf. Zu lange war die Angst schon Teil von ihm. Sie waren ein altes Paar geworden in dieser langen Zeit, er und die Furcht. So ließ er sie gewähren, seine zänkische Alte. Noch ein Schuss. Oben an der Ulzburger Straße. Sie hatten vor etwa einer Stunde das Hamburger Gebiet verlassen. Es war nur langsam vorangegangen, da viele in einem noch erbärmlicheren Zustand waren als er selbst. Er hatte gewusst: Wenn er noch weiterliefe, würde er immer schwächer werden. Ein letztes Mal hatte sich sein Lebenswille aufgebäumt. Und als drei Reihen vor ihm jemand ins Stolpern geraten war, als sich ein Haufen murrender Leiber gebildet hatte, da war er einfach gesprungen. Hatte die vielleicht letzte Gelegenheit genutzt, um zu entkommen. Nebel. Ein kleiner Hang am Feldrand. Rein ins Gebüsch und fallenlassen. Liegenbleiben. Warten.

Der Rote Ludwig. Er lächelte müde. So hatten ihn die Parteigenossen in der KPD und später in der SPD genannt. Wer von ihnen war wohl noch am Leben? War er es selbst eigentlich noch? Jahrelang hatten sie versucht, ihm seine Gesinnung herauszuprügeln. Er hatte die rote Soße ausgekotzt, ausgehustet und ausgeschissen. Sie war ihm aus allen Körperöffnungen gekommen. Aber noch immer war genug davon da.

Wieder lächelte Steinfeld. Er war ein Linker, ein Roter. Die vielen Liter Blut, die er im Laufe der Jahre verloren hatte, waren dafür der Preis, den Hitlers Schergen von ihm verlangten. Mit der trockenen Zunge fuhr er über die wenigen Zähne, die ihm geblieben waren. Ludwig Steinfeld. Schutzhäftling Nr. 317. Verhaftet am 17. Mai 1933. Schutzhaft. Wer schützte wen vor wem? *Den Grund erfahren Sie, wenn Sie vor den Richter kommen,* hatte der Justizbeamte gesagt. Papiere, Kleidung, Wertsachen. Alles sauber notiert. *Halt die Schnauze, sonst setzt es was.* Das war die weniger freundliche, inoffizielle Übersetzung durch seine Wärter, später in der Zelle. Drei Jahre danach war seine Schwester gekommen. Der erste Besuch. Ihm wurde *Angriff auf Partei und Staat mit besonderer Heimtücke* im Zusammenhang mit dem Reichstagsbrand vom Februar 1933 vorgeworfen. Das war im August 1936. Olympische Spiele in Berlin. Und bis zur Verhandlung vor Gericht sollte er eben in Schutzhaft bleiben.

Den Prozess hatte es nie gegeben. Aber dafür viele kleine Tode. Beinahe zwölf Jahre Kolafu. Das Konzentrationslager Fuhlsbüttel. Fast zärtlich sprach das Wachpersonal von seiner Arbeitsstätte im Hamburger Norden. Dabei war das Zärtlichste, das Ludwig in seiner Haftzeit kennenlernte, der Betonboden gewesen, den er so oft zu spüren bekam. Wie oft hatte er sein zerschlagenes Gesicht am Stein gekühlt, um etwas Linderung zu erfahren! Der Boden war ebenso wie die Wände mit billiger Lackfarbe gestrichen. Da blieb nichts haften. Und die misshandelten Insassen mussten nach den Prügeln ihr Blut, ihre Tränen und ihre Exkremente selbst aufwischen.

Steinfeld wurde aus seinen Gedanken gerissen, aber er hielt die Augen weiter geschlossen. Nur schlafen. Etwas bewegte sich. Sein Fuß. Er kannte das. Seit Jahren schon war jede Nacht eine Flucht vor seinen Peinigern. Albträume verfolgten ihn. Er fiel immer in die Tiefe. Er lief davon, ohne vorwärts zu kommen. Immer erwachte er dann mit einem Zucken von Armen und Beinen. Aber diesmal war es anders. Da, wieder eine Bewegung. Er war es nicht selbst. Mühsam öffnete Steinfeld die Augen, blinzelte gegen die tiefer stehende Sonne. Noch einmal. Sein Fuß. Ein großer Schatten stand vor ihm. Sie hatten ihn. Endlich war es vorbei. In der Ferne wird man einen Schuss hören, dachte er.

»Was willst du hier?« Der Schatten sprach zu ihm. »Du bist einer von denen, oder?« Der Schatten kam näher. »Bist du Jude?«

Aus den Umrissen schälte sich ein klobiges Gesicht. Wettergegerbt. Faltig. Alt.

»Bist du Jude?«

Ludwig versuchte mühsam aufzustehen, aber etwas hielt ihn zurück. Sein Gegenüber drängte ihn mit einer Heugabel zurück an den Baumstamm. Ludwig wollte sprechen, doch zunächst gelang ihm nur ein Krächzen. Dann endlich schaffte er es, einige Worte herauszubringen.

»Nein. Ich war ... Ich will ...«. Mehr wurde es nicht. Er überlegte. Der Mann gehörte nicht zum Wachpersonal. Dann wäre er schon tot. Unterführer Kohnsen hatte es ihnen eingehämmert, als sie vor dem Tor von Kolafu abmarschbereit standen. Wer zurückbleibt, wird erschossen. Wer versucht zu fliehen, wird erschossen. Wer spricht, wird erschossen.

»Du kommst aus dem Knast. Jemanden umgebracht?« Die Zinken der Gabel drückten durch Ludwigs Hemd. Nur ein Kitzeln, kein Schmerz. Schmerz fühlte sich anders an.

»Politischer. Ich bin Sozi.« Steinfeld hob schwerfällig den Arm und deutete auf sein rotes Abzeichen an der Brust. Ein umgedrehtes Dreieck, der berüchtigte Winkel. Darüber seine Häftlingsnummer. Abgerieben. 317. Er war der Insasse mit der längsten Haftzeit. Die nächsthöhere Nummer war zuletzt 1419. Dazwischen lagen 1102 Schicksale. Schläge. Folterungen. Erniedrigungen. Tode.

»Wie heißt du?«

»Steinfeld. Ludwig Steinfeld.« Er schreibt dich auf und meldet dich, dachte er. So machen sie es in diesem korrekten Land immer. Tritt in den Arsch. Notiert. Drei Zähne raus. Notiert. Steinfeld, Ludwig. Notiert. Tot. Notiert.

»So kannst du dich auf der Straße nicht blicken lassen.« Der Druck der Gabel ließ nach. »Geh nach Hamburg rein. Da kannst du irgendwo in einem Keller unterkommen.«

»Ich will nach Norden.« Steinfeld spürte etwas Ungewöhnliches. Dieser Mann hatte Macht über ihn. Er konnte ihn töten. Sofort. Abstechen wie ein Schwein. Er konnte ihn verpfeifen. Er konnte ihn schlagen oder festbinden. Ludwig würde sich nicht wehren. Macht brüllt. Laut und ordinär. Und sie fügt dir Schmerzen zu. So war es in den vergangenen zwölf Jahren immer gewesen. Aber dieser Mann sprach normal mit ihm. Leise. Und etwas unbeholfen.

»Warte hier, bis es dämmert. Geh dann am Feld hoch bis zum Weg. Da steht der alte Heuwagen. Musste etwas für die Pferde holen. Das Gras ist noch zu wenig. Zu kalt. An der Seite findest du was zum Anziehen.«

Ludwig schwieg. Hatte er sich verhört? Der Mann wollte ihm Kleidung geben? 317 war also entlassen? Konnte er diesem Bauern trauen? Er wusste es nicht. Aber was blieb ihm anderes übrig? Ludwig Steinfeld kam in seiner Haftkleidung keinen Kilometer weit.

»Wo willste hin? Dänemark?«

»Meine Schwester. Bei Schleswig. Sie arbeitet da auf einem Hof.«

»Wenn sie dich anhalten, sag, dass du gerade Diphtherie hattest. Siehst ja so aus. Unser Heiner hatte das im Oktober. Zwei Monate Fronturlaub deswegen. Und dann, sagste, haben sie dich einfach dienstverpflichtet vom Arbeitsamt. Sollst zu dem Hof von Franz Petersen bei Rendsburg. Merk dir den Namen. Petersen, den kennt in Holstein jeder. Ist ein Großbauer, braucht jetzt immer Helfer. Papiere haste bei nem Tieffliegerangriff verloren. Klar?«

Der Mann sah so aus, als habe er eben mehr gesprochen als in den letzten zwei Jahren zusammen.

»Warum helfen Sie mir?« Ludwig kam sich dumm vor, aber die Frage war heraus.

»Wir haben seit drei Monaten nichts von unserem Sohn gehört.«

»Tut mir leid.« Wieder hätte er sich auf die Lippen beißen können.

»Er hat uns da ein paar Sachen erzählt. Heiner haut so schnell nichts um. Aber da hat er geweint. Und es passt zu dem, was sie aus den Vierlanden und aus Kaltenkirchen berichten. Und jetzt euer Marsch. Sie haben drei Leichen gefunden am Ochzenzoll. Waren wohl Kerle wie du.« Der Mann deutete mit dem Zeigefinger in den Nacken. »Genickschuss.« Er wirkte erschöpft. Atmete zweimal tief durch. Dann kramte er in einer Seitentasche seines riesigen Mantels. Und warf Steinfeld schließlich eine Tüte hin.

»Drei Stullen. Hast sicher Hunger. Und hier noch 'ne Pulle.« Er holte aus einer anderen Tasche ein Gröninger. Eine Flasche Bier. Dann wandte er sich ab. »Vergiss nicht. Erst bei Dämmerung. Und morgen früh weiter. Viel Glück.«

Das letzte Wort hallte nach. Wann hatte er sich zuletzt glücklich gefühlt? Als er mit Hanne im *Roten Teufel* auf St. Pauli getanzt hatte? In diesem anderen Leben. Als er mit seiner Schwester Eva an den Landungsbrücken Kaffee getrunken hatte? Sie wollte mit ihm nach Holland oder Belgien. So, wie einige Schriftsteller es im Frühjahr 1933 getan hatten. Steinfeld saß da. Er konnte es nicht glauben. Dann riss er die Tüte auf. Der Duft von Brot und Leberwurst. Gierig verschlang er die erste Stulle, dann noch die zweite. Den Bügelverschluss der Flasche bekam er vor Schwäche fast nicht auf. Schließlich gelang es ihm, und in hastigen Schlucken stürzte er den halben Inhalt herunter. Kurze Zeit später saß er zufrieden da und blickte in Richtung Sonne, die sich langsam dem Knick am Horizont näherte. Vielleicht noch ein bis zwei Stunden, dann musste er zum Heuwagen. Druck im Bauch. Er musste pinkeln. Nur kurz ausruhen.

Kommando-Pissen. So nennen wir es. Der einzelne Mensch wird herabgewürdigt, selbst in seinen Abortbedürfnissen. Auch das Pinkeln ist in diesem Staat Gemeinschaftsverrichtung. Hitler regiert selbst die Notdurft. Blasenfüllung und Entleerung auf Befehl. Kolafu ist berüchtigt für seine Brutalität. Hier atmest du nicht, ohne dass es dir befohlen wird. Kolafu ist die Mühle, in der sie dich zermahlen. Jeden Tag holen sie kleine Stücke aus den Gefangenen heraus. Sie haben Nonnermann dazu gebracht, nackt zu tanzen. Und dabei Heil Hitler zu rufen. Das Horst-Wessel-Lied musste er auch noch dazu schmettern. Unser guter Nonnermann. Er war der Roteste von uns allen. Wir nannten ihn Nase, weil er am Altonaer Blutsonntag 32 drei SA-Gröhlern die Gesichtszinken abgeschnitten hatte.

Also pinkeln. Alle Mann zum Latrinengang. Und alle wissen von Willi. Er ist bei der SA, dümmer als ein Stück Hartbrot. Aber hier ist er ein kleiner Gott. Er ist unser Pinkel-Aufseher. Jeder merkt, dass er gern zuschaut. Wenn wir alle an der Rinne stehen, reibt er sich notgeil mit seinem Gewehrschaft im Schritt. Schon seltsam. Hier stehen wir in intimer Gemeinschaft. Der rote Winkel, der schwarze, der grüne. Und lila ist auch dabei. Sie kriegen die meiste Prügel. Die Braunhemden hassen die warmen Brüder. Dabei war ihr Anführer, der dicke Röhm, ja selbst einer. Vielleicht deshalb? Wir stöhnen, weil wir endlich pissen dürfen. Und unser Willi stöhnt immer ganz zum Schluss. Wie geht es weiter? Die Tage sind immer gleich. Sie wollen, dass du jedes Interesse verlierst. An deiner Vergangenheit, deinen Freunden, deiner Geliebten. Am Leben. Wenn es soweit ist, dann bist du tot. Irgendwie merken sie es immer. Wenn du tot bist, können sie dich nicht mehr schikanieren. Ihre Methoden sind dann wirkungslos. Das macht sie wütend. Dann hängen sie

dich auf. Sie wollen sehen, ob du wirklich tot bist. Das Gurgeln und Würgen.
Das Zappeln und Strampeln. Dann darfst du ein letztes Mal pissen. Ohne
Kommando. Deine letzte kleine Freiheit. Genieße sie.

Steinfeld erwachte. Er musste tatsächlich dringend sein Wasser loswerden. Es drückte gewaltig. Langsam, leise stöhnend erhob er sich
und drehte sich zum Busch, der seitlich der Weide stand. Die Gelenke schmerzten. Die Sonne war untergegangen. Aber noch war es
zu hell. Er wartete auf den Befehl. *Na, los ihr Scheißkerle, wartet ihr auf*
Mama? Ach, nein. Er durfte jetzt selbst entscheiden. Aber plötzlich
kam alles auf einmal. Ihm war übel. Er übergab sich. Krümmte sich.
Der Urin lief über seine Beine. Wie so oft kotzte er sich die Seele aus
dem Leib. Dann brach er zusammen. Zwei Brote. Ein halbes Bier. Zu
viel für seinen geschrumpften Magen, der nur dünne Suppen und altes, gestrecktes Brot gewohnt war. Dämmerung. Dunkel.

Irgendwie bin ich immer beim Aufräumen dabei. Die Erhängten bringen
sich ja alle selbst um. Erst fesseln sie sich die Hände auf dem Rücken, dann
steigen sie auf den Schemel und legen den Kopf in die Schlinge. Ein kleines
Stück Tampen, das am Fleischerhaken hängt. Dann stoßen sie den Stuhl
weg. Immer und immer wieder steht es so in den Berichten. Seltsam, ich
bin immer im Selbstmordkommando. Ich muss aufwischen. Und unter-
schreiben, dass ich den Gefangenen in seiner Zelle gefunden habe. Ord-
nung muss sein. Neulich habe ich Nonnermann weggeräumt. Er war ja
schon tot, als er tanzte. Ja, so ist das in Kolafu. Ich habe aufgeräumt, als
der Flughafen gebaut wurde. Dann habe ich aufgeräumt, weil sich so viele
arme Schweine aufhängten. Und jetzt am Schluss räume ich Trümmer
weg. Seltsam. Die Schläge der Aufseher schmerzen. Aber noch mehr
schmerzt es, meine Stadt so zu sehen. Sie ist ebenso zerschunden wie wir.
Jetzt brennen die Tommys die braune Pest aus Deutschland heraus. Und es
wird Narben hinterlassen, fürchte ich.

Neulich war ich in der Häuser-Abteilung eingeteilt. Durchsuchen und
sichern. Einige Steine waren immer noch glühend heiß. Wir arbeiteten
ohne Handschuhe. Altmetall sichern. Leichen bergen auf Leichenbergen.
In der Diagonalstraße in Hamm rauchte es. Volltreffer. Keller frei schaufeln.
Los, ihr Abschaum, grabt! Da unten sitzt die deutsche Mutter mit ihrem
Kind. Ich war seitlich auf ein unzerstörtes Zimmer gestoßen. Küche, jetzt
mit Ausblick ins Freie. Friedlich saß die Alte am Tisch. Vor ihr ein Bild. In
ihrer Hand. Daneben ein Becher Ersatzkaffee. So kalt wie sie. Aber ganz
rosa schimmerte die eingefallene Haut. Sie wirkte so lebendig. Sie war die
Tote, nicht ich. Oder? Wie zur Bestätigung spürte ich den Knüppel auf mei-
nen Rücken eindreschen. Die deutsche Mutter wartet. Grab weiter, du
Hund!

Steinfeld erwachte. Es war jetzt dunkel. Verdammt, zu spät, dachte
er. Wie soll ich jetzt den Weg finden? Er stank erbärmlich. Zusammengebrochen und eingeschlafen in seiner Kotze und seinem Urin.
Das letzte Brot und die halbvolle Buddel lagen etwas abseits. Ludwig
Steinfeld bückte sich mühsam danach. Dann versuchte er, sich zu
orientieren. Was hatte der Alte gesagt? Am Feld entlang. Bis zum
Weg. Es würde wieder Frost geben heute Nacht. Jetzt halfen ihm die
Erfahrungen aus Kolafu. Wenn du denkst, nichts geht mehr, dann
geht noch eine ganze Menge. Ein Schritt vor den anderen. Ein Sekundenzeiger, der sich nicht im Kreis dreht, sondern geradeaus
läuft. Schritt, Tick, Schritt, Tick. 317 ist der Sekundenzeiger, der
nicht stehenbleibt. Noch ein Schritt. Und noch einer. Stehenblei-
ben. Aufziehen. Weitergehen. Sekunde um Sekunde. So übersteht
ein Schutzhäftling die Jahre. Jene 4348 Tage. Indem er geht und geht
und geht.

Anfang April ist es plötzlich hektisch in Kolafu. Es gibt schon seit Tagen
Gerüchte. Die Briten kommen. Sie sind schon bei Stade. Der Küchendienst

hat etwas aufgeschnappt. Sie wollen das Lager räumen. Nach Norden.
Nach Schleswig-Holstein. Entweder brauchen sie uns dort für irgendwel-
che Arbeiten. Oder sie lassen uns einfach in einer Kiesgrube verrecken. In
Buchenwald hatten sie das auch geplant. KL Buchenwald. Sie hatten mich
im Januar dorthin verlegt. Rote und schwarze Winkel sollten zu einem
Sonderbataillon ausgebildet werden. Kriegseinsatz für Politische und Ver-
brecher. Wehrbewährung nannten sie das. Das letzte Aufgebot. Mich ha-
ben sie gleich ausgemustert. Zu schwach. Der Geistliche, mit dem ich die
Zelle teilte, sagte dann, ich hätte Schwein gehabt. Diese Bataillone würden
alle verheizt. Und viele der Untauglichen hätten sie einfach erschossen. Im
März haben sie mich dann wieder hierher nach Hamburg verlegt. Wie war
der Urlaub?, hatte Willi gefragt. Gut erholt? Na, dann wollen wir doch
gleich mal sehen, was du aushältst. Ich lebe noch. Gerade so viel, dass es
ihnen auch nach all den Jahren noch Spaß bringt, mich zu schikanieren
und das Leben aus mir herauszuprügeln. Aber ich lebe noch. Das bisschen
brauche ich jetzt. Jetzt oder nie.

Ludwig Steinfeld wurde wieder aus seinen Gedanken gerissen. Da
vorn, ein schemenhaftes Schwarz. Als er näher herankam, bemerkte
er, dass es tatsächlich der Heuwagen war. Glück gehabt. Vorsichtig
versuchte er, sich umzublicken. Er horchte auf verdächtige Geräusche. Dabei wusste er, dass er sowieso nichts tun könnte. Ein Fünf-
jähriger würde ihn in seinem Zustand einfach umhauen. Nummer 317 war am Ende. Langsam begann er, seitlich im Heu zu
wühlen. Nichts. Verzweiflung und Enttäuschung begannen sich in
ihm auszubreiten. Aber da. Eine Wolldecke. Darin eingewickelt ein
paar Schuhe, eine Hose, ein Hemd und eine Jacke. Drei Mark und ein
paar Groschen. Ein kleines Stück Kernseife. Ludwig Steinfeld ging in
die Knie, rutschte mit dem Rücken am Wagenrad hinunter. Er klam-
merte dieses kleine Bündel an sich. Er weinte. Zwölf Jahre. Sie hatten
es fast geschafft, ihn zu brechen. Ihm allen Glauben an das Mensch-

liche zu nehmen. Aber nicht ganz. Mit einem Ruck und letzter Kraft stemmte er sich hoch. Trotz der Kälte schleppte er sich zur Viehtränke. Dort entkleidete er sich. Er rieb die raue Seife über die Haut, bis jede Stelle brannte. Es war, als wollte er jede Zelle abschrubben, die mit Fuhlsbüttel in Kontakt gewesen war. Zum Schluss stieg er in den Trog. Baden. Welch ein Vergnügen! Diese Kälte war anders als die Kälte seiner Haftzeit. Diese Kälte zeigte ihm, dass er noch lebte. Er summte die Internationale. Sollten sie ihn doch hören. Die ganze Welt sollte es hören.

Erschöpft kleidete sich Steinfeld schließlich nach einer gefühlten Ewigkeit an. Er zitterte und glühte zugleich. Seine Haut prickelte. Der Gestank war fort. Die schlichte Kleidung gab ihm einen Teil seiner Würde zurück. Er richtete sich auf, spürte das Knacken der Wirbel in seinem krummgeschundenen Rücken. Er war so müde. Und noch war Zeit. Er überlegte. Dann kletterte er auf den Wagen und vergrub sich in seiner Decke im Heu. Gierig sog er den Duft des Grases ein. Es war, als ließen seine Lungen den Odem des Grauens aus sich heraus. Nur ein bisschen schlafen. Dann weiter, zu Eva. 317 war tot. Ludwig Steinfeld lebte.

GOLDFASAN
14. April 1945

Die Schänke in Kattrup kannte nur wenige Gäste, die von außerhalb kamen. Das Dorf lag in der Mitte von Nirgendwo in der Angeliter Landschaft. Zwischen Sörup und Mohrkirch. Nördliches Schleswig-Holstein. Zehn Höfe, Kaufmann, Postamt, Bäcker, Schmied und Schuster. Und natürlich der Pastor. Ein Ort wie viele Tausend andere

Orte in Deutschland. An einer Seite der Kirche schienen die Häuser in einer Art Wettbewerb um die Nähe göttlichen Beistands bemüht. Es war, als wollten deren Erbauer und Bewohner sichergehen, dass sie wenigstens bei ihrem Herrgott zum Schluss nicht leer ausgingen. Klein und geduckt blickten die einfachen Gebäude schüchtern auf zum schlichten, großen Kirchenschiff aus Backstein. Hier wohnten schon immer die ärmeren Landarbeiterfamilien, der Schneider, die Näherin und die Tagelöhner. Zur anderen Seite des Gotteshauses erhob sich die Pracht der wenigen Bürgerhäuser. Das – ehemals kaiserliche – Postamt hatte bessere Tage gesehen und war seit zwanzig Jahren nur schlecht instandgehalten worden. Das dreistöckige Gebäude von Kaufmann Leversen gab sich städtisch, bedeutsam und weltmännisch. Nur das Haus des Bürgermeisters buhlte mit ihm in diesen Eigenschaften um die Wette. Seit zehn Jahren wohnte dort nun schon der Ortsleiter der Partei, Adolf Rücker. Mitte der dreißiger Jahre hatte die NSDAP das Gebäude von der Familie Mannstein erworben. Zu einem lächerlichen Kaufpreis. Die Mannsteins waren jüdischer Herkunft und hatten dem Druck des braunen Systems letztlich nachgegeben. Auch in Kattrup fanden sich deutsche Schicksale wie hunderttausend andere. Der Parteileiter und Bürgermeister Rücker war ein ganz Strammer. Er verfasste Berichte über die Ernte, das Wetter, über das Verhalten der Zwangsarbeiter, die Stimmung der Einheimischen. Ja, selbst Bierkonsum und Gottesdienstdauer wurden von ihm vermerkt. Die vom vorderen Balkon seines Hauses herabhängende, rote Fahne mit der schwarzen Swastika hatte in diesem Winter Risse bekommen. Stoff war knapp in Zeiten des nahen Endsiegs, so dass Helga Reimers, die Dorfschneiderin, mehrmals zum Flicken kam.

Ein paar Kleinigkeiten waren aber doch anders geworden. In letzter Zeit schlichen nachts Gestalten über die Feldwege. Die Kattruper tuschelten über allerlei Gründe dafür. Da vergraben einige ihren Besitz, sagten die einen. Damit die Tommys nichts finden. Die Abergläubigen und Ängstlichen raunten etwas über die ruhelosen Geister der in der Ferne Gefallenen. Der Rücker verscharrt seine Bücher, sagten wieder andere. Dann kann er später behaupten, er sei schon immer gegen die ganze Sache gewesen. Mit der letzten Vermutung hatten die Kattruper durchaus Recht. Adolf Rücker war in höchster Sorge. Der Brief eines alten Freundes hatte ihn aufgeschreckt. Darin hatte der beschrieben, dass die Russen in den eroberten Dörfern jeden Bürgermeister aufhängten. So hatte sich Rücker entschieden, einige Kisten und Koffer mit allzu belastenden Dokumenten zu vergraben. Auch Stotter-Uwe, der Dorftrottel, war nächtlich oft unterwegs. Und er wurde tatsächlich von Geistern verfolgt, von den Dämonen seiner eigenen Vergangenheit.

Der Dorfkrug lag an der Straße nach Mohrkirch. Weit genug entfernt vom Kirchbau, dicht genug am Friedhof. Wurde einer von ihnen unter die Erde gebracht, dann wollten die Leute im Winter keine langen Wege gehen und nicht lange frieren, wenn sie auf den Verblichenen ein Glas heben wollten. Der Tod gehörte zum Leben. Wo wusste man das besser als auf dem Land? Seit fünf Jahren wurde auch auf die getrunken, die nicht mehr nach Hause kamen. Die in fremder Erde lagen. Johann vom Sanner-Hof. Bernhart und Klaus von den Jansens. Thorwald aus Alt-Kattrup. Und Jürgen »Mugge« Reimers, der Sohn der Schneiderin. Sie hatte kein Geld, um den Klaren für alle zu bezahlen. Getrunken wurde dennoch. Die Wirtsleute verdienten ihr Geld mit Bier, Köm und Schmalzbroten. Aber die Schankgeschäfte gingen schlecht dieser Tage. Der Ruf *Wirt, bring nochn Lütt un Lütt* erklang viel seltener als vor dem Krieg. Die Arbeiter aus dem Osten und auch jene aus Frankreich, Holland oder Belgien durften hier nicht einkehren. Ausschank nur für arische Kehlen. Als würde es den Kümmel oder das Bier stören. Die Alten plagte das Rheuma, sie tranken auch nicht mehr so viel. Der oberste Ringrichter hatte sie schon angezählt, sie hatten nur noch ein paar Jahre. Jetzt wollten sie plötzlich gesünder leben. Und kippten nur noch drei Bier am Abend. Sie spielten aber immer noch Karten, würfelten, redeten, lachten ihr zahnloses Lachen. Junge, trinkfeste Burschen, die Umsatz brachten, gab es in Kattrup derzeit wenige.

Der Wirt, Henning Weber, war ein sehr schweigsamer Mensch. Das war nicht immer so gewesen. Lungendurchschuss und Bauchschuss. Das ganze Paket. Der rechte Fuß versteift. Sie hatten ihn bei Charkow nach einem Mörsertreffer aus dem Panzer gezogen. Ach ja, seinen linken Arm hatten sie dabei drin gelassen. Nebensache. Jetzt war er eben wieder Wirt. Und diente dem Vaterland als Wehrführer der Feuerwehr von Kattrup. Mit einer Handpumpe und drei Eimern. Der Rest war für Frontzwecke requiriert. Gegen Quittung. Weber hatte viel gesehen. Er schlief nicht mehr gut. Seine Frau nahm ihn nachts oft in die Arme, dann verstummte sein Wimmern für ein paar Stunden. Sie war froh, ihn wieder zu haben. Und dennoch war er ihr fremd, dieser in sich gekehrte Mann. Er war immer fröhlich gewesen, der Letzte auf allen Festen.

Frieda Weber kümmerte sich um die kleine Pension, die zum Krug gehörte. Dort gab es nur vier winzige Zimmer. Sie lagen im Ober- und Dachgeschoss der Wirtschaft. Aber Besuch in Kattrup, der nicht bei den Familien unterkam, war in den letzten Jahren immer seltener geworden. Gerhard Lessling war allerdings Stammgast hier. Und obwohl beide Webers ihn nicht mochten, konnten sie das Geld, das er brachte, gut gebrauchen. Seit Anfang des letzten Jahres kam er alle vier bis sechs Wochen für eine Nacht, manchmal blieb er auch länger. Die Leute tuschelten anfangs. Schließlich war Lessling ein hohes Tier. Stellvertretender Kreisleiter von Flensburg-Land. Als er das erste Mal auftauchte, war er kurz bei Ortsleiter Rücker vorbeigegangen und hatte ihm untersagt, sein Erscheinen in Kattrup in den Berichten zu erwähnen. *Geheime Parteisache, haben wir uns verstanden, Rücker?*, hatte er den Mann angekeift. *Jawoll, Herr Kreisleiter!*, war die devote Antwort. Gerhard Lessling war zwar nur stellvertretender NSDAP-Leiter in Flensburg-Land. Aber er gab sich dennoch wie ein Fürst aus altem Adelsgeschlecht. Wenn er seine Haushälterin bumste, musste sie ihn *Graf* nennen. Und Lessling war ein Goldfasan. So lautete der Spottname beim einfachen Volk für jene Parteibonzen, die sich fein herausputzten und aufplusterten. Es waren NSDAP-Mitglieder in Führungspositionen, deren Uniformen in typischem Kackbraun mit Lametta und Gehänge tatsächlich entfernt an die Vögel erinnerten. Und so kannte man Lessling zu offiziellen Anlässen. Dann trug er seine Phantasieuniform mit Tressen und Orden. In den vergangenen Jahren war er immer breiter geworden. Seine Villa in Glücksburg glich eher einem feudalen Herrensitz. *Kleiner Hermann.* Das war hinter vorgehaltener Hand sein Spitzname beim Landvolk, seit die Begeisterung für die braune Sache bei den Leuten etwas nachgelassen hatte. In Anspielung auf den trägen und korpulenten Reichsfeldmarschall Hermann Göring, der ebenfalls in Saus und Braus lebte, große Gesten und wichtigtuerisches Gehabe liebte. Göring und Lessling brauchen sicherlich für ihre Sachen doppelt so viel Stoff wie andere Leute, sagte Helga Reimers, die Schneiderin, leise.

»Bring mir den Matjes, Henning. Ich hoffe, dass sie diesmal länger eingelegt waren. Das letzte Mal habe ich mich an den Gräten verschluckt«, blaffte Lessling. Er saß in der Wirtsstube am Ecktisch. Auf die Stühle passte sein Hintern nicht, deshalb nahm er immer die Bank. Dann musste Henning, der Wirt, den Tisch weiter in den Raum ziehen, damit Lesslings Bauch dahinter Platz fand.

»Und die Bratkartoffeln. Mehr Speck drin, sag das deiner Frau.«

Henning Weber kannte diesen Typus Mensch. An der Front herrschte ein rauer Ton, alle traten nach unten und buckelten nach oben. Echte Kameradschaft war selten, auch wenn die Wochenschauen das Bild vom rauen, aber herzlichen Landser malten. Gerhard Lessling war jedoch noch eine Spur anders. Gemeiner. Widerwärtiger.

Die Kartoffeln waren nach kurzer Zeit fertig, und Weber wollte den Teller füllen. Aber seine Frau hielt seinen Arm kurz fest.

»Warte, Henning. Es fehlt noch die besondere Würze.« Unvermittelt spuckte sie in die Kartoffeln und rührte den Speichel unter den Speck.

»Das Schwein hat es verdient, besonders behandelt zu werden. Er besteht doch immer darauf, also bitte.« Frieda sah ihrem Mann in die Augen.

Henning Weber kannte den Grund für die Abneigung seiner Frau. Es war nicht ihre Art, aber niemand mochte den Fettsack, und sie war von ihm belästigt worden. Vor einigen Monaten hatte sie Lesslings Gästezimmer betreten, und er hatte versucht, sie ins Bett zu ziehen. Weinend hatte sie ihrem Mann erzählt, wie sie sich von dem schwabbeligen, schwitzenden Körper und dem ungeniert gezeigten, erigierten Glied weggerungen hatte. Nun sollte er wenigstens vorzüglich speisen.

»Was willst du denn hier, du sabbernder Bastard?«, drangen Lesslings Worte gedämpft aus dem Schankraum.

Weber nahm rasch den Teller mit den Kartoffeln, seine Frau folgte mit zwei Tellern Matjes. An der Theke stand Uwe Ranken, den alle nur Stotter-Uwe nannten. Er sah ängstlich zu Lessling hinüber. In seinen Augen schimmerte es feucht.

»E-E-Entschuldig-, g-g-gung, H-H-Herr ...« Uwe war vor über zehn Jahren nur knapp dem Tod entgangen, als er bei Gleisarbeiten an der Bahnstrecke Hamburg–Rendsburg von einem Güterzug gestreift worden war. Seitdem stotterte er und weinte oft ohne ersichtlichen Grund.

»Halt dein Maul, du verdirbst mir den Appetit. Leute wie dich hätten sie auch ...« Lessling unterbrach sich, als er die drei Teller sah. Seine Augen leuchteten gierig. Henning Weber schob den verunsicherten Uwe in die Küche und gab ihm ein halbes Glas Bier.

»Na endlich. Wurde auch Zeit.« Lessling grunzte.

Einen Augenblick danach nahm er den größten Hering vom Teller, legte den Kopf in den wulstigen Nacken und verschlang den Fisch mit einem genüsslichen Schmatzen. Die übriggebliebene Schwanzflosse warf er achtlos neben sich auf den Tisch. Wenig später liefen Fetttropfen an seinen Mundwinkeln herab, als er die Bratkartoffeln in sich hineinschaufelte. Frieda Weber lächelte still.

Henning Weber war ein Wirt, der keine Fragen stellte. Er befolgte damit die Grundregel, die in Kneipen auf der ganzen Welt galt. Der Wirt war das zweite Ohr Gottes. Das erste fanden die Leute in der Kirche. Aber sie wollten immer sichergehen, dass sie auch gehört wurden. Deshalb kamen sie zu Henning. Trinken. Beichten. Und Absolution finden im Vergessen. Henning war noch verschwiegener als Pastor Voller. Darauf konnte man sich verlassen. Was er hörte, schloss er weg. Vergrub es in seinem säkularisierten Herzen. Beichtgeheimnis mit Reinheitsgebot. Ein bisschen gesprächiger könnte er sein, der Henning, sagten die Leute. F-f-früh-her w-war er a-a-anders, sagte Stotter-Uwe. Aber man konnte nicht alles haben, dachten sie und zuckten die Schultern. Auch bei Gerhard Lessling stellte Weber keine Fragen. Ein Gast, der zahlte, konnte sich da oben mit Josef Stalin treffen. Und niemand würde ein Wort von Henning Weber erfahren.

Kreisleiter Lessling kam aber nicht, um sich im Dorfkrug von Kattrup mit dem russischen Diktator zu treffen. Er wollte auch nicht dem ländlichen Volk aufs Maul zu schauen. Er verachtete die einfachen Leute. Und er ließ sie seine Verachtung spüren.

»Wer mit Scheiße und Pisse düngt, hat das Zeug irgendwann auch im Blut.« So hatte er betrunken bei Webers gegrölt.

»Der deutsche Bauer muss nicht denken, er soll das Volk ernähren.«

Einmal war es bei einem Streit mit dem alten Sanner, der gerade die Nachricht erhalten hatte, dass sein Sohn gefallen war, fast zu einer Prügelei gekommen. Es war Frieda Webers Geschick zu verdanken, dass Sanner nicht verhaftet worden war. Sie hatte eine Flasche uralten Cognac aus dem Keller geholt. Ein Geschenk zu ihrer Hochzeit. Damit hatte sie Lessling derart abgefüllt, dass dieser sich am nächsten Morgen an rein gar nichts hatte erinnern können. Es gab im Dorf fast niemanden, mit dem sich der Parteibonze nicht anlegte.

»Männer wie ich sind der neue Adel. Stolz und aufrecht. Reines deutsches Blut schafft reine Menschen.« Seine eigene Hakennase, die fliehende Stirn und die gedrungene, kleine Statur übersah er dabei geflissentlich.

Gerhard Lesslings Bruder Paul führte ganz in der Nähe von Kattrup den Hof der Familie. Er war Bauer wie seine Väter vor ihm. Die Felder und Gebäude lagen einige hundert Meter westlich von Kattrup. Paul Lessling kam nur selten ins Dorf. Er ist ein Sonderling, sagten die Leute. Gerhard fuhr bei seinen Besuchen in Kattrup meistens gegen Vormittag mit seinem schmucken Mercedes vor. Zu offiziellen Anlässen hatte er einen Fahrer, aber hierher fuhr er selbst. Nach dem Mittagessen machte er sich zu Fuß auf den Weg zum Gehöft seines Bruders. Offenbar wollte er den kostbaren Wagen auf dem Feldweg, der dorthin führte, nicht strapazieren. Jedenfalls bot er manches Mal einen seltsamen Anblick, wenn er, rund wie eine Kugel, in geputzter Parteimontur über diesen Weg in westliche Richtung stapfte. Dabei hatte er dort bei seinem Bruder offiziell ein kleines Haus und zwei Scheunen gemietet. Es war das kleine Altenteilerhaus des Hofs, das nach dem Tod der Eltern leer gestanden hatte. Rücker gegenüber hatte er erklärt, dass er die Landluft so liebe. Und außerdem sei er der Scholle seiner Vorfahren derart verbunden, dass er in Zukunft immer ein paar Tage hier ausspannen werde. Vorher müssten die Gebäude jedoch umfangreich renoviert werden. Rücker hatte ihm kein Wort geglaubt, aber genickt. Jeder in Kattrup wusste, dass die beiden Brüder sich nicht ausstehen konnten. Der ältere Paul hatte den Hof vor etwa sechzehn Jahren übernommen und seinem Bruder dessen Erbanteil ausgezahlt. Gerhard Lessling hatte das Geld mit Frauen, Alkohol und windigen Geschäften innerhalb von drei Jahren durchgebracht. In der Wirtschaftskrise war er dann bankrott gewesen. Daraufhin war er immer wieder bei Paul angekommen und hatte um Geld gebettelt. Er hatte ihm mit Klagen gedroht, da er sich beim Erbe der Eltern betrogen sah. Nach der Machtübernahme Hitlers war er in die NSDAP eingetreten. Er war ein typischer Märzgefallener, wie alte Genossen jene nannten, die der Partei erst nach dem Wahlsieg im März 1933 beitraten. Schnell schossen die Mitgliedszahlen damals dank solcher Opportunisten in die Höhe. Hätte die KPD gewonnen, würde er heute wohl den Text der Internationalen auf seinen fetten Arsch gemalt umhertragen, so hatte es sein Bruder einmal im Zorn ausgedrückt. Gerhard Lessling nutzte damals sofort erste Verbindungen zu den neuen Parteifreunden, um seinen Bruder unter Druck zu setzen. Schließlich endete ein richterliches Schiedsverfahren mit einem Vergleich. Zähneknirschend musste Paul Lessling seinem Bruder nochmals eine Geldsumme ausbezahlen. Danach sahen und sprachen sich die Brüder zehn Jahre nicht. Gerhard machte Parteikarriere, bis er schließlich bei der Kreisleitung der NSDAP in Glücksburg landete. Auch hier zeichnete er sich durch eine Unlauterkeit aus, die selbst hartgesottenen Parteimitgliedern ein Dorn im Auge war. Von bevorstehenden Enteignungen jüdischen Besitzes im Landkreis wollte er als Erster informiert werden. Und er gab oftmals unverschämt niedrige Gebote für Häuser, Inventar, Kunstgegenstände oder Ländereien ab. Dabei untersagte er etwaigen anderen Interessenten mitzubieten. Sein Bruder Paul bewirtschaftete unterdessen weiterhin den Bauernhof. Im Frühjahr 1943 war Gerhard Lessling dann mit großem Pomp unangekündigt auf dessen Hof erschienen. Die beiden Brüder hatten sich so laut angeschrien, dass noch auf den Feldern ringsherum jedes Wort zu hören gewesen war. Volksverräter, Judenfreund und Kommunistenschwein waren die Kosenamen gewesen, die Gerhard für seinen Bruder fand. Parasit, Speckmade, Parteigewinnler und Etappenkasper, hatte Paul entgegengehalten. Offenbar hatte der Jüngere mit einer Durchsuchung des Gehöfts und penibler Prüfung der Buchhaltung gedroht. Schließlich hatte sich Paul Lessling bereit erklärt, seinem Bruder das Altenteilerhaus und zwei Scheunen zu vermieten.

Seit über zwei Jahren spielten sich nun jeden Monat seltsame Szenen in Kattrup und auf Lesslings Hof ab. Lessling kam, aß zu Mittag und begab sich dann zu seinem Haus. Etwa zwei Stunden später trafen dann mehrere Lastkraftwagen der Wehrmacht in Kattrup ein. Ohne Halt ratterten sie den Feldweg zu Paul Lesslings Hof weiter. Beim ersten Mal dachte noch jeder an die Renovierung des Altenteilerhauses. Die Partei nutzte gern ihre Beziehungen zum Militär, um kostengünstig an Arbeitskräfte und Material zu kommen.

Als dann jedoch weitere LKW-Ladungen eintrafen, Monat für Monat, weckte das doch die Neugier der Kattruper. Stotter-Uwe wollte hinter einer verrutschten Plane einige Koffer gesehen haben. Und der Sohn von Dietrich Pengler, einem Landarbeiter, hatte einen riesigen Besteckkasten gefunden. Darin befanden sich drei Dutzend silberne Vorlegelöffel. Der Lessling gibt wohl ein Fest für uns, sagte Pengler, als er die Fundsache bei Rücker abgab. Sei bloß still, antwortete dieser nur. Wie es schien, kamen die Renovierungsarbeiten an Gerhard Lesslings neuer Sommerfrische auch nach über zwei Jahren immer noch nicht zu einem Ende. In schöner Regelmäßigkeit rollten die Laster durch Kattrup. Und in den Wochen dazwischen verließen immer wieder kleinere Transportfahrzeuge den Lessling-Hof. Das Hin und Her erregte die Gemüter der Ortsansässigen schon längst nicht mehr.

Der Frühling ist schön in Flandern. Druwes Träume begannen immer so. Oder so ähnlich. Über dreißig Jahre waren inzwischen vergangen. Als Jüngling war er in den ersten großen Krieg gezogen. Und als Mann war er zurückgekehrt. In früheren Jahrhunderten wurden daraus Legenden, große persönliche Heldengeschichten. Aber für Jens Druwe blieben nur Erinnerungen an Leid und Tod.

In Flandern blühen alle Blumen zur selben Zeit. Denn alles ist möglich in Träumen. Schneeglocke und Mohn. Narzisse und Fingerhut. Küchenschelle und Dahlie. Der Duft. Die Farben. Manchmal kann er die Szenerie sogar spüren. Er kann berühren und schmecken, was er träumt. Aber er hört es nicht. Druwe mag kein Windgeflüster in seinem Traum, kein Vogelgezwitscher, kein Bienensummen. Er mag es still. Seine tiefe Sehnsucht nach Ruhe lässt ihn sein Kunstwerk ohne Ton komponieren. Weich, warm, rund und leicht. In guten Träumen ist nichts hart, kalt, kantig und schwer.

Und doch zieht in Flandern ein Gewitter auf. Donnergrollen in der Ferne kündet dem Träumer vom nahen Ende seiner Idylle. Ein Beben geht über den Grund. Wo eben noch fest das Vertrauen, regiert jetzt die Angst mit zittriger Hand. Druwe will schreien, doch er hat sich selbst zum Schweigen gebracht. Er will laufen, doch er hat sich gekettet. Er will die Augen schließen, doch die Lider harren offen. Dann kommen sie. Graue Gestalten marschieren, eine Flut der Körper bricht herein, sie stoßen und zerren an ihm, aber er steht nur da. Verdammt, den Marsch der Toten zu betrachten. Sie singen aus stummen Mündern ihr Lied. Und nur er vermag die Botschaft zu hören, in seinem Inneren zu spüren: Wir alle kehren mit leeren Händen zurück. Wir zerfallen alle zu Asche. Sieger und Besiegte. Und am Ende sind wir alle eins.

Druwe wusste nicht, warum ihm diese Worte immer wieder durch den Kopf gingen. Sie waren Bestandteil unzähliger Träume, die ihn seit so vielen Jahren heimsuchten. Immer wollte er die Idylle und die Schönheit festhalten. Aber ein ums andere Mal entglitten sie ihm. Wichen dem düsteren Grauen.

Wir. Im Graben, da liegen wir. Leben wir? Da keiner von ihnen die Restzeit kennt, die ihnen in diesem beschissenen Loch bleibt, haben sie alle aufgehört, vom Leben zu sprechen. Sie sind einfach nur da. Das muss reichen. Am nächsten Tag rauchst du mit anderen. Weil Hinrich oder Grubbe in irgendeiner Schlammpfütze zerfetzt wurden. Die erste Granate erkennt man am hohen Pfeifen, mit dem sie näher kommt. Sollst du hoffen, dass es eine andere Stellung trifft? Macht dich das mitschuldig am Tod der Kameraden dort, wenn dies deine einzige Hoffnung ist? Die erste Granate singt das Hohelied der Hoffnung. Schlägt sie weitab ein, dann kannst du reagieren. Deckung suchen, ausweichen oder beten. Schlägt sie bei dir ein, brauchst du nichts weiter zu tun. Nur warten, dass es dunkel wird. Schlägt sie aber ganz nah ein, dann ist das, was danach kommt, noch viel schlimmer. Jeder weitere Treffer reißt etwas aus deinem Inneren heraus. Stück für Stück wirst du weniger. Und weniger. Wenn es vorbei ist, jubeln einige. Andere bekommen hysterische Weinkrämpfe. Und du? Stehst da und siehst dich davonfliegen. Viele kleine Teile deiner Seele tanzen über dir und sind dann fort. Du atmest und bist doch schon tot. Das Herz schlägt und pumpt Blut durch deinen Leichnam. Kein Kratzer am Körper, aber der Schmerz frisst dich auf. Langsam. Und unaufhaltsam.

Wieder und wieder brechen die Granaten über sie herein. Die schon Toten laufen aus den Gräben, stürmen in stählerne Gewitter. Erst dann sterben sie ein letztes Mal, im Blick die Blitze gieriger Mündungen. Die Erde ist schon längst nur noch Dreck und Blut. Gepflügt und geschändet von Abertausenden Nagelstiefeln. Wie hältst du das bisschen Leben fest, das dir bleibt? Druwe liegt still da. Das Bersten der Bunkerbohlen, das Aufspritzen der verwundeten Erde, die Schreie der Kameraden. Er ist ruhig. Der Himmel könnte klar sein über ihm, wäre er nicht schwarz. Schwarz von Rauch und Asche, Dampf und Dunst. Neben ihm liegt Konrad. Wie lange ist er tot? Sekunden? Oder Jahre? Druwe sieht seinen Kameraden, erstarrt im Todesakt. Die Hand am Gewehr, die andere an der Patronentasche. Es ist alles eins. Ein Soldat geht, einer bleibt. Die Todeshand wird wieder nachladen. Und andere sterben lassen. Ob in diesem Moment ein neues Leben gezeugt wird? Irgendwo. Sicher. Es ist alles eins. Der Himmel ist blau über Flandern. Anderswo. So tief unten, muss es ein Oben geben. Druwes Gedanken gehen zu seinen Eltern. Hatten sie recht? Ihr Entsetzen, als er ihnen mitteilte, dass er in den Krieg gehen würde. Freiwillig. Es ist alles eins. Ehre und Stolz. Dreck und Demut. Am Ende nur zerfetztes Fleisch. Mehr nicht. Oder? Konrad und seine Tasche. Er hat alles, was ein Soldat braucht. Er liegt in Deckung, bereit zum Sprung. Das Gewehr geladen, die Patronen griffbereit. Er sieht aus, als warte er auf den Befehl. Es ist alles eins. Nur sein Kopf fehlt, der kleine Krater auf seinen Schultern hat einen letzten roten Schwall ausgestoßen. Eine letzte, verzweifelte Eruption des Lebens, die nun geronnen und gallertartig den Dreck bedeckt. Bereit zum Gegenangriff. Die Tasche. Druwe wendet den Blick nicht ab. Sekunden. Oder Jahre. Es ist alles eins. Die Tasche ist aus Leder. Das arme Tier. Tot. Druwe betrachtet fasziniert die kleinen Punkte und Striche an der Oberfläche. Ziege oder Rind. Sind es Bremsenstiche? War es der Weidezaun? Konrads Finger haben die Taschenkappe speckig glänzend werden lassen. Tasche auf, Tod rein. Tasche zu. Tasche auf, Tod raus. Der Verschluss ist rostig. Konrad hätte sie besser pflegen müssen. Die Kanten abgestoßen. Hoch. Raus. Laufen. Rein. Runter. Und wieder hoch. Leben geht in Kreisen. Der Tod beendet nichts. Er bringt nur Taschenträger zum Stolpern. Wie gut. Druwe und die Tasche sind eins. Er hält sie fest, sie umfasst seine Seele. Und sie hält fest, was noch von seinem Menschsein übrig ist. Er fühlt die Geborgenheit. Der Frühling ist blutig in Flandern. Im Herbst 1914.

Immer erwachte Druwe nach diesem Traum schweißgebadet. Oft war es dann noch mitten in der Nacht, gegen drei oder vier Uhr. An Schlaf war nicht mehr zu denken. Rauchen. Nachdenken. Ein Glas Korn. Oder zwei. Manchmal konnte er die Kraft aufbringen zu lesen. Die Zeiten ändern sich nicht wirklich, dachte er. Flandern lag jetzt nahe Berlin. Die Jungs waren andere als damals. Aber es waren wieder Jungs, die Dreck fraßen. Druwe rieb sich seinen rechten Unterarm. Verdammte Schmerzen! Sein Dachzimmer lag in der Nähe des Glücksburger Schlosses, unweit der Polizeiwache. Öfter ging er um den See am Schloss herum, wenn er klare Gedanken fassen wollte. Viel zu tun gab es in dieser Kleinstadt am Rande der Flensburger Förde nicht. Und es war eine Strafe für ihn, hier zu sein. Berlin und davor Hamburg. Dort schlug sein Puls. Dafür hatte er gelebt. Jetzt war er hier Revierleiter. Oberleutnant Druwe, bald wieder Hauptmann, weil er dieses Jahr fünfzig wurde. Nach allem, was er erlebt hatte, gefiel ihm der Polizeidienstgrad besser: Inspektor. Aber jeder Mann in diesem Land schien einen militärischen Rang innehaben zu müssen. So hatten es Hitler und Himmler verfügt. Also war er nun Oberleutnant Inspektor Druwe von der Ordnungspolizei. Wer hatte sich diesen beschissenen Namen bloß ausgedacht? Ordnungspolizei. Ruhe und Ordnung. Ein Possenspiel in diesen Zeiten des Weltenbrands. Wie sehr er die Arbeit bei der Berliner Kripo vermisste. Kriminalpolizei. Kommissar Druwe. Ja, zu jener Zeit war er Polizist gewesen. Jetzt aber war er nur ein Stuben- und Amtskasper.

»Was hast du gesehen, Paul?« Koks-Paule war Druwes bester Spitzel in Berlin. Er wusste, dass Druwe ihn jederzeit verhaften konnte. Mindestens ein halbes Pfund Kokain bunkerte er auf seiner Bude. Die Sternchen und Herrschaften bezahlten es in Gold. Aber Kommissar Druwe war nicht dumm. Denn er wusste seinerseits, dass er seinen besten Mann hier draußen verlieren würde. Also nahm er Paul nicht hopps, sondern nutzte ihn, um an brandheiße Informationen heranzukommen. Quid pro quo. Paul blieb unbehelligt, solange er plapperte.

Der Anschlag auf Josephine Baker und Karl Vollmoeller im Sommer 1926.
Eine Handgranate hat Vollmoellers Wohnung verwüstet. Täter unbekannt.
Da die illustre Gesellschaft aber um zwei Uhr morgens noch gar nicht zu
Hause ist, wird niemand verletzt. Vollmoellers legendäre Partys am Pariser
Platz. Und er, Druwe, mittendrin in den Ermittlungen. Um vier Uhr morgens
empfängt ihn Vollmoeller in einem anderen, flugs angemieteten Palais. Das
Feiern muss schließlich weitergehen. Sein Treffen mit Künstlern soll trotz der
Widrigkeiten stattfinden. Druwe ist durch seine Arbeit einiges gewohnt. Aber
die Damen, die hier, nur mit etwas dünner Leinwand bekleidet, vor ihm
tanzen, lenken ihn doch etwas ab. Und zwei Frauen im Smoking, darunter
sind sie allerdings nackt, spuken ihm längere Zeit im Kopf herum. Nur gut,
dass er seiner Frau Inge nichts davon berichten wird. Inge ist immer schnell
eifersüchtig. Und die ewigen Streitereien nerven Druwe. Sogar Staatsrat
Kemmer wird sich später in dieser Sache einschalten. Die Regierung ist be-
sorgt um ihr Ansehen. Wilhelmstraße gibt sich weltmännisch und liberal.
Schließlich argwöhnt die ganze Welt, dass dieses Deutschland sich für die
Niederlage im Weltkrieg eines Tages rächen wird. Und diesen Verdacht will
man von oberster Stelle zerstreuen. Immerhin ist Karl Gustav Vollmoeller so
eine Art inoffizieller Kulturattaché. Ein Aushängeschild der neuen, offenen
und toleranten Weimarer Republik. Immer in Bewegung. Mal New York,
mal Berlin. Ja, Berlin hat es geschafft. Es ist ganz oben. Eine kleine Film-
werkstatt bei Los Angeles fragt immer wieder bei den Ufa-Studios in Babels-
berg nach talentierten Regisseuren und Schauspielern an. Die Kunstszene
schaut, was macht Berlin.

»Machs Maul auf, Paul, sonst gehst du in die Minna. Da kannst du dei-
nen rosafarbenen Arsch verkaufen. Aber mit dem Schnupfzeug ist es dann
vorbei.« Hans. Druwes Assistent. Immer forsch und direkt drauf los. Zarte
Gemüter wie Ganoven und Nutten verschreckt man auf diese Weise nur.

»Lass mich machen, Hans.« Druwe schiebt seinen blutjungen Kollegen
zur Seite. »Also, Paul. Was weißt du über Vollmoeller?«

»Herr Druwe, ick wees nüscht, ehrlich. Nur, dat er und de Schokopraline

mit ne Type aneinander sind. Dat war in de Nelson-Theater. Der hatte schon
wat intus, gloob ick. War so n Glubscher, verstehn se, was ick meene?«
Schokopraline. Josephine Baker. Mit ihrer Revue Nègre. *Die berühmte*
afroamerikanische Tänzerin, die zu jener Zeit jedes Varieté in Berlin haben
will. Druwes bester Fall. Und seine größte Pleite. Später kommt heraus:
Deutschnationale sind die Täter. Sie wollten ein Zeichen setzen gegen die
Verjudung der Hauptstadt. Nun waren zwar weder Frau Baker noch Herr
Vollmoeller Juden, aber wirre Geister flogen schon damals durch manche
deutschen Köpfe. Kommissar Druwe war zurückgepfiffen worden, als die
Spur zu Alfred Hugenberg, dem größten deutschen Verleger, führte. Er hatte
damals überlegt, ob er …

Druwe erwachte erneut. Der Nacken schmerzte, da er im Sessel eingeschlafen war. Wieder ein Brandfleck auf den Dielen. Die Zigarette.
Glücksburg. April 1945. Der Arsch der Welt. Und er steckte mitten drin.

HELDENFALL
22. April 1945

Der SS-Arzt und Gruppenführer Dr. Karl Gebhardt leitete auch in
den letzten Kriegstagen das Sanatorium Hohenlychen nördlich von
Berlin. Hier ließen seit Jahren die Granden des Regimes ihre Malaise
pflegen und kurieren. Görings Hautausschläge und Morphinsucht.
Himmlers nervliche Zerrüttung und Angstattacken. Hitlers Magen-
krämpfe und starkes Muskelzittern. Streichers Neurosyphilis und Hä-
morrhoiden. Franks Tobsuchtsanfälle und Ohnmachten. Nichts war
bei den braunen Herren anders als beim einfachen Volk.

Nun war überraschend Gebhardts Freund aus Jugendtagen, der
Reichsführer-SS Heinrich Himmler, dort eingetroffen. Gebhardt war

erschüttert über den Zustand seines obersten Vorgesetzten. Der ranghöchste SS-Offizier war bleich, litt an einem nervösen Zucken des rechten Augenlids, und seine Hände zitterten leicht. Gebhardt war bekannt für seine Kaltblütigkeit. Die vom System Ausgesonderten, die Kranken, die Krüppel und natürlich die sogenannten Untermenschen waren für ihn stets nur Gegenstände. Er experimentierte an ihnen herum, operierte, verstümmelte, infizierte und tötete. Er war ein skrupelloser Vollstrecker in Weiß. Ein Arzt, der keine Menschlichkeit kannte. Noch vor ein paar Wochen hatte er gesunden Gefangenen Schulterblätter und Oberschenkelknochen entfernt. Um sie anschließend deutschen Kriegsversehrten zu implantieren. Er verursachte bei Roma, Juden und anderen »rassisch Minderwertigen« ganz bewusst Gasbrand, indem er auf die armen Geschöpfe schießen oder sie mit Holzsplittern durchbohren ließ. Dann beobachtete er akribisch den Krankheitsverlauf.

»Heinrich, Sie müssen sich schonen. Die Erkältung klingt gerade erst ab. Eine Überforderung kann das Herz schädigen.« Gebhardt bemühte sich um eine besorgte Miene. Wusste er doch allzu gut, dass Himmler jeden Anflug einer Erkrankung verabscheute.

Der Angesprochene rieb sich den entzündeten Hals. »Ich weiß Ihre Fürsorge zu schätzen, mein Lieber. Es ist schon arg. Ich konnte zwei Tage kaum schlucken. Der Rachen brennt wie Feuer. Aber Ihr Kollege versicherte mir, dass es ein Virus ist, keine Diphtherie oder gar Schlimmeres.«

Noch vor sechs Monaten hatte er in Ostpreußen den Volkssturm ausgerufen. Ohne Rücksicht auf das eigene Leben und Wohlergehen hatte jeder Volksgenosse zwischen sechzehn und sechzig Jahren die unbedingte Pflicht, deutschen Boden vor den heranrückenden Russen zu verteidigen. Der Reichsführer schickte bedenkenlos Jugendliche und Greise in den Tod. Er forderte Treue und Standfestigkeit bis in den Untergang. Aber schon einfache Halsschmerzen und Schnupfen waren für ihn selbst schier unerträglich.

»Mein lieber Karl, wir alle müssen jetzt fest zusammenstehen. Schwäche wird uns das Schicksal nicht durchgehen lassen«, krächzte er theatralisch. Dieser Mann liebte die großen Attitüden. Immer noch sah er sich in besonderer Beziehung zum mittelalterlichen König Heinrich I. Er hatte auch nichts dagegen, wenn ihn seine Nebenfrau Hedwig als »König Heinrich« bezeichnete. »Das Reich braucht mich mehr denn je. Es entscheidet sich alles jetzt, Karl. Der Führer hat auf diesen Moment hingearbeitet. Ich muss sein Werk nun vollenden. Bernadotte ist weichgekocht. Für ein paar hundert Häftlinge und Juden aus Schweden bekommen wir unseren Frieden mit England. Die Amerikaner brauchen uns. Und die Franzosen sind eh nur Marionetten.«

Himmler hatte sich heute mit Graf Folke Bernadotte getroffen. Bernadotte war Vizepräsident des schwedischen Roten Kreuzes. Der Reichsführer-SS wollte mit den Verhandlungen Zeit gewinnen. Einerseits mussten seine Männer möglichst alle Spuren der rassischen Säuberungen in den Konzentrationslagern beseitigen. Die Krematorien wurden vielerorts gesprengt, die Erde wurde umgepflügt, und Akten wurden verbrannt. Andererseits brauchte Himmler die KL-Insassen als Faustpfand. Sollten doch einige tausend von ihnen in die Welt gehen, wenn Großdeutschland dafür einen Separatfrieden mit den Westalliierten haben konnte. Leider war das Treffen mit dem Grafen für Himmler nicht erfolgreich gewesen. Bernadotte hatte keine eigene Handlungsvollmacht. Er konnte nur versprechen, das Angebot Himmlers – Häftlinge gegen Frieden – weiterzugeben. Er selbst gab dem Reichsführer aber zu verstehen, dass er dafür nicht viele Chancen sehe. Also war Himmler wieder zu Punkt eins seiner Taktik übergegangen. Zeit gewinnen. Um Spuren zu verwischen und die Zukunft der SS und der besten deutschen Menschen – allen voran seine eigene – zu planen. Die Ideen der arischen Volksgemeinschaft, der rassischen Reinheit und der germanischen Überlegenheit mussten fortbestehen.

Auch in einer neuen Welt nach Hitler. Wer käme da als Garant für die Umsetzung solcher Pläne besser in Frage als er?

»Ganz recht, Heinrich. Aber es könnten unruhige Zeiten auf uns zukommen. Diese schwachen und verjudeten Amerikaner werden nicht verstehen, was wir alles geleistet haben. Die Engländer sehen wie immer nur ihren eigenen Vorteil und träumen von einem neuen Empire. Und die Schneckenfresser wollen einfach nur Rache für die erlittene Schmach. Was haben Sie also vor, Heinrich? Sollten wir nicht einige Zeit in Deckung gehen?« Noch vor ein paar Monaten wäre Gebhardt für solche Äußerungen an die Wand gestellt worden. Aber auch Himmler wusste jetzt um den Ernst der Lage.

»Sie werden erkennen, dass sie uns brauchen, Karl. Es gibt auch unter ihnen viele, die uns unterstützen. Wir haben einige bedeutende Kontakte zu amerikanischen Firmen und Familien. Denken Sie nur an Henry Ford. Die Entjudung und die Niederschlagung des Bolschewismus treffen da auf viel Verständnis. Wir müssen ihnen nur ein paar entbehrliche Handlanger liefern, die sie für alles verantwortlich machen können. Nach ein oder zwei Jahren kehren wir dann zurück und arbeiten weiter. Vielleicht etwas diskreter, aber mit den gleichen Zielen.«

»Ein paar Handlanger?« Gebhardt blickte seinen Freund fragend an. Himmler schmunzelte, aber er ähnelte dabei eher einer bissbereiten Schlange.

»Unser verehrter Göring hat sich beim Führer unbeliebt gemacht. Der Dicke wird den Amerikanern ein schönes Schauspiel liefern. Außer ihm können wir auf diese Weise auch noch ein paar andere loswerden. Bormann, Seyß-Inquart, Frank. Und den Schmierfinken Streicher. Kleine Opfer für das große Vorhaben.«

»Und wo bleiben wir, Heinrich?«

»Als Arzt Ihres Formats müssen Sie sich nicht sorgen, mein lieber Karl. Man wird Sie befragen und schnell den Reichtum Ihrer Forschungen und Fähigkeiten wertschätzen. Dann können Sie fortan auch ein paar Herrschaften aus Washington behandeln. Oder Sie eröffnen dort eine Klinik. Professor Dr. Karl Gebhardt, Berlin, London, Washington. Na, wie hört sich das an?«

»Ich weiß nicht, Heinrich. In Köln haben sie angeblich Tauber verhaftet, in Straßburg Götze. Die Russen haben Schneider in Königsberg erschossen. Allesamt fähige Kollegen. Ich will mir nicht in einem feuchten Kellerloch Gelenkrheuma einfangen.« Der SS-Chirurg rieb sich demonstrativ die Hände, als wollten seine wertvollsten Instrumente bei diesem Gedanken protestieren.

»Wenn es Sie beruhigt, dann kommen Sie eben mit mir. Die Briten haben etwas mehr Stil als die Amerikaner. Sie können nicht umhin, unserer Organisation den Kombattantenstatus zuzuerkennen. Ich als Reichsführer gehe dann in Ehren-Kriegsgefangenschaft. Sie als mein Leibarzt begleiten mich. Sollten sich die Dinge anders entwickeln, so habe ich mit Bernadotte noch ein As im Ärmel. Dann gehen wir eben für einige Zeit nach Schweden. Was halten Sie davon?« Himmler blinzelte hinter seiner Brille. Die Frühlingssonne schien durch das hohe Fenster von Gebhardts Privatpraxis. Draußen wurde ein letzter LKW mit den Überresten von Gebhardts Experimenten beladen. Leichenteile und überflüssige, verräterische Akten landeten auf der Ladefläche. Das grelle Licht schmerzte den SS-Führer in den Augen. Der grausame Schnupfen und das Halsweh.

»Das hört sich gut an. Wollen Sie nach Niedersachsen oder nach Schleswig-Holstein?« Gebhardt wirkte nun etwas erleichtert.

»In den Norden. Angeblich hat Dönitz dort eine Art Verwaltungsrat gebildet. Es ist besser, wenn wir beim Waffenstillstand auf Reichsgebiet sind, Karl. Dann können wir verhandeln, wann und wem wir uns ergeben. Sonst erschießt uns irgendein unwissender Sergeant aus Cornwall. Nein, nein. Wir gehen zu Dönitz.« Wieder blinzelte Himmler, hustete. »Außerdem ...« Verschwörerisch senkte er die Stimme, darauf bedacht, Interesse bei seinem Gegenüber zu wecken.

»Ja?« Gebhardt war ungeduldig. Zwar hatten ihn die Bemerkungen Himmlers etwas beruhigt, aber noch waren sie in der Nähe von Berlin. Und es war entmutigend, was man von der Ostfront hörte. In wenigen Tagen werden die Russen hier sein, dachte er. Ich muss meine Arbeit fortführen können.

»Es hat ein paar Vorbereitungen gegeben. Für den Fall, dass wir untertauchen müssen. Wir wollen ja dann nicht wie streunende Hunde auf Almosen angewiesen sein. Glücks und Höß haben seit längerer Zeit etwas ausgearbeitet.«

SS-Gruppenführer Richard Glücks war seit 1939 Leiter der SS-Dienststelle »Inspektion der Konzentrationslager«. Somit war er der Vorgesetzte aller KZ-Kommandanten innerhalb und außerhalb des Reichs. Er war direkt verantwortlich für die akribische Umsetzung aller Pläne, die zur Ermordung von Millionen Menschen führten. Und ein besonders fleißiger Vollstrecker dieser Pläne war SS-Obersturmbannführer Rudolf Höß, der bis Ende 1943 das Konzentrationslager Auschwitz leitete. Beide Männer waren sehr eng befreundet und genossen den persönlichen Respekt Himmlers.

»Männer wie Richard und Rudolf brauchen besonderen Schutz, Karl. Sie haben mir und dem Führer treu gedient. Ihre Arbeit war leider schmutzig. Aber diese Arbeit musste von Männern getan werden, die sich über persönliche Skrupel und menschliche Schwächen hinwegsetzen konnten. Gerade Richard hat immer wieder betont, dass die Männer der SS die innere Stärke von Titanen brauchten, um die notwendigen ...« Himmler suchte nach einem Wort. »... Säuberungen durchzuführen. Es mag vielleicht ein oder zwei Generationen dauern, bis man den Wert dieser Arbeit erkennt. Bis dahin wird sich bei Bekanntwerden gewisser ...« Wieder hielt er inne und räusperte sich. »... Maßnahmen die internationale Judenpresse wie eine Meute gieriger Hunde auf sie stürzen. Da könnte von dem Dreck, den das aufwirbelt, auch etwas an uns hängenbleiben. Deshalb habe ich vor etwas mehr als zwei Jahren entschieden, ein paar Vorkehrungen zu treffen.«

Gebhardt kannte diese beiden Männer nicht persönlich. Aber er war ihnen dennoch etwas schuldig. Glücks und sein SS-Wirtschafts- und Verwaltungshauptamt hatten ihm bereitwillig Menschenmaterial aus den KL für seine Forschungen überlassen. Höß hatte ihm sogar geschrieben, dass er persönlich in Auschwitz die besten Juden für Gebhardts Experimente ausgesucht habe. Männer wie Glücks und Höß würden es in naher Zukunft nicht leichthaben. Keinesfalls durften sie in die Hände der Russen fallen. Sie konnten Dinge ausplaudern, die dem internationalen Ansehen eines Forschers seines Formats abträglich waren.

»Ich darf Ihnen jetzt meinen Sonderadjutanten in dieser Sache vorstellen, Karl.« Himmler öffnete die Tür zum Gang. »Kommen Sie herein, Grenger.«

Ein etwa dreißigjähriger Mann im Rang eines SS-Untersturmführers betrat den Raum. Er grüßte mit erhobenem Arm.

»Reichsführer.« Die Stiefelabsätze schlugen laut hörbar zusammen. Himmler jedoch winkte ab.

»Gut, gut, Grenger. Stehen Sie bequem. Bitte erläutern Sie meinem geschätzten Professor Gebhardt kurz unsere Pläne hinsichtlich Sandkorn.«

»Jawohl, Reichsführer.« Wieder wollte Grenger den Arm zum Gruß heben, entschied sich aber anders. Er blickte Karl Gebhardt kurz in die Augen und verneigte kaum merklich den Kopf. Dann wandte er sich wieder Himmler zu.

»Reichsführer, wenn Sie erlauben, würde ich gern den Kameraden Hauptsturmführer Hilmarsson dazu bitten. Wie Sie wissen, Reichsführer, ist er der Sonderbeauftragte von Gruppenführer Glücks und Obersturmbannführer Höß in dieser Angelegenheit.«

Himmler nickte ungeduldig. Daraufhin öffnete Grenger erneut die

Tür und winkte kurz in Richtung Flur. Ein etwa zwei Meter großer Mann betrat einen Augenblick später den Raum. Auch er grüßte seinen Vorgesetzten ordnungsgemäß. Brynjar Hilmarsson wirkte, als wäre er eben von den Ufa-Filmarbeiten in Babelsberg abkommandiert worden. Er war das Urbild des von Goebbels gepriesenen arischen Menschen. Schlank, dabei aber äußerst kräftig. Kantige Gesichtszüge mit markantem Kinn. Hervortretender Adamsapfel. Blaue, wache Augen. Und das Haar so blond, dass es fast weiß wirkte. Da die Sonnenstrahlen auf ihn fielen, war Himmler wiederum geblendet. Der Reichsführer kannte diesen Typus Mann. Solche Vorzeige-Arier wurden bis letztes Jahr reichsweit zusammengesucht, um bei den berühmten Heinrichsfeiern in Quedlinburg zu Ehren von Himmlers mittelalterlichem Vorbild aufzumarschieren. Aber der Reichsführer und Hilmarsson kannten sich auch persönlich. Sie waren auf einem Treffen der Thule-Gesellschaft vor vier Jahren ins Gespräch gekommen. Himmler war auf der Suche nach einem neuen spirituellen Intimus. Der angeblich hellsichtige Karl Maria Wiligut – bis dahin Himmlers Wahrsager und Orakeldeuter – war Anfang der vierziger Jahre als Säufer und schizophrener Psychopath untragbar für die SS geworden. Brynjar Hilmarsson hatte Himmler gegenüber eine isländische Sekte erwähnt, die sehr gut zu dessen Irminen- und Asenglauben passte. Hilmarsson, dessen Vater Isländer war, hatte ihm bei dieser Gelegenheit auch zu einem verklemmt erotischen Kontakt mit einer Wicca-Hexe von den schottischen Orkney-Inseln verholfen. Die Dame hatte den Reichsführer in die Bedeutung sexueller Ekstase im arischen Götterglauben eingeführt. Für Himmler waren diese Erinnerungen recht unangenehm, da er auf den Höhepunkten der Orakelzeremonien regelmäßig versagte. Er gab deshalb vor, Hilmarsson nicht zu beachten.

»Grenger, bitte. Die Zeit drängt. Geben Sie Professor Gebhardt jetzt einen kurzen Überblick.«

Nach etwa einer Stunde verließ die kleine Gruppe Gebhardts Praxis. Der Chirurg war erleichtert und beunruhigt zugleich. Er war froh, dass Himmler ihn mit nach Norden nehmen wollte. Weg von den nahenden Russen. Er wusste aber auch, dass er nicht alle Unterlagen mitnehmen konnte. Zwischen den Zeilen hatte er Grengers Bericht entnehmen können, dass Berlin endgültig verloren war. Das bedeutete für ihn, dass er an seine Forschungsarbeiten, die er dort an den Reichsarzt-SS Grawitz geschickt hatte, nicht mehr herankam. Er würde einige Koffer mit den wichtigsten Notizen und Ergebnissen mitnehmen. Das Wichtigste hatte er zwar im Kopf, aber die verlorenen Daten würden ihn um Monate in seiner Arbeit zurückwerfen.

Während des Gesprächs belud Himmlers Gefolge bereits die Fahrzeuge des Konvois mit Proviant. Nach dem Auftanken standen mehrere Mercedes, drei BMW, fünf LKW sowie zwei leichte Panzerwagen mit Männern der Waffen-SS in den Scheunen des Sanatoriums bereit. Am späten Nachmittag trafen schließlich Glücks und Höß in Hohenlychen ein. Sie ließen sich kurz von ihrem Adjutanten Hilmarsson über den Stand der Dinge unterrichten. Im Schutz der einbrechenden Dunkelheit verließ dann gegen sieben Uhr ein langer Konvoi das Klinikgelände. Es ging Richtung Nordwesten.

2

In einem Theater brach hinter den Kulissen Feuer aus.
Der Pierrot trat an die Rampe, um das Publikum davon zu unter-
richten.
Man glaubte, es sei ein Witz, und applaudierte.
Er wiederholte seine Mitteilung; man jubelte noch mehr.
So, denke ich mir, wird die Welt eines Tages untergehen.
Søren Kierkegaard (1813–1855), Entweder – Oder

ENDZEIT
27. April 1945

Jens Druwe erwachte auf dem Revier. Er sah auf die Uhr. Erst zehn.
Sein Atem ging schnell, Schweiß stand auf seiner Stirn. Die Träume.
Wie so oft. 1914 hätte sein Jahr werden können. Wenn die Welt nicht
anders entschieden hätte. Er war damals seit knapp einem Jahr Polizeianwärter. Ausbildung an der kaiserlichen Polizeischule in Hamburg. Und dann Krieg. Deutschland gedemütigt und bereit, seine
Ehre zu verteidigen. Zwei Tage nach Kriegsausbruch kamen die Wer-
ber an die Schule. Schneidige Offiziere, die von Pflicht und Ruhm
sprachen. Fünf Tage später war der junge Druwe Rekrut in einer
Rendsburger Kaserne am neuen Kaiser-Wilhelm-Kanal. Dreißig Tage
Schleifen. Hoch. Raus. Laufen. Rein. Runter. Hoch. Eine Parabel auf
sein Leben, aber das wusste er damals noch nicht. Einen Tag Freigang
nach Leck in Friesland zu den weinenden Eltern.

Danach hing vier Jahre lang Deutschlands Ehre an Druwes Stiefeln. Und an den Stiefeln vieler anderer junger Männer. Sie klebte wie Scheiße, aber sie roch nach Blut. Er konnte sie noch heute riechen. Könnte aber auch der Mundgeruch sein, dachte er, als er sich langsam erhob. Der Kopf schmerzte. Die Pritsche in der Zelle war ziemlich hart. Druwe hatte am Nachmittag zwei Klare gekippt. Und abends eine Luminal eingeworfen. Dann war er zu einer der leeren Zellen gegangen und dort offenbar eingenickt. Er hatte zwar als Revierleiter ein eigenes Zimmer mit Schreibtisch und einem kleinen Sofa. Aber wenn er melancholisch wurde, war er gern hier in der Zelle. Der Knast macht die Leute kaputt, also ist er perfekt für mich, dachte er oft. Ich bin es ja schon. Vor dem Krieg saßen viele Leute für ein paar Tage im Bau. Diebstahl, Schlägerei, Beleidigung. Seit Kriegsbeginn waren die Gäste dann aber zunehmend ausgeblieben. Wer auffällig wurde, kam entweder an die Front oder ins KL. Mit etwas Glück wurde es nur Zuchthaus. Aber in den ländlichen Dienststellen der Ordnungspolizei – wie hier in Glücksburg an der Ostsee – standen die Zellentüren meistens offen.

Glücksburg im April 1945. Nicht gerade der Nabel der Welt. Jens Druwe war seit etwas mehr als einem Jahr Revierleiter der hiesigen Polizeidienststelle. Er stammte aus Nordfriesland, das lag quasi um die Ecke. Man konnte also fast sagen, er wäre ein wenig nach Hause zurückgekehrt, als man ihn hierher versetzte. Fast ein Vierteljahrhundert war vergangen, seit er seine Heimat verlassen hatte. Anfang der zwanziger Jahre war er erst nach Hamburg gegangen, dann nach Berlin. Schließlich hatte ihn Hitlers blutig-heißer Atem bis nach Stalingrad geweht, aber das wollte er lieber vergessen. Hier oben im Norden hörte er wieder das vertraute Moin. Und Moin Moin, wenn die Leute in Sabbellaune waren. Dazu ein angedeutetes Nicken, wenn sie sich freuten, dich zu sehen. Es hieß, Friesen seien wortgewandt, weltoffen und kontaktfreudig. Sofern sie wollten. Und meistens wollten sie nicht.

Druwe hatte in seinen fast fünfzig Lebensjahren viel gesehen. Und viel erlebt. Überlebt. Kaiser, Krieg, Revolution, Weimar, wieder Krieg. Hitler und sein Tausendjähriges Reich. Zugegeben, es schien, als würden sich die Nazis schwertun, die verbleibenden 988 Jahre noch zusammenzubekommen. Und Druwe hatte zwei Weltkriege erlebt. Für den ersten hatte er sich noch jubelnd freiwillig gemeldet, und diese vier Jahre hatten keinen Raum für Illusionen in ihm zurückgelassen. Er kannte den Tod. Er war schmutzig. Und schmerzhaft. Für ihn waren Soldaten nur abgerichtete Tiere, die auf Befehl ihrer Herren handelten. Man vergaß seine Ehre, wenn man die eigene Pisse soff. Ruhm wurde eigenartig klebrig, wenn man dem Gegner mit dem Bajonett die Gedärme aus dem Bauch riss. Das Vaterland verkam zu einem großen Hundezwinger, wenn Tausende im Granatregen zerfetzt wurden.

So hatte Druwe die Weimarer Zeit in einem seltsam zynischen Abstand erlebt. Er war ein Mensch, der wusste, was es hieß, auf sich selbst zurückgeworfen zu sein. Die Explosionen um ihn herum hatten zu einer Art Implosion seiner selbst geführt. Viele seiner Kameraden waren daran zerbrochen. In seiner Berliner Zeit in den Zwanzigern hatte er es erlebt. Alkohol, Laudanum und Kokain. Huren und Schlägereien. Nicht nur im Milieu wurde so etwas hoch gehandelt. Auch unter Polizisten und Militärs fanden sich viele Koks-Köppe. Manche Leute sprachen wehmütig von den vergangenen wilden Zeiten in Berlin. Das waren aber eher jene guten und braven Bürger, die ein bestrumpftes Frauenbein in einer Kabarettvorstellung schon für anrüchig hielten. Wilde Zeiten waren immer Ausdruck einer inneren und äußeren Auflösung, ja sogar einer gewissen Zerstörungswut. Altes ging, Neues kam. Leider war dann diesmal das Neue für Deutschland kein Erfolgsmodell gewesen. Noch schärfere Schäferhunde und noch verlogenere Herren. Ein ganzes Volk, das sich fortan prostituierte. Nationale Erektion im Führergruß. Und dann noch ein zweiter Krieg. Wieder war Druwe dabei. Dieses Mal wurde die Tragik der Einzelschicksale durch die totale Entmenschlichung abgelöst. Er hatte erlebt, wie das Konzept »Mensch« auf das Schafott mechanisierter Kriegsführung getragen wurde. Jeder Versuch, das damit einhergehende Grauen zu beschreiben, war zum Scheitern verurteilt. Auch Jens Druwe hatte es längst aufgegeben, für sich nach Erklärungen zu suchen.

Mitternacht. Es würde wieder eine Nacht ohne Schlaf. Lesen oder etwas Musik halfen manchmal. Apfelkorn und Luminal nicht immer. Druwe war zu seinem Zimmer auf der Wache zurückgekehrt, hatte dem diensthabenden Kollegen nur kurz zugenickt. Seine Leute kannten die Eigenheiten ihres Chefs, keiner fragte mehr. Auf dem kleinen Tisch neben dem Sofa lag ein zerlesener Kriminalroman. *Der Hund von Baskerville*. Arthur Conan Doyle. Sherlock Holmes. In englischer Sprache. Gleich vorn auf dem Deckblatt der Stempel *Freigegeben* mit dem roten Reichsadler. Fremdsprachige Lektüre musste von der Reichskulturkammer, Abteilung Reichsschrifttum, genehmigt werden. Überall witterten sie Verschwörung, Verrat und Spionage. Beim Kauf solcher Bücher musste man sich ausweisen können. Meldung und Ordnung. Druwe las die Geschichte schon zum hundertsten Mal. Inspektor Oberleutnant Druwe. Er schmunzelte frustriert. Was sollte er hier? Flensburg-Land war das genaue Gegenteil von dem, was er gewohnt war. Schlägereien im Satruper Krug oder Koppelschäden in Großsolt, wahrscheinlich durch Wildfraß. Einbruchsdelikt in Gelting. Feuer auf dem Olsenhof. Grober Unfug durch drei Jugendliche in der Geltinger Birk. Verstoß gegen die Verdunklungsverordnung bei Friedrichsens Geburtstag. Für einen ehemaligen leitenden Kripo-Beamten, der in Hamburg und Berlin tätig gewesen war, waren dies nicht gerade Herausforderungen, die den Geist schulten. Aber so machten sie es eben. Kaltstellen. Entweder ganz kalt oder nur eine Versetzung an den Arsch der Welt. Wenigstens konnte Druwe hin und wieder ein paar Verwandte in Nordfriesland besuchen. Aber dort war er auch schon ein Fremder geworden. Fast schon war er kein echter *Freesche*, kein Friese, mehr, eher ein Unbekannter. Es wurde still in den Kneipen von Leck und Umgebung, wenn er eintrat. Auf diese Weise, mit Schweigen, begrüßte man überall auf dem Land die Fremden. Und fremd war er mittlerweile sogar sich selbst.

Mehrmals hatte er sich auch entschlossen, seine beiden Kinder zu besuchen. Seit der Trennung von seiner Frau Inge sah er sie nur noch selten. Inge mied ihn, sie hasste ihn. Und sie wusste, dass sie ihn verletzen konnte, wenn sie ihm die Kinder vorenthielt. Sie hatte einen Karriere-Polizisten gewollt, er aber liebte die Arbeit an der Basis, auf der Straße. Sie hatte ihm gedroht, ihn angefleht. Berlin, die Polizei, die SS. Sie wollte nach oben. In die feine Gesellschaft aufgenommen werden. Und er hatte es versaut. Sagte sie. Scheidung, Kleinkrieg. Anzeigen wegen Trunkenheit. Denunziationen. Druwes Sohn Heiner hatte sich abgewendet. Er war ein Kind für den Führer, wie Inge es nannte. Und jetzt hatte sie ihm stolz geschrieben, er habe sich im März freiwillig als Flakhelfer gemeldet. Mit fünfzehn! Blöde Kuh. Seine Tochter Lena war anders. Sie war zwei Jahre älter als ihr Bruder, und er erinnerte sich gern an einige Briefwechsel. Sie war sanft und nachdenklich. Und wie er liebte sie Bücher. Mehrmals hatte er die Fahrkarten nach Berlin bereits gekauft. Und jedes Mal hatte er sie verfallen lassen. Du bist ein Feigling, sagte er sich. Vielleicht hat Inge ja doch recht.

Dabei ahnte Druwe, dass er noch Glück gehabt hatte. Hier oben in Schleswig-Holstein kriegen wir von dem Scheiß nur wenig mit, dachte er. Die Bauern und ihre Familien waren satt. Die Kleinstädter hatten noch ein Dach über dem Kopf. Und auch dieses Jahr blühten die Krokusse in Husum wieder. Dennoch kam er hier nicht zur Ruhe. Es war, als hätte man ihn mit laufendem Motor auf den Parkplatz gestellt. Und dann vergessen. Seine Augen hatten zu viel gesehen. Seine Ohren zu viel gehört. Wie oft hatte er sich vor Stalingrad gewünscht, noch einmal die Sonne auf der Haut zu spüren? Den Duft des Grases einzuatmen? Die Schwalben zu beobachten? Jetzt schien es so, als hätte er dafür keine Sinne mehr. Sie waren abgestorben in der langen Zeit. Vielleicht brauche ich die Unruhe, den Lärm, die Schreie, überlegte er. Und den Tod.

»Bleiben Sie heute Nacht wieder hier, Herr Inspektor?« Oberwachtmeister Kruse steckte seinen Kopf durch die Tür. Druwe erkannte seine Augenklappe und die Brandnarben im Gesicht. Das Revier Glücksburg, dachte er. Mein Versehrtenkabinett. Alle seine Beamten trugen Spuren des Kriegs. Hier konnte man sie noch gebrauchen. Für Goebbels und seinen totalen Krieg taugten sie nicht mehr. Ohne eine Antwort abzuwarten, fuhr Kruse fort. »Hülser hat heute Dienst. Wenn Sie etwas brauchen ...« Er wartete kurz. »Gute Nacht, Jens.«

Druwe knurrte etwas Unverständliches. In letzter Zeit war er sehr oft ganztägig auf dem Revier. Seinen Tag-Nacht-Rhythmus hatte er fast vollständig verloren. Wenn er nachts schlafen wollte, musste er meistens eine Tablette nehmen. Und er spülte sie mit etwas Klarem herunter. Er ertrug das Alleinsein nicht. Und die nächtliche Dunkelheit machte ihm Angst. Dort lauerten seine Schatten. Draußen klapperte der Wachhabende mit seinem Blechgeschirr. Druwe war über seinem Krimi eingeschlafen. Er kannte die Lösung des Falls. Und er träumte wieder von Flandern und seinen blutigen Feldern.

NORNENGESANG
28. April 1945

Der diensthabende Revierwachtmeister reagierte nicht sofort. Es war halb sieben. Das Telefon läutete. Druwe saß über seinen Kaffee gebeugt und zählte die Hammerschläge in seinem Kopf. Fünf, sechs, sieben. Der Schädel dröhnte. Das Luminal für die Nacht hatte erst nach weiteren vier Korn gewirkt.

»Mensch, Otto. Nun geh endlich ran. Vielleicht ist es Berlin«, schnauzte er gereizt in Richtung Vorraum. Er hörte ein unwilliges Murmeln, aber wenigstens hatte das Läuten aufgehört. Der Hammer in seinem Schädel war aber noch da.

»Jens? Ich meine, Herr Inspektor. Du solltest ... Das Gespräch ist für Sie, Herr Oberleutnant.«

Jens Druwe war über die plötzliche Förmlichkeit der Anrede hellwach geworden. Wenn Otto so reagierte, dann war es offiziell. Und offiziell bedeutete in diesen Tagen immer Ärger. Vielleicht doch Berlin? Dabei hatte er es als Witz gemeint. Druwe überlegte kurz, wo seine Uniform war. Meistens verrichtete er seine Arbeit in Zivilkleidung, obwohl das der OrPo untersagt war. Privileg der Kripo und Gestapo. Aber Druwe war es aus seiner Berliner Zeit so gewohnt. Es ist nur ein Telefonat, ermahnte er sich. In der Wachstube stand Otto Hülser etwas steif neben dem Apparat. Druwe warf ihm einen fragenden Blick zu. Otto verdeckte die Sprechmuschel mit seiner Handfläche und raunte: »Es ist ein Kollege von der Gendarmerie 8. Scheint wichtig zu sein.«

Was war im Landkreis Flensburg um halb sieben wichtig? Das Brot war gebacken. Für die Städter gestreckt mit Bohnen- und Maismehl und versetzt mit Gras und Eicheln. Die Kühe waren gemolken, Schweine und Hühner längst gefüttert. Vielleicht ein Wilderer, dachte Druwe. Oder ein Viehdieb. Er ärgerte sich über seine innere Trägheit. Das Landleben und Landdenken hatten ihn bereits infiziert. Hier ging es ruhig zu. Die Welt stand in Flammen, aber in den ländlichen Gebieten war seit Menschengedenken der Rhythmus anders. Hier regierten der Wind, die Gezeiten und die Jahreszeiten. *God, Lan, Ko, Minske*, sagten sie bei ihm zu Haus in Friesland. Gott, Land, Vieh und Mensch. Genau in dieser Reihenfolge. Er nahm den Hörer.

»Druwe.«

»Herr Kommissar? Karl Paulsen hier. Vom Revier 8 in Kattrup. Heute Morgen ist hier was passiert. Wir kennen uns, Herr Kommissar, erinnern Sie sich? Meine Frau sagte, den Kommissar Druwe, den kannst du anrufen. Ich meine, in Flensburg kenne ich ja keinen. Ich bin hier der Wachtmeister, wissen Sie noch? Wir waren gemeinsam im Heimatlazarett in Damp. Sommer 43. Mir haben die Iwans den halben Arsch weggeschossen. Das Wichtigste ist aber noch dran, sagt meine Frau.«

»Inspektor. Ich bin Inspektor«, antwortete Druwe. »Oder Oberleutnant, wenn dir das lieber ist. Und ja, Karl, ich erinnere mich.« Wie könnte er diesen Typen vergessen? Paulsen. Gutmütiger, etwas einfältiger Landser. Beide hatten ihre Verwundungen in der Klinik Damp an der Ostsee kuriert. Paulsen. Hatte immer das Frühstück im Stehen eingenommen, da ihm eine russische Granate die linke Gesäßhälfte wegrasiert hatte. Der Kerl hatte das Herz am rechten Fleck, Druwe erinnerte sich gern an die gemeinsamen Spaziergänge und Skatabende.

»Ach ja. Sie sind ja jetzt bei der OrPo. Richtig. Verzeihung, Herr Inspektor. Ich mache heute wie immer um halb sechs meine Runde. Wissen Sie, die Leute hier mögen das. Sind unruhige Zeiten. Neulich haben irgendwelche Kerle dem Hinnerk seine Hühner gestohlen. Ich mach am Tag drei Runden. Ganze Gemeinde. Das gibt den Leuten Sicherheit, Herr Inspektor.«

»Paulsen.«

»Ja, Herr Inspektor?«

»Was wollen Sie?«

»Oh. Richtig. Hier ist ein Toter.«

Ein Toter? Einfache Leute können wirklich herzerfrischend sein, dachte Druwe. Eben noch philosophierte er über die Zeit und Hinnerks Hühner. Jetzt lag dort ein Toter bei ihm in Kattrup. Direkt vom Allgemeinen zum Besonderen. Dennoch schlich sich eine Unruhe bei ihm ein. Und dieses Prickeln unter der Haut kannte er noch aus der Zeit bei der Kripo.

»Wo ist ein Toter?«

»Na hier. Auf dem Weg raus zu Paul.«

»Mensch, Wachtmeister. Reißen Sie sich zusammen. Ich will einen Bericht.« Jetzt wurde Druwe doch förmlicher. Einfache Leute brauchten Struktur. Und er selbst auch.

»Die schreibt immer meine Frau.« Druwe verlor langsam die Geduld. Ruhig, ganz ruhig, ermahnte er sich. Ein Todesfall auf dem Land war immer etwas Außergewöhnliches. Mit achtzig im Bett versterben, das ging noch an. Alle zogen den Hut und kamen zum Leichenschmaus. Aber wenn Paulsen anrief, war es wohl mehr. Schlägerei? Vollrausch und erstickt an der eigenen Kotze? Aber die Welt war heute, 1945, anders geworden. Auch hier im Norden.

»Karl, beruhige dich und erzähl der Reihe nach.« Druwe atmete durch. Druck machte solche Leute nur nervös. Das Beste wäre, er könnte sich mit Paulsen auf ein Gläschen Klaren in den Dorfkrug setzen. Alles wäre einfacher.

Nachdem Karl Paulsen seinen Bericht zu Ende gestottert hatte, war Druwes Jagdfieber geweckt. Lange hatte er es nicht mehr gespürt. Die Zeiten bei der Kripo waren aufregend gewesen, die guten Fälle in Hamburg und Berlin seine Droge. Er brauchte nichts anderes. Alles war anders geworden, seit Himmlers SS die Leitung der Polizei an sich gerissen hatte. Die Kripo-Beamten waren jetzt fast alle auch SS-Offiziere. Und natürlich waren sie meist auch Parteigenossen. Druwe hatte sich dagegen entschieden. Seine Vorgesetzten und Kollegen hatten auf ihn eingeredet. Aber er wollte nur Polizeiarbeit machen. Politik und Ideologie interessierten ihn nicht. Das hatte ihm eine Menge Ärger eingebracht. Für ihn war spätestens nach dem Vorfall im Osten und seiner Verwundung kein Platz mehr in der Kripo gewesen. Er hatte es einzig der Fürsprache einiger Freunde zu verdanken, dass er in der Ordnungspolizei untergekommen war. Und natürlich der Tatsache, dass das Reich derzeit etwas knapp an Personal war.

Druwe beschloss, auf eigene Faust zu beginnen. Was hatte Paulsen gesagt? Er hatte die Dienststelle in Flensburg gar nicht angerufen? Er würde Paulsen einschärfen, dass sie es versucht hatten. Die Leitungen waren dieser Tage oft überlastet. Und seine Kollegen in der Hauptwache der Kripo waren im Moment sowieso mit anderen Sachen beschäftigt. Es gab in letzter Zeit einige Gerüchte über Unregelmäßigkeiten. Hinsch hatte seine Leute nicht im Griff. Jeder kochte sein eigenes Süppchen. Wagner, dachte Druwe. Ich brauche Wagner. Lutz Wagner war Fotograf und half der Wache Glücksburg bei der Dokumentation von Personen- und Sachschäden oft aus. Leichenfund. Natürlich waren Fotos wichtig. Schnell sammelte Druwe die Dinge zusammen, die er für seine Tatortarbeit brauchte. Diesmal das volle Programm, dachte er und griff nach der großen, abgegriffenen Ledertasche. Schnell überprüfte er den Inhalt. Zollstock, Maßband, Schnur, Pflöcke, Nummernkarten, Papiertüten, Gips, Messbecher, Spatel. Und noch einiges mehr. Alles da. Kurz danach verabschiedete er sich bei seinem Untergebenen, Hauptmeister Otto Hülser.

»Du hältst hier die Stellung, Otto. Schreib die Überstunden auf, die kannst du dann frei nehmen, wenn Frieden ist.« Hülser grummelte ein paar unverständliche Worte. »Die Sache kann länger dauern. Ich hoffe, das Benzin reicht noch. Ich hole jetzt Wagner ab, dann geht es nach Kattrup. Ruf bei Paulsen an, wenn es etwas Dringendes gibt. Und …« Druwes Stimme wurde etwas leiser. »Wenn Flensburg anruft, sagst du, wir hätten sie nicht erreicht, klar?« Hülser nickte und schlürfte seinen dünnen Kakao, der fast weiß war und nur aus Zucker zu bestehen schien.

Wenige Augenblicke später saß Jens Druwe in seinem Dienstwagen, einem alten Horch der Auto Union von 1932, der den Begehrlichkeiten der Kriegsführung nicht genügt hatte. Im Wagen roch es nach Öl und Benzin, die Fenster waren undicht, die Bodenbeläge gammelten vor sich hin.

»Spring an, du Scheißkarre, sonst schieb ich dich persönlich an die Front«, raunte Druwe. Etwas bockig kam der Wagen zum Laufen. Der erste Gasschub führte wieder zum üblichen Knallen im Vergaser und einer schwarzen Wolke nach hinten raus. Es hatte leichten Nachtfrost gegeben, so dass Druwe die Frontscheibe frei kratzen musste. Als er wieder in den Wagen stieg, umgab ihn eine erste Wärme, die aber sofort verflog, als er die Seitenscheibe öffnete. Bei Husum hatte sich neulich ein Kollege mit seinem Wagen um einen Baum gewickelt. Kohlenmonoxid-Vergiftung. Unterboden verrottet. Abgase im Innenraum. Es gab in diesem Land nichts mehr, das nicht notdürftig geflickt, repariert, wiederverwendet oder aufbereitet war. Wie wohl der 770er Benz vom Führer jetzt aussah? Druwe schmunzelte bei dem Gedanken, dass Hitlers Staatskarosse ebenfalls knallte und rauchte. Alle pfiffen ja im Moment aus dem letzten Loch.

Wenig später bog Druwe in die Bahnhofstraße ein. Der Fotograf Lutz Wagner arbeitete und wohnte in einer kleinen, etwas vernachlässigten Villa. Der Vorgarten war ungepflegt, das Fotogeschäft noch nicht geöffnet. Wagner war nur nebenberuflich für die Polizei Glücksburg tätig. Meistens musste er Versicherungsschäden dokumentieren. Selten rief man ihn für die Erstellung von Täterfotos. Die Schwerkriminalität fiel in die Zuständigkeit der Kripo Flensburg. Und die hatten ihren eigenen Fotografen. So war Wagner zwar nicht über die frühe Störung, wohl aber über die willkommene Abwechslung erfreut.

»Moin, Jens.« Wagner stand im Schlafanzug vor ihm.

Druwe schilderte kurz, was sie in Kattrup erwartete. Er war ungeduldig, wollte sofort aufbrechen.

»Vielleicht eine Mordsache?«, entgegnete Wagner. »Spannend. Gib mir zehn Minuten. Zwei für mich, acht für die Ausrüstung.« Schon war Wagner in seinem Haus verschwunden. Druwe mochte Menschen, die die Prioritäten richtig setzten.

Kurze Zeit später jagte Druwe seinen Horch in Richtung Munkbrarup. Hinter Husby wurden die Wege schlechter und waren zudem durch Feldarbeiten verschmutzt. Die verschlissene Kupplung ließ den Gang bei stärkeren Bodenwellen mehrmals herausspringen.

»Wenn du so weiter rast, können sie Fotos von uns machen«, knurrte Wagner. Er kaute einen Apfel. »Denk wenigstens an die Fotoapparate, Jens. Wenn die hin sind, müsst ihr wieder Anträge für die Sachschäden schreiben. Und bis ich das Geld bekomme, ist der Rubel schon Landeswährung.«

»Sei still. Oder ich verhafte dich wegen Hetze gegen die Moral der Volksgemeinschaft.« Erneut war der dritte Gang draußen. Druwe prügelte ihn wieder hinein und gab Gas. »Ein paar Kilometer noch. Mensch, Lutz, so etwas hatten wir lange nicht mehr. Eine Leiche. Wenn es stimmt, was Paulsen sagt, dann wird das eine große Sache.«

»Im Moment wäre mir klein, leise und vor allem langsam lieber.«

Eine Viertelstunde später bogen sie in die Kirchstraße von Kattrup ein. Dampf stieg über der Motorhaube des geschundenen Wagens auf, als Druwe ihn in Richtung Wachstube steuerte. Fast im selben Moment tauchte schon Wachtmeister Karl Paulsen in der Tür auf. Da Kattrup bis vor zwei Jahren keine eigene Revierstube hatte, gab es dafür auch kein eigenes Gebäude. Es wurde wie üblich kurzerhand ein Posten geschaffen. Und Paulsens Haus war jetzt eben gleichzeitig die Wache. Gut sichtbar hing das Gendarmerie-Schild an der Wand neben der Tür. Paulsen selbst war zu Kriegsbeginn als Polizist in Süderbrarup stationiert. Er war früh in die Wehrmacht einberufen worden, um in Polen und später in Belgien bei der Feldpolizei für Recht und Ordnung zu sorgen. Als der Feldzug im Osten doch etwas verbrauchsintensiver wurde als geplant, kam Paulsen schließlich an die

Front. Knapp ein Jahr später schossen ihm die Russen dann einen Großteil von seiner linken Arschbacke weg. Freifahrt nach Hause. Auf Dauer wehrunfähig. Aber für Kattrups neue Polizeidienststelle hatte es noch gereicht.

Druwe rauschte mit dem Wagen in die kleine Dorfstraße rein, als wäre der Teufel persönlich hinter ihm her. Ein grauer Hund konnte gerade noch verschreckt zur Seite springen, als eine Sand- und Steinchenwolke beim Bremsen aufgewirbelt wurde und seinen Lieblingsplatz neben der Gendarmerie einhüllte. Druwe sprang aus dem Wagen. Ein kreidebleicher Wagner lehnte sich nach dem Aussteigen leicht zitternd an die Beifahrertür und holte tief Luft. Karl Paulsen lief auf die beiden Männer zu.

»Moin, Jens. Herr Inspektor. Das ist ja Mann eine mächtige Sache hier. Solch eine Sch ...« Er räusperte sich. »Ich meine, solch einen Fall hatten wir noch nicht. In meinem Revier herrscht Ordnung. Hier fliegt bei einem Streit höchstens mal ein Zahn raus, aber ein Toter? Hast du schon einen Verdacht, Jens?«

»Paul, ich habe euren Toten noch nicht mal gesehen. Wie soll ich da ...?« Er sah sich um. Er bemerkte etwas, das er seit Jahren nicht mehr gespürt hatte. Seine Jagdinstinkte waren wieder zum Leben erwacht.

MUNIN

Druwe war in seinem Element. Wie sehr hatte er es geliebt: das Gefühl, wenn er an einen Tatort kam. Damals bei der Kripo. Keine aufgebrochene Stalltür wie neulich in Munkbrarup. Kein gestohlener

Handkarren in Gelting. Nein, richtige Tatorte. Sie hatten immer mit Menschen zu tun. Sie atmeten Gewalt. Und Tragik. In ihnen bildete sich das Grobe, das menschlich Rohe und Tierische ab. Täter handelten dabei immer sowohl infolge ihres Denkens als auch ihres Instinkts. Zugegeben waren deren Anteile an der Tat veränderlich. Bei manchen war es mehr das Denken. Bei vielen war es mehr der Instinkt. Aber für jeden einzelnen Täter war das Verhältnis dieser Anteile zueinander typisch. Wie ein Fingerabdruck. Und der Ermittler musste sich auf diese Mischung aus Intelligenz und Trieben einlassen. Nur so hatte er die Chance, alles zu berücksichtigen. Druwe schloss kurz die Augen. Alle seine Sinne arbeiteten. Er nahm den Duft des klaren, feuchten Morgenfrosts auf. Die Kälte hatte sich dieses Jahr ungewöhnlich lange gehalten. Die Luft brannte in den Lungen. Das Grün der Hecken wurde jetzt langsam dichter. Das Gras brach durch das Laub vom Vorjahr. Ein Buchfink saß auf einem Stein und blickte auf den Toten. Aus der Ferne drangen Geräusche von einem Gehöft an Druwes Ohr. Der Vogel flog aufgeschreckt davon.

»Wohin führt dieser Weg, Karl?«

Druwe, Wagner und Wachtmeister Paulsen standen an einer Weggabelung unweit des Dorfes. Paulsen hatte sie dorthin geführt, nachdem sie sich knapp begrüßt hatten. Unhöflicherweise und zum Leidwesen des hungrigen Fotografen hatte der ungeduldige Druwe ein angebotenes Frühstück in der Revierstube abgelehnt.

»Zu Paul Lesslings Hof. Sind noch etwa dreihundert Meter.«

Die drei Männer waren am Rand von Kattrup nach Südwesten in einen holprigen Feldweg eingebogen. Nach vielleicht hundertfünfzig Metern gabelte sich der Weg. Am Feldrand gab der Knick den Blick frei auf den noch kahlen Ackerboden.

»Meine Runde mache ich immer bis hier. Jeden Morgen. Dann geht es da entlang ...« Paulsen wies mit dem Finger auf den Abzweig, der kaum mehr als ein Trampelpfad war. »... zum Dorf zurück.« Er hielt kurz inne. »Ich wollte schon weitergehen, da sah ich ihn dort liegen.«

Am Feldrand, etwa zwanzig Meter von ihnen entfernt, gaben die noch kahlen Büsche den Blick frei auf die Ackerfläche. Dort lag ein Körper.

»Hast du etwas verändert, Karl? Hast du den Toten berührt?«

»Nein. Er liegt so, wie ich ihn gefunden habe.« Karl Paulsen wirkte etwas zerknirscht. »Ich kenne die Vorschriften. Ich weiß, dass ihr ... Ich meine, dass Sie, du ...«

»Schon gut, Karl. Ich wollte es nur wissen.« Druwe trat vorsichtig näher. Dabei achtete er sorgsam auf den Boden. Im leicht angefrorenen Matsch zeichneten sich Fußspuren ab. Druwe berührte sie vorsichtig.

»Es hat Frost gegeben. Die Erde um die Spuren ist hart. Ich schätze, sie sind mindestens sechs Stunden alt.« Dann betrachtete er die Schuhe des Toten. Modische Halbstiefel. Teuer. Von Leuten getragen, die gern nach außen hin kernig auftraten, aber nicht zu militärisch wirken wollten. Absatz und Sohle passten zu den Abdrücken.

Der Tote lag auf dem Bauch. Inspektor Druwe war einiges gewohnt. Seine Arbeit bei der Kriminalpolizei hatte ihn bereits mit allen Teilen und Innereien des menschlichen Körpers in Kontakt gebracht. Seine Fronteinsätze in den beiden Kriegen taten das Übrige, um die Anatomie klaffender Bäuche, zerfetzter Gesichter und heraustretender Wirbelsäulen studieren zu können. Nicht zuletzt hatte er ja auch etwas von sich auf dem Tisch der Feldärzte gelassen. Aber der Anblick, der sich den drei Männern hier am Wegrand bot, wäre in normalen Zeiten Grund genug gewesen, das Frühstück von sich zu geben.

Der Tote war außergewöhnlich fettleibig. Sein Bauch quoll seitlich neben ihm aus Hemd und Jacke hervor. Er war offenbar erschlagen worden. Zerschlagen wäre das passendere Wort, dachte Druwe kurz. Vom Kopf des Mannes war nur eine breiige Lache übrig. Zwischen Knochensplittern glänzte es grau. Dunkelrotes Blut füllte eine Pfütze dort, wo ehedem ein Schädel gewesen war. Das Gesicht war in den schlammigen Boden modelliert und über Nacht dort festgefroren. Der Täter musste wieder und wieder auf den Kopf seines Opfers eingedroschen haben. Unübersehbar lag die Mordwaffe einen Meter neben dem Toten. Ein riesiger Feldstein, an dem Haarteile, Blut und Gehirnmasse klebten. Das Hinterteil des Opfers war entblößt, Hose und Unterhose waren zu den Kniekehlen heruntergezogen. Auf der rechten Gesäßhälfte haftete das Ehrenabzeichen der NSDAP in Gold, mit der Anstecknadel tief ins Fleisch getrieben. Druwe erkannte es sofort. Stolz hatten es manche seiner Kollegen getragen. Besondere Verdienste um die Partei brachten einem dieses Abzeichen ein. Oder Speichelleckerei. Blutspritzer bedeckten den vergoldeten Eichenlaubkranz. Auf die nackte Haut war offenbar mit dem Blut des Toten ein Schriftzug geschrieben worden. *NAZI.* Die ersten beiden Buchstaben links auf der Gesäßhälfte, der dritte und vierte rechts. Das Z war dabei spiegelverkehrt gemalt.

»Herrje. Auch das noch. Der war irgendein hohes Parteitier, fürchte ich.« Druwe zeigte auf das NSDAP-Abzeichen. »Das gibt es doch nur für die besonderen Mitglieder, oder?« Die Frage hatte erkennbar einen sarkastischen Unterton, dennoch nickten Wagner und Paulsen. Druwe wusste nicht, ob ihn das Gesehene eher anspornte oder ob er sich wünschen sollte, nicht hier zu sein. Er beugte sich vor und betastete vorsichtig die Hose des Opfers.

»Unterhose und Hosenbeine sind nass. Der Tote hat sich eingenässt, bevor er starb.«

»Eher ungewöhnlich. Außer ...« Wagner begann, sein Stativ in einigem Abstand aufzustellen.

»Außer er hatte vor der eigentlichen Tat längere Zeit Todesangst. Oder aber er war nicht sofort tot«, vollendete Druwe den Satz. Dabei sprach er mehr zu sich selbst. Er versuchte, das rechte Bein des Toten anzuheben. Ebenso verfuhr er mit dem rechten Arm.

»Totenstarre beginnt am Oberkörper. An den Beinen noch nicht. Bei der Kälte heute Nacht muss er zwischen sechs und neun Stunden tot sein. Eher Richtung neun.«

»Also Mitternacht oder knapp davor.« Auch Paulsen wollte etwas zu den Ermittlungen beitragen.

Was jetzt geschah, ließ den Mann jedoch entsetzt zurückweichen. Druwe zog ein Thermometer aus einem Etui, das er aus seiner Ledertasche hervorkramte. Geschickt, ohne das in die Haut gedrückte Abzeichen oder die aufgemalten vier Buchstaben zu berühren, drückte er die massigen Gesäßhälften des Toten auseinander und schob es in dessen Anus. Dann wandte er sich wieder den Spuren zu.

Auf dem Rücken des Mannes lag eine Brieftasche. Kleingeld war verstreut. Als Druwe sich schon abwenden wollte, bemerkte er, dass seitlich unter dem übermäßigen Bauchfett ein kleines Ordensband zu sehen war. Er griff vorsichtig danach und zog eine Medaille hervor. Es war das »Ehrenzeichen des 9. November 1923«, der sogenannte Blutorden. Vom Führer nach der Machtergreifung gestiftet, um die Parteikämpfer der ersten Stunde zu ehren. Das Ding war zunächst nur an jene Mitglieder verliehen worden, die Anfang der Zwanziger an Hitlers Putschversuch gegen die junge Republik teilgenommen hatten. Druwes ehemaliger Chef in Berlin, Arthur Nebe, trug den gleichen Orden, so dass er ihn jetzt sofort wiedererkannte. Eine Seite zeigte die Feldherrnhalle in München. Darunter die eingravierte Nummer 2189. Ein alter Kämpfer, dachte Druwe. Das wird eine Menge Ärger geben. Auch diesen Fund sicherte Druwe in einer Papiertüte. Danach griff er wieder nach dem Thermometer.

»29 Grad. Heute Nacht war es um die Null hier draußen, eher leicht drunter.« Er dachte kurz nach. »Passt. Der Tod dürfte gegen 23 Uhr eingetreten sein.« Dann wandte er sich an Wagner.

»Mach deine ersten Fotos, Lutz. Damit wir später genau wissen, wo was gelegen hat.«

An der rechten Hand des Toten fehlte der Handschuh. Er lag etwa einen Meter entfernt auf dem Boden. Unter den Fingernägeln sammelte sich schwarzer Dreck. Ring- und Kleinfinger standen in einem Neunzig-Grad-Winkel nach oben. So ergab sich eine skurrile Geste, als verweise der Tote ein letztes Mal auf Höheres. Stumm bedeutete Druwe dem Fotografen mit einer Handbewegung, auch diese Details im Bild festzuhalten. Wagner nickte. Während der Fotograf emsig ans Werk ging, sichtete Druwe die nähere Umgebung. Auf dem kleinen Weg waren keine Fußabdrücke des Toten zu entdecken. Er war also den großen Feldweg gekommen wie wir, dachte Druwe. Was wollte er hier? Kurz vor Mitternacht? Ein Spaziergang? In dem Aufzug? In Kattrup? Er näherte sich jetzt dem Leichnam vom Feld her. Plötzlich entdeckte er weitere Fußabdrücke, die eindeutig nicht von dem Toten stammten. Stiefelabdrücke. Vielleicht Schuhgröße 46 oder 47. Druwe begann, dort kleine weiße Holzstäbe mit Nummernkarten in die Erde zu stecken. Am Knick fand er schließlich eine Stelle, wo sich diese Abdrücke häuften. Dort lagen auch zwei Zigarettenkippen, eine war nur halb angeraucht. Marke Reemtsma R6. Druwe notierte den Fundort in seinem Büchlein und sicherte die Kippen in einer kleinen Papiertüte. Als Wagner mit seinen Übersichtsaufnahmen fertig war, näherte sich der Inspektor wieder der Leiche. Vorsichtig hob er die Geldbörse an und untersuchte sie.

»Scheine fehlen. Vielleicht war es ein Raubmord?« Druwe fingerte in dem Portemonnaie aus Leder herum. »Na bitte. Hier ist die Kennkarte des Opfers.« Druwe studierte sorgfältig das Ausweisdokument und hob dann langsam den Kopf zu Wagner.

»Ach, du Scheiße. Wir dürfen hier keine Fehler machen, Lutz. Das ist ...« Er korrigierte sich. »... war Gerhard Lessling.« Paulsen stöhnte leise auf, und Wagner fuhr sich durchs Haar. Lessling, der stellvertretende Kreisleiter von Flensburg-Land. Fast wäre er sogar auf den Posten des Gauleiters in Schleswig-Holstein gehoben worden, wenn nicht die deutschen Rückzugstendenzen aus dem Osten den früheren Gauleiter Hinrich Lohse wieder hierher zurückgespült hätten.

»Jens. Äh, ich meine, Herr Inspektor. Wir müssen unbedingt Flensburg informieren. Die machen uns sonst die Hölle heiß.« Wachtmeister Paulsen war plötzlich sehr aufgeregt. Auch Druwe überlegte einen kurzen Moment, unschlüssig, ob er allein weitermachen sollte.

»In Ordnung, Karl. Du hast recht. Geh zurück und sieh zu, dass du die Kripo Flensburg an die Strippe kriegst. Aber vergiss nicht zu erwähnen, dass wir es schon vor zwei Stunden versucht haben. Klar? Nenn erst einmal nicht den Namen des Toten, verstanden? Wer weiß, wer zuhört. Sag denen nur, ich brauche hier einen Kripo-Mann in einer Mordsache.«

Paulsen nickte und marschierte los.

Plötzlich überlegte es sich Druwe noch anders.

»Warte, Karl. Ich brauche gleich noch ein paar Angaben von dir. Auf die fünf Minuten kommt es jetzt auch nicht an. Lutz, kannst du ...« Er sah den Fotografen bedeutungsvoll an. Wagner verstand sofort, nahm Paulsen beiseite und bot ihm eine Zigarette an.

Währenddessen betrachtete Druwe wieder den Tatort. Er überlegte. Passten die Hinweise zu einem einfachen Raubmord? Aber wartete der Mörder in solch einem Fall geduldig am Knick bei zwei R6 auf sein Opfer? Auch war das nicht gerade die Zigarettenmarke, die der typische Totschläger rauchte. Die Tatsache, dass der Mann sich eingenässt hatte, sprach jedenfalls gegen einen schlichten, spontanen Überfall. In solchen Fällen wurde das Opfer meist mit einem Knüppel oder einer Schaufel bewusstlos geschlagen. Der Mann hatte den rechten Handschuh ausgezogen. Zufall? Oder hatte er dem Täter noch die Hand gegeben? Kannten sich Opfer und Mörder? Und wozu dann die Schmähung des Toten mit Schriftzug und Abzeichen auf dem Hintern? Und diese ungewöhnliche Brutalität. Der Kopf war bis zur völligen Unkenntlichkeit zerschmettert. Vielleicht ein Racheakt? *NAZI* stand auf den Hintern des Toten gemalt. Das umgedrehte Z. Die Tat entflohener Fremdarbeiter? Die Kennkarte hatte der Täter dagelassen.

Druwe konnte sich keinen Reim auf die vielen Indizien und zu den möglichen Motiven machen. Er wollte sich gerade erheben, als sein Blick nochmals auf den großen Feldstein, die Tatwaffe, fiel. Der blutverschmierte Stein lag direkt neben dem Körper des Toten. Der Mörder hatte damit offenbar mehrere Male auf den Kopf des Opfers eingeschlagen. Das Ding ist mindestens zwanzig Kilo schwer, dachte Druwe. Er suchte die Umgebung mit seinen Blicken ab. In etwa zehn Metern Entfernung bemerkte er eine größere Mulde, aus der der Stein offenbar herausgehoben worden war. Der Täter hat also das Ding bis hierher geschleppt, überlegte Druwe. Um damit sein Opfer zu erschlagen.

Im Morast neben dem Tatort bemerkte er einen weiteren Schuhabdruck. Der Größe nach stammte er wiederum vom Täter. Beim Stein hatte sich eine Stiefelspitze in den Schlamm gegraben. Dort fand Druwe in der kleinen Kuhle einen weiteren aufgerauchten Zigarettenstummel. Ausgetreten. Offensichtlich war Lessling da schon tot, denn die Kippe und der Matsch lagen auf der grauen Masse, die einmal zu dessen Gehirn gehört hatte. Das Schwein war also abgebrüht genug gewesen, danach noch hier zu bleiben und eine zu rauchen. Die Sache wurde immer verworrener. Aber auch immer interessanter.

Druwe wandte sich zu den beiden Männern um, die etwas abseits am Knick standen. Paulsen war mittlerweile total aufgelöst.

»Lutz, kannst du bitte einen guten Gipsabdruck von einer dieser Spuren machen?« Druwe deutete auf die kleinen weißen Holzstäbe. »Nimm einfach die beste.«

Wagner nickte.

»So, Karl, jetzt unterhalten wir uns noch ein wenig. Je genauer du mir alles erzählst, umso schneller erfährt Flensburg von der Sache hier. War Lessling das erste Mal hier? Oder kam er schon öfters nach Kattrup?«

»Nein. Ich meine, ja. Bei uns weiß jeder, dass der Lessling ab und zu vorbeikommt. Aber hier draußen bei den Feldern habe ich ihn noch nie gesehen. Ich weiß nicht, was er hier überhaupt wollte. Ich habe ihn nur einmal kurz gesprochen. Im Winter, auf einer meiner Abendrunden. Ich habe ihn gefragt, ob er jetzt regelmäßig ins Dorf kommt. Da hat er mich angeschnauzt, dass mich das einen Scheißdreck angeht. Ja, so einer war das. Er hat im Krug bei Webers übernachtet, glaube ich. Komisch eigentlich. Denn bei seinem Bruder soll er ja ein Haus haben.« Druwe bemerkte, dass sein Kollege schwitzte. Die Angst kroch ihm aus den Poren.

»Er war also öfter in Kattrup?«

»Ja. Ich hatte keinen weiteren Kontakt zu ihm. War mir auch egal. Bei solchen Leuten ist es meist besser, wenn man wegschaut. Vielleicht weiß Henning Weber mehr. Da musst du ihn fragen.«

»Weber ist der Wirt?« Druwe erinnerte sich, dass sie vorhin an einer Gaststube vorbeigekommen waren, als sie ins Dorf fuhren.

Paulsen nickte stumm.

»Hast du Lessling heute Morgen, als du ihn gefunden hast, nicht gleich erkannt? Ich meine, Uniform und Statur sind doch unverwechselbar.«

»Es war noch nicht ganz hell. Ich bin nicht näher herangegangen. Und er liegt ja auf dem Bauch.« Der ältere Wachtmeister wurde immer nervöser. »Ich meine, Jens, wir erkennen doch, wenn jemand tot ist. Haben wir ja schon öfter gesehen. Und ...« Paulsen unterbrach sich.

»Ja?«

»Verdammt, ich bin irgendwie durchgedreht. Ist einfach zu viel für mich, Jens. Ich meine, Herr Inspektor, es tut mir leid.«

»Ist gut, Karl. Niemand macht dir einen Vorwurf. Du hast gleich Meldung gemacht, einen kühlen Kopf bewahrt und mich angerufen, als du Flensburg nicht erreicht hast. Keine Sorge, so wird es in meinem Bericht stehen, und ich werde dich lobend erwähnen.« Druwe legte seinem OrPo-Kollegen beruhigend die Hand auf die Schulter. Der Mann war fertig. Die dünne Schale aus Schalk und Freundlichkeit täuschte. Auch ihn plagten die Dämonen, die dieser Krieg freigesetzt hatte. Und sie werden noch lange in uns tanzen, dachte er bei sich.

»Da ist noch was.« Paulsen kaute nervös auf seinen Lippen herum. »Eine Sache. Da war ein Junge.«

»Ein Junge? Hier? Um diese Uhrzeit?« Jetzt wurde auch Druwe nervös. Und seine Geduld ging nun doch langsam zu Ende. »Wo?«

»Na hier. Da vorn stand er.« Paulsen zeigte auf den kleinen Pfad, der zum Dorf zurückführte. »Ich hätte den Leichnam wahrscheinlich gar nicht gesehen, wenn nicht der Knirps am Knick gestanden hätte. Ich habe nach ihm gerufen, aber er hat nicht reagiert. War total verwirrt. Hat den Toten wohl auch gesehen. Er hätte ja weglaufen können. Ich krieg ja nicht mal eine Schnecke zu fassen mit meinem Bein. Stand aber einfach da.«

»Und hast du ihn befragt?«

»Ging nicht. Spricht nur Russisch, glaube ich. Vielleicht ist er ja bei den Fremdarbeitern von einem der Höfe ausgebüchst.«

»Könnte er der Täter sein?«, mischte sich Lutz Wagner ein.

»Nee, glaub nicht. Der ist zehn oder elf. Total hager. Den hätte der Lessling mit einer Ohrfeige an den nächsten Baum geklatscht.«

»Aber er könnte ein Zeuge sein«, gab Druwe zu bedenken. »Hat er irgendetwas gesagt?« Er versuchte, sich zu beherrschen. Druck brachte einen bei Menschen wie Karl nicht weiter.

»Meine Frau und ich haben nur ›Paul‹ verstanden. Ansonsten brabbelte er so schnell, dass ich nichts mitgekriegt habe. Obwohl ich ja zwei Jahre mit den Iwans zu tun hatte.«

»Hast du eine Ahnung, wer dieser Paul ist?«

»Paul Lessling vielleicht. Der Bruder von …« Der Polizist deutete mit einer Kopfbewegung zum Leichnam. »Der große Feldweg führt zu seinem Hof. Wollte wohl da hin, denk ich.«

Paul Lessling, dachte Druwe. Vielleicht kam der Junge also von Lesslings Hof. Und das Opfer wollte, mitten in der Nacht, genau dorthin? Immerhin eine erste heiße Spur.

»Gut, Karl. Du gehst mit Lutz zurück. In einer halben Stunde versuchst du dann, Flensburg zu erreichen. Erst in einer halben Stunde, ich brauche hier noch etwas Zeit, verstanden?« Paulsen nickte irritiert. »Du kommst danach rüber zu Paul Lesslings Hof. Hast du das auch kapiert?« Paulsen nickte erneut. Wagner sammelte die letzten Teile seiner Fotoausrüstung zusammen. Dann wandte er sich an Druwe.

»Und was mache ich? Wie komme ich zurück nach Glücksburg?«

»Dir hängt doch der Magen zwischen den Kniekehlen, Lutz. Frühstücke erst einmal. Dann sehen wir weiter. Zur Not wartest du, bis ich hier fertig bin. Schreib die Zeit auf.«

»Ja, wunderbar«, knurrte der Fotograf. »Wartezeit wird mit zwei Mark die Stunde vergütet. Und die kriege ich dann erst in ein paar Monaten.«

Kurz danach machten sich der immer noch murrende Wagner und Karl Paulsen auf den Weg zurück nach Kattrup.

Als auch Druwe sich abwenden wollte, um zu Paul Lesslings Hof zu gelangen, bemerkte er aus den Augenwinkeln etwas Schwarzes. Noch einmal blickte er sich um und entdeckte eine Feldkrähe, die sich auf der linken Schulter des Toten niederließ. Sofort begann sie, in dem blutig-grauen Brei zu picken. In der Ferne schrie bereits ein zweiter Vogel.

»Karl, warte«, rief er den beiden Männern, die sich schon etwas entfernt hatten, hinterher. »Sieh zu, dass hier schnell jemand Wache schiebt, bis wir die Leiche abholen können. Sonst fressen uns die Krähen die Beweise weg.«

Odins Raben kommen, dachte Druwe. Hugin und Munin. Sie werden ihrem Gott berichten, was in der Welt geschieht. Aber erst, nachdem sie gefrühstückt haben.

GEGENSÄTZE

Druwe hatte schnell einen Entschluss gefasst. Wenn dieser russische Junge tatsächlich von Paul Lesslings Hof kam und Gerhard Lessling gestern Nacht auf dem Weg zu seinem Bruder gewesen war, dann musste er so schnell wie möglich dorthin. Vielleicht war sogar der Täter noch vor Ort. Vielleicht hatte er sich dort auf dem Hofgelände versteckt und den Tagesanbruch abgewartet. Vielleicht war auch Lesslings Bruder Paul in die Sache verwickelt. Wieso übernachtete der Kreisleiter in einem Kaff wie Kattrup, wenn der Hof und sein Haus nur einen Spaziergang entfernt lagen? Was machte der Fettsack ohne Begleitung um Mitternacht auf diesem Feldweg? Wer hatte ihm aufgelauert? Oder wollte er sich hier mit jemandem treffen? Fragen über Fragen. Den Jungen konnte er später verhören. Sofern sein Russisch dafür noch ausreichte. Wenn aber der Mörder auf dem Hof war, dann konnte jede Minute wertvoll sein.

Druwe überprüfte seine Waffe, während er zügig den breiten Feldweg nach Westen entlangschritt. Seine Mauser C96 war noch älter als sein Dienstwagen. Kaliber 9 Millimeter Parabellum. Tatsächlich hatte es auf dem Revier in Glücksburg keine andere Waffe für ihn gegeben als dieses antike Monstrum mit Ladestreifen. Warn- und Übungsschüsse machten ihn jedes Mal auf dem linken Ohr für mehrere Minuten taub, und ein Treffer würde einen Verdächtigen mit einiger Wahrscheinlichkeit töten. Nach dem ersten Krieg hatte er sich geschworen, nie wieder auf einen Menschen zu schießen. Bis zum Kriegsbeginn gegen die Sowjetunion vor vier Jahren hatte er seinen Schwur gehalten. Nach seiner Rettung aus Stalingrad wollte er eigentlich keine Waffe mehr anfassen, aber zum Polizeidienst gehörte sie nun einmal dazu. Die Erinnerung an die Zeit dazwischen hätte er sich am liebsten zusammen mit seiner zerfetzten rechten Hand wegschneiden lassen.

Aber die Erinnerungen waren geblieben. Und so wurde seine Handfläche jedes Mal feucht, wenn er eine Waffe berührte. Ein leichtes Zittern bemächtigte sich seines verbliebenen linken Handgelenks. Er steckte die antike Mauser wieder weg. Er war schon fast am Ziel. Gerade betrat er die Hofzufahrt. Hübscher, gepflegter norddeutscher Dreiseitenhof. Reetgedeckte Dächer. Vier Linden standen vor dem großen Wohnhaus. Noch waren sie nicht grün, aber die Blattknospen waren knapp vor dem Aufbrechen. Links standen offenbar Geräte und Fahrzeuge. Rechts schien Heu und Stroh eingelagert zu sein. Etwas abseits befanden sich die Tierställe, sorgsam bewacht durch das Gesindehaus, das sich neben die Stallungen duckte. Noch etwas weiter waren die Baracken der Fremdarbeiter zu erkennen. Dächer aus Wellblech, der Billigbeton ohne Stahlversteifung zeigte bereits nach wenigen Jahren tiefe Setzrisse. Vor den Behelfsheimen spielten Kinder im Dreck.

»Was wolln Se hier? Zutritt nur für privat.«

Vor Druwe baute sich ein derber Bauernbursche auf. Er schwang demonstrativ eine Schaufel in den schwieligen Pranken, die kaum kleiner waren als das Schaufelblatt. Druwe verdrehte die Augen. Befugnis und Befehl. Genehmigung und Gebot. Drohung, Order, Weisung und Direktive. Der preußische Stock des Gehorsams steckte so tief im Arsch dieses Volkes, dass er oben schon wieder an der Zunge zu spüren war.

»Polizei. Inspektor Oberleutnant Druwe aus Glücksburg.« Druwe hielt dem Burschen seine ovale Dienstmarke vor die Nase. In solchen Augenblicken wäre es doch besser, Uniform zu tragen, dachte er. Aber er hatte sich immer noch nicht daran gewöhnt. Augenblicklich ließ der Knecht die Schaufel sinken. »Auf Weisung des Chefs der Polizei bin ich befugt, im Falle eines Verbrechens gegen Staat und Partei ohne richterlichen Beschluss alle Räume von Privatpersonen zu betreten, zu durchsuchen und mögliches Beweismaterial daraus zu sichern. Im Falle von Widerstand ist von der Schusswaffe Gebrauch zu machen.« Druwe spielte diese Geige nicht gern, aber manche Leute verstanden eben nur solche Töne.

»Schon gut. Entschuldigen Se. Hab Se nich' erkannt. Kann ich helfen?«

»Wo finde ich Paul Lessling? Ihm gehört doch dieser Hof, oder?«

»Müssn S' da vorn klingeln. Is da, glaub ich.« Der Kerl deutete auf das Wohnhaus, zu dessen Eingang eine breite Steintreppe führte.

Druwe nickte nur kurz und begab sich dann zu dem Gebäude.

Wenig später saß er in der Küche des Hauses. Magda Lessling hatte ihm geöffnet. Ihr Mann lag mit einem Rheumaschub im Bett, erschien aber wenige Minuten später. Druwe nippte gerade an der frischen Milch, die ihm Frau Lessling angeboten hatte. Als Paul Lessling in der Tür auftauchte, erhob sich Druwe. Vor ihm stand ein Mann Mitte fünfzig, der sich ihm schwerfällig näherte. Die gebückte Haltung und die Langsamkeit seiner Bewegungen zeugten von chronischen Schmerzen. Das Gesicht war vorgealtert, faltig. Unter den Augen zeichneten sich dunkle Ringe ab. Druwe stellte sich vor und kam gleich zur Sache.

»Herr Lessling, ich bin hier, weil ich in einer Mordsache ermittle. Ihr Bruder ...« Er räusperte sich kurz. »... wurde das Opfer eines Verbrechens.«

Ein kurzer Aufschrei. Magda Lessling hielt sich entsetzt die Hand vor den Mund, die Augen weit aufgerissen. Ihr Mann, der sich gerade an den Tisch setzen wollte, hielt inne.

»Gerhard? Ist tot?« Nun setzte er sich doch. Er stöhnte dabei. »Wie ist das passiert? Und wo?«

Obwohl Druwe die Antwort ahnte, fragte er dennoch »Zunächst habe ich ein paar Fragen. Wo waren Sie heute Nacht, Herr Lessling?«

»Im Bett. Da liege ich seit drei Tagen. Seit der Schub ...« Er deutete auf seine geschwollenen, leicht krummen Fingergelenke.

Diese Hände heben keinen zwanzig Kilo schweren Stein, dachte Druwe.

»… mich wieder am Kragen hat. Fragen Sie meine Frau. Heißt das etwa, Sie verdächtigen mich, Herr Inspektor?« Paul Lesslings Augen funkelten wütend.

»Routinefragen. Wann haben Sie Ihren Bruder das letzte Mal gesehen?«

»Gestern Nachmittag. Magda sagt, er wäre gegen halb vier in seinem Haus gewesen. Dann ist er kurz bei uns reingekommen. Wollte mich sprechen, aber die Schmerzen in den Händen haben mich ganz verrückt gemacht. Hab ihn rausgeschmissen.«

»Ist Ihnen gestern etwas Verdächtiges auf Ihrem Hof aufgefallen? Oder vielleicht Ihnen, Frau Lessling?« Druwe blickte der ehemals attraktiven Frau in die Augen. Sie schüttelte den Kopf, die Hand immer noch vor dem Mund. Tränen liefen ihr über die Wangen.

»Nein, verdammt. Und jetzt will ich endlich wissen, was passiert ist. Ich habe ein Recht darauf. Immerhin bin ich …« Paul Lessling hielt inne und korrigierte sich. »… war ich sein Bruder. Bitte, Sie müssen mir erzählen, was passiert ist. Magda, bring uns bitte den Klaren. Und zwei Gläser.« Er sah seine Frau zärtlich an, die nun zu weinen begonnen hatte. »Nein, bring drei.«

Einen Augenblick später standen drei bis zum Rand gefüllte Korngläser auf dem Tisch. Lessling kippte seinen Korn herunter und bedeutete seiner Frau nachzuschenken. Noch nicht mal neun Uhr, dachte Druwe. Aber sein Zögern währte nur kurz, dann stürzte auch er den Inhalt des Glases herunter. Ein kleines Opfer, nur zu Ermittlungszwecken. Vertrauen aufbauen. So etwas lernte man nicht auf der Polizeischule. Er schmunzelte kaum merklich. Dann begann er, dem Ehepaar die genauen Einzelheiten des grausigen Funds zu schildern. Ermittlungsrelevante Details hielt er natürlich zurück. Geschickt stellte er zwischendurch Fangfragen, um zu prüfen, ob die Lesslings mehr wussten, als sie zugeben wollten.

»Wie würden Sie die Beziehung zu Ihrem Bruder beschreiben?«

»Wir waren nicht gut aufeinander zu sprechen. Er hat mich vor über zehn Jahren fast ruiniert, weil er sein Erbteil ein zweites Mal ausgezahlt haben wollte. Außerdem waren wir in vielen Dingen unterschiedlicher Auffassung.«

»Zum Beispiel?« Druwe wurde neugierig.

»Er hat sich bei allem schamlos verhalten. Bediente sich immer bei anderen. Die Partei hat er bestimmt auch übers Ohr gehauen, wie ich ihn kenne. Er hat Geschäftsleute betrogen und beim Landkauf manipuliert. All diese Sachen. Er war immer auf seinen Vorteil bedacht. Dann hatte er es mit Frauen. Die hat er alle gekauft. Meine Schwägerin hat sich vor vier Jahren umgebracht deswegen. Es war das reinste Hurenhaus bei ihm oben in Schausende. Und sein ständiges Fressen. So wie er seine Konten gefüllt hat, hat er auch immerfort seinen Wanst vollgestopft.«

»Klingt nicht so, als hätten Sie ihn sonderlich gemocht.«

»Trotzdem war er mein Bruder. Das …« Er deutete mit der Hand grob in Richtung des Tatorts. »… hat sogar er nicht verdient.«

»Sind Sie in der Partei? Sie hätten von den Beziehungen Ihres Bruders profitieren können. Er war ja ganz oben. Und immerhin auch alter Parteikämpfer.«

»Alter Kämpfer? Gerhard?« Paul Lessling lachte kurz heiser auf. »Mein Bruder war ein Speichellecker und Intrigant. Märzgefallener eben. Ohne Parteibuch konnte man nach 33 nichts werden, das hat er schnell erkannt. Der wäre auch ohne Zögern Bolschewik oder Neger geworden, wenn es ihm genützt hätte. Alter Kämpfer, dass ich nicht lache.«

»Sie sind also nicht in der Partei, Herr Lessling?«

»Auch da waren wir weit auseinander.«

»Inwiefern?«

»Wenn alle Parteigenossen so sind wie Gerhard, muss sich der Führer nicht wundern, dass wir den Krieg verlieren. Das ist …«

»Paul!« Magda Lessling unterbrach ihn und wandte sich zu Druwe um. »Bitte, Sie müssen ihm das nachsehen. Der ständige Schmerz an den Gelenken. Und die Tabletten. Jetzt diese Sache. Er meint das nicht so.« Sie hatte sichtlich Angst.

Druwe winkte beruhigend ab. Obwohl der Mann recht hatte, war das eben Gesagte lebensgefährlich, wenn es in die falschen Ohren gelangte. Wehrzersetzung nannten die eifrigen Bürokraten das. Gerade jetzt sprossen die Schnellgerichte an allen Orten wie Pickel im Gesicht eines Pennälers. Und sie waren nicht zimperlich mit ihren Urteilen.

»Es wird weitere Befragungen geben. Und ich rate Ihnen, behalten Sie solche Meinungen für sich. Sonst hat der Hof bald neue Eigentümer.«

Lessling nickte resigniert.

»Wieso hatten Sie nach all dem überhaupt wieder Kontakt zu Ihrem Bruder? Ihre Beziehung war ja offenbar recht zerrüttet, oder?«

»Er kam vor etwa zwei Jahren an. Tat so, als wäre nichts geschehen. Dann wollte er das alte Haus unserer Eltern mieten. Und noch zwei Scheunen. Zur Erholung, hat er gesagt. Und weil er mehr Plunder besäße, als er in Glücksburg lagern könne. Ich habe ihm kein Wort davon geglaubt.«

»Und Sie sind trotzdem darauf eingegangen?«

»Die Miete können wir gebrauchen. Die Preise für unsere Schlachttiere und für das Getreide werden von der Gauleitung diktiert. Sind seit drei Jahren nicht gestiegen. Dafür aber die Abgaben an die Truppe. Da kam etwas mehr Geld sehr gelegen. Außerdem hat er mir gedroht.«

»Womit?«

»Ich war früher in der Schleswiger Bauernpartei. Da gab es kurz vor der Machtübernahme durch Hitler eine Versammlung, auf der wir uns gegen ihn ausgesprochen hatten. Ich habe damals unterschrieben. Und Gerhard hat die Schriftsätze irgendwie in die Hände bekommen. Er hatte ein besonderes Geschick für so etwas. Wie ein Trüffelschwein wusste er immer genau, mit welcher Information man bei den Leuten weiterkommt. Da habe ich schließlich eingewilligt, ihm die Gebäude zu vermieten.«

»Und Ihr Bruder hat also seit zwei Jahren hier die Landluft genossen?« Druwes Stimme klang betont zweifelnd und sarkastisch.

»Ach was. Er hat da irgendwas verschoben. Ständig kamen Laster. Manchmal sogar von der Wehrmacht. Luden Sachen ab. Verschwanden wieder. Er hat das Zeug in den Scheunen und im Haus gelagert. Dann wurde alles wieder auf kleinere Wagen aufgeladen und weggefahren. Hin und her. Gerhard hat hier nie übernachtet.«

»Haben Sie gesehen, was da abgeladen wurde?«

»Das meiste Zeug war eingepackt. Manchmal konnte man Möbel erkennen. Kisten, Truhen, Koffer und so was.«

Druwe ließ sich alle Einzelheiten, an die sich das Ehepaar Lessling erinnerte, beschreiben. Sorgfältig notierte er sie in seinem Heftblock.

»Vermissen Sie einen der Fremdarbeiter? Hat es Beschwerden gegeben? Hatte Ihr Bruder vielleicht Streit mit jemandem? Hat er vielleicht eine der Frauen belästigt? Oder war einer der Arbeiter auffällig in letzter Zeit?«

»Nein. Denen geht es gut hier. Das wissen sie auch. Wer arbeitet, bekommt ordentlich zu essen. Prügel gibt es nicht. Wir achten darauf, dass die Frauen in Ruhe gelassen werden. Die Kinder müssen erst ab zehn mithelfen. Hab gehört, dass es auf anderen Höfen schlechter läuft.«

»Wer beaufsichtigt die Arbeiter?« Druwe wusste, dass es eine Verordnung gab, nach der ein oder zwei deutsche Aufseher den reibungslosen Einsatz der Zwangsarbeiter in Betrieben und Landwirtschaft überwachen sollten.

»Fräulein Steinfeld. Eva Steinfeld. Ist mir vom Arbeitsamt Hamburg zugewiesen worden.« In der Tat kam es seit einiger Zeit immer öfter vor, dass neben kriegsversehrten Männern auch Frauen zu dieser Aufgabe herangezogen wurden.

»Wo finde ich sie?«

»Magda kann Sie zu ihr bringen. Sie hat zwar hier im Haus eine Kammer, aber tagsüber ist sie meistens bei den Arbeitern.« Mühsam schenkte Lessling die Gläser nochmals voll. Druwe wollte halbherzig ablehnen. Andererseits hatte er noch nicht gefrühstückt. Und irgendetwas brauchte der Mensch im Magen. Er war unschlüssig, als Paul Lessling das Glas hob.

»Tun Sie mir den Gefallen, Herr Inspektor. Der erste war auf den Schock. Den zweiten trinken wir, weil ich hoffe, dass selbst so einer wie mein Bruder da oben ...« Er deutete mit Kopf und Augen an die Decke. »... seinen Frieden findet.«

Einem solch frommen Wunsch konnte und wollte sich Druwe dann doch nicht widersetzen.

Wenig später folgte er Magda Lessling zum Gesindehaus. Eva Steinfeld saß in einem engen, stickigen Raum zusammen mit drei anderen, sehr einfach gekleideten Frauen. Sie inspizierten und flickten Jutesäcke, die sich bereits vor ihnen zu einem großen Stapel auftürmten. Die Deutsche unterhielt sich angeregt mit den anderen Frauen und war sich offenbar auch nicht zu schade mitzuhelfen.

»Fräulein Steinfeld? Ich bin Inspektor Druwe vom Polizeirevier Glücksburg. Ich untersuche ein Verbrechen, das hier in der Nähe verübt wurde. Wo können wir uns ungestört unterhalten?«

Irritiert blickte die Frau auf. Druwe schätzte sie auf Ende dreißig. Erste Falten umspielten Augen und Mund. Sie war schlank und eher zierlich. Ihr Haar war zurückgebunden, aber mehrere Strähnen über den Ohren und über der Stirn spielten ihr vorwitziges Spiel. Aus ihrem Blick sprachen Tatkraft und Entschlossenheit. Dennoch meinte Druwe, die Spur einer Verunsicherung bei ihr wahrzunehmen. Im nächsten Augenblick aber sah sie ihm fest in die Augen.

Magda Lessling führte sie in eine kleine Stube, in der nur ein einfaches Bett, ein kleiner Tisch und ein Stuhl standen. Die beiden Frauen nahmen auf dem Bett Platz, und Magda ergriff Evas Hand. Im folgenden Gespräch erfuhr Druwe, dass die unverheiratete Eva Steinfeld vor zwei Jahren durch das Arbeitsamt Altona zum Arbeitsdienst verpflichtet worden war. Eigentlich hatte sie für Gleisarbeiten in Hamburg-Stellingen eingesetzt werden sollen, jedoch hatten mehrere Tiefffliegerangriffe und der Großangriff auf Hamburg 1943 dort erhebliches Chaos angerichtet.

»Gleisarbeiten?« Druwe war überrascht. Deutsche Frauen wurden selten zu körperlich schwerster Arbeit verpflichtet. Diese überließ man eher den »Angeworbenen« und »Freiwilligen« aus den besetzten Gebieten, den Fremdarbeitern und Kriegsgefangenen.

»Ich will gleich ehrlich zu Ihnen sein, Herr Inspektor. Sonst bekommen Sie es über ein Telefonat sowieso heraus. Ein naher Angehöriger von mir sitzt im Zuchthaus wegen staatsfeindlicher Aktivität. Meine ganze Familie gilt als politisch unzuverlässig und ist, so heißt es wohl im Amtsdeutsch, durch entsprechende Dienste an der Volksgemeinschaft zu schulen und zu belehren. Meine Dienstzeit wurde auf zehn Jahre festgesetzt. Drei Viertel meines Lohns sind vom Arbeitgeber direkt an das Hilfswerk abzuführen. Laut richterlicher Weisung ist die Maßnahme nur vorzeitig zu beenden, wenn ich mich meiner Pflichten als deutscher Frau besinnen sollte. Im Fall einer Heirat und der Geburt von Kindern für Führer und Volk gelte ich dann als ausreichend belehrt.«

Eva Steinfeld funkelte Druwe an. Diese Frau war gefährlich, das spürte er. Sie war zäh und unnachgiebig. Mutig. Keinesfalls gehörte sie zum bigott-frigiden Frauentypus, der sich inbrünstig nach einem Führer Adolf Hitler verzehrte. Er hatte solche Frauen während seiner Zeit in Berlin und Hamburg kennengelernt. Überbleibsel der liberalen Einstellungen der Republik. Frauen, die selbstbewusst und gebildet waren. Frauen in Herrenschuhen und Smoking. Rauchend. Allein tanzend. Frauen, die ihr Leben selbst bestimmten. Die keinen Mann brauchten, um sich zurechtzufinden. Seine Schwester war vor ihrem frühen Tod auch so gewesen. Offen und echt. Druwe mochte solche Frauen, obwohl sie ihm insgeheim auch Angst machten. Aber da war auch etwas anderes, das sich in den Augen von Eva Steinfeld zeigte. Eine tiefe Traurigkeit. Und eine bleierne Müdigkeit. So betrachtete er sie mit einer Mischung aus Faszination und Neugier.

»Eva ist seit fast zwei Jahren eine äußerst zuverlässige Aufseherin, Herr Inspektor«, mischte sich Magda Lessling ein. »Es gibt nichts zu beanstanden.«

Endlich konnte Druwe seinen Blick von Eva Steinfeld lösen. Er spürte eine ganz leichte Verunsicherung, ein Kribbeln auf der Haut. Aber er war Profi genug, sich nichts anmerken zu lassen. Er schilderte ihr kurz die Umstände der Tat. Er streute dabei bewusst einige Details ein, um die Reaktion der Frau genau zu beobachten.

»Gerhard ist tot? Magda!« Eva Steinfeld wandte sich an die Bäuerin. »Das tut mir leid. Ich weiß von Paul, dass ihr kein gutes Verhältnis zu deinem Schwager hattet. Aber trotzdem.«

»Kannten Sie ihn näher, Fräulein Steinfeld?«

»Ich habe ihn ein paar Mal kurz gesehen, aber nie mit ihm gesprochen. Nein.«

»Ist er mit Arbeitern hier in Streit geraten? Hat er jemanden geschlagen? Oder ist Ihnen sonst irgendein ungewöhnliches Verhalten aufgefallen?«

»Nein. Wie gesagt, ich kannte ihn nicht persönlich. Sie werden verstehen, Herr Inspektor, dass ich nicht besonders interessiert bin an diesen Herren von der Partei. Menschen wie ich sollten mit ...« Eva Steinfeld schien nach geeigneten Worten zu suchen. »... den staatlichen Stellen und ihren Vertretern möglichst wenig zu tun haben.« Sie lächelte Druwe kühl an. Er hielt ihrem Blick stand.

»Frau Lessling. Ich möchte, dass Sie und Fräulein Steinfeld mir hier auf dem Hof alles zeigen.«

Wenige Minuten später standen die drei vor den Baracken der Fremdarbeiter. In diesem Augenblick kam Wachtmeister Paulsen auf den Hof gelaufen. Er grüßte kurz und wandte sich sofort an Druwe. »Jens, ich habe Flensburg Meldung gemacht. Sie schicken zwei Leute hierher. Wir treffen sie etwa gegen halb elf auf der Wache. Außerdem hab ich Heini gebeten, bei der Leiche Posten zu beziehen. Die Vögel haben ihn schon ...« Er verstummte, als er Druwes zornigen Blick bemerkte. »Äh, Heini ist der Knecht vom Ronsen-Hof. Er hilft mir manchmal bei den Sachen hier.«

»Gut gemacht, Karl. Sieh dich hier ein bisschen um. Ich unterhalte mich noch mit Frau Lessling und Fräulein Steinfeld. Wir treffen uns dann in zwanzig Minuten drüben bei den Bäumen.«

Flensburg. Damit war die Ermittlung für ihn zu Ende. Mordsachen fielen in die Zuständigkeit der Kripo. Sie würden ihn wieder zu seinen Diebstählen und Schlägereien nach Glücksburg schicken. Jens Druwe beschloss, die kurze Zeit, die ihm blieb, sinnvoll zu nutzen. So lange, wie es noch seine Ermittlung war, wollte er dranbleiben. Das Gefühl genießen. Die Erinnerung an alte Zeiten. Oberkommissar Druwe, Berlin-Mitte. Er war da gewesen, wo das Herz der Welt schlug. Mittendrin. Er hatte sie alle gekannt. Halbseidene Clubbesitzer, Hehler, Informanten, Huren, Koks-Händler. Und die schweren Jungs. Er hatte seine eigenen Methoden entwickelt, mit ihnen umzugehen. Ungewöhnlich manchmal. Etwa einen Bruch durchgehen lassen, wenn er dafür wichtige Hinweise in einer Raubsache oder in einem Mordfall bekommen hatte. Sein Wort hatte etwas gegolten in der Berliner Unterwelt. Selbst die Ganoven hatten ihm vertraut. Zehn Jahre. Die besten seines Lebens. Und heute? Inspektor Druwe. Ordnungspolizei. Der Hühnerdieb-Ermittler aus Glücksburg. Krüppel Druwe. Nach seiner Gerichtsverhandlung hatten Freunde gesagt, es hätte schlimmer für ihn kommen können. Schlimmer? Todeskommando Minensuchtrupp? Erschießung? KL? Stattdessen waren es ja nur Degradierung, Strafbataillon und Stalingrad. Und natürlich seine Hand. Und später dann diese Scheiße hier. Nein, es hätte ganz sicher nicht schlimmer kommen können.

Druwe fand bei den Baracken und in den Ställen nichts Verdächtiges. Er ließ sich auch Gerhard Lesslings Haus zeigen, das etwas abseits als Altenteil vor fast hundert Jahren errichtet worden war. Das Haus und die zwei Scheunen daneben hatte der stellvertretende Kreisleiter von seinem Bruder gemietet. Warum?, fragte sich Druwe. Zur Erholung? Wohl kaum. Selbstverständlich waren alle Türen verschlossen. Er zögerte kurz. Ein Hebel mit dem Brecheisen und er wäre drin. Aber er wagte nicht, die Türen aufzubrechen. Zwar hatte er dazu eigentlich das Recht. Laut Reichsverordnung und neuem Polizeigesetz konnte er sich nahezu überall Zutritt verschaffen. Aber bei einem Parteibonzen und bei dessen Angehörigen konnte das eine Menge Probleme bedeuten. Und dann würden sie ihm noch vorwerfen, dass er nicht zuständig gewesen sei. Auch die Fenster gaben keinen Blick auf das Innere von Haus und Scheunen frei. Entweder waren sie verdreckt, mit Vorhängen versehen oder von innen mit Kalk bestrichen. So blieb Druwes Neugier ausgesperrt. Als er sich schon abwenden wollte, fiel sein Blick auf einen Bretterverschlag, der seitlich im hinteren Bereich des kleinen Hauses angebaut war.

Das Holzlager, dachte Druwe. Vielleicht von innen erreichbar.

Als er in den baufälligen Anbau trat, der kaum zwei mal zwei Meter maß, entdeckte er dort einen Eichentisch, der hochkant an der Hauswand lehnte. Ein Tischbein fehlte, und an einer Kante war das Holz gesplittert. Hinter einem Holzstapel fand Druwe einen Jutesack. Als er ihn öffnete, traute er zunächst seinen Augen nicht. Neben vielen Teilen Silberbesteck entdeckte er darin eine passende Mokkakanne und eine Zuckerdose, zwei Leuchter sowie eine seltsam bemalte Büste aus Holz. Außerdem holte er einen kleinen zusammengerollten Wandteppich und mehrere unförmige Skulpturen, die mit Edelsteinen verziert zu sein schienen, daraus hervor. Druwe atmete tief durch und verschloss den Sack wieder.

Der Duft von Schweinepisse wird es nicht gewesen sein, der Lessling hierher gezogen hatte. So viel war sicher. Aber was hat dieser fette Drecksack hier gemacht?, fragte er sich. Sein Bruder sprach von Lastwagen. Geschäfte. Unsaubere Geschäfte. Ja, das musste es sein. Gerhard Lessling hatte dafür gesorgt, dass hier irgendetwas gelagert werden konnte. Und es musste sich für ihn gelohnt haben, wenn er dafür selbst hierherkam. Einen kurzen Moment zögerte Druwe noch, bevor er den Verschlag wieder verließ. Er fand zwar keine Tür, die ins Haus führte, aber ein winziges, verdrecktes Fenster gewährte ihm einen verschwommenen Blick ins Innere. Möbel. Tische und Stühle übereinandergestapelt. Schrankkoffer. Größere Truhen aus Holz, kleinere aus Metall. Säcke, Regale, aneinandergereihte Gemälde. Büsten und Statuen. Alles stand kreuz und quer, dicht an dicht in dem Raum, den er durch das Fenster erblickte. Er trat wieder vor das Haus und ließ sich seine Verwunderung nicht anmerken.

»Frau Lessling, ich möchte Sie bitten, einen Ihrer Knechte vor dem Haus zu postieren. Niemand darf hier herein. Oder etwas anrühren. Ich hoffe, Sie kommen meiner Bitte nach, denn ich möchte Ihnen ungern eine dienstliche Anweisung geben.«

Magda Lessling nickte nur verstört.

Die Leute hatten Geheimnisse. Das war schon immer so. Und Druwe hatte ein Gespür dafür. Paul Lessling verbarg etwas, sein Instinkt verriet es ihm. Seine Frau war sichtlich erschüttert, aber sie hatte auch Angst. Das konnte Druwe deutlich erkennen. Und Eva Steinfelds Reaktionen auf seine Fragen. Bei aller Abgebrühtheit waren ihm ein unruhiges Augenflattern hier und ein nervöses Händereiben dort nicht entgangen. Nun waren die Zeiten im Moment nicht so, dass man zufrieden und satt in die Zukunft blickte. Aber das hier war etwas anderes. Druwe wollte eigentlich aufgeben und zu Paulsen im Innenhof zurückkehren. Irgendetwas hielt ihn jedoch zurück. Er hatte sich schon immer auf sein Bauchgefühl verlassen können. Und auch diesmal trieb es ihn weiter. Eva Steinfeld versuchte, ihn in ein Gespräch über die Kriegslage zu verwickeln. Sie provozierte ihn, wählte ganz bewusst Worte, die ihr schnell auch sechs Monate Zuchthaus einbringen konnten. Er kannte das Phänomen. Wenn Menschen etwas zu verbergen hatten, dann wollten sie einen ablenken. Sie wählten ein Bauernopfer, um den König zu schützen. Druwe nutzte in solchen Fällen eine Methode, die er sein Heiß-Kalt-Spiel nannte, weil es ihn an das alte Kinderraten erinnerte. Je näher er dabei einem verdächtigen Ort oder einer verfänglichen Information kam, umso heißer wurde es. Umso mehr wollten ihn die Leute davon abbringen. Sie erzählten und gestikulierten. Und sie merkten gar nicht, dass seine kriminalistische Wünschelrute dadurch nur noch stärker ausschlug.

Magda Lessling und Eva Steinfeld hatten ihn auf diese Weise zur Scheune geführt, die rechts auf dem Hofgelände stand. Magda wollte ihm zunächst Frühstück im Haupthaus anbieten. Dann sprach sie plötzlich von Diebstählen und forderte seine Hilfe in dieser Sache. Eva hielt einen Vortrag über die schlechte Versorgungslage der Arbeiter. Sie gab sich besorgt, da einige dieser Leute verschwinden wollten und von Rückkehr in ihre Heimat sprachen. Sie fragte Druwe immer wieder hartnäckig, was er davon halte. Und wie die Behörden darauf reagieren wollten. Aber nun standen sie vor ebendieser Scheune. Druwe war zufrieden, dass sein Spürsinn noch immer funktionierte.

Als er schließlich in die Scheune eintrat, wurden beide Frauen plötzlich sehr unruhig. Er hatte einen sechsten Sinn für so etwas. Eva Steinfelds Stimme wurde etwas schriller. Und als er sich der Leiter zum Boden näherte, stöhnte Magda Lessling schließlich resigniert auf. Langsam stieg er die Stufen hinauf. Er horchte nach oben. Es gefiel ihm nicht, dass er beim Klettern schutzlos war. Denn er brauchte seine linke Hand zum Festhalten. Eine Schaufel von oben oder ein Sack, und es würde ihn hart treffen. Nun aber, da er hier oben stand, läuteten bei ihm alle Alarmglocken. Er sollte auf die Verstärkung warten. Oder zumindest Paulsen holen, der draußen unter dem Baum saß und dort eine Limonade trank. Druwe zog seine Waffe. Es war immer noch ungewohnt, sie links zu halten. Leise näherte er sich der Tür, die am Ende einer kleinen, in rauen Bohlen gefassten Diele lag. Hier fand sich der dicke Staub, wie er in Ställen und Scheunen typisch ist. Aber die Mitte war frei von Dreck, diese Bretter wurden in letzter Zeit betreten. Und zwar oft. Die Tür war einfach, aber schwer gearbeitet. Kein Schloss, Druwe erkannte jedoch einen Riegel außen, der nicht vorgelegt war. Wahrscheinlich gab es innen auch einen, dachte er sich.

»Polizei! Öffnen Sie die Tür! Treten Sie dann mit erhobenen Händen zurück. Ich werde sonst von der Schusswaffe Gebrauch machen. Widerstand ist zwecklos. Draußen stehen meine Kollegen, also versuchen Sie nicht zu fliehen.«

Druwe entschied sich für einen Bluff. Nach seiner Erfahrung war es besser, Leuten Respekt einzuflößen, statt sie zu überraschen. Letzteres führte immer zu unkontrollierten Reaktionen und hatte manchen Kollegen das Leben gekostet. Sollte die Scheune leer sein, wäre nichts verloren außer ein paar sinnlosen Sätzen. Druwe musste sich aber eingestehen, dass er auf diese Weise auch seine eigene Verunsicherung überlisten wollte. Die Sache hier stank zum Himmel. Der Mord an Lessling. Die seltsamen Tatortspuren. Das Haus des Toten hier auf dem Hof. Die Transporte. Er wartete geduldig, hörte auf seine Atemzüge, während die Sekunden vergingen. Druwe spürte die Anspannung. Mehr noch. Es war Erregung. Und dieses Gefühl genoss er. Es war nicht die Überlegenheit, die ihn reizte. Viele seiner Kollegen waren zu überheblich. Dann machte man Fehler. Nein, er liebte die Spannung, die der Moment der Entscheidung mit sich brachte. Er war jetzt hellwach. Das war schon immer so gewesen. Keine Übermüdung, kein Suff oder Kater konnten ihn vom Jagen abhalten. Er lauschte nach den Geräuschen des Raubtiers, das er erlegen wollte. Nichts. Oder war da ein Knarzen von Bodenbrettern? Er horchte gespannt. Hatte er sich geirrt? Weitere Zeit verging, dann plötzlich hörte er das hölzerne Schaben des Türriegels auf der anderen Seite. Druwe atmete tief ein und aus. Konzentration.

Jetzt nur keine übermütigen Fehler machen, nur weil du recht hattest, dachte er. Fehler waren in seinem Beruf oft tödlich. Die Tür öffnete sich langsam. Der Raum dahinter war hell genug, um zu erkennen, dass er wohnlich hergerichtet war. Einfache Betten, ein Tisch. Ein Bauernschrank.

»Weg von der Tür! Und Hände nach oben!«

Druwe suchte seitlich im Türrahmen Deckung. Er trat gegen das Türblatt, das krachend und mit einem dumpfen Knall aufschlug. Zwei Meter vor ihm stand ein hagerer Mann mit erhobenen Händen. Sein Alter war schwer einzuschätzen, wie bei vielen Leuten in diesen Tagen. Er trug einen schäbigen grauen Anzug, an Ärmeln und Hosenbeinen zu lang und umgekrempelt.

»Nicht schießen! Ich komme mit Ihnen.«

Fast schien es, als wollte er Druwe wieder aus dem Raum drängen.

»Ich gebe alles zu. Und werde keinen Ärger machen.«

Fehlerfreie Aussprache, fast ohne Akzent. Also kein Zwangsarbeiter oder Ostflüchtling, dachte Druwe. Vielleicht ein Deserteur. Er sah sich um. Betten. Zwei Vorhänge trennten kleine Bereiche ab. Auf dem Tisch standen mehrere Holzbecher. Und drei Teller.

»Wie heißen Sie?« Druwe wandte sich wieder dem Mann zu.

»Steinfeld. Ludwig Steinfeld. Meine Schwester hat nichts damit zu tun, sie weiß nicht, dass ich hier bin. Ich unterschreibe Ihnen alles. Aber bitte, halten Sie meine Schwester da raus. Kommen Sie, bringen wir es hinter uns.« Steinfeld wollte sich durch die Tür schieben, die Hände jetzt hinter dem Kopf verschränkt.

Der kennt sich mit so etwas aus, dachte Druwe.

»Bleiben Sie hier. Hinlegen. Auf den Bauch. Sofort.«

Steinfeld gehorchte, und Druwe betrachtete wieder die Vorhänge. Langsam bewegte er sich darauf zu. Der am Boden liegende Steinfeld hob mühsam den Kopf.

»Ich bin allein hier. Sie haben mich, also was soll das?«

Druwe nickte. »Klar. Allein. Und Sie haben gern in mehreren Betten geschlafen. Und aus mehreren Becherchen getrunken. Wie bei den sieben Zwergen.«

Er entschied sich wieder für einen Bluff.

»Sie da. Hinter dem Vorhang. Kommen Sie heraus. Ich weiß, dass Sie da sind.«

Einen Augenblick später traten fünf weitere Gestalten hervor. Druwe hörte ein Stöhnen aus Steinfelds Richtung. Eine junge Frau hielt zwei Kinder im Arm. Ein Paar in mittlerem Alter umfasste sich an den Händen. Alle waren blass, als hätten sie monatelang kein Tageslicht gesehen. Und sie waren abgemagert.

Lebende Skelette, dachte Druwe. In den Augen des Pärchens las Druwe Resignation und Abstumpfung. Die Kinder starrten ihn aus großen braunen Mandelaugen an. Seltsam, dachte er. Wenn Menschen abmagern, scheinen ihre Augen immer größer zu werden. Die Frau wirkte krank und eingefallen, die Haut war welk, Druwe erkannte unter dem groben Hemd schlaffe große Brüste. Aber ihre Augen zeigten Kampfwillen. Sie war die Mutter. Druwe blickte in diese Augen und wusste es. Nur Mütter hatten die Kraft, dieses Feuer in sich zu erhalten. Trotz aller Not und Auszehrung. Zum Schutz ihrer Kinder.

»Das sind Landarbeiter. Sie wissen doch, wie das ist. Ausgebombter Hof bei Hamburg. Die Leute konnten hier unterkommen.« Steinfeld.

»Schnauze. Also, wer seid ihr?«

Die ältere Frau antwortete ihm.

»Ich bin Rachel Isensteijn. Das ist …« Sie wurde von der Jüngeren unterbrochen, ergriff aber sofort wieder das Wort.

»Nein, lass, Sarah. Es hat doch keinen Zweck mehr. Ich bin müde. Ich kann nicht mehr. Und Lewi denkt ebenso.« Sie blickte ihren Mann an und drückte ihm beide Hände.

»Wie lange seid ihr schon hier?« Druwe ahnte die Antwort. Wieder antwortete die Frau, die Rachel hieß.

»Seit vier Jahren. Wissen Sie, wie das ist, Herr Kommissar? Immer diese Angst, wenn die Laster kamen. Die Männer unten. Keine Sonne für die Kinder. Kein Gras, auf dem sie toben. Kein Frühlingsregen. Keine Schneemänner. Kein Wind auf der Haut. Es ist vorbei, Sie können mit uns machen, was Sie wollen.«

Juden. Druwe war wie betäubt. Das letzte Mal hatte er östlich von Brest-Litowsk mit ihnen zu tun gehabt. Er war im Polizeibataillon eingesetzt gewesen. Zigeuner, Juden und Asoziale. Sie sollten das neue Polen und die eroberten russischen Gebiete von diesen Leuten säubern, wie es in dem sterilen Befehlsdeutsch hieß. Scheiße! Bei dem Gedanken daran wurde Druwe übel. Zusammentreiben. Familien auseinanderreißen. Besitz zerstören. Einpferchen. Prügeln. Töten. Das war die ganz und gar unsterile Wirklichkeit gewesen damals. Er könnte jetzt einen Schluck vertragen. Den Dreck runterspülen, die Seele mit klaren Schnäpsen desinfizieren. Juden. Hier. Verdammt noch mal. An der Front hatte er danach nichts mehr damit zu tun gehabt. Als er vor zwei Jahren nach seiner Verwundung und dem Aufenthalt im Lazarett hier im Norden angekommen war, hatte er vieles vergessen. Verdrängt. Die Teufel hatten ihr Werk getan, so schien es. Aber jetzt bist du hier. In Kattrup stehen fünf von denen vor dir. Große Politik wird anderswo gemacht. In Berlin, Nürnberg, München. Aber Menschen werden in kleinen Orten getötet. In Srapolje. Naridansk, Hzalarow. Und jetzt auch noch in Kattrup?

Druwe spürte Verzweiflung in sich aufsteigen. Warum war er nicht auf der Wache geblieben? Mit Hülser Karten spielen, lesen, saufen. Dieser Fall wuchs ihm langsam über den Kopf.

»Inspektor?« Druwe wurde aus seinen Gedanken gerissen. Wachtmeister Paulsen stand offenbar unten in der Scheune und rief nach ihm.

»Inspektor, alles in Ordnung?«

»Ja, Karl, ich komme. Bleib unten, es lohnt sich nicht, die Stiefel schmutzig zu machen.«

Druwe blickte die fünf ausgemergelten Gestalten an. Seine Entscheidung stand fest. Genau das hatte er immer gut gekonnt. Entscheiden und Handeln. Dass dieses Handeln auch Konsequenzen hatte, wusste er. Oft waren das auch unangenehme Konsequenzen. Aber er hatte sie immer akzeptiert.

»Was haben Sie ausgefressen, Steinfeld? Warum haben Sie sich hier versteckt? Sind Sie von der Front abgehauen?«

»Nein. KL Fuhlsbüttel. Bei der Verlegung nach Norden habe ich mich wohl verlaufen.« Ludwig Steinfelds Stimme klang bissig. Druwe pfiff leise durch die Zähne. Die Sache wird ja immer besser.

»Kommen Sie, Steinfeld. Gehen wir.«

Ludwig Steinfeld erhob sich langsam und blickte ihn fragend an. Druwe deutete mit seiner Pistole in Richtung Treppe.

»Raus hier. Und keine Dummheiten.« Dann schloss er die schwere Tür hinter sich. Seine Entscheidung stand fest. In Kattrup starb heute niemand mehr.

Jens Druwe hielt kurz inne. Er hatte diesen Steinfeld. Für ihn würde die Sache nicht gut ausgehen, so viel stand fest. Aber Druwe konnte sieben andere Menschenleben retten. Oder zerstören. Paul Lessling. Was hatte er gewusst? Welche Sache lief hier, vielleicht hatte er sogar zusammen mit seinem toten Bruder ein Ding ausgeheckt? Und Eva Steinfeld. Hatte sie ihrem Bruder geholfen? Oder war sie wirklich ahnungslos? Die jüdische Familie. Fünf Menschen, versteckt wie Ratten hinter Kisten und Säcken. Kinder ohne Licht und Luft. Menschen, die nicht wirklich Menschen sein durften. Druwe hatte den Rassenwahnsinn nie verstanden. Nicht, dass er sich groß darum gekümmert hätte. Und er hatte auch früher nichts dagegen unternommen. Er las damals manchmal die dienstlichen Berichte und die Rechtfertigungen in den Pressemitteilungen. Und dann hieß es plötzlich: Berlin ist judenfrei. Dieses teuflische Gift, diese Mischung aus Gleichgültigkeit und abgrundtiefem Hass hatte sich eines ganzen Volkes bemächtigt. Verbreitet von Männern, die ihre eigenen Gefühle der Minderwertigkeit dadurch verdeckten. Vollstreckt von normalen Beamten, von Polizisten und Soldaten. Ja, er, Druwe, hatte es im Osten erlebt. Die Männer der SS waren zwar oft dabei, aber viel häufiger waren es normale Leute, die schlugen, traten und schossen. War es die süße Versuchung, wie Gott zu sein, die sie dazu verleitet hatte? Die Versuchung, entscheiden zu können, wer lebte und wer starb? War es dieses berauschende Gefühl der Macht über Leben und Tod? Druwe wusste es bis heute nicht. Aber er wusste, dass diese Empfindungen nur allzu gierig aufgesogen wurden. Er hatte die Mordlust in den Augen seiner Kameraden gesehen. Als wären sie infiziert von einer Krankheit, die anderen den Tod brachte. Auch er selbst war schuldig geworden. Ihn hatten diese Aktionen angekotzt, aber er hatte nichts dagegen getan. Nein, niemand würde ihm diese Schuld abnehmen können. Schon jetzt prophezeiten ihm seine Albträume, was ihn erwartete, wenn eine höhere Instanz je über ihn richtete. Er spürte noch heute seine rechte Hand. Er spürte den Finger, der den Abzug der Halbautomatik drückte.

Aber hier und heute konnte Druwe sie alle retten. Er musste nur wegsehen und schweigen. Das haben wir ja alle lange geübt, dachte er. Wegsehen wird nach dem Krieg neue olympische Disziplin werden, in der wir Deutsche immer Gold holen. Aber Druwe wusste, er würde auch ein Leben zerstören, Ludwig Steinfelds Leben. War er der Täter? Hatte er Gerhard Lessling erschlagen? War der Tote ihnen auf die Schliche gekommen? Oder war es eine Rachetat? Aber egal, ob Ludwig Steinfeld der Täter war oder nicht. Er würde die nächsten Tage nicht überstehen. Steinfeld sah fürchterlich aus. Auch er hatte die typisch aschgraue Haut langjährig Inhaftierter. Die Gesichter der versteckten Juden waren fahl. Und unsere waren es auch schon längst.

Wir alle kehren mit leeren Händen zurück. Wir zerfallen alle zu Asche. Sieger und Besiegte. Und am Ende sind wir alle eins.

Druwe kannte seine Dämonen. Und dieser Steinfeld schien mit den Seinigen auch Erfahrung zu haben. Der Mann trug Falten im Gesicht, so tief und rissig wie Gebirgskrater. Unmöglich, sein Alter zu schätzen. Große Augenmurmeln, die in dunklen Höhlen in den Schädel gegraben zu sein schienen. Magere Finger, die Spinnenbeinen gleich nun an seinem Hinterkopf lagen. Kurze, dünne Haare, bereits ergraut. Gesichts- und Kopfhaut von Narben überzogen. Dieser Mann hat eine Menge einstecken müssen, und er hat es alles überlebt. Und jetzt komme ich, dachte Druwe.

Als er mit Steinfeld auf den Innenhof trat, stürmte Eva Steinfeld auf ihren Bruder zu.

»Ludwig. Nein. Nicht schon wieder.« Sie fuhr plötzlich zu Druwe herum. Die Ohrfeige kam derart unvermittelt, dass er nicht mehr reagieren konnte. Ein stechender Schmerz fuhr durch seinen linken Wangenknochen.

»Sie Schwein! Sie bringen ihn um. Macht euch das Spaß, ja? Menschen zu quälen und zu töten?« Sie begann zu weinen.

»Lass gut sein, Eva.« Der Gefangene drehte sich zu Druwe um. »Bitte. Sie wusste nichts. Ich habe mich nachts hierher geschlichen. Ohne ihre Hilfe. Und ich unterschreibe jedes Geständnis. Ich bitte Sie.« Dann blickte er seine Schwester eindringlich an. »Sei jetzt still, Eva. Hörst du? Du hast es nicht gewusst, ist das klar?«

»Ich lasse mir …« Eva Steinfeld verstummte, senkte den Kopf, rang um Fassung. Dann fuhr sie an Druwe gerichtet fort. »Herr Inspektor, es tut mir leid. Wenn Sie mich jetzt mitnehmen müssen, bitte.« Er war wieder beeindruckt von ihrer Art, sich schnell in veränderte Situationen einzufinden. Eben war sie noch verzweifelt und aufgelöst, plötzlich wirkte sie beherrscht und vorausschauend. Er schüttelte den Kopf und rieb sich dabei die Wange.

»Seien Sie vorsichtig, Fräulein Steinfeld. Wenn die Kollegen aus Flensburg hier sind, kann Sie so etwas in Teufels Küche bringen.«

»Glauben Sie mir, Herr Inspektor. Dort war ich schon öfter, als Sie ahnen.« Eva Steinfeld blickte ihn eindringlich an. »Wo werden Sie meinen Bruder hinbringen? Ich möchte versuchen, ihm zu helfen. Er hat nichts getan. Überall in Hamburg herrscht doch Chaos. Mein Bruder ist nicht geflohen, er wusste nur nicht, was er tun sollte. Er hat ein ordentliches Gerichtsverfahren verdient.«

Ordentliches Verfahren. Druwe musste schlucken. Waren die Gerichte schon in den vergangenen Jahren wenig zimperlich, so kam es in den letzten Monaten zu einer geradezu wahnwitzigen Aburteilung all derer, die dem System nicht genehm waren. Schuldig? Sehr gut. Todesstrafe. Unschuldig? Auch gut. Todesstrafe. So sahen heute ordentliche Verfahren aus, dachte Druwe bitter. War Eva Steinfeld nur naiv? Nein, er konnte nicht umhin, diese Frau erneut zu bewundern. Sie strahlte etwas aus, das von einer festen inneren Haltung zeugte. Sie glaubte tatsächlich selbst in diesen Zeiten noch an etwas Gutes. Eva Steinfeld flößte ihm mehr Respekt ein, als es jeder Muskelprotz oder Schreihals in den vergangenen zwölf Jahren konnte. Und diese Erkenntnis bekräftigte ihn in seiner Entscheidung nur noch.

»Paulsen! Wo steckst du, Karl?«

Der Wachtmeister kam aus dem Hauptgebäude. Offenbar war ihm dort ein zweites Frühstück angeboten worden, dem er nicht widerstehen konnte. Er wischte sich die Milch vom Mund.

»Karl, wir haben hier einen flüchtigen KL-Häftling. Ich nehme an, der Kerl …« Druwe deutete auf Steinfeld, der seitlich neben ihm stand. »… hat sich hier ohne das Wissen von Familie Lessling versteckt. Vielleicht haben ihm die Fremdarbeiter geholfen. Wird schwer zu klären sein. Sonst gibt es hier nichts Auffälliges. Oder hast du etwas bemerkt?«

Paulsen kaute noch. »Nein. Hab mir das, äh, Haus mit der Küche angesehen. Alles in Ordnung. Anständige Leute.«

»Sag ich doch. Also gut, Karl. Wir müssen zurück, die Kollegen aus Flensburg rücken bald an.«

Paulsen nickte nur stumm und folgte Druwe in Richtung Feldweg. Mehrmals musste er den geschwächten Ludwig Steinfeld davor bewahren, über Unebenheiten zu stolpern.

3

Also fragen wir beständig,
Bis man uns mit einer Handvoll
Erde endlich stopft die Mäuler –
Aber ist das eine Antwort?

Heinrich Heine (1797–1856), Zum Lazarus

ZWEIFEL

Als Druwe mit Paulsen und Steinfeld ins Dorf zurückkehrte, bemerkte er sofort das BMW-Motorradgespann Typ R71 neben der Gendarmerie. Der Motor war noch heiß, das erkaltende Metall knackte leise vor sich hin. In diesem Moment traten auch schon zwei Männer durch die Tür der Amtsstelle auf die Straße. Druwe entfuhr ein leises Stöhnen. Vor ihm stand Hans Oberbauer, sein ehemaliger Assistent aus Kripo-Tagen. Ausgerechnet Oberbauer. Das halbe Reich war auf der Flucht. Die Dienststellen im Osten waren alle überrannt und überflüssig oder wurden zusammengelegt. Überzähliges Personal kam an die Front. Chaos und Auflösung allerorten. Und plötzlich war Hans Oberbauer auch hier im Norden. Druwe hatte eigentlich nichts gegen seinen ehemaligen Kollegen aus alten Zeiten. Oberbauer war etwa zehn Jahre jünger als Druwe. Sie hatten eine Zeit lang gemeinsam in Berlin ermittelt. Er, Druwe, als Kommissar, später sogar Kriminalrat auf Probe. Hans Oberbauer als sein Kriminalassistent. Es hatte sich eine Art spröder Freundschaft zwischen beiden entwickelt.

In fachlichen Dingen hatten sie damals gut zueinander gepasst. Druwe war der Denker, Oberbauer war der Macher. Der eine zurückhaltend, der andere stramm drauflos. Sie hatten beide voneinander gelernt. Gemeinsam hatten sie manche harte Nuss weich geklopft. Dann hatten sich ihre Wege getrennt. Himmler drängte damals alle oberen Ränge der Kriminalpolizei in die SS. Und Oberbauer hatte sich angepasst, war bereitwillig der Aufforderung gefolgt. Seither hatten sich die beiden Männer entfremdet. Misstrauen hatte sich in das ehemals innige Verhältnis geschlichen.

Druwe hatte sich geweigert, den vorgeblich freiwilligen Antrag einer Aufnahme in die SS zu unterschreiben. Daraufhin war er von seinem Chef, SS-Gruppenführer Arthur Nebe, versetzt worden. Zu Druwes eigenem Schutz, hatte er gesagt. Nebe war damals Leiter der Reichskriminalpolizei und – seit Kriegsbeginn gegen die Sowjetunion – auch Kommandeur der Einsatzgruppe B im Osten. Die alte Drecksau, dachte Druwe bei sich. Ihm habe ich die ganze Sache zu verdanken. In Momenten wie diesen schmerzte sein Stumpf wieder unerträglich. Dabei hatte Nebe nur das Beste für ihn gewollt, wie er damals betont hatte. Viel länger konnte Druwe jedoch seinen Gedanken nicht nachhängen, denn Oberbauer stürmte auf ihn zu.

»Da ist ja der alte Druwe. Mensch, Jens, lange nicht gesehen.« Oberbauer lächelte und wollte seinem ehemaligen Kollegen schon die Hand reichen, zog sie jedoch schnell zurück, als er seinen Fehler bemerkte. Stattdessen umarmte er Druwe. Beide Männer merkten jedoch sofort, dass diese Geste zu freundschaftlich war. Verlegen lösten sie sich voneinander.

»Darf ich dir Peter Jünger vorstellen? Mein Assistent seit etwa einem halben Jahr. Peter, das ist Jens Druwe. Ich habe dir schon ein paar Mal von ihm und unseren gemeinsamen Zeiten in Berlin erzählt.«

Da Druwe im Gegensatz zu den beiden Kripo-Männern keine Uniform trug, war sich Jünger offenbar unschlüssig, wie er grüßen sollte.

Obwohl er Druwes Handicap und dessen rechte Lederhand bemerkt hatte, entschied er sich schließlich doch für die militärische Variante mit Führergruß.

»Heil Hitler, Herr ...« Erst jetzt bemerkte er, dass er nicht ordnungsgemäß grüßen konnte, ohne Druwes Rang zu kennen.

Oberbauer brach in schallendes Gelächter aus.

»Lass gut sein, Peter. Du bringst den guten Jens in Verlegenheit. Der Herr Inspektor kann ja kaum ordnungsgemäß zurückgrüßen. Und mit der Linken hat der Führer es ja bekanntlich nicht so.« Oberbauer amüsierte sich über seinen eigenen Witz. »Sagen wir einfach hallo und nennen uns so, wie unsere Mütter es getan haben.«

»Wie denn? Hansi?« Druwes Stimme klang etwas sarkastischer als beabsichtigt. »Und dann ist das sicher das Peterle, oder? Hallo, ich bin der Jens.«

Oberbauer brach erneut in Gelächter aus, während sein Assistent eher etwas säuerlich wirkte.

»Ganz der Alte. Aber genug der Plaudereien und des Minnesangs. Wie ich höre, gibt es einen Fall, Jens? Und wenn ich es richtig verstanden habe, ist ein hohes Parteimitglied das Opfer?«

Druwe blickte Paulsen vorwurfsvoll an, der nur mit den Schultern zuckte.

»Der Wachtmeister vor Ort hat uns informiert. Wenn auch etwas spät ...« Jünger sprach den Satz gedehnt. Auch er blickte den Kattruper Polizisten streng an, der jetzt offensichtlich gern irgendwo anders gewesen wäre.

»Entschuldigung, Herr Inspektor.« Paulsen warf Druwe einen fast flehenden Blick zu. »Sie haben mich gleich am Telefon befragt. Da musste ich ihnen das mit Lessling, äh, ich meine, mit dem Herrn Kreisleiter Lessling sagen.«

Karl Paulsen wand sich, als wären ihm Daumenschrauben angelegt worden. Druwe machte ihm keine Vorwürfe, das Kompetenz- und Zuständigkeitsgerangel hatte das selbständige Denken und die Courage bei den unteren Dienstgraden schon lange abgelöst. Jede Äußerung konnte zu einer Abmahnung, Versetzung oder Degradierung führen. Oder zu Schlimmerem.

»Sehr gut, Paulsen. Sehr gut.« Oberbauer. »Keiner will Ihnen Vorwürfe machen. Die Zeiten sind unruhig. Und die Telefonleitungen ständig überlastet. Gut, dass Sie ordentlich Meldung gemacht haben. Immerhin haben Sie überhaupt jemanden informiert. Wenn auch nicht den Richtigen ...«

Eins zu null für dich, Hans, dachte Druwe. Der Seitenhieb gegen ihn und seine Zuständigkeit hier vor Ort war ihm nicht entgangen.

»Der Tod eines PM, zumal in derartiger Stellung, erfordert kompetentes Personal bei der Ermittlung«, fuhr Oberbauer fort. »Kripo eben. Es ist Vorschrift, dass in einem solchen Fall mindestens ein Kriminalrat mit den Ermittlungen befasst sein muss.«

Erst jetzt blickte Druwe auf Oberbauers Schulterklappen. Der Bursche hat es weit gebracht, seit wir uns das letzte Mal gesehen haben, dachte er. Oberbauer war nun SS-Hauptsturmbannführer und somit Kriminalrat der Sicherheitspolizei. Nach seiner Beförderung zum Sturmbannführer wäre es selbst auf dem besten Weg zu einem hohen Tier.

»Glückwunsch übrigens.« Druwe deutete mit dem Kopf in Richtung Schulterklappen.

Oberbauer nickte nur. »Böse Sache, das Ganze. Hinsch ist stinksauer. Ich habe ihn nur kurz gesprochen. Wir haben genug Ärger am Hals. Im Moment können wir einen solchen Scheiß nicht gebrauchen. In Flensburg tut sich was. Es gibt allerlei Gerüchte. Vielleicht kommt Dönitz. Oder Bormann. Keine Ahnung, aber den Mord müssen wir schnell vom Tisch kriegen. Also komm rein, wir brauchen deine Informationen, Jens.« Er winkte mit der Hand in Richtung der Gendarmeriestube.

In der nächsten halben Stunde berichtete Druwe von den wesentlichen Ergebnissen seiner Arbeit. Ein paar Kleinigkeiten ließ er aus, da er sie lieber nur mit Oberbauer unter vier Augen besprechen wollte. Seine Vermutungen über Lesslings lukrative Nebentätigkeiten gehörten dazu. Und ebenso die Familie Isensteijn.

»Eigentlich scheint die Sache klar zu sein. KL-Häftling taucht nach seiner Flucht auf dem Hof unter, auf dem seine Schwester arbeitet. Dann kriegt er mit, dass ein langjähriger Parteigenosse und hoher Funktionsträger in der Nähe ist. Er nutzt die Chance und ...« Oberbauer rieb sich das Kinn.

»Andererseits ist da noch sein Bruder, den Gerhard Lessling fast in den Ruin getrieben hat. Auch die Schwester dieses Häftlings hatte sicher ein Motiv. Und im Dorf hat sich unser Herr Kreisleiter auch nicht gerade beliebt gemacht. Vielleicht war es auch eine Handlung, die sich zufällig ergeben hat. Lessling stolziert im Dunkeln in Prachtuniform über die Felder, trifft auf ein paar Fremdarbeiter und schon ist es passiert. Die krakeligen Buchstaben auf seinem Hintern weisen in diese Richtung«, warf Krimininalassistent Jünger ein.

»Lessling hat sich nirgendwo beliebt gemacht«, sagte Druwe. »Der Frau vom Wirt wollte er an die Wäsche, hat mir Paulsen erzählt.« Der still in der Wachstube sitzende Polizist nickte eifrig, offenbar froh, dass er durch diese Bemerkung ebenfalls Beachtung fand. »Und mit dem Bürgermeister war er wohl auch nicht grün, oder Paul?«

»Nee, Rücker konnte ihn nicht leiden. Er ...«, bestätigte der Wachtmeister.

»Hahnenkämpfe«, unterbrach Druwe ihn. »Rücker hatte wohl Angst, dass Lessling ihm hier das kleine Reich streitig machen könnte.«

»Trotzdem, Jens. Ein entflohener Strafgefangener, untergetaucht auf dem Hof, der sich direkt in der Nähe zum Tatort befindet. So viele Zufälle gibt es nicht.« Oberbauer rieb sich die Stirn.

»Wenn wir diesen Steinfeld in die Mangel nehmen, wird er schnell gestehen. Da bin ich mir sicher«, schob Jünger hinterher.

Druwe musste seine Wut auf den Kriminalassistenten beherrschen. Er hatte von der ersten Minute an Schwierigkeiten mit Oberbauers jungem Mitarbeiter. Typ Heißsporn und Besserwisser. Aber wie war er selbst in dem Alter gewesen? Im ersten großen Krieg mit voller Begeisterung für den Kaiser ins Feld gezogen. Aus Pfützen gesoffen, während die Herren Generäle den Schampus becherten. Die da oben brauchen immer Ochsen, die ihren Pflug ziehen. Und die Ochsen kriegen gar nicht mit, wenn den Bauern der Schlag trifft. Sie laufen einfach weiter. Trotzdem. Oberbauer und Jünger waren lästig, weil sie ihn stören konnten. Weil sie versuchen würden, ihn auszubooten. Druwe wusste, dass er als Ordnungspolizist nicht für Mordsachen zuständig war. Und Jünger schien ihm ein wenig übereifrig und genau. Wie alt mag er sein?, fragte sich Druwe. Mitte oder Ende zwanzig? Dann hatte der alles mitgemacht. Von der Hitlerjugend und dem Arbeitsdienst bis zur allgemeinen Wehrerziehung, vielleicht sogar Napola und Offiziersschule. Jünger war einer von jenen jungen Männern, wie sie sich der Führer wünschte. Die Tinte, mit der sein bisheriges Leben geschrieben war, war braun. Etwas Vorsicht schien Druwe da geboten. Denn es hatte ihn gepackt. Er wollte an dem Fall dranbleiben. Es war sein Fall. Wir werden sehen, dachte er sich.

Oberbauer saß derweil in seiner SS-Uniform lässig an Paulsens Schreibtisch. Er wirkte glatt und korrekt. Wie immer. An Menschen wie ihm blieb kein Dreck haften. Und solche Leute fielen immer nach oben.

»Was haltet ihr davon, wenn ihr beiden ...« Druwe deutete mit dem Finger auf die beiden SS-Männer. »... euch mit Paulsen den Fundort anseht? Danach treffen wir uns im Gasthof. Lessling soll dort übernachtet haben. Wir können dann alles besprechen und die weiteren Ermittlungen koordinieren.«

»Koordinieren?« Jüngers Stimme überschlug sich etwas. »Was heißt hier koordinieren? Sie sind in dieser Sache nicht zuständig, Herr Inspektor Druwe. Wir ...«

»So machen wir es, Jens.« Oberbauer unterbrach seinen jungen Assistenten. »Ich dachte, wir haben uns aufs Du geeinigt, Peter. Mach die Sache nicht so unnötig kompliziert. Kommen Sie, Paulsen. Zeigen Sie uns den Fundort der Leiche.«

Als der verstörte Wachtmeister durch die Tür ging, schob Oberbauer auch seinen sichtlich empörten Assistenten Jünger unsanft aus der Revierstube.

Der Dorfkrug in Kattrup hieß *Zum Krug*. Wie originell. Es war ein altes Haus, das bessere Zeiten gesehen hatte. Vor der Tür zwei große Tröge. Einer leer und sauer stinkend. Fürs Kotzen. Der andere randvoll mit Wasser. Für durstige Hunde und Pferde. Und besoffene Schweine. Zum Abkühlen. Als Druwe die Tür öffnete, raubte ihm der Gestank kurz den Atem. In Großstädten roch es ja immer. Neben dem Odeur der Mitmenschen, dem Pferdemist, den Abgasen und dem Kohlegestank fiel Kneipenmief nicht weiter auf. Aber hier draußen. Erst die klare Luft und dann das – Rauch, Schnaps, Bier, Küchendunst und saurer Schweiß. Vorn im Windfang standen die Überschuhe, an den Wandhaken hingen grobe Mäntel. Aus dem Schankraum drangen vereinzelte Laute. Hier war der Nabel der Welt. Überall auf der Welt. Zu Hause wurde gefickt und geboren. Vielleicht auch gestorben. Aber in den Tavernen und Gasthäusern kamen die Ideen zur Welt. Meistens kleine, manchmal große. Hin und wieder auch teuflische. Schließlich hatte auch der Führer sein Parteiprogramm in jenem Hofbräuhaus zu München verkündet. In Wirtshäusern wurde eben Zukunft gestaltet. Alles Wichtige entschied sich hier. Die Schlaglöcher auf der Straße nach Mohrkirch. Die verdreckten Gräben an der Gemeindegrenze. Die Grenzsteine waren auch locker. Die verdammte Kälte. Die Flurbereinigung im Kreis. Die Pflege der Wälle und Hecken. Der alte Bürgermeister war auch der neue. Sofern die Partei es wollte.

Druwe hörte ein paar Augenblicke zu. Es waren auch neue Töne dabei. Kommen die Iwans bis Schleswig-Holstein? Selbst wenn? Macht keinen Unterschied. Auch die Tommys werden uns die Tiere klauen. Der Führer hat noch was, wartet es nur ab, ihr Schwarzmaler. Der Ulli Brandner aus Gelting war hier. Wir sollen unsere Waffen vergraben. Einölen vorher nicht vergessen, hat er gesagt. Wenn die Briten hier sind, holen wir sie hinter ihrem Rücken raus und versohlen ihnen kräftig den Arsch. Was sagte Ulli? Wir sind dann das *Wehrdorf* oder so ähnlich. Quatsch, du Trottel, er sagte *Werwolf*.

Druwe trat ein. Der Duft war ohrenbetäubend. Plötzliche Stille. Alle starrten ihn an. Er war nicht von hier. Diese Welt war klein, man hätte ihn nicht anders betrachtet, wenn er Kaiser Haile Selassie von Abessinien gewesen wäre. Obwohl es noch nicht Samstagmittag war, saßen einige Gestalten im Raum. Da gab es eine Gruppe älterer Stammtisch-Strategen. Zu alt für die Arbeit. Zu alt sogar für den Krieg. Und etwas abseits saßen ein paar blutjunge Männer, wahrscheinlich noch freigestellt vom Wehrdienst. Die erste Feldarbeit des Jahres war getan. Man wartete auf Wärme.

»Ja?« Der Wirt stand seitlich hinter dem Tresen. Seine Uhr schlug im Sieben-Minuten-Takt. Und vielleicht auch sein Herz. Nach gutem deutschem Reinheitsgebot. Er trug eine einfache Jacke, darüber eine Brauereischürze. Druwe sah, dass der linke Ärmel in typischer Weise eingeschlagen war. Noch ein Krüppel.

»Ein Bier.« Druwe legte eine Mark auf den Tresen, zusammen mit seiner Dienstmarke.

»Ich dachte, ihr trinkt nicht, wenn ihr im Dienst seid.«

»Manche Kühe scheißen auch, wenn sie gerade gemolken werden.« Druwe schien immerhin den richtigen Ton getroffen zu haben, denn der Wirt lächelte kurz, als er das Geld einsteckte.

»Sind 'n Spaßvogel, Herr Inspektor, was?«

»Wenn man mich nicht ärgert. Und höflich meine Fragen beantwortet – ja.«

Einige Leute wollten plötzlich gehen, aber Druwe hielt sie zurück.

»Aber, aber, meine Herren! Ich wollte sie doch nicht von Ihren Gesprächen abhalten. Bleiben Sie doch noch, sonst muss ich Sie nach Glücksburg vorladen. Wäre ein Jammer um die verlorene Zeit, oder?«

Missmutiges Gemurmel, aber die, die sich erhoben hatten, setzten sich wieder. Die Zigaretten wurden wieder zwischen die Zahnstummel geschoben. In den Gläsern schwamm noch ein Rest der schalen Morgenandacht.

»Wie heißen Sie?« Druwe wandte sich wieder dem Gastwirt zu und fingerte umständlich mit seinem Notizbuch und dem Bleistift auf dem Tresen herum. Scheiß Stumpf.

»Henning Weber.« Der Wirt blickte ihn an. Druwe rutschte ab, und das Notizbuch klappte zu. Er fluchte. Weber deutete mit einer Kopfbewegung auf die Handprothese des Polizisten.

»Im Osten?«

»Stalingrad.« Die Zeiten, in denen dieser Name Respekt einflößte, waren endgültig vorbei. Heute lag Stalingrad überall in Deutschland. Weber nickte nur.

»Sagt Ihnen der Name Gerhard Lessling etwas?«

»Hm. Unser lieber Kreisleiter? Stellvertretender Kreisleiter. Hm. Kam mal vorbei.«

»Na, na. Nicht so mundfaul, Weber. Sonst geht es ab nach Glücksburg zu einem offiziellen Verhör.« Das zog immer. Fast alle knickten bei dieser Drohung ein. So auch Weber.

»Ist ja gut. Lessling – ja, der war öfter hier. Sein Bruder hat ja den Hof, drüben nach Lüttfeld raus.«

»Wissen Sie, was heute Nacht passiert ist?«

»Na ja, man hört so einiges, wenn man eine Kneipe hat.« Druwe kannte diese Reaktionen. Argwohn überall. Die Leute waren an zwölf Jahre Bespitzelung gewöhnt. Dabei waren sie es vor allem selbst, die sich gegenseitig bespitzelten. Es war besser, sich zurückzuhalten und abzuwarten. Jedes Wort konnte falsch sein, selbst dann, wenn man nichts zu verbergen hatte.

»Er ist tot.«

»Hm.«

»Wie oft war er hier? Sagen wir, im letzten Jahr?«

»Vielleicht einmal im Monat. Hatte ja ein Haus bei seinem Bruder. Landluft und so.«

»Kam er immer allein?«

»Meistens ja. Manchmal war einer seiner Söhne dabei, glaub ich.«

»Noch was?« Druwe wurde ungeduldig. Dieser Weber war verstockter als ein Tabak kauender Seemann. »Mensch, Weber. Sie sind hier der Wirt. Sie haben doch gesagt, Sie kriegen viel mit.«

»Manchmal hat er ein Bier hier getrunken. Oder etwas gegessen. Da sind meist alle anderen gegangen. Hat mir dann das Geschäft für den Tag verdorben.«

Druwe hatte genug. Jetzt waren die Alten an den Tischen dran. Während er sich den drei Bauern am Fenstertisch näherte, spähten die jüngeren Burschen vorsichtig zu ihm herüber. Das Gespräch verlief ähnlich. Nö, nichts gehört. Und nichts gesehen. Und wissen tun wir auch nichts, Herr Inspektor. Aber wenn der Führer uns braucht, dann kann er auf uns zählen. Die drei sind ja echte Patridioten, dachte er sich. Dass sie jemals die Euter gefunden hatten, grenzte schon an ein biologisches Wunder. Der deutsche Bauer ist nun einmal das Rückgrat der Volksgemeinschaft. Arbeit an der Scholle formt den arischen Menschen. Ein paar Phrasen der Goebbels-Predigten waren auch bei ihnen hängengeblieben. Heimatfront ist ebenso ehrenhaft wie der Dienst an der Waffe. Das mit Ihrer Hand, Herr Inspektor, ist ein würdiges Opfer für den Endsieg. Druwe verspürte zunehmend den Wunsch, ein paar braune Zahnstumpen auszuschlagen. Mit seiner ebenso braunen Prothese. Diese Dorfleute hielten dicht. Er ahnte, dass sie etwas wussten. Aber Dummheit und Furcht paarten sich munter in diesen Schädeln.

Und Sturheit machte die Ménage à trois in ihren Hirnen perfekt. Diese Nuss knackte er in hundert Jahren nicht.

Auch die Jüngeren waren nicht besser. Sie wussten, dass die älteren Bauern zuhörten. Ein junger Mann hatte ein heftiges Kopfzittern, ein anderer schielte stark. Die übrigen hatten wahrscheinlich eine Bescheinigung über kriegswichtige Tätigkeiten an der Heimatfront erhalten. Vielleicht ein Gefälligkeitsschreiben des Bürgermeisters. Wenigstens spuckten diese Kerle keine dummen Parolen aus. Zwei der Burschen waren noch nicht volljährig. Druwe drohte, sie wegen unerlaubten Betretens einer Gaststätte festzunehmen. Tatsächlich wurden sie daraufhin etwas gesprächiger.

»Der Lessling kam manchmal vorbei, wenn die Lastwagen wieder was gebracht hatten.«

»Welche Lastwagen?« Obwohl er dies schon von Paul Lessling erfahren hatte, wollte Druwe mehr wissen.

»Zwei oder drei von der Wehrmacht. Für Nachschub und so.«

»Was hatten die geladen? Haben die Fahrer hier getrunken? Waren das Soldaten?« Aber keine dieser Fragen brachte Druwe weiter. Kattrup schwieg.

»Raus! Alle.« Sein Geduldsfaden war gerissen.

»Was? Herr Inspektor, wir haben alles …« Henning Weber schien nicht begeistert, sein gutes Mittagsgeschäft sausen zu lassen.

»Ich sagte: Raus!« Druwe wurde laut. Drohend. Es war nicht seine Art, aber hier wirkte es, die Pistole demonstrativ auf den Kneipentisch zu legen. Die acht Gestalten stürzten noch den letzten Schluck herunter, dann trollten sie sich.

»Und Weber. Sie bringen mir noch ein Bier. Ihre Pinte ist zwei Stunden für besondere Ermittlungszwecke geschlossen. Sie erweisen dem Großdeutschen Reich und dem Führer einen Dienst. Oder wollen Sie sich weigern?«

Der Wirt blickte ihn düster an.

»Und wenn du mir ins Bier spuckst, polier ich dir die Fresse.« Druwe war jetzt wirklich in der Stimmung, sich zu prügeln. Die Typen hatten ihn eiskalt auflaufen lassen. Gegen eine Wand des kollektiven Schweigens halfen wirklich nur Gestapo-Methoden. Das hatten diese Dreckskerle, die sich auch noch Polizisten nennen durften, scharf erkannt. Und zur Perfektion gebracht. Die Leute einzeln unterbringen, eine Nacht in dunkler Zelle, einschüchtern, Hoffnung wecken. Und natürlich etwas Prügel. Oder etwas mehr. Schon sangen auch die Stummen.

»Inspektor, Sie haben kein Recht, mir etwas vorzuwerfen. Ich werde mich in Flensburg ...«

»Lass, Henning. Geh nach hinten.« Im Durchgang zur Küche stand nun eine stämmige Frau, offenbar die Wirtin. Trotz ihrer beschmierten Schürze und der verbrauchten Gesichtszüge fanden sich noch Zeichen einer früheren, herben Schönheit. Sie schob ihren immer noch maulenden Ehemann nach hinten. Dann beendete sie das Zapfen des letzten Biers mit einer schönen Blume. Und trat an Druwes Tisch heran.

»Sie müssen sein Benehmen entschuldigen. In Frankreich hat er einen Bauchschuss abgekriegt. Und bei den Russen die Lunge und der Arm. Seitdem ist er nicht mehr derselbe. Sie müssten das verstehen.« Sie deutete auf seine Hand. »Darf ich mich zu Ihnen setzen, Herr Inspektor?«

Druwe deutete unwirsch auf den Stuhl gegenüber. Irgendwie faszinierte ihn diese Frau. Und irgendwie wirkte sie hier fehl am Platz.

»Ich bin Frieda. Henning und ich haben in Bremen geheiratet. Im Frühjahr 41, nachdem er sich etwas erholt hatte, sind wir hierher gezogen. Mein Bruder lebt hier in der Nähe, wissen Sie. Dann haben sie ihn Ende 42 noch mal eingezogen. Und dann das ...«

»Entschuldigen Sie meine Reaktion. Die Leute haben mich wütend gemacht.«

»Sie sind nicht auf dem Land aufgewachsen, nicht wahr?«

Druwe schüttelte den Kopf.

»Geboren bin ich in Leck. Aber meine Eltern haben dann fünfzehn Jahre in Hamburg gelebt.«

»Sturer Friese?« Sie lächelte. »Dann müssen Sie doch wissen, wie das hier ist. Die Dorfseele ist verschlossen für Leute von außerhalb.«

»Ich untersuche einen Mord.«

»Jemand hat den kleinen Hermann erschlagen? Das fette Schwein hat es vielleicht verdient.«

Mutige Frau, dachte Druwe. Oder dumm.

»Vorsicht. Solche Bemerkungen sind nicht ungefährlich.«

Sie lächelte müde.

»Sie sind Polizist. Dann sollten Sie wissen, dass Ehrlichkeit ein hohes Gut ist.«

»Vielleicht. Aber auch ein gefährliches. In dieser Zeit. Was wissen Sie über Lessling?«

»Wenn ich sage, was ich weiß, lassen Sie Henning dann in Frieden?«

»Wenn es mich weiterbringt. Also?«

Frieda Weber kramte eine Zigarette hervor, Druwe gab ihr Feuer. Nicht unelegant, dachte er. Kein Bauerntrampel.

»Lessling kam hier öfter vorbei. Das geht schon so, seit wir die Kneipe hier haben. Also seit mindestens zwei Jahren. Sie müssen wissen, wir haben den Krug gepachtet, als der Besitzer eingezogen wurde. Dieser Lessling ist ...« Sie hielt kurz inne. »... war ein schmieriger Kerl, der sich für unwiderstehlich hielt. Beim Bettenmachen wollte er mir einmal an die Wäsche.« Sie schüttelte sich, angewidert von der Erinnerung. Druwe war plötzlich hellwach. Informationen waren das Lebenselixier jeder Ermittlung.

»Er hat hier also übernachtet?«

Sie nickte stumm. »Immer im selben Zimmer. Die Suite, wie er es nannte.«

»Aber er hatte doch das Haus auf dem Hof seines Bruders. Für die Landluft und so.«

Sie lächelte säuerlich. »Landluft. Dass ich nicht lache. Der Dreck-sack sah sich doch schon in Berlin. Wollte nach dem Krieg groß raus-kommen. Und mit seinem Bruder Paul war er nicht besonders dicke.« Sie nahm einen tiefen Zug an ihrer Zigarette und blies den Rauch mit einem beinahe kecken Anheben des Kinns über Druwe hinweg.

»Sie kamen meistens einmal im Monat, manchmal öfter. Lastwagen der Wehrmacht, seltener auch zivile. Die Straße hier führt ja direkt zu Pauls Hof. Drei oder vier Laster jedes Mal.«

»Konnten Sie erkennen, was geladen war?«

»Nein, alles unter Plane.« Sie hielt inne. »Das heißt, einmal konnte ich Möbel sehen.«

»Möbel?«

»Ja. Die Abdeckung war verrutscht. Da konnte ich Stuhlbeine und einen Tisch erkennen.«

Möbel. Gelagert in Lesslings Haus. Die Aussage passte zu dem, was er auf dem Hof gesehen hatte. Seltsam. Druwe notierte es sorgfältig.

»Noch mehr? Haben Sie noch etwas anderes bemerkt?«

»Uwe hat mal erzählt, dass er zwei silberne Löffel gefunden hat.«

»Wer ist Uwe?«

»Unser Dorftrinker. Sie nennen ihn Stotter-Uwe, weil er sich schon sein halbes Hirn weggesoffen hat und meist unverständlich rumstot-tert. Glaube nicht, dass sie was Vernünftiges aus dem rauskriegen.«

Auch dies notierte Druwe. Die scheinbar dümmsten Informanten waren manchmal die besten.

»Möbel und Löffel. In Wehrmachtswagen.« Druwe überlegte ange-strengt, aber darauf konnte er sich keinen Reim machen. Also musste er weiter Fakten sammeln.

»Hat er jetzt wieder hier übernachtet?«

»Ja. Das heißt nein. Er wollte. Ist gestern gekommen, dann hat er gegessen, und gegen drei ist er zu seinem Bruder gegangen.«

Druwe horchte auf. Soweit deckten sich die Angaben mit Paul Lesslings Aussage. Er hatte seinen Bruder wegen des Rheumaschubs nicht sehen wollen.

»Wann ist er zurückgekehrt?«

»Ich glaube, so gegen halb sechs. Ich habe ihm um halb sieben das Abendessen auf das Zimmer gebracht. Er hat meistens oben gegessen.«

»Sind in letzter Zeit Lastwagen gekommen?«

»Nein. Seit etwa drei Monaten waren keine mehr da. Es sind jetzt nur noch kleinere Wagen gekommen. Ein Tempo ist vor zwei Monaten bei Eisregen auf dem holprigen Feldweg umgekippt. Den mussten Pauls Leute wiederaufrichten.«

Interessant.

»Und Lessling ist gestern Nachmittag zu Fuß zum Hof seines Bruders gegangen?«

»Ja. Er hatte schon zum Mittagessen getrunken und sagte, er wolle den kostbaren Wagen nicht zu Schrott fahren. Auf unseren Schweinewegen, wie er sich ausdrückte.« Sie drückte die Zigarette angewidert im Aschenbecher aus. Ihre Hände waren rau, die Nägel kurz geschnitten. Sie hatte lange, beinahe zierliche Finger.

»Wo ist der Wagen jetzt?«

»Er hat ihn neben der Hofwerkstatt vom Hinnerk abgestellt. Da konnte ihm keiner Dreck oder Steine an die Seiten spritzen, deshalb stand er da immer, wenn Lessling hier war.«

Druwe war unzufrieden. Irgendetwas stimmte nicht. Er spürte es. Zwar passten die Aussagen von Paul Lessling und Frieda Weber zusammen. Aber Druwe konnte sich auf seinen Instinkt verlassen. Immer. Er dachte nach, als er den kurzen Weg zu Hinnerk Krafts Hof zurücklegte. Lessling kam allein nach Kattrup. In voller Parteimontur. Mit seinem Privatwagen. Kein Fahrer und kein SA-Mann zum Personenschutz, wie es sonst üblich war. Nachmittags ging er zum Hof. Das hatte sein Bruder bestätigt. Und dann wollte er mitten in der Nacht noch mal dorthin? Hatte er sich mit jemandem treffen wollen? Und was hatte es mit dem Haus auf sich? Der Kerl ließ mitten im Nirgendwo Möbel, Kunstwerke und anderes Zeug einlagern. Warum hatte er immer hier im Gasthof übernachtet und nicht in dem Altenteilerhaus, das er gemietet hatte? Fragen über Fragen.

Wenige Augenblicke später stand Druwe auf dem Vorplatz zum Hof von Hinnerk Kraft. Insgeheim freute er sich auf den Anblick des Wagens. Er liebte teure Automobile. In Friedenszeiten hatte er sich manchmal diese Hochglanzillustrierten mit Bildern der großen Markenautomobile gekauft. Außerdem hatte er die *Echo Continental* abonniert. Leider erschien sie jetzt nicht mehr. Die Beschreibung der Wirtin war recht genau gewesen. Der Mercedes des toten Parteifunktionärs musste ein Typ 320 sein. Offenbar das besonders wertvolle Kombinations-Coupé. Natürlich. So konnte der dicke Herrenfahrer jederzeit entscheiden, ob er mit oder ohne Dach unterwegs war. Die Bonzen brauchen alle das Gefühl, ein bisschen wie der Führer zu sein, dachte Druwe. Der fette Lessling. Der kleine Hermann. So korrupt, dass es sogar der Partei fast zu viel wurde. Wie kam ein solcher Emporkömmling und Parasit zum Goldenen Parteiabzeichen? Was hatte sein Bruder gesagt? Gerhard Lessling war ein Märzgefallener. Kein alter Kämpfer. Es musste in der Partei drunter und drüber gehen, wenn solche Leute einfach an die vom Führer so hoch gehaltenen Ehrenzeichen herankamen. Sogar den Blutorden hatte der Tote offenbar erhalten. Oder sich erkauft. Vielleicht konnte ihm Oberbauer etwas dazu sagen.

In Gedanken versunken stand Druwe nun vor dem Schuppen, den Frieda Weber beschrieben hatte. Er sah die Reifenspuren im Staub. Aber dort war kein Fahrzeug weit und breit. Druwe war verblüfft. Niemand aus dem Dorf hätte es gewagt, den Mercedes des stellvertretenden Kreisleiters auch nur anzufassen. Wieso war er dann verschwunden? Er untersuchte den Boden. Es war verdichteter Sand mit Kies. Er konnte zwar die Reifenabdrücke erkennen, aber mehr nicht. Es schien, als wäre der Wagen ziemlich unsanft gestartet worden, da die Hinterreifen kleine Sandhaufen aufgeworfen hatten.

Als Druwe sich wieder erhob, erblickte er einen älteren Mann, der aus einer nahegelegenen Stallung trat.

»Moin. Ich bin Inspektor Druwe. Polizei Glücksburg. Können Sie mir etwas zu dem Wagen sagen, der hier gestern abgestellt wurde?«

»Sie meinen den von dem Lessling? Nee. Ist verschwunden. Dachte, der ist wieder los.«

»Haben Sie heute Nacht etwas Ungewöhnliches bemerkt oder gehört? Lärm? Stimmen? Wurde der Wagen nachts weggefahren?«

»Keine Ahnung. Da schlaf ich. Und heute Morgen war er weg.«

Druwe ahnte, dass ein weiteres Gespräch mit dem Bauern ebenso ergiebig sein würde wie das Melken eines vertrockneten Ziegenbocks. In normalen Zeiten wäre es wahrscheinlich ein Leichtes, den Wagen zu finden. Selbst in den Großstädten fielen die exklusiven Modelle unter dem Stern immer noch auf. Und in ganz Schleswig-Holstein gab es wahrscheinlich noch nicht einmal ein Dutzend dieser Fahrzeuge. Im Moment war es allerdings unwahrscheinlich, dass Druwe die Gendarmerien im Flensburger Raum dazu bringen konnte, nach diesem Auto zu suchen. Und selbst wenn man es fand – die Telefonverbindungen waren so schlecht, dass ein oder zwei Tage vergehen konnten, bis er davon erfuhr. Wer aber war überhaupt derart dreist, diesen auffälligen Wagen auch nur anzufassen? Geschweige denn, ihn zu entwenden? Der Mann musste sich entweder seiner Sache ziemlich sicher sein. Oder aber er war ziemlich dämlich. Hatte Lessling Komplizen bei seinen Machenschaften? Hatte gar der vermeintliche Täter die Chuzpe, damit zu verschwinden? Und wenn der Täter aus dem Dorf kam, warum hätte er dann den Wagen wegfahren sollen?

Während er noch überlegte und sich Notizen machte, riss ihn Oberbauers Stimme aus seinen Gedanken.

»Da sind wir wieder, Jens.«

BEGEGNUNGEN

»Wir müssen jetzt alle zusammenrücken, Herr Inspektor. An einem, ähm, Strang ziehen, nicht wahr?« Adolf Rücker war nervös, das erkannte Druwe sofort. Und es war seltsam, aber auch typisch für Hitlers System, dass in Krisenzeiten immer das sozialistische Wir aus der Mottenkiste der Parteiideologie geholt wurde. Wenn es darum ging, Lasten auf alle zu verteilen, dann stand das Reich der KPD oder den Bolschewisten in nichts nach. In guten Zeiten jedoch waren die oberen Ränge sich nicht zu schade, alles an sich zu raffen, was erreichbar war.

Druwe hatte den Bürgermeister von Kattrup gleich nach der Sache mit Lesslings Wagen aufgesucht. Routinearbeit. Eigentlich hätte er das seinen Assistenten erledigen lassen, wenn er einen gehabt hätte.

»Sie wissen vom Ableben unseres stellvertretenden Kreisleiters?«, fragte er Rücker.

»Ja, selbstverständlich. Paulsen hat mich unterrichtet. Sehr unangenehm. Ich meine, was wirft das für ein Licht auf meine …«

»Zunächst einmal ist ein Mensch tot, Herr Ortsleiter Rücker. Ihre Arbeit und die darauf scheinenden Lichter sind mir da, entschuldigen Sie, scheißegal.« Druwe entschloss sich, die provokante Tour zu fahren. Leute wie Rücker, die gern bei ihren Vorgesetzten die Darmwinde aufschnüffelten, machten dann die meisten Fehler.

»Na hören Sie, Herr Inspektor! Es ist meine Pflicht gegenüber dem Führer, diese Ortschaft durch unsichere …«

»Scheißegal«, wiederholte Druwe kalt. »Wo waren Sie heute Nacht? Etwa zwischen elf und ein Uhr?«

»Im Bett, wo sonst? Verdächtigen Sie etwa mich? Das ist ja unerhört. Ich werde …«

»Sie lagen mit Lessling im Streit, wie ich hörte. Hat er Ihnen in Ihre eigenen, kleinen Geschäfte gepfuscht? Oder wollte er Sie an seiner Nummer nicht beteiligen? Wären Sie gern dabei gewesen, als hier die eine oder andere Goldmark den Besitzer wechselte? Stattdessen hat er Sie abblitzen lassen, Rücker.«

»Das ist nicht wahr! Der Kerl hat irgendwelche Sachen gelagert und verkauft. Was weiß ich? Ich bin immer ehrlich gewesen. Mit so etwas will ich nichts zu tun haben.«

»Nun, ich denke, ich werde Meldung an die Gauleitung machen müssen. Sie haben Hinweise auf Unterschlagung nicht gemeldet. Vielleicht Volkseigentum? Dann sind es nur zehn Jahre Bau. Kriegswichtige Güter? Dann ist das Hälschen ab, Rücker. Glauben Sie mir, das geht zurzeit ganz schnell.«

»Nein, Herr Inspektor. Bitte, ich wusste doch nichts. Der dicke Sack hat mich behandelt wie ein Schulkind ...«

»Und das hat Sie derart gekränkt, dass Sie ihm eine verpasst haben?«

»Nein, Herrgott! Ich bin ihm aus dem Weg gegangen. Was hätte ich denn tun sollen? Der Stellvertreter der Kreisleitung hat mir untersagt, ihn, seine Aufenthalte und alles andere in meinen amtlichen Berichten zu erwähnen. Sollte ich mich da weigern? Ich habe getan, was er verlangte, und hatte meine Ruhe. Warum soll ich mir Scherereien einfangen, indem ich mit dem Kerl streite? Oder ihm irgendwo um Mitternacht auflauere? Ich habe nichts dergleichen getan, Herr Inspektor. Sie müssen mir glauben. Bitte!«

Ludwig Steinfeld war müde. Er saß auf der Bank in der Behelfszelle von Paulsens Gendarmerie. Der Wachtmeister hatte ihn ordentlich behandelt und ihm etwas zu essen gebracht. Das war auch so ein Phänomen dieses Systems. Im Kleinen konnte alles ganz sanft sein, fast normal und menschlich. Und im Großen zeigte die Bestie ihre Fratze. In Kolafu hatten manche Wärter eben noch mit ihm über Fußball gesprochen, um ihm im nächsten Augenblick den Schlagstock ins Genick zu prügeln. Nur weil ihr Vorgesetzter um die Ecke gekommen war. Steinfeld konnte Rachel jetzt verstehen. Auch die Isensteijns waren erschöpft und zu müde, um sich weiter zu wehren. Und er selbst? Zwölf Jahre hatte er gekämpft. Gegen alle Erniedrigung und Scham. Gegen Wut und Rachegefühle. Er hatte sie kommen und gehen sehen. Jene, die sich brechen ließen. Aufrecht waren sie in Kolafu eingefahren. Gebeugt gingen sie wieder hinaus. Oder sie verließen den Bau in einem Sack. Und er kannte jene, die meinten, nur der Hass ließe sie überleben. Er aber hatte aus seinem Inneren überlebt. Aus der tiefen Überzeugung, dass es Unrecht war, was geschah. Das Wissen, dass er und seine Genossen schon früh vor den Nazis gewarnt hatten, gab ihm Kraft. In ihm war der Glaube, dass es möglich war, allen Menschen ein besseres Leben zu ermöglichen, nie erloschen. Aber nur wenige hatten damals zugehört. Zu wenige. Und die waren jetzt fast alle tot. Ludwig beschlich das Gefühl, es könnte sinnlos gewesen sein. Sinnlos, zu überleben. Wofür auch? Gab es eine Zukunft? Wurde ein Volk, das Rattenfängern aufgesessen war, nicht selbst zu einem Rattenvolk? Würden diejenigen, die jetzt wie in Trance waren, jemals wieder erwachen? Sich umdrehen und einfach neu beginnen? Würde man so tun, als wäre nichts gewesen? Konnte diese Wunde verheilen? Oder hatten die Mörder alles zerstört, was Heilung bringen konnte? Sie säen Hass, hatte der evangelische Pastor gesagt. Anfang des Jahres im KL Buchenwald. Sie säen Hass, weil in ihnen nur Hass ist. Überall fanden sich die Schandflecke ihrer Herrschaft. Weimar, die Wiege der Literatur, die Hoffnung der Demokratie. Das Konzentrationslager in der Nähe wirkte wie ein Hohn auf sämtliche deutschen Werte. Dieser Pastor hatte Ludwig beeindruckt. Sie verband ein tiefer Glaube. Es war eine paradoxe Verbindung. Hier der Atheist, dort der Pastor und Theologe. Der Eine im festen Glauben an die Macht des Menschen, Dinge zum Besseren verändern zu können.

Der Andere im Vertrauen auf seinen Gott und dessen barmherzige Lenkung. Sie hatten nur wenige Tage zusammen verbracht. Der Hass frisst sich selbst, hatte der Mann gesagt. Er ist ein Feuer, das sich verzehrt. Dieser Staat verneint sich selbst, weil ihm die Wurzeln fehlen. Ludwig Steinfeld dachte oft an diese Worte. Suchten die Nazis deshalb so fanatisch nach den Ahnen, nach ihrem Erbe? Betonten sie deshalb die Reinheit des Blutes? Weil ihnen in Wirklichkeit jeder Halt und jede Menschlichkeit fehlten? War ihre Verehrung der arischen Werte und rassischen Reinheit nur Ausdruck ihrer eigenen Minderwertigkeitsgefühle? Wie hieß dieser Mann? Dieser Pastor? Steinfeld konnte sich nicht erinnern. Er spürte nicht mehr viel. Keinen Hunger. Keinen Schmerz. Nur noch den Wunsch, sich auszuruhen. Zu schlafen. Nun hatten seine Peiniger letztlich doch noch ihr Ziel erreicht. Fast hätte er es geschafft. Noch einmal seine Schwester sehen. Noch einmal frei atmen. Es war ihm vergönnt gewesen. Jetzt hatte ihn dieser Schnüffler erwischt. Sollten sie mit ihm machen, was sie wollten. Er war müde. Sie konnten ihn nicht mehr verletzen. Denn er spürte nichts mehr.

Früher wäre es ihm nicht schwergefallen, aus dieser Revierzelle in Kattrup zu entwischen. Die Türangeln hingen in einem morschen Balken. Gendarmerie auf dem Land. Das Wohnhaus des Wachtmeisters hatte einen nachträglich gesicherten Verwahrungsraum. Das Verhör würde wohl im ehemaligen Wohnzimmer stattfinden, dachte er. Aber jetzt? Fliehen? Wohin? In eine Welt aus Trümmern? Unsere Seelen verbrannt und leer, aufgestiegen mit dem Rauch der Scheiterhaufen und Krematorien. Er war zwölf Jahre in Haft, aber er hatte dennoch vieles mitbekommen. Mitgefangene, die erzählten. Wärter, die halb betrunken prahlten. Die Wochenschau, die sie sich jede Woche ansehen mussten. Und die mehr verriet, als ihre Macher ahnten. Sofern man bereit war, genau hinzusehen und zwischen den Worten zu hören. Und dann diese fünf Stunden mit seiner Schwester. Fünf Stunden in fast zwölf Jahren. Als Steinfeld diesen Gedanken nachhing, betrat Wachtmeister Paulsen den Raum.

»Besuch für Sie. Der Inspektor hat Ihnen zehn Minuten gestattet.«

Dieser Druwe. Seltsamer Mann, dachte Steinfeld. Schwer einzuordnen. Er wirkte korrekt, notierte alles genau, passte also gut zum System. Aber sein Verhalten, als er Isensteijns entdeckte. Er hatte einfach die Tür geschlossen. Was hatte er vor? Wirklich seltsam.

Paulsen hatte sogar seine Zelle offen gelassen. Offenbar war er kurz ins Vernehmungszimmer gegangen. Sollte er versuchen abzuhauen? Die Sekunden vergingen. Oder waren es Minuten? Dann kam sie.

»Lupo! Geht es dir gut? Haben sie dich geschlagen?« Eva stürmte in seine Zelle.

Paulsen schloss die Tür. »Zehn Minuten.«

Seine Eva. Sie weinte, fiel ihm um den Hals. Jetzt war sie die Kräftigere von beiden. Seine kleine Schwester. Als er vor zehn Tagen bei ihr auf dem Hof angekommen war, hatten sie sich minutenlang nur still umarmt.

»Nein. Es geht schon. Schön, dass du da bist.« Er hielt sie fest. Er kannte diese Szenerie nur zu gut. In zwölf Jahren Haft hatte sie ihn ganze fünf Mal besuchen dürfen. Es waren wertvolle Momente gewesen. Momente, die ihn am Leben gehalten hatten. Sie hatten ihm Kraft gegeben. Hoffnung. Aber jetzt war es anders. Er hatte Angst, seit langer Zeit wieder. Todesangst, weil instabile Systeme unberechenbar waren. Er spürte diese Angst nicht um sich selbst, sondern um sie. Die Nazihyäne ist tödlich verwundet, aber umso gefährlicher, dachte er.

»Ich habe dir etwas Brot ohne Rinde mitgebracht. Paulsen hat es erlaubt. Den Speck verträgst du ja nicht.« Wohl wahr. Als er nach seiner Flucht völlig erschöpft auf dem Hof Zuflucht gesucht hatte, war seine Schwester mit einer Kartoffelsuppe und Speck gekommen, die er gierig verschlungen hatte. Danach wäre er fast an der Kotzerei gestorben. Sie hatten ihm in der Haftzeit sogar seinen Darm ruiniert. Nach den Schlägen in den Leib hatte er oft Blut erbrochen und ausgeschissen. Oder war es nur die Folge von zwölf Jahren Gefängniskost? »Lupo! Paul sagt, dass es bald vorbei ist.« Sie flüsterte jetzt. »In der BBC sprechen sie von wenigen Tagen. Dann ist der Krieg aus.« »Ich hätte es fast geschafft.« Seine Tränen waren trocken. »Nein, sag das nicht. Bitte! Du kannst …« Ludwig legte seinen Finger auf ihre Lippen. Sie weinte für ihn. Liebe, kleine, starke Eva. So standen sie wortlos da. Aber Geschwister brauchten manchmal nicht mehr. Fünf Mal in zwölf Jahren. Es hatte ihm jedoch immer Kraft gegeben, wenn sie ihn besuchte. Sie hatte sich von ihm lossagen sollen. Sie hatte sich geweigert. Man hatte sie verdächtigt. Eingeschüchtert. Bedroht. Sie war standhaft geblieben. Man hatte sie mit endlosen Besuchsantragsverfahren schikaniert. Sie hatte Briefe an den Hamburger Senat und an die Gerichtspräsidenten geschrieben, an das Rote Kreuz, ja sogar an die Gestapo. Und sie war fünf Mal zu ihm gekommen. Seine Verbindung in die Welt. Seine Hoffnung, dass er es überstehen konnte.

Paulsen öffnete die Tür. »Die Zeit ist um.« Er blickte die beiden an. Er sah zu Eva, bemerkte ihre flehenden Blicke, ihre stumme Bitte. Er räusperte sich verlegen. »Ich glaube, meine Uhr ist kaputt. Ich rauche jetzt zwei Zigaretten, ich glaube, erst dann sind die zehn Minuten vorbei.« Er schloss die Tür.

Seltsam, dachte Ludwig Steinfeld wieder. Kleine Menschlichkeit im Pelz des Ungeheuers. Auch während seiner Haft hatte es das gegeben. Erst hatten sie ihn fast bewusstlos geprügelt. Und dann war einer gekommen, um ihm etwas Wasser und einen Lappen zu bringen.

»Eva, wie geht es den Isensteijns? Hat die Gestapo sie abgeholt?«

»Nein. Sie haben auch nach dir gefragt. Rachel sagt, es gibt in Deutschland noch viele Leute wie Paul. Vielleicht ist der Inspektor auch so?«

»Er ist ein Nazi. Und Polizist. Wahrscheinlich sogar bei der SS. Wie soll der sein?« Ludwig merkte, wie die Wut in ihm aufstieg. Der Hass frisst sich selbst. Die Worte des Pastors. Er atmete durch.

»Dieser Druwe hat viele Fragen gestellt. Ich glaube, er untersucht die Sache ganz genau. Was hat er davon, wenn er Rachel, Sarah, Levi und die Kinder schützt?«

»Eben. Was hat er davon? Berichte schreiben können sie. Einmal kam das Internationale Rote Kreuz nach Buchenwald. Da musste ich wegen meiner blauen Flecken vorher einen Unfallbericht unterschreiben. Da stand ganz genau drin, dass ich innerhalb von drei Tagen erst von der Leiter, dann aus dem Bett gefallen und schließlich gegen einen Pfahl gelaufen war. Hätte ich nicht unterschrieben, hätten sie mich erschossen. Solche Zwecke erfüllen Berichte. Sie taugen nur zum Arschwischen.« Er zögerte. »Entschuldige, ich wollte dir nicht wehtun. Aber er ist wie alle anderen.«

»Nein. Ich glaube, er sucht nach der Wahrheit.«

»Bitte, Eva, nicht schon wieder. Die Wahrheit ist eine Hure, die sich zu jedem ins Bett legt, der die Macht über sie hat.«

»Früher hast du nicht so geredet. Bitte ...« Sie sah ihn wehmütig an.

»Wo ist mein Lupo?« Ludwig nahm sie wieder in die Arme.

»Ich versuche es ja, Schwesterherz. Es ist unsagbar schwer. Sie haben so viel in mir abgetötet, dass ich nicht mehr weiß, wer ich bin. Ich glaube fast, es ist zu wenig übriggeblieben, um weiterleben zu können.«

Eva streichelte zärtlich seine Wangen, dann nahm sie seinen Kopf zwischen ihre Hände. »Du bist mein Bruder. Lupo. Weißt du noch? Der rote Ludwig. Du wirst gebraucht. Für die Zeit danach. In der BBC sagten sie, dass SPD-Leute nach dem Sieg der Alliierten in den besetzten Gebieten mit Verwaltungsaufgaben betraut werden. Die wollen alle Nazis aus den Ämtern jagen.«

»Ach ja? Dann werden sie aber schnell Personalmangel haben. Oder sie graben in der Nähe der KLs. Da liegen nämlich viele unserer alten

Genossen unter Kalk und Erde und warten still auf ihren Einsatz nach dem Krieg.«

»Lupo! Hör auf.« Tränen stiegen in Evas Augen.

»Vertrau diesem Inspektor nicht. Die sanfte Art ist ihre Masche bei Angehörigen.«

»Erzähl du mir nichts davon, was Angehörige erleben!« Eva Steinfeld wandte sich nun wütend von ihm ab und trat ans Fenster. Plötzlich war eine ungewohnte Härte in ihrer Stimme. »Ich kenne diese Leute ebenso gut wie du. Dich haben sie geschlagen und getreten, ja. Aber glaubst du, dass das die einzige Form von Gewalt ist, zu der sie fähig sind? Sie haben mich übers Wochenende auf einem Amtsflur warten lassen. Mein fünfseitiger Besuchsantrag fiel ihnen versehentlich vor meinen Augen in einen Wassereimer. Und ich musste ihn noch einmal schreiben. Beim Roten Kreuz habe ich nur in Unterwäsche drei Stunden im Schneeregen gestanden. Zu meiner eigenen Sicherheit. Seuchengefahr. Erst dann haben sie mich vorgelassen. Sie haben gedroht, mich ins Frauenarbeitslager zu schicken. Ich durfte nicht mehr studieren. Noch nicht einmal eine Lehre konnte ich machen. Ich verrichte Hilfsarbeiten. Seit zehn Jahren! Ich trage nur noch Sachen, die geflickt und anderen Leuten nicht mehr gut genug sind. Und sie haben auch davor nicht zurückgeschreckt.« Sie hob die Oberlippe an und zeigte auf den fehlenden Eckzahn. »Ach, Fräulein Steinfeld, sind Sie unglücklich gestürzt? So jedenfalls steht es hier im Bericht. Ihnen fehlt ja jetzt leider ein Zahn. Aber da Sie sich anscheinend sowieso nichts aus deutschen Männern machen, kann Ihnen das wohl egal sein.« Sie sah ihren Bruder aus funkelnden Augen an. »Also, erzähl du mir nicht, was Angehörige erleben!«, wiederholte sie und wandte sich dann zum Fenster.

Ludwig war überrascht von der heftigen Reaktion seiner Schwester. Er blickte sie nachdenklich an.

»Entschuldige«, flüsterte er.

Zunächst reagierte sie nicht. Ludwig legte seine ausgemergelte Hand sanft auf ihre Schulter.

»Lupo?« Sie drehte sich wieder zu ihm. »Ich muss es wissen. Hast du etwas mit der Sache zu tun?«

»Mit dem Mord? Nein!« Blankes Entsetzen stand in seinen Augen. Er erinnerte sich an die Gespräche mit diesem Pastor. Im KL. Du sollst nicht töten. Er hatte gesagt, dass ein Christ in Ausnahmefällen gegen dieses Gebot verstoßen dürfe. Dass es starker Menschen bedürfe, um diese Schuld auf sich zu nehmen. Für ein höheres Wohl. Und dass nur Gott ihnen vergeben kann. Sei also der Mord an einem Nazi entschuldbar, hatte Steinfeld gefragt. Und wer entschied, wann es gerechtfertigt sei? Und wann nicht? Der Theologe hatte ihm geantwortet, dass er es nicht wisse.

»Nein. Ich könnte es nicht. Ich kenne diesen Lessling doch gar nicht. Ich weiß fast nichts von der Welt hier draußen.« Ludwig Steinfeld sackte in sich zusammen.

Eva sah ihm in die Augen. Streichelte über sein ergrauendes, spärlicher werdendes Haar.

»Mein Lupo. Entschuldige, ich musste es wissen. So ist es für mich einfacher.«

»Was?«

»Zu leben. Weiterzumachen. Mein Bruder ist kein Mörder. Deine Hände sind viel zu wertvoll für diese schmutzigen Menschenschänder.«

Die Tür öffnete sich. Paulsen.

»Jetzt ist es genug. Tut mir leid.«

Eva umarmte ihren Bruder ein letztes Mal. Dann flüsterte sie ihm etwas ins Ohr.

»Es ist bald geschafft. Bitte, gib jetzt nicht auf. Du musst deinen Weg weitergehen. Dieses Land braucht Leute wie dich. Für die Zeit danach. Versprich es mir, egal, was kommt, geh weiter.«

Ludwig Steinfeld nickte langsam. »Es ist so unsagbar schwer. Jeder Schritt schmerzt. Jeder Gedanke quält. Jede Erinnerung brennt wie Feuer.« Er blickte in ihr Gesicht. Wieder hatte sie es geschafft. Letzte Reste seines Lebenswillens, seines Kampfgeistes. Sie hatte sie gefunden. Wie die Male davor. Wieder nickte er.

»Ja, ich verspreche es. Ich werde es versuchen.«

Sie lächelte ihn an. Und dieses Lächeln ließ ihn wieder jene Kraft spüren, die ihn durchströmte. Ausgezehrt, vorgealtert, mit zahllosen Narben auf der Haut und auf seiner Seele. Aber seine Schwester hatte diese Kraft in ihm wiedergefunden. Ja, er würde weitergehen. Nicht aufgeben. Und jetzt fiel es ihm wieder ein.

Der Mann im KL Buchenwald, der Pastor. Er hieß Bonhoeffer.

THING

»Was machen wir eigentlich mit Lessling?«

Diese Frage beschäftigte die drei Polizisten nach einem frühen Mittagessen. Natürlich wussten alle, dass die Leiche in die Gerichtsmedizin musste. Druwe hatte die Idee, den Toten im Flensburger Krankenhaus, der Diako, näher untersuchen zu lassen, obwohl es dort nur eine normale Pathologie gab. Oberbauer und Jünger waren dagegen.

»Jens, du weißt, die zuständige Forensische Abteilung ist in Kiel. Wir kommen mit so einer Sache in Teufels Küche, wenn wir den vorgeschriebenen Dienstweg verlassen. Gerade bei einem Mitglied der Partei in derart hoher Funktion.«

»Sicher. Du hast ja recht, Hans. Aber Kiel ist zu weit weg.« Druwe war überzeugt, dass es besser wäre, die Leiche in Flensburg zu haben. Kurze Wege. Schnelle Entscheidungen. Sein Schwager leitete dort die

Chirurgische Klinik und zugleich die Pathologische Abteilung. Er hatte ihn sogar vorhin von Paulsens Dienstapparat aus angerufen. Druwe wollte ihn unbedingt bei der Sache dabei haben. Dadurch wäre auch er selbst immer noch im Spiel. Aber das behielt er für sich.

»Außerdem sind die Leitungen ständig überlastet oder tot. Die Reichspost arbeitet nicht mehr zuverlässig. Bis wir aus Kiel ein Ergebnis bekommen, vergehen Tage. Und wusstet ihr, dass ...« Er dehnte die folgenden Worte. »Es gibt Gerüchte, nach denen Bürgermeister Behrens in Kiel schon in ernsthaften Verhandlungen zur kampflosen Übergabe der Stadt stehen soll.«

Jünger sprang auf. »Was? Kiel soll übergeben werden? Das ist Hochverrat! Die Briten können noch bei Lauenburg aufgehalten werden. Wenn wir da durchkommen, holen wir uns Niedersachsen zurück. Ich ...« Der Kripo-Mann ereiferte sich immer mehr, so dass sich seine Worte fast überschlugen.

»Ist gut, Peter.« Er wurde von Oberbauer unterbrochen. »Behrens verhandelt ja, wie man hört, bisher nur mit unserem Marine-Oberkommando, nicht mit dem Feind.« Er redete beruhigend auf seinen jungen Kollegen ein, als müsste er ihm ein leises Schlaflied singen.

Druwe war genervt.

»Vielleicht wäre der Herr Kriminalassistent besser bei der strategischen Planungsgruppe der Wehrmacht aufgehoben? Die freuen sich dort sicher über ein paar aufmunternde Worte und frische Ideen.«

Jünger sprang sofort auf. Zwischen ihm und Druwe herrschte eine Spannung, die von Minute zu Minute anstieg.

»Jetzt reicht's. Ruhe! Alle beide.« Oberbauer wurde laut. »Peter, geh eine rauchen. Und du, Jens, atmest jetzt mal tief durch.«

Jünger verließ murrend den Raum. Als die Tür ins Schloss fiel, fauchte Oberbauer seinen Freund an.

»Mensch, Jens, Vorsicht bei dem Kerl! Kannst du nicht einmal deinen Mund halten?«

Druwe zuckte abfällig mit den Schultern. »Also, was machen wir, Hans? Kiel ist völlig abwegig. Da können wir Lessling auch gleich hier liegen lassen.«

Oberbauer blickte einige Zeit durch die verdreckte Scheibe nach draußen. Einen Moment später trat sein junger Kollege wieder in den Raum. Und ergriff sofort das Wort.

»Vielleicht hat der Kollege recht, Hans? Warum überhaupt nach Kiel? Der Fall ist doch praktisch schon gelöst. Ich meine, wir haben diesen Steinfeld. Und die Todesursache kann uns auch irgendein normaler Arzt an der Diako Flensburg noch mal bestätigen. Soll Druwe ...« Er hielt kurz inne. »... Jens ihn doch ruhig dahin schaffen. Da sowieso alles klar ist, müssen wir die Kollegen in Kiel nicht damit belasten.«

Druwe hätte den Kerl umarmen können. Ungewollt hatte Jünger ihn bei seinem Vorhaben, Lessling nach Flensburg zu bringen, unterstützt.

Oberbauer überlegte kurz.

»Da ist was dran. Also gut. Jens, du willst ja unbedingt an der Sache dranbleiben. Also hast du die Ehre, Lessling irgendwie nach Flensburg zu schaffen. Obwohl ich dir sagen kann, dass die von der Diako dir keinen Krankenwagen schicken werden. Die zwei, die sie noch hatten, sind nach Itzehoe in Marsch gesetzt worden. Also an die Westfront.« Er schmunzelte fast unmerklich. »Und bei der Direktion brauchst du auch nicht zu fragen. Alles, was Reifen hat, ist im Moment irgendwo bei der Polizeigrenzschule Harrislee an der dänischen Grenze. Da läuft irgendeine organisatorische Sache. Viel Spaß also bei der Suche nach einem Leichenwagen.«

Später, etwa gegen drei Uhr, beabsichtigten Oberbauer und Druwe, den Verdächtigen Ludwig Steinfeld zu verhören. Oberbauer wollte seinen Assistenten lieber nicht dabei haben, da er weitere Auseinandersetzungen befürchtete. Unter Protest fügte sich Jünger der Anwei-

113

sung seines Vorgesetzten, eine genaue Lageskizze vom Dorf, den Wegen, dem Hof der Lesslings und des Tatorts anzufertigen. Als die
beiden Freunde kurze Zeit später das Gebäude der Gendarmerie betraten, war Paulsen gerade in seinem Stuhl eingenickt und schnarchte
laut.

»Wie gut, dass der Verdächtige so hinfällig ist. Der hätte hier die
Bude einreißen können, ohne dass der Kollege etwas bemerkt hätte.«
Oberbauer trat dem Wachtmeister heftig vor das Schienbein. Als Paulsen aufschreckte, forderte er ihn auf, Steinfeld aus der Arrestzelle zu
holen. Als der Gefangene vor ihnen stand, begann dieser plötzlich, sich
ohne weitere Anweisung auszuziehen.

»Was machen Sie da, Steinfeld?«, fragte Oberbauer verdutzt.

Der Angesprochene blickte ihn verunsichert an.

»Das ...«, stotterte er. »... wird doch das Verhör, oder?«

»Ja und? Deshalb will ich noch lange nicht deinen verdorrten Pim-
mel sehen, Mann«, herrschte Oberbauer ihn an.

Verunsichert schloss Steinfeld seine Hose. Druwe erinnerte sich
plötzlich an seinen Einsatz im Osten. Verhör der Partisanen. Diese
Leute mussten sich vollkommen entkleiden. Egal, ob Mann oder Frau.
Ausziehen. Stramm stehen. Fragen beantworten. Knüppel auf den
Sack oder die Brüste. Lachen. Tränen. Erniedrigung schien der Schlüs-
sel, mit dem die arische Herrenrasse das Tor zur Welt öffnen wollte.
Und sie benutzte ihn nur allzu gern. Druwe hatte nicht gewusst, dass
diese Methoden offenbar auch in der Heimat angewendet wurden.

»Lass mal, Hans. War wohl im KL Fuhlsbüttel so üblich. Oder, Steinfeld?« Er blickte ihn fragend an, und Ludwig Steinfeld nickte.

»Mensch, Steinfeld. Wir sind doch hier nicht bei den Tieren. Setzen
Sie sich. Wollen Sie einen Kümmel?« Oberbauer hatte sich wieder
gefangen.

Steinfeld schüttelte stumm den Kopf.

»Mein Kollege hier hat mir berichtet, dass Sie bereits gestanden haben, aus einem deutschen KL geflohen zu sein.« Steinfeld schüttelte wieder den Kopf. Oberbauer blickte fragend zu Druwe.

»Ja, was? Sie waren doch im KL Fuhlsbüttel in Hamburg inhaftiert oder nicht?«

Steinfeld nickte.

»Na also doch. Gut. Das ist eine üble Sache. Als Nichtdeutschen müssten wir Sie jetzt sofort erschießen. Aber auch als Deutscher erwartet Sie kein Zuckerschlecken. Vielleicht können wir die etwas wirren Zeiten mildernd in Betracht ziehen, wenn Sie uns alles sagen.«

Schweigen.

»Die Gestapo-Kollegen werden sicherlich Ihre Schwester verhaften. Mittäterin. Frauen-KL Ravensbrück oder schlimmer. Wollen Sie das, Steinfeld?«

Kopfschütteln. »Sie hat nichts davon gewusst, Herr Inspektor.«

»Kriminalrat, bitte. Aha, nur damit ich es richtig verstehe. Sie kommen also vor ein paar Tagen auf den Hof von Paul Lessling. Verbinden Ihrer Schwester die Augen und schlucken Kreide, damit sie Ihre Stimme nicht erkennt. Sehr glaubhaft.«

»Ich habe mich auf den Boden der Scheune geschlichen und mich dort ruhig verhalten.« Steinfeld blickte Druwe an, der aber keine Miene verzog.

»Und von Luft und Liebe gelebt, ja?« Oberbauer schlug mit der Faust auf den Tisch. Steinfeld zuckte zusammen, Paulsens Berichtsbuch fiel herunter.

»Ich bin das Hungern gewohnt, Herr Kriminalrat.«

»Haben Sie Lessling erschlagen?«

»Wen?«

»Kommen Sie, Mann. Wenn Sie so weitermachen, müssen Sie doch noch die Hosen hier runterlassen.« Oberbauer kicherte über seinen eigenen Kalauer. Dann wurde er wieder ernst.

»Ich habe die meiste Zeit geschlafen. Bin von Hamburg zu Fuß hierher. Nichts im Magen. In Kolafu ging es zuletzt auch drunter und drüber.«

»Für mich ist die Sache klar. Geflohen bei einer Häftlingsverlegung aus einem KL. Da sind Sie hier zu Ihrer Schwester. Haben gedacht, Sie können die Sache einfach aussitzen. Dann wollten Sie nachts wohl ein bisschen was zwischen die Zähne kriegen. Oder Sie haben den Kreisleiter auf dem Hof gesehen und wollten Ihre Chance nutzen. Endlich konnten Sie sich für die Haftjahre rächen. Bums, da war der Lessling tot. War es so, Steinfeld?«

Kopfschütteln. Oberbauer hatte genug. Druwe wusste nicht, was er von seinem Kollegen, der einmal sein Freund gewesen war, halten sollte. Wollte er die Sache einfach nur schnell zu Ende bringen? Oder glaubte er tatsächlich an diese Räuberpistole? Noch nicht mal bei Roland Freisler, dem berüchtigten Vorsitzenden am Volksgerichtshof, hätte diese Version seiner Geschichte lange Bestand. Steinfeld war so geschwächt, dass er noch nicht mal ein Glas Milch lange halten konnte. Sein Atem ging rasselnd, als würde sein Motor jeden Moment stehen bleiben. Und dieses Gespenst sollte Lessling erschlagen haben? Mit einem vierzig Pfund schweren Feldstein?

»Jens, wenn du willst, kannst du dir den Blödsinn ja noch weiter anhören. Mir reicht es. Übrigens haben Jünger und ich entschieden, bis morgen hier zu bleiben. Bei den Webers gibt es vier Zimmer. Drei habe ich für uns reserviert. Ist dir doch recht, oder? Geht auf Spesen. Warum also heute nach Flensburg zurückfahren? Morgen ist Sonntag, da passiert sowieso nicht viel. Es ist kalt, Paulsen hat den Leichnam mit einer LKW-Plane abgedeckt. Unser guter Kreisleiter wird nicht weglaufen. Nachher wollen sich Jünger und ich noch Lesslings Zimmer im Krug ansehen. Wenn du willst ...« Mit einem Lächeln verschwand Oberbauer durch die Tür in der Nachmittagssonne. Und Druwe war mit Steinfeld allein.

»Bitte, Herr Inspektor. Ich gestehe und unterschreibe alles, was Sie wollen. Nur lassen Sie meine Schwester aus der Sache raus. Sie hat schon genug durchgemacht.« Steinfelds Ton war jetzt fast flehend. Druwe konnte nur schlecht mit solchen Situationen umgehen. Zwölf Jahre. Dieser Mann hatte in Fuhlsbüttel ganze zwölf Jahre überstanden. Und jetzt bettelte und winselte er Druwe fast an. Den Stolz hatten sie ihm sicherlich herausgeprügelt. Dennoch konnte Druwe nicht umhin, diesen zerschlagenen Mann auch zu bewundern. Sie hatten ihn nicht totgekriegt. Ein kräftiger Zwölfjähriger könnte dieses hagere Männlein umhauen. Aber Steinfeld war immer wieder aufgestanden. All die Jahre. Und er hatte weiter geatmet. Dabei wäre es so viel einfacher gewesen, liegen zu bleiben; Herzschlag und Atmung auf Null zu setzen. Es hätte ihm viele Qualen erspart.

»Ja, ja, Steinfeld. Das hatten wir schon«, entgegnete Druwe. »Ich will aber nicht irgendeine Lüge. Und für Räuberpistolen gehe ich in die Wochenschau. Ich will wissen, was wirklich passiert ist.«

»Ist das bei euch nicht dasselbe?« Steinfeld klang bitter. Seine Stimme zitterte leicht. Er wusste, dass er für diese Äußerung anderswo die Peitsche durchs Gesicht gezogen bekommen hätte. »Sie möchten wissen, was passiert ist? Wahrheit und Wirklichkeit? Die macht ihr euch doch fein selbst. Und immer genau so, wie ihr sie haben wollt.«

»Ich will Ihnen helfen, Mann. Begreifen Sie das nicht? Ihnen und Ihrer Schwester. Mein Kollege da draußen will Ihren Kopf. Das macht alles so einfach. Vielleicht ist es Ihnen ja egal, was mit Ihnen geschieht. Aber auch Ihre Schwester wird dran glauben. Endlose Verhöre und Haft. Oder Schlimmeres. Wollen Sie das? Also, hat Paul Lessling etwas mit dem Mord zu tun? Packen Sie aus, Steinfeld!«

»Paul?« Steinfeld lachte auf. »Paul hat im kleinen Finger mehr Anstand als euer ganzes Saupack in Berlin zusammengenommen. Nein, Herr Inspektor, Paul hat mit dem Tod seines Bruders sicher nichts zu tun. Meine Schwester hat mir erzählt, dass die beiden einander zwar spinnefeind waren, aber Paul könnte keine Fliege totschlagen, ohne ein schlechtes Gewissen zu bekommen.«

»Wie lange versteckt er die …« Druwe zögerte kurz, da ihm das folgende Wort wie eine Beschimpfung vorkam.

Steinfeld beendete die Frage für ihn. »… die Juden?«

Druwe nickte.

Steinfeld überlegte einen Moment. »Eva sagt, dass sie seit etwa dreieinhalb Jahren da sind. Magda hat es ihr erzählt.«

»Da war Gerhard Lessling doch erst recht eine Bedrohung. Die Sache macht seinen Bruder nur noch verdächtiger.«

»Irrtum, Herr Inspektor. Gerhard Lessling war die Rettung für die Isenstejins.«

Druwe war verblüfft. »Wieso das?«

»Weil kein Schwein sie jemals dort vermutet hätte. Selbst wenn, dann hätte niemand gewagt, etwas zu sagen oder zu unternehmen. Viele auf dem Hof haben von Isenstejins gewusst. Aber den fetten Drecksack haben alle gehasst. So konnten sie ihm unter seinen Augen eins auswischen. Der dicke Trottel hat, ohne es zu wissen, fünf Juden das Leben gerettet. Da wird er in Walhalla aber mächtig Ärger mit seinem Führer kriegen.«

»Sie wollen wohl unbedingt sterben, Steinfeld, was?« Druwe trat ganz nah an den Häftling heran. »Bist du wirklich so blöd? Oder haben sie dir die Grütze da oben …« Druwe tippte mit dem linken Zeigefinger energisch gegen Steinfelds Stirn. »… irgendwann mal zu fressen gegeben? Du dämlicher Hund. Wenn ich irgendwas habe, womit ich ein länger dauerndes Untersuchungsverfahren einleiten kann, dann überlebst du die Sache vielleicht. Und deine Schwester auch. Wenn ich euch zu wichtigen Zeugen erkläre, lässt euch die Gestapo erstmal in Ruhe. Und in zwei Wochen oder vier …« Er sprach nicht weiter.

Steinfeld schwieg ebenfalls. Er schien zu überlegen. Vielleicht hatte seine Schwester doch recht? War dieser Mann vielleicht wirklich anders? Konnte er ihm trauen?

»Gib mir etwas, womit ich arbeiten kann.« Die Sekunden vergingen, dehnten sich scheinbar endlos.

»Magda sagt, dass ihr Schwager ein Dieb war.«

»Was?« Druwe glaubte, sich verhört zu haben. Aber fast augenblicklich musste er an die Lastwagen denken, von denen Lesslings und die Dorfbewohner berichtet hatten. An seinen Fund im Jutesack hinter dem Haus. Und an das, was er durch das kleine Fenster gesehen hatte. »Der feine Herr Kreisleiter hat Dinge verschoben. Reichseigentum. Möbel, Antiquitäten, Bilder, Schmuck. Einmal soll ein ganzer Rittersaal in Einzelteilen angekommen sein. Und er hat die Sachen zu Geld gemacht. Weiterverkauft.«

»Wo kamen die Sachen her?«

»Keine Ahnung. Magda und Paul wussten es auch nicht genau. Aber da braucht man wohl nur Volksschulbildung, um sich seinen Teil zu denken. Das Eigentum von Volksschädlingen ist in den Besitz der Volksgemeinschaft zu überführen. So heißt es doch in eurem braunen Juristendeutsch, oder? Minderwertige. Asoziale. Rassische Säuberungen. Das Vermögen der Juden. Und der polnische Adel soll steinreich gewesen sein. Kriegsbeute. Keine Ahnung! Sie müssten es doch besser wissen, Herr Inspektor. Ich war ja die ganze Zeit auf Kur im KL. Sie arbeiten immerhin für diese Leute.« Steinfeld war offenbar selbst erstaunt über seinen kraftvollen Eifer. Er atmete schwer, musste mehrmals husten.

In Druwes Schädel arbeitete es dumpf. Gerhard Lessling war ein Hehler? Er nahm Diebesgut an, lagerte es, fand einen Käufer und strich das Geld ein? So ergäbe das Ganze tatsächlich einen Sinn. Die vielen Fahrten hierher, an den Arsch der Welt. Wo Lessling sich doch als Lebemann sah und lieber Feste feierte. Die Transporte, die ankamen. Kleine Ladungen, die zwischendurch wieder verladen und weggefahren wurden. Das Haus, die beiden Scheunen. Wahrscheinlich hatte Lessling sich mit einem Komplizen getroffen. Vielleicht ging es um Geld. Wollte Lessling mehr? Oder musste der Mörder jetzt gegen Kriegsende einen unliebsamen Zeugen beseitigen? Klar Schiff machen, sozusagen. Ja, das ergab ein stimmiges Bild. Andererseits bedeutete es ...

Druwe war wie benommen, als ihm die Konsequenzen dieser Überlegungen vor Augen kamen. Auf dem Hof würden wahrscheinlich noch Güter lagern. Vielleicht sogar Geld. Und wenn diese Leute nicht vor dem Mord an einem hohen Parteimitglied zurückschreckten. Wenn die Wehrmacht oder sogar die SS darin verwickelt waren. Dann bedeutete das ...

»Steinfeld. Ihre Schwester und die Lesslings sind in Gefahr.«

Der Gefangene blickte ihn fragend an. Dann schien er zu begreifen.

Alle auf dem Hof waren in Lebensgefahr. Druwe ließ den verdutzten Häftling stehen und rief Paulsen zu sich herein.

»Karl. Hast du einen Jungen, der eine Nachricht zu Lesslings Hof bringen kann? Ich meine, jetzt gleich? Und schnell?«

»Jo, der Sönke von den Feddersens ist froh, wenn er sich 'nen Groschen verdienen kann. Müsste zu Hause sein, samstags ist ja im Moment keine Schule.«

»Deine Frau soll ihn holen. Bitte.« Druwe wandte sich zum Schreibtisch. Dann nickte er in Richtung Steinfeld. »Kümmere dich um ihn. Und schlaf dabei nicht wieder ein. Oberbauer kann auch anders, wenn er schlechte Laune hat.«

»Herr Inspektor, was meinten Sie, als Sie von einer Gefahr für meine Schwester sprachen?« In Steinfelds Stimme klang nun Furcht. »Wird die Gestapo ...?«

»Schnauze. Karl, bring ihn weg.« Druwe begann zu schreiben. Er wusste, dass er sich damit selbst in die Schusslinie brachte, doch er musste die Lesslings warnen. Und Eva Steinfeld. Wenn der oder die Täter auf den Hof zurückkehrten, waren die drei tot.

Zehn Minuten später fuhr ein etwas dicklicher Junge auf seinem Fahrrad durch das Dorf in Richtung Lüttfeld. In seiner Hosentasche befand sich eine kurze Nachricht von Druwe. An Eva Steinfeld.

NORDMANNEN
29. April 1945

Jünger war früh auf den Beinen. Sonntag. Die Methoden seiner älteren Kollegen waren ihm ein Gräuel. »Tausend Denker können einen Mann nicht ersetzen, der handelt.« Das waren die Worte Adolf Hitlers. Er hatte sie sich in der Schule gut eingeprägt. Und der Führer hatte immer gehandelt. Vierzehn Jahre hatten die Weimarer Schwächlinge Deutschlands Schmach erduldet. Dann kam der Mann, der handelte. Unser Führer Adolf Hitler. Zehn Jahre war dieses Land von Erfolg zu Erfolg geeilt. Und jetzt sollte alles vorbei sein?

Niemals, dachte Jünger. Im Schatten des Führers hatten sich unbemerkt viele korrupte Schmarotzer breit gemacht. Ehrgeiz und Machtgier drohten, das großartige Werk zu zerstören. Man hörte einige Dinge aus den Ostgebieten, die aufhören mussten. Mordfabriken? Es war richtig gewesen, die Juden auszusondern. Sollten sie doch eigene Städte bei Warschau, Litzmannstadt, in Palästina oder sonst irgendwo gründen. Aber systematische Vernichtung? Juden, Zigeuner, Russen? Hierfür waren ein paar schwache, kranke Geister, einige sadistische Einzeltäter verantwortlich, die das Ansehen Großdeutschlands beschmutzten. Diese Elemente mussten gefunden und beseitigt werden. Vieles war sicher auch nur Feindpropaganda. So wollte man im Ausland das Reich schwächen. Es war jetzt wichtig, einen kühlen Kopf zu bewahren. Für Jünger schien alles so klar. Warum handelten die Verantwortlichen nicht? Mit dem Westen galt es, einen Sonderfrieden auszuhandeln. Danach ein paar Jahre durchatmen, Kräfte sammeln. Und dann gemeinsam gegen den Bolschewismus. Rassefragen ließen sich durch Umsiedlung lösen. So ist das Werk des Führers in die Zukunft hinüberzuretten. Zwar wankte Jüngers Weltbild in diesen Tagen ein wenig, aber es brach nicht zusammen.

Vor dem Frühstück wollte er noch einige Fragen klären. Er wollte handeln. Bereits nach zwei Minuten Fußweg erreichte er Kattrups Gendarmerie. Auch Wachtmeister Paulsen war bereits wach. Er öffnete die Tür zur Revierstube, als Jünger energisch klopfte.

»Moin, Herr Kriminalassistent. So früh? Ich wollte gerade meine Runde machen. Wissen Sie, jeden Morgen …«

Jünger unterbrach ihn, ohne den Gruß zu erwidern.

»Paulsen, der Junge, von dem uns Inspektor Druwe gestern berichtet hat. Der ist doch bei Ihnen untergekommen?«

Karl Paulsen nickte. »Ja, der Inspektor wollte heute …«

Wieder wurde er von dem Kriminalassistenten unterbrochen. »Schläft der Junge noch?«

»Meine Frau ist dabei, das Frühstück vorzubereiten. Hat uns gestern schon fast die halbe Speisekammer leer gefressen, der Russenbengel. Unsere Jungs hatten auch immer Hunger. Wir haben drei. Das heißt …«

Paulsen hielt inne. »Jetzt ist nur noch Winfried da. Meine Frau und ich hoffen …«

Wieder schnitt Jünger ihm das Wort ab.

»Holen Sie ihn. Ich muss ihn verhören.«

Der Dorfpolizist blickte ihn verdutzt an.

»Jens, ich meine, Inspektor Druwe will ihn heute befragen. Hat er mir gestern Abend noch gesagt. Ich weiß nicht, ob ich …«

»Das ist ein Befehl. Holen Sie ihn!«, wiederholte Jünger schärfer.

Paulsen verschwand durch die Zwischentür in seinen Privaträumen. Kurze Zeit später tauchte er nur mit seiner Frau wieder auf. Gerade wollte Jünger die beiden zurechtweisen, als er den Jungen hinter ihrem breiten Körper entdeckte.

»Kommen Sie bitte herein, Frau Paulsen. Ich denke, es ist ganz gut, wenn Sie den Jungen etwas beruhigen. Ich will ihm nur ein paar Fragen stellen.« Er deutete zum Tisch. In dem kleinen Raum, der Revierstube und Verhörzimmer zugleich war, hatten Oberbauer und Druwe am Vortag Ludwig Steinfeld vernommen. Karl Paulsen stellte einen Teller mit zwei Broten und einen Becher Milch ab. Seine Frau nahm Platz, und der etwa Zehn- oder Elfjährige drängte sich ängstlich an sie.

»Karl meint, sie wollen Pavel befragen? Er spricht unsere Sprache nicht.«

»Aha. Aber seinen Namen kannte er? Ist doch Blödsinn. Dieses kleine Russenbalg sitzt hier einfach neben einer Leiche. In Schleswig-Holstein! Wir sind hier nicht im Ostland bei den Tataren, Frau Paulsen. Er muss ja irgendwoher kommen. Wahrscheinlich von einem Hof mit Ostarbeitern, da wird er schon ein paar Brocken Deutsch können.«

Jünger wandte sich direkt an den verängstigten Knaben, der sofort etwas dichter an seine jetzige Pflegemutter heranrückte.

»So. Pavel heißt du? Ich bin Kriminalassistent Jünger.« Er deutete auf sich. »Ich bin Polizist, verstehst du?« Er schlug seinen Mantel zurück und deutete auf seine Waffe.

Ein entsetzter Aufschrei entfuhr dem Jungen, und er begann, augenblicklich zu wimmern.

»Herr Jünger! Was fällt Ihnen ein, den Kleinen derart zu erschrecken? Er ist ein Kind.« Ingeborg Paulsen umarmte Pavel und wollte ihm den Becher reichen.

»Frau Paulsen, es geht um den Mord an einem deutschen Volksgenossen. Mehr noch. Ein verdientes Parteimitglied und Gefolgsmann des Führers. Da kann ich keine Rücksicht auf ein Russenkind nehmen. Er ist ein wichtiger Zeuge.« Jünger schob den Teller mit den Broten ans andere Ende des Tisches und nahm den Milchbecher an sich.

»Siehst du, Junge? Sprechen.« Er machte eine nachahmende Geste.

»Dann essen.«

»Das ist unerhört.«

Schweigen. Leises Wimmern.

Die Luft war kühl. Machte den Kopf frei. Als sie sich Paulsens Revier näherten, schwiegen die beiden Männer. Plötzlich blieb Oberbauer stehen. Er und Druwe hatten in der Nacht nur wenig Schlaf gefunden und waren früh erwacht. So hatten sie sich bereits gegen sechs Uhr einen Kaffee von Frieda Weber kochen lassen. Dann waren sie in stiller Übereinkunft schweigsam auf Paulsens Dorfrunde gegangen. Nun waren sie fast wieder bei den ersten Gebäuden angekommen, als Oberbauer doch das Wort ergriff.

»Jens, einen Moment noch. Ich will dir einen Rat geben.«

»Ach ja? Ich ahne da schon was, mein Lieber.« Druwe vermutete, dass es um seine Rolle in dieser Ermittlung ging.

»Es geht um Jünger. Halte deine Zunge im Zaum, er könnte dir schaden.«

»Wer soll mir noch schaden?« Zwar war Druwe erleichtert, dass Oberbauer etwas anderes meinte. Dennoch zitterte seine Stimme vor Sarkasmus, als er seinem Kollegen den Stumpf dicht vor das Gesicht hielt.

»Du weißt genau, was ich meine«, erwiderte dieser ungerührt. »Die Sondergerichte hauen die Urteile im Stundentakt raus. Verrat an der Volksgemeinschaft, Wehrkraftzersetzung, Verschwörung gegen Staat und Partei. Such es dir aus. Die Bande treibt es schlimmer als je zuvor. Wäre doch ärgerlich, wenn sie dich um zwei Minuten vor zwölf noch aus dem Verkehr ziehen, Jens.«

»Bande? Seltsam, das aus deinem Mund zu hören. Ich bin nicht bei der SS. Du schon.«

»Ach, hör auf. Du weißt genau, dass man mit den Wölfen heulen muss, wenn man im Rudel bleiben will.«

»Im Moment sind aber drei hervorragende Jäger im Wald.« Druwes Stimme klang bitter. »Sie heißen Ami, Tommy und Iwan. Und sie jagen uns mit ihren Hunden, bis sie sich unsere Köpfe als Trophäen an die Wand nageln können. Dann hat es sich für die Wölfe ausgeheult.«

»Blödsinn. Sie werden die besonders Brutalen und Gewalttätigen rausholen. Die Korrupten. Die Verbrecher und schamlosen Mörder. Vielleicht gibt es dann wieder einen Reichspräsidenten und ein Parlament. Vielleicht sogar Parteien. Aber der Staat, die Verwaltung und Polizei werden bleiben. Und der Führer wird die Sache im Hintergrund lenken. Keine Sorge, man braucht Leute wie uns. Ich rate dir nur: Halt dein loses Mundwerk noch ein paar Wochen. Sonst hängt dich kurz vor Schluss irgendein fanatischer Drecksack an einen Baum. Wäre schade drum, ehrlich.« Der SS-Kriminalrat sah seinen Kollegen mit einem fast treuherzigen Blick an.

»Also soll ich auch brav mitheulen?«

So ging es immer mit Oberbauer. Druwe war sauer. Der Kerl hatte zwar das Herz am rechten Fleck, aber seine Karriere war ihm immer wichtiger als Gefühle oder Beziehungen. Immer schön das Fähnchen in den Wind, selbst wenn es ein stinkender Furz ist. Das hatte Druwe schon in ihrer Berliner Zeit gemerkt.

Plötzlich sah er Paulsen. Der stand vor seinem Haus und rauchte. Seine Frau hatte Asthma. Er winkte ihnen hektisch zu, als er sie erblickte.

»Komm, Jens. Gehen wir rein. Jünger wollte sich den Jungen ansehen.«

»Wie bitte?« Druwe beschleunigte seine Schritte. »Hoffentlich lebt der Kleine noch.«

Ihn beschlich eine ungute Ahnung. Aber anstatt zu antworten, schüttelte Oberbauer nur entnervt den Kopf. Als sie das Revier betraten, schlug ihnen der Duft von Ersatzkaffee entgegen. Diese Regierung findet seit sechs Jahren für alles Ersatz, dachte Druwe. Kriegsseife, Lederersatz, Kunstgummi, synthetisches Benzin, Baumwollaustauschstoff, Kunsthonig. Alles lässt sich offenbar ersetzen. Er klopfte mit seiner Handprothese gegen den Türrahmen. Selbst Hände, Beine und Menschen.

»Ihr Kollege versucht, was aus dem Bengel rauszubekommen. Aber der kleine Russki schweigt. Was denken Sie, Herr Kommissar, könnte eine Kinderbande den Lessling erschlagen haben? Man hört ja so einiges.« Paulsen war sichtlich darauf aus, etwas zu den Ermittlungen beizutragen.

»Halten Sie den Mund, Wachtmeister. Sie stören«, fuhr Oberbauer ihn nur an.

Als Druwe und er in das Verhörzimmer kamen, stampfte ein sichtlich erregter Jünger auf und ab. Am Tisch saß Frau Paulsen mit Pavel, dem russischen Jungen. Sie hielt ihn im Arm, als wollte sie ihn beschützen. Vor ihnen stand ein Becher Milch und ein Teller mit Broten. Außer Reichweite. Invertzucker, was sonst? Honigersatz, dachte Druwe.

»Was wird das hier, Peter?« Oberbauer mochte solche Szenen ebenso wenig wie Druwe.

»Hans, aus dem kriegen wir was raus. Jede Wette, so unschuldig, wie er tut, ist er nicht. Der Steinfeld hatte vielleicht Mittäter unter den Fremdarbeitern. Und der Junge kann uns auf deren Spur führen.« Jünger war zornig erregt. Typus Klassenbester und übereifriger Kriminalist.

Druwe spürte die Wut in sich aufsteigen. Was hatte ihm Oberbauer geraten? Zurückhaltung? Ruhe bewahren? Keine unbedachten Äußerungen? Es war Druwe egal. Einen dreckigen Arsch musste man abwischen. Da konnte man nicht einfach wegsehen.

»Herr Kommissar, der Junge durfte noch nicht einmal frühstücken.« Ingeborg Paulsen. Mütterliche Instinkte kannten offenbar keine ideologischen Grenzen. Und sie hielten sich auch nicht an Rassegesetze.

Für Ingeborg Paulsen war Pavel kein Untermensch, sondern ein hungriger elfjähriger Junge, der in seinem kurzen Leben schon viel Schreckliches hatte durchmachen müssen.

»Dämlicher Drecksack.« Druwe trat energisch an den Tisch und funkelte Jünger böse an. Dann schob er Teller und Becher dichter an den Kleinen heran. »Hier, iss, Junge.« Er wollte dem kleinen Russen über das Haar streichen, aber der fuhr erschrocken zurück. »Kinder einschüchtern, das könnt ihr. Ihr schickt sie ja jetzt sogar an die Front. Hast du Dreckschwein ihn auch geschlagen?« Seine Stimme wirkte drohend. Der Rat Oberbauers war für ihn nun vollkommen vergessen.

»Ich ...« Peter Jünger rang um Fassung. Er war das Oben und Unten im System gewohnt. Aber er sah sich dennoch im Recht. Schließlich waren dies Zeiten, die besondere Härte erforderten. Und dieser Junge war schließlich nur ein Russe ... »Ich bin nicht bereit, diese Äußerungen einfach hinzunehmen. Sie haben gar nicht die Befugnis, sich hier einzumischen. Der Tod unseres Kreisleiters kann verheerende Folgen für die Moral ...« Weiter kam er nicht, da ihn Druwe wütend unterbrach.

»Der Junge hat den Mord nicht begangen, Herr Kriminalassistent.« Seine Stimme war kalt. Ihr beißender Klang ließ nichts Gutes ahnen. »Zehnjährige heben keine zwanzig Kilo schweren Steine. Und Zehnjährige finden es nicht gut, wenn sie nicht frühstücken dürfen. Nur weil ein tollwütiger Gernegroß und Endsieg-Fanatiker im letzten Moment seiner Karriere auf die Sprünge helfen will.«

»Jens!« Oberbauer ergriff Druwes Arm. »Es reicht. Beruhigen wir uns.« Er blickte seinen jungen Mitarbeiter an. »Alle!«

Jünger stand mit hochrotem Kopf da. Es schien, als wolle er sich jedes von Druwes Worten genau einprägen.

»Deutschland und der Führer verlassen sich darauf, dass jeder Mann und jede Frau genau am zugewiesenen Platz die notwendigen Pflichten erfüllt. Da müssen Opfer gebracht werden, auch von so einem ...«

Jünger deutete auf den Jungen und suchte nach passenden Worten.
»... russischen Wechselbalg.«

Druwe konnte sich kaum noch beherrschen. »Opfer? Sie wollen mir etwas von Opfern erzählen? Wollen Sie mal selbst ein Opfer spüren, Jünger?« Druwe hielt dem jungen Beamten seine Prothese bedrohlich dicht vor das Gesicht. »Das ist ein Opfer, da könnt ihr Heimatfronthelden nicht ganz mithalten.«

»Das ist unerhört, ich werde ...«

Wieder unterbrach ihn Druwe. In der Luft lag jetzt rohe Gewalt. »Euch haben sie doch nur die schneidigen Ordensträger gezeigt. Das Ritterkreuz. Vielleicht auch noch mit Eichenlaub und Schwertern. Wusstest du, dass die meisten Helden saufen oder sich mit Panzerschokolade zuknallen? Sie ziehen sich Koks in die Nase, oder sie spritzen sich das Glück in die Adern wie unser fetter Flieger und Reichsmarschall in Berlin. Hast du eine Ahnung, wie es ist, am Gas zu verrecken? Wenn die Kameraden sich die blutige Lunge aus dem Leib kotzen? Ihre roten Augen, groß wie Untertassen. Und sie ersticken in ihrer eigenen Suppe. Du selbst liegst mit der Maske daneben. Nur nicht husten. Du spürst, wie sich das Wasser in deiner Luftröhre sammelt, aber du darfst nicht husten. Weißt du, wie heiß Därme sind, wenn sie aus einem offenen Bauch quellen? So heiß, dass die Luft selbst im Mai noch dampft. Und weißt du, dass sterbende Helden gerne nach ihrer Mama rufen? Sie jammern und wimmern. Und sind plötzlich wieder ganz klein. Hast du überhaupt eine Ahnung, Bürschchen?«

»Jens, hör auf, es reicht jetzt.« Oberbauer versuchte, Druwe aus dem Zimmer zu ziehen.

»Nein. Es reicht noch lange nicht. Der saubere Etappenpolizist hier kennt die Wahrheit noch nicht. Unsere Polizei war dabei, als sie Zivilisten zusammengetrieben haben. Los, Hans, erzähl es ihm. Aus den Häusern haben wir sie geholt. Die Luft roch nach Angst und Verzweiflung. Und Tod. In die Wälder mussten wir sie treiben, da wartete das

Wehrmachts- oder SS-Kommando. Aber unsere Jungs haben auch fleißig abgedrückt. Zivilisten, Alte, Frauen, Kinder. Deutschland und der Führer, wir alle haben sie umgebracht. Wir haben sie geschunden und entwürdigt. Und dann ermordet.«

Stille im Raum. Druwes Zorn hatte sich ausgebrannt. Es war das erste Mal seit dem Vorfall vor fast vier Jahren, dass er darüber sprach. Im Raum schienen seine Worte bleischwer zu hängen. Der russische Junge weinte leise. Er hatte den Sinn zwar nicht verstanden, aber Kinder erspürten eine Atmosphäre. Und hier, in Kattrups Revierstube, lag heute die ungeheuerliche Wahrheit. Die Wahrheit jedes Einzelnen.

Oberbauer fing sich als Erster.

»Jünger, Sie haben ohne meine Anweisung einen Verdächtigen verhört. Sie haben die gesamten Ermittlungen gefährdet. Es geht um die Partei, das kann Konsequenzen für Sie haben.« Der junge Mann wollte etwas erwidern, aber sein Vorgesetzter hob drohend die Hand. »Schweigen Sie. Wir haben schon genug Probleme. Hinsch sitzt mir in Flensburg im Nacken, er will schnelle Ergebnisse. Da brauchen wir nicht solche Scheiße hier. Jünger, Sie haben einen dienstälteren Vorgesetzten provoziert. Deshalb schlage ich vor, dass wir jetzt alle durchatmen und die ganze Sache klären. Ich verzichte auf Meldung gegen Sie, Jünger. Und Sie vergessen, was Sie hier gehört haben. Und du, Jens ...« Er funkelte seinen Kollegen an. »... beruhigst dich jetzt mal. Hat irgendjemand im Raum Probleme damit?«

Zunächst betretenes Schweigen, dann schüttelte Paulsen als Erster den Kopf.

»Nein, Herr Kommissar. Die Nerven liegen halt blank. Soll ich einen Schnaps holen? Das beruhigt die Gemüter. Sozusagen zu dienstlichen Zwecken?« Er grinste. Die einfache Lösung war oft die beste.

»Gute Idee, Paulsen.« Oberbauer richtete seinen Blick auf Jünger. »Was ist mit dir, Peter? Machen wir es so?« Der Angesprochene nickte zögerlich, als der Wachtmeister aus seiner Wohnstube zurückkehrte. Paulsen schenkte vier volle Gläser ein.

»Für dich auch ein Glas, Inge?« Seine Frau schüttelte betrübt den Kopf. Der Junge hatte begonnen, seine Brote zu verschlingen. Manchmal war einfacher Invertzucker eben das pure Glück auf Erden.

»Auf den Führer!«, rief Paulsen und hob sein Glas. Jünger und Oberbauer stimmten ein.

»Auf Deutschlands Zukunft!« Auch wenn Druwe es vielleicht anders meinte, konnten offenbar alle damit leben.

Pavel grinste, als die Männer die Gläser auf den Tisch knallten. Das kannte er offenbar. Männer, die gemeinsam tranken, schlugen sich nicht die Köpfe ein. Zumindest nicht sofort. Man war bescheiden geworden in diesen Tagen.

Die Minuten vergingen, die Spannung im Raum schien sich zu lösen.

»Sie hätten mich fragen sollen, Jünger«, ergriff Druwe als Erster das Wort. »Ich spreche ein paar Brocken Russisch. Wir können ihn gemeinsam befragen.«

»Nein, das sehe ich nicht so. Auch wenn wir die Sache eben außer Acht lassen, bleibt dennoch ein Problem bestehen.«

Druwes Augen funkelten den jungen Kollegen an. Irgendwie ahnte er, was kam. Er hatte erwartet, dass es Oberbauer schon vorhin auf dem Weg ansprechen würde. »Und das ist?«

»Sie sind nicht zuständig, Herr Inspektor.« Ein triumphierendes Lächeln umspielte Jüngers Lippen, als er diesen Trumpf ausspielte. »Das war von Anfang an so und hat sich bis jetzt nicht geändert.«

Druwe wusste es selbst. Der arrogante Jungspund hatte recht. Formal waren nur die Sicherheits- und Kriminalpolizei für die Schwerkriminalität, also auch Mordsachen, zuständig. Und er, Druwe, war seit seiner Rehabilitierung eben nur Ordnungspolizist. Seine Wiederaufnahme in die Polizei im letzten Jahr hatte er einem Freund in Berlin zu verdanken. OrPo, SiPo, KriPo, Gestapo, Sicherheitsdienst. Selbst Leute vom Fach blickten da kaum noch durch. Kaum ein Jahr seit der Übernahme der Polizei durch Himmler war vergangen, ohne dass immer wieder alle Kompetenzen und Arbeitsbereiche umorganisiert oder umbenannt wurden. Da verlor man schnell den Überblick. Druwe war Oberleutnant der Polizei und Inspektor. Aufgrund seines Alters würde er im Mai wieder in den Rang eines Hauptmanns versetzt werden, den er vor seiner Degradierung schon innegehabt hatte. Und eigentlich war er Oberinspektor, aber den Dienstgrad hatte die Polizeiführung in Berlin auch wieder abgeschafft. Als Hauptmann wäre er im Rang Oberbauer gleich gestellt, obwohl er ihm als Oberleutnant noch unterstellt war. Hans Oberbauer war immerhin Kriminalrat bei der Kripo und SS-Hauptsturmführer. Unklarheiten und Gerangel allerorten. So verdeckte man Inkompetenz. Aber Druwe wollte sich nicht so einfach geschlagen geben. Er hoffte, die im Reich und bei der Polizei übliche Kompetenzverwirrung für sich nutzen zu können, und reckte sich, bevor er zum Gegenschlag ausholte. Und dass er seinen neuen Dienstgrad erst in drei Tagen zu seinem Geburtstag erhielt, würde er tunlichst für sich behalten.

»Wie Ihnen sicherlich bekannt ist, habe ich hier die Befehlsgewalt. Ich habe als Hauptmann der Polizei das höhere Dienstalter im Vergleich zu SS-Hauptsturmführer Oberbauer. Wollen Sie das in Frage stellen?« Eins zu null, stellte Druwe triumphierend fest, als er in das verdutzte Gesicht Jüngers blickte. Der fing sich jedoch schnell.

»Keineswegs, aber ein Mord ist Sache der Kripo. Zudem ist der Polizeirang meines Vorgesetzten der eines Kriminalrats. Und Ihnen damit im Rang vorgesetzt. Wir müssen Sie also bitten, uns Ihre Ermittlungsergebnisse zu überlassen und die Sache nicht weiterzuverfolgen.« Eins zu eins. Aber Spiele werden oft in der Verlängerung entschieden, dachte Druwe.

»Nun ja. Sie mögen hinsichtlich der Mordsache recht haben, Herr

Kriminalassistent. Aber da gibt es noch einige andere Punkte, die die innere Ordnung betreffen. Und deshalb in mein Sachgebiet fallen.« Druwe wäre nicht Druwe, wenn er nicht noch ein As im Ärmel hätte. Jünger sah ihn erstaunt an. Junge, du solltest wirklich nicht Poker spielen, dachte sich Druwe. Aber das Spiel war in Deutschland sowieso verboten. Er hatte es geliebt. Damals in Berlin. Bluffen. Auf Full House setzen, auch wenn du nur ein Pärchen hast. Druwe schob nun alles auf den Tisch, was er hatte. Voller Einsatz. Alles oder nichts. »Das Gesetz gegen heimtückische Angriffe auf Staat und Partei und zum Schutz der Parteiuniform und Rangabzeichen vom 20. Dezember 1934, mein Lieber.«

»Bitte?« Jüngers Verblüffung war unverhohlen.

»Tja, zu der Zeit sind Sie noch auf Bäume geklettert und haben Äpfel geklaut, Jünger. Ich spreche vom Heimtückegesetz. Es gibt mir die Befugnis, in Fällen der Diffamierung von Partei oder staatlichen Würdenträgern und somit der Beleidigung der Person des Führers auch in der Funktion als Ordnungspolizist zu ermitteln. Die Tatumstände weisen auf ein derartiges Verbrechen hin. Die Schändung der Leiche. Würdeloser Umgang mit Parteiabzeichen und Blutorden. Zudem ist Reichseigentum verschwunden. Unser Führer wurde entehrt, Jünger. Zusammengefasst habe ich also die Ermittlungshoheit und Befehlsgewalt in dieser Sache. Und der Mord selbst wird natürlich weiterhin von den in diesem Fall untergeordneten Kripo-Beamten untersucht.« Druwe grinste selbstbewusst und trat an Jünger heran.

»Ich …« Der junge Kripo-Beamte zögerte. Er war sichtlich verunsichert. »Ich wusste nicht … Ich bin mir nicht sicher, ob Sie die Sache richtig sehen, Herr Inspektor. Vielleicht wäre Flensburg …«

»Wollen wir das wirklich in Flensburg klären lassen und damit den Fortgang der Ermittlungen unnötig verzögern, Herr Jünger? Das könnte sich ärgerlich in Ihrer Personalakte machen. Mordfall an einem PM durch zögerliches Taktieren des beteiligten Kriminalassistenten nicht geklärt. Na? Wie klingt das? Wollen Sie das wirklich?«

Jünger blickte seinen Vorgesetzten hilfesuchend an, der jedoch nur mit den Schultern zuckte. Nach einer kurzen Weile entschied sich Oberbauer jedoch einzugreifen. »Vielleicht ist das Kräftemessen der Herren jetzt zu Ende?« Er sah die beiden Männer an. »Sofern Sie beide bereit sind, sich bei der Schwanzlänge auf ein Patt zu einigen, sollten wir jetzt zu einer Entscheidung kommen.« Er genoss die Rolle des Schlichters sichtlich. »Ich denke, wir sitzen bei dieser Angelegenheit in einem Boot. Ob es uns passt oder nicht.« Oberbauer nahm die Kornflasche und füllte die Gläser nach. »Auf gute Zusammenarbeit, meine Herren.«

4

Was kümmert mich das kleine Schaffen,
Das euer Seelchen Sehnsucht stillt,
Was das Erlisten, das Erraffen,
Womit ihr euer Leben füllt

Emil von Schoenaich-Carolath-Schilden (1852–1908),
Ihr meint, ich trüge meine Stirne

AGONIE

Dieser Frühling ist nicht schön in Berlin. Dabei würde die Kälte die Menschen nicht stören. Alle Winter dieses Krieges waren lang und kalt. Aber mit dem ersten Grün kam auch die Front in die Hauptstadt des Reichs. Berlin raucht. Es stinkt. Die Stadt blutet aus vielen Wunden. Frisches Wasser wird knapp. Die Kanalisation ist an vielen Stellen aufgerissen. Wie offene Geschwüre fressen sich die Krater der Mörsereinschläge in den Boden. Die Mauern zerbersten unter den Druckwellen. Faulig-braunen Zahnhälsen gleich ragen ihre Reste in den Himmel. Die Vögel singen nicht in Berlin. Sie werden gegessen. Ebenso wie die Ratten. Wo singt der Blaue Engel jetzt? In welcher Metropolis geht der deutsche Wahn unter? Welcher Künstler lustwandelt jetzt Unter den Linden? Wer tanzt noch Cancan auf dem Kurfürstendamm? Keine Revue Nègre spielt im Nelson-Theater. Der Pariser Platz ist eine Wüste. Wo einst Josephine Baker bei Vollmoeller ihre androgyne Brust entblößte, liegt nur ein altes Paar im Schutz der Ruinen. Es hält sich in den Armen, seit Tagen steht sein Atem still. Als wollten diese beiden Menschen ehrfürchtig den Klängen lauschen, die Stalins Truppen über der Stadt erklingen lassen. *Der rote Zar spielt für sie eine Symphonie des Grauens auf seinen Orgeln. Komponiert für seinen einstigen Verbündeten und jetzigen Erzfeind, den Führer des Großdeutschen Reichs. Und das ist überschaubar geworden in diesen Wochen.*

Besonders schwer hat es das Regierungsviertel getroffen. Kein Gärtner hat in diesen Tagen die Grünanlagen der Neuen Reichskanzlei umsorgt. Er hätte wohl auch statt Blumen eher einen bunten Strauß aus heißen Granatsplittern, halb verkohlten Akten und schwelenden Leichenteilen zusammenstellen können. Noch vor neun Tagen, zum Geburtstag des Führers, hatte es in den unzerstörten Zimmern des Gebäudes ein rauschendes Fest gegeben. Eva Braun hatte ihrem geliebten Adolf ein Gelage ausgerichtet. Noch einmal floss der Champagner in Strömen. Der ganze Saal befand sich um drei Uhr morgens im Pervitin- und Kokainrausch. Nur dem Geburtstagskind war nicht recht zum Feiern zumute. Er hatte sich seinem »Tschapperl«, wie er seine zukünftige Frau zärtlich nannte, verweigert. Er brütet stattdessen lieber über Karten, hält sinnlose Lagebesprechungen ab und phantasiert über die Zukunft seines Reiches, das stündlich kleiner wird.

Berlin stirbt.

Und es sind noch vierundzwanzig Stunden bis zum Tod jenes Mannes, der es sterben lässt.

»Ritter von Greim.« In der Stimme lag ein Zittern. Das R kam rollend, fordernd. »Hätte ich mehr Männer wie Sie, wäre die Stadt in drei Tagen befreit. Und in einem Monat wäre jeder Bolschewik von deutschem Boden hinweggefegt.« Pause. Erschöpftes Atmen. »Aber noch ist nichts verloren, Greim. Noch nicht. Sie und Fräulein Reitsch sind der Beweis. Wenck ist in Stellung. Dönitz bereitet den Entsatz von Norden vor. Unsere böhmischen Einheiten werden sich in drei Tagesmärschen mit den rumänischen Verbänden vereinigen. Dann sind die Ölfelder wieder in unserer Hand. Und in sechs Wochen stehen wir wieder am Kaukasus.« Speichel tropfte aus dem linken Mundwinkel. Der Mann stand leicht gebeugt da, die linke Hand auf dem Rücken. Er wirkte wie ein Greis, obwohl er gerade Mitte fünfzig war. Aber noch immer war da jene fast magische Aura, die ihn umgab. Seine Augenlider flackerten. Sein Haar hing als fettige Strähne über die Stirn bis zur Nase.

»Und dann, mein lieber Greim ...« Er blickte sein Gegenüber direkt an. »Nur Sie wissen davon. Wir halten die entscheidenden Stellungen in Pommern. Unterirdische Hallen und getarnte, kurze Abschussrampen. Fräulein Reitsch ist diese Strahljäger schon geflogen. Sie wird es bestätigen. Hunderte davon stehen bereit. Und einer von ihnen kann Dutzende ihrer schwerfälligen Bomber vom Himmel holen. Greim.« Seine Stimme war jetzt kaum mehr als ein Flüstern. »Greim, Sie sind jetzt Befehlshaber der Luftwaffe. Göring hat mich verraten. Das ist der Grund für die Misere. Ich bin von Verrätern umgeben. Blutsauger, Prahler und Völler. Morphinisten. Orakel-Hörige und Reinkarnationsgläubige. Ritter von Greim, ich befehle Ihnen, zerstören Sie London. Fliegen Sie Angriffe auf New York. Wir stehen besser da, als Friedrich der Große vor seiner entscheidenden Schlacht. Denn er hatte keine Männer wie Sie. Und keine Flugzeuge wie wir.«

Robert Ritter von Greim war ergriffen und erregt. Sein Gesicht glühte. Er war ganz oben angekommen. Endlich. Vor drei Tagen war er mit der berühmten Pilotin Hanna Reitsch in einem Gleitflugzeug bis fast vor die Reichskanzlei geflogen. Sie hätten auch direkt an der Frontlinie landen können. Eine Sprenggranate hatte den dünnen Boden der Fieseler Storch durchschlagen. Sein Fußknöchel war aufgerissen. Aber egal, Greim war am Ziel. Zunächst hatte ihn der Anblick der Hauptstadt entsetzt. Ganze Straßenzüge lagen in Trümmern. Heftige Gefechte tobten bereits im Bereich des äußeren Innenstadtrings. Greim war gekommen, um seinen geliebten Führer aus dem eingekesselten Berlin herauszuholen. Aber jetzt? Was hörte er da? Der Kampf war gar nicht verloren. Alles Taktik. Unfassbar. Das Schicksal des Vaterlandes lag teilweise in seinen Händen. Während er noch seinen Gedanken nachhing und um Fassung rang, schob ihn Hitlers Arzt, Obersturmbannführer Dr. Haase, zur Seite. Aus der Kitteltasche holte er eine Spritze, die bereits mit einem Medikament befüllt war. Er klopfte gegen das Glas.

»Entschuldigen Sie, Herr Greim. Der Führer braucht Ruhe.«

Greim blickte ihn verständnislos an, wollte schon protestieren.

»Unsinn, Haase! Ich fühle mich blendend. Mit Männern wie Greim könnte ich sofort nach oben und mich an die Spitze unserer Truppen stellen.« Hitler befand sich offenbar in einem Zwischenzustand erregter Erschöpfung.

»Mein Führer.« Wieder suchte Greim nach Worten. »Ich wusste nicht, dass uns noch derart viele Reserven zur Verfügung stehen. Wie konnte ich jemals zweifeln. Nehmen Sie meine aufrichtige Entschuldigung dafür entgegen.« Er streckte sich und hob den Arm zum Führergruß.

Adolf Hitler war derweil auf einem kleinen Sessel in sich zusammengesunken. Sein Arzt Werner Haase, der erst vor wenigen Tagen zum Nachfolger von Hitlers langjährigem Leibarzt Theo Morell ernannt worden war, beugte sich über ihn. Nun hielt er zwei Spritzen in der Hand.

»Eukodal? Oder Eupaverin? Wie fühlen Sie sich, mein Führer?«, fragte er etwas unsicher.

Das erste Mittel war ein Morphiumderivat, das schmerzstillend wirkte. Eupaverin hingegen war eher krampflösend.

»Beides, Haase. Beides.« Hitler hielt seinem Arzt den rechten Arm entgegen.

Derweil hatte ein weiterer Mann den Besprechungsraum betreten. Es war Martin Bormann, ein Mittvierziger mit schütterem Haar und teigigem, blassem Gesicht. Reichsminister und Sekretär des Führers.

Verhasst, gefürchtet und verachtet. Aber seit gut einem Jahr der wichtigste Mann im Reich und engster Vertrauter des Führers. Seit dem Attentat im Juli 1944 kam niemand mehr an ihm vorbei. In wenigen Stunden würde er Trauzeuge bei Hitlers Hochzeit mit Eva Braun sein. Etwas später würde Hitler ihn in seinem Testament den »Treuesten aller Parteigenossen« nennen. Bormann war Funktionär und Verwalter. Sein Durchschnittsgesicht verriet Intelligenz und Durchtriebenheit. Er hatte sich unentbehrlich gemacht. Greim war angewidert. Funktionäre waren ihm ein Gräuel. Er hatte Bormann zu verschiedenen Gelegenheiten kennengelernt. Solche Leute muss der Führer loswerden, wenn die Sache hier vorbei ist, dachte er sich.

»Ich glaube, wir sollten dem Führer etwas Ruhe gönnen, Ritter Greim.« Seine kalten Augen fixierten den hochdekorierten Luftwaffenoffizier. »Oh, wie konnte ich es vergessen? Natürlich sollte ich Herr Generalfeldmarschall sagen. Gratulation zur Beförderung.« Umspielte leichter Spott seine Züge? Greim bemerkte den Unterton bei Nennung seines neuen Rangs.

»Natürlich, Bormann. Herr Reichsminister. Natürlich.« Mit schneidigem Gruß warf Robert von Greim einen letzten Blick auf Hitler. Dieser saß jetzt mit glasigen Augen ins Leere starrend und zusammengesunken in dem schmalen Sessel.

Kurze Zeit später betraten Bormann und von Greim das Vorzimmer. Bormann wirkte selbstsicher. Er dirigierte den Befehlshaber der kaum noch vorhandenen Luftwaffe hinaus.

»Ich muss Sie sprechen, Greim.« Er lotste den Gast in sein Büro. Mit einem kurzen Blick vergewisserte er sich, dass niemand auf dem Flur stand, dann schloss er die Tür.

»Sie wissen von Himmler?« Ohne Umschweife kam er zur Sache. Greim hatte vorhin Fetzen eines Gesprächs zwischen den Generälen Krebs und Burgdorf im Bunkerzimmer nebenan mitbekommen. Heinrich Himmler, der Reichsführer und Befehlshaber der SS, war von Hitler aller Ämter enthoben worden. So war es vor einigen Tagen bereits Hermann Göring ergangen, von dem sich Hitler ebenfalls schändlich hintergangen fühlte. Himmler hatte offenbar versucht, mit den Westalliierten einen Separatfrieden auszuhandeln. Da sich Greim über Bormanns Position in dieser Frage nicht klar war, antwortete er ausweichend.

»Der Führer weiß, was er tut.«

»Ja, ja, selbstverständlich. Lassen wir das. Himmler hat sich des Verrats schuldig gemacht. Der Führer hat ihn entmachtet und seine Gefangennahme befohlen. Aber der Mann ist immer noch gefährlich. Wenn er eins schon immer beherrschte, dann ist das sein Intrigenspiel. Wir müssen vorsichtig sein. Viele Dienststellen werden im Moment von den Weisungen des Führers nicht direkt unterrichtet. Übrigens, den Drahtzieher Fegelein haben wir gestern aufgegriffen.«

Fegelein, dachte Greim. Direkter SS-Verbindungsoffizier beim Führer in Berlin und somit Auge und Ohr seines Herrn, Heinrich Himmler. Fegelein hatte dem Reichsführer-SS auf diese Weise immer frühzeitig von allen Entwicklungen berichtet. Seine Einschätzung der katastrophalen Lage hatte Himmler offenbar erst bewogen, für sich und seine SS einen Ausweg ohne Hitler zu suchen.

»Das Vögelchen wird nie wieder zwitschern, Greim. Nie wieder.« Bormann grinste teuflisch. »Er wurde gestern in der Reichskanzlei aufgegriffen. Er trug Dokumente bei sich, die eindeutig Himmlers verräterisches Vorgehen in der Schweiz und in Stockholm beweisen. Der Reichsführer hat sogar mit den Juden direkt verhandelt, stellen Sie sich das vor!« Er drehte sich zum Bild Hitlers, das an der Wand seines Zimmers hing. »Standgericht. Aus. Fegelein ist kein Problem mehr, aber jetzt müssen wir noch diesen bebrillten Schweinehund kriegen. Wir müssen jetzt sehr vorsichtig sein, um das Reich nicht zu spalten. Und da kommen Sie ins Spiel, mein Lieber.«

»Bormann. Der Führer hat mir den Oberbefehl der Luftwaffe übertragen. Ich muss mir einen Überblick verschaffen. Einen Stab bilden. Die geheimen Stützpunkte inspizieren. Der Neuaufbau und die Vorbereitung des vom Führer gewünschten Gegenschlags werden meine Zeit ...«

»Verdammt, Greim!«, unterbrach ihn Hitlers Sekretär wütend. »Da ist nichts.« Seine Stimme überschlug sich. Dann merkte er, dass er zu weit gegangen war, räusperte sich und fuhr fort. »Was ich damit sagen will, die Sache hat Zeit. Wenck hat die Lage im Griff. Wir locken den Iwan tief in unser Gebiet und vernichten ihn mit einem Zangenangriff. Der Plan des Führers wird Friedrich den Großen wie eine Randnotiz der Geschichte erscheinen lassen. Genialität braucht solche schweren Prüfungen, um sich mit der Vorsehung zu vermählen.«

Als der Luftwaffenoffizier Bormann verständnislos anstarrte, fuhr dieser fort. »Und außerdem werden Sie, Greim, ja wohl kaum mit Ihren Fliegern und Bombern deutsche Städte angreifen wollen, oder?«

»Bormann, wie ...?«

»Ich kläre die Sache mit dem Führer. Er will, dass Sie zuerst eine Sondermission erfüllen. Danach können Sie dann gegen London, Washington oder wer weiß wen fliegen. Haben Sie das verstanden?«

Greim war verdutzt. »Sondermission?«

»Ja, Sie müssen heute noch raus aus Berlin. Eine Arado steht betankt in einem Behelfshangar an der Charlottenburger Chaussee. Nehmen Sie Frau Reitsch mit. Mit Ihrem Fuß könnte es sonst Probleme geben. Sie müssen zu Dönitz. Er sitzt mit seinem Stab in einem sicheren Kaff im Norden. Plön in Schleswig-Holstein. Will aber weiter nach Flensburg. Überbringen Sie Dönitz das hier.« Bormann nahm eine Ledermappe von seinem Schreibtisch. Er öffnete sie und holte zwei große Umschläge heraus. Beide trugen Stempel und Siegel der Kanzlei des Führers.

»Geheime Reichssache. Oberste Priorität. Von Ihnen hängt das Wohlergehen des Reiches und der NSDAP ab. Generalfeldmarschall

Greim, Sie sind nach dem Führer und mir jetzt der wichtigste Mann. Dieser Umschlag hier ...« Er zeigte auf die Angabe des Adressaten. »... ist für den Großadmiral. Dönitz wird in dem Schreiben von der Entscheidung des Führers, Himmler abzusetzen, unterrichtet. Auch ein paar politische Anweisungen sind darin enthalten. Der andere Umschlag ist für einen gewissen Untersturmführer Grenger. Er ist bei Dönitz das, was Fegelein hier war. Nur ein paar Schuhnummern kleiner. Himmler will wissen, was Dönitz vorhat. Und er will Grenger in dessen Stab unterbringen. Der Reichsführer traut dem alten Marine-Haudegen nicht.« Bormann korrigierte sich. »Der ehemalige Reichsführer meine ich natürlich. Himmler weiß jedoch nicht, dass wir Grengers Familie in München festgesetzt haben. Der frisst uns also aus der Hand und wird sich den Befehlen des Führers nicht widersetzen. Hoffe ich zumindest. Wir wollen Grenger dazu nutzen, Himmler in Sicherheit zu wiegen, damit Dönitz ihn verhaften lassen kann. Aber das muss dann nicht mehr Ihre Sorge sein, Greim. Die Anweisungen an Grenger und Dönitz sind hier drin. Sorgen Sie dafür, dass Grenger das liest und dann vernichtet.« Er klopfte auf die Ledermappe.

»Sie wollen mich zu einem Postflieger machen, Bormann?« Die Stimme von Greims klang gekränkt.

»Wenn Sie wollen, können wir das noch mal beim Führer erörtern, Herr Greim.« Wieder lächelte Bormann und schien eine Geste in Richtung der Privaträume des Führers anzudeuten. »Aber ich kann Ihnen sagen, in diesem Zustand ist mit ihm nicht gut Kirschen essen. Aber wenn Sie darauf bestehen ...«

Greim überlegte kurz, dann schüttelte er den Kopf. Was immer Bormann auch vorhatte, hier war er der Chef. Später konnte sich Greim den blassen Bürokraten immer noch vornehmen.

»Der Führer hat den Wunsch geäußert, dass Fräulein Reitsch und ich die Stadt wieder verlassen. Da er mich offenbar zu anderen Zwecken braucht, werde ich seinen Wunsch als Befehl auffassen. Zwar beabsichtige ich, eine erste Inspektion der noch verbleibenden Flugplätze in Bayern vorzunehmen. Aber wenn Sie sagen, dass diese Sache …« Er deutete auf die Aktentasche. »… für den Führer und das Reich von entscheidender Bedeutung ist, dann fliege ich vorher zu Dönitz.«

»Danke, Generalfeldmarschall. Der Führer hat sich in Ihnen also nicht getäuscht. Ich werde das lobend erwähnen.« Bormann trat an einen Wandschrank heran. »Einen kleinen Cognac vor dem Flug, mein Lieber?«

ENTSCHEIDUNGEN

Am späten Sonntagvormittag überlegte Druwe angestrengt, wie er Lesslings Leichnam fortschaffen konnte. Der Tote musste nun schnell nach Flensburg überstellt werden. Auch ohne große Kenntnisse der Forensik war zu befürchten, dass die Verwesung sonst wichtige Spuren zerstören könnte. So hatte Druwe bereits nach dem Frühstück versucht, einen Transport zu organisieren, war aber mit diesem Vorhaben gescheitert. Die Krankenhausleitung der Diako hatte, wie von Oberbauer vorausgesagt, abgelehnt, ihren einzig verbliebenen Krankenwagen, einen umgebauten Tempo, zu schicken. Im Dorf gab es im Moment nur noch Pferdefuhrwerke und alte Landmaschinen. Die Polizeidirektion Flensburg hatte Druwe nicht anzurufen gewagt. Er hätte zwar versuchen können, die örtliche Kreisdienststelle der Wehrmacht um Amtshilfe zu bitten. Aber dann hätte er sich erneut der unangenehmen Frage stellen müssen, warum der Körper nicht nach Kiel sollte. Die einzige Möglichkeit, um Lesslings Körper zügig zur pathologischen Untersuchung zu schaffen, war, dass er die Sache selbst erledigte. Am Vortag hatte Oberbauer bereits dafür gesorgt, dass der Tote fachgerecht abgedeckt wurde. Die Temperaturen waren nur knapp über dem Gefrierpunkt, so dass in dieser Hinsicht kein Grund zu unnötiger Eile bestand.

Nun begab sich Druwe mit Paulsen zurück zum Tatort. Sie mussten den Toten auf eine Plane laden und darin einwickeln. Als die beiden Polizisten den Körper umdrehten, musste Paulsen sich übergeben, da die Reste von Lesslings Kopf und Gesicht im Schlamm kleben blieben. Druwe hatte die Hände des Toten zusätzlich in Papiertüten gebunden. Er war sich nicht sicher, ob die dunklen Spuren unter den Fingernägeln und die abstehenden Finger von Bedeutung waren. Danach kratzte er noch die Gemengelage, die einmal der Kopf gewesen war, sorgfältig vom Boden ab. Ihm fiel nichts anderes ein, als die Teile vorsichtig in einen Metalleimer zu schichten. Er überlegte. Er brauchte Gewissheit. Die Hinweise aus den Befragungen und die Spuren am Tatort passten noch nicht zusammen.

Als die beiden Männer ihre abstoßende Arbeit beendet hatten, lag der Leichnam am Feldrand, eingehüllt in eine Lastwagenplane. Auch den Feldstein, die vermeintliche Tatwaffe, trug Druwe dorthin. Er wollte am Nachmittag nach Flensburg aufbrechen und den Toten vorher in seinen Wagen laden. Zunächst nahm er also nur den Eimer und ein paar Tüten mit gesicherten Beweismitteln, als er und Paulsen schweigsam zurück ins Dorf gingen.

Gegen Mittag brach Druwe dann aus Kattrup zu Lesslings Villa in Schausende auf, um sich ein besseres Bild vom Verstorbenen machen zu können. Das Anwesen lag in der Nähe von Glücksburg, direkt an der Flensburger Förde. Oberbauer hatte er sein Vorhaben tunlichst verschwiegen. Da Wagner über Nacht ebenfalls in Kattrup geblieben war, hatte er seinen Kripo-Kollegen gegenüber einen triftigen Grund. Auf dem Weg nach Schausende setzte er den Fotografen bei dessen Haus ab.

»Tut mir leid, Lutz, dass die Sache so lange gedauert hat.« Wagner hatte in einer Kammer bei Paulsens übernachtet, da es im Gasthof kein Zimmer mehr gab. Entsprechend verstimmt war er schon den ganzen Tag gewesen.

»Du schuldest mir einen Gefallen, Jens. Ich habe einen ganzen Tag verloren. Und heute habe ich eine Heirat verpasst. Die hätten mich mit zwei Gänsen bezahlt.«

»Ich mach das wieder gut, Lutz. Ehrlich. Aber kann ich dich bitten, die Bilder von der Sache gleich zu bearbeiten?« Wagner knurrte nur und nickte widerwillig, bevor er in seinem Haus verschwand. Druwe startete den Wagen und fuhr zur nördlichen Landstraße am Gehölz. Die Angeliter Landschaft lag unberührt da. Der Frühling war bisher ungewöhnlich kalt. Spätfröste hemmten immer noch das kraftvolle Ausschlagen der Natur. Ebenso unschuldig wie friedvoll lag sie noch im verlängerten Winterschlaf. Frieden. Druwe hatte gehofft, ihn hier zu finden. Er fühlte sich müde und ausgelaugt. Er hatte zu viel gesehen, in zu kurzer Zeit. Die großen Städte lagen in Trümmern. Berlin, Hamburg, Köln und jetzt Dresden. Hier auf dem Land aber wuchs das Getreide wie seit Jahrhunderten. Nur Kühe und Pferde waren seltener geworden. Zwangsabgaben an die Wehrmacht oder die hungrige Forderung der eigenen Teller hatten manches Tier frühzeitig ableben lassen. Außerdem ließen sich Kleintiere besser vor begehrlichen Augen verstecken.

Ein schönes Anwesen hat der Kerl sich hier am Ufer der Flensburger Förde erbauen lassen, dachte Druwe. Der stellvertretende Kreisleiter hatte sein Haus auf eine Art Warft stellen lassen. So konnte man auch dicht ans Wasser heranbauen, ohne befürchten zu müssen, dass ein Hochwasser alles überschwemmte. Schausende lag an einer Landzunge und bot ein Westufer mit einer herrlichen Aussicht Richtung Flensburg und Dänemark. Zur Villa führte ein weiß gekiester Weg, den junge Linden einrahmten. Zwei griechische Helden rangen neben dem Haupteingang auf kleinen Säulen um Aufmerksamkeit.

Druwe hoffte, mehr Informationen von den Angehörigen oder Bediensteten zu bekommen, wenn er überraschend auftauchte. Deshalb hatte er darauf verzichtet, sich anzukündigen. Als er läutete, öffnete ihm nach kurzer Zeit eine attraktive Brünette. Wie sich herausstellte, war sie die Haushälterin der Familie Lessling, Anneliese Klinger. »Inspektor Druwe, Polizei.« Er zeigte seinen Ausweis. »Ich ermittle in einem Tötungsdelikt. Ist ein Angehöriger der Familie Lessling anwesend?« Die Haushälterin führte ihn in die Vorhalle und bot ihm eine kleine, steinerne Bank an einer Seite an.

Wie im alten Rom, dachte Druwe. Die Klienten mussten mit ihren Anliegen warten, bis der Patron gewillt war, sie zu empfangen. Harte Steinbank für den Plebs. Druwe blieb stehen.

Wenig später wurde er von der Frau in einen kleinen Salon gebeten. Kurz darauf traten zwei junge Männer ins Zimmer. Es waren die beiden Söhne Lesslings. Otto, der ältere, wirkte wie die jüngere Kopie seines Vaters. Feistes, gerötetes Gesicht, korpulent, stolzierend wie ein Gockel. Sein Bruder Anton ähnelte mehr seinem Onkel Paul. Drahtig, hochgewachsen, etwas fahrig und nervös. Das kurze Gespräch mit den beiden brachte Druwe nicht viel weiter. Als er ihnen die Nachricht vom Tod ihres Vaters eröffnete, hielt sich die Trauer der beiden zwar in Grenzen. Aber es gab keinen Hinweis, dass sie etwas mit dem Mord zu tun hatten. Sie waren glaubhaft entsetzt, als er ihnen einige Einzelheiten zum Tod des Vaters eröffnete. Schließlich verloren sie mit dem Vater auch den Schutz des Parteibonzen. Und die damit verbundenen Vorteile. Gerhard Lessling hatte es offenbar geschafft, beide Söhne vom Wehrdienst freistellen zu lassen. Kriegswichtiger Einsatz in der Organisation Todt. Bau von Luftschutzanlagen in Hamburg, Hannover und Bremen. Jetzt genossen sie sogar gerade einen Sonderurlaub. Während nur hundert Kilometer südlich bei Lauenburg Sechzehnjährige als letzte Aufgebote der Wehrmacht mit den Briten um einen Brückenkopf kämpften. Typische Drückebergerposten für Nazis. Normaler

Irrsinn in unnormaler Zeit. Beide Söhne gaben offen zu, mit ihrem Vater ein oder zwei Mal in Kattrup gewesen zu sein. Otto, der ältere von beiden, erklärte, sein Vater hätte ihnen in Aussicht gestellt, später den Hof des Onkels übernehmen zu können. Von Lastwagen oder einem Warenlager wussten sie offenbar nichts. Druwe sah keinen Anlass, diese Aussagen anzuzweifeln. Ihm schien, dass bei Gerhard Lesslings Söhnen ohnehin die Lampen im Oberstübchen nicht sonderlich hell brannten. Sie hatten ihm sogar recht arglos gestattet, sich im Haus umzusehen und die Bediensteten zu befragen.

Lesslings Haushälterin Anneliese hatte da schon interessantere Informationen. Sie gab unumwunden zu, dass Lessling nicht die Finger von ihr lassen konnte. Aber er zahlte mehr als gut und hatte sie nie geschlagen.

»Da geht es mir besser als manch anderer Frau in diesem Land.« Sie lächelte Druwe fast provozierend an. Früher wäre die Villa beinahe ein Freudenhaus gewesen, derart viele Frauen hatte Lessling für ihre Liebesdienste angeworben.

»Aber seit einiger Zeit hatte sich Gerhard verändert. Da lief auch nichts mehr mit den Frauen. Er war abends fast immer betrunken, und wenn er mal ...« Sie lächelte wieder. »Dann ist er auf mir eingeschlafen.«

Sie berichtete Druwe von den für seine Position üblichen Empfängen in Lesslings Haus. Partei- und Kreisleitung erforderten eben eine gewisse Repräsentation. Und häufige Gelage. Aber es hatte wohl auch viele heimliche Treffen gegeben. Einzelheiten kannte sie zwar nicht, aber es waren oft höhere Offiziere der Wehrmacht oder von der SS im Haus gewesen.

»Einmal war sogar wichtiger Besuch aus Berlin hier. Also, ich glaube, ein General und ein Obergruppenführer. Aber fragen Sie mich nicht nach Namen. Gerhard hat dann immer alle Angestellten fortgeschickt. Nur ich und Lena, unsere Köchin, mussten bleiben, um die

Gäste zu versorgen. Die Herren haben sich gegen Mitternacht getroffen und Besprechungen abgehalten bis in den Morgen. Immer ganz geheimnisvoll. Ich meine, wer bekommt schon Besuch, der immer erst ab zehn Uhr nachts eintrifft?«

Während die Zusammenkünfte bis vor einem halben Jahr recht harmonisch verlaufen waren und regelmäßig in Sauforgien geendet hatten, war die Atmosphäre bei den letzten Malen deutlich angespannter gewesen. Es hatte lauten Streit gegeben, das übliche Feiern war danach ausgeblieben. Druwe konnte noch in Erfahrung bringen, dass Lessling einen Panzerschrank besaß. Zwar war das bei einem Parteimitglied in dieser Position nicht unbedingt verwunderlich. Als Anneliese Klinger ihm jedoch das Ding zeigte, konnte er sein Erstaunen kaum verbergen. Äußerlich getarnt als alter Bauernschrank erwies sich der Safe als allerbeste Ware, wie sie sonst in dieser Größe und Sicherheitsausstattung nur in Bankbesitz Verwendung fand.

»Verzeihen Sie die wahrscheinlich dumme Frage, aber Sie haben nicht zufällig Schlüssel und Kombination?« Es wäre nicht das erste Mal, dass sich Hausangestellte als engste Vertraute der hohen Herrschaften erwiesen.

»Wo denken Sie hin, Herr Inspektor? Gerhard hat den Raum immer abgeschlossen, bevor er das Ding überhaupt geöffnet hat. Vielleicht hatte er den Schlüssel bei sich. Oder er liegt in einem Bankschließfach. Keine Ahnung.«

Druwe kannte sich etwas mit Safes aus, da er bei der Kripo an den Ermittlungen gegen Joachim »Joe« Fischer beteiligt gewesen war. Joe Fischer war der letzte klassische Panzerschrankknacker in Berlin gewesen. Ende der Dreißiger hatten sie ihn dann erwischt. Druwe und Fischer hatten eine Art Vertrauensverhältnis zueinander aufgebaut. Und Druwe hätte den Mann damals gern vor dem Strang bewahrt, auch um dessen wertvolle Informationen nutzen zu können. Fischer hatte bei den Verhören immer ein wenig aus dem Nähkästchen geplaudert. Bevor sie ihn gehängt hatten, übergab er Druwe sogar seine Aufzeichnungen, Erfahrungen, die er während seiner Brüche gesammelt hatte.

Druwe hätte in diesem Augenblick einiges dafür gegeben, in Lesslings Panzerschrank schauen zu können. Ein Kärcher dieser Sicherheitsstufe mochte manches Geheimnis hüten. Aber selbst ein Joe Fischer hätte mehrere Stunden gebraucht, um das Ding zu öffnen. Da war er sich absolut sicher.

»Ich danke Ihnen, Fräulein Klinger. Wenn Ihnen noch etwas einfällt oder wenn Sie etwas beobachten, was mit dem Mord an Herrn Lessling zu tun haben könnte ...« Er kritzelte die Telefonnummer seiner Dienststelle auf ein Blatt Papier und reichte es ihr. »Ich behandele Hinweise von Angestellten absolut diskret, darauf können Sie sich verlassen.« Sie nickte, und Druwe verließ mit einem kurzen Gruß das Haus.

Nachdenklich steuerte er wenig später seinen Wagen in Richtung seines Glücksburger Reviers. Er musste seinen Leuten ein paar Anweisungen geben, denn vielleicht blieb er einen weiteren Tag fort. Außerdem wollte er danach noch bei Wagner vorbeischauen. Er brauchte die Fotos vom Tatort und der Leiche. Druwes Stellvertreter, Obermeister Herrlich, nahm seine Anweisungen entgegen, ohne Fragen zu stellen.

Wagner hatte die Filme tatsächlich bereits entwickelt und Abzüge erstellt, als Druwe bei ihm eintraf. Die Bilder waren sehr gut gelungen, das musste man dem Fotografen lassen. Druwe hatte den Umschlag mit den Bildern auf dem Beifahrersitz liegen. Lesslings fetter Arsch mit dem Parteiabzeichen obenauf. Die abstehenden Finger der Hand. Der Schriftzug NAZI mit dem verdrehten Z. Der zertrümmerte Schädel. Die Stiefelabdrücke, der große Feldstein. Selbst die Zigarettenkippen hatte Wagner in Großaufnahmen festgehalten.

Druwe überlegte angestrengt, während er dem alten Dienstwagen erneut alles abverlangte. In seinem Kopf tauchten Fragen auf, formten sich Zusammenhänge, bildeten sich Theorien. Er kannte das. Und er ließ es zu. Gedanken kamen und verschwanden wieder. Nur keine Fixierung, kein Festlegen, denn das war fast immer ein Fehler. Alles war möglich, manches war nur eben wahrscheinlicher als anderes.

Warum hatte ein Provinzbonze wie Gerhard Lessling in diesem abgelegenen Landstrich derart häufigen Besuch von ranghohen Offizieren? Was hatte Anneliese gesagt? Sogar aus Berlin waren sie gekommen. Warum benutzte Lessling für seine Fahrten nach Kattrup nie den offiziellen Dienstwagen mit Chauffeur? Er kam immer mit seinem Privatwagen. Bis Mitte der Dreißiger war er ein verschuldeter Versager gewesen. Sein Bruder hatte ihm sein Erbe ausgezahlt, und er hatte offenbar alles durchgebracht. Dann der Aufstieg in der Partei, die Villa, dieses immense Vermögen. Sein Vorbild war Hermann Göring, der korpulente, joviale Reichsmarschall und hochdekorierte Flieger aus dem ersten Weltkrieg. Er plante sogar eine Art zweites Carinhall, wie es auch Göring für seine von ihm verklärte verstorbene Frau hatte errichten lassen. Auch Lesslings Frau war tot, allerdings hatte sie aus Verzweiflung über die Frauengeschichten ihres Mannes selbst Hand an sich gelegt. Laut Aussage der Haushälterin gab es Gerüchte, dass nach dem Krieg ein Gebäudekomplex an der Förde geplant war, in dem Kunstschätze aller Art untergebracht werden sollten. *Kleiner Hermann* nannten ihn deshalb ja die Norddeutschen, das hatte Druwe schon vor über einem Jahr bei seiner Ankunft im Norden mitbekommen. Er war ein vollgefressener Gernegroß, aber er hatte offensichtlich Kontakte nach ganz oben. Für das alles konnte es nur eine Erklärung geben. Druwe war sich mittlerweile sicher, dass Lessling das war, was man in Ganovenkreisen einen Schieber nannte. Wenn Diebesgut verkauft werden musste, dann nutzte der Schieber seine Kontakte, um die Ware an den Mann zu bringen. Dafür kassierte er Provision. Und er musste

Ludwig Steinfeld recht geben. Es war anzunehmen, dass es sich dabei um Vermögen aus Enteignungen oder um Beutegut aus den Kriegsgebieten handelte. Laut Gesetz galt solcher Besitz als Reichseigentum. Jedem Soldaten und Verwaltungsbeamten war es bei Androhung härtester Strafen untersagt, sich persönlich zu bereichern. Somit hatte sich Lessling zumindest der Beihilfe zur Unterschlagung schuldig gemacht. Angesichts der Kriegslage hätte ihn dafür der Galgen erwartet. Sofern Druwes Vermutungen zutrafen. Und natürlich waren dann die anderen beteiligten Personen, jene dubiosen Besucher, die Offiziere und Parteigenossen, die eigentlichen Drahtzieher und mindestens ebenso schuldig. Warum aber hatte Lessling sterben müssen? Und warum in einem Kaff wie Kattrup?

Druwe stand vor einer Gleichung mit vielen Unbekannten. Erneut musste er an Lesslings Panzerschrank denken. Was mochte der Tote darin verwahrt haben? Er ahnte, dass sich in dem Ding durchaus tödliche Geheimnisse befinden konnten. Vielleicht war doch alles ein Zufall? Mit einem für Lessling unglücklichen Ausgang? Vielleicht war es ja tatsächlich nur eine Rachetat, wie Oberbauer und Jünger gern glauben wollten? Wer wäre sonst derart kaltblütig, ein höheres Parteimitglied über die Klinge springen zu lassen? Die möglichen Antworten, die Druwe im Geist durchspielte, verhießen allesamt nichts Gutes.

Während er auf seinem Rückweg nach Kattrup seinen Gedanken nachhing, glitt die Landschaft zügig an ihm vorbei. Munkbrarup, Sörup, Havetoft. Schließlich bog er in die Seitenstraße ein, die ins Dorf führte. Oberbauers BMW-Gespann stand noch immer vor dem Dorfkrug. Gut und schlecht zugleich, dachte er. Gut, weil er mit Oberbauer noch einmal über Ludwig Steinfeld sprechen wollte. Schlecht, weil er neue Auseinandersetzungen mit Jünger befürchtete.

Als er das Haus betrat, schlug ihm wieder dieser fiese Gestank entgegen, der ungeübten Mägen an einem Sonntagnachmittag durchaus

Übelkeit verursachen konnte. Hinter dem Schanktresen stand Weber und grüßte ihn mürrisch.

»Sind meine Kollegen oben?« Der Wirt nickte.

Druwe folgte der Stiege ins Obergeschoss. Oberbauer hatte das zweite große Zimmer genommen. Sie hatten Lesslings Raum nebenan noch am Vorabend durchsucht. Außer etwas Wechselwäsche und einer Zahnbürste hatte der stellvertretende Kreisleiter jedoch keine persönlichen Habseligkeiten mitgebracht. Peter Jünger hingegen hauste in der knapp acht Quadratmeter messenden Kammer, dem kleinsten Zimmer des Gasthofs. Druwe selbst war ins geräumigere Dachzimmer gezogen. Dort war es zwar kalt, aber er hatte Platz für sich und seine Gedanken. Er klopfte an Oberbauers Zimmertür.

»Hans? Ich bin es, Jens. Wir müssen über Steinfeld sprechen.«

Wenige Augenblicke später öffnete Oberbauer seine Tür. Jünger hockte über einigen Notizen an dem kleinen Tisch am Fenster.

»Ich war bei Lessling. Auf seinem Anwesen. Und ich habe mit seinen Söhnen gesprochen.« Druwe hatte sich auf der Fahrt entschieden, Oberbauer reinen Wein einzuschenken. Sein Kripo-Kollege würde es sowieso erfahren, wenn er nach Flensburg zurückkehrte. Und vielleicht konnte er ihn auf diese Weise davon abbringen, Steinfeld als Täter ans Messer zu liefern.

»Bist du völlig übergeschnappt, Jens?« Oberbauer schüttelte den Kopf. »Wenn die sich bei Hinsch beschweren und rauskommt, dass deine Zuständigkeit ...« Er blickte zu seinem Assistenten, der neugierig zuhörte, und schwieg. Dann bot er Druwe einen Kaffee an. Leider war es nur Gerstenkaffee. Lauwarm. Ein Klarer, eiskalt, wäre Druwe jetzt lieber gewesen. »Hast du wenigstens etwas Interessantes herausgefunden?«

»Wenig«, log Druwe.

Er berichtete über Lesslings Söhne und das Gespräch mit der Haushälterin. Die heimlichen Treffen mit Offizieren erwähnte er zwar, stellte sie aber beiläufig als Parteipflichten dar. Den Safe ließ er unerwähnt.

»Bringt uns nicht weiter«, knurrte Jünger aus dem Hintergrund.

»Vielleicht doch«, widersprach Druwe gereizt. »Die Aussagen des Ehepaars Lessling und der Wirtin bestätigen sich. Lessling war sehr oft hier. Mit seinem Bruder verstand er sich offenbar nicht gut. Dennoch diese häufigen Besuche. Die Scheune. Die Lastwagen. Otto und Anton, seine Söhne, sind, vorsichtig ausgedrückt, ziemlich dämlich. Sie wissen nichts von den Lieferungen. Als ich Otto damit konfrontierte, dass man ihn ebenfalls hier gesehen habe, wirkte er zwar unsicher und behauptete, sein Vater hätte ihm nur den Hof des Onkels zeigen wollen. Aber die beiden stecken da nicht mit drin, glaube ich.«

»Ja, und was willst du damit andeuten, Jens?« Oberbauer blickte gelangweilt aus dem Fenster. »Glaubst du wirklich, dass es im Moment noch irgendjemanden interessiert, ob der dicke Lessling ein paar Sachen verschoben hat? Vor zwei Jahren hätte ich gesagt, das Schwein schnappen wir uns. Aber heute? Schau dich doch um. Jeder bringt seinen Sack Mehl in Sicherheit, wenn zu viele Mäuse unterwegs sind. So sind die Leute eben.«

»Und Steinfeld? Wollen wir den einfach über die Klinge gehen lassen? Ohne Beweise?«

»Jens, er ist ein entflohener Häftling. Das können wir nicht durchgehen lassen. Sonst löst sich ja alles auf. Willst du, dass plötzlich alle Mörder und Geisteskranken frei herumlaufen?«

»Er ist ein Politischer, das weißt du genau, Hans.«

»Ja, und? Was ändert das? Gesetz ist Gesetz. Und wir haben es durchzusetzen. Ob es uns passt oder nicht. Mit etwas Glück überlebt dieser Steinfeld, bis die Briten kommen. Wenn er Pech hat, erschießen sie ihn. Was macht es da aus, wenn er laut unserem Bericht auch in die Mordsache verwickelt ist?« Oberbauer war sich seiner Sache sicher. Seine Stimme und Haltung verrieten Ungeduld.

»Ich gebe Hans da völlig recht.« Peter Jünger hörte gebannt zu und mischte sich nun ein. »Steinfeld ist ein Strafgefangener. Punkt. Und er ist geflohen. Punkt. Er hatte allen Grund, sich an einem PM wie Lessling zu rächen. Punkt. Oder zumindest ist er in die Tat verwickelt. Dass sich Lessling vielleicht selbst illegal verhalten hat, ändert nichts daran, dass wir den Mord an ihm aufklären müssen. Wir müssen ihn auch nicht mehr aufklären, Hans. Für mich und die Akten ist die Sache erledigt. Wenn tatsächlich die Briten kommen, was der Führer verhüten möge ...« Jünger seufzte. »... können sie sich ja der Sache annehmen. Aber ein PM wie Lessling wird die kaum interessieren. Wenn Steinfeld das übersteht, gut. Wenn nicht, auch gut. Wir jedenfalls haben unsere Arbeit getan. Egal von welcher Seite aus man es betrachten wird.«

»Sag mal, Hans, wird heute an der Polizeischule nur noch *Der Stürmer* gelesen? Oder ist ein Brett vor dem Kopf neuerdings Einstellungsvoraussetzung?« Druwe spürte, wie Jüngers Worte wieder die Wut in ihm aufsteigen ließen.

»Es reicht, Jens. Peter hat recht. Manchmal müssen wir unsere Entscheidungen in den Dienst einer höheren Sache stellen. Niemandem ist geholfen, wenn wir jetzt große Ermittlungen hinsichtlich dieser Unterschlagungssache anstellen. Und ganz sicher ist das ja auch gar nicht. Vielleicht hatte Lessling auch seine Gründe. Oder aber er hatte Befehle von oben. Wir würden dann nur in ein Wespennest stechen. Und derzeit sind die Wespen besonders stichwütig, wie du weißt. Also schlage ich vor, du bringst Steinfeld nach Flensburg. Der ist zwar so klapprig, dass wir ihn auch auf den Tank unseres Gespanns schnallen könnten, aber die deutsche Polizei hat einen guten Ruf zu verlieren.« Oberbauer lachte herzlich, und Jünger stimmte pflichtbewusst ein. Dann wurde der Kriminalrat wieder ernst. »Wir sind dir schon mit Kiel und Lesslings Leiche entgegengekommen. Und außerdem schreiben wir den Bericht. Ich werde dich darin übrigens positiv erwähnen. Gute Zusammenarbeit mit hiesigen Kräften der Ordnungspolizei und so weiter.«

Du hättest Politiker werden sollen, dachte Druwe bei sich. Aber dazu bist du zu schlau, denn dann säßest du jetzt vielleicht auch in Berlin fest. Aber Polizisten werden immer gebraucht. Auch nach unserem verlorenen Endsieg. Seine Gedanken behielt er jedoch für sich. Trotz allem mochte er Hans Oberbauer. Außerdem wollte er nicht unnötig Öl ins Feuer gießen. Erstens erwartete ihn sein Schwager im Flensburger Krankenhaus, um den Leichnam des ehemaligen Kreisleiters zu untersuchen. Und zweitens wollte er noch einmal mit Ludwig Steinfeld sprechen, bevor er ihn ebenfalls nach Flensburg brachte.

»Du willst doch nur deinen Arsch nicht in die Nesseln setzen, Hans. So wie immer. Aber meinetwegen. Ich nehme Steinfeld mit und gebe ihn bei Hinsch ab.« Druwe war nicht wohl bei dieser Vorstellung, aber vielleicht konnte er Steinfeld tatsächlich etwas aus der Schusslinie nehmen. »Könntet ihr Steinfeld in eurem Bericht als wichtigen Zeugen benennen? Dann hat er noch eine Chance. Wenn die Kollegen von der Gestapo ihn noch brauchen, lassen sie ihn vielleicht am Leben. Und wir könnten auf das Ergebnis der pathologischen Untersuchung warten.«

»Was soll das Ganze?« Jünger war aufgestanden. »Die Sache können wir doch schnell abschließen. Ich habe das schon mit Hans besprochen. Dieser Steinfeld ist der Täter. Gut, er ist zu schwach, den Stein zu heben. Na und? Wahrscheinlich hat er uns nur seine Komplizen verschwiegen. Sie, Herr Inspektor, haben ja erfolgreich verhindert, dass ich den russischen Bengel befrage. Die Bande hat Lessling aufgelauert und brutal erschlagen. Ludwig Steinfeld ist ein Volksschädling. Er ist aus dem Gefängnis entflohen und hat die Gelegenheit ergriffen, sich zu rächen. Die Schmähungen der Partei an der Leiche sprechen doch eine klare Sprache. Dieses umgedrehte Z ist doch der beste Beweis. Russen- oder Polenpack, zu dumm, um den eigenen Arsch vom Kopf zu unterscheiden. Und Steinfeld hat einen von denen für seine Rache benutzt.«

»Ich werde die Leiche jetzt nach Flensburg bringen.« Druwe war bemüht, Ruhe zu bewahren. Und es kostete ihn sichtlich Mühe.

»Peter hat recht«, wiederholte Oberbauer. »Was bringt es, in einem Ameisenhaufen zu stochern? Steinfeld ist ein entflohener Häftling. Es trifft also keinen Unschuldigen. Und Lessling war offenbar nicht gerade ein großes Vorbild für unsere Partei- und Volksgenossen. Steinfeld ist so oder so dran. Und unserem Lessling schulden wir nichts. Oder, Peter?«

Jünger schüttelte den Kopf. Oberbauer trat dicht an Druwe heran und sprach leise zu ihm, so dass sein junger Assistent sie nicht hören konnte.

»Vielleicht ist es ganz gut, wenn solche Leute verschwinden. Wir müssen auch an einen geordneten Neuanfang denken. Da können wir weder Querulanten noch Betrüger gebrauchen. Ich werde mich tatsächlich nicht in die Nesseln setzen, damit einem korrupten Fettsack oder einem flüchtigen Kommunisten Gerechtigkeit widerfährt. So sehe ich das, Jens. Jünger und ich brechen hier unsere Zelte ab. Morgen früh ist der Bericht fertig, und dann warten wir alle auf die Tommys.«

»Ich bleibe dabei.« Jünger war sichtlich gekränkt durch das Getuschel zwischen den beiden Freunden. »Die Leiche könnte einfach von einem Bestatter aus Glücksburg abgeholt werden. Was Lessling angeht, sind die Ermittlungen ohnehin beendet. Sie können sich ja um seinen verschwundenen Privatwagen und das Problem der Heimtücke kümmern, Kollege Druwe.«

»Peter, lass das.« Oberbauer trat in den Flur und rief nach Weber.

Wenig später brachte ihm der Wirt die Rechnung und drei Herrengedecke.

Gute Idee, dachte Druwe. Kerle wie Jünger ließen sich nur mit Korn ertragen. Oder man musste sie totschlagen.

»So. Jetzt beruhigen wir uns. Was soll das jetzt noch mit der Leiche, Jens? Was erhoffst du dir davon?«

Druwe zuckte mit den Schultern. »Nur so eine Ahnung. Ich kenne den leitenden Chirurgen und Pathologen an der Diako. Dr. Schmid. Ist gleichzeitig unser Polizeiarzt in Flensburg, wusstest du das nicht?« Oberbauer schüttelte den Kopf. »Ich habe gestern mit ihm telefoniert. Er ist bereit, Lessling noch mal zu untersuchen. Schaden wird es nicht. Und wenn des Führers Wunder doch noch geschehen ...« Druwe blickte zu Jünger. »... was wir ja alle hoffen, dann haben wir wirklich alles richtig gemacht.«

»Was gibt es da zu untersuchen?«, hakte Jünger erneut nach. Druwe verdrehte die Augen und wandte sich jetzt hilfesuchend an seinen Kollegen. Oberbauer schüttelte wiederum nur den Kopf.

»Hast du eine Möglichkeit gefunden, die Leiche zu transportieren?«

»Nein. Ich bringe sie selbst nach Flensburg, zusammen mit Steinfeld.«

Oberbauer schaute ihn ungläubig an, dann stieß er einen resignierten Seufzer aus.

»Gut, schließen wir die leidige Sache endlich ab. So machen wir es, Jens. Wir sind nur mit dem Motorrad hier. Es ist das Einfachste, wenn du diesen Steinfeld nach Flensburg bringst. Meinetwegen nimm die Leiche mit. Aber ich sage dir, es wird an der Sache nichts ändern.«

Druwe nickte. Er war trotz des Hickhacks zufrieden. Vorläufig hatte er erreicht, was er wollte.

OFFENBARUNGEN

Kurze Zeit später verließen Oberbauer und Jünger den kleinen Ort. Oberbauer verabschiedete sich mit einem Schulterklopfen, sein Assistent nickte Druwe nur zu. Oberbauer stieg in den Seitenwagen, und Jünger gab Gas. Druwe trat noch einmal zu Paulsen in dessen Revierstube.

»Der Gefangene ist ruhig, Karl? Oder hat er was gesagt?«

»Nee. Hat nur einmal danach gefragt, wie es weitergeht.« Paulsen ließ sich eine Stulle schmecken. Es wurde bereits Abend.

Druwe betrat die Arrestzelle. Steinfeld hatte offenbar bis eben auf der Pritsche geschlafen. Jetzt erhob er sich zügig und blickte ihn fragend an.

»Ich nehme Sie mit nach Flensburg, Steinfeld.«

Der Häftling nickte.

»Herr Inspektor? Ich weiß, was das für mich bedeutet. Aber ich möchte Sie bitten, etwas für meine Schwester zu tun.«

»Ich habe schon mehr für Ihre Schwester getan, als Sie ahnen ...«

»Ich meine, können Sie sie da raushalten? Sie hat schon genug für mich riskiert. Und sie wurde schon öfter verhaftet. Meinetwegen. Wenn sie mit meiner Flucht in Verbindung gebracht wird, machen die kurzen Prozess mit ihr. Ich bitte Sie. Ich meine, wir wissen doch alle, dass es nur noch eine Frage der Zeit ist, bis hier andere Leute das Sagen haben. Vielleicht könnte da so etwas für Sie von Vorteil sein.«

»Wollen Sie mir drohen, Steinfeld?«

Der Häftling lächelte matt. »Ich bin wohl kaum in der Position, Ihnen zu drohen. Nein, es ist eher ein Rat. Was brächte es Ihnen, meine Schwester da mit hineinzuziehen? Sie wirken nicht wie einer dieser hirnlosen Braunkappen.«

»Und wie soll ich das machen? Einfach vergessen, dass Ihre Schwester auf dem Hof arbeitet; dass Sie dorthin geflohen sind; dass Sie sich dort versteckt hielten? Die Sache mit den Juden kann mich schon den Kopf kosten. Jetzt Ihre Schwester. Mann, das wird nichts.«

»Danke.«

Druwe blickte Steinfeld verblüfft an. »Danke? Wofür?«

»Ich habe die Angelegenheit mit Pavel, dem Russenjungen, hören können. Heute morgen. Meine Schwester hatte recht.«

»Womit?«

»Sie sind tatsächlich anders. Das hat Eva gesagt, und ich wollte ihr nicht glauben. Aber heute Vormittag haben Sie gezeigt, dass es wahr ist. Sie sind anders.«

Druwe verspürte ein seltsames Gefühl in der Magengegend. Interessierte es ihn, was Eva Steinfeld über ihn sagte? Er wollte es gern leugnen.

»So, so. Meinen Sie? Dann werden Sie sich jetzt aber mächtig wundern, dass ich Sie trotzdem nach Flensburg überstelle. Und zwar höchstpersönlich.«

Steinfeld sah ihn an. »Ich weiß, Sie werden ihr helfen, Herr Druwe. Auch dafür danke.«

Druwe legte dem Gefangenen Handschellen an. Seine Gefühle verwirrten ihn. Er musste sich wieder in den Griff bekommen. Also stellte er eine letzte Frage, bevor sie die Gendarmerie verließen.

»Waren Sie es, Steinfeld, oder hatten Sie damit zu tun?«

Ludwig Steinfeld schüttelte den Kopf. »Nein.«

Druwe nickte und atmete tief ein. »Ich musste fragen.« Er verließ die Arrestzelle und forderte den im Stuhl dösenden OrPo-Kollegen auf, seine Frau und Pavel zu holen. Der Junge scherzte und spielte mit der älteren Frau, die ihn müttlerlich umsorgte.

»Keine Sorge, Frau Paulsen. Meine Kollegen sind vorhin weg. Der Junge hat nichts mehr zu befürchten. Ich habe nur ein paar Routinefragen an ihn. Für die Akte.« Druwe lächelte Pavel an und gab ihm eine kleine Tüte Kuchenbruch, den er bei Frieda Weber, der Wirtin, in der Küche geschnorrt hatte.

»Ach, Herr Inspektor, hat mein Mann Ihnen gar nicht erzählt, dass Sönke gestern Abend eine Nachricht von Magda Lessling gebracht hat?« Ingeborg Paulsen und Druwe sahen den Polizisten an.

Karl Paulsen wirkte etwas bedrückt. »Genau, der Sönke kam noch vorbei. Gestern. Habe ich ganz vergessen. Ich hätte Ihnen das aber gleich noch erzählt«, stotterte er.

Druwe verdrehte die Augen.

»Magda schreibt, dass einer Fremdarbeiterfamilie ihr Junge abhandengekommen ist. Und dreimal dürfen wir alle raten, wie der Bengel heißt.« Ingeborg Paulsen blickte den Jungen an.

Die Angelegenheit ließ sich für Druwe nun zügig klären. Mit seinen Russischkenntnissen, Kuchenstücken und einigem Gestikulieren konnte er erfahren, dass der Junge morgens gern beim Melken der Kühe half. Eine Tasse Milch mit Haut war es wert, früh aufzustehen. Auch wenn man erst elf Jahre alt war. Danach war er ein wenig über die Felder gelaufen. Er beobachtete immer gern Wachtmeister Paulsen auf seiner Runde. Und als Spion des Zaren (er wusste gar nicht, wer das war) wollte er natürlich nicht vom Feind entdeckt werden. Als er sich gerade an der Weggabelung befunden hatte, war er fast über Lesslings Leichnam gestolpert und wie versteinert stehen geblieben. So hatte Paulsen ihn entdeckt. Druwe sah keinen Anlass, an der Schilderung des munter kauenden Jungen zu zweifeln.

Eine Stunde später befand sich Druwe wieder in seinem Horch und war auf dem Weg nach Flensburg. Diesmal war er nicht allein. Neben ihm saß Ludwig Steinfeld, dem er beide Arme hinter den Sitz gebunden hatte. Und auf der Rückbank lag Gerhard Lesslings Leichnam. Druwe hatte sich dagegen entschieden, den Körper in den Kofferraum zu quetschen, da er sonst befürchtete, ihn dort nie wieder herauszubekommen. Zu viert hatten sie ihn ins Auto gewuchtet. Er, Paulsen und zwei herbeigerufene Knechte von Hinnerk Krafts Hof. Dabei hatten sie geflucht und gewürgt. Trotz der Plane hatte sich Lessling immer wieder gewehrt, indem er mal ein Bein, mal einen Arm und auch seinen unglaublichen Wanst herausfallen ließ. Aber wirklich unappetitlich waren die Reste des zerschlagenen Kopfes. Die Knochen- und Fleischfetzen ließen sich einfach nicht bändigen. Druwe nahm sich vor, sich niemals auf die Rückbank dieses Wagens zu setzen.

»Ich habe einige Teile des Gesprächs mit Ihren Kollegen mitbekommen. Für die ist der Fall klar. Aber Sie wollen so etwas wie die Wahrheit herausfinden, oder?« Steinfeld versuchte, eine bequemere Haltung einzunehmen. Die Sitze des Horch verdienten den Namen nicht. Es waren Drahtgestelle, die mit dünner Jute überzogen waren. Natürlich. Ersatzstoff für Wolle und Baumwolle. Steinfelds hagerer Körper schmerzte schon nach wenigen Kilometern.

»Ich bin Polizist. Und ich will wissen, was da draußen in diesem Kaff passiert ist«, entgegnete Druwe, ohne den Blick von der Straße abzuwenden.

»Sie könnten es sich doch einfach machen. Ich war es. Und ich habe Ihnen gesagt, dass ich Ihnen alles unterschreibe, wenn ...«

»Ja, ja. Deine Schwester, Steinfeld. Ich weiß. Darum geht es nicht. Oder glaubst du, dass es irgendjemanden interessiert, ob du irgendetwas gestehst oder unterschreibst?«

»Wahrscheinlich haben Sie recht. Es hat alles keinen Zweck mehr.«

»Ich will wissen, was passiert ist, verdammt!« Druwe wurde laut. »Dabei interessiert mich Lessling einen Scheißdreck. Es ist die Tat selbst, die ich aufklären will. Wir können nicht zulassen, dass ein Verbrechen geschieht, ohne dass es Konsequenzen hat. Dann landen wir im Chaos. Vor 33 war Polizeiarbeit noch etwas wert. Aber selbst danach haben wir versucht, Recht von Unrecht zu unterscheiden ...«

»Ach ja?«, unterbrach ihn Steinfeld. »Ich habe zwölf Jahre Lagerhaft hinter mir, nur weil ich ein unbelehrbarer Sozialdemokrat bin. Anfangs in der Republik, da war ich auch in der KPD. Da bin ich vor zwanzig Jahren raus. Das ist das ganze Unrecht, das ich begangen habe.«

»Diese Sache werfe ich denen da oben auch vor. Die Politik hat sich in unsere Justiz reingefressen wie ein Krebs in die Raucherlunge. Herr Goebbels mag ein guter Redner sein, aber solche Leute sollten sich aus der Polizeiarbeit und Rechtsprechung heraushalten.«

»Gefährliche Worte.«

»Ich weiß. Und jetzt Klappe halten!«

Druwe erreichte Flensburg von Süden über die Husumer Straße. Die Stadt hatte nur wenige Luftangriffe erlebt. Meist handelte es sich um Ausweichangriffe, wenn andere Ziele wegen schlechter Wetterlage von den britischen und amerikanischen Bombern nicht angeflogen werden konnten. Selbst dann hatten sie ihre tödliche Luftfracht eher lustlos abgeworfen. Insgeheim wunderte man sich an manchem Stammtisch darüber, dass Flensburg derart verschont geblieben war. Immerhin befanden sich im Stadtteil Flensburg-Mürwik die Gebäude der Marineschule sowie weitläufige Bunkeranlagen. Die Kommandostäbe der Kriegsmarine für den Ostseeraum waren etwas weiter in Richtung Glücksburg untergebracht. Viele vermuteten, dass Flensburg und das nördliche Schleswig-Holstein nach einem Friedensschluss an Dänemark fallen würden. Da wollte man ihnen von ihrer Kriegsbeute wohl nicht zu viel kaputt machen. Zudem lebten viele dänische Familien in der Stadt.

Daher fuhr Druwe an würdevollen, unzerstörten Bürgerhäusern und Villen am Rande der Westlichen Höhe vorbei. Hier lebten die alten Flensburger Kaufmannsfamilien. Seit einem Jahrzehnt waren auch eine Menge Leute dazugekommen, deren Herzen dunkelbraun oder gar schwarz schlugen und die im neuen System schnell aufgestiegen waren. Nur die jüdischen Familien fehlten. Derer gab es im Norden des Reichs nicht viele. Aber ihr Verschwinden hatte der Flensburger mit eben jener stoischen Stille zur Kenntnis genommen, die ihm eigen war. Und die entstehenden Lücken wurden eben gefüllt. Manche Generals- oder Admiralswitwe nannte fortan ein schmuckes Anwesen ihr Eigen. Erstanden zu günstigem Preis. Nordwestlich der Altstadt lag das Krankenhaus, das von Diakonissen gegründet worden war und deshalb im Volksmund die Abkürzung *Diako* trug. Druwe brachte seinen Wagen direkt vor einem kleinen Seiteneingang zum Stehen. Er wusste, dass es hier über eine kleine Rampe in die Souterrainräume der Pathologie ging.

Bevor Druwe ausstieg, brach Ludwig Steinfeld das längere Schweigen.

»Wir sind uns in vielem ähnlich, Herr Inspektor.«

Druwe drehte sich verwundert zu seinem Gefangenen. »Ach ja? Wie kommst du denn darauf, Steinfeld?«

»Wissen Sie, was das Schlimmste an der Haft im KL ist?«

Druwe schüttelte den Kopf. »Da wird wohl einiges etwas unangenehm sein, denke ich.«

»Nicht die Schläge. Nicht der Hunger. Nicht die Arbeit.« Steinfeld holte tief Luft, bevor er fortfuhr. »Es ist die Tatsache, dass man selbst nichts getan hat. Nichts tun konnte. Dass man nicht widersprochen hat. Sich nicht gewehrt hat. Dass man den Kameraden beim Sterben einfach zusah. Dass man froh war, dass es einen selbst nicht erwischt hat.«

»Und was hat das mit mir zu tun? Wieso sind wir uns deshalb ähnlich?«

»Machen Sie mir nichts vor, Herr Inspektor. Sie haben sich die ganzen Jahre auch eingeredet, dass es besser wird. Sie haben sich nicht gewehrt, haben nicht widersprochen. Ich habe mich geduckt und meine Arbeit gemacht. Siederei, Färberei, Seifenkochen, Seildrehen, Latrinen, Küche, ich habe alles durch. Und Sie? Lassen Sie mich raten. Diebstahl, Raub, Einbruch, Totschlag, Mord? Sie haben Ihre Arbeit gemacht und sich auch nur weggeduckt.«

Druwe schwieg.

»Ich habe die Leute sterben sehen. Ich habe hinter ihnen aufgewischt. Die Reste ihres Lebens und ihrer Hoffnungen habe ich vom Boden gekratzt, bis nichts mehr da war. Druwe, glauben Sie mir, dieses Schweigen, dieses Wegsehen ist wie ein Parasit. Er infiziert dich, frisst dich von innen. Er höhlt dich aus. Bis nichts mehr da ist, wofür es sich lohnt zu leben. Ich bin ein lebender Toter. Ich habe zu oft zugelassen, dass der Knochenmann seine Ernte holt. Ich habe mich zu oft versteckt. Und jetzt? Bin ich nur noch eine Hülle.«

»Mann, Steinfeld. Ich will dich hier rausholen. Reiß dich zusammen, verdammt.«

»Sie wollen es nicht wahrhaben, oder? Auch Sie haben zu oft weggesehen. So wie ich. Sich klein gemacht. Nachgegeben. Sich eingeredet, dass Opfer gebracht werden müssen. Für ein größeres Ganzes. Scheiße, verflucht. Es gibt kein größeres Ganzes. Jeder einzelne, noch so kleine Pisser hat es verdient, ein menschenwürdiges Leben zu leben. Und kein großer Pisser hat das Recht, ihm dieses Recht zu nehmen. Sie sind ebenso ausgehöhlt wie ich. Sie haben zu oft weggesehen, Druwe. Und deshalb sind wir uns so ähnlich.«

Druwe blickte sein Gegenüber an. Da saß ein gebrochener Mann, der keine Parteiphrasen oder Stammtisch-Philosophien von sich gab. Gebrochen, aber nicht zerstört. Steinfeld hatte tiefer in den Abgrund geschaut als alle anderen. Tiefer auch als Druwe selbst. In jenen Abgrund, den der Mensch zum Selbstschutz Hölle nannte. Aber die Hölle war etwas Anonymes, etwas von außen Kommendes. Die Schuld dafür konnte man dem Teufel in die Schuhe schieben. Steinfeld hatte jedoch erkannt, dass dieser Abgrund von Menschen gemacht war. Er steckte in jedem. Die Schlange, das Untier, jene symbolische 666 der Bibel war das uferlos Böse im Menschen selbst. Und es lauerte in jedem.

»Das Geschehenlassen ist Teil der Tat«, fuhr Ludwig Steinfeld fort. »Und das Nicht-Widersprechen ist Teil der Zustimmung.«

Druwe hatte genug gehört. »Du bleibst hier still sitzen, ist das klar?« Im requirierten Polizei-Horch hatte man behelfsmäßig eine Kette am Kardantunnel angebracht, um dort Gefangene anzuketten. Diese legte er nun Steinfeld um das Handgelenk. »Ich komme gleich mit dem Assistenten aus der Pathologie zurück, um Lessling abzuholen. Kein Wort von dir, verstanden? Sonst sitzt du in einer Stunde auf dem Gestapo-Beichtstuhl.«

In Druwes Ohren rauschte es, als er die kleine Rampe zur pathologischen Halle hinabschritt. Das Böse im Menschen. Er war wie betäubt. Er kannte dieses Gefühl aus seinen Träumen, aber das Gespräch mit Steinfeld war Wirklichkeit.

Wir alle kehren mit leeren Händen zurück. Wir zerfallen alle zu Asche. Sieger und Besiegte. Und am Ende sind wir alle eins.

FLUCHTEN

Die Hand zitterte. Links war es besonders schlimm. Schmid konnte nicht mit Sicherheit ausschließen, dass es ein Parkinson-Tremor war. Nein, dachte er, es ist wohl doch eher der Alkoholentzug. Vor den Operationen stand er manchmal minutenlang da und schlug die Hände zusammen. Wenn sie gut durchblutet wurden, war es weniger stark. Und vorher noch ein Glas Klaren. Was taugte ein Chirurg mit zitternden Händen? Er könnte dann in Zukunft Zickzack-Nähte zu seinem Markenzeichen machen. Arzt sein bedeutete ihm alles. Alkohol fast noch etwas mehr. Alte Schule. Die jungen Kollegen wirkten heute selbstsicher. Neue Zeit nannten sie es. Seit Sauerbruch ist alles anders, sagten sie. Schmid kannte den alten Meister gut. Er hatte bei ihm gelernt, als dieser noch kein umworbener Star und aufgeplusterter Gockel war. Selbstverliebt, immer auf seine Außenwirkung bedacht. Seine Vorlesungen glichen mittlerweile einer Kabarettnummer, nur das Rampenlicht auf ihn fehlte. Dennoch hatte ihm Sauerbruch in seiner kurzen Zeit an der Münchner Universität eine Art Weihe für sein Fach erteilt. »Sie sind ein Spieler, Schmid. Und ein Hasardeur. Zusammen mit diesen Händen sind das die besten Voraussetzungen für einen guten Chirurgen.« Bei diesen Gedanken musste Berthold Schmid schmunzeln. Der eitle Sack! Nun war auch er mit den braunen Freiern ins Bett gestiegen. Zu geschickt hatten sie ihn umgarnt.

Ein Chirurg arbeitete mit seinen Händen, aber er sah mit dem Herzen. Ein Chirurg richtete die Unfälle in Gottes Plan. Wenn Treppen, Leitern, Pferdewagen oder gerissene Halteseile die Knochen krachen ließen, dann war er da, sie zu richten. Wenn die Zellen von Bazillen zerfressen wurden und sich ganze Organe in Eiterblasen verwandelten, dann schnitt der moderne Bader mutig ins faulige Fleisch. Und seit mehr als fünf Jahren zerrten jetzt schon Geschosse aller Art, Bajonettverletzungen, Sprengstoffe und Brandbomben an der deutschen Volksgesundheit. Schmid hatte zwei Weltkriege erlebt. Im Ersten wurde er früh aller Illusionen beraubt. Ein guter Arzt sein? Den Menschen helfen? Nach der hundertsten Amputation hatte er aufgehört zu zählen. Nie wieder, hatte er sich damals geschworen. Jetzt aber hatten sie ihn doch wieder zu fassen gekriegt. Vier Jahre Frontarzt, im Westen, im Osten. Dann war die Tuberkulose gekommen. Erst als er bei den Operationen mehr Blut gehustet hatte, als seine Patienten verloren, war er bereit gewesen, sich behandeln zu lassen. Gott sei Dank? Vielleicht. Aber die fünf Monate im Sanatorium, verdammt zur Untätigkeit, waren für ihn zur reinsten Hölle geworden. Herr Kollege, Sie müssen mit dem Trinken aufhören. Herr Kollege, das Operieren wird höchstens noch ein oder zwei Jahre gehen. Geschwätz, dachte sich Schmid. Ich sterbe am Tisch. Basta. Dann kam die Versetzung nach Flensburg ans Diakonissen-Krankenhaus. Endlich wieder an den Tisch und ans Messer. Nebenbei war er auch Polizeiarzt, aber das konnte er verschmerzen. So wie die Dinge standen, würde man ihn hier lange brauchen. Er musste sich keine Sorgen machen, all zu früh in Rente geschickt zu werden. Trotz seiner achtundfünfzig Jahre.

Die Welt war klein, das hatte Schmid hier oben im Norden erfahren.

Im selben Jahr wie er war Jens Druwe in Flensburg angekommen. Sie hatten sich vor dem Ersten Krieg in Rendsburg kennengelernt. Er war damals ein junger Regimentsarzt gewesen und hatte die Polizeischule betreut. Und dort hatte er auch seine Margot getroffen. Schmid musste bei dem Gedanken an sie sanft lächeln. Druwes ältere Schwester. Mein Gott, hatte er sie geliebt. Aber genau dieser Gott hatte etwas anderes mit ihr vorgehabt. Fünf Jahre Glück und dann wurde die in Kiel eingesetzte Krankenschwester beim Matrosenaufstand von einer verirrten Kugel getroffen. Seine geliebte Margot. Von da an hatte Schmid sich entschlossen, dem Sensenmann so oft wie möglich ins Handwerk zu pfuschen. Er ist Chirurg aus Leidenschaft, sagten seine Freunde. Nein, ich bin Chirurg aus Verzweiflung, das wusste nur er. Und Jens Druwe, sein Schwager, wusste es ebenfalls.

Nun legte ihm dieser Druwe eine Leiche in die Pathologie. Ein Kuckucksei um acht Uhr abends. Abenteuerliche Zeiten. Der Kerl fuhr in seinem requirierten Dienst-Horch vor und wuchtete mit Schmids Assistenten einen toten Wal vom Rücksitz. Gerhard Lessling. Stellvertreter des NSDAP-Kreisleiters im Landkreis Flensburg. Brisante Ware.

»Da hast du mir am Telefon aber nur die halbe Geschichte erzählt, mein Lieber. Bei diesem heißen Eisen verbrenne ich mir die Finger, Jens. So etwas ist Sache des Landeskriminalamts. Da ist Flensburg gar nicht zuständig. Das muss die Forensik in Kiel machen.« Schmid klang nicht begeistert. Er hatte sich arrangiert mit der Politik. Und mit dem System. Man ließ ihn in Ruhe. Kopf in den OP, was interessiert mich der Rest? Und jetzt sollte er sich mit der ungenehmigten Obduktion eines Parteifunktionärs in die Nesseln setzen?

»Kiel reagiert nicht«, log Jens Druwe. »Bitte Berthold, du musst es machen. Ich brauche diese Informationen, und ich brauche sie schnell.«

Schmid überlegte einen Moment. Die Obduktion selbst war nicht das Problem. Schließlich war er als Chirurg alter Schule auch Pathologe. Und Leiter des hiesigen Instituts, der Halle des Hades, wie Spötter es nannten. Aber er war eben kein versierter Forensiker. Ein Fehler mit dem Parteibonzen, und es könnte eine Menge Ärger geben.

»Dann bist du mir aber was schuldig, mein Lieber. Um diese Zeit sitze ich eigentlich am Volksempfänger und lausche der Militärmusik. Oder träume von Zarah Leander. Warum hast du es denn mit dem so eilig?«

»Mensch, Berthold, eine Mordsache – an einem höheren Parteimitglied. Da ist was faul, das spüre ich. Wenn das den normalen Weg geht, vor allem jetzt ...« Er unterbrach sich. »Hier in dem Eimer und dem Sack sind ein paar unappetitliche Teile, die noch dazu gehören.« Druwe deutete auf den Leinensack, der am Hals des Toten zugebunden war. Den Blecheimer hatte er neben den Seziertisch gestellt. »Da drin steckt alles, was vom Kopf noch übrig ist. Der Kerl wurde wahrscheinlich erschlagen.«

»Seit wann braucht ein Parteimitglied denn ein Gehirn? Der marschiert und brüllt doch auch ohne.« Schmid kicherte über seinen eigenen Scherz.

»Geht es vielleicht noch lauter? Kennst du die UVW-Anweisung an die Richter? Urteil wegen Volksverhetzung durch Witze. In der Hälfte der Fälle ist das Todesurteil zu fällen. Also, halt die Klappe und hol deinen buckligen Gesellen. Ich komme morgen früh wieder.«

Zehn Minuten später lag der Tote nackt im Sektionssaal. Lesslings schwammiger Körper hatte sich bereits blaßgrau verfärbt. Für Schmid und seinen Assistenten war es ein hartes Stück Arbeit, den Toten zu entkleiden. Jagdkleidung im Stil der ostpreußischen Junker. Teuer, natürlich Maßarbeit. Innentasche der Jacke leicht eingerissen. Ebenso Stoffrisse an der rechten Brusttasche. Schmutz- und Erdspuren vor allem an Vorderseite von Hose und Jacke. Mehrere kleine Blutspritzer am Revers und am Oberhemd. Die Jacke war hinten im oberen Anteil blutverschmiert, es fanden sich Knochenfragmente und Hirnmasse auf dem Kragen. Drei Hosenknöpfe waren aus dem Stoff gerissen.

Jens sagte, die Leiche sei mit nacktem Hinterteil aufgefunden worden, die Hose nach unten gezerrt, rief sich Schmid in Erinnerung. Der Tod war in der Nacht vom 27. zum 28. April gegen Mitternacht, also vor etwa 44 Stunden eingetreten. Der Rigor Mortis, die Totenstarre, begann, sich schon zu lösen. Etwas spät bei zwei Tagen, dachte Schmid. Aber die Kälte am Tatort verzögerte die Autolyse, den Zellverfall. Die Totenflecken konnte er nicht mehr wegdrücken. Ihre Verteilung sprach für eine Bauchlage nach Eintritt des Todes. Eher hellrot als livide. Aber an den Handflächen und Fußsohlen blauviolett.

Stimmt mit Todeseintritt in kalter Umgebung überein, notierte er. An den Flanken und Oberarmen fand er drei bis vier Zentimeter breite Striemen mit Einblutungen, zwei Finger des Toten standen seltsam verrenkt ab. Schmid machte sorgsam seine Notizen auf einer Kreidetafel. In Kiel arbeiteten sie bereits mit Tonbandgeräten. Viel sauberer als diese mit Körperflüssigkeiten verschmierten Kreidestücke, Tafeln und Notizzettel.

Der Kopf des Opfers war nur noch ein breiiges Gebilde. Druwe hatte die Teile, die noch am Körper hingen, am Tatort gesondert mit einem Leinensack gesichert, sonst hätten sich die Reste des Schädels und sein Inhalt auf dem Weg hierher überall verteilt. Zudem musste Schmid den Brei im Eimer untersuchen, den Druwe mitgebracht hatte. Er war nun hellwach. Viele Kollegen meinten, man sollte erst die wichtigen, sofort auffälligen Sachen abarbeiten, um dabei noch voll konzentriert zu sein. Später könnte man dann zu den Kleinigkeiten kommen. Er jedoch war bei allem aufmerksam. Jede kleine Sache konnte wichtig sein und die Lösung bringen. Wer erst das Auffällige untersuchte, war oft später zu abgestumpft, um die Bedeutung der Winzigkeiten zu erkennen. Und vorgefasste Meinungen, die sich aus dem Offensichtlichen ableiteten, verstellten dann den Blick auf vielleicht entscheidende Feinheiten. Jetzt war Schmid in seinem Element. Er las im Buch des Todes.

Er fummelte die Reste des Gehirns, die Schädelknochen, die Kopfhaut und das Gesicht aus Sack und Eimer. Zunächst kamen die Gehirnteile in eine Schale, dann die zertrümmerten Knochen in eine andere. Ordnung schaffen, wo Gewalt Chaos hinterließ. Was im Kleinen gilt, gilt auch im großen Ganzen, dachte sich Schmid und musste schmunzeln. Für ihn war die Tätigkeit am menschlichen Körper, egal ob tot oder lebendig, eine Komposition. Sie war Kunst und Philosophie zugleich. Er begann, die Reste der Hirnmasse mit Schere, Pinzette und Messer zu zerlegen.

Triumphierend hielt er nach einigen Minuten ein kleines Metallstück in die Höhe. Wieder eine Notiz an der Tafel. Der Rest war Routine. Brustkorb und Bauchraum öffnete er zügig. Organe wurden entnommen, begutachtet, gewogen. Wie nicht anders zu erwarten, war Lesslings Herz nicht mehr in bester Verfassung. Verfettung des Gewebes, Sklerose der Herzkranzgefäße, Spuren eines kleinen, älteren Herzinfarkts. Der Tote war starker Raucher, seine Lunge glich einer frisch geteerten Straße. Fettleber mit Anzeichen einer beginnenden Zirrhose. Verkalkte Bauchaorta. Nierensteine. Pflaumengroße Prostata mit kleinem Krebsgeschwür. Noch gut abgegrenzt. Hodenatrophie und kleines Genitale.

Hat mit seinem Pinsel wohl nicht mehr oft Bilder gemalt, dachte sich Schmid. Vielleicht war es ja Selbstmord? Er musste wieder lächeln. Lessling kam von einem erfolglosen Bordellbesuch und hatte sich aus purer Verzweiflung und sexueller Frustration selbst erschlagen. Das wäre ein Bericht.

Plötzlich begannen Schmids Hände wieder zu zittern. Drei Stunden. Nicht schlecht, das reichte für die meisten Operationen. Keiner ahnte, dass Schmid seine Arbeit in der Pathologie auch dazu nutzte, den Alkoholpegel zu testen, den er brauchte, um ruhig zu arbeiten. Zwei Gläser Hochprozentiger vor drei Stunden. Also drei Mal tanken in neun Stunden. Ja, so konnte er ohne Probleme noch zehn Jahre arbeiten. Tja, mein lieber Parteigenosse Lessling, dachte er, als er seine Arbeit zufrieden beendete. Wo andere eine Leber haben, sitzt bei mir ein Stein.

ERKENNTNISSE
30. April 1945

Druwe hatte am Vorabend gegen zehn Uhr mit seinem Gefangenen sein Revier in Glücksburg betreten. Und damit einen schweren Verstoß gegen die Dienstvorschriften begangen. Aber hätte er, wie vorgesehen, Steinfeld in Flensburg bei der Direktion abgeliefert, wäre am Abend noch eine Menge Papierkram auf ihn zugekommen. Außerdem hatte er sich vorgenommen, noch einmal mit seinem Häftling zu sprechen. Das wäre in Flensburg kaum möglich gewesen. Zudem vermutete er, dass dort die Gestapo immer noch das Sagen hatte und überall Abhörgeräte angebracht waren. Als die beiden Männer in den Dienstraum getreten waren, hatte sie der Kollege kurz gegrüßt. Schneider, ein weiterer seiner Revierkrüppel, hatte Dienst gehabt. Halb taub und mit derart zitternden Händen, dass ihm sogar das Tragen einer Dienstwaffe untersagt wurde.

»Moin, Herr Inspektor. Wen bringen Sie denn da mit?«, hatte er durch die Revierstube gebrüllt.

»Wahrscheinlich ist er ein Flüchtling«, antwortete Druwe. »Oder Hausierer. Hab ihn auf der Straße nach Husby aufgegriffen.« Er war sich sicher gewesen, dass Schneider nur die Hälfte verstanden hatte. Wenn möglich, vermied jedermann ein Gespräch mit ihm, weil es für beide Seiten zu anstrengend war.

»Soll ich einen Eintrag ins Dienstbuch machen, Jens?«, hatte Schneider noch gerufen. Druwe schüttelte als Antwort nur den Kopf. Er hatte Steinfeld in eine der Zellen geführt. Der ließ sich sofort auf der Pritsche nieder und war im nächsten Moment eingeschlafen. Druwe hatte darauf verzichtet, ihn zu wecken, da er selbst plötzlich von einer bleiernen Müdigkeit ergriffen worden war. Wie so oft war er danach in seinem Dienstzimmer nur für eine kurze Zeit eingeschlafen. Bereits nach einer halben Stunde hatte er dann bis etwa drei Uhr wach gelegen. Erst am Morgen war er für zwei Stunden wieder in einen unruhigen Schlaf gefallen. Vor einer halben Stunde hatte er dann Steinfeld aus der Arrestzelle geholt und in den Kofferraum des Horch gesperrt. Zwar hatte Steinfeld kurz protestiert, aber als Häftling eines Konzentrationslagers war er offenbar Schlimmeres gewohnt. Ohne weitere Bemerkungen war er in den engen Kofferraum gestiegen.

Jens Druwe stand vor seinem Schwager in den Räumen der Pathologie und blickte ihn aus müden Augen an. Schmid hatte ihm selbst die Nebentür geöffnet. Er wirkte erstaunlich frisch. Druwe hasste es, auf fröhliche Menschen zu treffen, wenn er sich selbst verkatert fühlte.

»Seit wann kommen die Toten von selbst?«, witzelte Schmid. »Du siehst aus wie eine Leiche, die drei Tage in der Förde trieb.«

»Würde ich mich nicht auch so fühlen, bekämst du jetzt einen Tritt in den Arsch, Becher.« Manchmal, wenn die beiden miteinander scherzten, sprach Druwe seinen Schwager mit dessen Spitznamen aus Studentenzeiten an. Es schien dabei heute, als suchte Druwes Stimme noch ihren eigentlichen Klang.

»Das ist der billige Korn, mein Lieber. Fusel schädigt den Motor. Hier oben im Norden wirst du immer mehr zum Bauern, wenn du nicht aufpasst. Draußen matschige Felder, drinnen matschiges Hirn.«

»Und was hast du herausgefunden?« Druwe fragte sich, ob eine Tasse Ersatzkaffee etwas an seinem Zustand ändern konnte. Wahrscheinlich nicht.

Der Arzt sah ihn verschwörerisch an. »Erstmal dies hier.« Er legte ein kleines Paket vor Druwe auf den Tisch. Papier und Schnur.

Ein Buch, dachte Druwe verwundert, als er es in die Hand nahm.

»Was soll das? Hast du wieder irgendeine Ferkelei ausgegraben? Hatte ein Kunde aus dem Oluf-Samson-Gang wieder ein paar schlüpfrige Fotografien oder ein Schmuddelheft in der Jackentasche?«

»Wo denkst du hin, Jens? Nein. Es ist, sagen wir, ein Geburtstagsgeschenk.«

»Ich habe erst übermorgen Geburtstag, das weißt du genau.« Druwe war im Moment nicht zum Scherzen zumute.

»Vielleicht dürfen wir dann nur noch Lenin lesen. Oder singen Loblieder auf Stalin, während wir am Strand nach Kohle für ihn buddeln. Komm schon, mach es auf.«

Druwe durchtrennte mit seinem kleinen Taschenmesser die graue Paketschnur. Dann wickelte er das Buch aus dem Speckpapier. Der Umschlag war altmodisch gestaltet, aber zugleich einfach gehalten. Er schimmerte leicht grünlich. Autorname, Titel und eine Strichzeichnung wurden von einer hellblau stilisierten Ranke umgeben. Ein Mann mit einer Art Cowboyhut und eine viktorianisch gekleidete Frau umarmten sich.

»Oh, Mann, Becher. Woher hast du das?« Ehrfürchtig strich Jens Druwe über den Umschlag.

»Ich weiß doch, wie gern du diese Geschichten magst. Deutsche Erstausgabe. 1894. Lutz-Verlag«, sagte Schmid.

Druwes Finger berührten die Prägung, die in Goldgelb gehalten war. *C. Doyle. Späte Rache.* Der erste Sherlock-Holmes-Roman.

»Du bist verrückt, Becher. Das Buch hat doch ein Vermögen gekostet.«

Mit einer wegwerfenden Handbewegung erwiderte Schmid: »Ach was. Heutzutage nicht. Wäre wohl zum Heizen im Ofen gelandet. Bücher als Brennstoffersatz. Haben sie ja schon im März 33 ausgiebig geprobt.«

»Ich kann das nicht annehmen. Was schulde ich dir?«

»Fünf Zigaretten.«

»Was?«

»Fünf Zigaretten habe ich dem Patienten gegeben. War bei einem Hausbesuch. Ich hab es bei einem Schluck Obstbrand in der Bibliothek entdeckt. Einigen Herrschaften auf der Westlichen Höhe geht der Arsch im Moment auch mächtig auf Grundeis. Viele von denen haben auf den Endsieg gesetzt. Der alte Herr hat mir Kaufurkunden für Ländereien im Reichskommissariat Ostland gezeigt. Riesige Fläche, nur zweihundert Kilometer vor Moskau. Idiot!« Schmid beobachtete Druwes ungläubige Reaktion. »Die Scheiß-Reichsmark will schon jetzt keiner mehr haben. Was meinst du, was los ist, wenn das alles hier zusammenbricht? Waren sind die neue Währung, mein lieber Jens. Tauschen wird das Geschäft der Zukunft. Ich bunkere seit einem Jahr Schokolade, Zigaretten und Hochprozentiges. Unglaublich, was die Marine-Heinis alles haben. Und meine Privatpatienten wissen schon länger, dass sie mich so bezahlen müssen.«

Druwe hörte kaum zu. Er war immer noch fasziniert von seinem Buch. 1887 war Doyles erster Roman über den Detektiv in England erschienen. Er kannte die Geschichte auswendig, könnte sie wohl in jeder Schulaula frei rezitieren. *A Study in Scarlet* hieß sie im Original. Er war sechzehn Jahre alt gewesen, als er sie das erste Mal gelesen hatte. Und fortan hatte ihn die Kriminalistik fasziniert. Doyle und Holmes waren ein Grund gewesen für seine Entscheidung, Polizist zu werden. Sie waren – immer noch – seine fiktiven Mentoren. Die meisten

Ausgaben von Arthur Conan Doyle besaß Druwe in beiden Sprachen, einige sogar mehrfach. Es rührte ihn, dass sein Schwager auch in diesen unruhigen Zeiten an seine kleinen Marotten dachte. Er wollte etwas sagen, aber Schmid kam ihm zuvor.

»Du glaubst übrigens nicht, was ich herausgefunden habe …«

Die nächste Stunde verbrachten sie bei einem kargen Frühstück. Während Schmid sein Brot und etwas Käse mit Genuss verspeiste, wollte bei Druwe nicht so recht Appetit aufkommen. Und die detaillierten Schilderungen seines Freundes zum Fall Lessling machten es nicht wirklich besser.

»Abgesehen davon, dass unser Opfer nicht mehr ganz taufrisch war …« Schmid kaute mit Genuss. »… sind bei meiner Untersuchung einige interessante Details ans Licht gekommen. Zwei Finger der rechten Hand wurden ihm ausgerenkt. Und die Einblutungen in den Gelenkkapseln sprechen dafür, dass dies ante mortem …« Er schluckte hörbar. »… also vor Eintritt des Todes geschah.«

»Also ein längerer Streit?«, sprach Druwe eher zu sich selbst.

Der Arzt nickte.

»Möglich. Die Unterredung wurde wohl einige Zeit mit besonderer Heftigkeit geführt. Das schwarze Zeug unter seinen Fingernägeln ist Lederfett. Ich denke, Lessling hat sich halbherzig gewehrt und nach seinem Peiniger gegriffen. Dabei hat er sich wohl am Ledermantel des Täters festgekrallt. Am Hals habe ich zwei Brandflecken gefunden. Wahrscheinlich von einer Zigarette. Und er wurde ziemlich heftig in die Magengrube geschlagen. Dort war ein beginnender Bluterguss, und der Knorpel am Brustbein war gerissen. Das muss schon ein ganz schöner Schmeling-Hieb gewesen sein, wenn er bei diesen Fettmassen solche Verletzungen hinterlassen hat.«

»Der Täter wollte etwas von Lessling wissen. Hätte er ihm nur aufgelauert, um ihn zu erledigen, wären diese Brutalitäten unnötig gewesen. Und der Täter hat sicherlich nicht nur im Affekt gehandelt. Das schließen deine Befunde ebenfalls aus.«

Berthold Schmid leerte ein Glas Milch in einem Zug. Ein weißes Bärtchen legte sich auf seine Stoppeln.

»Der Kerl muss ziemlich stark gewesen sein. An Lesslings Knien waren Abschürfungen, die Hose dort war aufgerissen. Er wurde offenbar ein kurzes Stück kniend geschleift. Zerr du mal zweihundertachtzig Pfund durch die Gegend.«

»Den Stein muss er ja auch gehoben haben. Der wiegt mindestens zwanzig Kilo.«

»Ach ja, der Stein …« Schmid angelte sich noch ein paar Krümel vom Teller. »… und der Kopf. Ich muss dir etwas zeigen. Komm mit, Jens.«

Sie stiegen gemeinsam die Treppe hinab in den Keller. Angesichts des Geruchs, Formaldehyd vermischt mit diesem typischen süßlichen Duft menschlichen Fleisches, war Druwe froh, dass er auf das Frühstück verzichtet hatte. Sein Schwager trat auf einen abgedeckten Körper zu, der in den Abmessungen nur Gerhard Lessling entsprechen konnte. Schon war Druwe froh, dass der Chirurg das Laken nicht anhob, als Schrecklicheres geschah. Von einer Art Tablettwagen nahm Schmid ein Sperrholzbrett auf.

»Ich musste etwas erfinderisch sein«, sagte er. »Du hast mir da ja nur Brei und Hautfetzen gebracht. Aber ich habe das Gesicht rekonstruiert.« Stolz, als würde er auf den Applaus seiner Kollegen hoffen, hob er das Brett. Darauf war mit Dutzenden Nadeln eine Fratze gespannt, in der Druwe tatsächlich entfernt das Gesicht des stellvertretenden Kreisleiters erkannte. Ihm wurde übel, aber er unterdrückte das Würgen.

»Muss das sein, Becher?«

»Ja, es muss. Siehst du das hier, Jens?« Schmid wies mit dem Finger auf die Stirn der bizarren Totenmaske, die einmal ein menschliches Gesicht gewesen war.

Druwe trat näher heran. Plötzlich war die Übelkeit verflogen, der Jagdinstinkt war zurück, sein Herz schlug schneller.

»Becher. Das ist ...«

»Genau. Ein Loch. Unser kleiner Hermann wurde erschossen.« Mit einer Pinzette fummelte Berthold Schmid an der Stirn der aufgespannten Gesichtshaut herum.

»Becher, du bist der größte Drecksack auf Gottes Erdboden! Lässt mich zappeln, verspeist deine Käsebrote und mimst dabei den Unwissenden.«

»Das Beste immer zum Schluss, Jens.«

»Kannst du Näheres sagen? Komm schon, lass dir nicht alles aus der Nase ziehen, Berthold.«

»Eine Waltherchen würde ich denken. Passt auch zur Kugel.« Der Arzt zog ein winziges Edelstahltablett hervor. Darauf lag ein deformiertes Projektil.

»Das Ding war in der Hirngrütze versteckt. Denke, es ist eine 7,65. Kiel könnte das wohl ganz genau bestimmen.«

PPK, dachte Druwe. Eine Walther PPK, Kaliber 7,65 Millimeter. Standardwaffe der Polizei und SS. Verlässlich, beliebt. Und weit verbreitet. Das schränkte den Täterkreis auf derzeit etwa siebenhunderttausend Waffenbesitzer ein.

»Die ist im Kopf geblieben?« Druwe sah ihn erstaunt an. »Normalerweise reißt die doch den ganzen Hinterkopf weg und fliegt sonst wohin.«

»Liegt am Schusswinkel. Wenn Lessling kniete und der Schuss von oben kam, dann hat es das Frontalhirn, die Nebenhöhlen und den Hirnstamm zuerst erwischt. Dadurch verliert die Kugel deutlich an Impuls. Sie ist an der Hinterhauptschuppe abgeprallt und hat in Lesslings Kopf Tabula rasa gemacht. Da drin war schon alles Matsch, bevor der Täter zum Stein griff.«

Neugierig trat Druwe noch dichter an den Hautfetzen und das Einschussloch heran. Deutlich war jetzt der Abdruck einer Waffenmündung zu erkennen.

Schmid kam seinem Schwager zuvor.

»Das Waffengesicht. Wie im Lehrbuch. Der gesamte Mündungsbereich der PPK hat sich abgebildet. Aufgrund der Hitze.«

»Passiert nur bei absolutem Nahschuss. Die Waffe wurde Lessling also direkt auf die Stirn gedrückt. Das war ein Verhör, Berthold. Der Täter wollte unbedingt etwas wissen. Kein Wunder, dass sich der Dicke vor Angst in die Hose gepisst hat.« Druwe fuhr sich nachdenklich über das Kinn. »Die Frage ist nur, ob er erfahren hat, was er wissen wollte. Oder nicht«, sinnierte er weiter.

»Hm. Ich denke, auch darauf habe ich eine Antwort.« Schmid lächelte.

»Sieh mich nicht so an, Berthold. Hast du noch eine Sache auf Lager? Raus damit!«

»Im wahrsten Sinne, Jens. Im wahrsten Sinne.« Druwes Schwager zog ein weiteres Tablett hervor. Darauf lag ein Schlüssel.

»Der Magen von dem Kerl ist so groß wie bei einem Brauereipferd. Jeder andere hätte ...«

Druwe hörte nicht zu. Fasziniert starrte er auf den Schlüssel. Flacher Griff, flache Barte. Etwa sieben Zentimeter lang, vielleicht acht.

»Berthold, das ist der Schlüssel zu einem Schließfach.« Ein Bild entstand vor Druwes innerem Auge. »Oder zu einem Panzerschrank.«

»Denke ich auch. Lessling muss ihn geschluckt haben, kurz bevor er erschossen wurde.«

»Es war dunkel. Der Täter hat ihn bedroht, irgendetwas gewollt. Und das Fressen war Lessling ja gewohnt. Da hat er sich entschieden, das Ding lieber zu schlucken. Nur damit es der Kerl nicht kriegt.«

Druwe berührte den Schlüssel.

»Den nehme ich. Könnte ermittlungsrelevant sein.«

Schmid zuckte mit den Schultern.

»Hast du den Bericht schon geschrieben, Berthold?«
Kopfschütteln.
»Gut, dann verschieb das noch. Wenn dich jemand mündlich befragt, lässt du die Sache mit der Kugel und dem Schlüssel weg. Sag einfach, dass einige Untersuchungen erst nach dem Feiertag gemacht werden.«
»Wenn du meinst.« Schmid wirkte müde. Er hatte sein Pulver verschossen. Und er hatte Durst. Zeit, etwas nachzutanken, dachte er.
»Möchtest du ein Glas Wodka, Jens? Ich meine den guten?«

RAGNARÖK

Berlin. Es hatte sich gemausert. Noch um die Jahrhundertwende hatte es jene wilhelminische, träge Verschlafenheit des alten, feudalen Europas gezeigt. Die Stadt auf dem Sand der Mark Brandenburg. Die Stadt der Preußen, die nie so recht Hauptstadt aller Deutschen hatte sein wollen. Schon vor dem ersten großen Krieg war sie erwacht aus ihrem Dornröschenschlaf. Schickte sich an, in einer Liga mit den neuen Weltstädten zu spielen. London, Paris, New York. Und nun Berlin. Diese Stadt war zugleich Magnet einer neuen Ära und Konservenbüchse alten Kommissdenkens. Sie war Bürgerschreck und Proleten-Babel. Obszöner Ausdruck des Aufbruchs. Hier flossen der teuerste Champagner und die Weiße mit Schuss durch gierige Kehlen. Berlin war eine Art stadtgewordener Kopulation von wütender, lustvoller Kreativität und abwartender, frigider Tradition. Alles und jeder drängte danach, dabei zu sein. Aber Deutschland war zu eng für dieses Berlin. Berlin wollte nie Hauptstadt der Welt sein. Es wollte kein Germania sein, das ein devoter

Architekt ohne Esprit im Auftrag des Führers mit Betonkolossen zupflasterte. Aber niemand wehrte sich, als die Stadt sich veränderte. Als sie nach der Machtergreifung erst langsam, dann immer schneller in den dumpfen braunen Sog geriet. Und mit den Olympischen Spielen Mitte der Dreißiger schien der Gipfel in erreichbare Nähe gerückt. Götter und Welt, schaut auf Berlin und kniet in Ehrfurcht nieder! Berlin wurde die willfährige Hure des Regimes. Es prostituierte sich. Und schließlich infizierte es sich. Gleich einer Neurosyphilis im dritten Stadium entwichen langsam der Geist, das Schöne und Erotische aus der alten Dame. Berlin zu Kriegsbeginn, das war fortgeschrittene Paralyse. Das war der Stechschritt in den Abgrund.

Und dieses Berlin bezahlte teuer für seine Fehler. Von Osten zog der Sturm herauf, den viele Bewohner seit der deutschen Niederlage bei Stalingrad bangend erwarteten. Und vom Himmel regnete es Tausende Tode. Immer wieder nahmen sich die alliierten Chirurgen die preußische Dame vor. Sie operierten ohne Narkose, schnitten stückweise Schlechtes und Gutes heraus. Erst waren nur die Krater der zahllosen Bombeneinschläge wie Pockennarben am ganzen Körper verteilt. Später fehlten ganze Gliedmaßen. Aber auf Schwanenwerder wurde weiter getanzt. Hier hatte sich mitten in zentrumsnaher Naturidylle die Crème der neuen Machtelite eingenistet. Hier standen die herrlichen Villen mit Zugang zum Wasser. Darf es eine kleine Bootspartie sein, meine Liebe? Oder ein edles Picknick? In seinem Prachtbau empfing Reichspropagandaminister Goebbels weiterhin junge Schauspielerinnen, deren Talent er eingehend bei privaten Probeaufnahmen prüfte. Was die Kameras prüde vermieden, erforschte der Minister ausgiebig. Während seine Frau Magda, Trägerin des Mutterkreuzes in Gold, sich doch insgeheim so sehr ein Kind vom Führer selbst wünschte. Und am Rande Berlins, am Wannsee, hatte sich Heydrich im Winter vor vier Jahren mit ranghohen Regierungsbeamten und Parteifunktionären getroffen, um die Endlösung der Judenfrage zu koordinieren. Ja, Berlin hatte sich tief in die Scheiße geritten. So tief, dass es einem im April 1945 schwerfiel, in dieser Stadt überhaupt noch Luft zu bekommen.

Druwes Gedanken wurden jäh unterbrochen. Er saß im Dienstzimmer seines Schwagers und versuchte, sich zu sammeln. Die Ergebnisse der Obduktion passten zu Druwes Verdacht. Lessling war nicht erschlagen, sondern erschossen worden. Der Täter wollte seine Tat durch die Zertrümmerung des Schädels offenbar halbherzig vertuschen. Ludwig Steinfeld konnte also nicht der Täter sein. Aber Druwe brauchte Gewissheit. Obwohl es noch nicht acht war, wollte er einen alten Bekannten im Archiv des Berliner Polizeipräsidiums anrufen. Vielleicht konnte dieser ihm Auskünfte über die höheren Parteiabzeichen und deren Träger geben. Von Paul Lessling hatte er erfahren, dass der Tote ganz sicher kein verdienter alter Parteikämpfer aus der Zeit vor der Machtübernahme durch Hitler war. Vielmehr hatte er sich 1933 schnell den neuen Verhältnissen angepasst. Oberbauer hatte bestätigt, dass die Goldenen Parteiabzeichen seit einigen Jahren mehr oder weniger gekauft werden konnten. Aber der Blutorden, den Druwe bei Lessling gefunden hatte, blieb ein Rätsel. Oberbauer meinte, dass der Führer selbst argwöhnisch jede Verleihung an Kampfgenossen der Bewegung überwachte. Er hatte sich keinen Reim darauf machen können, wie Gerhard Lessling an diese Auszeichnung herangekommen war.

Druwe ahnte, dass dieser letzte Apriltag nicht unbedingt optimal gewählt war, um Recherchen in der Reichshauptstadt anzustellen. Zudem hatte er gehört, dass die Rote Burg, wie das Polizeipräsidium in Berlin auch genannt wurde, durch Luftangriffe stark beschädigt worden war. Er konnte auch nicht wissen, dass dort am Alexanderplatz gerade mehr Diesel für die Aktenverbrennung zur Verfügung stand als an der nur dreihundert Meter entfernten Frontlinie am östlichen Stadtrand. Druwe wartete bereits mehrere Minuten auf eine Verbindung. Die Vermittlung war total überfordert. Das Rauschen in der Leitung wurde stärker.

Dann meldete sich die Telefonistin noch einmal.

»Es tut mit leid ...« Kurz wurde die Verbindung unterbrochen.» ...

Kommissar. Wenn Sie wünsch ...« Rauschen.» ... noch einmal.«

»Tun Sie das.« Druwe dachte gern an Berlin zurück. Nach dem Weltkrieg war er zunächst fünf Jahre in Hamburg als Polizeianwärter und Kripo-Assistent tätig gewesen. Aber es hatte ihn in die Hauptstadt gezogen. Er hatte zu Gennats Abteilung gewollt. Lernen. Beim Besten. Ernst Gennat war eine Legende, schon damals. Anfang der zwanziger Jahre baute er die erste Mordkommission im Reich auf und wurde deren Leiter. Nach 1918 und dem verlorenen Krieg war die Kriminalität in Deutschland, vor allem aber in den Großstädten regelrecht explodiert. Die rigide Ordnung des Kaiserreichs war zerbrochen und das Rechtssystem der jungen Weimarer Republik noch zu fragil, um ernsthaft abschreckend zu wirken. Hinzu kamen wirtschaftliche Not und menschliche Verzweiflung der Wirtschaftskrise. Die Inflation hatte sich auch in die Herzen der Menschen gefressen. Ein Stück Butter oder ein Paar Schuhe wogen schon bald mehr als ein Leben. Die alten und starren polizeilichen Ermittlungsstrukturen hatten den Kniffen und Tricks der Schwerverbrecher fast nichts entgegenzusetzen. Bis Gennat kam. Der »Koloss von Mitte«, der »volle Ernst«, die »Kugel«. Hundertfünfunddreißig Kilogramm Kriminalist. Er mochte Stachelbeerkuchen. Und er hasste Schlampigkeit. Er achtete auf Kleinigkeiten. Er ordnete die Tatortarbeit. Er sammelte jeden noch so kleinen Hinweis, ließ vermessen, eintüten, fotografieren, zeichnen. Und er war ein Meister des Verhörs. Er hörte den Verdächtigen zu, er bedrohte sie nicht. Er versuchte, ihre Geschichte zu verstehen. Er bot ihnen die Gedanken an, die ihnen in ihren kranken, gemarterten Tätergehirnen fehlten. Er lehrte sie, sich selbst zu verstehen. Und er bot ihnen damit die Lösung für ihre Seelenqualen. Und allzu oft folgte dann die Erlösung im Geständnis. Seine Aufklärungsquote für Schwerverbrechen lag bei über neunzig Prozent. In seiner Zeit als Kripo-Leiter konnte er über zweihundert Morde aufklären. Druwe hatte es damals auch tatsächlich geschafft. Seit Mitte der Zwanziger arbeitete er für Gennats Abteilung, wurde ein paar Jahre später sogar dessen Assistent. Ernst Gennat selbst verließ immer seltener sein Büro im Polizeipräsidium. Seine Gelenke schmerzten, sein Atem ging schwer. Druwe war für seinen Chef fortan Augen und Ohren. Er war an den Tatorten, sicherte die Spuren, organisierte Fahndungen. Und er trug Gennat seine Ergebnisse vor. Bei Likör und Kuchen. Dieser fettleibige Mann, der sich nur mit Mühe bewegen konnte, war ein agiler, genialer Hochleistungsdenker. Aber da war noch etwas anderes. Druwe hatte lange gebraucht, um zu erkennen, dass Ernst Gennat auch ein großes Herz hatte. Er liebte die Menschen, sogar jene, denen er ihre Verfehlungen nachwies. Respekt ist die wichtigste Eigenschaft eines guten Kriminalisten, hatte Gennat einmal zu ihm gesagt. Die älteste, heruntergekommenste zahnlose Hure und der skrupelloseste Raubmörder. Sie haben Respekt verdient. Ohne Respekt kommen Sie in Ihrer Arbeit nicht weiter, Druwe. Merken Sie sich das. Und er hatte es sich gemerkt.

Nach Gennats Tod hatte dann Arthur Nebe die Leitung des Reichskriminalhauptamts übernommen. Nebe war ein typischer NS-Bürokrat, der aber durchaus ein Gespür für gute Kriminalarbeit hatte. So war Druwe lange von der Politik unbehelligt geblieben. Schließlich war ihre Dienststelle knapp vor dem Krieg zum Werderschen Markt umgezogen. Wieder einer von Himmlers und Heydrichs Schachzügen. Teile und herrsche, die Taktiken der Antike. Beide SS-Oberen waren paranoide Arschlöcher. Sie waren aber auch gewiefte Machtstrategen.

Trotz der Auflösung der Vorkriegsstrukturen aus der Weimarer Zeit hatte Druwe jedoch seine alten Kontakte zum Präsidium weiterhin gepflegt.

»...ssar Druwe? Sind Sie noch dran? Ich habe eine Leit...« Druwe schreckte aus seinen Gedanken auf. »... verbinde.«

»Offermann hier. Hallo? Jens, bist du es wirklich?« Eine schwere Detonation war im Hintergrund zu hören.

»Ja, Herbert, ich bin es. Bei euch ist ja allerhand los.« Druwe wusste nicht recht, wie er das Gespräch beginnen sollte. Bis zu Druwes Fronteinsatz war Herbert Offermann im Berliner Präsidium sein Mann im Hintergrund gewesen. Recherche und Archiv, das war Offermanns Welt. Starkes Schielen und Kurzsichtigkeit hatten ihm den Arsch vor der Front gerettet. Aber bei Informationen und Akteneinträgen hatte er immer den Durchblick gehabt.

»Ja, das ist das Abrisskommando der Roten Armee. Die machen hier alles platt. Dann kann Speer endlich das bauen, wovon der Führer träumt. Wie du siehst, haben wir alles im Griff. Von langer Hand geplant. Natürlich nur echten Spitzengehirnen verständlich.«

Typisch Herbert, dachte Druwe. Immer bissig, fast zynisch. Im Gegensatz zu Gennat war Offermann ein Misanthrop, er mochte seine Mitmenschen nicht. Deren zu Papier gewordene Taten hatten ihm in dreißig Dienstjahren jede Form von Zuneigung ausgetrieben. Offermann hatte Zugang zu allen Akten. Einmal, so hatte er Druwe anvertraut, hatte er auch den wertvollsten Ordner des Reichs in der Hand gehabt. Gesichert in einem Metallkasten. Eigener Tresor. In Leder gefasst. *Geheime Reichssache* war in Goldlettern mehrfach auf den Aktendeckel gepunzt. Oben rechts zwei goldene Buchstaben: *AH*. Die Akte des Führers. Ob es die noch dort gab, fragte sich Druwe.

»Hör zu, Jens. Ich freue mich wirklich, von dir zu hören. Und ich würde jetzt echt gern mit dir eine Weiße im Aschinger trinken. Aber hier brennen uns bereits die Fußsohlen. Im wahrsten Sinne. Seit drei Tagen fackelt der SD hier alles ab. Meine Arbeit hat sich erledigt. Gott sei Dank habe ich das meiste im Kopf.« Druwe zweifelte nicht daran. Offermann musste eine Akte nur einmal lesen. Und er würde das Wesentliche daraus wiedergeben können. Auf ewig.

»Herbert, entschuldige, dass ich mich lange nicht gemeldet habe. Wenn die Sache durchgestanden ist …«

»Was brauchst du, Jens?«

»Ein Mordfall. Zuständigkeit Flensburg und Kiel. Ein PM ist das Opfer. Ich brauche Angaben zu einem Blutorden, den ich am Tatort gesichert habe.«

»Partei, sagst du? Ja, da haben wir natürlich alles hier.« Offermann zögerte. »Das heißt, wir hatten. In die Parteiarchive sind die Leute vom Sicherheitsdienst als Erstes rein. Haben alles in den Hof geschleppt und mit Flammenwerfern abgefackelt. Tut mir leid, da wird nichts mehr übrig sein.«

»Verdammt.« Druwe wusste, was das bedeutete. Das sogenannte Führerprinzip hatte sich in zwölf Jahren im gesamten Verwaltungsapparat durchgesetzt. Jeder Unterfurz fing erst an zu stinken, wenn er vorher beim Oberfurz um Befehl und Erlaubnis nachgesucht hatte. Das Ganze gipfelte dann in einer zentralen Archivierung. So war jeder von jedem abhängig, musste nach oben buckeln und konnte nach unten treten. Und ganz oben stand der Puppenspieler, der die Fäden in der Hand hielt. Interessanterweise war das oft gar nicht der Führer. Es waren Männer wie Himmler, Heydrich und Bormann, die das Reich wirklich regierten. Druwe hatte also keine Chance mehr, herauszufinden, wann und wem der Blutorden mit der Nummer 2189 verliehen worden war.

»Allerdings. Vielleicht …« Knacken und Rauschen in der Leitung. Unterbrochen. Bitte nicht, dachte Druwe. Komm schon.

»… Nürnberg.«

»Kannst du das wiederholen, Herbert?« Druwe hörte das ungeduldige Stöhnen seines Berliner Kollegen.

»In Nürnberg lagern wahrscheinlich noch die Originale der Abschriften. Parteisachen wollte der Führer in Nürnberg archivieren lassen. Für später. Glanz und Glorie. Stadt der Parteitage, du weißt schon. Wir haben nur Kopien davon bekommen. Da könntest du Glück haben. Sofern die nicht auch alles verbrennen.«

»Hast du eine Idee, wen ich dort erwischen könnte?«

»Fällt mir nur Günther Buchland ein. Buch-Günther war mit mir in der Ausbildung. Ich weiß aber nicht, ob er noch im Zentralarchiv der NSDAP arbeitet. Mehr kann ich da nicht für dich tun.«

Einen kurzen Moment herrschte Stille in der Leitung, so dass Druwe schon eine erneute Unterbrechung befürchtete.

»Jens, das sieht schlimm aus hier. Wenn die mich am Leben lassen, dann können wir irgendwann Unter den Stalin-Linden einen Wodka kippen. Ich muss jetzt auflegen. Pass auf dich auf.«

Druwe wollte etwas erwidern, aber Offermann war bereits aus der Leitung. Überall brennt es lichterloh, und du willst einen Mord aufklären, dachte Druwe nur zweifelnd.

Er hatte Glück. Günther Buchland war zum stellvertretenden Leiter des Zentralarchivs der Partei in Nürnberg aufgestiegen. Und die Telefonverbindung war überraschend gut. Da Druwe den Mann nicht kannte, tastete er sich langsam heran.

»Auskünfte kann ich telefonisch nur nach telegrafischer Bestätigung der vorgesetzten Dienststelle erteilen.« In Nürnberg brach die Welt offenbar noch nicht zusammen. Hier fragte der Unterfurz noch nach Befehlen.

Druwe wechselte daraufhin seine Taktik.

»Herr Buchland, ich übernehme für die Erteilung der Auskunft die volle Verantwortung. Notieren Sie sich bitte meinen Namen und die

Dienstnummer. Aber wir brauchen hier oben diese Information. Wie Sie wissen, sollen die Regierungsstrukturen unter Großadmiral Dönitz neu geordnet werden. Wichtige Parteimitglieder sind bereits im norddeutschen Raum eingetroffen. Vielleicht wird sogar der Führer persönlich …« Druwe zögerte einen Moment, wartete auf eine Reaktion seines Gesprächspartners.

»Aber es gibt Vorschriften …«

»Ich vertraue Ihnen jetzt etwas an, Herr Buchland. Ich muss mich darauf verlassen können, dass Sie schweigen. Was aussieht wie Rückzug und Niederlage, ist in Wahrheit eine schier unfassbare Strategie unseres Führers. Er will sichergehen, dass für die Zeit nach dem Sieg nur verlässliche Parteimitglieder und Männer im Dienst der Sache in ihren Ämtern bleiben. Hier trennt sich die Spreu vom Weizen, Herr Buchland. Und Sie haben die einmalige Chance, beim Weizen dabei zu sein. Ich werde Sie selbstverständlich in meinem Bericht an Großadmiral Dönitz und den Reichsführer-SS Himmler erwähnen. Ich denke, dass ich Sie sogar für eine Auszeichnung vorschlagen werde.« Wieder hielt Druwe kurz inne. War er zu weit gegangen? Hatte er zu dick aufgetragen?

»Wie lauten Ihr voller Name und Ihre Dienstnummer, Herr Kommissar? Ich hoffe, Sie werden verstehen, dass ich mich absichern muss.« Erleichtert atmete Druwe durch. Er hatte Buchland am Haken. Die Angel hieß Gehorsam, und der Köder war die Angst. Manchmal musste man noch mit Drohung oder Schmeichelei anfüttern. Und damit waren in den letzten Jahren viele Fische in Deutschland zu fangen gewesen. Druwe machte Buchland gegenüber bereitwillig die Angaben, dann stellte er seine Frage.

»Blutorden Nummer 2189. Wer ist der Träger?«

»Ehrenabzeichen des 9. November 1923«, murmelte Buchland vor sich hin. Offenbar begann er, in einem Karteikasten zu suchen. »Sie haben Glück. Die Akten sind auf meiner Ebene. Das kann ich persönlich erledigen. Bleiben Sie am besten in der Leitung. Wer weiß, ob Sie so schnell wieder eine bekommen.«

Es schien Druwe, als verginge eine Ewigkeit. Endlich kehrte Buchland aus seinem Archiv zurück.

»Herr Kommissar? Ich habe es. Nummer 2189. Verliehen am 22. Oktober 1942 an SS-Untersturmführer Brynjar Hilmarsson, jetziger Dienstgrad Hauptsturmführer. Vollständiger Name: Brynjar Yngvi Hilmarsson. Geboren am 12. März 1911 in Reykjavik. Zuerkennung der deutschen Staatsbürgerschaft durch Sondererlass des Reichsaußenministeriums vom 11. Oktober 1939. Gründe der Auszeichnung: besondere Verdienste um die Einheit der nationalsozialistischen Bewegung und Beziehungspflege im Ausland. Vater Hilmar Eriksson, vormals isländischer Attaché an der Berliner Botschaft. Mutter Freifrau Ruth von Brange-Hügel, Tochter eines hessischen Rittmeisters. Hilmarsson ist Mitglied der Partei seit 12. April 1936, Mitgliedsnummer ...«

»Danke, Herr Buchland. Die Zeit drängt. Sie haben der Bewegung geholfen. Vielleicht sogar entscheidend.« Druwe legte auf. In seinem Kopf rauschte es weiter, als wäre die Leitung nur wieder durch technische Gründe unterbrochen.

Hilmarsson? Ein Isländer, offenbar mit deutscher Staatsbürgerschaft. Nun gab es kaum noch Zweifel. Nicht Lessling war der Blutordenträger. Das Ding gehörte dem Täter. Hilmarsson. Druwe kannte niemanden mit diesem Namen, aber er war nur selten in der Polizeidirektion. Vielleicht war der Kerl auch erst vor kurzem nach Flensburg gekommen? Das ließ sich herausfinden, denn der Name war im Reich sicherlich seltener als blaue Haarfarbe. Druwe war sich sicher. Im Gerangel mit dem Opfer hatte dieser Hilmarsson das Abzeichen offenbar verloren. Vielleicht hatte Lessling es ihm vom Revers gerissen. Was hatte Berthold gesagt? Schwarzes Lederfett unter den Fingernägeln des Opfers? Von Hilmarssons Ledermantel? In normalen Zeiten hätte Druwe jetzt die Fahndung nach dem Mann und dessen Verhaftung veranlassen können. Andererseits war Brynjar Hilmarsson ein Parteimitglied mit besonderer Ehrenauszeichnung des Führers und selbst SS-Angehöriger. Diese Tatsache wäre schon in normalen Zeiten heikel genug gewesen. Und im Moment waren die Zeiten ganz gewiss alles andere als normal.

5

Schatten sind viele. Trübe und verborgen.
Und Träume, die an stummen Türen schleifen,
Und der erwacht, bedrückt von andern Morgen,
Muß schweren Schlaf von grauen Lidern streifen.

Georg Heym (1887–1912), Umbra vitae

FREIHEITEN

Als Druwe das Krankenhausgebäude verließ, war es kurz vor acht Uhr. Er musste sich jetzt entscheiden. Noch konnte er Steinfeld am Präsidium abliefern, sich eine Ausrede ausdenken, und die Sache war für ihn erledigt. In Gedanken versunken öffnete er den Kofferraum des Horch.

»Kommen Sie raus, Steinfeld.« Er half dem hageren Mann, der sich in dieser unbequemen Stellung steif gelegen hatte, auf die Beine.

»Geht es jetzt zum Erschießungskommando, Druwe?«

»Reden Sie keinen Unsinn. Niemand wird hier erschossen. Steigen Sie ins Auto! Ich will noch einmal mit Ihnen reden, Steinfeld.«

»Haben Sie doch bereits. Mehrmals. Ich sagte Ihnen, dass ich alles ...«

»Lessling interessiert mich einen Dreck. Ich will wissen, was dahintersteckt.«

»Woher soll ich das wissen?«

»Erzählen Sie mir mehr von sich.« Druwe gab Steinfeld eine Scheibe

Brot mit Käse, die er sich bei seinem Schwager gegriffen hatte. »Und von Ihrer Schwester«, fügte er dann noch hinzu.

Obwohl es schien, als sträube sich Steinfeld, begann er zu berichten. Sein Leben hatte 1933 geendet, seitdem ging es für ihn nur ums Überleben. Er war acht Jahre jünger als Druwe. Geboren und aufgewachsen in Hamburg hatte er die Unruhen in der jungen Weimarer Republik miterlebt. Sein Vater war Werftarbeiter, die Mutter Näherin. Er hatte die Mittelschule mit Auszeichnung beendet und sollte das Abitur nachholen. Jobs bei Blohm und Voss. Dann die erste Wirtschaftskrise. Mit zwanzig in der KPD Altona. Drei Jahre später war er zur SPD gewechselt. Auch da war er der *Rote Ludwig* geblieben.

»Ungewöhnlich«, sagte Druwe.

»Stimmt. Die meisten Linken wurden im Lauf der Zeit eher radikaler. Ich habe von den Kominterngenossen eine Menge Prügel dafür eingesteckt. Nicht nur im übertragenen Sinn. Aber ich hatte das Gefühl, dass es sich lohnen könnte, für diese Demokratie zu kämpfen. Anstatt dagegen. Hitler und die KPD haben die Republik gemeinsam zerstört. Wie Kinder, die um einen Teddy streiten. Einer zieht, der andere zieht. Und plötzlich war das Spielzeug hin. Und ihr habt dann doch noch gewonnen.«

»Ich bin nicht in der Partei«, sagte Druwe trocken.

»Mhm. Also auch nicht bei der SS?«, fragte Steinfeld. Dann biss er einen kleinen Brocken vom Brot. Druwe schüttelte den Kopf. »Ich wusste gar nicht, dass das geht«, fuhr Steinfeld fort.

»Dafür habe auch ich eine Menge Prügel eingesteckt«, erwiderte Druwe trocken. »Nicht nur im übertragenen Sinn.« Er hob seinen rechten Arm und wies auf die Handprothese.

Steinfeld nickte verständnisvoll. »Die Geschichte würde ich gern hören, Herr Inspektor.«

»Keine Spielchen, Steinfeld. Hier geht es um Sie, also erzählen Sie weiter.«

Steinfelds vier Jahre jüngere Schwester Eva hatte Ende der zwanziger Jahre eine SPD-Frauengruppe in Hamburg mitgegründet. Gemeinsam waren die Geschwister zu politischen Treffen nach Kopenhagen, London und Paris gereist. Einmal war Steinfeld sogar nach Moskau zu einem Kominterntreffen gefahren.

»Ich stand auf dem Roten Platz, Herr Inspektor. Das könnt ihr nicht von euch behaupten«, witzelte er müde. »Euch hat der Stalin vierzig Kilometer davor den Arsch versohlt.«

Eva Steinfeld hatte geplant, Ende 1932 mit ihm nach Brüssel zu ziehen. Sie hatte dort ein halbes Jahr zuvor einen Schriftsteller kennengelernt und sich verliebt. Sogar eine Wohnung war schon gefunden, aber Ludwig Steinfeld hatte sich geziert. Er liebte Hamburg und hatte dort eine enge Beziehung, die schon Jahre bestand.

»Ich war ja so blind. Und so eigensinnig. Eva hatte damals recht. Wir hätten gehen sollen. Alles wäre anders gekommen. Zumindest für uns.«

»Was ist passiert? Gibt es den Schriftsteller noch?« Druwe hoffte, dass seine Frage nicht allzu verdächtig war.

»Keine Ahnung. Ich denke nicht. Eva hatte damals gebettelt und gebeten. Im März 33, als dann die Bücher brannten, war ich fast soweit. Ich wollte noch ein paar Dinge regeln mit den Genossen, aber im Mai hat mich dann die Gestapo eingesackt.«

»Was wurde Ihnen vorgeworfen?«

»Irgendetwas mit dem Reichstagsbrand. Verbrechen gegen den Staat. Ich habe es in den zwölf Jahren nie genau erfahren.«

»Es gab kein Verfahren?« Druwe wusste, dass viele Parteigegner anfangs ohne ordentliche Prozesse festgehalten wurden. Schutzhaft nannte man das. Die Verordnung hatte zu vielen Diskussionen unter liberalen Geistern, auch in der Polizei, geführt. Einige Kollegen wollten sich nicht zu emsigen Vollstreckern des Parteiwillens machen lassen. Es war zwar üblich, dass Gerichtsverfahren auch heute noch lange hinausgezögert wurden. Druwe hatte im Lazarett einige Gespräche mit einem recht freigeistigen Juristen, der für seine Ansichten prompt mit dem Dienst an der Ostfront belohnt worden war. Aber von zwölf Jahren ohne Verhandlung, zumal bei einem deutschen Bürger, hatte er noch nie gehört.

»Keine Anklageschrift. Kein Prozess. Ich habe zwölf Jahre in Kolafu gesessen, ohne zu wissen, was ihr mir vorwerft. Ich bin ein ehemaliger KPD- und SPD-Mann, das reichte wohl.«

»Ach was! Hunderttausende Linke sind brave Anhänger des Führers geworden. Da muss es doch einen Grund gegeben haben, dass Sie nicht rauskamen.«

»Vielleicht, weil ich die Geständnisse und Erklärungen nie unterschrieben habe. Immer wieder haben sie mich aufgefordert, Leute zu verraten. Ich sollte helfen, die Strukturen aufzudecken und die geheimen Organisationen zu zerschlagen. Dabei wussten sie doch von den anderen Genossen schon alles. Wenn die entlassen wurden, blickten sie einem nicht mehr in die Augen. Sie hatten ausgepackt, alle verpfiffen und dann noch eine Erklärung unterschrieben, in der sie der linken Idee abschworen. Fortan waren sie zwar brave braune Volksgenossen, aber keine Genossen mehr. Darum ging es der Gestapo. Sie wollten die Leute brechen. Man schämte sich für den Verrat. Und wollte danach mit den ehemaligen Freunden nichts mehr zu tun haben. Ich habe da nicht mitgemacht, obwohl sie mir gedroht haben, auch meine Schwester und meine Eltern zu verhaften. Und später haben sie mich wohl einfach vergessen. Ich war der unbelehrbare rote Ludwig. Den lässt man in Kolafu verrotten. Aus dem wird kein ordentlicher deutscher Mensch mehr.« Steinfeld hielt erschöpft inne.

»Jeder von uns hat sein eigenes Stalingrad«, murmelte Druwe nachdenklich und rieb sich den Stumpf unter der Prothese.

Beide Männer schwiegen.

Menschen starben langsam. Über lange Zeit. Und jeder starb auf seine Weise. Der Tod war nur der Abschluss. Das Sterben begann viel früher. Ein Teil von Ludwig Steinfeld war zwölf Jahre lang gestorben. Und dennoch saß er jetzt hier. Auch in Druwe war eigentlich schon etwas tot. Der junge, ehrgeizige Polizist, der an Gerechtigkeit und eine bessere Welt geglaubt hatte, lebte schon lange nicht mehr in ihm.

»Meine Schwester will, dass ich meinen Zynismus ablege«, unterbrach Steinfeld die Stille. »Ich glaube, den Ratschlag sollte ich auch an Sie weitergeben, Herr Inspektor.«

»Vielleicht haben wir zu viel gesehen, Steinfeld. Vielleicht löscht das jeden Glauben an das Erhaltenswerte im Menschen und das Erstrebenswerte im Leben aus.«

»Eva meint, dass Hitler genau dann sein Ziel erreicht hat, wenn wir so denken. Sie hat Angst, dass ihr den Krieg verliert und am Ende doch gewinnt.«

»Inwiefern?«

»Wissen Sie, dass sie Philosophie in Leipzig studiert hat? Sie war und ist überzeugt vom humanistischen Grundgedanken. Dabei sagt sie aber, dass wir nicht alles bestimmen können. Der Mensch hat nicht alles in der Hand. Dass es viele Momente in unserem Leben gibt, die von einer höheren Macht, von Gott bestimmt werden. Da bin ich übrigens ganz anderer Meinung.«

»Herder, Humboldt, Marx, Jaeger? Und dann auch noch ein Gott? Kein Wunder, dass ihr beiden Steinfelds in Ungnade gefallen seid. Das war für die engen Gehirne der braunen Bürokraten zu viel.«

Die beiden Männer lächelten sich an.

»Wir Deutsche sind schon ein seltsames Volk. Entweder verfassen wir unsere Gedichte aus feinstem Geist heraus. Und kommen dabei den höchsten Wahrheiten ganz nah«, sagte Steinfeld plötzlich.

»Oder wir schreiben sie in Blut und Hass. Und stehen Seite an Seite mit den Teufeln«, beendete Druwe den Gedanken. Er kramte in seiner Manteltasche und zog einen Flachmann heraus. Das Geburtstagsgeschenk seines Schwagers vor einem Jahr. Berthold traf immer Druwes Geschmack. Er füllte die Becherkappe.

»Aquavit«, sagte er schmunzelnd. »Keine Sorge, der ist dänisch, Steinfeld. Können Sie also bedenkenlos trinken.« Er reichte seinem Gefangenen den kleinen Becher.

»Eva ist eine besondere Frau, müssen Sie wissen. Sie hat eine Menge durchgemacht. Nicht nur meinetwegen. Unser Vater hatte 1930 einen schweren Unfall im Hafen. Sie hat ihn gepflegt und später Mutter versorgt. Sie hat auch nach Hitlers Amtsantritt versucht, ihr Studium fortzuführen. Aber das wurde ihr verboten. Sie hat kleine Hauskreise geleitet. Nichts Politisches. Aber ihr war es immer wichtig, ein Licht in die Welt zu tragen, wie sie es nannte. Und sei es noch so klein.« Schweigen. »Retten Sie meine Schwester, Herr Inspektor. Bitte.«

Druwe überlegte einen Augenblick und ließ schließlich den Wagen an. Es war nur eine kurze Strecke vom Krankenhaus zum Hafen, die steil abfallende Toosbüystraße hinunter. Er brachte den Wagen an der Schiffbrücke zum Stehen. Bereits jetzt, am frühen Morgen, herrschte hier emsiges Treiben. Es roch nach Fischabfällen und menschlichen Ausdünstungen. Die Behelfsunterkünfte für Tausende Flüchtlinge aus dem Osten reichten fast direkt bis an die Kais.

»Linke Hand aufs Lenkrad, Steinfeld.« Druwe legte ihm die Handschellen an. »Machen Sie keine Dummheiten. Ich bin in ein paar Minuten wieder da.«

Druwe bahnte sich einen Weg durch die Menschenmenge, Seesäcke und Handkarren. Er ging zügig in Richtung Norderhofenden. Als er das Gebäude der Polizeidirektion erreichte, atmete er kurz durch. Jetzt hieß es, die Nerven zu bewahren. Mit Glück waren die Kollegen der Tagesschicht noch nicht eingetroffen. Oder sie saßen beim Kaffee.

Druwe trat in den Vorraum und steuerte zielsicher auf den Wachhabenden zu. Er hob kurz seinen Dienstausweis.

»Ich brauche ein paar Formulare, wir haben wieder frischen Fisch aus dem Osten.« Er versuchte, beiläufig und zugleich selbstsicher zu klingen. Schon hatte er die Klappe am Tresen geöffnet und näherte sich dem Regal mit den unzähligen Vordrucken. Er kannte die Ordnung hier nicht und griff sich zunächst einige Papiere. Dann entdeckte er, was er suchte. Vordruck 10/a-45. Darauf stand: *Vorläufige Kennkarte. Der Verlust von amtlichen Dokumenten ist unverzüglich dem zuständigen Einwohnermeldeamt am Wohnort anzuzeigen. Vom Tage der Ausstellung an sieben Tage gültig!*

Druwe trat an den Wachhabenden heran. Er griff nach einem Stift und begann, die Zeilen auf dem Vordruck auszufüllen. Dabei gab er sich Mühe, nicht nervös, sondern bewusst gelangweilt zu wirken. Als der Wachhabende ihn doch neugierig anblickte, entgegnete er:

»Irgendein Freiherr von Iwansdorf im Memelland. Behauptet, er kenne ein paar hohe Tiere in Berlin. Bestand darauf, dass er sofort eine Kennkarte bekommt. Dämliches Adelspack. Mit denen gibt es nur Ärger. Und bevor mir Hinsch nachher die Hölle heiß macht, kriegt der blöde Hund eben seinen Willen.«

Bevor der Hauptwachtmeister neben ihm einen Blick auf die Angaben machen konnte, griff sich Druwe den Dienststellen-Stempel. Bewusst laut knallte er den Stempel auf die dafür vorgesehenen Stellen und unterschrieb unleserlich. Er wandte sich zum Gehen.

»Ich komme nachher auf einen Kaffee. Sauft nicht alles weg.«

Kurze Zeit später saß Druwe wieder bei Steinfeld im Wagen und löste die Handschellen. Dann griff er in seine Manteltasche und zog die vorläufige Kennkarte heraus.

»Walther Ruge. Geboren in Hamburg. Zuletzt wohnhaft Libau in Kurland«, las er vor. Steinfeld blickte ihn fragend an.

»Das sind jetzt Sie. Merken Sie sich den Namen. Ihr Geburtsdatum habe ich belassen. Wenn Sie jemand fragt, sagen Sie, dass Sie mit Ihrer

Familie 42 nach Kurland gezogen sind, um dort einen arischen Hof zu bewirtschaften. Wenn jemand aus der Gegend kommt, dann sagen Sie, dass Sie von dort bisher nichts gesehen haben, da Sie gleich nach der Ankunft eingezogen wurden. Durchschuss rechtes Bein bei den Kämpfen der Heeresgruppe Kurland. Nervenschaden. Krankentransport über See. Tauchen Sie hier in Flensburg irgendwo unter. Zehntausend Flüchtlinge allein im April, da kümmert sich keiner um Sie. Mit der Kennkarte bekommen Sie sogar Essensmarken. In ein paar Tagen ist die Sache vorbei, dann haben Sie es geschafft.«

»Warum tun Sie das?«

»Sagen wir einfach, Sie haben mich überzeugt. Und ich habe in den letzten Jahren zu viele Entscheidungen treffen müssen, weil andere das so wollten. Ab jetzt entscheide wieder ich. Oder wie Gennat mal sagte: ›Ein guter Kriminalist hört zur einen Hälfte auf seinen Verstand, zur anderen auf sein Herz.‹«

»Wer ist Gennat?«

»Vergessen Sie es. Raus jetzt. Und denken Sie daran: Wenn ich Sie das nächste Mal sehe, ist entweder Frieden, oder ich muss Sie erschießen.«

»Danke.« Steinfeld griff nach den Papieren. »Also hatte meine Schwester doch recht.«

»Ihre Schwester? Wieso?«

»Sie sind anders.« Steinfeld öffnete die Tür und stieg aus. Er drehte sich aber noch einmal um und reichte Druwe die Hand. »Hätte nicht gedacht, dass ich das mal tue.«

»Eins noch.« Druwe griff zur Rückbank und gab Steinfeld einen Stock, den er sich aus einer Ecke auf dem Präsidium gegriffen hatte.

»Humpeln Sie. Denken Sie dran. Kriegsversehrt. Unter all den Krüppeln fallen Sie dann nicht auf.«

Steinfeld nickte zum Abschied. Dann schloss er die Wagentür und war im nächsten Moment in der Menge verschwunden.

Druwe atmete tief durch. Er konnte nicht sofort wieder in die Direktion zurückkehren. Die Geschichte mit der Kennkarte sollte nicht auffliegen. Eine halbe Stunde sah er deshalb dem Treiben am Hafen zu. Was zunächst wie ein unendliches Durcheinander wirkte, bekam eine gewisse Ordnung, wenn man länger darauf blickte. Hier standen die Zelte und Behelfsheime aus Brettern. Dort waren Wege freigehalten für Karren und Fuhrwerke. Bewegung zu den Schiffen und von den Schiffen. Tatsächlich auch Löschen von Ladung, streng bewacht von Marinesoldaten, die Waffen im Anschlag. Auch der deutsche Beamte hatte bereits sein Feld abgesteckt. Im Abstand von etwa zwanzig Metern sah Druwe die provisorischen Meldestellen. Überdachte Tische, darauf Tafeln, die die Volksgenossen anwiesen: *Name F – I. Kennkarte bereithalten! Vortreten nur nach Aufforderung!* Obwohl noch niemand an den Tischen saß, bildeten sich bereits erste Schlangen davor. Stumme, gebeugte Gestalten mit bleichen, teigigen Gesichtern. Verstört und verunsichert. Sie hatten ihre Heimat eingetauscht gegen eine ungewisse Zukunft. Erst seit sieben Monaten hatte der Krieg deutschen Boden erreicht, aber die Furcht vor Racheakten und Misshandlungen hatte sich wie ein Geschwür in das Denken der Flüchtlinge gefressen. Sie hatten Schreckliches erlebt und noch Schrecklicheres gehört. Goebbels und sein Propaganda-Apparat hatten ihr Übriges getan, die Angst zu schüren. Der Teufel schickte die Rote Armee, die sibirischen und mongolischen Horden. Und was der Russe brachte, schien schlimmer als der Tod. Der Seeweg hatte die Seelen vieler dann endgültig gebrochen. Eingepfercht unter Deck oder nass kauernd unter Behelfsaufbauten an Deck. Die Furcht vor Tieffliegern, Seebeschuss und U-Boot-Torpedos war gegenwärtig. Viele Schiffe lagen auf dem Grund der Ostsee. Erst vor drei Monaten hatte die *Wilhelm Gustloff* neuntausend Menschen mit in die Tiefe gerissen. Druwe fühlte sich müde. Dieses Volk war müde. Not und Elend ließen Menschen zusammenrücken. Aber sie entfremdeten einander auch. In Glücksburg hatte er auf der Straße erlebt, wie die Leute schon von »verlaustem Ostgesindel« und »diebischem Polackenpack« sprachen. Atmen, Essen, Scheißen, Schlafen. Darauf reduzierte sich alles. Aus vielen Gesichtern war der Geist entwichen.

Die Hälfte dieser Leute sind lebende Tote, dachte Druwe resigniert. Er beobachtete eine ältere Frau. *Ich habe Milch* stand auf einem Pappschild. *10 Pfennig.* Zwei andere Frauen waren an sie herangetreten. Eine reichte ihr ein graues Bündel. Sie hob ihr grobes Hemd, dann nestelte sie das winzige Gesicht eines Säuglings frei. Für einen kurzen Moment wurde das Wesen lebendig und suchte gierig nach der schweren Brust.

Druwe wandte seinen Blick ab, er hatte genug gesehen. Und es war jetzt ausreichend Zeit vergangen. Er konnte zum Polizeipräsidium zurückkehren, ohne dass der Wachhabende sofort Verdacht schöpfen würde.

Er fuhr seinen Wagen diesmal direkt bis vor das Polizeigebäude an den Norderhofenden. Der Horch hatte bereits auf der Fahrt von Glücksburg zum Flensburger Krankenhaus begonnen, immer öfter zu stottern. Druwe vermutete, dass der Tank so gut wie leer war. Wahrscheinlich hatten von dort Rost und Harz bereits ihren Weg in den Kraftstoffschlauch gefunden. Und Kriegsbenzin bestand wohl zur Hälfte aus Pferdepisse. Er brauchte dringend zehn Liter, wenn er mit der Karre noch zurück wollte. Aber jetzt erst einmal zu Hinsch, dachte Druwe. Insgeheim erwartete er, dass der Polizeipräsident mit anderen Dingen beschäftigt war. Dann würde er nur seinem Stellvertreter einen mündlichen Bericht abliefern. Der SS-Standartenführer Hans Hinsch galt zwar als harter Hund. Eiskalt. Parteitreu. Aber in letzter Zeit hatte er wohl andere Dinge im Sinn. Er war oft abwesend, und hinter vorgehaltener Hand tuschelten die Untergebenen über mögliche Reisepläne ihres Vorgesetzten. So hoffte Druwe auf Hinschs Abwesenheit. Wie sich herausstellte, hatte er in dieser Hinsicht kein Glück.

Das ehemalige Hotel *Flensburger Hof* an der Straße Norderhofenden wirkte wie eine Trutzburg und schirmte, zusammen mit dem Gebäude der Reichspost, die kleineren, alten Häuser der Innenstadt zur Fördespitze hin ab. Es verfehlte seine einschüchternde Wirkung auf die braven Bürger ebenso wenig wie auf jene, die hier unfreiwillig Station machten und einige Nächte im Arresttrakt verbrachten. Seit über zehn Jahren war hier das Polizeipräsidium untergebracht. Auch die Gestapo hatte in dem Gebäude ihren Sitz. Die beiden Eingänge wurden eingefasst durch jeweils zwei Säulen im korinthischen Stil, die mit ihren Kapitellen und Bögen bis in den zweiten Stock empor reichten. So atmete die biedere Fassade jenes großstädtische Flair, das typisch war für Bauten aus der Kaiserzeit. Sie war weltmännisch ersonnen, überladen ausgeführt und zugleich spießig präsent. Wie so vielen deutschen Plagiaten griechischer, italienischer und französischer Baukultur haftete ihr der Geruch von Bohnerwachs und saurem Schweiß an.

Druwe stand vor dem Gebäude an seinen Wagen gelehnt und rauchte. Er wusste, dass ihm nun ein schwerer Gang bevorstand. Er sah auf die Uhr. Er hatte Steinfeld vor einer Dreiviertelstunde freigelassen. Länger konnte er nicht warten. Ärger würde es sowieso geben.

Als Druwe das zweite Mal an diesem Tag das Gebäude betrat, herrschte hier bereits hektisches Treiben. Papiere wurden eingesehen, Vordrucke ausgefüllt, Stempel knallten. Das hier waren die taktischen Grabenkämpfe des deutschen Beamten. Die Welt versank in Schutt und Asche, aber das Herz dieses Volkes schlug im Rhythmus von Stempelkissen und Amtssiegel. Die Tinte war das Blut, das in allen floss, von der Wiege bis zum Tod. Ohne sie war kein Leben möglich.

»Wo bist du gewesen, Jens?« Eine vertraute Stimme riss Druwe aus seinen Gedanken. Er war gerade auf dem Weg ins Obergeschoss, als Oberbauer ihm im Treppenhaus entgegenkam. »Was hast du mit diesem Häftling gemacht? Er ist nicht in Arrest. Jedenfalls ist unten in den Büchern kein Vermerk zu finden. Was ist bloß los mit dir?«

»Er …« Die Frage traf Druwe völlig unvorbereitet. Dabei hätte er die Zeit nutzen können, sich eine Ausrede einfallen zu lassen. Aber die Eindrücke der vergangenen zwei Tage, der Schlafmangel und Alkohol forderten nun ihren Tribut. Er war unkonzentriert.

»Es gibt Dinge, die …« Wieder brachte er seinen Satz nicht zu Ende.

»Lessling. Es gibt Spuren an der Leiche, Hans. Das wirft ein völlig neues Licht auf die Sache.«

»Hinsch will dich sehen. Das wird kein Zuckerschlecken, mein Lieber. Jünger hat noch gestern Abend unseren Bericht geschrieben und ihn Hinsch auf den Tisch legen lassen. Ich konnte zwar die schlimmsten Vorwürfe raushalten, aber wenn du diesen Steinfeld jetzt nicht anbringst, dann wird Hinsch dich in der Luft zerreißen.«

Druwe kannte den SS-Standartenführer Hans Hinsch nur flüchtig. Als er das Revier Glücksburg übernommen hatte, war er zu einer kurzen Vorstellung bei Hinsch gewesen. Der Polizeidirektor war ein typischer Opportunist und seiner Karriere mehr verpflichtet als seiner Polizeiarbeit. Er hatte gehofft, in Kiel oder Hamburg zu höheren Weihen berufen zu werden, doch selbst NS-Parteifreunde konnten seine Mittelmäßigkeit nicht leugnen. So hatte Hinsch sich seit mehreren Monaten einer neuen Mission verschrieben. »Polizei wird immer gebraucht«, lautete nun sein Motto. Es war klar, dass er damit die Zeit nach dem Krieg meinte. Auch wenn er es nicht offen aussprach. Er vermied es, seine Unterschrift unter prekäre Dokumente zu setzen, die ihn später belasten konnten. Er meldete sich häufiger krank und wurde des Öfteren in Süddänemark gesehen, wo er einen Bauernhof besaß.

Andererseits galt er als cholerisch und unberechenbar. Gern gab er mündliche Anweisungen oder Hinweise an die Gestapo, die dann die Drecksarbeit für ihn erledigte.

»Du hast ihn doch nicht etwa ...?« Jetzt war es Oberbauer, der sich selbst unterbrach. Er sah seinem Kollegen in die Augen. Das folgende Schweigen war ihm Antwort genug. Er packte Druwe an den Schultern. »Mensch, Jens, bist du völlig übergeschnappt?«

Druwe sagte immer noch nichts. Einen Moment lang schwieg nun auch Oberbauer, dann hatte er sich wieder gefasst.

»Lass uns unten einen Kaffee trinken. Fünf Minuten. Mehr haben wir nicht, sonst schreibt der Idiot noch eine Fahndung nach dir aus.«

Die beiden Männer gingen zurück ins Hochparterre und bogen zu den Umkleideräumen und dem Küchentrakt ab. In der Kantine trat Oberbauer kurz darauf mit zwei gefüllten Bechern dampfendem Braun an einen Tisch.

»Jens, was hast du mit Steinfeld gemacht?«

»Ich habe ihn laufen lassen.«

Oberbauer unterdrückte ein Stöhnen und blickte an die Decke. Dann raufte er sich die Haare.

»Bist du lebensmüde? Jünger hat jede Einzelheit in seinem Bericht erwähnt. Entflohener KL-Häftling. Tatverdächtiger. Volksschädling. Festgenommen auf einem Hof in der Nähe des Tatorts. Du steckst mächtig in der Scheiße, mein Lieber.«

»Du weißt, was die Gestapo hier mit ihm gemacht hätte, Hans.«

»Na und? Wir sind nicht für diese politischen Sauereien verantwortlich. Wenn Steinfeld im KL saß, wird das schon seinen Grund gehabt haben. Und ...«

Druwe unterbrach ihn. »Er hatte in zwölf Jahren kein ordentliches Verfahren. Welcher Grund rechtfertigt das?«

»Bist du jetzt der heilige Samariter, der in Deutschland aufräumt? Wach auf, Jens. Sicher, es hat ein paar Probleme gegeben, das müssen wir angehen nach dem Krieg. Aber bis dahin wirst du gar nichts erreichen. Außer dass du dich in letzter Minute noch freiwillig vor ein Erschießungskommando wirfst, du Vollidiot.«

Schweigen.

Druwe war zu erschöpft, um noch etwas zu entgegnen. Was sollte er auch sagen? Leute wie Oberbauer und Hinsch wollten die Sache aussitzen. Nicht auffallen. Abwarten. Dann wieder auftauchen. Und weitermachen, als wäre nichts gewesen. Eine Person wie Steinfeld warf jedoch grundsätzliche Fragen auf. Menschliche Fragen. Zu welchen Mitteln durfte der Staat greifen, um sich zu schützen? Was war der Staat überhaupt? Eine Ansammlung von Leuten, die ihr Süppchen kochten? Sollte er nicht im Dienste der Bürger stehen statt umgekehrt? Waren die Methoden der Gestapo vertretbar? Druwe wusste von den tagelangen Verhören, von hart erpressten Geständnissen, von Folter. Durfte man Menschen ohne Gerichtsverfahren einsperren oder sogar hinrichten? Alles zum Wohle des Volkes? Gab es höhere Ziele, die eine Verfolgung, Erniedrigung und Tötung von vermeintlichen Gegnern und Andersdenkenden rechtfertigten? Druwe glaubte, seine eigene Antwort auf diese Frage endlich gefunden zu haben. Aber er war zu müde, um es Oberbauer zu erklären.

»Hör mir jetzt genau zu, Jens.« Oberbauer stellte eine kleine Holzschachtel auf den Tisch. Er hatte sie sich am Küchentresen von einer Köchin aushändigen lassen. Der Deckel war weiß lackiert, darauf ein rotes Kreuz. »Steinfelds Schwester hat dir ja ordentlich eine verpasst.«

In Gedanken versunken rieb sich Druwe die linke Wange. Eva Steinfelds Ohrfeige, kurz nachdem er ihren Bruder entdeckt hatte. Es war, als wäre er in jenem Moment nach langer Zeit aus einem dumpfen Traum erwacht. Am Jochbein und unter dem Auge war eine leichte Schwellung zu spüren. Kleiner Bluterguss. Die Fingernägel hatten einige kleine blutige Risse in der Haut hinterlassen. Oberbauer begann, ihm einen kleinen Kopfverband anzulegen. Druwe ließ es geschehen.

»Hier, reib dir etwas Salz ins linke Auge. Dann platzen ein paar Äderchen. Du siehst eh aus wie eine Wasserleiche.«

Oberbauer verschwand erneut in Richtung Küche. Druwe dachte, er brächte nur den Erste-Hilfe-Kasten zurück, aber einen Moment später tauchte er wieder auf, in der Hand hielt er ein schmutziges Tuch.

»Du hast Glück, Jens. Heute gibt es leckere Innereien. So wirkt es echter.« Ohne Vorwarnung schmierte er eine braun-rot gefärbte Masse in Druwes Haar und über den Verband. Dann betrachtete er sein Werk.

»Na also. Gestern, als du mit Steinfeld hierher gefahren bist, hast du plötzlich einen Tiefflieger der Tommys gesehen. Du hast deinen Gefangenen losgemacht, weil du ihn ja pflichtbewusst abliefern wolltest. Ihr seid in ein kleines Waldstück gerannt, um Deckung zu suchen. Dort hat dir der Mistkerl einen Knüppel über den Kopf gezogen. Und du musstest ihn erschießen. Hörst du mir zu, Jens? So und nicht anders ist das gelaufen, verstanden?«

»Und wenn er fragt, wo die Leiche ist?« Druwe klang nicht überzeugt.

»Liegt da noch im Wald. Für dich mit deiner Hand war es unmöglich, Steinfelds Leiche wieder ins Auto zu bekommen. Später kann man ihn ja da abholen. Wenn ihn die Streuner, Krähen und Ameisen nicht aufgefressen haben. Aber Hinsch wird das egal sein. Du schreibst deinen Bericht, und schon hat die liebe Seele ihre Ruhe.«

Druwe blickte ins Leere. War es wirklich so einfach? Wir biegen uns die Wahrheiten zurecht, wie wir sie brauchen? Er hatte es so satt. Er war kurz davor, sich Oberbauers Maskerade vom Kopf zu reißen. Er hielt inne. Wenn Hinsch ihn jetzt festnagelte, war nichts gewonnen. Sein Kollege hatte recht. Es wäre glatter Selbstmord. Er würde Hilmarsson und seine möglichen Komplizen nicht dingfest machen können. Und noch wichtiger war, dass er in diesem Fall Eva Steinfeld nicht würde beschützen können. Plötzlich war er wach.

»Also gut.« Mehr brachte er nicht hervor.

Wenig später trat Druwe vor den Schreibtisch des Polizeidirektors. Feinste Biedermeier-Arbeit, gewachst und poliert. Darauf ein kleiner Stapel Akten. Daneben standen Federkiel und Tintenfässchen.

Jeder Mensch hat so seine Eigenheiten, dachte Druwe. Hinsch sah sich gern als Literat in Uniform. Einen Gedichtband hatte er veröffentlichen lassen. *Nicht wankend im Sturme.* Natürlich kannten einige Speichellecker auf dem Revier daraus ein paar Zeilen und erwähnten sie wie beiläufig, bevor sie ihrem Chef in den Arsch krochen. Als Denker alter Schule, als der er sich sah, schrieb der Standartenführer nur mit der Feder. Und er wies gern darauf hin, dass auch Geheimrat Goethe in Staatsdiensten gestanden hatte.

»Herr Standartenführer, Inspektor Druwe vom Revier Glücksburg.« Hinschs Sekretärin verließ den Raum, ohne überhaupt eine Reaktion abzuwarten.

Druwe überlegte, wie er grüßen sollte. Die allseits beliebten Heilsbekundungen hatte er sich seit zwei Jahren abgewöhnt.

»Wie sehen Sie eigentlich aus, Mann?« Hinsch hob nur den Kopf, blieb aber sitzen. »Wieso tragen Sie keine Uniform? Verdammt, Ihnen würde ich kein Streichholz geben, wenn Sie mich darum bäten. Sie vertreten den Staat, den Führer. So wie Sie hier auftreten, beleidigen Sie alle deutschen Menschen im Ringen um ihr Überleben.«

Nicht wankend im Sturme, dachte Druwe. Hinsch spuckte kleine Tröpfchen im Sturme seiner Rede. Aber Druwe stand weit genug vor dem Tisch. Er schwieg. Was sollte er auch sagen? Schließlich hatten sich die Tiraden seines Vorgesetzten gelegt. Hinsch atmete durch, überlegte wohl, ob er einige eben gesprochene Sätze notieren sollte. Für seinen zweiten Gedichtband.

»Das hier ...« Hinschs fleischiger Zeigefinger hackte auf den vor ihm liegenden Aktendeckel wie ein Spechtschnabel ins Holz.» ... ist ein Bericht, der mich an Ihrer Fähigkeit als deutscher Polizeibeamter und Ihrer Treue zum Vaterland zweifeln lässt, Herr Inspektor.« Er hatte also Jüngers Bericht bereits gelesen.»Dieser Steinberg. Jünger schreibt, dass alle Indizien passen. Und selbst wenn nicht. Der Kerl ist abgehauen aus Fuhlsbüttel. Volksschädling. Verbrecher aus Gesinnung. Wahrscheinlich sogar kranke Erbmasse in der ganzen Familie. Der Fall ist doch gelöst. Was wollen Sie, Druwe? Warum behindern Sie die Arbeit meiner Kripo-Leute?« Hinsch funkelte ihn verärgert an.

»Der KL-Häftling ...« Weiter kam Druwe gar nicht.

» ... ist der Täter. Aus und Ende. Typisch, dass diese Elemente die jetzige Unruhe nutzen, um dem Volk nur noch mehr Schaden zuzufügen. Handlanger der Bolschewisten. Wir waren viel zu weich mit denen.« Der Standartenführer hatte sich erhoben und stemmte die Fäuste und sein Gewicht auf das zarte Biedermeier-Gebälk, das darunter merklich ächzte.

»Wo ist dieser Steinberg? Oberbauer und Jünger schreiben, Sie wollten ihn schon gestern hier aufs Präsidium überstellen.« Wieder hackte der Spechtfinger.

Druwe räusperte sich.»Ludwig Steinfeld ist tot.« Ihm gefiel Oberbauers Räuberpistole nicht, aber etwas Besseres hatte er nicht.

Hans Hinsch beugte sich drohend zu ihm vor. Druwe gab die Version der Geschichte wieder, die er mit Oberbauer abgesprochen hatte. Er wunderte sich, wie ruhig und konzentriert ihm dies gelang. Am Ende seiner kurzen Schilderung war er drauf und dran, selbst an dieses Märchen zu glauben. Währenddessen war Hinschs Gesicht immer mehr rot angelaufen.

»Er ist was? Tot? Sie haben ihn auf der Flucht erschossen? Ein Parteigenosse wird ermordet. Der Täter steht quasi daneben. Sie brauchen ihn nur zu verhaften. Dann sollen Sie ihn beschissene dreißig Kilometer hierher bringen. Und was tun Sie? Laden ihn zum gemütlichen Pilzesammeln im Wald ein? Und während Sie dort mit ihm kuscheln, löst sich ein Schuss aus Ihrer Waffe? Ist Ihnen mit Ihrer Hand auch ein Großteil des Gehirns weggeschossen worden? Oder wurden Sie so geboren?«

Druwe musste sich beherrschen. Er hatte gelernt, mit Beleidigungen umzugehen. Sie waren immer nur Ausdruck einer Schwäche seines Gegenübers, doch die Sache mit seiner Hand war etwas anderes. Er hatte einen hohen Preis bezahlt, und bisher war das Schicksal ihm das Wechselgeld schuldig geblieben.

»Das wird Konsequenzen haben, Druwe. Was Jünger hier schreibt ...« Spechtfinger. »Sie sind unzuverlässig. Sie haben Kripo-Arbeit behindert. Jünger deutet so einiges an. Und ich kann eins und eins zusammenzählen, Druwe. Sie zweifeln an unserer Sache. Sie sind schwach. Und deshalb werden Sie augenblicklich jede Ermittlung in dem Fall einstellen. Haben wir uns verstanden? Wenn mir noch einmal zu Ohren kommt, dass Sie einen Volksgenossen, ein Parteimitglied, meine Mitarbeiter oder andere Kameraden verdächtigen, dann dürfen Sie ein paar Nächte in den Kellern unter der Post buchen. Bei unseren Kollegen der Staatspolizei. Seien Sie jetzt ganz vorsichtig, Druwe, sonst leite ich ein Verfahren gegen Sie ein. Und das geht heutzutage ganz schnell, glauben Sie mir. Wir waren viel zu lange viel zu nachsichtig mit solchen halbseidenen Elementen wie Ihnen.«

Druwe schluckte seine Antwort und wahrte mühsam die Beherrschung.

Hinsch nahm ein neues, leeres Blatt aus dem Aktenordner. In den folgenden Minuten hörte man im Raum nur das Kratzen eines Federkiels auf Papier, hin und wieder unterbrochen vom klackenden Geräusch beim Eintauchen in das Tintengefäß. Dann schob Hinsch das Geschriebene zu Druwe hinüber.

»Unterschreiben Sie das.«

Die Handschrift des Polizisten war zart, fast weiblich. Er hatte ein Schauermärchen verfasst, das Hauff, Schiller oder Kleist hätte erblassen lassen. »Abschlussbericht von Polizeidirektor SS-Standartenführer Hans Hinsch in der Mordsache Gerhard Lessling«, stand als Überschrift auf dem Papier.

Als Druwe den Text las, musste er schlucken. Sämtliche Anschuldigungen gegenüber Steinfeld wurden ihm, Druwe, in den Mund gelegt. Als wäre er von dessen Schuld immer überzeugt gewesen. Die Schilderungen der vermeintlichen Flucht und Erschießung des KL-Häftlings durch Druwe hatte Hinsch ebenfalls in den Bericht übernommen. Aber das war noch nicht alles. In einem Schlussabsatz stand zudem, dass Druwe aus gesundheitlichen Gründen um eine Freistellung vom Dienst bat.

»Unterschreiben Sie! Dann sind Sie aus der Sache raus. Sonst rufe ich sofort Bothmann an. Soll der sich doch weiter um Sie kümmern. Also?« Hinsch lächelte boshaft.

Druwe überlegte. Er war sicher, dass Hinsch es ernst meinte. Gestapohaft würde bedeuten, dass er für mehrere Tage weg vom Fenster wäre. Vielleicht Schlimmeres. Wenn er den Bericht unterschrieb, konnte er weitermachen. In diesem Chaos würde er Hinsch tunlichst aus dem Weg gehen, aber Druwe war sich sowieso sicher, dass der Polizeidirektor einen längeren Urlaub plante. Zum Teufel damit! Druwe griff nach dem billigen Füllfederhalter, der den Gästen des Chefs vorbehalten war.

»Na bitte. Fall geschlossen. Ihrer Bitte um Freistellung vom Dienst entspreche ich. Ich bin ja kein Unmensch. Sie sind einfach überlastet. Spannen Sie mal aus, Druwe. Sechs Wochen ohne Bezüge. Regeln Sie die Vertretung und den Dienstplan auf Ihrem Revier, und dann gehen Sie angeln oder segeln.« Hinsch blickte spöttisch auf Druwes Lederhand. »Oder vielleicht besser nur spazieren.«

Druwe verspürte einen wohlbekannten Juckreiz im Stumpf und

meinte, seine nicht mehr vorhandenen Finger schlössen sich zur Faust. Wie gern hätte er jetzt seine Lederprothese in der teigig lächelnden Fresse versenkt, die ihm gegenübersaß.

»Und jetzt raus hier.«

PLÄNE

Als er wieder vor dem Zimmer des Direktors stand, musste er tief durchatmen. Er hatte sich Zeit erkauft, aber die Sache gefiel ihm nicht. Wie so oft hatte er taktiert, geschwiegen, die Wahrheit verbogen. Um eines vermeintlich höheren Ziels willen. Er fühlte sich beschmutzt. Es war, als würde eine Hure versuchen, ihre Unschuld dadurch wiederzuerlangen, dass sie ihre Freier fortan Liebhaber nannte. Druwe wusste, dass er eben einen Pakt mit dem Teufel unterzeichnet hatte. Zwar war er dadurch einer Vernehmung durch die Staatspolizei entgangen, in den Akten befand sich nun allerdings eine vollkommen falsche Darstellung der Ereignisse um Lesslings Tod. Und dieser Bericht trug seine Unterschrift.

»Inspektor Druwe?« Eine weibliche Stimme riss ihn aus seinen Gedanken. Hinschs Sekretärin kam im Präsidiumsflur auf ihn zu.

»Ja?«

»Hauptwachtmeister Detleffsen bat mich, Ihnen diese Nachricht auszuhändigen. Sie wurde wohl heute Morgen vor Beginn der Frühschicht abgegeben.«

Druwe bedankte sich geistesabwesend bei der Frau, die schon in Richtung von Hinschs Räumen verschwand. Mit feiner Handschrift waren sein Vor- und Nachname in Großbuchstaben auf den einfachen Briefumschlag geschrieben. Oberbauer? Oder seine Glücksburger Kollegen? Nein, er war sich sicher, dass die Nachricht von einer Frau stammte. Und er hätte das Schriftbild der Kollegen wohl erkannt. Zudem fehlte die Angabe seines Dienstgrads. Es konnte sich also um nichts Offizielles handeln. Er klemmte den Umschlag zwischen Prothese und einen Türrahmen. Dann öffnete er ihn mühsam mit der linken Hand. Er las die wenigen Worte: *Holm 59 – Heute um 15.00 – Kommen Sie allein.* Es war dieselbe Schrift wie auf dem Umschlag. Eindeutig weiblich.

Druwe überlegte. Privat kannte er niemanden in Flensburg. Sein Leben, wenn er es so nennen wollte, war aufgespannt im Dreieck seines Glücksburger Zimmers, des dortigen Polizeireviers und wechselnder Tatorte. Es war in den letzten Monaten etwa so spannend wie ein lauwarmes, drei Tage altes Bier. Bis vorgestern. Er hatte nicht viel Wert auf Kontakte gelegt, seit er in den Norden gekommen war. Für ihn war die Verwundung ein Makel, seine Versetzung nur eine weitere Strafe. Seine Karriere bei der Kriminalpolizei war zerstört, seine Ehe lange kaputt. Er hatte kaum Kontakt zu seinen beiden Kindern. Und er hatte sich nach innen zurückgezogen. Er wollte allein sein. Wer also hatte ihm jetzt diese Nachricht geschickt?

Eine Frau. Eine Frau, die wusste, dass er hier auf dem Flensburger Präsidium sein würde. Und die sich gerade heute an ihn wandte. Höchstwahrscheinlich war diese Person also in der Stadt. War es Eva Steinfeld? Magda Lessling? Die Haushälterin des Kreisleiters? Die Wirtin aus Kattrup?

Blödsinn, dachte er. Denk nach. Konzentriere dich. Das Alleinsein und die Provinzfälle lassen dich langsam verblöden. Er versuchte, diese trüben Gedanken abzuschütteln. Schließlich kam er zu der Überzeugung, dass es nur Steinfelds Schwester sein konnte. Jeder halbwegs offizielle Absender hätte seinen Dienstgrad angegeben. Die anderen Frauen kannten wahrscheinlich noch nicht einmal seinen Vornamen. Und sie würden es niemals wagen, sich auf diese Weise an ihn zu wenden. War Steinfelds Schwester nach Flensburg gekommen? Vielleicht aufgrund der Warnung, die er ihr hatte überbringen lassen?

Die Nachricht selbst war ein zweifelhafter und gefährlicher Versuch, die Identität ihres Verfassers zu verbergen. So waren in billigen Groschenheften die Mitteilungen unter Ganoven verfasst. Keine Namensnennung. Andererseits gleich als Erstes die Angabe der Adresse. Dilettantisch. Wenn er wollte, konnte er zur angegebenen Zeit ein halbes Dutzend Männer der Orpo in Zivil hinschicken und die Absenderin verhaften lassen. Und wenn er mit Hinsch nicht diesen Kuhhandel abgeschlossen hätte, säße er selbst jetzt in einem Verhörraum. Dann hätte die Gestapo diesen Umschlag für ihn geöffnet.

Aber die Mitteilung hatte ihn wach gerüttelt. Die Lethargie, die er noch wenige Augenblicke zuvor verspürt hatte, war wieder seinem Jagdinstinkt gewichen. Ja, Hinsch hatte ihm seine Unterschrift abgepresst. Ja, es fand sich jetzt eine völlig falsche Version des Tathergangs und Ermittlungsablaufs in den Akten. Ja, er war vom Dienst suspendiert. Aber er war frei. Weder Dienstmarke noch Waffe hatte ihm Hinsch abgenommen. Und wer würde in nächster Zeit von der Angelegenheit erfahren? Alle waren damit beschäftigt, diese unruhigen Zeiten schadlos zu überstehen.

Plötzlich war sich Druwe sicher, dass er außerhalb des Präsidiums ohne Probleme seine Arbeit fortführen konnte.

Es war noch nicht zehn Uhr, als Druwe das Gebäude der Flensburger Polizei verließ. Er trat an seinen Wagen heran und bemerkte im Spiegelbild der verdreckten Seitenscheibe, dass er immer noch den Kopfverband trug. Er zog ihn sich herunter, das Schweineblut und irgendein ekliger Schleim waren mittlerweile komplett angetrocknet. Druwe überlegte kurz, in die Polizeidirektion zurückzukehren, um sich im Toilettenraum zu waschen, entschied sich aber dagegen. Mit Taschentuch und Kamm versuchte er, die gröbsten Reste aus den

Haaren zu bekommen. Das morgendliche Treiben um die Hafenspitze herum hatte jetzt bereits seinen ersten Höhepunkt erreicht. Fuhrwerke waren beladen worden und brachen wieder landeinwärts auf. Handkarren verschwanden mit ihren Besitzern in den kleinen Flensburger Gassen. Unzählige Menschen mit Seesäcken und Koffern warteten in scheinbar endlosen Reihen auf eine Fahrgelegenheit. Selbst in diesem Chaos schien die Verwaltung alles im Griff zu haben. Nummern wurden ausgegeben und Papiere aller Art. Passierscheine, Berechtigungskarten, Essensmarken, Zuweisung zu Unterkünften. Der deutsche Mensch ging wenigstens geordnet in den Untergang. Fast schien es Druwe, als gäbe das Ganze den Leuten einen Rest von Stolz und Würde.

Er überlegte, wie viel Benzin sein Horch noch haben mochte. Bereits auf der Fahrt hierher hatte er den Hahn auf Reserve umgestellt. Fünf oder sechs Liter. Eigentlich noch gut für vierzig Kilometer. Der Wagen hatte allerdings schon geruckelt, wahrscheinlich durch Harz und Rost im Tank. Die Karre konnte jeden Moment irgendwelchen Dreck ziehen, und dann war es das. Andererseits würde er hier auf dem Revier ganz sicher keine Zuteilung von Kraftstoff erhalten. Und wenn doch, dann dauerte es Stunden, bis alle Anträge gegengezeichnet und gestempelt waren. Als Druwe sich hinters Steuer setzte, hoffte er, dass er es noch zu Lesslings Villa schaffte. Seine beste Spur war im Moment der Schlüssel, den sein Schwager im Magen des Toten gefunden hatte. Er war sich sicher, dass er zum Tresor in der Bibliothek des stellvertretenden Kreisleiters passte. Was mochte er enthalten?

Gerade wollte er den Wagen starten, als plötzlich Oberbauers Gesicht am Fenster der Beifahrerseite erschien.

»Jens ...« Er war sichtlich außer Atem. »Warte.« Er öffnete die Tür, und einen Augenblick später sank er auf den Sitz. »Was hat Hinsch gesagt?«

»Er war nicht erfreut, aber er hat es geschluckt.« Das entsprach zwar nicht ganz der Wahrheit, falsch war es jedoch auch nicht. Druwe entschied sich dafür, seine vorläufige Beurlaubung vor Oberbauer zu verschweigen.

»Uff, das war knapp. Hinsch ist gerissen. Ein blutiges Messer in der Hand eines Täters übersieht er glatt. Aber in Personalangelegenheiten, bei Gerüchten und Intrigen hört er die Flöhe husten. Dass er dir die Geschichte abgenommen hat, ist ein Wunder. Wahrscheinlich gehen ihm andere Sachen durch den Kopf.«

Druwe nickte nur halbherzig.

»Was nun? Gibst du jetzt endlich Ruhe? Du hast diesen Steinfeld laufen lassen. Ich hoffe, du kannst deshalb besser schlafen. Aber lass dir nicht einfallen, noch weiter herumzuschnüffeln. Wie ich hörte, hat gestern Nachmittag ein kleines Gestapo-Kommando Paul Less- lings Hof durchsucht. Am Sonntag! Das war wohl jemandem beson- ders wichtig. Lessling selbst lag mit Fieber im Bett und konnte sich kaum rühren. Seine Frau und die Schwester von diesem Steinfeld waren nicht da. Seltsam, oder?« Oberbauer blickte ihn aufmerksam an.

»Mmh, wirklich seltsam. Haben sie was gefunden auf dem Hof?«

»Ich weiß nichts Genaues, aber angeblich haben sie das Haus des Kreisleiters und die Scheunen mächtig auseinandergenommen. Er hatte da einige Sachen gelagert. Du hattest das ja schon vermutet. Wahrscheinlich hat er krumme Geschäfte mit unterschlagenen Gütern gemacht. Wie ich hörte, haben die Schweine das Zeug einfach ange- zündet.«

Oberbauer musste der besorgte Blick seines Freundes nicht entgan- gen sein, denn er beeilte sich, noch hinzuzufügen: »Es wurde keiner verletzt. Eine Scheune und das Altenteilerhaus sind abgebrannt, den Rest hat die Dorfwehr löschen können. Der Hof steht also noch.«

»Wer hat die Aktion geleitet?«

Oberbauer sah ihn an. »Jens, mach jetzt nicht wieder Dummheiten. Du könntest auch hier bei der Stapo im Keller sitzen und tagelang auf dein Verhör warten. Vielleicht schließen sie auch die Zelle nur ab und werfen den Schlüssel in die Förde. Sei vernünftig, Mann.«

»Wer? Ich will es nur wissen, um mir ein Bild zu machen. Dann fahre ich nach Glücksburg, versprochen.« Wieder entschied sich Druwe für eine nur halb gelogene Wahrheit.

Oberbauer seufzte.

»Es waren zwei. Ein gewisser Grenger. Der andere heißt Hilmarsson. Angeblich gehören sie zu den Vertrauten des Reichsführers. Sie haben sich den Segen von Bothmann geholt und sind mit ein paar Männern vom Grenzkommissariat los.«

Es war, als fiele irgendwo in Druwes Innerem ein Puzzleteil an seinen richtigen Platz. Hilmarsson. Und wer war Grenger? Von Bothmann hatte er gehört. Laut einigen Gerüchten musste der Kerl zu den ganz Üblen im Osten gehört haben. Die Sache wurde jetzt gefährlich. Er ließ sich nichts anmerken.

»Kennst du die beiden? Ich meine Hilmarsson und Grenger?«, fragte er stattdessen beiläufig.

»Von Hilmarsson habe ich nur gehört. Kommt wohl aus Island, ist aber Hauptsturmführer. Wohl ganz dick mit Himmler, gehört jedenfalls zu dessen Stab. Ich weiß gar nicht, ob er hier im Präsidium ein Dienstzimmer hat. Vielleicht auch draußen im Grenzkommissariat. Bei Bothmann«, erwiderte Oberbauer.

»Und Grenger?«

»Hat oben sein Zimmer. Ein Kollege erzählte, dass Grenger seit einem halben Jahr immer mal wieder hier auftaucht, einige Tage arbeitet und dann wieder verschwindet. Du weißt ja selbst, wie dass mit diesen Sonder-Heinis ist. Alles ganz wichtig und ganz geheim.«

»Klingt so, als ließe Himmler irgendetwas vorbereiten. Vielleicht will er hier nach Flensburg. Was denkst du?«, fragte Druwe.

Oberbauer zuckte lediglich mit den Schultern.

»Dann käme noch ein ganzer Tross von Leuten wie Bothmann. Und Hilmarsson. Und du weißt selbst, gegen die Typen seid ihr ...« Druwe zeigte auf die SS-Runen an Oberbauers Polizeiuniform.»... die reinsten Pastorentöchter.«

»Ich habe wirklich keine Ahnung, Jens. Es gibt Gerüchte. Die Dienststellen Stettin, Wismar und Schwerin wurden hierher verlegt. Angeblich plant Himmler ein Nordreich, zusammen mit den Skandinaviern. Aber du weißt ja. Wahrscheinlich alles Märchen. Demnächst greifen Odin und Thor persönlich ein und sichern den Endsieg.«

»Einen Gefallen musst du mir noch tun, Hans.«

»Muss ich?« Oberbauer richtete sich im Wagen auf, so gut es ging.

»Meinst du nicht, du hast unsere alte Freundschaft schon genug strapaziert?«

»Eine letzte Sache.« Druwe hielt kurz inne. »Bitte.« Wieder wählte er nur eine Halbwahrheit. »Ich brauche noch mal etwas Zeit für Lesslings Villa. Ich will in Ruhe mit den Angestellten sprechen. Ohne Gerhard Lesslings Söhne im Nacken zu haben. Bestell sie einfach hier aufs Präsidium. Kein Verhör natürlich, aber Stand der Ermittlungen, Aktenkram, Ergänzungen zum Abschlussbericht. Dir fällt schon etwas ein. Ich habe den Pathologen an der Diako, einen gewissen Dr. Schmid, gebeten, die Leiche für die Identifikation durch die Angehörigen herrichten zu lassen. Verschaff mir zwei Stunden oder drei, Hans.«

Von dem Tresor und dem Schlüssel erwähnte Druwe kein Wort.

»Du hast völlig den Verstand verloren, Jens. Was soll das bringen?«

»Informationen.« Druwe wusste, dass er Hans Oberbauer etwas anbieten musste. »Es könnte später nützlich sein, zu wissen, mit wem der stellvertretende Kreisleiter Kontakt hatte. Du sagst ja selbst, dass sich hier alle auf den Absprung vorbereiten. Und viel schmutzige Wäsche wird schon jetzt in Persil blütenweiß gewaschen. Du und ich, wir sind dann vielleicht die Idioten, die übrig bleiben. Und die Amis und Briten werden mächtig wütend sein. Sie werden Sündenböcke brauchen. Wäre es da nicht gut, ein paar Geheimnisse ausplaudern zu können? Wer hier mit wem im Bett war? Wenn wir mehr über Lessling und seine Seilschaften wissen, könnte das irgendwann für uns nützlich sein. Du sagst ja selbst, du hast in Zukunft noch einiges vor.«

Oberbauer schien zu überlegen. Druwe erkannte jedoch schnell, dass er mit seinen Äußerungen ins Schwarze getroffen hatte. Sein ehemaliger Freund und Kollege sammelte seit Monaten Namen, notierte sich Daten von Treffen, kopierte heimlich schriftliche Befehle. Und er ließ auch ein paar Dokumente verschwinden. Es war seine Rückversicherung für den Fall, dass man ihn für irgendeine Schweinerei zur Rechenschaft ziehen wollte. Er hatte sich zwar aus dem Übelsten der letzten Jahre herausgehalten, aber interessierte das die Tommys? Nein, Oberbauer würde sich nicht bestrafen lassen für die Taten anderer. Da war sich Druwe sicher.

»Also gut. Ich werde bei den Lesslings anrufen lassen. Aber ich warne dich, Jens. Wenn es hart auf hart kommt, weiß ich von nichts.«

Natürlich, dachte Druwe. Wie immer. Er nickte.

»Schick die beiden zu diesem Dr. Schmid in die Chirurgie an der Diako. Ich informiere ihn, dass er sie ein bisschen hinhalten soll. Und dann lass sie noch hier antanzen. Beileid der Polizei, Bericht abstimmen, ein paar Fragen. Dir fällt schon was ein.«

Jetzt war es Oberbauer, der nickte.

»Sei vorsichtig, Jens. Es ist eine Minute vor zwölf. Und die Uhr tickt weiter. Das Chaos wird noch zunehmen. Eine solche Sache kann dich endgültig den Kopf kosten. Und keinen schert es.«

Dich auch nicht, mein Lieber, dachte Druwe, aber er schwieg.

ANDERWELT

Hans Bothmann leitete seit kurzer Zeit das Grenzpolizeikommissariat in Harrislee. Mit der Schrumpfung des Reichsgebiets wurde es zunehmend schwieriger, Verwendung für die ihrer Planstellen beraubten Vollstrecker des Regimes zu finden. Der SS-Hauptsturmführer war seit Februar auf persönliche Weisung Himmlers hier. Der Reichsführer erwies sich als recht vorausschauend. Zwar hatte er seine persönlichen Macken, glaubte an Geister, Asen und Reinkarnation, aber Bothmann empfand Sympathie für seinen obersten Vorgesetzten. Wie er selbst war er auch ein guter Geschäftsmann, hatte mit den verschachtelten Organisationen der SS und des Reichssicherheitshauptamts Milliarden Goldmark verdient. Während andere NS-Obere ihrer Ideologie frönten, machte Himmler Geschäfte. Die Millionen Fremdarbeiter und KL-Insassen schufteten immer auch für ihn, nicht nur für Adolfs Träume aus dessen Buch *Mein Kampf*. Allein die Zwangsprostitution in den KL brachte der SS jährliche Einnahmen in zweistelliger Millionenhöhe. Und noch vor zwei oder drei Jahren hatte das Zahngold der in den KL Liquidierten täglich dreihunderttausend Reichsmark eingebracht.

So unwert war deren Leben also gar nicht, dachte Bothmann. Und nun war er verantwortlich für das letzte große Geschäft. Er wusste, es ging um eine Abwicklung, und er war einer der Insolvenzverwalter. Das Unternehmen SS befand sich in Liquidation, und er gehörte zum engeren Kreis um Heinrich Himmler, der retten sollte, was zu retten war. Schon vor gut eineinhalb Jahren war er von seinem Vorgesetzten, einem Freund Himmlers, eingeweiht worden. Zunächst war er erstaunt gewesen, wie akribisch bereits damals die Vorbereitungen angelaufen waren, ein Entkommen der wichtigsten SS-Leute zu sichern. Bothmann war kein Fanatiker. Er war kein absoluter Führergläubiger.

Er war Realist. Mit seinen dreiunddreißig Jahren wirkte er abgeklärt, frei von Illusionen oder gar ideologischem Ballast. Hätte man ihn nach seiner Rolle gefragt, er hätte sich tatsächlich als Geschäftsmann beschrieben. Mit dem besonderen Auftrag, auch noch die polizeilichen Aufgaben seiner Firma zu leiten. Er hatte im Osten aufgeräumt. So nannte er es gern. Einen Saustall hatte er dort vorgefunden. Was sich auf den Planungspapieren der Strategen als einfach darstellte, war in Wirklichkeit eine Mammutaufgabe gewesen. Ineffiziente Verwaltungen, überforderte SS-Abteilungen, hilflose Wehrmachtsstrukturen. Und dann das Chaos der Rassenfrage. Niemand sorgte für Ordnung und Wirtschaftlichkeit. Da brauchte es einen wie ihn. Posen, Chelmno, Jugoslawien, Litzmannstadt. Unter seinem Kommando hatte er dort die Maschinerie der Säuberung perfektioniert. Und er war stolz darauf. Keine falsche Rücksichtnahme, keine geheuchelten Skrupel. Im Osten hatte ein riesiges Vermögen gelegen. Tumbe Geister glaubten an die Mär vom deutschen Lebensraum. Aber er hatte früh begriffen, dass es um Geld ging. Und zwar um eine Menge Geld. Durch sein rigoroses Vorgehen in den Ostgebieten erregte er die Aufmerksamkeit höchster Führungsstellen. Hauptsturmführer und Kriminalkommissar Bothmann war sich sicher. Er hatte ausreichend und mehrfach bewiesen, dass er es wert war, den Untergang zu überleben.

Zumindest darin war er sich mit Hilmarsson einig. Beide Männer mochten sich nicht, doch sie brauchten einander. Sie bildeten eine Zweckallianz. Werkspolizei und Werksfeuerwehr, so konnte man ihr Verhältnis beschreiben. Er selbst war der Pragmatiker, der Anpacker. Brynjar Hilmarsson war der ideologisch Geprägte, der Held. Die Welt stand in Flammen, und die Reste der SS brauchten sein arisch-reines Löschkommando. Briten und Amerikaner mussten nur noch begreifen, wo die wahren Feinde zu finden waren. Und das würden sie, davon war Bothmann überzeugt. Vielleicht konnte es einige Jahre dauern, aber dann würde man letztlich begreifen, dass Bolschewismus und

Judentum die wahren Brandstifter in dieser Welt waren. Und man musste mit einer neuen Koalition unter Führung Deutschlands diesem Feind entgegentreten. Nun war es Hilmarssons Aufgabe, die rassisch Besten aus den Reihen der SS für eine gewisse Zeit zu schützen. Zwar glaubte Bothmann eher an eine militärische und charakterliche Überlegenheit des deutschen Volkes, doch die Rassenfrage war nun einmal das große Steckenpferd der Herren Hitler, Himmler und Goebbels. Also brauchte man einen wie Hilmarsson, einen Vorzeigearier, der so arrogant war, dass in seiner Gegenwart die Milch im Glas stockte. Und der Mann versah seinen Dienst mit fast religiöser Hingabe. Gerade weil Bothmann pragmatisch dachte, akzeptierte er die Notwendigkeit, mit Männern wie Hilmarsson zusammenzuarbeiten. Die Unternehmen der SS verfügten über riesige personelle und materielle Ressourcen. Da galt es, die Begehrlichkeiten anderer Stellen abzuwehren. Vor allem jetzt, da ein erheblicher Personalabbau vorgesehen war. Wer sollte die Gelder verwahren und schützen? Für eine Flucht oder ein Untertauchen auf Reichsgebiet brauchte man Kleidung, Unterkunft und Geld. Himmler hatte sogar angedeutet, dass Mittel bereitstehen sollten, um sich quasi in die kommenden Nachkriegsstrukturen Deutschlands, politisch und wirtschaftlich, einkaufen zu können. Geld öffnet alle Türen, egal, ob die demokratisch, bolschewistisch oder monarchistisch angestrichen sind, pflegte er zu sagen. Hilmarsson plante nun die möglichen Fluchtrouten. Hier im Norden fehlten die wohlwollenden Unterstützer aus Spanien, Italien, der Schweiz und dem Vatikan. Aber auch in Skandinavien gab es genügend Gleichgesinnte, die Himmlers Männern Hilfe gewähren würden. Etwas schwieriger würde es für die Männer der Tat werden, wie Bothmann sie nannte. Das waren Leute wie er selbst oder seine Kameraden Rudolf Höß und Richard Glücks. Vollstrecker, die auch mal selbst Hand anlegten. Tatmenschen, keine Taktierer und Strategen.

Wir haben für die feinen Herren die Drecksarbeit gemacht, dachte er. Aber keine Sorge, die Rechnung kommt. Und sie wird hoch sein. Bothmann wusste, dass er und einige andere nicht in Europa bleiben konnten. Für sie war eine etwas längere Reiseroute ausgearbeitet worden. Dänische Fischtrawler und schwedische Handelsschiffe würden sie über Halifax nach Südamerika bringen. Hilmarsson hatte sogar Pläne ausgearbeitet, nach denen SS-Männer mit gefälschten Marinepapieren vorläufig im Norden Islands interniert werden konnten. Die Insel war von den Amerikanern besetzt worden, aber wo war es sicherer als im Hinterhof des Feindes?

Der Isländer mit deutschem Pass war gegen Mittag eingetroffen. Er sah übermüdet aus. Bothmann meinte sogar, einen Anflug von Besorgnis bei dem sonst immer selbstsicher auftretenden Hünen zu bemerken. Er war allerdings weise genug, Brynjar Hilmarsson nicht darauf anzusprechen. Der Kerl galt als aufbrausend und unberechenbar.

»Brynjar, wie läuft es bei dir?« Bothmann wollte nach der kurzen Begrüßung sofort zur Sache kommen. »Haben wir genügend Zivilkleidung?«

»Grenger hat alles vorbereitet. Die Manufaktur Rolfing und Söhne in Flensburg hat ganze Arbeit geleistet. Beste Konfektionsware in allen Größen. Britisches Understatement mit einem Hauch Esprit, würde ich sagen«, antwortete der Isländer und versuchte sich an einem Lächeln. »Liegt alles abholbereit im Holm direkt in der Innenstadt. Wer es diskreter mag, kann es ab Lager in Weiche bekommen. Zusätzlich haben wir noch die Soldbücher und Uniformen in der Marineschule vorbereitet. Dort kooperiert Lüth wie vorgesehen. Seine Leute schreiben sich die Finger wund. Sie waschen die Dokumente, damit sie echt wirken. Auf einigen haben sie sogar Blutspritzer drauf. Also, von meiner Seite alles bestens.« Wieder lächelte er. »Und wie sieht es bei euch mit den Kennkarten und Pässen aus, Hans? Und ist die Organisation der Zellen abgeschlossen?«

Bothmann hasste es, auf den Fortschritt seiner Arbeit hin befragt zu werden. Befehle wurden von ihm ausgeführt, das wussten seine Vorgesetzten. Und Hilmarsson war definitiv kein Vorgesetzter. Er verkniff sich jedoch einen bissigen Kommentar. »Keine Sorge. An den Norderhofenden macht Hinsch seinen Leuten Dampf. Über tausend Pässe liegen bereit, der Polizeifotograf arbeitet rund um die Uhr für die Bilder.«

Die beiden Männer setzten sich an den Tisch.

Bothmann schenkte Cognac ein.

»Aus der Zeit, als Paris noch deutsch war.« Er grinste und hob das Glas. »Trinken wir darauf, dass die Schöne es bald wieder ist.«

»Wichtiger ist im Moment der Osten, Hans. Der Iwan reißt eine große Wunde in unser Reich. Die Westalliierten werden schnell merken, dass es ohne uns nicht geht.« Hilmarsson hob den Schwenker. »Auf die arische Rasse.«

»Auf unser Überleben.«

Beide Männer kannten ihre Prioritäten.

Kurze Zeit später erörterten sie nochmals ihre Strategie. Da die Briten schnell zur Ostsee vorrückten, war Eile geboten. Hilmarsson hatte an den Reichsführer-SS in Berlin vor drei Tagen eine verschlüsselte Nachricht gesandt: *Endphase von »Unternehmen Sandkorn« muss sofort beginnen*. Wahrscheinlich waren Himmler und sein Stab noch aus Berlin herausgekommen und auf dem Weg hierher.

»Meine Informationen besagen, dass Dönitz in Flensburg Quartier beziehen wird. Ich weiß nicht genau, wer kommt. Aber das ist alles zweite Riege. Graf Krosigk, Speer, Dorpmüller, Stuckart, so viel ich hörte. Ernstzunehmen sind nur Keitel und von Friedeburg«, sagte Bothmann.

»Lakeitel? Das ist nicht dein Ernst?« Hilmarsson lachte nun doch mit einem Anflug von Herzlichkeit. Er spielte auf den Spitznamen des Chefs der Wehrmacht an, den sich dieser in vielen Jahren redlichen Speichelleckens unter Hitler verdient hatte.

»Wie du siehst, ist es absolut wichtig, dass der Reichsführer schnell vor Ort ist«, entgegnete Bothmann.

»Alles andere endet in einer Katastrophe, fürchte ich. Was machen wir, wenn Dönitz eine neue Regierung bildet? Der Kerl denkt doch nur an sich und seine weißen Jungs. Der serviert uns eiskalt ab und liefert uns vielleicht sogar an die Briten aus. Nur um seine eigene Haut zu retten.«

»Du hast recht, Brynjar. Die Lage wird in der Tat von Stunde zu Stunde unübersichtlicher. Aber meine Glaskugel sagt, dass Himmler dem alten Bettnässer in die Suppe spucken wird. Er ist sicherlich auf dem Weg hierher. Ich denke, dass Dönitz es nicht wagen wird, eine Regierung ohne den Reichsführer einzusetzen.«

»Hoffen wir das Beste.«

»Was hältst du von den Evakuierungen der KL hierher?«, wechselte Bothmann das Thema und sprach damit Himmlers Taktik an, Häftlinge aus Konzentrationslagern als Faustpfand für Verhandlungen und eventuell als Schutzschild für die Flucht zu nutzen. Von den Lagern Stutthof und Neuengamme wusste er, dass Gefangene in den Norden unterwegs waren.

»Ich halte das für nicht klug, Hans. Keine Zeugen, das wäre das Beste, verstehst du? Was werden die für Geschichten erzählen, wenn sie freikommen? Außerdem habe ich gehört, dass die Tommys bei Kiel-Holtenau und in der Lübecker Bucht auf Schiffe mit Häftlingen geschossen haben. Du siehst, denen ist das mit den Lagern völlig egal. Alles Propaganda dieses englischen Syphilitikers. Und jetzt, wo der amerikanische Krüppel Roosevelt tot ist, wird sowieso alles anders. Ich glaube, wir haben wichtigere Dinge zu tun, als jetzt noch die KL zu räumen. Wir hätten vor einem halben Jahr alles sprengen sollen. Aber vielleicht werden die Westalliierten sie sogar brauchen können. Wir haben ihnen ja mehr oder weniger die Arbeit abgenommen.«

Der Isländer schwieg und beobachtete Bothmann. Dieser schien nachdenklich aus dem Fenster zu blicken. Er war von hagerer Statur, die Wangen wirkten fast eingefallen. Im Profil schien sein Schädel einer Krähe zu ähneln. Markante schmale Nase, wenig Kinn, hohe Stirn mit zurückweichendem, akkurat gescheiteltem Haar. Typus deutscher Macher.

Ohne Leute wie ihn wäre die Maschine nicht gelaufen, dachte sich Hilmarsson. Aber sicherlich kein Mann für die erste Reihe.

»Wir haben nicht mehr viel Zeit. Der Reichsführer hat mir in unserem letzten Gespräch anvertraut, dass er Hitler politisch beerben wird«, sagte der Isländer.

»Für diese Zeiten könnte er in der Tat der Bessere sein«, erwiderte Bothmann. »Unser geliebter Führer war im Umgang mit den Westalliierten ohne Fortune. Wir hätten mit ihnen schon vor einiger Zeit einen Separatfrieden aushandeln sollen. Dann würden wir jetzt in Moskau die Straßen umbenennen.«

»*Sandkorn* bringt uns alle zunächst einmal aus der Schusslinie. Wir beobachten, was passiert. Und wenn wir gebraucht werden, sind wir wieder da«, erklärte Hilmarsson zuversichtlich.

»Ja, Himmler sieht das ähnlich. Jetzt müssen wir damit leben, für einige Zeit unterzutauchen. Bis diese Idioten begriffen haben, dass sie den Falschen verprügeln. Wird eine Menge Arbeit, die mongolischen Horden wieder aus Europa zu verjagen.« Hans Bothmann erhob sich. »Gleich ist die Dienstbesprechung. Es wird immer schwieriger, die Leute zusammenzuhalten. Fragen, Fragen, Fragen. Ich habe übrigens einen Arzt hierher beordert, der sich um unsere Kennnummern kümmern soll.« Bothmann spielte auf die Tätowierung der Blutgruppe am Oberarm an, die viele SS-Angehörige erhalten hatten. »Er schlägt vor, schlanken Kameraden stattdessen sogar eine KL-Nummer zu tätowieren. Ist aber bei den Jungs nicht auf viel Gegenliebe gestoßen.« Er lachte.

»Kann ich verstehen. Riecht zu sehr nach Güllegrube. Wer will schon gern als Schwächling dastehen? Selbst wenn es ums Überleben geht.«

Die beiden Männer redeten noch einige Minuten über Belanglosigkeiten. Hilmarsson hatte mit Bothmann vereinbart, dass er zwar an der Besprechung teilnehmen würde. Dass seine Aufgaben in der Organisation aber weitgehend geheim blieben. Der Isländer überließ seinem Kollegen gern die Rolle des Sonnenkönigs, der alles im Griff hatte. Wenn keiner von ihm selbst wusste, konnte er auch nicht durch irgendein dummes Versehen auf der Guillotine landen. So erfuhr Hans Bothmann auch nichts von den gegenwärtigen Problemen mit Lessling und den Koffern. Die Koffer waren die Rettungsboote, mit denen sie den sinkenden Dampfer sicher verlassen konnten. Nun sah es so aus, als gäbe es weniger Boote als geplant. Aber man musste die Passagiere ja nicht unnötig beunruhigen. Denn er, Brynjar Hilmarsson, entschied, wer in die Boote stieg. Und wer nicht. Bei diesem Gedanken lächelte er.

»Kameraden.« Bothmann begann seine Besprechung wenig später, als etwa fünfzig Offiziere eingetroffen waren. Hilmarsson hatte sich auf einen Platz in der hinteren Reihe zurückgezogen. Nur wenige der anwesenden Männer trugen noch die schwarze Uniform, die er so liebte. »Jeder von Ihnen ist auserwählt, hier dreißig bis vierzig weitere Kameraden zu vertreten. Wir entscheiden also über die Zukunft von etwa zweitausend der besten Männer Deutschlands.«

Mein Plan, dachte Hilmarsson zufrieden und lehnte sich in seinem Stuhl zurück. Anfang letzten Jahres hatte er dem Reichsführer seine Vorstellungen unterbreitet. *Unternehmen Sandkorn* sollte streng hierarchisch strukturiert sein. Die alten Befehlsketten mussten für die Nachkriegszeit erhalten bleiben. Das waren die Leute gewohnt, es gab ihnen Sicherheit. Außerdem sollte es einen Verbindungsmann für jede Zelle geben, der etwa vierzig anderen Männern vorstand. Die Mitglieder der Zellen kannten sich also größtenteils nicht persönlich, ein Höchstmaß an Anonymität blieb erhalten. Für den Fall, dass einzelne Kameraden aufflogen, konnten sie nicht viel verraten. Und hier in Flensburg saßen nur die Offiziere, die für die Nordroute vorgesehen waren. Im Süden waren es noch mal doppelt so viele. Im besten Fall würden sechs- bis achttausend Kameraden außer Landes oder innerhalb des Reichsgebiets untertauchen. Die wichtigsten Strukturen der SS konnten auf diese Weise die unruhigen Zeiten überdauern, die nun bevorstanden.

Dafür werden ich und Bothmann einen Orden von Himmler bekommen, dachte Hilmarsson. Vielleicht auch nur ich. Ritterkreuz mit Brillanten.

Wieder ein stummes Lächeln.

EINSICHTEN

Druwe hatte nun mehrere Spuren, aber immer noch kein schlüssiges Bild. Im Gegensatz zu vielen seiner Kollegen zwang er sich, in solchen Momenten möglichst keine vollständige Theorie zu entwickeln. Eine Theorie verbaute den Blick auf die Einzelheiten, man wurde betriebsblind, nur damit man sie nicht aufgeben musste. Ein bekannter Physiker hatte ihn in den Zwanzigern bei einer Ermittlung davor gewarnt, sich zu früh ein Bild zu machen. Es bestimmt dann unser Handeln, hatte er gesagt. Wir wollen eine Sache so sehen, wie sie am besten passt, nicht wie sie wirklich ist. Und setzen schließlich alles daran, gut passende Einzelheiten und Indizien überzubewerten und unpassende zu übersehen. Er hatte später darüber mit seinem Mentor, Ernst Gennat, gesprochen. Bei Kuchen und Likör hatte ihn der weise alte Mann und Kriminalist in dieser Auffassung bestärkt. So lange er nicht genug Fakten hatte, arbeitete Druwe deshalb nur mit Hypothesen. Diese konnte er einzeln bestätigen oder widerlegen, ohne dass seine ganze Arbeit auf den Prüfstand kam. Der Fall Lessling war eine harte Nuss.

Druwes erste These lautete: Das Mordopfer war in dubiose, wahrscheinlich kriminelle Geschäfte verwickelt. Frage: Welcher Art waren diese Geschäfte?

Zweite These: Der Kreisleiter musste sterben, weil er mit einem Komplizen in Streit geraten war. Frage: Warum und worüber kam es zu Auseinandersetzungen?

Dritte These: Die Tat war nicht geplant, sondern geschah aus einem Affekt heraus. Frage: Was hatte den Täter derart in Rage gebracht?

Vierte These: Der Täter fühlte sich relativ sicher, denn er hatte sich keine Mühe gegeben, seine Spuren zu verwischen. Frage: Gab es außer den Angehörigen von Gestapo, SS oder Partei noch andere Personen, die sich derart aufführen konnten?

Fünfte These: Der Täter wusste eine einflussreiche Gruppe hinter sich, die ihn deckte. Frage: Welche Ziele verfolgte diese Gruppe? Und diese Frage brachte Druwe dann wieder zur ersten Hypothese zurück. Hinter dem Mörder standen Männer, die von Lesslings Geschäften profitierten, aber nicht davor zurückschreckten, ein höhergestelltes Parteimitglied zu töten, wenn es ihnen in die Quere kam. Einen Namen hatte Druwe auch: Hilmarsson. Der berüchtigte Blutorden, den er beim Toten gefunden hatte. Er war sich sicher, dass dieser Brynjar Hilmarsson den Kreisleiter getroffen hatte. Sie waren in Streit geraten, der SS-Mann hatte Lessling erschossen. Das Opfer barg ein Geheimnis, Hilmarsson hatte ihn vorher befragt, ihm dann sogar Schmerzen zugefügt. Die spätere Durchsuchung des Hofs von Paul Lessling sprach aber dafür, dass der Täter nicht alles erfahren hatte.

Druwe ließ nachdenklich den Schlüssel, den sein Schwager im Magen des Toten gefunden hatte, durch seine Finger gleiten. Ein seltsames Gefühl. Das Ding stammte aus dem Körper eines Toten. Jetzt aber war es wieder in die Welt der Lebenden zurückgekehrt. Lesslings letzter Trumpf. Der Mann musste große Angst gehabt haben. Schließlich war das Ding gute acht Zentimeter lang. So etwas schluckte man nicht alle Tage.

Der Fettsack war allerdings das Fressen gewohnt, dachte Druwe zynisch. Seine nächste These war, dass es zu einer längeren Unterredung auf dem Feld gekommen war. Lessling musste sich in deren Verlauf zunehmend bedroht gefühlt haben. Es gelang ihm in der nächtlichen Dunkelheit offenbar, den Schlüssel unbemerkt zu schlucken. Druwe war sich ziemlich sicher, dass der Täter auch nicht davor zurückgeschreckt hätte, den Körper Lesslings an Ort und Stelle auseinanderzunehmen. Sofern er von dem Schlüssel gewusst hätte. Und jetzt war Druwe gewillt, diesen auch zu benutzen. Lessling hatte ihm durch den Schlüssel einen Hinweis hinterlassen. Er ahnte, nein, er war sich sicher, dass er zu dem Panzerschrank in dessen Villa passte. Und dort würde er hoffentlich die Antworten finden, die er brauchte.

Druwe kehrte zunächst auf sein Revier in Glücksburg zurück. Er aß eine Kleinigkeit und rief danach in der Diako an. Schmid stand im OP, ließ aber ausrichten, dass er gegen eins mit den Lessling-Söhnen verabredet war. Na also, dachte Druwe. Oberbauer hatte Wort gehalten. Die beiden jungen Männer würden also erst von Berthold und später noch von Hans eine Weile beschäftigt werden. Er hoffte, dass er dadurch mindestens zwei Stunden Zeit hätte, sich dem Thema Safe zu widmen.

Gegen halb eins fuhr er in Richtung Schausende. Kurze Zeit später erreichte er die Villa des stellvertretenden Kreisleiters. Tatsächlich waren nur die Haushälterin und die Köchin anwesend. Anneliese Klinger erkannte ihn sofort wieder.

»Frau Klinger, es gibt noch einige Dinge, die ich bei meiner ersten

Untersuchung übersehen habe. Ich möchte Sie bitten, mir das Arbeitszimmer von Herrn Lessling noch einmal zu zeigen.«

»Ich weiß nicht. Das ist sehr unpassend. Otto, ich meine Herr Lessling, ist mit seinem Bruder eben erst nach Flensburg gefahren. Ich darf niemanden ins Haus lassen, hat er gesagt. Mir wäre es lieber, wenn ...«

»Hören Sie zu, Anneliese. Sie wollen sicher nicht die Ermittlungsarbeiten behindern, oder? Ich werde mich beeilen, so dass niemand davon erfahren muss. Und sollten Otto und Anton Lessling es doch herausfinden, dann schieben Sie es auf mich. Sagen Sie, ich hätte Sie unter Druck gesetzt, bedroht und belogen. Ich werde für diesen Fall das Gleiche zu Protokoll geben. Dann sind Sie aus dem Schneider.«

Die Haushälterin der Lesslings überlegte kurz und nickte dann.

Die Frauen in diesem Land mausern sich, dachte Druwe. Während die Männer sich die Köpfe einschlagen, werden deren Frauen immer selbstbewusster. Wieder einmal ertappte er sich dabei, wie er seinen Gedanken über die Zukunft nachhing. So oder so. Nach dem Krieg würde sich einiges ändern, da war er sich sicher.

Kurze Zeit später stand er vor dem Tresor im Arbeitszimmer des ehemaligen stellvertretenden Kreisleiters. Der Safe war von der Firma Kärcher, das Modell LP-ZS, mit einem Zahlen-Schlüssel-Kombinationsschloss. Baujahr 1941. Fest betoniert. Trümmer- und brandsicher. Druwe musste wieder an Joe Fischer denken, den Safeknacker, den sie ein Jahr vor Kriegsbeginn geschnappt hatten und der ihm seine Aufzeichnungen vermacht hatte. Fischer hatte ihm einige Details über die Panzerschränke der oberen Zehntausend verraten. Druwe hatte den Mann gemocht, und er war entsetzt über das Todesurteil gegen Fischer gewesen. Der Ganove hatte immer darauf geachtet, dass nie jemand an Leib oder Leben zu Schaden kam. Deshalb hatte Druwe durch Vernehmungen und eine Art Anschauungsunterricht, den er sich von Fischer erteilen ließ, Zeit für den Häftling herausschinden wollen.

Druwe zog den Schlüssel aus seiner Jackentasche und schob ihn ins

Schloss. Erstaunlich, wie sanft das Metall in die Führung glitt. Der Bart passte. Druwe drehte. Einmal, zweimal. Klick. Das relativ kleine Drehkreuz aus Messing an der Tür ließ sich jedoch nicht bewegen. Verdammt, dachte Druwe. Natürlich. Was hatte er erwartet? Zahl und Schlüssel. Den Schlüssel hatte er. Jetzt brauchte er die Zahl, um das Zahlenschloss zu öffnen. Druwe dachte nach. Was hatte Fischer damals über solche Tresore gesagt? Wie war das noch? Er versuchte, sich alle Einzelheiten über diese Spezialmodelle ins Gedächtnis zurückzurufen. Die Zahlen-Schlüssel-Tresore waren entwickelt worden, um Privatleute vor ihren kleinen Nachlässigkeiten zu schützen. Viele Menschen waren unaufmerksam oder ließen sich durch Kleinigkeiten ablenken. Dieses Kärcher-Modell war so konstruiert, dass die Tresortür selbsttätig zurück ins Schloss fiel, wenn der Besitzer die Tür nicht festhielt. Dadurch wurde automatisch die Zahlensicherung verstellt. So war bei Eile oder Ablenkung immer noch eine Mindestsicherheit gegeben. Selbst wenn durch Unachtsamkeit einmal der Schlüssel nicht abgezogen oder auf einem Tisch liegen gelassen wurde. Aber die Hauptsicherung bestand aus dem Schlüssel-Schloss. So war das Zahlenschloss, laut Joe Fischer, meist eine einfache Sechser-Zahlenkombination, die Verwendung fand.

Und hier wiederum waren Geburtstagsdaten beliebt, erinnerte sich Druwe. Er grübelte. Was stand auf Lesslings Kennkarte? Geboren am 14. August 1891 in Heide. 14–08–91. Er stellte die Kombination ein. Die Tür ließ sich nicht öffnen. Es wäre wohl zu einfach gewesen. 20–04–89. Der Geburtstag des Führers. Ebenfalls Fehlanzeige. Die Söhne, schoss es Druwe durch den Kopf. Er eilte in den Küchentrakt und befragte Anneliese. Vorsichtshalber ließ er sich auch ihr Geburtsdatum geben. Er kehrte zurück in das Arbeitszimmer, versuchte die Kombinationen. Nichts. Ihm lief die Zeit davon. Wenn Oberbauer die beiden Lesslings nicht lange vernehmen konnte – und davon ging Druwe aus –, dann könnten sie in einer halben, spätestens einer Stunde bereits wieder hier sein.

Denk nach, Jens. Denk nach. Die Zahl ist nur eine zusätzliche Absicherung. Etwas Kompliziertes würde man vielleicht vergessen. Zu einfach sollte es auch nicht sein. Druwe überlegte. Lessling. Partei. Kreisleiter. Villa. Carinhall. Der kleine Hermann. Er trat an Lesslings Bibliothek heran. Typische Werke der heroischen Weltliteratur. Völkisch wertvoll. Nichts für anspruchsvolle Schöngeister. Fast alles ungelesen. Parteigeschichte. Ungelesen. Die Memoiren des Fliegerhelden Ernst Udet. Ungelesen. Biografie von Hermann Göring. *Werk und Mensch*. Das Buch war stark abgegriffen und fiel Druwe sofort ins Auge. Er zog es aus dem Regal und schlug es auf. Signiert vom Autor, Ernst Gritzbach. Erstausgabe 1939. Und mit einer persönlichen Widmung des Reichsmarschalls: *Meinem lieben und treuen Parteigenossen Gerhard. H. Göring.*

Lessling war ein Anhänger des Dicken, dachte Druwe. Dann empfand er *Kleiner Hermann* vielleicht gar nicht als Spottnamen. Im Gegenteil, er fühlte sich eher geehrt. 12–01–93. Hastig versuchte Druwe es mit dem Geburtsdatum Görings. Wieder nichts. Verdammt. Er war mit seinem Latein am Ende.

Er stellte das Buch zurück. Daneben erblickte er noch ein kleineres Buch. *Carin Göring*, die Lebensgeschichte von Görings erster Frau, vergöttert und mystifiziert durch einen Personenkult, der in dem Anwesen Carinhall gipfelte, das ihr Mann im Brandenburgischen Land hatte errichten lassen. Druwe blätterte schon fast lustlos in dem Werk und fand schließlich das Geburtsdatum von Carin Göring. 21–10–88. Er versuchte es. Klick.

Druwe spürte dieses Prickeln unter der Kopfhaut. Es kam immer dann, wenn er in einer Ermittlung einen wichtigen Schritt machte. So wie jetzt. Das Messingkreuz ließ sich drehen, und er konnte die Stahltür öffnen. Das Erste, was er sah, waren Aktienpakete und Genussscheine. Sie füllten allein einen Boden im Tresor. Dann gab es im mittleren Fach kleine Goldbarren und riesige Mengen Reichsmark, saubere

Scheine, geordnet und gebündelt. Im oberen Fach lagen Akten. Druwe nahm sie heraus. Es waren Abschriften der Grundbuchämter in Flensburg, Schleswig und Kiel. Kopierte Lebensläufe von Parteigängern, offenbar hier aus dem Norden. Lessling wollte wohl immer wissen, mit wem er es auf höheren Ebenen zu tun hatte. Druwe kannte einige Namen. Ein speckiges, in Leder gefasstes Notizbuch. Druwe spürte erneut dieses Kribbeln. Er schlug das Büchlein auf. Namen. Städte. Nummern. Kurze Vermerke zu Merkmalen der erwähnten Personen. Summen der Vermögenswerte. Deren Höhe war sehr unterschiedlich. Zwischen fünfzigtausend und dreihunderttausend Mark. Einzelne Posten beliefen sich auf mehr als eine Million. Jeweils in Schmuck, Gold, Aktien, Scheinen. Wie es Druwe schien, war immer etwa ein Zehntel der Summe in Devisen, in Dollar oder Pfund, angegeben. Noch mal die doppelte Summe war in Reichsmark ausgewiesen. Der Rest waren Wertsachen, Gold und Aktien nicht-deutscher Unternehmen. Druwe überflog die Namen. Dann blickte er enttäuscht auf. Er kannte nicht einen dieser Männer. Wie konnten Unbekannte ein derart riesiges Vermögen unter sich aufteilen? Druwe schätzte, dass es in dem Buch um mindestens dreißig Millionen Reichsmark ging. Was sollten die Städtenamen? Wollte man sich dort zur Geldübergabe treffen?

Druwe wühlte noch weiter in dem Tresorschrank. Auf Ordnung und die Vermeidung von Spuren achtete er nun nicht mehr. Die Zeit drängte, er begann zu schwitzen. Er wusste, hier entschied sich, ob er die Hintergründe des Falls aufklären würde. Er fand die Protokollmitschrift, die Paul Lessling erwähnt hatte. Mit dieser hatte Gerhard seinen Bruder erpresst. Druwe nahm sie an sich. Dabei glitt ein Blatt Büttenpapier aus dem Aktendeckel. Wieder Namen. Und diesmal kannte Druwe einige Personen. Ohlendorf, Bothmann, Kranich, Weißgerber, Höß, Grenger, Dietrich, Glücks, Gebhardt. Viele Namen sagten Druwe auch nichts. Einer fiel ihm jedoch sofort ins Auge: William Joyce alias »Lord Haw Haw«. Joyce war ein irischstämmiger Faschist und bis vor kurzem noch als englischsprachiger Propagandasprecher im Rundfunk zu hören gewesen. Er sollte auf Geheiß von Goebbels die Briten über den Äther von der deutschen Sache überzeugen.

Selbst der will also verschwinden, dachte Druwe. Es waren aber vorwiegend SS-Leute, deren Namen Druwe dort las. Hinter den Namen war jeweils ein zweiter vermerkt. Druwe griff nach dem Buch, schlug es auf. Auf der Liste stand: *Hans Bothmann – Werner Stolze.* Und nur Letzterer fand sich in dem Buch. Auf Werner Stolze warteten in Cuxhaven etwa einhunderttausend Mark. Und Werner Stolze war Hans Bothmann.

Druwe hielt kurz inne. Namensliste, Decknamen und Vermögensaufstellung mit Übergabeort. Jetzt ergab alles einen Sinn. Diese Leute wollten verschwinden, das war Druwe schon vorher klar. Abtauchen unter falschen Namen. Aber wohlversorgt, um die nächste Zeit gut zu überstehen. Er atmete tief ein. Dieses Wissen war tödlich, auch das war Druwe klar, als er die Tresortür wieder verschloss.

ENTSCHEIDUNG

»Die Sache ist so gut wie aufgeklärt, Hans.«

Druwe war aus Glücksburg zurückgekehrt. Er wirkte euphorisch. Sein Wagen war mit dem letzten Tropfen Benzin auf der Ballastbrücke an der gegenüberliegenden Seite der Innenförde ausgerollt. Er hatte ihn dort etwa in Höhe der Verladekräne stehen lassen und war den letzten Kilometer zur Polizeidirektion zu Fuß gegangen. Danach hatte er seinen Kollegen Oberbauer aufgesucht und ihm von seinen neuen Ermittlungsergebnissen berichtet. Oberbauer hatte ihm bestätigt, dass Hauptsturmführer Hilmarsson auf dem Präsidium ein und aus ging.

Allerdings hatte der Kerl offenbar keine festen Dienstzeiten, sondern traf sich immer wieder mit Hinsch und anderen Polizei- und SD-Offizieren.

Oberbauer war sichtlich verärgert über Druwes eigenmächtiges Handeln.

»Das war gefährlich. Und dumm, Jens. Außerdem hast du mich in der Sache mit den Lessling-Söhnen benutzt, ohne mir zu sagen, was du wirklich vorhattest. Das nehme ich dir übel. Ich will nicht im letzten Moment von Hinsch geschasst werden.« Er rieb sich das Gesicht.

»Und außerdem, was hast du jetzt gewonnen? Ja, du hattest recht mit deinem Verdacht. Ich war ja auch gewillt, dich zu unterstützen. Aber wird das irgendjemanden hier interessieren? Willst du zu Hinsch laufen und ihm sagen: Ich habe Lesslings Söhne unter einem Vorwand weggelockt, bin in sein Haus eingedrungen, habe seinen Safe geöffnet und in seinen privaten Unterlagen geschnüffelt?«

»Das Reich liegt in Trümmern, Hans. An allen Fronten holen sich unsere letzten Soldaten blutige Köpfe. Wir werden eingedeckt mit Splitter-, Brand- und Sprengbomben. Und ein paar feine Herren der SS wollen sich aus dem Staub machen. Einfach so, als wäre nichts gewesen. Grenger und Hilmarsson haben offenbar mit Lessling zusammen ein paar Vorkehrungen getroffen. Damit niemand mit leeren Händen gehen muss.«

»Na und? Willst du es ihnen verübeln? Jeder nimmt sich ein Stück vom Kuchen, so lange noch etwas da ist. Das war doch zu erwarten, Jens.«

»Es ist ja nicht nur das. Vorher haben sie das Geld und die Vermögenswerte unrechtmäßig an sich gerissen. Und ich bin mir ziemlich sicher, dass dieser Hilmarsson Lessling umgebracht hat. Ob Grenger dabei war, kann ich noch nicht sagen. Wir können doch nicht einfach dastehen und sie damit durchkommen lassen.«

»Warum nicht? Sie haben ein Verbrechen in ihren eigenen Reihen verübt. Lessling war ein korruptes, widerliches Schwein. Hilmarsson ist vielleicht der Täter. Ein paar Leute wollen sich absetzen. Was kümmert es uns? Einer weniger von diesen Schmarotzern. Ich werde mich nicht in diesem Chaos hinstellen und rufen: Ihr seid ja alle Mörder! Ganz gewiss nicht. Und du solltest auch Vernunft annehmen. Du hattest recht. Du hast diesen Steinfeld freigelassen, der immerhin ein Zuchthäusler war. Schläfst du deshalb besser? Schön für dich. Und nun hast du die Beweise in den Händen. Vielleicht bringt dir das später sogar ein paar Pluspunkte bei den Briten. Wer weiß? Aber im Augenblick wäre jede weitere Ermittlung glatter Selbstmord. Du siehst doch, wozu die Herren da oben fähig sind. Willst du morgen neben Lessling in der Pathologie liegen? Wach auf, Jens. Blick den Notwendigkeiten ins Auge.«

Druwe schwieg. Was nutzte es ihm, wenn er sich gegen ein ganzes System stemmte? Wenn das Recht schon so verbogen war, dass es von Unrecht nicht zu unterscheiden war? Würde er irgendetwas daran ändern? Er brächte sich in Gefahr. Und mehr noch. Vielleicht kamen dadurch auch Steinfeld und dessen Schwester wieder in die Schusslinie. Andererseits, würde er nicht durch ewiges Wegducken und Schweigen in dieser Sache dem Ganzen seine stille Zustimmung geben? Würde er dadurch nicht akzeptieren, dass die Stärkeren und Schlaueren immer davonkamen?

»Wenigstens Hilmarsson. Hans, wenigstens ihn will ich kriegen.« Druwe seufzte. »Er ist der Täter. Wir können das alles hier hinwerfen, wenn wir einen Mörder einfach laufen lassen. Nur weil er einflussreiche Freunde hat. Nein, das werde ich nicht zulassen. Dieser Hilmarsson muss zur Rechenschaft gezogen werden, sonst gebe ich meine Dienstmarke ab.«

Oberbauer sah seinen Kollegen lange und eindringlich an. Er überlegte. War der Druwe von heute überhaupt noch so etwas wie ein

Freund? Wie in den alten Berliner Tagen? Der Mann war ein Krüppel, das war nicht zu übersehen. Nicht nur körperlich. Er fragte sich, wer sich in den letzten Jahren mehr verändert hatte. Er oder Druwe? In ihm stieg die bittere Erkenntnis auf, dass Druwe für das Festhalten an seinen Prinzipien einen hohen Preis bezahlt hatte. Er selbst hatte sich hingegen angepasst. Er hatte in den richtigen Momenten weggesehen. Und weggehört. War er darüber vielleicht blind und taub geworden für das, was ihn einst Polizist hatte werden lassen? Wenn ja, wer von ihnen war dann tatsächlich der wahre Krüppel?

»Du wirst dich daran gewöhnen müssen, Jens«, sagte er schließlich. »In den nächsten Jahren werden dir viele Mörder über den Weg laufen. Würdest du sie alle dingfest machen wollen, dann gingen diesem Land bald die Stricke aus.«

»Hilmarsson. Ich will ihn kriegen.« Druwes Stimme klang beschwörend. »Das Schwein kann damit nicht einfach so davonkommen.« Er sah Oberbauer direkt in die Augen. »Kann ich auf dich zählen, Hans?«

6

Rastlos graben die Gedanken
In dem Schutte des vergangnen,
Alten Lebens Trümmer wühlen
Sie hervor, doch nirgends fröhlich
Haftet drauf der Blick, er schaut nur
Dunkle, trübgespenst'ge Bilder...
Joseph Viktor von Scheffel (1826–1886),
Der Trompeter von Säckingen

AMOUR FOU

Der Holm war belebt. Trotz aller Ängste und Nöte machten die Menschen ihre Besorgungen. Heute schienen sie besonders emsig und planend, denn morgen war *Feiertag des deutschen Volkes*. Ehemals der berühmte *Tag der Arbeit*, von den Roten verehrt und dann provokant von den Braunen besetzt und ebenso braun beschissen. In alten Zeiten hatten sich die politischen Farben am 1. Mai dann gegenseitig die Köpfe eingeschlagen, bevor es später zum Bier ging. In den letzten Jahren war an diesem Tag im Reich immer ein großes Gewese um die Volksgemeinschaft gemacht worden. Es war so, als wolle die Partei immer wieder betonen: Seht her, wir haben gewonnen, der Tag gehört nun uns. Dieses Mal jedoch konnte Druwe keine besonderen Vorbereitungen erkennen. Gegenüber der Eisenwarenhandlung Wilhelm Barlag in der Norderstraße kündigte die Filmbühne den Film

Kolberg für heute an. Morgen, zu Ehren des Maifeiertags, sollte dann Zarah Leander in der gefühlt hundertsten Wiederaufführung von *Die Große Liebe* beteuern, dass davon – ja, wovon eigentlich – die Welt nicht unterginge. Na, wer es denn noch glaubte.

Druwe hatte noch ein wenig Zeit vor seinem mysteriösen Treffen. *Holm 59 – Heute um 15.00 – Kommen Sie allein.* Druwe besorgte sich bei der Papierwarenhandlung Clemensen noch ein neues Schreibheft für seine Aufzeichnungen. Dann schlenderte er zu dem alten Giebelhaus gegenüber der Flensburger Nikolai-Kirche. Der Südermarkt war eine kleine Zeltstadt. Wer keine Unterkunft gefunden hatte, musste sich hier notdürftig einrichten. Außerdem gab es Händler, die alles Mögliche gegen Essen eintauschten. Im Gegensatz zu dem Gewimmel am Hafen waren diese Leute schon einen Schritt weiter. Bei den Schiffen und an den Kais trieben noch Ungewissheit und Angst die Menschen an, setzten eine gewisse, wenn auch krankhafte Energie frei. Hier sah Druwe vor allem Erschöpfung und Resignation. Man hatte überlebt, aber der eigentlich kurze Weg vom Hafengelände hierher schien in vielen Gesichtern die wahren Spuren der letzten Wochen freizulegen. Hoffnung und Dankbarkeit? Man suchte sie vergebens. Mittlerweile schien sogar die Vorstellung vom Tod in den Seelentrümmern vieler Verzweifelter ihren Schrecken verloren zu haben. Der Gevatter plärrte sein kaltes Lied der Erlösung. Und er fand oft Gehör. Es hatte in letzter Zeit viele Selbstmorde unter den Ankommenden gegeben. Zu groß war ihre Verzweiflung geworden. Verluste und Erniedrigungen. Untragbar erschienen vielen Menschen die Erinnerungen an das Erlebte. Die dünne Kohlsuppe war zwar nun nicht mehr durch das Meerwasser versalzen, aber es schien, als dringe nun die Würze von Blut und Exkrementen in die Nasen und die Gedanken der gierig Schlürfenden. Hier lebten zwar noch Menschen, doch ihr Mensch-Sein war schon in Verwesung übergegangen.

Fünf Minuten nach drei. Durchaus schlau, dachte Druwe. Er musste seine erste Einschätzung korrigieren. Wenn es Eva Steinfeld war, die ihn hier treffen wollte, dann hatte sie den Ort gut gewählt. Sie konnte ihn aus der Ferne beobachten. Abschätzen, ob er allein gekommen war. Oder ob andere die Nachricht abgefangen hatten. Dann brauchte sie sich nicht zu zeigen. Und es war unmöglich, jemanden in diesem Gewusel aufzuspüren oder gar zu verfolgen.

»Herr Inspektor.« Er fuhr herum. Steinfelds Schwester. Also doch. Und es war ihr trotz seiner angespannten Aufmerksamkeit tatsächlich gelungen, unbemerkt an ihn heranzutreten.

»Fräulein Steinfeld. Ich bin überrascht ...« Weiter kam er nicht.

»Nicht hier. Bitte, kommen Sie mit.«

Sie lotste ihn geschickt über den riesigen Marktplatz. An der Westseite führte die Friesische Straße die Anhöhe hinauf. Selbst jetzt noch hätte sie ihm mühelos entwischen können, wenn sie etwas Verdächtiges bemerkte. Sie kamen unbehelligt in die Rote Straße, eine kleine Seitenstraße mit vielen ursprünglichen Kontorhäusern. Nach wenigen Metern betrat Eva Steinfeld einen der Hinterhöfe. Es roch nach Getreide und – Druwe mochte es kaum glauben – nach Bohnenkaffee. Was hatte sein Schwager Berthold gesagt? Die Familien auf der Westlichen Höhe lebten offenbar in aller Not ganz gut. Einige Kaufleute mochten den Krieg sogar, jedenfalls bis zu einem gewissen Grad. Zudem hatten die Flensburger traditionell gute und auch familiäre Kontakte nach Skandinavien. Während also die Menschen im Osten bereits Baumrinde aßen, kam hier oftmals noch ein ordentliches Stück Fleisch auf die Teller. Und man reichte Mokka zum Nachtisch.

Eva Steinfeld ging an hölzernen Ladekarren und Fässern vorbei und deutete am Ende des Hofs auf einen Eingang. Sie verschwand in dem Durchgang. Druwe folgte ihr eine enge, knarrende Stiege hinauf. Kurz darauf traten sie in eine Wohnstube, deren Geräumigkeit ihn überraschte. Nur die Decke war so niedrig, als wären die Menschen vor zweihundert Jahren dreißig Zentimeter kleiner gewesen als heute.

Plötzlich trat ihm Magda Lessling entgegen. Sie war sichtlich erregt. »Eva sagte, Sie hätten uns gewarnt. Was ist passiert? Wie geht es meinem Mann?«

Eva Steinfeld griff ihr an die Schulter und drückte sie sanft auf einen Stuhl.

»Beruhige dich, Magda. Wir müssen dem Inspektor doch erst einmal erzählen, was geschehen ist.«

Daraufhin berichtete sie Druwe in knapper Form von den Ereignissen. Kurz nachdem sie von ihm die Nachricht erhalten hatte, waren Magda Lessling und sie zu Magdas älterer Schwester hier in Flensburg aufgebrochen. Paul Lessling hatte noch nachmittags einen sehr schweren Rheumaschub mit Fieber und starken Schmerzen erlitten. Er hatte sich kaum bewegen können und seine Frau angefleht, sich dennoch mit Eva in Sicherheit zu begeben.

»Zwei der Fremdarbeiter haben die Isensteijns auf einem Heuwagen versteckt und sie zu einer Moorkate gebracht, die schon lange nicht mehr bewirtschaftet wird. Wir hoffen, dass sie dort erst einmal in Sicherheit sind, bis ...«

»Bitte, Eva«, unterbrach Magda Lessling sie. »Ich muss wissen, was aus Paul geworden ist.«

»Ich hatte leider recht. Die SS hat den Hof noch am Sonntag durchsucht«, begann Druwe. Die Bäuerin konnte einen kurzen Aufschrei nicht unterdrücken. Auch Eva Steinfeld blickte ihn entsetzt an. »Soviel ich weiß, ist Ihrem Mann nichts geschehen. Er lag wohl im Bett, aber ich habe nichts gehört von einer Verhaftung oder ...« Druwe unterbrach sich selbst, um die Frau nicht noch weiter zu verunsichern. »Sie haben das Altenteilerhaus und die Scheunen Ihres Schwagers durchsucht. Und niedergebrannt. Das Feuer wurde aber gelöscht, bevor es sich auf dem Hof ausbreiten konnte.«

»Gott sei Dank.« Magda Lessling sank erschöpft in sich zusammen. »Ich muss zu Paul. Er braucht seine Medizin, Eva.« Sie erhob sich.

»Ich nehme Elsbeth mit. Das wird ihn beruhigen. Betty kann sich um den Hof kümmern, und ich habe Zeit für Paul. Du bleibst hier. Falls die Kerle zurückkommen. Sonst nehmen sie dich noch mit.«

»Magda, nein. Deine Schwester hat das schlimme Bein.« Eva Steinfeld protestierte.

»Keine Widerrede. Dein Bruder ...« Magda Lessling unterbrach sich und sah ängstlich zu Druwe.

Eva nahm ihre Hand. »Er kann es ruhig wissen, Magda. Er war es, der Ludwig freigelassen hat. Wir können ihm vertrauen, denke ich.« Druwe fühlte sich unwohl. Beide Frauen schienen in liebevoller Sorge umeinander bemüht zu sein. Dazu kamen Paul Lessling, Isensteijns, die Fremdarbeiter, der Hof. Er war Zeuge fast familiärer Intimität, aber er war hier nur ein Fremder, ein Eindringling. Steinfelds Schwester war offenbar noch immer nicht ganz davon überzeugt, dass er nur die Wahrheit herausfinden wollte. Dass er nicht zu den Schlägern und Grölern gehörte. Eine Tatsache verunsicherte ihn jedoch besonders. Warum war es ihm überhaupt wichtig, wie Eva Steinfeld von ihm dachte? Er räusperte sich verlegen.

Sie wandte sich an ihn. »Mein Bruder ist heute Vormittag hier gewesen, Herr Druwe. Er hat mir alles erzählt.«

»Ich hoffe für ihn, dass er sich ein besseres Versteck gesucht hat als dieses. Wenn einer von meinen Gestapo-Kollegen den Finger aus der Nase nimmt und nachdenkt, wird er schnell auf die Lessling-Familie kommen. Das hier ist die Wohnung Ihrer Schwester, Frau Lessling?«, fragte er.

Die Bäuerin nickte. »Elsbeth Jørgensen, ja.«

»An solche Verbindungen wird man sofort denken.« Druwe wandte sich wieder an Eva. »Hier wäre es nicht sicher für Ihren Bruder, Fräulein Steinfeld.«

»Bettys Mann ist Däne. Er hat Kontakte zu dänischen Sozialdemokraten. Wenn alles gut gelaufen ist, dann ist Ludwig schon auf dem

Weg nach Sønderborg. Den kriegt ihr ...« Sie schwieg und sah ihm direkt in die Augen. »Er ist in Sicherheit.«

»Eva, bitte bleib hier. Falls mein Schwager oder dein Bruder ...« Magda Lessling war völlig aufgelöst. »Ich werde Elsbeth im Laden abholen. An Munketoft steht ihr Fuhrwerk. Wir werden damit nach Kattrup zurückfahren. Morgen ist ja Feiertag. Und übermorgen gibt es vielleicht schon nicht mehr. Ich muss zu Paul.«

Wenige Minuten später fiel die Tür zur Wohnung ins Schloss. Eva Steinfeld und Jens Druwe waren allein. Verlegen standen sie eine Weile in der Küche. Schließlich begann sie, einen Kessel Wasser auf den Gasherd zu stellen und Tee zuzubereiten.

»Darjeeling«, flüsterte sie ehrfurchtsvoll. Er musste es sich ein zweites Mal sagen lassen. Zwar kannte er diesen schwarzen Tee, selbstredend – schließlich war er Friese –, aber zu Hause liebten sie eher eine Mischung aus Assam und Ceylon. Dunkel, kräftig, malzig. Mit Noten von Honig und Zitrone.

»Darjeeling«, wiederholte sie. »Unverschnitten.« Es war, als wolle sie ihn an einer geheimen, ja intimen Kostbarkeit teilhaben lassen. In ein Ritual einführen. Diese Frau übte eine immer größere Faszination auf Druwe aus. Er war so lange von zu Hause fort gewesen, dass diese Teesorte für ihn eher wie eine Tanznummer der Swingkids klang. Bei der Polizei trank man Kaffee.

Wieder spürte Druwe ein leichtes Unwohlsein. Und wieder war es dieses Gefühl, an Familie, Zuneigung und Geborgenheit erinnert zu werden.

»Es sind nur fünfundzwanzig Gramm. Ich habe sie in einer winzigen Dose aufbewahrt, damit der Tee sein Aroma nicht verliert. Elsbeth hat die kleine Menge im Kontor ihres Mannes abgezweigt. Aus einem eingerissenen Sack in einer Holzkiste. Für Magda zum Geburtstag. Ist das nicht lieb?«, sagte Eva Steinfeld fast verträumt.

Tee war für Kranke, sagten die Berliner. Und Druwe dachte beinahe auch schon so. Er wurde jedoch aufs Angenehmste überrascht. Der Darjeeling weckte alte Erinnerungen. Es war ein leichter Tee, ganz anders als die schweren, erdigen Friesenmischungen, die er kannte. Er war blumig und weich. Wie ein Windhauch, der über eine noch feuchte Wiese streicht. Dennoch löste er eine Explosion der Sinne in ihm aus. Duft und Geschmack schienen lange verschüttet geglaubte Gefühle in ihm frei werden zu lassen. Gedanken verblassten, aber Teemomente blieben. Die beiden Menschen hier in der kleinen Küche schwiegen, als sie tranken. Es schien eine stille Übereinkunft zwischen ihnen zu geben, diesen Moment nicht zu stören. Sprechen und Tee trinken vertrugen sich nicht. Was Eva Steinfeld zu wissen schien, war Druwe mehr instinktiv zugängig. Er sehnte sich nach ein wenig Ruhe. Die Hektik der vergangenen Tage, nein, die Hektik eines ganzen Lebens hatte ihn müde werden lassen.

»Ich möchte Ihnen noch etwas geben«, sagte Eva Steinfeld, nachdem beide eine Weile still dagesessen hatten. Sie zog ein gefaltetes Papier aus der Tasche ihres Kleids. »Mein Bruder hat Ihnen geschrieben, bevor er ging.«

Druwe nahm den Brief. Ludwig Steinfelds Schrift war die eines gebrechlichen Menschen. Einige Buchstaben waren offenbar mit zittriger Hand geschrieben, und da er einen Bleistift benutzt hatte, konnte Druwe erkennen, dass manche Worte mit wenig Druck zu Papier gebracht worden waren.

Nachdem Druwe die Nachricht gelesen hatte, sah ihn Eva Steinfeld neugierig an.

»Haben Sie es gelesen?«, fragte er. Sie schüttelte den Kopf. Daraufhin las er ihr vor:

»Sie versetzen mich in Erstaunen, Herr Inspektor. Ich habe die Jahre überlebt, weil ich mir eine eigene Vorstellung von der Welt geschaffen habe. Es

ist eine einfache Welt, so glaubte ich wenigstens. In ihr gibt es jene, die brüllen, und jene, die angebrüllt werden. Es gibt Schläger und Geschlagene. Die einen töten und die anderen werden getötet. Ich dachte, dass mir dieses Schwarz und Weiß alles Notwendige über unser Land sagen würde. Und nun kommen Sie, Herr Inspektor Druwe, und malen mir ein kräftiges Grau in mein Bild. Sie sind irgendwo zwischen Schwarz und Weiß. Wahrscheinlich wissen Sie selbst nicht, wo genau. Sie haben mir die Augen dafür geöffnet, dass ich es ebenfalls nicht weiß. Ich bin mir aber sicher, dass ich das Grau brauche, um nach meinem Überleben in das Weiterleben finden zu können. Würde ich bei Schwarz und Weiß bleiben, so wäre ich nur wie jene, die ich so sehr verachte. Zu groß erschiene mir die Gefahr, in Zukunft zu jenen gehören zu wollen, die brüllen, schlagen, töten. In mir öffnet sich dadurch eine großartige Vision, nämlich, dass es gar nicht um den Klassenkampf, nicht um das politische Rechts oder Links geht. Es geht vielmehr um die Wertschätzung des Lebens. Wer sie nicht hat, wird der Menschheit immer nur schaden.

Meine Haftzeit ist zu Ende. Haben Sie nun den Mut, auch die Ihre zu beenden. Ich erahne aus unseren Gesprächen, dass in Ihnen Kräfte wirken, die sie entweder zerstören oder retten können. Sie haben von Gerechtigkeit gesprochen. Dienen Sie ihr nicht, schaffen Sie sie. Ihr Handeln bestimmt, wer Sie sind. Dass Sie meine Schwester gerettet haben, werde ich Ihnen nie vergessen. Dass Sie mich wie einen Menschen behandelt haben, wird sie Ihnen nie vergessen. Noch vor drei Tagen kannten wir uns nicht, jetzt sind unsere Leben ineinander verwoben. Sie haben das Schloss zu Ihrer Zellentür bereits geöffnet, nun stoßen Sie sie auf! Sie werden gebraucht in einem Land, das auf lange Zeit seine Unschuld verwirkt hat. Da kommt Ihr Grau zur richtigen Zeit. Es ist allemal besser als Schwarz. Und oftmals ehrlicher als Weiß.

Ich wollte fortgehen mit Eva. Weit weg, um zu vergessen. Jetzt weiß ich, dass es falsch wäre. Gerade dann hätten meine Peiniger letztlich doch noch gesiegt. Nein, ich werde eines Tages, wenn ich mich ausreichend erholt *habe, in dieses Land zurückkehren. Ich werde einen Beitrag dazu leisten, dass es wieder mein Land sein kann. Vielleicht kreuzen sich dann unsere Wege noch einmal. Ich hoffe es sogar. L. S.*

Plötzlich erhob sich Eva Steinfeld, trat um den Tisch herum und beugte sich zu ihm. Sie küsste ihn sanft auf die lädierte Wange.

»Danke«, sagte sie nur.

Druwes innere Ruhe wich augenblicklich einem Chaos. Er hatte sich am Morgen nicht rasiert und nur notdürftig gewaschen. Im Haar hingen sicher noch Teile der getrockneten Innereiengrütze, mit der ihn Oberbauer eingeschmiert hatte. Vielleicht rieche ich unangenehm, ging es ihm durch den Kopf. Und wieso interessiert mich das überhaupt? Diese Frage stellte er sich nun schon zum wiederholten Mal.

»Das da ...« Sie deutete auf die Schwellung und Rötung über seinem Jochbein. »... tut mir leid. Auf Pauls Hof. Als Sie mit Ludwig die Treppe herunterkamen. Ich dachte ...«

»Max Schmeling wäre sicherlich bei Ihnen in der zweiten Runde k. o. gegangen.« Druwe lächelte schief.

»Ich habe mich getäuscht. Ludwig hat mir erzählt, dass Sie ihn ordentlich behandelt haben. Sie sind nicht wie diese Bluthunde. Ich wusste es schon, als Sie gegenüber Ihrem Kollegen kein Wort über Isensteijns verloren.«

»Anders. Was heißt das schon? Was ist in diesem Land passiert, Eva?« Druwe verspürte einen leichten Stich, als er die Frau nur mit Vornamen ansprach. »Bitte, sagen Sie es mir, wenn Sie können. Die Menschen hören einander nicht mehr zu, sie horchen sich aus. Sie wägen jedes Wort ab, flüstern und tuscheln. Sie geben nicht aufeinander acht. Nein, sie beobachten und bespitzeln sich, spionieren und melden.«

»Warum haben Sie meinen Bruder freigelassen?«

»Weil er unschuldig ist.«

»Und warum haben Sie ihn nicht einfach auf das Revier gebracht? Warum haben Sie das Recht selbst in die Hand genommen? Ihn auf eigene Faust einfach laufen zu lassen ist sicher nicht die übliche Art bei der Polizei, oder?«

»Denen wäre egal gewesen, ob er schuldig oder unschuldig ist. In diesem Land sind Recht und Unrecht doch längst durch andere Maßstäbe ersetzt worden.«

»Da haben Sie Ihre Antwort, Herr Inspektor. Sie sagten meinem Bruder vor zwei Tagen, dass Sie die Wahrheit herausfinden wollen. Dass das Ihre Aufgabe als Polizist sei. Also sind Sie tatsächlich anders.«

»Die Wahrheit ist derart tief mit Dreck zugeschaufelt, dass man an ihrer bloßen Existenz zweifeln könnte. Und ich habe lange die Augen davor verschlossen, dass auch ich einer ihrer Totengräber bin.«

»Es ist wichtig, eine Entscheidung zu treffen. Es wird jetzt eine andere Zeit kommen. Davon bin ich überzeugt. Leute wie Sie und Ludwig können etwas ändern.«

»Ich bin müde, Eva. Seit über dreißig Jahren sagen mir ein Kaiser, ein Kanzler oder ein Führer, wofür es sich lohnt, einzutreten. Zu kämpfen. Dafür habe ich Freunde sterben sehen. Dafür habe ich meine Unschuld, meine Lunge und meine Hand auf den Altar der politischen Eitelkeiten getragen. Ich weiß nicht, wie viel noch von mir übrig ist. Zu wenig, fürchte ich, um etwas zu ändern.«

»Unsinn, Jens.« Sie setzte sich dicht neben ihn. »Ich sage Ihnen jetzt, was ich auch meinem Bruder gesagt habe. Wenn Sie jetzt aufgeben, dann haben die gewonnen. Aber so muss es nicht sein. Wissen Sie, ich habe drei Jahre Philosophie studiert.«

»Ihr Bruder hat mir davon erzählt.« Sie blickte ihn erstaunt an, und er fuhr fort. »Mir war es immer wichtig, die Menschen und ihre Geschichten kennenzulernen. Verbrechen und Tatorte sind leer und anonym. Sie werden erst lebendig, wenn man die Hintergründe kennt.

Nur dann ist es möglich, so etwas wie die Wahrheit zu finden. Sonst bleibt alles nur ein Akteneintrag, eine Nummer, ein Vorgang. Dann ist es bereits tot, bevor es überhaupt stirbt. Verstehen Sie das, Eva?«

»Ich habe bei Cassirer in Hamburg angefangen. 31. Wissen Sie, was er sagte, Jens?«

Druwe schüttelte fast unmerklich den Kopf, obwohl Eva Steinfeld sicherlich keine Antwort von ihm erwartete.

»Unser Handeln ist der Ausgangspunkt für die Organisation von Wirklichkeit. Mein Bruder wäre vielleicht jetzt tot, wenn du ihn nicht freigelassen hättest. Verstehst du? Dein Handeln hat etwas bewirkt, ihn gerettet. Es hat Wirklichkeit geschaffen. Eine andere Wirklichkeit, jenseits von Unrecht und Leid. Und genau darum ist es wichtig, sich zu entscheiden. Und danach zu handeln.«

Die Augen der Frau leuchteten. Sie war in ihrem Element. Die Erinnerung an ihr Studium schien sie zu elektrisieren. Und wie ein Stromstoß durchfuhr es Druwe, als er bemerkte, dass Eva Steinfeld ihn eben geduzt hatte. Da war plötzlich ein lange nicht gekanntes Gefühl von Lebendigkeit. Eine Erinnerung an die Unbeschwertheit seiner Jugend. Längst vergessenes Oszillieren in Licht und Farben. Eine kleine Komposition von Glück.

Eva Steinfeld beugte sich zu ihm vor und küsste ihn.

»Du stinkst«, sagte sie nach Sekunden der Ewigkeit.

Er wusste es.

ZUFÄLLE

Gegen fünf kehrte Druwe noch einmal zurück aufs Präsidium. Er war zufrieden. Und er war unruhig. Er hatte Witterung aufgenommen.

Seine Beute gab sich auch nicht viel Mühe, ihre Fährte zu verwischen. Grenger, Hilmarsson, Lessling. Ob kleine Lichter oder große Bonzen. Diese Männer waren sogar im Angesicht der Niederlage davon überzeugt, dass sie die Sache heil überstehen würden. Druwe überlegte. Gerhard Lessling interessierte ihn nicht, da hatte Oberbauer recht. In gewisser Weise hatte er sich ja selbst in die Scheiße geritten, an der er dann erstickt war. Bei Hilmarsson sah es schon anders aus. Den Täter einfach laufen lassen? Weil es gefährliche Zeiten waren? Weil die Wahrheit sich in die tiefsten, dunkelsten Ecken zurückgezogen hatte? Zwölf Jahre war sie auf der Flucht vor den Schergen, die ihr endgültig den Garaus machen wollten. Zwölf Jahre. Druwe lächelte bitter. Wie bei Steinfeld. Zwölf Jahre Haft, weil er nicht ins System passte.

Aber in diese Suppe habe ich euch schon gespuckt, dachte Druwe. Den Steinfeld kriegt ihr nicht mehr. Oberbauer hatte ihm geraten, es dabei zu belassen. Aber konnte er das? Wollte er das? Überall verreckten die Leute, mussten alles zurücklassen, um sich irgendwie zu retten. Und er, Druwe, sollte einfach wegsehen? In der Innentasche seines Mantels spürte er Lesslings Buch. Mehr als vierzig Schweine würden sich aus dem Staub machen. Sich bis an ihr Lebensende fett fressen, während andere im Dreck krochen.

Druwe sog die kühle Abendluft in seine Lungen, und er dachte ans Gas. Sein Bewusstsein schien sich in zwei Teile aufzuspalten. Mit einem Teil beobachtete er, wie er selbst hier stand. Mit dem anderen Teil aber war er woanders. In der Vergangenheit könnte man sagen, doch für ihn war das immer Gegenwart. Er lauschte dem Treiben, das von der Hafenspitze herüberdrang, und hörte das Pfeifen und Sirren der Granaten, das seine Trommelfelle zerrissen hatte. Er sah die Gesten und das Lachen der Arbeiter bei den Kais und erlebte, wie seine Freunde und Kameraden krepierten. Er rieb sich den rechten Unterarm in Höhe der Lederprothese. Und er spürte den Moment, als sich seine Hand in blutigen Brei verwandelt hatte. Seine Mutter hatte ihm früher Lieder vor dem Zubettgehen gesungen. Aber jetzt kam fast jede Nacht die Angst und fraß sich in seine Seele – wie eine Made ins schimmlige Brot.

Dann waren seine Gedanken wieder bei den vergangenen zwei Stunden mit Eva Steinfeld. Er hatte gestottert wie ein Pennäler. Dieser Kuss. Leben. Lange nicht gespürt. Konnte er das alles aufs Spiel setzen? Durfte er durch sein Handeln Eva gefährden? Würde er dann privat wieder einmal alles verpatzen? Er wollte so gern wegsehen. Neu anfangen. Alles hinter sich lassen. Aber die Sache nagte an ihm. Er ahnte, dass dieses neue Haus auf fauligem Grund errichtet wäre. Er hatte schon zu lange weggesehen. Zu oft.

Seine Entscheidung war gefallen, als er auf die Treppenstufen zwischen den stilisierten Säulen am Eingang der Polizeidirektion trat. Er stand in der kleinen Halle und blickte sich kurz um. Offenbar waren die meisten Kollegen schon gegangen. Morgen war Feiertag. Zwei wachhabende Unteroffiziere saßen gelangweilt am Empfang. Druwe zog scheinbar beiläufig seinen Dienstausweis und grüßte. Unter dem Vorwand, seinen Kollegen Oberbauer sprechen zu wollen, sah er das Dienstbuch ein. Grenger war laut Eintrag noch im Haus. Hilmarsson nicht. Hinsch hatte sich offenbar schon vor vier Stunden verabschiedet.

Gut so, dachte Druwe. Er hoffte, dass Hinsch seine Suspendierung nicht an die große Glocke gehängt hatte. Und schließlich, wen hätte es interessiert? Wenn er aber jetzt Hinsch in die Hände fiele, dann war es aus. Grenger hatte laut Buch sein Zimmer in der zweiten Etage. Sollte er es wagen? Den Kerl einfach zur Rede stellen? Er war sich unschlüssig. Wie viel wusste der Mann? Was wäre gewonnen, wenn er danach sofort Hilmarsson warnte? Als Druwe noch über sein weiteres Vorgehen nachdachte, kam ein SS-Untersturmführer in die Vorhalle. Brille, Aktentasche, Haarschnitt wie ein Bibliothekar aus der Kaiserzeit.

»Für heute Schluss, Herr Untersturmführer?«, fragte einer der beiden Wachhabenden. Der Angesprochene nickte nur und griff sich noch einige Formulare und Vordrucke, die er in seiner Tasche verstaute. Der Unteroffizier nahm das Dienstbuch, das noch neben Druwe auf dem Tresen lag. Druwe tat gelangweilt, als wäre er mit einem abgebrochenen Bleistift beschäftigt. Dabei blinzelte er nach rechts. Der Wachhabende notierte: *Ustuf Grenger, 17.38.*

»Werden Sie auch morgen hier sein, Herr Untersturmführer?«

»Nein, Danner. Erst übermorgen, wenn nicht bis dahin ...« Alle im Raum wussten, was er meinte. Er tippte sich kurz mit zwei Fingern an die Stirn. »Ruhigen Dienst.«

»Danke, Herr Untersturmführer. Schönen Feierabend.« Oberwachtmeister Danner nahm andeutungsweise Haltung an.

Fast augenblicklich traf Druwe seine Entscheidung. Er wartete nur kurz und folgte Grenger dann unauffällig. Übermorgen wäre erst wieder Gelegenheit, ihn hier auf dem Präsidium zu finden. Und Druwe wusste nicht, wo Grenger wohnte. Zwei Tage. So lange konnte er nicht warten. Vielleicht würden die Geldmittel schon morgen verteilt werden. Immerhin wäre der Maifeiertag eine gute Gelegenheit, sich aus dem Staub zu machen. Die Dienststellen der Beteiligten würden erst am Tag darauf Verdacht schöpfen. Wenn überhaupt.

Grenger trat nach rechts auf den Vorplatz und verschwand um die Ecke in der Rathausstraße. Immer noch waren die Straßen belebt, so dass Druwe keine Mühe hatte, Grenger unbemerkt zu folgen. Fast schien es, als wolle er in den Holm einbiegen. Um vielleicht eine Besorgung zu machen. Dann entschied er sich offenbar anders und lief weiter bergan. In Höhe des Stadttheaters bog Grenger dann links in den Südergraben ab. Wenig später, in der Nähe des Lutherhauses, ging er in die kleine Stichstraße der Friesischen Straße hinein. Druwe sah ihn in einem etwas heruntergekommenen Feudalbau der Jahrhundertwende verschwinden. Er wagte nicht, den Hauseingang zu betreten.

Einen Moment später wurde jedoch im ersten Stock ein Fenster geöffnet, und Grenger blies den Rauch einer Zigarette ins Freie. Druwe konnte sich gerade noch in den Schutz eines Erkers zwängen, so dass ihn Grenger nicht bemerkte. In ihm reifte ein Plan. Als sich das Fenster schloss, verschwand er schnell in Richtung Krankenhaus. Nach einigen hastig zurückgelegten Metern drosselte er sein Tempo etwas. Gott sei Dank sind die Wege in Flensburg kürzer als in Berlin, dachte er. Ich bin eindeutig außer Form.

Innerhalb von zehn Minuten war er am Ziel. Zwar wunderte sich Berthold Schmid über die abstrusen Wünsche seines Schwagers, händigte ihm die Dinge aber ohne große Fragen aus. Wenige Augenblicke später hastete Druwe wieder zurück und erreichte kurz vor halb sieben bereits die Rote Straße. Er klopfte an die Tür der Hinterhofwohnung. Eva Steinfeld öffnete ihm.

»Du bist verrückt«, sagte sie nur, als sie von seinem Plan erfuhr.

Eine Stunde später brachen sie auf. Es dämmerte. Sie schwiegen, als sie zügig die Straße hinaufgingen. Druwe wusste, er brachte Eva in Gefahr. Aber er brauchte ihre Hilfe bei der Sache. Oberbauer hätte ihn dabei niemals unterstützt. Und allein? Er blickte verächtlich auf seine Lederhand. Sogar die täglichen Hygieneverrichtungen fielen ihm immer noch schwer. Wie sollte er da mit nur einer Hand durchführen, was er jetzt plante?

Sie erreichten fünf Minuten später das Haus, in dem Grenger wohnte. In dessen Stube brannte Licht.

Gut, dachte Druwe.

Leise betraten sie den Hausflur. Eva klebte etwas Heftpflaster auf die Türspione im Erdgeschoss. Besser, wenn uns später niemand beschreiben kann, dachte Druwe. Dann stiegen sie die Treppe hinauf. Ihm kam es vor, als würde das Knarren der Stufen Tote aufwecken. Aber nichts rührte sich. Auch im ersten Stock verschloss Eva sorgsam die Spitzelschlitze, wie die kleinen runden Öffnungen mit Innenklappe im Volksmund genannt wurden. Danach nahm sie einen Latexhandschuh aus ihrer Tasche, den sie über die rechte Hand streifte. Die Dinger sind kostbar, hatte Schmid gesagt. Und knapp. Wir operieren schon wieder mit bloßen Händen. Aus einer Glasflasche mit klarer Flüssigkeit tränkte Eva Steinfeld nun einen dicken Mullstreifen. Ein süßlicher Geruch breitete sich augenblicklich im Flur aus. Sie nickte Druwe zu, und er klopfte an Grengers Tür. Der Untersturmführer trug bereits einen lächerlich geblümten Schlafanzug, als er öffnete.

»Was soll ...« Weiter kam er nicht, da Druwe ihn in die Wohnung drängte und ihn in einen Polizeiklammergriff nahm. Auch mit seiner Behinderung beherrschte er die Tricks der Straße immer noch. Eva Steinfeld schloss schnell die Tür und drückte dann den feuchten Baumwollstreifen auf Grengers Gesicht. Der Überrumpelte wehrte sich nur kurz, schlug mit den Armen um sich. Dann wurden seine Bewegungen seltsam fahrig. Schließlich erschlaffte sein Körper.

VIEL FEIND

Grenger saß auf dem einzigen Stuhl im Zimmer, die Hände hinter seinem Rücken an der Lehne gefesselt. Der Adjutant Himmlers für »besondere Reichsangelegenheiten« wirkte selbstsicher, aber Druwe durchschaute die Fassade.

»Ich kenne Sie. OrPo, nicht wahr? Druhe oder Druwe. So heißen Sie doch, Herr Inspektor? Ich habe von Ihnen gehört. Erst bei der Kripo Berlin. Dann Befehlsverweigerung an der Front. Jetzt Landpolizei, Versehrtenposten.« Die letzten beiden Worte spuckte der Gefesselte voller Verachtung aus.

Druwe schwieg. Es war gut, die Leute am Anfang eines Verhörs im

Unklaren zu lassen. Sie kamen dann durch ihre Verunsicherung eher in Redelaune.

»In Zukunft werden Sie nur noch eine Nummer sein, Druwe. Und sich in Gefängniskleidung den Rest Ihres jämmerlichen Lebens mit Trümmerbeseitigung beschäftigen.«

Druwe sagte immer noch nichts. Dieser hagere Mann war ein typisches Abziehbild aus der SS-Verwaltungsebene. Herrisch und arrogant. Ein Rudeltier, das sich stark fühlte, wenn es sich der Unterstützung durch die Gruppe sicher war.

Aber hier bist du allein, Grenger, dachte Druwe und schmunzelte leicht. Ganz allein. Und niemand wird dir helfen. Vielleicht ist es sogar das erste Mal, dass du mit deinen Lackstiefeln in der Scheiße stehst. Und du stehst wirklich tief drin ...

»Lassen Sie mich sofort frei. Wir ...« Druwes Schweigen schien den Mann immer mehr zu verunsichern. »Wir können das einfach vergessen. Jedem können mal die Sicherungen durchbrennen. Gerade in dieser Zeit. Ich bin nicht nachtragend.« Grengers Augen flatterten leicht hinter der Hornbrille. Sein rechtes Oberlid zuckte nervös. Seine hageren Gesichtszüge wirkten bleich. Das Straffe, Gespannte und Raubvogelartige war jetzt einer Teigigkeit gewichen. Die Angst hatte sich in seine Zellen geschlichen. Und Druwe spielte weiter auf seiner Geige des Schweigens.

»Was wollen Sie überhaupt von mir?«

Jens Druwe wandte sich an Eva Steinfeld, die reglos an der Tür stand. »Würdest du bitte für Musik sorgen? Ich habe im Flur ein Grammophon gesehen. Vielleicht einen Marsch für den Untersturmführer? Und es darf laut sein, damit die rechte Stimmung aufkommt. Sie mögen doch Musik, Herr Grenger?«

Eva verließ das Zimmer, um im Nebenraum das Grammophon aufzuziehen. Kurze Zeit später schwoll die Musik an. Druwe kannte die Schellackplatte. Ein Dauerbrenner zu allen Festen des Tausendjährigen Reichs. Egerländer und Badenweiler Märsche, die legendären Stücke vom Jagdgeschwader Richthofen, der Siegfriedlinie und Erika. Natürlich, Erika. Das passt, dachte Druwe. Da wird Grenger sicherlich sentimental und kommt in Plauderlaune. Er trat an das spärlich bestückte Bücherregal heran. Nach kurzem Suchen fand er, was er suchte, einen Straßenatlas der Shell von 1937. Recht dick, aber mit weichem Pappdeckeleinband. Er wog den Atlas in der Hand.

»Was soll das? Was wollen Sie?«, wiederholte Grenger.

Im nächsten Moment trat Druwe an ihn heran und schlug ihm ohne Vorwarnung das Buch über den Kopf. Der Schlag traf den Gefesselten unvorbereitet, und er stöhnte kurz auf.

»Wissen Sie, Herr Grenger, ich komme aus Berlin. Fast fünfzehn Jahre im Präsidium und im Kriminalamt. Und in den Kneipen habe ich den Angebereien unserer Kollegen von der Gestapo immer gut zugehört. Natürlich kann man einen Häftling einfach schlagen und quälen. Aber dieses Offensichtliche ist doch abstoßend. Das Blut, der Speichel, die Zähne. Ekelhaft. Und später braucht der Mann nur nach draußen zu gehen, und jeder sieht, dass er misshandelt wurde. Sehr unprofessionell. Aber dafür gibt es ja den Erfindungsreichtum der Folterknechte. Grenger, glauben Sie mir. Wenn Sie hier zwei Tage mit einer Lampe vor den Augen sitzen, dann erzählen Sie mir alles. Aber soviel Zeit haben wir leider nicht. Deshalb kann ich Ihnen leider ein gewisses Schmerzmaß nicht ersparen. Und da Sie ja ein Held sind, können Sie sicher viel ertragen. Sie waren bestimmt überall in vorderster Linie dabei. Immer nur knapp hinter den Frontsoldaten. Waren in Paris. Nach der Kapitulation. Und in Russland. Hundert Kilometer hinter der Front. Und natürlich in Berlin. Bei den strategischen Besprechungen. Immer mit dem Finger auf der Karte. Sonderkommando X und Einsatzgruppe Y. Liquidieren in Krakau, Lublin oder Rostov. Irgendjemand musste ja diese heroischen Entscheidungen treffen.« Erneut schlug Druwe zu. Wieder erfüllte ein Stöhnen den Raum.

»Wissen Sie überhaupt, Grenger, was hinter diesem Wort steckt, das ihr Bürokraten so gern benutzt? Liquidieren. Das heißt wimmern und weinen. Es bedeutet Hoffnungslosigkeit, Angst und Verzweiflung. Es riecht nach Kotze, Schweiß und Pisse. Liquidieren zerstört Leben. Es tötet. Nicht nur diese Menschen. Nein, es tötet etwas in allen ihren Angehörigen. Und es tötet etwas in uns. Ja, auch in denen, die liquidieren, tötet es etwas ab. Können Sie mir folgen, Herr Grenger? Liquidieren bedeutet, dass etwas unwiederbringlich aus dieser Welt geht. Auf beiden Seiten.«

Druwes Stimme überschlug sich fast, und er wuchtete das Buch ein weiteres Mal mit voller Kraft gegen Grengers Schädel. Erneut traf es den Mann unvorbereitet. Er schrie kurz auf. Druwe versuchte, sich wieder unter Kontrolle zu bringen. Ich will nur etwas von ihm wissen, ich will ihn nicht umbringen, ermahnte er sich selbst.

»Schläge mit einem schweren Buch auf den Kopf. Möglichst weicher Einband, damit keine Platzwunden entstehen. Sie werden merken, die ersten zehn stecken Sie mannhaft weg. Ab zwanzig beginnt es in der Tiefe zu schmerzen. Bei fünfzig wissen Sie nicht mehr, wo rechts und links ist. Wussten Sie, dass Gestapo-Müller damit Experimente gemacht hat? Bereits nach hundertfünfzig festen Hieben ist Ihr Gehirn Matsch. Unwiederbringlich. Und irgendwo zwischen zwanzig und hundert werden Sie mir alles erzählen, was ich hören will.« Vierter Schlag.

Nun war es Eva Steinfeld, die aufschrie, als sie den Raum wieder betrat.

»Du musst dir das nicht ansehen, Eva.«

Druwe blickte sie an, sein Gesichtsausdruck wirkte gequält. Sie konnte den inneren Kampf, den er mit sich ausfocht, fast spüren.

Sie schüttelte den Kopf. »Ich bleibe.«

Nach acht Schlägen wirkte Grenger bereits benommen. Tatsächlich war äußerlich keine Verletzung erkennbar. Lediglich die Frisur hatte sich etwas verändert. Und die Brille war zu Boden gefallen, und eine gesunde Röte hatte sich auf seine Wangen gelegt.

»Müller hat auch noch andere Experimente durchgeführt. Strom soll Wunder bewirken. Zwei Kabel an den Brustwarzen und Sie würden wünschen, Grenger, dass Sie noch mehr wüssten. Aber ich persönlich finde eine Methode besonders gelungen. Müller nannte sie den Sack. In der Tat bindet man den männlichen Gefangenen den Hodensack mit einem Seil ab. Gerade so stark, dass das Blut zwar hinein kann, aber über die abgedrückten Venen nicht mehr hinaus. Grenger … Grenger …« Druwe zog einen kleinen Tampen aus seiner Tasche. Dann schüttelte er bewusst theatralisch den Kopf. »Ich habe mir sagen lassen, dass das Gemächte so groß wird, dass der beste Zuchthengst vor Neid zum Schimmel wird. Und der Schmerz. Unerträglich. Aber das Beste: Es besteht eine große Gefahr, dass das Teil danach abstirbt. Je nachdem, wie lange Sie durchgehalten haben.«

Neunter Schlag. Grenger sackte zusammen. Als er den Kopf hob, sah Druwe Tränen in den Augen des gefesselten Mannes. »Was wollen Sie wissen?«, fragte der Gepeinigte.

Druwe hatte gewonnen, aber ein Gefühl des Triumphs wollte in ihm nicht recht aufkommen. Vielmehr war er über sich selbst erschrocken. Wie unscheinbar war doch die Grenze. Wie schmal der Grat. Wer entschied, auf welcher Seite man stand? Eben noch rechtschaffen und dann, einen kleinen Schritt danach, schon ein Teufel in Menschengestalt. Er spürte einen bitteren Geschmack im Mund.

»Alles.«

In der folgenden halben Stunde setzte Grenger durch seine Informationen die Puzzleteile, die Druwe bereits kannte, zu einem stimmigen Bild zusammen. An besonders heiklen Stellen stockte er zwar kurz, doch ein kurzer Blick auf das Seilstück in Druwes Händen stellte seine Auskunftsbereitschaft sofort wieder her.

»Erzählen Sie mir von Brynjar Hilmarsson. Sie haben mit ihm die Aktion auf Paul Lesslings Hof geleitet.«

»Ja, ich kenne Hilmarsson. Er ist ein Schwein. Völlig skrupellos. Hat einige Kameraden fast totgeschlagen, die ein paar Witze oder unpassende Bemerkungen gemacht haben. Seine Mutter ist Deutsche. Alter hessischer Adel. Sein Vater war an der isländischen Botschaft in Berlin. Bis zu den Spielen, glaube ich. Hilmarsson ist ein Klasse-I-Arier. Das betont er immer wieder. Sie wissen ja, wie er aussieht. Nordisch durch und durch. Er hat irgendeine seltsame Beziehung zum Reichsführer. Genaueres weiß ich nicht. Hat wohl etwas mit den Interessen Himmlers an nordischer Mythologie zu tun.«

Grenger selbst war vor vier Monaten in den Rang eines Sonderadjutanten beim Reichsführer-SS, Heinrich Himmler, erhoben worden. In mehreren, absolut vertraulichen Unterredungen wurde ihm sein Aufgabengebiet beschrieben.

»Ich wusste bereits, dass es Absetzbewegungen aus den östlichen Reichsgebieten gab. Ich dachte allerdings, dass es um die Sicherung unseres Kulturguts ging. Um es vor der Zerstörungswut der bolschewistischen Horden zu schützen. Aber es hat mich dann doch überrascht, dass es vorwiegend um Wertgegenstände ging. Werte, die auch, nun ja, während der Überführung aus diesen Ländern mehrmals den Besitzer wechselten.« Als Druwe ihn fragend anblickte, fuhr Grenger erläuternd fort. »Da gab es natürlich viele Ländereien und Besitzungen hochrangiger Partei-, Wehrmachts- und SS-Angehöriger im Osten. Schlösser, Jagdanwesen, Mühlen, Pferdezuchten, alles nur Erdenkliche. Die wollten ihre Sachen in Sicherheit bringen. Zusätzlich war da aber auch eine Menge Reichseigentum. Unglaublich, was der slawische Adel für Reichtümer hatte. Und dann die Juden.« Grenger stockte. »Die mussten bei ihrer Umsiedlung ja allen Besitz abgeben.« Wieder hielt er kurz inne. »Ich spreche von mehreren Milliarden Goldmark. Vieles davon musste aber zunächst transferiert werden.«

Als Druwe ungeduldig und fragend blickte, fuhr Grenger schnell fort. »Transferieren. Damit waren zwei Vorgänge gemeint. Erstens mussten Wertgegenstände in gängige Währung getauscht werden. Das waren Gold, Pfund und Dollar. Mittelsmänner suchten also für die Sachen Käufer in der ganzen Welt. Zweitens wurde das Gold oder Geld an sicheren Orten verwahrt. Ganz hohe Tiere haben wohl Konten in der Schweiz. Spanien und Schweden waren aber auch beliebt. Sogar nach Amerika haben sich einige von uns getraut. Ford hat sich dort wohl für einige Männer eingesetzt. Der mag uns. Geld stinkt nicht, wie es so schön heißt. Und es gibt einige Unternehmer, die haben über stille Teilhaberschaften ordentliche Summen für uns geparkt. Bei der IBM zum Beispiel.«

Druwe pfiff leise. »Das klingt aber so, als wäre nicht jeder vom Endsieg überzeugt.«

»An den glaubt nur noch der Führer selbst. Aus den Unterlagen habe ich erkennen können, dass die ersten Aktivitäten, Reichseigentum zu verscherbeln, bis ins Frühjahr vor drei Jahren zurückreichen. Spätestens nach Stalingrad waren viele Leute gewarnt. Und sie hatten recht, wie man sieht.«

»Was genau war und ist Ihre Aufgabe, Grenger?«

»Also, ich sollte mich um die persönlichen Interessen des Reichsführers kümmern. Im Gegensatz zu anderen wollte er, dass ich auch wichtige Gegenstände sicher unterbringe. Das Totenbett von Voltaire. Den Sarkophag Heinrichs I. Den Schreibtisch des Großen Kurfürsten. Teile des Bernsteinzimmers. Schaffen Sie das mal unauffällig außer Landes. Aber Himmler glaubt, dass er als Staatsmann noch gebraucht wird. Er will in Spanien oder Schweden die ersten Unruhen nach dem Waffenstillstand abwarten. Und dann als neuer starker Mann zurückkehren. Insgeheim hofft er sogar, dass er mit Dönitz hierbleiben kann. Für den Fall habe ich Anweisungen aus der Reichskanzlei erhalten.«

»Vom Führer?«, fragte Druwe ungläubig.

»Von Bormann, seinem Sekretär. Hitler will, dass Himmler entmachtet und verhaftet wird. Für ihn ist der Reichsführer ein Verräter.« Als ihn Druwe staunend anblickte, fuhr Grenger, der langsam seine Fassung zurückerlangte, fort. »Ja, Sie haben richtig gehört. Himmler hat ohne Wissen des Führers mit dem Ausland verhandelt. Sogar direkt mit den Juden.«

»Und Sie sind der Mann, der ihn verhaften soll?« Druwes Stimme klang spöttischer, als er es beabsichtigte.

»Unsinn. Ich habe erst heute die genauen Anweisungen bekommen. Ein verschlüsselter Befehl ging per Eilkurier direkt an mich. Der andere Befehl kam von Dönitz. Ritter Greim war gerade aus Berlin in Plön beim Großadmiral eingetroffen. In der Hauptstadt hatte er vorher noch mit dem Führer und Bormann gesprochen. Teufelskerl! Dönitz und ich sollen Himmler einige Zeit in Sicherheit wiegen. Wenn er arglos ist, wird er in ein oder zwei Wochen von Marineeinheiten festgenommen.«

»Dönitz? Sie spielen also ein doppeltes Spiel, Grenger? Und schlagen sich am Ende auf die Seite des Gewinners?« Druwe spielte drohend mit dem Tampen in seiner Hand.

Grenger schüttelte verzweifelt den Kopf. »Ich hatte keine Wahl. Bormann hat meine Familie in München aufspüren lassen. Der Kerl ist eiskalt. Wenn ich nicht tue, was er verlangt, dann bringen sie meine Leute um.«

Druwe betrachtete den Mann. Grenger hatte glaubhaft Angst um seine Familie. »Und Hilmarsson?«, fragte er.

»Der ist für Himmlers Freunde und enge Vertraute zuständig. Vor allem für Höß, Pohl, Bothmann, Ohlendorf und Glücks. Himmler spricht von ihnen ganz gerührt. Es seien die Männer, die eine unglaubliche Last hätten tragen müssen. Sie hätten es auf sich genommen, deutschen Boden von allem rassischen Unrat zu reinigen. Sie hätten ihr Schicksal der Volksgemeinschaft verschrieben und würden doch nur Undank ernten. Hilmarsson soll dafür sorgen, dass diese Leute mit neuen Papieren und materiell abgesichert dauerhaft untertauchen können. Himmler sprach ganz direkt von Südamerika. In Argentinien und Paraguay gibt es viele alte deutsche Auswandererfamilien, die unserer Sache gewogen sind. Hilmarsson hat das alles organisiert. Ich kenne diese Leute gar nicht. Ich weiß auch nicht, wie das Ganze abläuft. Ich bin nur für Himmler persönlich zuständig. Mit Hilmarsson arbeite ich nur insoweit zusammen, als er für die Gelder des Reichsführers mitverantwortlich ist. Wie gesagt, ich habe die ganzen Sachen, die ihm so wichtig sind, in Sicherheit gebracht.«

»Habe ich das richtig verstanden? Himmler glaubt also, dass er im besten Fall in Flensburg bleiben oder im schlechtesten Fall nach einiger Zeit zurückkehren kann?«, fragte Druwe. »Und andere Männer sollen für immer abtauchen?«

Grenger nickte.

»Was wissen diese Männer? Bothmann, Höß oder Glücks? Vom Unrat reinigen? Was meinten Sie damit genau?«, hakte Druwe nach. Ihm wurde mulmig, da er die Wahrheit ahnte, aber er brauchte Gewissheit. Mit Grenger saß ein Mann vor ihm, der die Männer ganz oben kannte.

»Kommen Sie, Druwe. Sie waren in Berlin. Die Nürnberger Gesetze. Die Synagogenbrände. Viele leere Wohnungen. Und ab 42 dann keine Goldbergs, Blumenthals, Levis, Fleischmanns und Steins mehr. Meinen Sie, die haben sich einfach still davongemacht?«

»Erschießungen wie bei den Einsatzgruppen?«, fragte Druwe mit trockenem Mund. Böse Erinnerungen wurden in ihm wach.

»Schlimmer. Außerdem zu primitiv. Es musste alles organisierter vonstattengehen. Schneller, effizienter, wir sind ja keine Wilden. Das Deutsche Reich ist judenfrei, Herr Kommissar. Sagen Sie bloß, dass Sie das nicht wussten.«

»Kind, sei still. Sonst kommst du durch den Schornstein.« Eva Steinfeld meldete sich erstmals zu Wort. Ihre Worte waren nur ein Flüstern. »Gehorche rasch, sonst wirst du zu Asch.« Druwe blickte sie fragend an, und sie erklärte es ihm. »Seit ein paar Jahren drohen Mütter so ihren ungehörigen Kindern. Wie beim schwarzen Kohlenmann.« Sie wandte sich direkt an Grenger. »Dann stimmt es? Ihr habt sie getötet und dann verbrannt?«

»Wir, meine Liebe. Wir alle. Aber keine Sorge. Leute wie Höß und Glücks haben alle Spuren beseitigt. Juden, Zigeuner, Asoziale, Krüppel, Debile. Sie sind einfach verschwunden. Und die Welt wird aufatmen und keine Fragen stellen. Wir müssen diesen Leuten doch dankbar sein. Dieses Pack hat uns aufgefressen und ausgesaugt.«

Entsetzt schlug Eva Steinfeld ihre Hände vor den Mund. »Jens.« Sie begann, leise zu weinen. Druwe spürte, wie die Wut erneut in ihm aufstieg. Er wollte Grenger wieder schlagen, doch er spürte, es war wahr. Wir alle haben es gewollt, dachte er. Oder zumindest tatenlos weggesehen. Er musste sich jetzt schnell ablenken, um nicht Grenger für etwas zu bestrafen, an dem er selbst mitschuldig war.

»Was hatten Hilmarsson und Gerhard Lessling miteinander zu schaffen? War Lessling einer der Verkäufer und Hehler?«

»Ja. Der korrupte Fettsack war nördlich des Kaiser-Wilhelm-Kanals und in Süddänemark der große Koordinator. Über Schweden hat er eine Menge verschoben. Und dabei selbst gut abkassiert. Im Gau gab es etwa zwanzig Leute, die die Drecksarbeit für uns gemacht haben. Annahme der Ware. Lagerung. Verkauf organisieren. Auslieferung.«

»Und das Geld?«

»Ein kleiner Teil lagert versteckt bei Wehrmachts- oder Polizeidienststellen. In Flensburg verwaltet Polizeipräsident Hinsch die Sonderkasse, wie wir es nennen. Am Marinestützpunkt Mürwik gibt es auch einen Kassenwart, aber sein Name fällt mir im Moment nicht ein.

Dieser Anteil des Geldes muss schnell verfügbar sein. Schneider, Schuhmacher, Druckerei, auch einige Beamte. Alle wollen bezahlt werden. Das Ganze ist ein richtiger Wirtschaftszweig im Moment. Im März haben wir nur im Raum Flensburg 130 000 Reichsmark für solche Dinge ausgegeben.«

»Und die anderen Gelder und Wertsachen?«

»Das war auch Lesslings Aufgabe. Ein System zu finden, mit dem jeder ...« Grenger suchte nach einem passenden Wort. »... Begünstigte ohne viel Aufhebens an seinen Anteil kam.«

»Kannten sich Hilmarsson und Lessling?«

»Davon gehe ich aus. Lessling hatte alles vorzubereiten. Er führte nach Schweizer Vorbild so etwas wie Nummernkonten für die Leute. Nur waren es eher Nummernkoffer. Für jeden Mann sollte es zwei bis drei große Koffer geben, die Lessling an Bahnhöfen in Schleswig-Holstein und Dänemark zu verstecken hatte.«

»Schließfächer?«, fragte Druwe ungläubig. »Ist das nicht zu unsicher?«

»Von wegen. Die Bahnpolizei ist strenger als ihr von der OrPo. Die Bahnhöfe und Gleise sind ihr kleines Reich. Und das bewachen sie gut. Und erste Erfahrungen unserer Agenten zeigten, dass die Alliierten bei ihrem Vorrücken die Strukturen der Reichsbahn gern unbeschadet übernehmen. Das sorgt für Ruhe unter der Bevölkerung und sichert den Nachschub für die eigenen Truppen. Selbst die Russen lassen die Bahnhöfe meist in Ruhe. Alles plündern sie, aber die Schließfächer schlummern oft einfach unberührt vor sich hin. Quasi die Schweiz des kleinen Mannes.«

»Hat Hilmarsson den Kreisleiter auf dem Gewissen?«

»Woher soll ich das wissen? Lessling war ein ekelhafter, korrupter Scheißkerl. Ständig fand er Ausreden für angeblich nicht eingetroffene Ware. Oder er beklagte die hohen Nebenkosten, für die er einen Ausgleich wollte. Für Hilmarsson wäre er nicht mehr als eine Fliege, die er zerschlägt. Es würde mich nicht wundern, wenn er den Kerl auf dem Gewissen hat. Der sieht sich als neuer Befruchter des Reichs nach dem Frieden.« Druwe blickte den Gefangenen fragend an. Grenger fuhr fort.»Das Rasseprogramm. Wie gesagt, Hilmarsson ist anerkannter Vollarier, Klasse I. Davon gibt es selbst im Kernreich nur fünf bis zehn Prozent. Schauen Sie sich den Rest der Leute doch an. Buckel, abstehende Ohren, krumme Nasen. Wenn es nach Aussehen ginge, wären acht von zehn Deutschen auch bei Glücks und Höß im Schornstein gelandet. Aber Himmler hat da so seine Träume. Nach dem Frieden sollen die normalen Deutschen nur noch ein oder zwei Kinder bekommen dürfen. Hingegen soll jeder Klasse-I-Arier mindestens zehn Kinder zeugen. Bis Ende des Jahrhunderts, also innerhalb von zwei Generationen, wird dann der Durchschnittsdeutsche auch zu einem Bürger zweiter Klasse. Sie taugen dann nur für die Verwaltung, für untere Leitungsaufgaben und Wehrdienst. Die hohen Ränge und Führungsposten sind dann Männern wie Hilmarsson vorbehalten. Dieser Traum ist aber wohl ausgeträumt.«

Druwe wechselte wieder das Thema. Nicht ablenken lassen, ermahnte er sich. Dennoch war er aufgewühlt und angewidert angesichts von Grengers Äußerungen.»Sie wissen also nichts über den genauen Ablauf der Transaktionen zwischen Lessling und Hilmarsson?«

»Nein. Geht mich auch nichts an. Ich vermute aber, dass Lessling eine Art Verschlüsselung genutzt hat, die nur er kannte. Ich hätte es so gemacht, um zu verhindern, dass man mich im letzten Moment ausbootet. Ich denke auch, dass nur er den genauen Verwahrungsort der Wertkoffer kannte. Vielleicht wollte er Hilmarsson nicht einweihen? Vielleicht wollte er mehr Geld? Vielleicht hat er zu viel abgezweigt? Keine Ahnung. Da müssen Sie wohl den Isländer selbst fragen. Sofern Sie sich trauen.« Nun lächelte Grenger fast keck.

Druwe kannte das Phänomen aus unzähligen Geständnissen. Zum

Schluss wurden fast alle geständigen Täter wieder frech. Es war ein sicherer Hinweis dafür, dass sie tatsächlich alles gesagt hatten, was sie wussten. Wahrscheinlich war es die Erleichterung, die ihnen dann etwas Selbstbewusstsein zurückgab. Oder es war das Bedürfnis, nach der erlittenen Demütigung wieder ein wenig Kampfgeist zu zeigen. Meistens ließ Druwe die Männer gewähren. Denn er hatte erreicht, was er wollte.

Er zog das kleine Buch hervor, das er in Lesslings Panzerschrank gefunden hatte. Er schlug es auf und hielt es Grenger vor die Nase. »Könnte das die Verschlüsselung sein, die Sie meinten?«, fragte er triumphierend. »Name, Deckname, Ort, Schließfachnummer. So einfach ist das. Die Männer bekommen mit ihren neuen Papieren einen Schlüssel und diese Angaben. Und schon sind sie wohlhabende Geschäftsreisende, die sich auf ihre Sommerfrische zurückziehen.«

»Woher?« Grengers gerade zaghaft wiederkehrende Selbstsicherheit schwand erneut. »Ohne dieses Buch wird Hilmarsson ...« Er unterbrach sich. »Sie sind ein toter Mann, Herr Kollege. Ist Ihnen das klar?«

Druwe schwieg eine Weile und blickte zu Eva, die immer noch im Türrahmen stand. Sie schien erstarrt zu sein. Und ihm war, als kehrte eine Woge des Entsetzens zurück. Er hatte bisher immer glauben wollen, dass die Brutalitäten gegen Andersdenkende, Sonderlinge und Randgruppen lediglich Besonderheiten der Kriegsführung im Osten waren. Schon lange ahnte er, dass er sich hinsichtlich der jüdischen Mitbürger selbst belogen hatte. Und nun hatte er von einem Zahnrad des Systems die Bestätigung erhalten. Verzweifelt schaute er wieder zu Eva. Wir hätten es wissen müssen, schien sein Blick ihr sagen zu wollen. Einen kurzen Moment lang hatte er den Eindruck, als schüttele sie den Kopf. Als antworte sie ihm: Wir haben es gewusst. Sie weinte leise.

»Was jetzt? Ich habe Ihnen alles gesagt, was ich weiß«, sagte Grenger unvermittelt.

Druwe trat dicht an den Stuhl heran. Sofort zuckte Grenger in Erwartung neuer Schläge zusammen.

»Eins noch, Grenger. Diese Liste hier.« Er zog Lesslings Namensliste hervor, die die Zuordnung von Decknamen, Nummern und Klarnamen enthielt. Er faltete das Papier so, dass Grenger nur die Namen sehen konnte. Dann löste er die Fesseln des Gefangenen.

»Sie schreiben mir jetzt auf, was sie über diese Männer wissen. Über jeden einzelnen. Dienstgrad, Dienststelle, Einsatzorte, wichtige Operationen, für wen sie tätig waren, geheime Aufträge. Vor allem will ich Angaben über die Rolle der Leute bei den rassischen Säuberungen. Schreiben Sie alles auf, was wichtig sein könnte.«

Grenger rieb sich die Handgelenke. Dann nahm er den Stift, den Druwe ihm fordernd entgegenhielt. Er beschrieb fünf Blätter Papier. Erschöpft hielt er nach einer Weile inne.

»Das ist alles. Mehr weiß ich nicht. Hilmarsson kannte die Männer besser. Einige Kontakte wurden nur über ihn gehalten. Und was jetzt?«

»Sie können gehen.« Als Grenger ihn ungläubig ansah, erahnte Druwe seine Gedanken.

»Denken Sie nicht mal dran, jetzt weinend zu Himmler oder Hinsch zu laufen. Ich bin sicher, Sie werden schweigen, Grenger. Denken Sie mal nach. Das hier ist nicht passiert. Wenn Sie Ihren Vorgesetzten davon berichten, werden die wissen, dass Sie das Vöglein waren, das gezwitschert hat. Natürlich bin ich dann dran, aber schon vorher haben Sie eine Kugel im Kopf. Irgendwo im Wald bei der Kupfermühle wird man Ihre Leiche finden. Halb verwest und angefressen. Glauben Sie mir, Grenger. Wenn ich eins durch meine zwanzig Jahre bei der Polizei weiß, dann, dass Komplizen schwatzhafte Verräter in ihren Reihen überhaupt nicht mögen.« Druwe setzte sein allerbestes Pokergesicht auf. Das bisher Gesagte war der Bluff, doch jetzt spielte er das Full House. »Außerdem sind Sie aus dem Schneider. Ohne einen Finger zu rühren, haben Sie durch mich Bormanns Befehle befolgt. Der Rattenkönig verliert sein Rattenvolk. Ohne seine Männer ist Himmler ein Niemand. Ohne Geld wird er nicht verschwinden können. Entweder ist er auf die Gnade des Großadmirals angewiesen, dann lassen Sie ihn, wie befohlen, verhaften. Oder er plant eine kleine Flucht und wird von den Alliierten geschnappt. Sie stehen in beiden Fällen gut da. Und wenn Himmler Sie vorher noch in die Finger kriegt, dann schieben Sie alles Hilmarsson in die Schuhe. Schließlich hätte unser arischer Vollidiot Lessling ja nicht umbringen müssen. Schon steht es zwei zu null für Sie. Verlieren werden Sie auf keinen Fall.«

Grenger war kreidebleich, als Jens Druwe und Eva Steinfeld die Wohnung verließen.

DEUTSCHER TOD

Eva Steinfeld und Jens Druwe kehrten nach dem Verhör Grengers in die Wohnung von Magda Lesslings Schwester zurück. Auf dem Weg hielt Eva seine Hand. Er spürte ihr inneres Beben. Wiederholt drückte sie seine Hand derart stark, dass sich ihre Fingernägel in sein Fleisch gruben. Er ließ es geschehen. Auch als sie die Rote Straße erreichten, spürte Druwe, dass sie immer noch unter Schock stand.

Nachdem sie die Stube betreten hatten, schlug er vor, sie solle einen Tee machen. Stattdessen holte sie schweigend eine Flasche Köm aus der kühlen Speisekammer. Er mochte den gelben Aquavit mit Kümmel- und Anisaroma nicht, doch er trank gierig. Mit ihr zusammen. Beide tranken, um das Gehörte zu vergessen. Wie so oft. Für ihn war es mehr. Grengers Berichte über das Morden waren Erinnerung an Erlebtes. Und der Alkohol löste Druwes Zunge. Es war das erste Mal, dass er die Geschichte jemandem erzählte. Russland, der Vormarsch, die Einsatzgruppen. Die Schuld.

Er hatte nie in diesen Krieg gewollt. Aber sein Vorgesetzter in Berlin, Gruppenführer Arthur Nebe, hatte große Pläne mit ihm gehabt. Druwe hatte sich zu Beginn des Krieges geweigert, in die SS einzutreten. Himmler wollte, dass das alle Polizisten »freiwillig« taten. Er jedoch hatte seinen Antrag einfach zerrissen. Natürlich hatte er sich damals eine Menge Ärger eingehandelt, aber Nebe hatte ihn gedeckt. »Sie sind mein bester Mann bei der Kripo, Druwe. Warum nur müssen Sie ein solcher Sturkopf sein? Eine Unterschrift und Sie kommen an meiner Seite bis nach ganz oben«, hatte er damals zu ihm gesagt.

Dann war Nebe der Einfall gekommen, dass Druwe sich bei den Einsatzgruppen hinter der Frontlinie ein paar Lorbeeren verdienen könnte. Einsatzgruppen. Druwe schauderte immer noch bei dem Gedanken an diese Kommandos. Es waren Polizeiverbände gewesen, die im eroberten Gebiet für Ruhe sorgten. Bei ihnen hatte er zum ersten Mal erlebt, was es hieß, wenn Dörfer und Städte – in ihrem Jargon – gesäubert wurden. Prügel, Erniedrigung, Tod. Juden, russische Politkommissare, Zigeuner. Die deutschen Rassekrieger hatten sich im Osten verhalten wie Höllenhunde.

Er wusste selbst nicht, warum er Eva alles erzählen wollte. Er spürte nur, er musste es teilen. Sonst würde ihn die Last zerbrechen. Doch ausgerechnet mit Steinfelds Schwester, die ihn noch vorgestern geohrfeigt hatte? Weil sie ihn zunächst für einen Unmenschen gehalten hatte? Jene Frau, die ihn heute geküsst hatte. Für die er Gefühle verspürte, die er noch nicht einordnen konnte. Aber ging es nicht genau darum? Waren es nicht die Widersprüche, die uns zu Menschen machten? Was uns zerriss, ließ uns auch spüren, was uns wichtig war. Wie oft hatte er sich eingeredet, dass er keine andere Wahl gehabt hatte? Wie oft hatte er sich selbst verachtet für das, was er getan hatte? Wie oft hatte er einem Vorgesetzten, Nebe oder den anderen SS-Offizieren, die Pest an den Hals gewünscht? Weil er sie für sein Schicksal verantwortlich machte? Dabei war es die Wut auf sich selbst, die ihn nach Sündenböcken suchen ließ. Das war es. Wir alle hielten andere für schuldig an unserem eigenen Versagen. Wir empfanden sie als unerträglich. Wie klein war der Schritt, sie auch für unwert zu erklären? Ihnen ihre Menschenwürde abzusprechen? Sie zu töten? Wo war die Grenze?

Eva sah ihn an. Aber sie erwartete nichts. Er spürte ihre Anteilnahme, aber in ihr lag nichts Forderndes. Sie würde ihn nicht bedrängen, weiterzuerzählen. Und genau aus diesem Grund sprach er weiter.

»Witebsk ist eine große Industriestadt. Sie liegt etwa fünfzig Kilometer nördlich von Smolensk, wo die Einsatzgruppe seit September 41 ihren Stabssitz hatte. Das war am Ostzipfel hinter dem nördlichen Frontabschnitt. Viel weiter sind die deutschen Truppen nicht gekommen. Es gab zwar das Vorauskommando Moskau, das noch weiter vorstieß. Aber das Hinterland dort ließ sich nicht gut absichern. Ernst Fiedler wollte seinen Bereich unbedingt judenfrei haben. Fiedler war vor dem Krieg auch bei der Kripo tätig gewesen, Kriminalrat in München. Als Obersturmbannführer hatte er dann beim Sonderkommando seine neue Berufung gefunden. Er war ganz versessen darauf, sich jeden Tag die Zahlen zeigen zu lassen. Und in seinem Einsatzbereich lebten damals die meisten Juden. Weißrussland. Städte, Dörfer, Höfe, manchmal war die Hälfte der Leute jüdischer Abstammung.« Druwe hielt inne.

Eva sah ihn entsetzt an, als wüsste sie, was nun kommen würde.

»Wir haben sie nicht umgesiedelt. Nicht wahr?«, fragte sie leise.

»Hast du es bemerkt?«, antwortete er mit einer Gegenfrage. »Noch vor fünf Jahren waren überall im Reich Schilder zu sehen, auf denen stand: *Zutritt für Juden verboten!* Bahn, Post, Lokale, selbst Parkbänke wiesen darauf hin, dass nur Arier sie nutzen durften. Dazu dann noch der Stern. Fortan durfte sie jeder ungestraft beleidigen, anspucken und schlagen.« Er atmete tief ein. »Und heute?«, fragte er. »Die Schilder sind fort. Die Sterne auch. Und mit ihnen die Menschen. Judenfrei, weißt du, was das heißt?«

Eva Steinfeld nickte stumm.

»Ich kann nur sagen, was die Einsatzgruppen mit ihnen gemacht haben. Bei uns gab es Leute von der Waffen-SS, der Wehrmacht und der Polizei. Ganz einfache Leute. Wie ich und du. Bei der Gruppe A hatte ich nur Geschichten gehört. Und ich habe unsere Männer nachts weinen und wimmern hören. Gestandene Soldaten, verstehst du? Aber ich habe lange versucht, es zu vergessen, es auszublenden. Kriegsübel, dachte ich. Die Verantwortlichen wird man später zur Rechenschaft ziehen, redete ich mir ein. Der Führer weiß nichts davon, wollte ich glauben.«

Eva nahm vorsichtig seine linke Hand.

»Sie haben uns gesagt, die Juden wären in den Osten gegangen. Ausgewandert zu ihren Verwandten. Oder nach Palästina in ihre alte Heimat.« Sie sprach leise. »Aber es gab Gerüchte im Frauenzuchthaus und bei den Arbeitseinsätzen. Die ersten russischen Wörter, die ich von einer Fremdarbeiterin lernte, waren: *Nemetskaya smert*. Sie bedeuten *Deutscher Tod*. Die Frau kam aus der Nähe von Riga. Später, als wir uns besser kennenlernten, erklärte sie es mir. In den Dörfern wurden die Bewohner zusammengetrieben. Alle, die man für Juden oder Zigeuner hielt, wurden mit Kreidestrichen auf der Kleidung markiert. Dann musste der Bürgermeister eine Erklärung verlesen, die jeden aufforderte, Juden zu melden, die noch nicht erkannt worden waren. Wenn keiner reagierte, dann nahm man sich wahllos irgendwelche Männer oder Frauen und drohte ihnen, sie ebenfalls wegzubringen. Daraufhin setzten fast immer die Denunziationen und Beschuldigungen ein. Die örtliche Verwaltung musste dann die Namen notieren. Alle mit Kreide markierten Personen wurden auf Lastwagen verladen.

Sogar Kinder und Säuglinge. Abfahrt. Man sah sie nie wieder. Die Männer aus den Dörfern fanden lediglich später Stellen, die fürchterlich stanken und über denen Fliegenschwärme und Krähen kreisten. Überall war ungelöschter Kalk verstreut. Der Begriff wurde zu einem Kinderschreck. Sei still, sonst kommst du unter die weiße Decke. Deutscher Tod.« Eva konnte nur mit Mühe ihre Tränen zurückhalten.

»Ich war dabei.«

Evas Augen weiteten sich ungläubig. In stillem Entsetzen schlug sie ihre Hand vor den Mund.

»In der Gruppe A konnte ich mich raushalten«, fuhr Druwe fort. »Dafür hatte mein Vorgesetzter aus Berlin, dieser Nebe, gesorgt. Er wollte nur, dass später in meiner Akte alles seine Richtigkeit hatte. Zuverlässig und belastbar. Qualifiziert für Führungsaufgaben. Ich wollte den Scheiß gar nicht. Kommissar auf den Straßen Berlins. Das hätte ich bis zu meinem letzten Atemzug machen wollen. Aber Nebe sah mich bei sich im Leitungsstab. Dafür musste ich mich bewähren. Nur pro forma, wie er sagte. Erst war ich bei Brest-Litowsk dabei. Dort habe ich mich bei einer Sache in die Nesseln gesetzt, und Nebe ließ mich in den Norden versetzen. Später allerdings ...« Er stockte. »Die Sonderkommandos der Einsatzgruppe B waren von anderem Kaliber. Ich war dabei, Eva. Ich bin einer der Schlächter von Witebsk.«

»Nein.« Eva Steinfelds Stimme war ein trockenes Flüstern. Es schien, als fiele die Frau neben ihm in sich zusammen. Als zerbräche eine Hoffnung in ihr.

Minutenlang war sie wie gelähmt, starrte ihn nur an. Mit Entsetzen. Und mit Abscheu, wie er meinte.

»Was ist dort geschehen?«, fragte sie kaum hörbar.

»Später erfuhr ich, dass es der letzte Einsatz dieser Art in der Stadt war. Und Fiedler hatte mich dazu auserkoren, ihn zu leiten. Ich war wie betäubt, als ich in den Kübelwagen stieg, um den Mannschaftswagen voraus in die Stadt zu fahren. Ich hoffte, dass es nur ein einfacher Abtransport werden würde. Vielleicht hatten sich die Zusammengetriebenen bei früheren Einsätzen gewehrt. Vielleicht hatten sie fliehen wollen oder hatten einen Aufstand angezettelt. Es ist erstaunlich, was der menschliche Geist alles an Entschuldigungen hervorbringt. Nur um der Wahrheit nicht ins Gesicht blicken zu müssen.« Druwe unterbrach sich. Es gab kein Zurück mehr. Er würde Eva alles erzählen, denn er befürchtete, dass die Last ihn sonst erdrücken würde.»Wir kamen in einen östlichen Vorort. Ich musste mich eigentlich um nichts kümmern. Meine Zugführer hatten das schon öfter gemacht und bereiteten alles vor. Es war etwa so, wie du es beschrieben hast. Nur hatten sie Namenslisten aus den Ämtern, die die Arbeit erleichterten. Erstaunlich, mit welcher Präzision wir innerhalb von zwei Stunden die Menschen dieses Stadtteils in zwei Kategorien teilten. In jene mit und jene ohne Kreidemarke. Ein beschissenes Stück Kalk entscheidet über Leben und Tod. Zu dem Zeitpunkt hoffte ich noch, irgendwie das Schlimmste abwenden zu können. Die Menschen wurden auf drei Lastwagen der Wehrmacht verteilt. Aufsitzen. Abfahrt. Es ging eine halbe Stunde in Richtung eines Waldstücks. Dort standen bereits weitere Wehrmachtsfahrzeuge. Ein Radlader der Pioniere hatte mehrere riesige Mulden ausgehoben. Die Menschen stiegen von den LKWs herunter, traten an den Rand der Gruben. Sie mussten doch merken, worum es hier ging. Fast hoffte ich, sie würden sich aufbäumen. Uns angreifen, sich wehren, fortlaufen. Nichts dergleichen geschah. Es war, als hätte die Erwartung des sicheren Todes sie betäubt, als wären ihre Glieder durch unsichtbares Leichengift bereits gelähmt. Mehrmals sind die Zugführer zu mir gekommen, erstatteten Bericht, verlangten Anweisungen. Ich schwieg, war selbst benommen. Ich wollte, dass das alles sich als böser Traum entpuppte. Meine Männer erledigten die Drecksarbeit ohne meine Befehle weitgehend selbst. Bis zu jenem letzten Augenblick.« Druwe war, als spüre er nichts mehr. Sein gesamter Körper fühlte sich seltsam taub an. Fast glaubte er, die Vergangenheit wie von oben herab zu beobachten.

Eva ergriff Druwes Hand. Sie wusste nicht, was sie sagen sollte. Wusste nicht, was sie selbst fühlte. Ja, es musste jene geben, die für diese Taten verantwortlich waren. Ihre Freundin Irina im Munitionswerk bei Wedel hatte ihr von dem Zusammentreiben und den Hinrichtungen in den Dörfern berichtet. Eva war verzweifelt gewesen, hatte es zunächst nicht glauben wollen. Ja, es war Krieg. Aber das war mehr. Später hatte sie noch von anderen Orten erfahren. Der Deutsche Tod wütete überall im Osten. Und Eva Steinfeld hatte zum ersten Mal in ihrem Leben begonnen zu hassen. Es war die Steigerung ihrer ohnmächtigen Wut. Nur der Hass auf die Täter erlaubte ihrem Denken und Fühlen, das Undenkbare und Unfühlbare wenigstens ansatzweise zu verarbeiten. Und nun saß ein solcher Täter vor ihr? Herausgetreten aus der anonymen Masse? Unverhüllt, ehrlich, verletzbar? Sie empfand etwas für diesen Mann, das wusste sie. Aber wie sollte sie damit umgehen? Konnte sie mit einem solchen Wissen leben? Wie konnte er damit leben?

Druwes Stimme zitterte, als er weitersprach. »Vier Gruben. Davor jeweils etwa vierzig Männer und Frauen. Alte und Jugendliche. Dazu Kinder und Säuglinge, die von ihren Müttern gehalten und getröstet wurden. Fast zweihundert Schicksale. Zweihundert mit Kreide markierte Leben.« Wieder ein kurzes Schweigen. »Ein Untersturmführer kam auf mich zu. Unsere Männer standen in Reihe zehn oder fünfzehn Meter vor diesen Leuten. Die Zugführer sahen mich an. Einer der Kerle zischte mir etwas zu. Herr Hauptmann, sagte er. Das wird von Ihnen erwartet. Wenn ich das machen muss, dann werde ich Obersturmbannführer Fiedler davon Meldung machen. Und wenn Sie jetzt nicht Ihre verdammte Pistole ziehen, dann werde ich das als Befehlsverweigerung und Feigheit vor dem Feind deuten. Fiedler hat für diesen Fall ausdrücklich Ihre sofortige Verhaftung angeordnet. Und ich soll kontrollieren, ob Sie Ihr Magazin auf dieses Pack abgefeuert haben. Tut mir leid, Herr Hauptmann. Aber manchmal fordert die Uniform nun mal ihren Blutzoll. Und auch an blanken Offiziersstiefeln haftet dann der Dreck.« Druwe hielt inne. »Das waren die Worte. Ich habe sie tausend Mal gehört. In mir habe ich sie wiederholt, mich gefragt, was ich hätte tun sollen. Was ich hätte tun müssen.«

Eva Steinfeld hatte begonnen zu weinen.

»Ich habe den Befehl gegeben. Ich habe die Augen geschlossen und meine Pistole abgefeuert, bis nur noch das Klicken der Halbautomatik zu hören war. Der Aufschrei der Menschen wurde übertönt vom Krachen der Schüsse. Auch unsere Männer schrien. Ich weiß nicht, ob aus Mordlust oder Verzweiflung. Dann kam die Stille, ganz plötzlich. Nur noch vereinzeltes leises Röcheln. Meine Zugführer gaben Befehle, und die Unteroffiziere schritten die lange Reihe der Hingerichteten ab. Hin und wieder gab es noch einen Schuss. Die meisten Toten waren nach hinten in die Gruben gestürzt. Den Rest erledigte der Radlader. Zwei Laster kippten den Kalk auf die Leichen, bevor die Erde sie wieder bedeckte.«

»Oh, Gott.«

»Glaub mir. Seit diesem Tag hasse ich es, mich zu rasieren. Mich im Spiegel zu sehen, bereitet mir Übelkeit. Es ist, als wäre in mir etwas abgestorben. Als wäre auch ich tot.«

»Nein!« Eva Steinfeld schrie auf. Sie funkelte ihn an. »Du lebst.« Sie schlug auf Druwe ein. Ihre Fäuste trafen sein Gesicht, seinen Hals, seinen Rumpf. Immer wieder hieb sie auf ihn ein. »Du bist nicht tot. Diese Menschen sind es. Du hast sie umgebracht. Und damit musst du jetzt den Rest deines jämmerlichen Lebens klarkommen. Rede nicht davon, dass du dich schlecht fühlst. Wage es ja nicht.«

Druwe ließ es geschehen. Er war ihr sogar dankbar. Körperlicher Schmerz war für ihn besser zu ertragen als die seelische Qual. Und sie hatte recht. Er war am Leben. Er war nicht anders als die anderen. Er konnte sich nicht mehr herausreden. Polizist, aber kein SS-Offizier. Kripo-Mann, aber kein Folterknecht der Gestapo. Das alles reichte nicht. Nein, er war ebenso schuldig wie ein Nebe, Fiedler oder Hinsch. Auf dieser Ebene entschied sich alles. Immer schauten alle nach oben. Zum Führer. Zu Himmler, Heydrich oder Goebbels. Aber viel weiter unten wurde die Schuld angehäuft, die dieses Volk in Hitlers gottverdammten tausend Jahren nicht würde abbezahlen können. Wenn der feine, geleckte Herr Hauptmann auf die vermeintlichen Untermenschen schoss, wie sollte sich der einfache Soldat dem Befehl verweigern? In der Mitte jeder Gesellschaft entschied sich, welchen Weg eine Gemeinschaft nahm. Und genau diese Mitte hatte sich zwölf Jahre in einer Mischung aus Mittelmaß, Gehorsam und Unterordnung aus ihrer Verantwortung gestohlen. Und er, Druwe, gehörte dazu. Eva hatte Recht, damit würde er fortan leben müssen.

»Ging das so weiter? Warst du auch bei anderen ...«, fragte sie, als sie endlich erschöpft von ihm abließ. Sie suchte nach einem Wort. »... Aktionen dabei?«

»Nein. Auf den Mannschaftswagen standen mehrere Kisten mit Wodka. Fiedler meinte, dass die Männer ihn danach immer bräuchten. Sie müssten sich ablenken. Sie wollten nur vergessen. Und die Sache würde zunehmend zum Problem für die Führungsoffiziere und Stäbe, weil tatsächlich einige Leute schon zusammengebrochen waren. Ich nahm mir auch eine Flasche. Vorher hatte ich alles ausgekotzt, was in mir nicht angewachsen war. Und nun stürzte ich den Alkohol einfach herunter. Ich konnte kaum noch gerade stehen, als wir beim Stab in Smolensk zurück waren. Ich bin an Fiedlers Adjutanten vorbeimarschiert und direkt vor den Obersturmbannführer getreten. Ich habe ihn geohrfeigt und angebrüllt. Dann wurde es dunkel.«

»Hat es etwas mit der Hand zu tun?«

Druwe blickte auf seine Lederprothese. »Ja und nein. Also nicht direkt. Fiedler wollte ein Standgericht an Ort und Stelle. So geht das eigentlich. Dann wäre ich jetzt nicht hier.« Er überlegte. »Vielleicht wäre das sogar besser gewesen. Aber weil ich nicht bei der SS, sondern formell Wehrmachtsoffizier war, intervenierten zwei Kameraden. Schließlich überzeugten sie meinen Vorgesetzten, der mich am liebsten selbst abgeknallt hätte. Danach haben Sie mich zunächst in Smolensk und später in Breslau inhaftiert.«

»Haben Sie dort eingesehen, dass die Sache ein Verbrechen war? Ich meine, bei den Soldaten, bei der Wehrmacht müssen doch Leute sein, die das nicht gutgeheißen haben.«

»Ach was. Darum ging es in der Verhandlung gar nicht. Arthur Nebe hat mir den besten Anwalt geschickt, den die Berliner Polizei in Diensten hat. Der hat mir klargemacht, dass es nur darum ging, meinen Kopf aus der Schlinge zu bekommen. Er war selbst überrascht, dass ich noch lebte. Vor dem Wehrmachtsrichter hat er dann eine Geschichte präsentiert, die selbst einen Stein zum Weinen gebracht hätte. Er zog alle Register. Sohn armer norddeutscher Bauern, ehrenhafter Dienst fürs Vaterland im Ersten Krieg. Träger von Eisernem Kreuz und Verwundetenabzeichen. Um letzteres machte er ein besonderes Drama. Auch ich hatte wie so viele im Gaskrieg Augen- und Lungenschäden erlitten. Mein Anwalt fand heraus, dass ich im gleichen Lazarett behandelt worden war wie der Führer. Wusstest du, dass der am Gas fast erblindet wäre? Jedenfalls stellte mich die Verteidigung plötzlich als treuen, aber letztlich charakterschwachen Menschen dar. Schließlich wäre nicht jeder zum Führer geboren. Nach dem Motto: Starke Männer wie der Führer wachsen an ihren Wunden, schwache Kerle wie ich zerbrechen daran. Und das hat den Richter schließlich überzeugt.«

Wieder schwiegen beide für einige Zeit. »Seltsam, nicht wahr?«, fuhr Druwe dann fort. »Zwei Umstände haben mir vor drei Jahren das Leben gerettet. Wäre ich bei der SS gewesen, hätte Fiedler die Sache an

Ort und Stelle mit einem SS-Ehrengericht geregelt. Und dann habe ich durch bloßen Zufall am gleichen Gas geschnuppert wie unser Führer. Rührend, oder? Jetzt habe ich es auch amtlich. Es steht in meiner Personalakte und im Urteil. Ich habe einen labilen und aufbrausenden Charakter. Ich bin unbrauchbar für starke Belastungen. Und zudem politisch und militärisch unzuverlässig.«

»Und das Urteil?«

»Feigheit vor dem Feind, Befehlsverweigerung, Wehrkraftzersetzung und Angriff auf einen Vorgesetzten. Drei Monate Zuchthaus in Breslau. Degradierung zum Mannschaftsdienstgrad. Aberkennung aller militärischen Ehrenzeichen. Danach Dienst im Bewährungsbataillon. Neubeurteilung der Charakter- und Diensttauglichkeit frühestens nach zwei Jahren. Ja, und aus dieser Zeit stammt dieses Andenken hier.« Druwe hob müde seine Rechte. »Aber das ist eine andere Geschichte.«

Was nun kam, überraschte ihn. Eva ging langsam auf ihn zu. Sie streichelte zärtlich seinen Kopf, und im nächsten Moment lagen sich zwei verletzte, fast zerstörte Menschen in den Armen. Es war, als versuchte der eine zu verhindern, dass der andere gänzlich zerbrach. Mehr Himmel gab es nicht in dieser Hölle.

WUNDEN
1. Mai 1945

Die Landschaft ist schön. Die Ebenen erstrecken sich, soweit das Auge reicht. Jens Druwe steht auf einer Anhöhe und blickt über die golden schimmernden Weizenfelder. Die Nächte werden schon länger und kühler.

Doch bangen muss der Wanderer nicht. Denn die Tage singen noch fröhlich die Lieder des Sommers. Hier ist Platz für seine Seele. Nicht die Enge der Amtsstuben, der Kommandanturen, der Mannschaftswagen und Kübel. Kein Schweiß- und Tabakgeruch. Hier duftet ein milder Herbst. Hier atmet die Zeit ihre Botschaft von der Ewigkeit.

Damals nach seiner Haft und Strafversetzung hatte sich Druwe versprochen, irgendwann zu den weiten Feldern der Ukraine und Weißrusslands zurückzukehren. Und er hatte sein Versprechen gehalten. Immer wieder. In vielen Träumen. Er genießt diese Momente. Seine Hand streicht über die Ähren, er spürt das sanfte Kitzeln unter seinen Fingern. Die Jahreszeiten; die Orte; die Menschen. Alles verschwimmt in seinen Erinnerungen. Druwe bemisst ihren Wahrheitsgehalt nicht mehr am wirklich Geschehenen, sondern daran, ob sie ihm einen Augenblick Frieden zu schenken vermögen. Vereinzelt stehen Kornblumen im Feld. Und es geht ein sanfter Wind. In der Ferne erblickt er die Scheunen des Dorfes. Den Takt des Lebens gibt die Natur vor. Wetter und Jahreszeiten bestimmen hier den Rhythmus, nicht der hektische Pulsschlag der Städte. Geburt, Wachsen, Reife und Tod. Jede Sekunde ein Leben. Druwe spürt die Kraft, die seit Urzeiten diesen Rhythmus prägt. Er hört Gesang, der von den fernen Gebäuden an sein Ohr dringt. Er sieht die zahnlose Alte, die vor dem Haus in einer Schüssel rührt. Sie summt ihre Lieder. Alles, was wir mit Liebe betrachten, ist schön. In das Paradies blicken wir durch unsere Unvollkommenheit. Aber Druwe hat ein Sturmwind hierher getragen. Ein Orkan, der Tod und Verwüstung bringt. In seinen Träumen darf er Gast sein. In seiner Realität ist er Eindringling. Er mag diese einfachen Menschen.

Sie sind näher am Ursprung als wir, denkt er. Weisheit, die uns verschlossen ist. Die wir uns mit keiner Gewalt nehmen können. Wir sind Krieger. Auf der Suche nach dem Schönen, das wir unter unseren Stiefeln zertreten. Aber die Felder, der Wind und das Singen fordern uns auf, endlich die Nagelstiefel und Tornister abzulegen. Auszuruhen. Zu lauschen. Ein Läuten erklingt. Die Kirche? Lauter. Das Singen wird anders. Schreien? Das Gold der Felder

bekommt einen rötlichen Ton. Feuer? Ins Blau der Bäche mischen sich
dünne Fäden aus Blut. Dann öffnen sich die Adern. Der Frieden bricht in
mächtigem Pulsieren. Das Paradies ist verwundet. Der Tod marschiert. In
Moll eröffnet sein Beben die Fuge. Stumme Schreie als Zwischenspiele. Wie
viel Marter erträgt die Schöpfung, bis sie sich gegen ihre Peiniger erhebt?

Druwe lag halb wach neben Eva. Es war etwa zwei Uhr in der Nacht. Er hatte am Vorabend nach ihrem Gespräch nicht gewusst, wie er nach Glücksburg zurückkommen sollte. Sein Dienstwagen stand ohne Benzin am anderen Fördeufer. Auch eine erneute Rückkehr aufs Präsidium war ihm zu gefährlich erschienen. Und er war sich nicht sicher gewesen, ob er sich in der Stimmung, in der er sich befand, nicht in einem anonymen Hotelzimmer einfach seine Mauser in den Mund gesteckt hätte. Außerdem war er hundemüde gewesen. Also hatte er Eva einfach gefragt, ob er bleiben könnte.

Nun lagen sie zusammen in einem Bett. Nichts war geschehen. Und doch so viel.

»Ich bin wach«, sagte Eva. »Du hast dich im Schlaf gewälzt. Und etwas gemurmelt. Deine Geschichte ist noch nicht zu Ende, oder?«

Er schüttelte den Kopf im Dunkeln und begann wieder zu erzählen.

»Nach meiner Haft und Degradierung kam ich zu Dirlewangers Einheit. Der Kerl war ein Sadist und Schinder. Ich sollte mich in seinem Strafbataillon bewähren. Kurze Zeit später wurde seine Kompanie der siebten Armee unter Generalfeldmarschall Paulus zugeteilt. Es ging also an die Wolga, nach Stalingrad. Der nahende Winter machte allen große Sorgen. Ich traf mit meinem Zug Ende Oktober vor der Stadt ein. Der Kessel war durch die Russen schon fast geschlossen. Eine Lücke blieb noch offen. Da sollte Dirlewangers Himmelfahrtskommando durchstoßen und die anderen Einheiten unterstützen. Reste eines Panzerbataillons waren im Sommer in den Vororten eingemottet worden, da sie im Straßen- und Häuserkampf zu schwerfällig gewesen wären.

Ich hatte die Aufgabe, mit meinen Leuten dort das Material zu sichern. Infanterie für die Kettenfahrzeuge. Ein Todeskommando. Wir sollten den Feind daran hindern, den Ring dicht zu machen. Der Kommandeur der Panzertruppe, ein älterer Major, befahl die Mobilmachung der Fahrzeuge. Aber von über hundert Panzern, Panzerwagen und anderem schweren Gerät waren nur noch dreißig einsatzbereit. Ratten, Mäuse und Marder hatten im Spätsommer offenbar alles angefressen, was für sie erreichbar war. Unter Stalin gab es selbst für sie nichts zu beißen. Stoffe, Bremsleitungen, Kabel, Hydraulikschläuche, Elektrik. So war die Aufgabe der Kompanie gescheitert, die Armee von Paulus vor der Einkesselung zu bewahren. Die Russen hatten uns dort gnadenlos zusammengeschossen. Mir war es mit den Resten meiner Einheit gelungen, mich nach Stalingrad hinein zu retten. Es war eine zweifelhafte Rettung, wie sich herausstellte.«

Er sah Eva an. Sie hatte eine Kerze entzündet, hielt seine Hand und wartete. Diese Geste beruhigte ihn ein wenig. Seine letzten Sätze hatte er hastig und mit zittriger Stimme gesprochen. Er hatte gehofft, sich durch eine nüchterne Schilderung Mut machen zu können. Mut für das, was nun kam.

»Zwei Worte gehen mir immer wieder durch den Kopf, wenn ich an diese Wochen denke«, fuhr er nach Minuten des Schweigens fort. »Stalingrad. Massengrab. Sie verfolgen mich, jagen mich, treiben mich durch die übrig gebliebenen Reste meines Lebens. Sie stehen für Monate des Hungerns, Frierens und Kämpfens. Die Russen setzten Lautsprecherwagen vor unseren Linien ein, die eine Zermürbung der Verteidiger bewirken sollten. Tausende Male erklang dieses monotone *Stalingrad – Massengrab. Jede Minute stirbt ein deutscher Soldat.* Es war so kalt, dass uns der Diesel in den Tanks einfror. Minderwertiger Stahl brach unter der kleinsten Belastung. Und Kameraden, die ihr Gewehr unvorsichtigerweise vorn am Lauf mit bloßen Händen packten, fror die Haut fest. Über drei Monate habe ich in dieser kalten Hölle zugebracht. Ich habe Kameraden zu Kannibalen werden sehen. Sie fraßen ihre erschossenen Feinde. Und manchmal auch die Freunde.« Druwes Stimme brach. Eva streichelte sanft über seine Hand. »Du kannst es dir nicht vorstellen, Eva. Das waren Menschen, die zu Ratten wurden. Jeden Morgen fanden wir ausgemergelte, erschöpfte Kameraden, die im Stehen beim Pinkeln erfroren waren. Sie lehnten einfach mit dem Kopf an einer Hauswand, als hielten sie nur ein Nickerchen. Der Führer hat in Stalingrad seine Totenmesse auf uns deutsche Soldaten gehalten. Sie dauerte über hundertzwanzigtausend Minuten. Und sie zählte hunderttausend Leben. Ich hab es später ausgerechnet. Im Lazarett.«

»Das mit der Hand. Ist das dort passiert, Jens?«, fragte Eva.

Er nickte. »Im Januar, während der bittersten Fröste, war ich mit den letzten Männern bei den rumänischen Verbänden eingesetzt, die keinerlei Kampfmoral mehr hatten. Der rumänische Kommandant trat eines Morgens vor seine Truppe und erklärte, er habe ein Abkommen mit den Russen ausgehandelt. Allen Männern sei freier Abzug zugesichert, sofern sie die Waffen zurücklassen würden. Meine verbliebenen fünf Kameraden und ich setzten uns daraufhin ab, weil wir der Sache nicht trauten. Das Pech der Rumänen erwies sich als unser Glück. Die Russen erwarteten die abziehenden rumänischen Einheiten in einem Hinterhalt und feuerten auf alles, was sich bewegte. Ich denke, der gegenseitige Hass war einfach zu groß geworden, als dass Verträge oder Absprachen noch irgendetwas galten. Wir dagegen schlüpften in dem ganzen Chaos unbeschadet durch den Ring. Alles schien gutzugehen. Niemand bemerkte uns. Dann trat Gerold, unser Funker, hinter mir auf eine Bodenmine.« Druwe hielt inne. »Den Rest kannst du dir sicherlich denken.«

Eva schüttelte jedoch energisch den Kopf.

»Nein. Erzähl es zu Ende. Ich will alles wissen. Und mir nicht irgendetwas denken müssen.« Wie zur Bestätigung hatte sie sich im Bett aufgesetzt und blickte ihn direkt an.

Er zögerte, überlegte. Sie hatte recht. Wie oft schon hatte er die Verwundung nur angedeutet? Wenn die Leute fragten, hatte er immer an einer Stelle vorher aufgehört. Es war, als käme er über das Vorher nicht hinaus, als wolle er das Eigentliche nicht in die Welt lassen. Verleugnete er damit nicht auch seinen Schmerz? Grub er ihn dadurch vielleicht immer tiefer in seine Seele? Er fand ja fast selbst nicht mehr zu jener Stelle, wo dieser Schmerz wirklich saß. »Der Lärm der Explosion war gar nicht so schlimm. Meine Ohren wurden fast augenblicklich taub. Eine dumpfe Welt umgab mich. Und die Druckwelle presste mir die Luft aus der Lunge. Ich dachte nur ans Atmen. Wollte mich umdrehen. Gerold wand sich am Boden. Wo Beine waren, öffnete sich ein blutiger Krater, aus dem Eingeweide quollen. Heißer Dampf ließ den rot-braunen Schnee kochen. Gerolds vor Entsetzen geweitete Augen. Er sah mich an. Verstehst du? Wie konnte ein Mensch so noch leben? Die Gedärme und Adern waren augenblicklich auf dem Boden festgefroren, so dass sich die Todesqualen des Gemarterten schier endlos hinzogen. Gerold wimmerte, aber ich hörte es nicht. Ich sah nur die Bewegung seiner Lippen. Ich kniete neben ihm, war unfähig, etwas zu tun. Es waren nur Sekunden, die sich wie Ewigkeiten in meine Erinnerung gegraben haben. Dann endlich erstarb sein Blick. Ich wollte ihm die Augen schließen, hob sanft den Kopf mit der linken Hand. Als ich mit der anderen die Haare aus Gerolds Stirn streichen wollte, war da nur ein zerfetzter Stumpf. Wo meine Hand gewesen war, zeigten sich blutige, rissige Knochensplitter. Und mein Leben entwich in einem dünnen, roten Strahl. Ich weiß nicht wieso, aber ich konnte nur zusehen. Das begreife ich bis heute nicht. Das hatte sogar etwas Friedliches, dieses sanfte Pulsieren. Es schien mich forttragen zu wollen. Herzschlag für Herzschlag. Dann war da nur noch Schwärze.« Druwe betrachtete seinen Stumpf. Das Fleisch war dort immer noch rosa. Zart wie bei einem Neugeborenen.

»Wie bist du da rausgekommen?«

»Mein letzter verbliebener Kamerad hat mich notdürftig verbunden und zum Flugplatz des Kessels geschleppt. Ich bin mit dem letzten Flugzeug raus.« Druwe konnte seine Tränen nicht zurückhalten. Da war ein viel größerer Schmerz in ihm. Er ahnte, dass damals in jenem Flugzeug nur einige Teile des Mannes lagen, den seine Eltern auf den Namen Jens getauft hatten. Nicht nur eine Hand war im kalten Schnee bei Stalingrad zurückgeblieben. Die Reste seiner Seele lagen dort ebenfalls. Erfroren neben den Toten.

Jens Druwe streichelte Evas Haare. Er tat es schon seit einiger Zeit. Und er ließ sich von seinen Erinnerungen forttragen. Er hatte ihr jetzt alles erzählt, hatte ihr seine Schuld gestanden. Er war dabei fast zusammengebrochen. Er hatte den Verlust seiner Hand bisher für die gerechte Buße gehalten für sein Versagen. Eine Hand als Preis für zweihundert Leben. Jetzt, nach seinen Schilderungen, war ihm klar, dass er sich geirrt hatte. Seine Schuld war nicht beglichen, würde es niemals sein. Der Stumpf war Mahnung, Aufforderung und eine neue Chance zugleich. Das Schicksal hatte ihm nicht das Leben genommen. Es hatte ihn nur gezeichnet. Er trug das Kainsmal am rechten Arm. Er war der Brudermörder. Er konnte weiter gegen sich wüten, sich zerstören. Oder er wagte einen neuen Anfang.

Im Moment aber schien es ihm, als überwältigte ihn alle Müdigkeit der letzten Jahre. Auch stellten sich ihm ganz konkrete Fragen. Wie konnte er Hilmarsson aufspüren? Konnte er ihn einfach verhaften? Er wollte unbedingt vermeiden, dass die Sache Eva gefährdete. Er lag neben dieser Frau, die innerhalb von zwölf Stunden sein Leben verändert hatte. Sie waren zwei Menschen, die sich nur umarmt hielten. Ihrer beider Seelen waren zersprungen, und die Bruchstücke befanden sich in freiem Fall. Drifteten davon. Jeder von ihnen versuchte, den anderen zu retten.

Unvermittelt blickte Eva ihn lächelnd an.

»Was hast du heute vor?«

»Ich weiß es nicht. So etwas ist mir noch nie passiert. Der Fall ist eigentlich geklärt. Ich kenne die Einzelheiten, den Täter. Weiß sogar, was dahintersteckt.« Er seufzte. »Aber was soll ich tun? Zu Hinsch gehen? Mit Kiel telefonieren? Hilmarsson einfach verhaften? Oberbauer um Hilfe bitten? Es ist so, als würde ich mich im Puff beschweren, dass es dort keine Jungfrau mehr gibt.«

Sie sah ihn an und tat empört.

Er sprach weiter: »Das System bricht zusammen. Wer Dreck am Stecken hat, haut ab. Und das Recht ...«

»... war unter Hitler schon immer Unrecht.« Sie unterbrach ihn. »Einen von der SS hättest du auch vor ein paar Jahren nicht drangekriegt. Die decken sich doch alle gegenseitig. Jeder weiß etwas über den anderen. Wenn du das deinen Vorgesetzten meldest, knallen sie dich über den Haufen. Und kein Hahn kräht danach. Was steht in deiner Akte? Labil? Unzuverlässig? Bitte, da hast du den Grund. Und so haben sie es die ganze Zeit gemacht. Welche Chance hast du gegen einen Richter, der auch Henker ist?«

Evas Blick war zornig.

Druwe nickte nur.

»Ich könnte versuchen, Magdas Schwager zu erreichen«, sagte sie dann.

»Diesen Dänen?«

»Ja. Vielleicht hat er Kontakte zu den Briten. Oder wir wenden uns an den dänischen Konsul hier in Flensburg. Der kann sicher ...« Weiter kam sie nicht.

»Das dauert zu lange. Wenn du mich fragst, dann planen die Schweine, die Sache in den nächsten zwei oder drei Tagen durchzuziehen. Oberbauer sagte gestern, dass die Briten hier jeden Moment einmarschieren könnten, wenn sie wollten.«

»Und warum tun sie es dann nicht, verdammt?«

»Keine Ahnung. Taktik? Politik? Vielleicht haben sie den Russen versprochen, dass sie Schleswig-Holstein kriegen. Was weiß ich.«

»Dann musst du diesen Hilmarsson eben selbst festnageln. Du hast die Beweise. Der Orden bei der Leiche, das Buch, die Untersuchung deines Schwagers. Damit könntest du erwirken, dass er von der Marine festgenommen wird. Er ist ein Mörder. Du bist Polizeibeamter. Da werden die sich doch überzeugen lassen.«

Druwe dachte nach. Die Wehrmacht und ganz besonders die Marine hatten immer versucht, einen gewissen Abstand zu den Partei- und SS-Kreisen zu halten. Dort sah man sich als ehrbarer, sauberer Soldatenstand, der mit dem Politik- und Ideologiekram nichts am Hut hatte. Krieg war eben das eine, Rassenwahn das andere. Zwar zweifelte er daran, dass das wirklich stimmte, aber es war tatsächlich seine einzige Möglichkeit. Er musste es allerdings gut vorbereiten. Gerüchten zufolge sollte Admiral Dönitz nach Flensburg kommen. Der wollte sich sicher nicht sofort mit einem SS-Fall in die Nesseln setzen. Andererseits könnte sein Stab durch eine Inhaftierung Hilmarssons Punkte bei den Briten sammeln. Vielleicht konnte er ihnen sogar ein paar der übelsten Handlanger Himmlers ans Messer liefern. Und was hatte Grenger gesagt? Der Reichsführer war in Ungnade gefallen? Hitler wollte ihn offenbar loswerden.

»Ich werde Oberbauer bitten, einen Kontakt zur Marine herzustellen. Vielleicht kann er sogar Grenger überzeugen, mit uns zusammenzuarbeiten. Vielleicht ist Dönitz ganz dankbar, dass er den Tommys gleich beweisen kann, wie sauber seine weiße Uniform ist?«

»Können wir Oberbauer wirklich vertrauen?«, fragte Eva.

»Wenn es ihm Vorteile bringt, ja.« Druwe dachte nach. Was im Großen für die Marine und Dönitz galt, traf im Kleinen auch auf Oberbauer zu. Er wollte sauber aus der ganzen Nummer herauskommen. Und Druwe konnte ihm dafür das Waschzeug liefern.

»Wenigstens ist es ein Plan. Was Besseres haben wir nicht.« Druwe merkte, dass auch er begonnen hatte, im Plural zu sprechen. Dabei wollte er Eva unbedingt aus der Angelegenheit heraushalten. Er wollte aufstehen, um sich anzuziehen, aber sie hielt ihn fest.

»Es ist Maitag, Jens. Den Tanz haben wir ja schon versäumt. Dann könnten wir es doch wenigstens mit der Liebe versuchen, oder was meinst du?« Sie küsste ihn leidenschaftlich. Als Soldat aus zwei Kriegen wusste er, wann Widerstand zwecklos war. Und er ergab sich.

7

Mußt dich aus dem Dunkel heben,
Wär' es auch um neue Qual,
Leben musst du, liebes Leben,
Leben noch dies eine Mal!

Hugo von Hofmannsthal (1874–1929), Harlekin

ENTTÄUSCHUNGEN

Am Vormittag suchte Druwe Hans Oberbauer im Polizeipräsidium auf. Der Verkehr an den Norderhofenden war an diesem ersten Maitag ebenso stark wie an den Vortagen. Auf dem Revier herrschte jedoch eher eine Art Feiertagsruhe. Druwe hatte genau darauf gehofft, und er kam beinahe unbemerkt von Kollegen oder zivilen Angestellten zum Dienstzimmer seines Kollegen.

»Jens, bist du verrückt, hier aufzutauchen? Dann stimmt das also, was mir Peter erzählt hat. Dass du hier immer noch herumlungerst. Der wird dich melden. Hinsch hat dich doch beurlaubt.«

Druwe ging nicht auf die Vorhaltungen seines Kollegen ein. Stattdessen berichtete er ihm von einigen Details aus Grengers Verhör.

»Und das hat dir dieser Grenger in einem Gespräch erzählt? Einfach so?« Als Druwe etwas entgegnen wollte, hob Oberbauer die Hand. »Ich will es gar nicht wissen, Jens.«

Wie Druwe vermutet hatte, war Oberbauer durchaus daran interessiert, bei der Ermittlung in einem guten Licht zu stehen. Er machte sich eifrig Notizen, wobei er offenbar einige Namen mit Querverweisen zu vorherigen Aufzeichnungen versah.

»Offiziell bin ich nicht dabei, Jens. Ist das klar? Wenn Hinsch fragt, weiß ich von nichts. Aber wenn die Tommys hier ankommen, dann werden in der Marineakte und deinem Bericht meine verdeckte Leitungsfunktion und Verantwortung hervorgehoben. In Ordnung? In dem Fall bin ich bereit, dich zu unterstützen.«

Druwe ließ sich nichts anmerken. Also hatte er recht gehabt. Sein Kollege plante tatsächlich schon für die Zeit nach dem Krieg. Reine Weste, reines Gewissen, saubere Personalakte und ein guter Posten. Ja, so war Hans Oberbauer immer gewesen.

Sie entwarfen gemeinsam einen Plan. Oberbauer würde seinen Assistenten Jünger zur Marineschule schicken, die sich in Mürwik am anderen Ufer der Flensburger Innenförde befand. Dort sollte er beim Kommandeur um einen zügigen Besprechungstermin bitten.

»Sollte Jünger fragen, dann sage ich ihm, dass die Leitung der Kripo besorgt ist wegen der Gerüchte um die Ankunft des Großadmirals. Das Ganze kommt ja ziemlich überraschend. Überall laufen Deserteure und Flüchtlinge herum. Einige dieser Displaced Persons sind bereits durch Raub und Körperverletzung auffällig geworden.«

Druwe horchte auf. Interessant, du gewöhnst dich schon an den Sprachgebrauch der neuen Machthaber, dachte er. *Displaced Persons*, das waren die zahllosen Entwurzelten, die im Reich als Kriegsgefangene, Zwangsarbeiter, Vertriebene und Umgesiedelte für das System schufteten. Viele waren in den letzten Wochen entflohen und irrten nun ziellos zwischen den Fronten hin und her.

»Die Bedrohungslage für Dönitz und seinen Stab ist also unklar«, fuhr Oberbauer fort. »Das erfordert eine gute Koordination der Leitstellen in allen Sicherheitsfragen. Das wird Peter schlucken. Damit er sich nicht nur als Laufbursche sieht, gebe ich ihm ein Schreiben mit, in dem ich die Marine um ein kleines Bürozimmer vor Ort bitte, wo

Jünger als Kontaktoffizier und Sicherheitsleiter der Polizei Quartier nehmen kann. Das wird er sogar als eine Art Beförderung sehen. Ein weiterer Vorteil ist, dass wir ihn dann hier erst einmal los sind.« Das musste Druwe seinem Kollegen und ehemaligen Freund lassen. Strippen ziehen konnte er. Jetzt hieß es schlicht, Geduld zu haben. Nicht gerade Druwes größte Tugend, aber er wusste, dass er nichts erzwingen konnte. Oberbauer versprach ihm, sich bei ihm zu melden, sobald Hilmarsson auftauchte. Mehr konnten beide im Moment nicht tun.

Eine Stunde später war Peter Jünger auf dem Weg zur Marineschule. Sie lag an einem Hang am östlichen Fördeufer, nur ein paar Kilometer von der Polizeidirektion entfernt. Bei einem späten Frühstück in der Kantine hatte ihm Oberbauer die Anweisungen gegeben. Der junge Mann war vollauf begeistert gewesen. Die von seinem Vorgesetzten angesprochene Funktion würde sich positiv in seiner Akte machen. Dönitz, das war nicht irgendwer. Der Führer mochte den Marineoffizier und ehemaligen Befehlshaber der deutschen U-Boot-Flotte. Offenbar traute er ihm sogar zu, die leitende Funktion in einer neuen Regierung zu übernehmen.

Wahrscheinlich will Hitler sich im Moment auf Berlin und die Abwehrkämpfe im Osten konzentrieren, dachte Jünger. Und er überließ die normalen Reichsgeschäfte für eine gewisse Zeit seinen Vertrauten. Ja, der Führer fand auf alles eine Antwort. Da war sich Jünger sicher. Er selbst hatte genug von dem hektischen Gewusel und der Untergangsstimmung in der Altstadt und am Hafen. Jetzt mussten einige Leute einen kühlen Kopf bewahren. Wenn dazu ein Frieden mit den Amis und Briten gehörte, in Ordnung. Neue Kräfte sammeln und dann den Osten befreien. Da war diese Schwarzmalerei mancher Leute völlig fehl am Platze.

Jünger bekam von Oberbauer die genauen Anweisungen und den

erwähnten Brief an den Kommandeur der Marineschule. Abschließend hatte Oberbauer die Angelegenheit mit dem Siegel des Polizeipräsidiums offiziell gemacht. Wenig später jagte der Kriminalassistent dann mit dem BMW-Motorradgespann nach Mürwik. Er wusste zwar, dass Oberbauer ihn auch aus dem Weg haben wollte. Was hatte Hans nur mit diesem Druwe? Diese Frage stellte er sich immer wieder. Aber egal, sollte er doch machen, was er für richtig hielt. Jünger konnte mit der Vorstellung, den Kontakt zwischen Polizei und Marine zu koordinieren, recht gut leben. Auf den ungeheuerlichen Gedanken, dass die ganze Sache in Wahrheit von Oberbauer lediglich eingefädelt und vorgeschoben worden war, kam er nicht.

Jünger traf den Kommandeur, Kapitän zur See Wolfgang Lüth, nicht an. Feiertag. Trotz der prekären Lage im Reich nahmen einige Etappenoffiziere ihre Dienstzeitregelung ganz genau, so auch Kapitän Lüth. Jedoch verwies ihn der diensthabende Oberbootsmann im Wachhaus an dessen Stellvertreter, Kapitänleutnant Jansen. Nach einem kurzen Telefonat begab sich Jünger zur Dienstvilla des Kommandeurs. Jansen empfing ihn nach einer Stunde Wartezeit im Besprechungsraum seines Vorgesetzten. Er wirkte blasiert und kurz angebunden.

Die saubere, ehrenhafte Marine, dachte sich Jünger. Diese arroganten Kerle halten uns Polizisten seit einigen Monaten für den hoch gespritzten Hundekot an ihren weißen Uniformen. Immer öfter gab es üble Schlägereien in Flensburgs Kneipen zwischen Marineangehörigen und Polizisten. Die Herren in Weiß hielten sich für etwas Besseres, wollten nach dem Krieg unbefleckt dastehen. Und wir sind die Bluthunde, die ihnen auf die Lackschuhe geschissen haben, ärgerte sich Jünger.

Er musste sich im Vorzimmer beim Adjutanten anmelden. Dann hatte ihn der Kapitänleutnant kurz angehört und das Schreiben entgegengenommen. Statt einer Antwort ließ er Jünger danach wieder im Flur warten. Der Mann schien gar nicht bei der Sache zu sein. Eine seltsame Spannung hing in den Fluren und Korridoren. Aber ein Kriminalbeamter musste auch warten können. Den richtigen Moment abpassen. Hatte das nicht dieser Schwachkopf Druwe gesagt? Blödsinn! Nein, Jünger selbst war ein Tatmensch. Handeln war sein Credo. Plötzlich war Unruhe im Raum. Ein Maat stürmte durch den Flur ins Vorzimmer, ohne zu klopfen. Jünger saß nahe genug an der offenen Tür, um Bruchstücke von nervösen Gesprächen aufzuschnappen. Die Uhr zeigte Viertel vor zehn. Dienstag, der 1. Mai. Tag der nationalen Arbeit. Er liebte diesen Tag seit seiner Kindheit. Sein Vater hatte frei gehabt. Die Umzüge, bunte Lichter und Marschmusik. Und das HJ-Lager. Die beste Hose, das beste Hemd. Das Tuch. Zieh dich um, bevor ihr spielen geht, hatte seine Mutter immer gesagt. Spielen? Nein, das war ein Dienst für den Führer gewesen. Wir gegen die Tommys. Robben unter echtem Stacheldraht. Hindernisse überwinden. Brücke bauen. Lager. Feuer. Wenn sie essen wollten, musste jemand das Huhn köpfen. Sein Huhn hatte er losgelassen, und das verschreckte Tier war danach von allen gejagt worden.

»Funk ... Kapitänleutnant ... Führer ... dringend ... Berlin ... gefallen ...«

Jünger starrte auf die Uhr, die im Wartebereich über einer Tür hing. Es war diese große Art, wie sie auf Bahnhöfen in aller Welt zu finden war. Natürlich saßen hier nur die unteren Dienstgrade, um zu warten. Und diese Uhr sollte sie einschüchtern, sie daran erinnern, dass sie mit ihrem Anliegen dem Reich und dem Kommandanten die Zeit stahlen. Die oberen Chargen hatten ihren Platz hinter der mit Leder beschlagenen Tür rechts. Bequeme Sessel, keine Stühle. Teppich. Gemälde. Ein kleiner Obstbrand, Herr Kapitän? Darf ich Ihnen eine Kleinigkeit bringen lassen? Der Lachs aus Norwegen ist exzellent, Herr Major. Mit oder ohne Meerrettich?

Die Uhr hatte diesen riesigen Sekundenzeiger. Als Kind hatte er sich immer gefragt, warum die Zeiger von zwölf bis sechs nicht schneller liefen, schließlich ging es ja bergab. Etwas rauschte in Jüngers Ohren. Einundvierzig. Wieso bin ich Polizist geworden? Papa sagte immer, Deutschland braucht Soldaten, keine Memmen. Zweiundvierzig. Bergauf haben es die Zeiger schwerer. Von sechs bis zwölf. Wie im Leben. Mal so, mal so. Dreiundvierzig. Das schwere Klicken bei jedem Vorrücken des Zeigers. Es geht zu Ende. Jede Sekunde nähere ich mich meinem Tod. Die Kerle hier lassen mich auf meinen Tod warten, dachte Jünger. Auf einem unbeheizten Flur. Vierundvierzig. Erster Mai. Ich sollte jetzt im Bett liegen, bei einer schönen Frau. Kater im Kopf. Vom Saufen und Tanzen. Und einen Morgensteifen in der Hose. Oder den Maiumzug vorbereiten. HJ. Lager. Hühner. Das blöde Vieh war damals ausgebüchst. Und es hatte nur Hartkekse für seine Gruppe gegeben. Er war schuld gewesen. Die vier anderen Burschen hatten ihn verprügelt. Fünfundvierzig. Das Geräusch des Zeigers hämmerte mittlerweile in Jüngers Schädel.

Der Maat kam aus dem Zimmer gelaufen, Schweiß stand auf seiner Stirn. Leg dich nie mit einem Bootsmaat an. Wer hatte ihm das geraten? Jünger wusste es nicht mehr. Wie in Trance erhob er sich und stellte sich dem Mann in den Weg.

»Was ist los? Was gibt es aus Berlin? Was ist mit dem Führer?«

»Der Führer ist tot.« Der Kerl ging an ihm vorbei. Unverschämte Unteroffiziere. Was hatte er da gesagt? Die Welt drehte sich nicht mehr? Nein, irgendetwas war mit dem Führer. Wieso tot? Lächerlich. Konnten Götter überhaupt sterben?

»Was?« Jüngers Stimme klang schrill. Er hielt den Maat an der Uniformjacke fest.

»Hast du dir dein Brot heute Morgen in die Ohren statt in den Mund geschoben? Der Führer ist gefallen. Funkspruch aus Berlin. Es ist alles aus. Und jetzt ...« Er funkelte den jungen Kripobeamten böse an. »...

lass mich los, Bürschchen, sonst prügele ich dir das Brot wieder aus den Ohren raus.«

Also doch, dachte Jünger. Götter starben. Die Welt stand still. Vor einer Minute drehte sie sich doch noch. Irritiert ließ er von dem Mann ab. Der Führer. Tot? Jüngers Großvater war vor drei Jahren gestorben. Er hatte ihn gemocht, den alten, gebeugten Mann. Er hatte geweint. Schöne Erinnerungen. Jede Sekunde lief ab. In Richtung Tod. Unerbittlich. Der Führer. Tot? Gefallen? Wo liegt Berlin? In Russland? Nein, überall. Adolf Hitler war überall. Viele ungeordnete Gedanken schossen Jünger durch den Kopf. Heldenhaft hat er unsere Hauptstadt verteidigt. Verraten und hintergangen von vielen Bonzen, die nur ihr eigenes Wohl im Auge hatten. Der Führer ist unsterblich. Er formt uns, bildet uns, lebt in uns. Auch Peter Jünger hatte seine Hitler-Jugend gehabt. War geprägt worden durch diesen Mann. In seinen Adern floss dieser Mann. Sein Herz pumpte Kraft in dieses Volk. Im Rhythmus des Horst-Wessel-Lieds. Doch nun, die Fahne senkt! Der Führer ist erschossen! Die Sekunden dieser Uhr zählten herunter bis zur Null. Aus.

Der Adjutant trat aus seinem Vorzimmer. Blass.

»Herr Kommissar Junge? Der Herr Kapitänleutnant lässt sich entschuldigen. Ihr Schreiben kann jetzt nicht beantwortet werden. Teilen Sie das bitte Ihrem Vorgesetzten mit. Wir müssen einen neuen Termin vereinbaren. Wichtige Angelegenheiten erfordern ...«

Jünger hörte nicht mehr zu. Er wankte benommen den Flur entlang.

»Herr Kommissar ...«

Sein Motorrad hatte er hinter dem Schlagbaum auf einem kleinen Parkplatz für Besucher abgestellt. Er ließ den Motor wütend aufbrüllen. Mehrere Kadetten sprangen fluchend zur Seite, als er mit leicht ausbrechendem Heck und durchdrehendem Hinterrad auf die Wache zusteuerte. Noch gerade rechtzeitig konnte ein Matrose den Schlagbaum heben. Richtung Ballastbrücke. Richtung Stadt. Überall Karren, Leinensäcke mit dem Hab und Gut der Flüchtlinge. Provisorische Zeltunterkünfte. Das Volk der Zukunft auf der Flucht. Ohne Führer. Wohin? Viele Verwünschungen begleiteten Jünger auf seiner Höllenfahrt zurück zur Polizeidirektion. Er musste zu Hinsch. Zu Oberbauer. Es gab keine Zukunft, er musste es ihnen sagen. Direkt vor dem Haupteingang würgte er das Gespann ab. Vor dem Hotel Europa standen mehrere Damen. Offiziersfrauen. Sollte er zu ihnen gehen? Der Führer war tot. Es war noch nicht einmal elf Uhr, aber die Frauen tranken Champagner. Sie lachten und amüsierten sich. Es schien Jünger, als verhöhnten sie ihn. Nein, sie verhöhnten den Führer, sein Werk. Alles war ohne Hoffnung. Das mussten sie doch erkennen. Er stürzte an den Wachhabenden vorbei. Die Gänge waren endlos lang. Oberbauer. Vielleicht wachte er endlich auf. Alles verloren. Der Führer hatte sich auf uns verlassen. Alles war jetzt so klein. Sinnlos. Er rempelte mehrere Beamte an, erntete wieder Flüche. Oberbauer war nicht in seinem Zimmer. Hinsch? Wusste er es? Er stürmte an Hinschs Sekretärin vorbei ins Zimmer des Polizeidirektors. Der SS-Standartenführer besprach sich gerade mit einigen uniformierten Leuten vom Sicherheitsdienst. Jünger nahm nur am Rande wahr, dass auf dem Tisch ein Haufen Dokumente ausgebreitet lagen. Kennkarten, Fotos, Soldbücher, Pässe.

»Jünger! So heißen Sie doch, Mann? Was zum Teufel fällt Ihnen ein, hier einfach so herein zu platzen?« Hinschs Gesicht war gerötet vor Wut.

»Herr Polizeidirektor. Ich ... Der Führer ... In der Marineschule ein Funkspruch ... Ich habe es zufällig gehört.« Der junge Kripo-Mann bekam nur ein Stottern heraus.

Die vier SD-Offiziere blickten ihn interessiert an.

»Nehmen Sie gefälligst Haltung an, Jünger! Wie sehen Sie überhaupt aus? Ist das hier nur noch ein Sauhaufen von unerzogenen Jazzstudenten, oder was? Raus! Das wird ein Nachspiel haben.« Die Stimme des Polizeidirektors überschlug sich fast.

»Der Führer ist tot!«, rief Jünger lauter als beabsichtigt. Er spürte, wie sich seine Augen mit Tränen füllten.

»Machen Sie keine dummen Witze, Jünger!«, blaffte Hinsch.

Da ergriff einer der anwesenden Männer das Wort.

»Beruhige dich, Hans. So sind die Zeiten. Ein Heißsporn. Wir waren ja auch mal jung. Soll er doch berichten, was er gehört hat.« Er wandte sich an Jünger, der stramm und verdutzt dastand, als erwartete er seine Versetzung an die Ostfront bei Wismar. »Na los, junger Kollege. Sie haben dreißig Sekunden, um ihren Kopf aus dieser Schlinge hier zu ziehen. Was ist passiert? Der Führer ist tot, wirklich? Oder sind Sie auf die Feindpropaganda der BBC hereingefallen, Kollege?«

Die Offiziere lachten.

»Jawohl, Herr Hauptsturmführer. Ich meine, nein. Ich habe ...« Jünger versuchte, einen klaren Gedanken zu fassen. »Zufällig war ich vorhin zu Ermittlungszwecken in der Kommandantur der Marineschule. Im Vorzimmer wurde ein Funkspruch aus Berlin übermittelt, den ich mitgehört habe. Unser Führer ...« Er stockte, seine Stimme brach. »Der Führer ist in Berlin gefallen. Verstehen Sie, Herr Polizeidirektor? Der Führer ist tot!«

Wenn er erwartet hatte, die anderen Männer würden ähnlich entsetzt reagieren wie er, so sah er sich jetzt getäuscht. Die fünf Offiziere sahen sich kurz an, von tiefer Trauer oder gar Verzweiflung fand sich in ihren Gesichtern keine Spur. Sie unterhielten sich weiter, als wäre Jünger nicht anwesend.

»Da hat er aber lange durchgehalten. Hatte ich schon früher erwartet«, sagte einer nur.

»Ich hätte gedacht, dass Ritter von Greim ihn noch mit einem Storch aus Berlin rausfliegt«, entgegnete ein hagerer Sturmbannführer trocken.

»Gefallen? Guter Witz. Stellt euch vor, Jungs. Der Führer im Häuserkampf. So wie er zitterte, hätte er glatt Bormann und Goebbels hinter sich erschossen.« Der dritte Offizier amüsierte sich bei dieser Vorstellung.»Friendly fire, nennen die Amis das.«

»Na, so muss er wenigstens nicht im Tutu vor Stalin tanzen.« Der Vierte in der Runde, ein glatzköpfiger, untersetzter Mann, ebenfalls im Rang eines Sturmbannführers, lachte grell auf. Seine Kameraden stimmten ein. Sie ignorierten Jünger, als sich der Hauptsturmführer wieder an Hinsch wandte.

»Hans, wenn das stimmt, müssen wir uns jetzt beeilen. Der Reichsführer wird wahrscheinlich die Regierung übernehmen. Aber Göring, Bormann und Goebbels könnten querschießen. Und die Gerüchte um Dönitz gefallen mir gar nicht. Die Lage wird instabil. Wir brauchen schnell die restlichen Dokumente. Und das Geld. Ich werde Grenger informieren. Er wird wissen, ob und wann Himmler nach Flensburg kommt. Und in welcher Funktion. Reichspräsident Himmler, wie gefällt euch diese Vorstellung, Kameraden?«

Die anderen SS-Offiziere murmelten beifällig.

»Vielleicht lässt sich mit den Amis doch noch was aushandeln. Dann können wir die Sache hier einfach aussitzen.«

»Mach dir doch nichts vor, Bernward. Von der Abwehr wurden Funksprüche aus den alliierten Hauptquartieren abgefangen. Die KL wurden nicht alle rechtzeitig geräumt. Dumme Sache, wir hätten jedes Lager verminen und sprengen sollen. Das Oberkommando der Briten hat die Weisung bekommen, jeden SS-Mann sofort festzunehmen. Für die sind wir jetzt Freiwild. Die wollen uns sogar den Kombattanten-Status aberkennen. Dann kann uns jeder Soldat an den nächsten Baum hängen.«

Jünger hörte nicht mehr zu. Hitler war tot, und hier wurde um Papiere und Geld geschachert. Sie machten Witze, wollten nur ihre eigene Haut retten. Dabei ging es um die Zukunft des Reichs, um das Erbe des Führers. Er lief aus dem Raum, ohne auf Hinschs Verwünschungen zu achten.

Zwei Stunden später irrte Jünger immer noch durch die Stadt. Er war wie betäubt aus Hinschs Zimmer gerannt, durch die Flure und das Treppenhaus ins Freie. Er konnte immer noch keinen klaren Gedanken fassen. Die Stadt stank. Die Häuser waren überbelegt. Sogar das bisher verschonte Flensburg hatte in den letzten Tagen einige Luftangriffe erlebt. Ein paar Häuser waren zerstört und die Kanalisation war an einigen Stellen getroffen worden. In den Hinterhöfen der Roten Straße und am Holm waren aus Brettern behelfsmäßige Unterkünfte entstanden. Deutschland ist die Zukunft der Welt. Goebbels. Ist das hier Zukunft? Kohlsuppe, Kartoffeln mit Stippe, ranziges Fett. Seltsamerweise gab es immer noch recht viel Zucker. Jünger erinnerte sich an das frische Brot seines Großvaters. Bäcker sind wichtig, hatte er immer gesagt. Mit ihrem Werk beginnt jeder den Tag. Welche Tage kommen jetzt? Spelzen, Hülsen, Grannen statt Korn. Kastanien- und Eichelmehl statt Weizen und Roggen im Brot. Hält unsere Zukunft das für uns bereit?

»Ein halbes Pfund Kartoffeln und ich zeig dir, wie die Franzosen es mögen, Süßer.« Eine üppige Vierzigerin schob sich ihm in den Weg.

Ohne es zu merken, war Jünger in den Oluf-Samson-Gang geraten, Flensburgs sündigste hundert Meter. Von den Hafenkais zog sich die enge Gasse ansteigend bis zur Norderstraße entlang. Haus an Haus, keines größer als ein Hühnerstall. Leises Grunzen drang aus manchem Fenster.

Prostitution ist illegal, ich muss sie verhaften, dachte er. Nein, ich bin nicht bei der Sitte. Matrosen brauchen das, man kann nicht alles verbieten.

Jünger ließ sich von der grell geschminkten Hafennutte in den Eingang schieben. Sie nestelte an seiner Hose herum und knüpfte seinen

Mantel auf. Er ließ es geschehen. Von ihr kam keine Reaktion, als sie seine Waffe erblickte. Normal in diesen Zeiten. Aber dann erkannte sie seine Dienstmarke.

Sie reagierte sofort.

»Ick bin Künstlerin, Herr Kommissar. Massage und Pinseltechniken. Uff Akte spezialisiert. Das is nix Verbotenes. Kunst. Verstehn Se?« Sie wirkte nicht wirklich beunruhigt.

Ohne ein Wort zu sagen, taumelte Jünger weiter. Wieder runter an den Hafen. Schiffbrücke. Zwei kleine Schuten entluden ihre menschliche Fracht. Sie spien sie aus wie ein Seemann seinen Priem. Vom Leben durchgekaute blasse Gesichter. Frauen, Kinder, Alte. Ihre wenigen Habseligkeiten trugen sie in Beuteln oder Seesäcken auf dem Rücken. Selten sah man einen Koffer. Sie strömten aus dem Memelgebiet hierher. Aus Kurland, Ostpreußen, mittlerweile auch aus Vorpommern und Mecklenburg. Deutschland war klein geworden in diesen Tagen. Und hier in Flensburg wurde es eng. Kein freundliches Wort erwartete die Flüchtlinge, kein heißer Tee, keine Scheibe Brot. Die heimischen Hafenarbeiter, selbst allesamt Krüppel und Kriegsversehrte, schoben die Neuankömmlinge auf ein Gatter zu. Häufig waren von ihnen Beschimpfungen zu hören, aber auch der Stock kam zum Einsatz. Einige Marinesoldaten sahen dem Treiben gelangweilt zu.

Vieh, dachte Jünger. Man behandelte sie wie menschliches Vieh. In wirre Gedanken versunken ging er zurück zur Hafenspitze und erreichte kurz darauf wieder das Präsidium.

Hilmarsson. Am Nachmittag saß Jünger allein bei einem Becher Gerstenkaffee und dachte nach. Oberbauer hatte ihm von dem SS-Offizier erzählt. Das war der Kerl, dem Druwe auf der Spur war. Hilmarsson hatte offenbar Lessling auf dem Gewissen. Und da lief irgendeine Schweinerei. Etwas Großes und der Kreisleiter war wohl jemandem auf die Füße getreten. Jünger hatte ja vorhin auch die

Kerle vom SD bei Hinsch gesehen. Ihre Gespräche über ein Untertauchen. Dazu die Kennkarten, die Soldbücher. Sie hatten auch von Geld gesprochen. Und ja, Jünger gab es zwar ungern zu, aber er hatte sich geirrt. Jens Druwe hatte ihn bereits in Kattrup überzeugen wollen. Der Kerl war zwar ein Wrack, offenbar war er jedoch einmal ein ganz guter Kripo-Mann gewesen. Aber Einsicht kam besser spät als nie. Und schließlich hatte sich Druwe ihm gegenüber wie ein aufgeblasener Besserwisser verhalten. Jünger seufzte.

Männer wie Hilmarsson hatten dieses Deutschland in den Abgrund gestoßen. Kerle, die ohne Wissen des Führers ihr Süppchen kochten. Brutale Schläger und skrupellose Mörder, denen das Volkswohl egal war. Dazu kamen noch die Blender und Sprücheklopfer. Und wenn es brenzlig wurde, wollten einfach alle abhauen.

Hier liegt meine Chance, dachte Jünger. Schuldig sind Einzelne, verquerte und kranke Geister, nicht das ganze Kollektiv. Ich kann beweisen, dass es auch viele saubere SS-Männer gibt. Männer wie mich. Ich habe die Gestapo-Methoden mit Folter und Repressalien nie gutgeheißen. Die brutalen Typen müssen raus aus der Polizei. Die Leute wollen sich darauf verlassen können, dass wir wieder das Recht vertreten.

Genau an dieser Stelle gerieten Jüngers Gedanken allerdings bereits ins Stocken. War Recht das, was dem Staat nutzte? Oder der Partei? So hatte er es schließlich gelernt. Partei und Staat schützten die Volksgemeinschaft. Also trat der Einzelne zurück, wurde zum Teil des Ganzen. Aber egal, unterbrach Jünger seine eigenen Gedanken. Mord war Mord. Niedere Motive, die nicht durch Parteiinteressen gedeckt werden konnten. Und Hilmarsson war der Täter. Jüngers Pflicht war es, ihn zu stellen und zu verhaften. Er schuldete es dem Führer. Dessen Werk durfte nicht durch solche Elemente gefährdet werden. Auch die Briten und Amerikaner würden erkennen, dass der Nationalsozialismus zu Deutschland gehörte. Er war perfekt für dieses Volk. Jetzt mussten nur perverse Fanatiker, Schläger und korrupte Winkeladvokaten aus Verwaltung und Partei entfernt werden. Und er, Jünger, würde hier und jetzt den Anfang machen.

Er war fast euphorisch, als er die Polizeidirektion wieder verließ. Er hatte sich einen Plan zurechtgelegt. Zum Abendessen trafen sich viele SS-Anhörige in den Restaurants der Stadt. SS-Hauptsturmführer Brynjar Hilmarsson machte da wahrscheinlich keine Ausnahme, zumal er offenbar keine Familie in der Stadt hatte. Unauffällig war der weißblonde Hüne auch nicht. Der Coup könnte gelingen. Und Oberbauer würde endlich aufhören, ihn wie einen Anfänger und Pimpf zu behandeln.

Innerhalb weniger Wochen hatte sich die Flensburger Gastronomie auf die zahlungskräftigen neuen Gäste der NS- und SS-Hierarchie eingestellt. Tatsächlich waren diese Leute eine Art sozialistischer Schmelztiegel, ein Mikrobild der deutschen Gesellschaft. Hier saß der norddeutsche Rotschopf neben dem knorrigen Franken. Die zarte Elsässerin neben der herb-schönen Mecklenburgerin. Verarmter sächsischer Adel unterhielt sich angeregt mit einem Bremer Kaufmannssohn. Friesisch versuchte eine Sprachvermählung mit dem bayerischen Dialekt. Der Hüne aus dem Ruhrpott übte sich im Armdrücken mit dem pommerschen Bauern. Da gab es den ehemaligen Schalterbeamten der Nürnberger Reichspost, der später als SS-Sturmführer Viehwaggons mit »rassisch minderwertigem« Leben füllte. Natürlich auf Befehl. Und ebenso fleißig, wie er vorher Briefe sortiert hatte. Alle Unterlagen wurden von ihm sauber gestempelt. Mit Vermerk versehen und abgeheftet. Oder der Buchhalter, der für das Reichssicherheitshauptamt alle Vermögenswerte aus den besetzten Gebieten prüfte und katalogisierte. Seine Lieblingsobjekte waren Trauringe der Getöteten. Vereinzelt traf man hier sogar auf Angehörige der Totenkopfverbände, der Wachmannschaften aus den Vernichtungslagern. Aus Kulmhof, Sobibor, Majdanek, Treblinka oder

Auschwitz. Selbst gestandene SS-Kämpen wollten von deren Geschichten nichts hören, und so schwiegen sie meistens. In aller Augen war das eine Drecksarbeit, die nun mal von irgendjemandem getan werden musste.

Jünger hatte sich entschlossen, systematisch die wichtigsten Treffpunkte der nicht in Flensburg ortsansässigen Offiziere nach Hilmarsson abzusuchen. Er glaubte nicht daran, dass der Kerl still und leise in einem Zimmer über Goethes Faust brütete. Er wollte sich in den Etablissements der Innenstadt aus südlicher Richtung einfach nach Norden vorarbeiten. Jetzt konnte er eine seiner Stärken ausspielen. Er hatte das, was Oberbauer mal ein »drittes Ohr« genannt hatte. Wenn er sich in der Kantine unterhielt, so nahm er zusätzlich die Gesprächsfetzen der anderen wahr. Er schnappte Bemerkungen auf den Fluren oder auf der Straße auf. Er orientierte sich schnell, fand sich in jeder Stadt sofort zurecht. Er war erst kurze Zeit mit Oberbauer in Flensburg. Aber er wusste, welche Hotels gut waren, welche Restaurants den Ansprüchen der höheren Dienstränge genügten. Und er wusste, wo der Wein gepanscht wurde, wo das Bier schal war.

In der *Blauen Rose* am Südermarkt fanden sich eher Süddeutsche und betäubten ihr Heimweh bei badischem oder fränkischem Wein. Vor der Tür lungerten abgerissene Flüchtlinge herum und hofften auf ein paar Pfennige. Drinnen war die Luft zum Schneiden. Das Treiben in dem Lokal hätte einer Puffmutter die Schamesröte ins Gesicht getrieben. An einem Tisch spielten drei Offiziere und zwei BDM-Angehörige Karten. Die beiden Frauen waren kaum zwanzig und offenbar betrunken. Der Preis für ein verlorenes Spiel war ein Kleidungsstück, wobei die Herren klar besser zu spielen schienen. An mehreren anderen Tischen saßen Mädchen auf den Schenkeln der SS-Männer. An oder besser auf einem Tisch in der Ecke wurde ungeniert kopuliert.

»Hoam S' räsaviert, de Herr?«, fragte ein Kellner im Eingangsbereich.

Bitte, kein Österreicher in Flensburg, dachte Jünger. Vielleicht war der Akzent auch nur gespielt. Der Kripo-Beamte beachtete den Mann nicht, sah sich nur um. Hilmarsson war nirgendwo zu entdecken. Natürlich könnte er sich mit irgendeiner Hure in einem Hinterzimmer vergnügen. Nach dem, was Oberbauer über diesen Mann erzählt hatte, wäre das aber eher unwahrscheinlich gewesen. Offenbar gab sich dieser Kerl arischer als jeder Deutsche aus dem Kernreich. Dabei kam er von dieser Atlantikinsel, auf der sie noch an Geister glaubten und wahrscheinlich zu Neujahr Kinder opferten.

Ja, diese ganzen Scharlatane müssen weg, dachte Jünger wieder. Das Reich musste sich besinnen, zur Ruhe kommen, das Wichtige und Gute der nationalsozialistischen Bewegung wieder hervorholen. Er verließ das Lokal, ohne auf den Österreicher zu achten.

In der Kellerbar *Mon Amour* in einer Seitenstraße des Holm traf er auf die Champagner-Fraktion der SS. Die Cognac-Front, wie der Einsatz in Frankreich während der Besetzung auch genannt wurde, war bis 1944 sehr beliebt gewesen. Die häufigsten Kriegsandenken von dort waren Gonorrhoe und alkoholbedingte Leberschäden. Im *Amour* schwelgte man offenbar in Erinnerungen. Der Schampus löste die Zungen und verführte dazu, bei rührendem Liedgut zu schunkeln. Die leicht bekleideten Damen, die servierten, bemühten sich zwar, ihre frankophilen Gäste visuell und taktil bei Laune zu halten. Größe und Körperbau verrieten jedoch die norddeutsche Herkunft. Durchaus attraktiv fehlte ihnen dennoch jene verspielt erotische Note der Französinnen, die der Westfront-Landser so schätzte. Jünger wollte sich energisch an einem SS-Unterscharführer vorbeidrängen, wurde aber aufgehalten.

»Zutritt nur für geladene Gäste.«

»Ich bin im Dienst. Kriminalassistent Jünger, ich bin zu Ermittlungszwecken hier.« Er zog seinen Dienstausweis hervor, aber der Türsteher sah ihn nur eindringlich an.

»Und wenn du Churchill persönlich wärst, würde ich dich nicht reinlassen. Verzieh dich.«

Nach längerem Hin und Her drohte die Situation zu eskalieren, als ein Hauptscharführer hinzukam. Der Mann bemühte sich, die Angelegenheit diskret zu klären. Dabei war er weniger um das Wohl Jüngers besorgt als vielmehr darum, die ausgelassen melancholische Stimmung im Hintergrund nicht zu stören. Daher gelang es Jünger wenigstens, nach Hilmarsson zu fragen. Aber weder Name noch die markante Beschreibung schienen den beiden SS-Unteroffizieren etwas zu sagen.

Drei weitere Lokalitäten erwiesen sich in der Folge ebenfalls als Reinfall. Jüngers Elan hatte bereits deutlich nachgelassen, als er schließlich an das andere Ende der Innenstadt am Nordermarkt gelangte. In der Toosbüystraße lag das renommierte Restaurant *Den Kongelige Kro*. Das Gebäude, im historistischen Stil errichtet, wirkte bieder. Bereits von außen zeigte es Eleganz mit einem Hauch von britischem Understatement. Das war jene Nonchalance, die dem deutschen Wesen abging. Der Deutsche baute entweder schlicht funktional. Oder er schuf gleich ein Neuschwanstein, das etwa so natürlich erschien wie eine Schellackplatte mit Vogelstimmen. Und zugegeben, da war noch eine neuere Entwicklung, die Betonkultur und das getragene Pathos in den Arbeiten eines Albert Speer.

Hier ist das wahre Geld zu Hause, dachte sich Jünger. Im Eingangsbereich setzte sich die unaufdringliche Eleganz fort. Der junge Mann spürte, dass er hier vollkommen fehl am Platze war. Aber mit einer der Jugend eigenen Selbstsicherheit gelang es ihm, diesen Umstand einfach zu übersehen. Ein Angestellter mit verwachsenem Rücken trat auf ihn zu und wollte ihm aus dem Mantel helfen. Jünger ignorierte ihn und steuerte geradewegs auf den Empfangschef am Ende der kleinen Vorhalle zu. Der Mann wachte über das Reich hinter ihm, den großen Saal und die Séparées.

»Guten Abend, mein Herr. Werden Sie erwartet? Leider sind alle Tische belegt.«

Jünger wies sich aus und erläuterte sein Anliegen. Der Mann schien nicht begeistert.

»Sie werden verstehen. Wir legen großen Wert auf Diskretion. Der Herr Polizeidirektor ist ebenfalls häufiger zu Gast. Sie kennen ihn ja sicher, Herr …« Er legte eine kunstvolle, aber nicht affektierte Pause ein. »Wie war Ihr Name noch gleich? Herr Jünger? Standartenführer Hinsch kann sehr nachtragend sein. Ich glaube nicht, dass diese Herrschaften hier durch …« Er hielt kurz inne, als suchte er nach den richtigen Worten. »… durch Ermittlungsarbeiten gestört werden möchten. In Ihrem eigenen Interesse würde ich raten, von Ihrem Vorhaben abzusehen.« Er lächelte höflich.

»Es geht um Mord. Das werden Sie jetzt gefälligst verstehen. Um Mord, nicht um Diebstahl einer Kaffeekasse. Also, ich will mich nur kurz umsehen. Ganz unauffällig. Ganz schnell. Danach können Sie das Sorbet servieren lassen.«

Jünger ließ den Mann trotz leiser Proteste stehen und begab sich in den vorderen Speisesaal. Der Laden trug seinen Namen zurecht. Hier hätte ein König Hof halten können. Sofern es einen in Flensburg gegeben hätte. Edelste Materialien an den Wänden. Die Silberbestecke glänzten mit Kristallgläsern auf den Tischen um die Wette. Ein Leuchter an der Decke, auf dem bequem drei Adler nisten könnten. Jünger wollte sich unwillkürlich beeilen, die prunkvolle Umgebung schüchterte Menschen ein, die sich sonst nicht in diesen Kreisen aufhielten. Nervös nestelte er am Revers seines Mantels. Gespräche verstummten, Augenpaare beobachteten ihn. Einige Salonoffiziere überlegten offenbar, ihm entgegenzutreten. Er war eine unliebsame Erinnerung an die Welt da draußen. Und genau diese Welt wollte man hier ja ein paar Stunden vergessen. Hier positionierte sich das Geld bereits für die neue, kommende Zeit. Fußvolk störte da erheblich.

Plötzlich sah Jünger ihn. An einem der Tische, mit dem Rücken zu ihm, saß Hilmarsson. Unverkennbar das weißblonde Haar. Selbst im Sitzen überragte sein kräftiger Körper die anderen Anwesenden. Jünger steuerte auf ihn zu. Auch an diesem Tisch verstummten die lebhaften Gespräche. Er stand nun etwa zwei Meter hinter dem Gesuchten. Räusperte sich.

»Hauptsturmführer Hilmarsson. Sie sind vorläufig festgenommen. Bitte händigen Sie mir Ihre Waffe aus und folgen Sie mir auf das Revier.«

Brynjar Hilmarsson erhob sich. Langsam schob er die Serviette auf den Tisch, rückte den Stuhl ein kleines Stück ab. Immer noch drehte er sich nicht um. Gebannt richteten sich die Blicke der Gäste auf das bevorstehende Schauspiel. Ein Duell. Die Herausforderung war ausgesprochen, der Fehdehandschuh vor die Füße geworfen. Nun musste der Angesprochene reagieren. Und er tat es. Blitzschnell drehte sich der SS-Offizier um. Der Lauf seiner Waffe war auf Jüngers Stirn gerichtet. Eine Walther PPK, Kaliber 7,65 Millimeter. Der Kripo-Mann war völlig überrascht, er spürte das kalte Metall auf seiner Haut. Er selbst hatte darauf verzichtet, seine Waffe vorher zu ziehen.

»Was willst du, Junge? Ist es nicht etwas spät für dich?« Hilmarsson grinste höhnisch. Er war fast einen Kopf größer als der junge Kripo-Beamte. Seine schwarze, tadellose SS-Uniform unterstrich die einschüchternde Wirkung seiner Person.

»Ich verhafte Sie ...« Weiter kam Jünger nicht.

Hilmarsson drückte ihm die Mündung seiner Waffe jetzt noch fester an die Stirn. So ist Lessling gestorben, dachte Jünger.

»Ach ja? Ich würde sagen, ich erschieße dich jetzt, Junge. Natürlich in Notwehr. Alle hier werden bezeugen, dass du mich mit deiner Pistole bedroht hast, ohne dich auszuweisen. Ich konnte also gar nicht anders.« Hilmarsson griff unter Jüngers Mantel und zog dessen Dienstwaffe aus dem Brusthalfter. Der Kriminalassistent war wie gelähmt. Was hatte er erwartet? Dass der Riese einfach so aufgab? Sich von einem Anfänger festnehmen und abführen ließ?

»Hier, nimm die Waffe«, sagte Hilmarsson nur. »Du musst mich bedrohen. Das muss echt aussehen. Na los. Vielleicht lassen wir es auch als Selbstmord durchgehen. Fragen wir doch das Publikum. Was sagt ihr dazu, Kameraden? Ist das hier Notwehr, oder soll es ein Selbstmord sein?«

Nervöses Gelächter an den Tischen.

Plötzlich veränderte sich Hilmarssons Gesichtsausdruck, als er Jünger erkannte. »Du bist doch der kleine Scheißer, der heute Vormittag bei Hinsch war, oder? Ich habe dich auf dem Flur gesehen, als du flennend rausgelaufen bist. Hinsch hat mir alles erzählt.« Der Mann grinste wieder und tat so, als würde er Jüngers Stimme nachahmen. »Herr Polizeipräsident, der Führer ist tot. Ich weiß nicht mehr weiter. Mein Schnuller ist weg und meine Hose nass. Was soll ich denn jetzt bloß tun?« Hilmarsson drückte seine Waffe noch fester an Jüngers Stirn, zwang ihn den Kopf in den Nacken zu legen. »Willst du etwa abhauen, du Memme? Unser geliebtes Vaterland in der Stunde seiner schwersten Prüfung verlassen? Oder kriechst du zurück unter Mamas Rock?« Verhaltenes Kichern der Damen am Tisch. »Du bist auch einer dieser Verräter. Leute wie dich habe ich schon dutzendfach an die Wand genagelt. Wollen wir ihn gleich an eine Laterne am Rummelgang hängen? Was meint ihr, Leute?« Er blickte sich um und erntete noch mehr Gelächter.

In Jüngers Ohren rauschte es. Er fühlte sich, als wäre er in der Schule beim Abschreiben erwischt worden.

»Sieh zu, dass du hier rauskommst«, fuhr Hilmarsson fort. »Sonst trete ich dir in deinen feigen Arsch, du Versager. Typen wie dich hätte der Führer ins russische Artilleriefeuer schicken sollen. Da hätten sie solche Geschwüre wie dich rausgebrannt.« Der Isländer war bis auf wenige Zentimeter an Jünger herangetreten. Er legte seine Walther auf den Tisch. »Und hier …« Er entfernte jetzt das Magazin aus Jüngers Waffe. »… nimm deinen Schnuller mit.«

Als Jünger nach der Waffe greifen wollte, holte Hilmarsson damit unvermittelt aus und schlug sie ihm ins Gesicht. Benommen taumelte er nach hinten. Wenn er jetzt durchdrehte, war er tot. Das wusste er. Das Schwein hatte ihn eiskalt abserviert. Wie konnte er so dämlich sein, zu glauben, dass Hilmarsson sich einfach verhaften ließe? Langsam schlich er wie ein geprügelter Hund aus dem Raum, den Blick nur auf den Ausgang gerichtet. Scham und Verzweiflung durchfluteten ihn. Er spürte den Hohn und Spott in den Augen der anderen Gäste. Für diese Leute galten andere Gesetze, auch und gerade in diesem System. Zum zweiten Mal an einem Tag brach für Jünger eine Welt zusammen. Volksgemeinschaft? Das waren die Idioten, die von solchen Kerlen wie Hilmarsson und Hinsch benutzt wurden für ihre dreckigen Machenschaften.

Jünger trat beschämt am Concierge vorbei und taumelte mehr aus der hohen Tür, als dass er ging. Er sah nicht, dass Hilmarsson zwei Wachleute zu sich gerufen hatte.

Als er endlich am Straßenrand stand, dachte er nur eines. Nach Hause. Ledigen Kripo-Beamten im höheren Dienst stand bei längeren Einsätzen in jeder Stadt eine kleine Einraumwohnung zu. Natürlich ohne einquartierte Mitbewohner. Jünger hatte es nicht weit bis zur Norderstraße. Als er die steile Treppe hinaufstieg, fühlte er sich unsagbar müde. Es war erst neun Uhr, aber dieser Tag war lang wie ein Leben. Er war verzweifelt, fühlte eine immer stärkere Sinnlosigkeit in sich. Der Führer war tot. Das Reich versank im Chaos. Konnte Admiral Dönitz, dieser Kerl mit dem Charisma eines Spazierstocks, wirklich das Schlimmste verhindern? Der Führer. Jünger hatte nie auch nur einen Gedanken an eine mögliche Zeit nach Hitler verschwendet. Es war das Privileg junger Menschen, dass sie glaubten, unendlich viel

Zeit zu haben. Wie selbstverständlich hatte er angenommen, dass der Führer noch lange die Geschicke dieser Nation lenken würde. Und nun das Ende.

Vielleicht doch Schluss machen?, dachte er plötzlich. Er tastete nach seiner Waffe. Keine Munition. Die hatte ihm Hilmarsson abgenommen. Die Ersatzmagazine waren auf dem Revier. Er verwarf diese absurden Gedanken. Er musste schlafen. Morgen würde sich eine Lösung finden lassen. Hilmarsson dingfest machen. Oberbauer und ein paar Kollegen, dann wäre die Sache einfacher.

Jünger schloss gerade seine Zimmertür auf, als es plötzlich hinter ihm laut wurde. Schwere Stiefel stürmten die Treppe hinauf. Er drehte sich um und sah nur noch eine Faust im schwarzen Lederhandschuh auf sich zukommen. Ein heftiger Schmerz fuhr ihm durch Nase und Jochbein. Dann stürzte er bereits in seinen kleinen Flur.

»Du solltest noch mit uns anstoßen. Auf das Wohl unseres Führers.« Der Mann, der zugeschlagen hatte, war nur schemenhaft zu erkennen. Typus Knochenbrecher. Breit und kräftig. Im Nebel des Schmerzes und mit Tränen in den Augen erkannte Jünger einen weiteren Kerl, der mehrere Flaschen im Flur abstellte. Dann packten ihn beide Männer und zerrten ihn zu seinem Bett. Jünger versuchte, sich zu wehren, aber schon drückte ihn ein Knie nach unten. Zwei Fausthiebe trafen ihn in die Flanken, so dass ihm der Atem wegblieb. Verzweifelt versuchte er, sich aufzurichten. Aber es war zwecklos, einer saß jetzt auf ihm, der andere hatte beide Arme gepackt und hielt sie fest. Plötzlich wurde ihm die Nase zugehalten und eine andere Pranke umfasste sein Kinn. Wieder versuchte Jünger, sich aus dem Griff zu winden, aber es war, als hätten Schraubstöcke ihn fixiert.

»Nur vom Besten, hat Brynjar gesagt. Trink!« Bei diesen Worten spürte Jünger, wie sich ein feuchtes Brennen in seine Kehle ergoss. Er musste würgen, spie einen Teil der Flüssigkeit wieder heraus. Aber er musste atmen, die Schläge hatten ihm die Luft aus den Lungen gepresst. Er öffnete den Mund. Der Kerl über ihm hatte nur auf diesen Moment gewartet. Es roch nach Alkohol, der Branntwein floss in Jüngers Rachen. Wenn er überhaupt atmen wollte, dann musste er schlucken. Nur dann ließen seine Peiniger ihm einen kurzen Augenblick, damit er Luft holen konnte. Doch schon im nächsten Moment war der Schraubstock an Kinn und Mund wieder da. Und der Schnaps rann seine Kehle hinab. Etwa zehn scheinbar unendliche Atemzüge lang wehrte sich Jüngers Körper noch, bäumte sich sogar einmal auf, dass es schien, er könne den Kerl auf sich abschütteln. Dann wurde die Spannung schwächer, ins Würgen mischte sich Gurgeln. Dann ebbte das Husten, Würgen und Spucken langsam ab. Das Beben des Vulkans erstarb, und nun floß die heiße Lava ungehindert in Jüngers Körper. Der Mann, der Jüngers Arme und Schultern gepackt hatte, holte ein kleines Metallröhrchen hervor. Es war von der Art, die man in Apotheken bekam. Nachdem er den Deckel entfernt hatte, hielt er seinem Opfer das Arzneiröhrchen an den Mund und schüttete dessen Inhalt hinein.

Tabletten? Gift? Ausspucken? Aber wozu die Qual?, dachte Jünger umnebelt. Sie sind doch nur die kleinen Engel, die mir die Entscheidung abnehmen. Es ist doch alles sinnlos. Bin verloren. Betrogen. Vergessen. Und er schluckte, trank. Er wollte es jetzt sogar. Er wollte Abschied nehmen.

Nachdem die beiden Männer, die Jünger überfallen hatten, sicher waren, dass er den Inhalt von fast drei Flaschen Brandy getrunken hatte, ließen sie von ihm ab. Ihr Opfer lag schlaff auf dem Bett und atmete nur noch flach. Beide Männer lachten, nahmen selbst noch einen kräftigen Schluck aus der letzten Flasche. Dann verschütteten sie deren Inhalt über Jüngers Bett und Kleidung, bevor sie lärmend die Treppe hinabstiegen. Ein Windzug strich die Stufen empor, als sie unten die Tür öffneten. Und mit ihm kroch der Tod hinauf.

UNTER DER WELT
2. Mai 1945

Flensburg nach Mitternacht war ein Rumoren und Grummeln. Es war, als hätte sich der Tag nach üppiger Mahlzeit zur Ruhe begeben. Und nun verdaute er die Tausende Schicksale, die er im Hellen verschlungen hatte. In den Gossen der Welt bezahlten sie für die Hirngespinste einiger weniger Verführer. Mit ihrem Leben. Und mit ihren Träumen.

Eva hatte Jens Druwe ein Foto von sich geschenkt. Zum Geburtstag. Genau um Mitternacht. Das Bild zeigte sie am Strand, jünger, voller Energie und Hoffnung. Die Haare im Wind, die Arme ausgebreitet, als wolle sie die Welt umarmen. Im Gesicht ein Lachen, das er aus dieser Fotografie heraus fast hören konnte. Das Foto war kaum größer als eine halbe Scheibe Pumpernickel, in einen schlichten Holzrahmen gefasst, mit einem ebenso schlichten Klappdeckel.

Druwe war nun fünfzig. Einerseits konnte er froh sein, es bis hierher geschafft zu haben. Andererseits nagte die Zahl an ihm. Sie schien ihm höhnisch zuzurufen: Sieh her, was du bis heute nicht geschafft hast, wirst du auch in Zukunft nicht mehr hinkriegen. Und was hatte er denn auf der Haben-Seite? Er fühlte sich entwurzelt wie jene armen Kreaturen am Hafen. Die Zeit war über Druwe hinweggefegt und hatte ihn aus sich selbst vertrieben. Die Ehe mit Inge war ein Desaster gewesen. Zumindest hatte sie so geendet. Seine Kinder sah er kaum noch. Die Kripo-Karriere hatte er gekonnt in den Lokus gespült. Er hatte Menschen getötet. Seine Hand verloren. Und was kam jetzt?

Als Eva ihn geküsst hatte und ihm ihr Foto überreichte, war ein Sturm in ihm entfesselt worden. Er spürte ein Brodeln in sich und wusste, dass es unkontrollierbar werden würde. Tränen waren in seine Augen gestiegen, nicht salzig, sondern bitter. Das Weinen hatte er sich lange abgewöhnt. Stattdessen kam die Wut. Es war jener Orkan, den er allzu oft schon mit Hilfe des Alkohols überstanden hatte. Aber er wollte jetzt nicht trinken. Er wollte diesen seltenen Augenblick der Zärtlichkeit nicht vergessen machen. Warum lagen das Schöne und das Unerträgliche nur so dicht zusammen? Er fürchtete, Eva zu verletzen, als er sagte, er müsse noch einmal raus und allein sein.

Er war den halben Tag zur Untätigkeit verdammt gewesen. Oberbauer hatte sich nicht gemeldet, und Druwe war wie ein Tiger im Käfig durch die Wohnung in der Roten Straße gelaufen. Mitten in der Nacht hatte er sich dann angezogen, weil er die Spannung nicht mehr aushielt. Er befürchtete zudem, er würde wieder alles kaputt machen. Er wollte es Eva erklären, aber sie hatte nur ihre Finger auf seine Lippen gelegt und gesagt:

»Ich weiß. Es ist gut.«

Nun irrte er seit einer halben Stunde durch die Straßen der Innenstadt. Es war stockfinstere Nacht. Verdunklung. Der Feind nahte. Vielleicht hoffte man, dass er im Dunkel an ihnen vorbeilief. Es war Ausgangssperre, aber Druwe hatte ja seinen Dienstausweis. Die frische Luft tat ihm gut. Er musste den Kopf frei bekommen. Er wusste nicht, ob er die Gefühle, die er für Eva empfand, zulassen konnte. Konnte. Zu lange hatte er sich eingegraben. Er saß in seinem Unterstand, der ihn vor eben jenen Gefühlen schützen sollte, die verletzen und zerstören. Erst jetzt wurde ihm klar, dass dieser Schutz ihn auch der schönen und angenehmen Empfindungen beraubt hatte. Eva war gut fünfzehn Jahre jünger als er. Verdammt, was soll das?, dachte er. Aber fast schien es, als wollte er vor dieser Frau schutzlos sein, alle Panzer und Ketten abwerfen. Sollte sie ihn doch verletzen, zerstören. Sie durfte es. Denn er liebte sie.

Druwe strich über das kleine Bild, das sie ihm gegeben hatte. Plötzlich huschte ein Schatten an ihm vorbei. Kaum nahm er ihn wahr. Zu sehr war er vertieft in dieses berauschende Gefühl. Die Berührung des Fotos linderte den Schmerz seiner vielen Wunden. Aber irgendwo in seinem Unterbewusstsein schlug es Alarm.

Er drehte sich um. Nein, niemand näherte sich ihm. Niemand lauerte ihm auf. In den letzten Wochen hatte es im Reich immer wieder Überfälle auf Deutsche gegeben, auch in Schleswig-Holstein. Wie hatte Oberbauer die Täter genannt? Displaced Persons. Entwurzelte, heimatlose und verschleppte Menschen, zur Arbeit im Großdeutschen Reich gezwungen. Viele waren jetzt geflohen und irrten zwischen den Kampflinien umher. Einige sannen auf Rache. Es hatte Tötungsdelikte, Schlägereien, Diebstähle und Vergewaltigungen gegeben. Aber hier in Flensburg?

Nein, dachte Druwe. Trotz aller Hiobsbotschaften arbeiteten die Verwaltungs- und Polizei-Strukturen noch erstaunlich effizient. Unterkünfte, Nahrungsmittel, Transportwesen, Polizei, Gestapo. Alles schien eher noch genauer überwacht zu werden. Die Zahl der Gerichtsverfahren hatte sich in den letzten drei Monaten verfünffacht. Die der gefällten Todesurteile ebenfalls.

Druwe blickte über den Südermarkt hinauf zur imposanten Kirche von St. Nikolai.

»... warte nur noch ein Weil'. Sieg Heil. Sieg Heil!«, erklang es aus einiger Entfernung von rechts.

Druwes Unruhe nahm zu. Was?

»Dann locken wir sie aus dem Rattenbau.« Undeutliches Gegröle.

»Die verfluchte Bolschewistensau.« Das Gelächter wurde schwächer. Offenbar war die Gruppe in die Nikolaistraße abgebogen.

Druwe begann zu laufen. Etwas trieb ihn an, die singenden Männer zu verfolgen. Aber was? Kurz rannte er sogar, musste sich jedoch schnell eingestehen, dass es besser war, die Kräfte einzuteilen. Als er die kleine Seitenstraße erreicht hatte, die rechts vom Holm in Richtung Süderhofenden abzweigte, hielt er inne. Er blickte um die Ecke, konnte aber am Ende der Straße nur vage, torkelnde Schemen erkennen. Das Gelächter war wieder etwas lauter geworden. Druwe folgte den Männern unauffällig, indem er sich in die Hauseingänge drückte. Wahrscheinlich aber hätte ihn in der Dunkelheit sowieso niemand bemerkt. Zudem schienen die Männer angetrunken und lauthals mit sich selbst beschäftigt zu sein.

Unvermittelt jedoch verstummten sie. Als Jens Druwe endlich die Straße Süderhofenden erreichte, lag eine gespenstische Stille über dem ehemaligen Bahnhofsgelände, das jetzt ein Omnibusbahnhof war. Die Männer waren wie vom Erdboden verschluckt. Hatten sie ihn bemerkt? Warteten sie irgendwo auf dem unübersichtlichen Gelände, um ihn zu überraschen?

Druwe atmete tief durch. Du siehst schon Gespenster, sagte er sich selbst. Und er musste sich eingestehen, dass er tatsächlich Phantomen hinterher gejagt war. Er wusste noch nicht einmal, warum er den Kerlen überhaupt gefolgt war. Betrunkene Schreihälse gab es derzeit viele.

Egal, dachte er. Wahrscheinlich waren es nur Etappenhengste aus der Verwaltung, vielleicht auch höhere Marineoffiziere oder SS-Leute, die sich ihre bevorstehende Kriegsgefangenschaft schön saufen wollten. Druwe war nicht erpicht darauf, diese Leute beim Pissen oder Kotzen zu erwischen. Irgendeine dämliche Kurzschlusshandlung, ein kleines Missverständnis und sie schossen auch noch auf ihn. Nein, danke. In diesen Tagen war alles möglich.

Ein verletzter Keiler ist gefährlich, dachte Druwe. Erst neulich war der Kommandant der Marineschule volltrunken in der Stadt gesichtet worden. Solchen Leuten und ihrem Anhang kam man besser nicht in die Quere. Der deutsche Keiler war tödlich verwundet. Abstand zu halten schien da die beste Taktik. Also wandte er sich vom Busbahnhof ab und schlenderte in Richtung Polizeidirektion, die sich nur etwa zweihundert Meter weiter in Richtung Hafen befand. Dort wollte er den Bogen zurück auf den Holm machen. Und er wäre in einer Viertelstunde zurück bei Eva. Seiner Eva.

Das Präsidium Flensburg hatte Vollschichtdienst. Es war rund um die Uhr einsatzbereit. Dennoch drang kein einziger Lichtstrahl aus dem Gebäude. Schließlich zog ein Verstoß gegen die Verdunklungsvorschriften härtere Strafen nach sich als Diebstahl oder Körperverletzung. Druwe stand vor dem Eingang und dachte nach. Dann entschied er sich, Oberbauer eine Nachricht zu hinterlassen. Er würde sich vormittags mit ihm treffen, um noch einmal die Möglichkeiten auszuloten, die sie in dieser Sache hatten. Er trat in den großen Wachraum im Hochparterre, zog seinen Dienstausweis hervor, bat um Stift und Papier.

Nachdem er die wenigen Zeilen beendet hatte, legte er den Umschlag ins Kripo-Postfach. *An Herrn Kriminalrat Jens Oberbauer.* Druwe hatte bewusst seinen eigenen Vornamen gewählt. So würde Oberbauer wissen, dass der Brief von ihm käme. Und ihn hoffentlich schnell öffnen. Er verzichtete auf die Angabe eines Absenders, da er befürchtete, dass die Gestapo immer noch jede verdächtige Postsache öffnete. Und wer wusste schon, ob er nicht bereits auf deren Abschussliste stand?

Er hatte sich gerade zur Postablage umgedreht, um Oberbauer die Nachricht ins Fach zu legen, als er innehielt. Ein weiterer Mann war außerhalb seines Sichtfelds in den Dienstraum getreten.

»So spät noch unterwegs, Herr Hauptsturmführer?«, erklang die Stimme eines Wachhabenden. Die Frage war kaum ausgesprochen, als der Mann offenbar Haltung annahm. Druwe erkannte es an dem typischen Geräusch zusammenschlagender Stiefel.

Verwunderlich um halb zwei Uhr morgens, dachte er. Die Nachtschichten sahen für gewöhnlich alles etwas lockerer. Und auch deren Vorgesetzte hatten um diese Zeit wenig Freude an dienstlichen Korrektheiten.

»Keine Eintragung ins Dienstbuch, verstanden? Wir stehen mitten im Endkampf, gerade jetzt muss jeder deutsche Mann auf seinem Posten sein. Das Reich schläft nie. Das sollten doch gerade Sie wissen, Scharführer«, fuhr der Unbekannte den Wachhabenden an. Ein seltsamer Akzent. Die S-Laute kamen weicher. Leichtes Rollen im R. Vor dem T ein leichtes, zischendes Hauchen. Druwe drehte sich langsam um. Er versuchte hinter dem Vorsprung zu bleiben, den die Postablage bildete. Aber ihm entglitt bei seiner Bewegung der Bleistift, den er in seine Prothese geklemmt hatte, um den Brief ablegen zu können. Im nächsten Augenblick trafen sich zwei Augenpaare. Eines stechend, hellwach, wasserblau. Das andere ungläubig, müde, dunkel. Hilmarsson, erkannte Druwe sofort. Oberbauer und Grenger hatten den SS-Offizier genau beschrieben. Außerdem hatte Druwe ihn einmal kurz gesehen. Er musste den Kopf leicht in den Nacken legen, um dem SS-Hauptsturmführer, der in makelloser Uniform vor ihm stand, ins Gesicht sehen zu können. Hilmarsson reagierte als Erster.

»Scharführer, nehmen Sie diesen Mann fest!«, rief er. »Er wurde von Standartenführer Hinsch aufgrund ehrenrühriger und aufwieglerischer Aktivitäten vom Dienst entbunden. Es wird ein Verfahren gegen ihn geben. Er hält sich widerrechtlich hier auf.«

Die zwei diensthabenden Unteroffiziere blickten sich kurz unsicher an. Dann näherten sie sich Druwe. Jetzt war es an ihm zu handeln. Sonst würde ihm die Situation entgleiten.

»Dieser Mann, Hauptsturmführer Hilmarsson, ist ein gesuchter Verdächtiger in einem Mordfall.« Druwe behielt sein Gegenüber genau im Auge, wappnete sich aber ebenfalls für den Fall, dass die Wachhabenden ihn ergreifen wollten. »Er ist höchstwahrscheinlich verantwortlich für den Tod von Gerhard Lessling, dem stellvertretenden Kreisleiter von Flensburg-Land. Kriminalrat Oberbauer und ich ermitteln gemeinsam in dieser Sache.« Die beiden Polizisten blieben stehen, zögerten.

»Festnehmen, sagte ich! Das ist ein Befehl im Namen des Reichsführers, verdammt.« Brynjar Hilmarsson richtete sich zu voller Größe auf. Selbst Druwe war beeindruckt und wich einen Schritt zurück. »Das Spiel ist aus, Hauptsturmführer Hilmarsson«, entgegnete er. »Händigen Sie mir Ihre Waffe aus. Ich verhafte Sie wegen Mordes an einem Parteimitglied. Und Sie …« Druwe wies mit seiner Prothese auf den wachhabenden Scharführer. »… unterrichten sofort Kriminalrat Oberbauer. Haben wir uns verstanden?«.

Im nächsten Moment fiel ein Schuss. Hilmarsson hatte blitzschnell seine Waffe gezogen. Dabei war er bereits in Richtung Ausgang gesprungen. Zum Glück für Druwe zielte er nur ungenau. Er spürte einen scharfen Schmerz in seinem Unterarm-Stumpf. Gleichzeitig schien es ihm, als würde eine Peitsche über sein Trommelfell gezogen. Nur jemand, der es erlebt hatte, wusste, was es bedeutete, wenn in einem geschlossenen Raum eine Pistole abgefeuert wurde. Druwe blickte kurz auf seinen Arm. Der Mantel war durchschlagen, die Kugel hatte die Prothese getroffen und war abgeprallt. Dennoch war der Aufprallschmerz höllisch. Als sich Druwe aus seiner kurzen Benommenheit löste, war Hilmarsson verschwunden.

»Informiert Oberbauer, ihr Idioten. Er soll sofort kommen«, brüllte er, als er in die Vorhalle des Hochparterres rannte. Umständlich zog er seine Waffe, stürzte aus dem Haupteingang und ging in Erwartung eines weiteren Schusses sofort in Deckung, aber der Vorplatz an den Norderhofenden lag verlassen da. Hilmarsson war also im Gebäude geblieben.

Druwe eilte zurück ins Treppenhaus. In seinen Ohren klingelte es. Trotzdem meinte er von weiter unten das Stakkato von Stiefelabsätzen auf dem Linoleum zu hören.

Der Keller, ging es ihm durch den Kopf.

Augenblicke später stand auch Druwe am Fuß der Treppe. Vor ihm lag ein nur spärlich beleuchteter Gang. Es roch muffig. Er lauschte.

Ganz schwach meinte er, von links noch etwas zu hören. Was wollte Hilmarsson hier unten? Er musste doch wissen, dass er hier in der Falle steckte. Eine böse Ahnung beschlich Druwe. Was hatte Hinsch gesagt? Ein paar Tage in den Kellern der Gestapo hatte er ihm angedroht. Er kannte die Gerüchte, obwohl er in den letzten Monaten nicht oft in Flensburg gewesen war. Die Gestapo hatte angeblich unter dem alten Postgebäude neben dem Polizeipräsidium ihre Verhörräume. Das war in Berlin nicht anders gewesen. In der Prinz-Albrecht-Straße wurden überirdisch Protokolle geschrieben, Sitzungen abgehalten und Akten sortiert. Unterirdisch schlug man Zähne aus, gab Stromstöße, brach Finger und zertrümmerte Nierenlager. Mutter Erde verschluckte die Schreie, das Grauen, den Ekel und die Hoffnungslosigkeit.

Druwe eilte den Kellerflur entlang. Es gab einfache Drahtverhaue, in denen Kabel, Lampen, Fahrräder und anderes Gerümpel lagerten. Andere Räume waren durch massive Türen verschlossen. Darauf fanden sich typische Amtskürzel, um das Wiederauffinden von Akten und anderem Zeug zu erleichtern. Wahrscheinlich waren dort jene Asservaten gelagert, welche die schwereren Delikte und Verbrechen nachzeichneten: Tatwaffen, Fingerabdrücke, Fotos von Tatort und Opfer, Vermessungsprotokolle und andere Indizien oder Beweismittel.

Druwe huschte an einer scheinbar endlosen Reihe von kleinen Seitengängen und Türen vorbei. Er hörte ein Scheppern von weiter vorn. Als schlüge jemand Metall aneinander. Nach etwa dreißig Metern traf er auf eine schwere Stahltür zur Linken. Sie war verschlossen. Wenn Hilmarsson hier verschwunden war, dann hatte Druwe keine Chance mehr, ihn zu erwischen. Er überlegte kurz. Er zog etwas heftiger an dem Türgriff und der Metallschiene. Dabei erklang das Geräusch, das er eben aus der Ferne gehört hatte. Vielleicht hatte Hilmarsson ebenfalls nur an der Tür gerüttelt? Und gehofft, sie ließe sich öffnen? Wenn die Sache mit der Gestapo stimmte, dann konnte dies hier ein Durchgang zu deren Gebäude und Kellerbereichen sein. Aber sicherlich wollte niemand, dass eine ahnungslose Sekretärin durch Zufall über blutig geschlagenes Fleisch stolperte. Und das Schreien und Stöhnen von Gefangenen war auf Dauer der Moral ebenfalls abträglich. Nein, eine solche Tür stand sicherlich nicht mitten in der Nacht einfach offen. Sie war auch von dieser Seite ohne Schlüssel nicht zu öffnen. Also musste Hilmarsson den Gang weitergelaufen sein. Da war sich Druwe sicher.

In den wenigen Sekunden, die er nachdachte, war er unaufmerksam. Erst der Schuss riss ihn wieder in die Gegenwart zurück. Eine kleine Druckwelle schien seine Wange zu streifen, dann hörte er den Knall. Sofort warf er sich zu Boden, konnte aber aufgrund seiner Handprothese den Sturz nur mäßig abbremsen. Die Mauser entglitt ihm. In die rechte Schulter und den Arm fuhr wieder ein stechender Schmerz. Er stöhnte laut auf.

»Ich kann dich von deinem Schmerz befreien, Krüppel«, erklang es dumpf von weiter vorn.

Ein zweiter Schuss fuhr über Druwe ins Leere.

»Glaubst du, dass es irgendjemanden interessiert, wenn du hier verreckst?« Wieder Hilmarsson. »Dreh dich um und lauf zu deinem beschissenen kleinen Leben zurück. Friss Pellkartoffeln und schreib Berichte. Dafür seid ihr doch da, ihr Verliererpack. Aber Männer wie ich sind dazu geboren, immer auf der Seite der Gewinner zu stehen. Das wirst du nicht ändern, denn es ist ein Naturgesetz.«

Druwe hatte sich beim Sturz auf die Unterlippe gebissen und schluckte das Blut, das sich in seinem Mund sammelte. Er setzte sich auf und lehnte sich dicht an die Kellerwand.

Wieder zerriss ein Schuss die unwirkliche, dumpfe Stille im Gang.

Druwe blieb, so gut es ging, in Deckung und schob mit einem Fuß die fallengelassene Mauser zu sich. Er griff unbeholfen mit seiner Linken nach der Waffe und gab ungezielt zwei Schüsse in Hilmarssons Richtung ab.

»Es ist vorbei, Hilmarsson. Sie werden sich für Ihre Tat verantworten. Lessling war ein PM, nicht irgendein Bauernbursche. Das wird sogar Ihnen das Genick brechen. Wir bringen die Sache hier zu Ende. So oder so. Entweder legen Sie Ihre Waffe nieder und kommen mit erhobenen Händen zu mir herüber. Oder wir warten hier, bis mein Kollege mit Verstärkung eintrifft. Sie haben die Wahl, Hilmarsson.« Druwe versuchte, so selbstsicher wie möglich zu klingen. Wieder überlegte er. Sie befanden sich jetzt schon längst nicht mehr unter dem Gebäude des Polizeipräsidiums. Der Komplex umschloss einen imposanten Innenhof, und er vermutete, dass er sich unterhalb von dessen westlichem Ende befand. Entweder war das hier eine Sackgasse, dann säße Hilmarsson in der Falle. Oder der Kerl hatte noch ein As im Ärmel, irgendetwas, von dem Druwe keine Ahnung hatte. Er rechnete sich für einen längeren Schusswechsel mit dem SS-Mann keine großen Chancen aus. Er selbst schoss miserabel mit seiner Linken. Er musste hoffen, dass er durchhielt, bis Oberbauer kam.

Aber vielleicht gab es ja am Ende des Kellergangs einen weiteren Ausgang, fragte er sich. Für den Fall von Luftangriffen ergab das einen Sinn. So konnte man vom Präsidium ungefährdet und schnell zu dem einzigen größeren Bunker in der Flensburger Innenstadt gelangen. Die Rathausstraße führte etwa zweihundert Meter nach Westen hinauf zur Bornstedttreppe, über die man schließlich einen Hügelbereich erklomm, den die Flensburger auch Museumsberg nannten. Dort oben am Lutherplatz stand das Museum der Stadt. Es hieß, das gesamte Gelände unterhalb des dortigen Sauermann-Hauses sei ein einziger riesiger Bunkerkomplex. Ursprünglich errichtet zu Zeiten der deutsch-dänischen Auseinandersetzungen war die Anlage seit Kriegsbeginn angeblich immer mehr zu einem Zivilschutzbunker ausgebaut und erweitert worden.

Aber das waren Vermutungen. Im Moment konnte Druwe nur warten. Lauschen. Waren da wieder Schritte? Oder täuschte er sich? In seinen Ohren klingelte und summte es. Kam Hilmarsson leise auf ihn zu? Oder schlich er davon? Wenn sich der SS-Offizier aus dem Staub machte, dann wäre die Jagd für Druwe vorbei. Entweder würde er bei seinen Leuten im Grenzkommissariat untertauchen. Oder er würde Druwe einfach irgendwo auflauern und beseitigen lassen. In den Akten würde dann wohl stehen: *Täter unbekannt, wahrscheinlich entflohener Fremdarbeiter oder asoziales Volkselement.*

Also musste Druwe eine Entscheidung treffen. Es konnte eine Falle sein. Der Kerl wartete da vorn in einer Nische. Und Peng, das war's. Er stand auf. Nichts geschah. Er trat langsam einige Schritte nach vorn. Stille. Dann lief er wieder schneller. Nichts.

Also ist das Schwein doch abgehauen, dachte er.

Er rutschte an einer glitschigen Stelle aus, schlug erneut unbeholfen auf dem Boden auf. Verdammte Hand! Als er sich wieder erhoben hatte, erwartete er, jeden Moment auf einen Ausgang zu treffen. Stattdessen ging es immer weiter leicht bergan. Der Kellergang veränderte sich. Er war jetzt eher gewölbeartig und wies nur wenige geschlossene, teils vermauerte Zugänge auf. Einige Bereiche schienen recht jungen Ursprungs, andere waren offenbar Keller von Gebäuden, die an der Rathausstraße standen. Vereinzelt konnte Druwe noch Weinregale und Rollspuren von Fässern ausmachen. Er ahnte, dass eine unterirdische Verbindung von Polizeipräsidium, Gestapo-Dienststelle und den Bunkeranlagen am Museumsberg geschaffen worden war. Hatte man vorhandene Kellerräume von Gebäuden beschlagnahmt und diese durch Zwischengänge miteinander verbunden? Er musste jetzt ungefähr unter der Kreuzung sein, die der Holm und die Große Straße mit der Rathausstraße bildeten.

Keine Spur von Hilmarsson. Der Gang veränderte nun nochmals sein Aussehen. Druwe hatte einmal einen Bildband über Rom und die Zeit der ersten Christen durchgeblättert. Er stand hier tatsächlich inmitten kleiner Katakomben. Zwar fanden sich keine Grabnischen mit trocken Knochen darin, aber die Wände waren größtenteils in Naturstein gehauen worden. Und es gab tatsächlich kleinere Gewölbe. In einigen befanden sich Sitzreihen, in anderen hatte man offenbar in früherer Zeit Waren gelagert.

Plötzlich öffnete sich der steinerne Korridor in eine Art kleine Halle. Das Ganze ähnelte einem unterirdischen Amphitheater in Miniaturform. Verblasste Schriften an den Wänden, sogar Sockel, auf denen offenbar Skulpturen gestanden hatten. Die Bühne des Runds glich eher einem Rednerpult. Druwe fand keine Zeit, sein Erstaunen auszudrücken oder gar innezuhalten. Weiter trieb es ihn den Gang entlang, der nun wieder enger wurde. Er war mittlerweile etwa unter dem Stadttheater angekommen. Hier drang nun ein seltsamer Singsang an sein Ohr. Wenige Meter weiter musste der Museumsberg beginnen. Das Licht im Kellergang wurde langsam heller. Also hatte man tatsächlich das Präsidium an den Norderhofenden unterirdisch mit dem Luftschutzbunker verbunden. Ein zwar beschwerlicher Weg, dafür aber sicher.

Wieder vernahm Druwe ein Rauschen, das sich über das Pfeifen in seinen Ohren legte. Einen Moment später wäre er fast über Weinflaschen gestolpert, die verstreut auf dem Boden lagen.

»Parole?«

Druwe fuhr herum. Der fiese Gestank einer Mischung aus sauer Erbrochenem und scharfem Alkohol stieg ihm in die Nase. Dazu der süßliche Duft schmutziger Pissoirs. Aus dem Halbdunkel trat ein Unteroffizier der Wehrmacht, der an seinem Hosenschlitz nestelte.

»Parole?«, wiederholte er kichernd. Der Mann war stark betrunken, blickte aus glasigen Augen und schwankte dabei besorgniserregend.

»Ich bin dienstlich hier. Hauptmann Druwe.« Jens Druwe wollte seinen Dienstausweis hervorholen, da er ja wie immer in Zivilkleidung unterwegs war.

Der Soldat winkte ab.

»Lass gut sein, Kamerad. Wir sitzen doch alle im selben U-Boot.« Er kicherte wieder. »Und jetzt saufen wir ab. Aus. Vorbei. Unter der Erde sind wir ja schon ...« Er begann, schräg zu singen. »Der Führer ist ein armes Schwein. Denn der Russ pisst ihm ans Bein. Da kommt der Goebbels angehinkt. Beschwert sich, dass es furchtbar stinkt.«

»Ist hier ein Hauptsturmführer vorbeigekommen? Weißblonde Haare, groß, kräftig?«

»Ein Schwarzer?« Der Mann nickte etwas zu heftig und verlor durch diese Bewegung fast das Gleichgewicht. »Eben gerade. Blöder Arsch.« Er äffte den Befehlston nach. »Nimm gefälligst Haltung an, Mann. Ich werde dich erschießen lassen.« Jetzt wurde er weinerlich. »Dabei bin ich so stolz auf mein kleines Liedchen.« Er hob wieder an. »Der Führer ist ...«

Wenige Meter hinter dem Posten öffnete sich ein doppelflügeliges Stahltor. Dahinter grelles Licht. Musik. Vorsichtig betrat Druwe den Raum, der sich als kleine Halle entpuppte. Darin emsiges Treiben. Aber keine Spur von ängstlichem Ausharren. Nein, hier unten wurde ausgiebig gefeiert. In einer Ecke gab es einen Stand, an dem Schokolade verkauft wurde. Vielleicht wäre dies gar nicht weiter verwunderlich gewesen, hätte nicht eine Art Marktschreier davorgestanden, der lauthals wie ein Marketender seine Waren anpries.

»Was dem Panzermann und Fliegerhelden recht ist, ist der deutschen Hausfrau billig. Hier gibt es die echte Führerschokolade, Leute.«

Druwe wusste, dass dies die berühmte Schokolade mit Schuss war. Versetzt mit Pervitin, einer beliebten Droge, die erst 1941 strengeren Abgaberegeln unterworfen worden war. Bis dahin – aber auch danach noch – wurde das Aufputschmittel millionenfach von Soldaten und den in der Heimat Verbliebenen genutzt. Die Sittenabteilung der Berliner Kripo hatte schon Ende der Dreißiger über eine Verrohung von

Anstand und Moral in der Hauptstadt geklagt. Später waren Hunderte Fälle bekannt und sorgsam vertuscht worden, in denen trauernde deutsche Witwen unter massivem Drogeneinfluss dutzendfach mit Unbekannten in der Öffentlichkeit kopulierten. Soldaten hatten sich selbst erschossen, weil sie unter einer Überdosis von Pervitin glaubten, unverwundbar zu sein. Hier nun gab es sie also, die Schoka-Cola, die Panzerschokolade und den kleinen Muntermacher, einen Schokolikör, der mit diesem Zeug versetzt war.

Eine lärmende und rangelnde Menschenmenge stand vor dem Verkaufsstand. Druwe versuchte, sich trotz des Chaos einen Überblick zu verschaffen. Kein Hilmarsson. Er eilte weiter.

An einem Sanitätszelt hielt er kurz inne. Unwillkürlich tastete er vorsichtig nach seiner immer noch leicht blutenden Unterlippe. Ein Sanitäter erschien, packte Druwe am Arm und wollte ihn offenbar ins Zelt lotsen.

»Du siehst scheiße aus, Mann. Aber da haben wir was«, sagte der Sanitäter.

Druwe erkannte, dass in dem Zelt sechs Liegen standen. Darauf lagen Männer, denen ein Stabsarzt der Marine nacheinander eine Injektion verabreichte. Mit glasigem Blick kam bereits der Erste wieder aus dem Zelt.

Der junge Sanitätsmaat zog Druwe wieder am Ärmel.

»Fünfzig für einen Schuss P. Hundert für M. Garantiert rein und ungestreckt.«

P und M. Pervitin und Morphium. Der Volkswitz hatte aus den beiden Buchstaben in den letzten Monaten ein beliebtes Wortspiel gemacht: *Jedem PM sein P und M.* Gerüchten zufolge war der Bedarf an Drogen gerade unter den Parteimitgliedern exorbitant gestiegen.

Druwe konnte Hilmarsson im Zelt nicht entdecken und riss sich angewidert von dem Maat los. Draußen an den Kais verreckten Hunderte an irgendwelchen Krankheiten, saßen ausgezehrt und apathisch herum. Und hier ließen es sich die Damen und Herren gutgehen. Vielmehr ließen sie sich vorgaukeln, es ginge ihnen gut.

Also weiter. Hilmarsson. Er musste hier irgendwo sein. Immer wieder blieb Druwe kurz stehen, fragte halbwegs wache Leute nach dem SS-Hünen. Der Kerl konnte doch nicht spurlos verschwunden sein! Immer tiefer trieb es Druwe in den Berg. Vor einem scheinbar größeren Raum waren zwei Marinesoldaten postiert. Offenbar weder betrunken noch berauscht. Vielleicht hatte er hier Glück. Alles wirkte ordentlich und aufgeräumt.

Es könnte eine Dienststelle sein, dachte Druwe. Schließlich gab es in Deutschland keinen Ort, der ohne Verwaltung auskam. Vielleicht das Meldeamt unter dem Berg. Er drängte sich mit seinem Ausweis an den Wachen vorbei und betrat den Raum. An einem Tisch lehnten mehrere Offiziere. Vor ihnen ein Kartentisch, auf dem Modelle von Kriegsschiffen, Panzern und Flugzeugen standen. Druwe betrachtete die Szenerie einen Moment, bevor er merkte, dass er sich geirrt hatte. Die Herrschaften hier verwalteten nichts. Sie spielten.

»Kurland geht nicht verloren«, rief ein Oberstleutnant, dessen Uniform Spuren der letzten Mahlzeit zeigte.

»Von Prag aus sind wir in einer Woche am Kaukasus«, ergänzte ein Kapitänleutnant.

Plötzlich fiel ein Schuss. Kartenfetzen und mehrere Panzer stoben durch die Luft. Alle lachten und grölten. Nur Druwe erschrak.

»Ach was. Meine V-Waffen drehen die Sache. Seht ihr?« Der Schütze wieherte.

»Wie bei Münchhausen. Und auf einer der Kugeln reitet der Führer.«

Infernalisches Jauchzen.

Druwe konnte sich ungehindert umsehen. Wieder keine Spur von Hilmarsson. Er wandte sich zum Gehen.

In der nächsten Halle wurde ein Gelage gefeiert. Einige Speisen dort kannte Druwe gar nicht. Er wunderte sich, wo hier Personal und Küche untergebracht waren. Wie diese Unmengen an Essen überhaupt unentdeckt hierher geschafft werden konnten! Wieder musste er an die Ausgestoßenen am Hafen denken. Mütter mit ausgetrockneten Brüsten. Kinder, die an Holzstücken nagten. Draußen fraß das deutsche Schwein die Eicheln des Vorjahres, hier dinierte der Edelmann bei Champagner und Trüffel.

Druwe wusste nicht, ob das Rauschen in seinen Ohren nur angesichts des Ekels, den er empfand, zunahm. Oder ob es die Folge der Pistolenschüsse auf dem Revier und im Kellergang war. Vielleicht wollten sich seine Sinnesorgane auch einfach nur langsam abschalten? Er hatte seine Augen und Ohren, seine Nase und seinen Tastsinn schon zu lange überfordert. Fünfzig Jahre schienen ihnen nun genug. Und dies hier war das Ende. Druwe würde fortan blind und taub durch seine Welt taumeln müssen, denn seine Sinne kapitulierten vor diesem Wahnsinn.

Er stolperte weiter durch mehrere Räume. Und er war sich nicht sicher, ob er den Isländer überhaupt bemerkt hätte, selbst wenn dieser Hüne direkt vor ihm gestanden hätte. Er wollte hier heraus, aber es schien ihm, als griffen immer mehr Hände nach ihm. Sie hielten ihn hier unten gefangen, trieben ihn vor sich her. Er lief jetzt, hetzte außer Atem in eine Art unterirdisches Bordell.

An mehreren Tischen wurde Karten gespielt. Junge BD-Mädchen saßen halbnackt auf den Schenkeln notgeiler Herren, deren Finger in allen ihren Körperöffnungen zu stecken schienen. Dabei war der BDM, der Bund deutscher Mädel, offiziell das Aushängeschild deutscher Tugend und Sitte. In einer Ecke quiekte eine vielleicht Siebzehnjährige im Rhythmus der Stöße, die ihr ein ergrauter General von hinten verpasste. Zwei Adjutanten fummelten bereits ungeduldig an ihren Hosen.

Druwe keuchte. Er musste sich setzen. Ihm war übel. Ihm schien die

Welt, die er hier entdeckt hatte, aus einem Schauermärchen entsprungen. War hier ein Vorraum zu eben jener Hölle, in die sie bald alle fuhren? Wurden hier jene Elixiere des Teufels gebraut, die Wirklichkeit und Traum auf ewig untrennbar verbanden? Prostituierte sich hier das lüsterne Marmorbild der Venus, um jegliche Moral für immer unmoralisch zu machen? Hauste hier der Wahnsinn unter dem Runenberg, bereit, die Schwelle zum Inferno zu überschreiten? Ja, hier entriss der Sandmann der Welt endgültig ihr Augenlicht. Hier, unter diesem beschissenen Berg, in dieser beschissenen Stadt, zu dieser beschissenen Zeit hatten sich die Orakel der romantischen Schauerliteratur alle erfüllt.

Druwe blieb an einer Ecke stehen, erbrach Galle, griff nach einer vereinsamten Wodkaflasche und nahm einen großen Schluck. Er war bereit, sich fallen zu lassen. Bereit, sich von diesem Albtraum verschlingen zu lassen. Langsam griff der Wahn nach ihm, zog ihn zu sich hinab. Er versprach Trost und Vergessen.

Eva.

Ihr Name schoss ihm plötzlich durch den Kopf. Er warf die Flasche an die Wand. Eva. Berthold. Seine Kinder. Hans. Inge. Nebe. Hilmarsson. Nein, es gab genug Gründe für ihn weiterzumachen. Auf der guten wie auf der schlechten Seite.

Er erhob sich stöhnend, warf weitere Blicke in abgetrennte Hallenbereiche. Einmal schien er Hilmarsson endlich entdeckt zu haben. Ein Blondschopf ragte aus einer Gruppe hervor. Druwe kämpfte sich durch die vor ihm stehende Menge, lud Flüche auf sein Haupt, ertrug Ellenbogenhiebe in seine Flanken. Dann schließlich packte er den Gesuchten – und musste im nächsten Augenblick feststellen, dass er wieder in einen Mummenschanz geraten war. Grotesk geschminkte Gesichter und weiß gekalkte Haare. Vor ihm stand ein Hitler, dahinter ein Stalin, der mit einer Keule aus Pappmaché auf den Erzfeind eindrosch. Und der vermeintliche blonde Hüne stand auf einem Schemel und ona-

nierte dazu ungeniert. Die Zuschauer grölten. Welt aus den Fugen.
Umwertung aller Werte.

Druwe hatte genug gesehen. Wieder drängte er durch die Masse. Er
fragte halbwegs nüchterne Männer nach dem Ausgang. Und endlich,
Ewigkeiten später, stand er schließlich auf dem Lutherplatz. In der
frischen Nachtluft. Vor ihm lag das alte Museum. Still, ehrwürdig. Es
war, als hätte ihn die Hölle ausgespuckt. Irgendetwas an ihm war wohl
unverdaulich.

Er machte sich auf den Weg zur Roten Straße. Mehrmals musste er
stehen bleiben, weil er den Eindruck hatte, der Boden unter ihm
würde schwanken. Er glaubte auch, mehr als zwei Füße zu sehen, mit
denen er einen Schritt vor den anderen setzte. Er verlief sich zwei
Mal auf der kurzen Wegstrecke. Trotz aller Orientierungslosigkeit
wusste er aber jetzt, was ihn in dieser Welt hielt.

MORGENNEBEL

Druwe kehrte gegen fünf Uhr morgens wütend und enttäuscht in die
Wohnung in der Roten Straße zurück. Er machte sich Vorwürfe, weil
er Hilmarssons Spur verloren hatte. Wortlos fiel er neben der schla-
fenden Eva ins Bett. Er war froh, dass sie trotz des Lärms nicht erwachte, da ihm nicht nach Reden zumute war. Er fühlte sich benommen, und seine Erschöpfung ließ ihn wider Erwarten Augenblicke
später in einen unruhigen, traumschweren Schlaf fallen.

Es sind die kleinen Freuden, die Druwe am Leben halten. Er beobachtet
Insekten, die über aufgewühlte Erde kriechen. Halme, in denen der Wind

spielt. Das Warum ist längst keine Frage mehr für ihn. Ein Stück Papier wird in den Graben geweht. Munitionsanforderung. Aus einer Erdspalte tropft Wasser auf Druwes Stiefel. Sonnenstrahlen ringen um Durchlass am bleiernen Himmel. Sind es Regenwolken? Ist es Staub der zehntausend Sohlen, oder ist es der Rauch der Granaten? Druwe blinzelt ins Licht. Einen Meter vor ihm liegt das Halstuch eines Kameraden. Wenig Weiß, viel Rot, ein Loch. Dort traf ihn die Kugel. Ameisen laufen über das geronnene Blut. Morgens hat Druwe sich rasiert. Geburtstag. Zwanzig. Er ist froh, dass er nur ein kleines Stück Spiegel hat. So sieht er nur Teile seines Gesichts. Das Ganze würde ihn erschrecken. Jeder Schuss hat ihn altern lassen. Jeder Schrei lässt ein Stück in ihm sterben. Er hat sich an diese Dumpfheit gewöhnt. Sie schützt. Hüllt ihn ein wie eine Decke. Es ist egal. Ein Tag oder Hunderte? Sein Geist und Körper haben sich auf seltsame Weise getrennt. Er hat es geträumt. Seine Gedanken und Gefühle kreisen um ein Zentrum. Es war, als belagerten sie eine Burg. Von dort zuckten Blitze. Gräben wurden gegraben in seinem Unterbewusstsein. Bajonette und Geschütze wiesen den Weg. Hinaus, du Mensch!, riefen sie. Was blieb, ist der Soldat.

Wir alle kehren mit leeren Händen zurück. Wir zerfallen alle zu Asche. Sieger und Besiegte. Und am Ende sind wir alle eins.

Otto spielt mit seinem Kanarienvogel. Stöckchen. Körnchen. Liedchen. So nennt er es. Aus dem Unterstand ertönt Lachen. Kartenspiel. Das wäre es, denkt Druwe. Sollen sie doch auch Karten kloppen, die Herren Generäle und Marschälle. Die feinen Monarchen und Politiker. Wer verliert, bekommt den Einsatz. Ein Stück Land, eine Burg, einen Hügel, ein Wäldchen. Druwe schmunzelt. Und wir säßen zu Hause. Der Vogel singt sein Lied. Otto hat es geschafft. Sie sind empfindlich, diese kleinen Tiere. Vom Wald gegenüber zieht Nebel auf. Es ist noch früher Morgen. In der Nacht hat es geregnet. Der Feind hat eben ein paar Bäume in kurzem Granatenhagel umgelegt. Wahrscheinlich eine taktische Vorbereitung, denkt Druwe.

Morgen oder übermorgen graben sie dort eine Stellung. Dann sollen wir sie da wieder verjagen. Hin und her. Endlos blutiges Tauziehen. Seit Monaten. Hundert Meter vor. Hundert zurück. Hurra, wir leben noch. Langsam und vorsichtig tastend wabert die feuchte Wand aus dem Wald. Nebel ist gut, denkt Druwe. Wenn er den ganzen Tag bleibt, haben wir heute Ruhe. Er hat noch ein Buch. Eingetauscht gegen eine Zigarette. Ruhe. Nebelwelten sind stille Welten. Der Wind scheint den Atem anzuhalten, die Tiere verstummen. Seit Urzeiten wird das Leben still, wenn der Nebel kommt. Auf See, in Wäldern und über dem Feld. Wer weiß, welche Wesen sich in dieser Zwischenwelt verbergen? Eben sang Ottos Vogel noch. Jetzt hält auch er inne. Druwe blickt zu seinem Kameraden hinüber. Der stochert mit seinem kleinen Stock im Käfig herum, der Vogel wankt kurz und fällt im nächsten Moment zu Boden. Druwe hört, wie Otto Weininger etwas flüstert.

»Gas.«

Augenblicke später bricht die Hölle im Schützengraben los. Eine Handsirene jault. Alarm. Furcht und Panik, die Druwe so noch nie erlebt hat. Die Teufel des Krieges tragen viele Namen: Kugel, Sturmangriff, Säbel, Pistole, Bajonett, Splittergranate, Feuer. Heute lernt Druwe einen weiteren kennen: Gas. Erste Finger dieses unheimlichen Nebels ragen über den Grabenrand. Sie scheinen einen Moment zu verharren, als hätten sie Augen. Als wollten sie schauen, wohin sie sich wenden. Dann tasten sie sich die Grabenwand hinab. Druwes Augen brennen. Die Maske! Oft schon hat er sich gefragt, warum er diese Scheißdose am Koppel tragen muss. Manches Mal, wenn er sich in Deckung warf, hatte ihn das Metall schmerzhaft daran erinnert, dass er noch lebte. Beklommen greift er nun nach dem Stoffriemen, der den Deckel hält. Ziehen, damit sich der Klappmechanismus löst. Die Feder ist angerostet. Verdammt. Jetzt. Mit einem dumpfen Plopp öffnet sich die Maskendose endlich. Aufs Gesicht. Nein, erst Helm runter. Zittern. Gummilaschen nach oben. Heftiges Zittern. Brennen in der Nase. Fest andrücken. Die Haare kleben in der Stirn, verhindern eine gute Dichtung. Das Brennen

wird stärker. Endlich. Ruhig atmen. Nicht husten. Laschen über den Kopf.
Festziehen. Helm auf. Die Szenerie ist gespenstisch. Zunächst meint Druwe,
er sei allein. Er reibt über die Gläser der Gasmaske. Otto ist ebenfalls fertig.
Er ruft ihm etwas zu. Die Pferde! Beide Männer hasten unter den Holzboh-
len des Unterstands hindurch. Der Graben macht einen Bogen nach hinten.
Dort befindet sich eine Art Stall. Nervöses Wiehern. Die Gasfinger kriechen
bereits über den Boden auf die Tiere zu. Weininger, Druwe und drei andere
Soldaten versuchen, den Tieren ihre speziellen Gasmasken überzuziehen.
Bei sieben Tieren gelingt es. Ein jüngerer Wallach schlägt immer wieder aus.
Dann ist es zu spät. Druwe hat schon viel erlebt, aber die nächsten Sekun-
den lassen ihm fast das Blut in den Adern gefrieren. Das Tier bäumt sich auf
und schreit. Druwe wusste nicht, dass Pferde schreien können. Aber er hört
es. Und niemals in seinem Leben wird er dieses Geräusch vergessen. Granat-
treffer. Das Pfeifen der Kugeln. Das metallische Pling, wenn eine Kugel den
Helm eines Kameraden durchschlägt. Das Bersten von Holzbohlen, das Kra-
chen menschlicher Knochen, wenn sie brechen. Er kennt alles. Aber der
Schrei dieses gemarterten Tieres gräbt sich tief in sein Inneres. Das Echo
hallt Jahrzehnte in ihm, der Glockenklang des unschuldigen Todes.

Druwe setzte sich abrupt im Bett auf. Er hatte nur drei Stunden geschlafen. Sein Atem ging schwer und schnell. Kein Graben. Kein
Feldbett. Gott sei Dank. Der Schweiß lief ihm in den Nacken, als ihn
plötzlich Eva sanft berührte.

»Du hast im Schlaf gerufen. Es klang, als würdest du ertrinken. Hast
du wieder geträumt?«, fragte sie besorgt.

Druwe wollte ihr die Einzelheiten ersparen. Er kannte diese Träume.
Seit mehr als einem Vierteljahrhundert suchten sie ihn heim. Ertrinken? Ja, das war es. In der Maske zu atmen war schon unter Übungs-
bedingungen schwierig. Wenn aber bereits kleine Mengen Gas in die
Atemwege gelangt waren, dann lief die Lunge voll. Es war, als litte man
unter einer schweren Erkältung mit Husten und Schleim, aber ein

Hustenanfall unter der Maske konnte den Tod bedeuten. Er hatte Soldaten erlebt, die sich vor Verzweiflung die Maske herunterrissen, um dann nach drei oder vier Hustenattacken jämmerlich zu krepieren. »Es ist nichts«, log er. »Manchmal träume ich irgendeinen Blödsinn. Die Zeiten sind wohl doch etwas zu unruhig für einen alten Mann.«

»Du warst erst spät zurück. Wo bist du gewesen?«, fragte sie.

Er fand die Kraft, ihr von den wichtigsten Ereignissen der nächtlichen Verfolgung zu erzählen. Die Schusswechsel verschwieg er ebenso wie seine zunehmenden Schmerzen.

»Der Kerl ist weg, verstehst du, Eva? Wenn wir Pech haben, ist er über alle Berge«, sagte er.

»Aber dieser Grenger sagte etwas von einer Aufgabe, die er und Hilmarsson für einige wichtige Leute bei der SS zu erledigen hätten. Meinst du, dass es sich der Mann tatsächlich leisten kann, einfach zu verschwinden?«, gab sie zu bedenken.

Da ist etwas dran, dachte Druwe und entspannte sich ein wenig.

Er hatte sich soweit gefasst, dass er Eva sanft über das Gesicht strich. Sie betrachtete ihn wissend, sagte aber nichts.

»Hör mal. Ich möchte ...« Sie stockte, als suchte sie nach den richtigen Worten. »Wir beide hier. Also, ich möchte, dass du weißt, dass ich das nicht immer so mache.«

»Das?« Er lächelte provozierend. »So? Machen? Was immer so machen?«

Sie nahm das Kissen und schlug es ihm über den Kopf.

»Du weißt genau, was ich meine. Der Richter in Hamburg nannte mich ein ehrloses Luder. Ein asoziales Element, weil ich dem Führer und dem deutschen Volk die Ehe und Kinder verweigere. So steht es im Urteil, und dafür hat er mich zu zehn Jahren Arbeitsdienst verpflichtet.«

»Na, offenbar arbeitest du ja daran, deine Position gegenüber Führer und Volk zu verbessern«, antwortete Druwe mit ironischem Unterton. »Besser spät als nie. Zwar kann ich dir Ehe und Kinder nicht versprechen, aber es kann ja nicht schaden, mit einigen gewissen vorbereitenden Übungen …« Weiter kam er nicht, weil ihn das Kissen erneut im Gesicht traf. Er zog Eva an sich heran. Dabei merkte er, wie ungeschickt er war. Ohne rechte Hand.

Sie erwiderte seine Zärtlichkeit.

»Kannst du nicht auch einfach untertauchen, Jens? Wie mein Bruder?« Eva streichelte seine nur leicht behaarte Brust. Er war eindeutig außer Form. Nicht fett, aber sowohl am Oberkörper als auch am Bauch begann das Gewebe, schlaff zu werden. Druwe ertappte sich dabei, dass er sich dafür schämte.

Du alter Sack, dachte er, führst dich auf wie ein verliebter junger Gockel. Er war abgelenkt und hatte Evas Frage überhört.

»Ein paar Tage«, insistierte sie. »Du hast selbst gesagt, dass es nicht mehr lange dauert. Dann können wir alle neu anfangen.«

»Ich kann nicht. Ich bin Polizist. Mehr noch, ich bin bei der Kripo. Zumindest im Herzen bin ich das immer noch. Wenn ich jetzt aufgebe und mich verstecke, dann kann ich mich nicht mehr im Spiegel ansehen. Ich habe viele Jahre das verraten, was mir wichtig ist. Halte mich für verrückt, aber ich habe immer an so etwas wie Gerechtigkeit geglaubt. Ich habe mir eingeredet, dass ich als Kripo-Mann trotz aller Widerstände dafür sorgen kann. Dass die nicht alles bestimmen, verbiegen und verdrehen können. Doch ich bin blind gewesen. Und ich habe mich schuldig gemacht, auch am Tod von Menschen, Eva. Jetzt kann ich etwas tun, verstehst du? Wenn ich aufgebe, wenn ich weglaufe, dann werde ich den Rest meines Lebens das Gefühl haben, sie hätten doch gewonnen.«

»Ludwig meinte, dass du mit den Engländern reden sollst. Die können solche Informationen gebrauchen, damit sie möglichst viele Partei- und SS-Schweine schnappen können.«

Druwe dachte nach. »Vielleicht hat er recht. Aber wie soll ich das machen? Den Horch nehmen und fröhlich nach Itzehoe oder Lauenburg fahren? Ich habe nur meine Ermittlungen, keine Akten oder so etwas. Grenger wird wohl auch nicht mitkommen wollen, fürchte ich. Und warum sollen die Tommys mir glauben? Eher internieren die mich. Und in der Zwischenzeit flattern die feinen Vöglein hier aus. Nein, Eva, ich muss die Sache selbst beenden.« Druwe wollte das Thema wechseln. »Was wird dein Bruder eigentlich machen? Ich meine, wenn das hier vorbei ist?«

»Er sagt, dass er zweifach in deiner Schuld steht«, erwiderte sie. Druwe blickte Eva fragend an, und sie fuhr fort. »Natürlich hast du ihm das Leben gerettet. Und er wollte eigentlich nach Schweden oder Amerika. Aber ihr beide habt über irgendetwas gesprochen, das ihn nachdenklich gemacht hat. Er will bleiben. Er hofft, dass sich in Hamburg eine neue SPD gründen wird. Und er will dabei sein. Er sieht schwere Zeiten kommen, doch er will sich nicht drücken.«

»Er hat eine Menge durchgemacht«, sagte Druwe mehr zu sich selbst.

»Haben wir das nicht alle?« Sie streichelte sanft über seinen Stumpf. Wieder spürte er dieses feine Elektrisieren. Niemand anderes durfte diese Stelle berühren. Sogar er selbst empfand Abscheu, Widerwillen und Scham, wenn er die Narbe sah. Seltsam, dachte er, wie viel Nähe und Vertrauen zwei Menschen in ganz kurzer Zeit aufbauen können.

»Du sagst ja selbst, dass das kein Grund sein darf aufzugeben. Eigentlich hast du meinen Bruder zweimal gerettet. Als er zu uns auf den Hof kam, war ich so unendlich glücklich. Aber ich merkte auch, dass er verbittert war. Sie hatten ihm seine tiefsten Überzeugungen beinahe herausgeprügelt. Er lebte, doch er erwartete von dieser Welt nichts Gutes mehr. Du hast das geändert. Er hat jetzt wieder Hoffnung.« Eva küsste ihn zärtlich.

»Ich hätte nicht gedacht, dass noch mal jemand kommt, der sagt,

dass ausgerechnet ich Hoffnung verbreite.« Druwe lächelte und umarmte sie erneut. Sie streckte sich unter der Decke.

»Ich sollte bei Richter Hoffmann vom Amtsgericht Altona eine Wiederaufnahme meines Verfahrens erwirken. Zur Sichtung neuer Beweismittel.« Evas Hände fanden geschickt ihr Ziel unter der Bettdecke.
»Das ehrlose Luder Eva Steinfeld übt sich in treuer Pflichterfüllung
gegenüber dem deutschen Mann und der Volksgemeinschaft.« Ihre
Beine umschlangen seine Hüften. Er spürte, wie sehr sie ihn erregte.

Ich muss etwas gegen den Bauch tun, dachte er noch, bevor er sich
den anbrandenden Wellen dieser Erregung ergab.

8

Ich lebe mein Leben in wachsenden Ringen,
Die sich über die Dinge zieh'n.
Ich werde den letzten vielleicht nicht vollbringen,
Aber versuchen will ich ihn.
Rainer Maria Rilke (1875–1926),
Das Buch vom Mönchischen Leben

GJÖLL

Kriminalrat Oberbauer hatte Druwes Nachricht noch in der Nacht durch einen Boten erhalten. Er war sofort zum Präsidium geeilt, hatte seinen Kollegen dort aber nicht mehr angetroffen. Die wachhabenden Unteroffiziere hatten ihm zwar von der Auseinandersetzung zwischen Hilmarsson und Druwe berichtet, jedoch war er danach zur Untätigkeit verdammt gewesen. Er hatte nicht gewusst, wo er seine Suche hätte beginnen sollen. Gegen vier Uhr war er dann frustriert zu seiner Wohnung zurückgekehrt.

Am Vormittag wartete er nun ungeduldig in seinem Dienstzimmer. Druwe hatte ihn in seiner Nachricht um ein Treffen gegen zehn Uhr gebeten. Oberbauer nahm an, dass er diese Notiz geschrieben hatte, bevor sich danach die Ereignisse überstürzt hatten. Diese Annahme deckte sich auch mit den Schilderungen der beiden Unteroffiziere. Dennoch hoffte er, dass sein Kollege zur angegebenen Zeit kommen würde. Oberbauer hatte die Zeit genutzt, sich auch nach Hilmarsson zu erkundigen. Niemand auf dem Revier aber hatte den Isländer an diesem Morgen gesehen.

Plötzlich trat ein aufgeregter Kriminalassistent in sein Zimmer. Oberbauer kannte den jungen Mann flüchtig, er hatte ihn mehrmals mit Jünger zusammenstehen sehen.

»Na, Lehmann. Was gibt es? Warum so aufgeregt?«, fragte Oberbauer. Er war dankbar für die kleine Ablenkung.

»Moin, Herr Kriminalrat. Entschuldigen Sie die Störung. Ich mache mir Sorgen um Peter, also ich meine, Herrn Jünger. Wir waren vor einer Stunde verabredet, aber er ist nicht gekommen. Eigentlich nicht seine Art.«

»Vielleicht hat er gestern gefeiert?«, erwiderte Oberbauer, glaubte jedoch selbst nicht recht daran. Jünger war eher ein Einzelgänger und im Moment vor allem an seiner Arbeit interessiert.

»Das allein ist es nicht, Herr Kriminalrat. Er war gestern völlig durch den Wind. Hat mir kaum zugehört, redete ständig von einer großen Sache. Ich denke, der Tod des Führers hat ihn ziemlich mitgenommen.« Lehmann zögerte. »Natürlich sind wir alle ...«

»Ja, sicher, Lehmann. Wir trauern alle. Peter taucht schon wieder auf.«

»Da ist noch etwas. Er sagte etwas von einer Verhaftung. Zuerst hielt ich das für eine seiner Übertreibungen. Sie kennen ja Peter. Aber er ist dann gestern Abend im *Kongelige Kro* aufgetaucht. Sie wissen, dieser Nobelschuppen in der Toosbüystraße.«

»Sie meinen den *Kongelige Kro* oben beim Nordermarkt?«, fragte Oberbauer erstaunt. »Was haben Sie denn dort verloren? Das Lokal dürfte Ihre finanziellen Möglichkeiten wohl etwas überfordern, oder?«

»Der Vater meiner Verlobten hat dort gefeiert. Ich war eingeladen. Und plötzlich ist Peter da aufgetaucht. Er hat sich mit einem Hauptsturmführer angelegt, wollte ihn festnehmen. Der Kerl hat ihm eine reingehauen und aus dem Restaurant gejagt. Und als Peter dann heute

Morgen nicht gekommen ist, wurde mir doch etwas mulmig. Ich dachte, Sie sollten das wissen, Herr Kriminalrat.« Lehmann verabschiedete sich, aber Oberbauer hörte bereits nicht mehr zu.

Verhaftung? Peter hatte also Hilmarsson aufgespürt? War auf eigene Faust losgezogen und hatte gehofft, den Kerl dingfest machen zu können? Oberbauer konnte seine Gedanken kaum ordnen. Wie passte das zu der Sache heute Nacht? Er brauchte Gewissheit.

Gerade wollte er aufbrechen, um sich zu Jüngers Wohnung zu begeben, als die Tür erneut geöffnet wurde. Druwe trat in den Raum. Seine Unterlippe war geschwollen, am rechten Ärmel des Mantels verlief ein Riss.

»Komm mit, Jens. Wir müssen zu Peter.« Oberbauer nahm sich nicht die Zeit, zu grüßen oder Erklärungen abzugeben. Ungeduldig warf er sich seinen eigenen Mantel über den Unterarm und versuchte, Druwe mit sich aus dem Zimmer zu ziehen.

»Hast du sie noch alle?«, entgegnete Druwe. »Jünger ist der Letzte, den ich jetzt sehen will. Der hat mir die Scheiße mit Hinsch und der Beurlaubung doch erst eingebrockt.«

»Ja, ich weiß, aber ich habe einen Tipp von einem jungen Kollegen bekommen. Er sagt, er sei gestern im *Kongelige Kro* gewesen, weil ein Bekannter dort gefeiert hat. Jünger war da und hat sich mit Hilmarsson in die Haare gekriegt. Der Idiot hat versucht, die Sache auf eigene Faust durchzuziehen. Und er ist heute Morgen nicht zum Dienst erschienen.«

Druwe folgte seinem Kollegen nur widerwillig. Seine Schulter schmerzte, sein Kinn und die Unterlippe passten eher zu einem verlorenen Boxkampf. Er hatte sich seinen Mantel nur um die Schultern gelegt, und nun bat er Oberbauer, ihm beim Anziehen zu helfen. Seine rechte Schulter war beinahe taub. Der Treffer in die Prothese hatte seine ganze Energie über die Metallhalterung und die Lederriemen in den Oberarm abgeleitet. Oberbauer nahm Druwes Mantel, um ihn im nächsten Augenblick angewidert fallen zu lassen.

»Mensch, Jens. Wo hat es dich denn erwischt? Der Mantel ist ja voller Blut.«

Tatsächlich klebte eine Menge geronnenes Blut am Stoff. Druwe war selbst erstaunt, hatte er doch in der Nacht und am Morgen nichts davon bemerkt.

»Ist nicht von mir, Hans. Hilmarsson hat mir zwar ein Andenken in die Prothese geschossen. Und ich bin auf die Schnauze gefallen, wie du siehst. Aber sonst ...« Druwe überlegte. Das musste irgendwo in den Gängen und Hallen unter diesem unheimlichen Berg passiert sein.

»Egal, komm jetzt. Lass das Ding hier.« Oberbauer trat bereits durch die Tür.

Eine Viertelstunde später erreichten sie das alte Gebäude in der Norderstraße, in dem Jünger seine Dachraumwohnung bezogen hatte. Niemand reagierte auf ihr Klopfen an der Tür. Oberbauer lief zurück ins Erdgeschoss und erkundigte sich bei der Hauswirtin nach dem Zweitschlüssel. Kurze Zeit später stand er wieder neben Druwe am Ende der Dachgeschosstreppe. Er öffnete die schmale Tür.

Der Anblick, der sich den beiden Männern bot, war widerlich. Auf dem Bett in der Ecke des Raums lag Jünger. Sein Körper war seltsam verrenkt, als hätte ihn jemand über eine Teppichstange gebogen. Sein Gesicht war ins Kissen gedrückt, aber der Kopf lag in einer Lache aus Erbrochenem und schaumigem Speichel. Oberbauer rannte auf Jünger zu, rief den Namen seines Assistenten. Keine Reaktion. Druwe trat an den schlaffen Körper heran und fühlte den Puls an der Halsschlagader. Er war schwach und unregelmäßig.

»Er lebt, Hans. Schnell, dreh ihn um! Aber pass auf, dass er die Kotze nicht verschluckt.« Druwe blieb in solchen Situationen immer ruhig. Zu oft hatte er in seinem Leben spritzende Arterien, klaffende Wunden oder offene Knochenbrüche gesehen, als dass ihn so etwas noch schreckte. »Ich frage die Wirtin, ob sie Telefon hat. Sonst müssen wir einen Boten zur Diako schicken. Wir brauchen einen Wagen, so kriegen wir Jünger nicht ins Krankenhaus.« Er verschwand durch die Tür.

Auch wenn Peter Jünger es selbst nicht mitbekam – er hatte Glück. Der Kaufmann zwei Häuser weiter hatte Telefon. Nach zehn Minuten hörte man eine Handsirene in der Straße.

»Warum hast du dem Grünschnabel überhaupt von Hilmarsson erzählt, Hans?« Druwe war wütend. Er mochte Jünger zwar nicht. Doch den jungen Mann so zu sehen, traf ihn. »Du musstest doch wissen, dass der Idiot wieder Dummheiten macht.«

Oberbauer rieb sich unruhig das Kinn. Die beiden Polizisten warteten im Vorraum des Diakonissenkrankenhauses. Sie hatten zunächst versucht, Jünger an Ort und Stelle zu wecken. Aber weder Rufe und Schütteln noch ein mit kaltem Wasser getränktes Handtuch hatten eine Reaktion bei dem jungen Mann ausgelöst. Druwe hatte am Telefon durchgesetzt, dass Jünger vom letzten verbliebenen Wagen des Krankenhauses, einem klapprigen Tempo-Dreirad, abgeholt wurde. Auf dem Weg von der Norderstraße musste das Gefährt eine ansehnliche Steigung, die Toosbüystraße hinauf, nehmen. Der Fahrer hatte Vollgas gegeben, der Motor mit knappen zweihundert Kubik Hubraum hatte das Hohelied der 6000er Drehzahl gesungen. Dennoch waren Druwe und Oberbauer im Eilschritt zu Fuß fast gleichauf mit dem kleinen Krankenwagen geblieben.

»Verdammt, Jens. Hör auf. Ich mach mir selbst schon genug Vorwürfe deswegen«, entgegnete Oberbauer. »Kann ich ahnen, dass Peter auf eigene Faust nach diesem Kerl suchen würde? Spaziert einfach in dieses Lokal und will Hilmarsson verhaften. Völlig idiotisch. Ich bin doch nicht sein Aufpasser.«

»Mensch, Hans, du bist sein Vorgesetzter. Erkennt doch ein Blinder, wie sehr Jünger dich bewundert. Er wollte dir beweisen, dass er es kann. Du trägst Verantwortung für ihn.« Druwe wurde ungewollt lauter. Er sog an seiner Zigarette, um sich zu beruhigen. »Wieso hast du ihm denn überhaupt davon erzählt?«, wiederholte er seine Frage.

»Er hat dich gestern wieder auf dem Revier gesehen. Irgendwie muss er wohl von deiner Disziplinarsache und der Dienstenthebung erfahren haben. Und er wollte gleich zu Hinsch, um dich anzuschwärzen. Ich habe ihm ein paar Sachen berichtet, damit er die Füße stillhält.« Oberbauer fuhr sich durch das leicht geölte Haar. »Und jetzt das! Ich konnte doch nicht wissen, dass er ...«

In diesem Moment trat Berthold Schmid in den Flur. Druwe hatte ihn von der Oberschwester rufen lassen, damit er sich um Jünger kümmerte. Sie war nicht begeistert gewesen, den Chef wegen einer weiteren Schnapsleiche in dieser Stadt stören zu müssen.

Der Chirurg baute sich vor ihnen auf.

»Meine Herren, das ist ernst. Ihr Kollege hat eine schwere Ethanol-Intoxikation. Erst kam es zum Delir, dann traten Krampfanfälle hinzu. Schließlich fiel er ins Koma. Beginnender Schock, Atemdepression, akute Leberinsuffizienz, Nierenversagen. Volle Breitseite, würde ich sagen. Kein Zuckerschlecken. Obwohl Glukose-Infusionen laut Lehrbuch eigentlich das richtige Mittel sind.« Er lächelte über seinen Mediziner-Witz.

»Bitte, Becher. Sprich Deutsch! Lebt er?«, fragte Druwe.

»Na ja, mal so eben, würde ich sagen. Wir haben einiges aus seinem Magen geholt. Schade um den Schnaps. Hätte für fünf Leute gereicht. Und die zehn Luminal auch.«

»Er wollte sich umbringen? Mit Schlaftabletten und Korn?«

»Brandy, Whiskey und Cognac. Das hat meine feine Kennernase sofort erkannt. Wenn schon, dann macht ihr von der SS es immer stilvoll.« Schmid blickte Oberbauer an und schmunzelte kaum merklich.

Druwe wurde langsam sauer. Er kannte diesen Zustand seines Schwagers. Wahrscheinlich hatte der Mann seit sechzig Stunden nicht geschlafen. Und die Augen zeigten, dass er selbst einige Gläser intus hatte. Sein Zynismus verriet dann immer, dass er das Ganze nur machte, weil er dem Sensenmann eins auswischen wollte. Nicht, weil er die Menschen so sehr liebte. Doch bevor Druwe ausrasten konnte, kam ihm der Chirurg zuvor.

»Und nein, er hat das nicht selbst getan. Er zeigt Spuren von Gewalteinwirkung durch Dritte. Er wurde ins Gesicht geschlagen. Und er hat Blutergüsse in Hand- und Fingerform an Schultern und Oberarmen. Das knorpelige Nasenbein wurde ausgerenkt. Schätze, es waren mindestens zwei kräftige Kerle. Einer hat ihn festgehalten, jemand anderes hat ihm die Nase zugehalten und ihm das Zeug eingeflößt. Und euer Kollege hat sich mächtig gewehrt. Gar nicht zu verstehen. Bei den Köstlichkeiten, die er bekommen hat.«

»Die Scheißkerle haben versucht, ihn umzubringen.« Oberbauer fluchte und ignorierte Schmids letzte Bemerkung.

»Ob es nur ein Versuch war, muss sich noch zeigen«, sagte Schmid.

»Sie sagten doch, er lebt.« Oberbauer blickte verständnislos.

»Ob Leber und Niere sich erholen, werden wir in ein paar Stunden wissen. Den schweren Schockzustand haben wir wohl im Griff, aber keiner kann sagen, ob er da oben ...« Schmid tippte sich an die Stirn.

»... jemals wieder voll einsatzbereit sein wird.«

»Können wir ihn sprechen?«, fragte Druwe, aber er ahnte die Antwort.

»Jens.« Schmid legte seinem Schwager die Hand auf die Schulter. »Hoffen wir für ihn, dass er irgendwann überhaupt wieder sprechen kann. Aber in den nächsten zwei Tagen wird das mit Sicherheit nichts.«

Oberbauer schlug mit seiner Faust in die Holzpaneele an der Wand des Wartebereichs. Zwei Bretter brachen. Druwe reichte ihm eine Zigarette. Gierig sog sein Kollege den Rauch ein, er zitterte.

»Jens. ich will das Schwein kriegen.«

Druwe nickte nur.

Im Gehen wandte sich sein Schwager noch einmal um.

»Pass auf dich auf, Jens. Wer das getan hat, ist zu allem bereit. Es sind gefährliche Zeiten. Ein Fehler kann da tödlich sein. Denk dran, ich will nach dem Endsieg noch ein paar Geburtstage mit dir feiern.« Er lächelte warmherzig. »Glückwunsch übrigens zum Fünfzigsten. Ab jetzt geht es nur noch bergab.« Er verschwand hinter einer Schwingtür.

HERREN UND HUNDE

Hilmarsson war wütend. Er trat kurz nach vier Uhr ins Foyer des Hotels *Kayser Hof* an der Schiffbrücke. Einen übermüdeten, vielleicht vierzehnjährigen Pagen, der ihm aus dem Mantel helfen wollte, stieß er unwirsch beiseite.

Entsetzt blickte ihn der Nachtportier hinter dem Empfang an.

»Herr Hauptsturmführer! Sie bluten. Sollen wir nach einem Arzt ...?«

»Nein!«, brüllte der Isländer. »Ein Kratzer, sonst nichts. Lass mir ein paar Tücher und eine Flasche Korn aufs Zimmer bringen. Und kein Ton, hast du verstanden?« Er funkelte den alten Hotelangestellten an, der daraufhin erschrocken nickte.

Dieses verdammte Schwein hat mich erwischt. Der miese, kleine OrPo-Pisser Druwe. Dieser Krüppel hat mich angeschossen, dachte Hilmarsson, als er zur Treppe ging.

Er kam an einigen Spiegeln vorbei, die den etwas in die Jahre gekommenen Prunk der Einrichtung betonen sollten. Dafür hatte der SS-Offizier jedoch keinen Blick. Stattdessen starrte ihn dort einen kurzen

Moment lang sein bleiches Gesicht an. Auf der Stirn standen kleine Schweißperlen. Der Zorn über diese Demütigung war schier unerträglich. Hilmarsson schritt die Treppe hinauf in den ersten Stock, trat in sein Zimmer. Bereits im Bunker unter dem Museumsberg hatte er sich notdürftig den linken Arm abgebunden, aber mittlerweile war das Tuch durchgeblutet. Seine Uniformjacke war auf der linken Seite durchtränkt. Hilmarsson schätzte, dass er einen Liter Blut verloren haben musste. Er fühlte sich geschwächt, doch sein Hass auf Druwe gab ihm neue Kraft.

Augenblicke später erschien der Hoteldiener mit den gewünschten Tüchern und dem Alkohol. Fluchend schälte sich Hilmarsson aus seinem Ledermantel, den er sich links nur über die Schulter gelegt hatte. Keuchend zog er danach auch die Jacke aus. Mit zusammengebissenen Zähnen entfernte er die verschmierten, zum Teil schon verkrusteten Lappen des ersten Verbands.

Durchschuss, keine Knochenverletzung, ging es ihm durch den Kopf. Sein Atem beruhigte sich etwas. Offenbar hatte die Kugel zwar kleine Adern getroffen, aber als er die Wunde genauer betrachtete, stellte er erleichtert fest, dass keine Arterie verletzt worden war. Das Blut sickerte langsam und dunkel, es spritzte nicht. Hilmarsson ging zu dem Bücherregal, das an einer Wandseite der Suite stand. Er fegte die Bücher mit dem gesunden Arm hinunter. Es kümmerte ihn nicht, dass die Lederbände achtlos zu Boden polterten und dass sich dadurch bei einigen die Seiten und Buchrücken lösten. Er legte den verletzten Arm auf das Regal. Er führte immer ein kleines Päckchen Feldverbandszeug mit sich. Nun öffnete er es mühsam und reinigte zunächst die Wunde mit den Tüchern des Hotels. Dann tränkte er zwei Kompressen mit Alkohol und drückte sie vorn und hinten auf den Schusskanal. Danach legte er mit einer Mullbinde einen Druckverband an. Die Blutung stoppte, und er betrachtete zufrieden sein Werk.

Im nächsten Moment jedoch stieg eine starke Übelkeit in ihm auf.

Offenbar war sein Kreislauf durch den Blutverlust stark in Mitleidenschaft gezogen. Gleichzeitig spürte Hilmarsson jedoch eine starke Spannung in sich. Er sann auf Rache.

Er nahm tiefe Schlucke aus der Kornflasche, als er endlich fertig war. Er dachte nach. Dieser Druwe machte eine Menge Ärger. Der Krüppel hing an ihm wie eine Klette am Wollpullover. Das konnte er nicht einfach ignorieren. Diese Leute brauchten Zurechtweisung. Man musste ihnen ihren Platz zeigen. Allerorten kam es zu Auflösungserscheinungen. Das musste man eindämmen. Die Angelegenheit mit Lessling war ärgerlich, stand aber im Dienst einer höheren Sache. So etwas konnten Typen wie dieser Druwe gar nicht verstehen. Einer wie der durfte eigentlich noch nicht einmal atmen, ohne um Erlaubnis zu fragen.

Hilmarsson streckte sich auf dem Bett aus und blickte an die Stuckdecke. Er hatte jetzt zwei Möglichkeiten. Entweder ging er zu Bothmann und dessen Kameraden nach Harrislee und wartete dort auf das Eintreffen des Reichsführers. Oder er blieb hier. In der Polizeidirektion hatte er keine Privatadresse hinterlegt. Niemand wusste, wo er logierte. Und der Hoteldirektor war von ihm angewiesen worden, nichts an Außenstehende weiterzugeben. Himmler wollte morgen oder übermorgen nach Flensburg kommen. Er würde diesem Marinesack Dönitz kräftig in den Arsch treten und für sich und die SS eine bedeutende Rolle in einem neuen Deutschland aushandeln. Davon war Hilmarsson überzeugt. Er kannte Himmler wie kaum ein anderer. Viele Männer arbeiteten enger mit dem Reichsführer zusammen, aber Hilmarsson hatte in dessen Seele geschaut. Heinrich Himmler hatte ihm sein Innerstes, seine Wünsche, Hoffnungen und auch seine Ängste offenbart.

Damals nach den vielen spiritistischen Sitzungen hatten die zwei Männer oft stundenlang zusammengesessen. Da hatte Hilmarsson den kleinen, verunsicherten Jungen in Heinrich Himmler kennengelernt.

In der Schule gehänselt, von Statur und Augenlicht schwach, vom Vater verachtet. Das war der Kernpunkt gewesen. Himmler suchte immer noch nach der Vaterliebe, die er nie bekommen hatte. Unter anderen Umständen hätte Hilmarsson diesen Mann verachtet. Er verabscheute jede Form von Schwäche. Sie gehörte erbarmungslos ausgemerzt. Ausgerissen wie eine kranke Pflanze. Aber Brynjar Hilmarsson und Heinrich Himmler verband seit diesen Nächten in Berlin ein Schicksalsband.

Auch er selbst hatte zeitlebens um die Bewunderung des Vaters gerungen. Hilmar Eriksson war jedoch ein Mann, der nur sich selbst sah. Er war der Star unter den Diplomaten in der deutschen Hauptstadt gewesen. Zwar war Island im politischen Karussell unbedeutend, aber sein Militärattaché hatte viele Jahre alles überstrahlt. Selbst die Söhne waren Konkurrenten für ihn gewesen. Er hatte sie abgewertet, wo er konnte. Und den jungen Brynjar hatte er mit Schlägen erzogen. Er hatte ihm jede Liebe herausgeprügelt, bis nur noch glühender Hass blieb.

Dafür müsste ich dir sogar dankbar sein, Vater, dachte Hilmarsson. Liebe war Schwäche. Und der jugendliche Brynjar wollte nie wieder schwach sein, das hatte er sich geschworen. Und jetzt? Jetzt lallst du nur noch, Vater. Sabberst dein Essen in den Kittel von Frænka Guðrún. Er lächelte bei dem Gedanken an den Schlaganfall seines Vaters und nahm noch einen großen Schluck Klaren. Wo ist deine Peitsche jetzt, Vater? Guðrún hat mir geschrieben, dass du jetzt oft weinst. Du bist schwach geworden, Vater. Schwäche bedeutet Tod. Wenn es nach mir ginge, hätten sie dich hier auch in einen ihrer Öfen stecken sollen.

Hilmarsson schlief ein.

Als er erwachte, schien die Sonne durch das Fenster. Sein Zimmer lag nach Osten zur Fördeseite hin. Einen Moment lang war Hilmarsson orientierungslos, bemerkte, dass er sich mit Stiefeln und Uniformhose ins Bett gelegt hatte. Er richtete sich auf, um sofort mit einem Stöhnen in die Kissen zurückzufallen. Ihm war schwindlig und übel. Die Schusswunde, ging es ihm durch den Kopf. Hatte sie sich wieder geöffnet? Hatte er noch mehr Blut verloren? Er betrachtete den Verband. Er war zwar an einzelnen Stellen rötlich durchtränkt, aber die Blutung war zum Stillstand gekommen.

Nein, dachte er. Ich bleibe hier. Mit diesem Druwe habe ich noch eine Rechnung offen. Hunde liefen fort, wenn man sie nur ausreichend prügelte. Aber ihre Herren blieben. Er sah auf seine Uhr. Es war acht. Er richtete sich mühsam auf, verspürte Schwindel, Übelkeit und Schwäche. Anscheinend hatte er insgesamt eine Menge Blut verloren.

Am Sekretär schrieb er eine kurze Nachricht. Grenger sollte kommen. Der konnte den Rest erledigen. Hilmarsson musste sich den Rest des Tages ausruhen.

Er läutete nach einem Bediensteten und gab ihm Anweisungen, Grenger zunächst in der Direktion zu suchen. Vorsorglich notierte er auch dessen Privatadresse auf dem Friesischen Berg.

»Wenn du ihm das hier nicht in einer halben Stunde gebracht hast, schlag ich dich tot.« Ja, das war die Welt des Brynjar Hilmarsson. Wie oft hatte ihm damals sein Vater angedroht, ihn totzuprügeln?

Eine Stunde später stand Untersturmführer Ulrich Grenger im Zimmer 107 des Hotels *Kayser Hof*. Hilmarsson frühstückte. Weder bot er Grenger einen Platz an noch eine Tasse Kaffee, der einen köstlich kräftigen Duft aus der Silberkanne verströmte.

»Na endlich, Grenger. Ich dachte schon, Sie frischen lieber Ihr Englisch auf, als sich unserer Sache zu widmen.«

Grenger blickte auf Hilmarssons linken Arm und den Verband, den dieser mittlerweile noch einmal gewechselt hatte.

»Was ist passiert? Sie sehen furchtbar aus.«

»Ja, jetzt weiß ich, wie es Leuten wie euch ihr ganzes Leben lang

geht.« Hilmarsson lächelte bitter. »Kleines Intermezzo mit einem …«
Er unterbrach sich. »Lassen wir das. Grenger, bis morgen gibt es noch
ein paar wichtige Dinge zu erledigen. Wenn der Reichsführer hier eintrifft und erfährt, dass nicht alles vorbereitet ist, dann geht es Ihnen an
den Kragen.«

»Uns, Hilmarsson, uns. Sie vergessen, dass wir beide dieselbe Medaille polieren. Wenn wir …« Grenger betonte das Wort. »… versagen, dann werden wir das beide bereuen.«

»Irrtum, mein Lieber. Himmler ist der neue König im Spiel. Und ich
bin der Turm. Aber Sie, Grenger, sind nur ein Bauer. Und den kann
man opfern.« Der SS-Offizier grinste. Dann fuhr er fort. »Der fette
Lessling war auch solch ein Bauernopfer. Er wollte uns hintergehen.
Hat ganz schön was abgezweigt. Das hätte ich ihm sogar noch verzie-
hen. Dann aber wollte er die Namensliste nicht herausrücken. Das
Schwein wollte mich erpressen. Uns erpressen. Der Kerl hat nur bekommen, was er verdient hat.«

»Damit hat der Ärger doch erst angefangen! Lessling war vielleicht
ein gieriges Schwein, aber er war wichtig für uns. Mussten Sie ihn
denn gleich umbringen, Hilmarsson? Dieser Orpo-Kerl Druwe …«
Grenger biss sich auf die Lippe, aber es war zu spät.

Hilmarsson funkelte ihn an.

»Sie wissen von Druwe?« Die Stimme des Isländers nahm einen
gefährlichen Klang an. »Woher?«

»Ja, das heißt nein. Ich …«, stotterte Grenger. Er wollte keinesfalls
von dem nächtlichen Verhör erzählen. In seinem Kopf hallten noch
Druwes Worte nach. Der Mann hatte wahrscheinlich recht. Wenn die
Kameraden davon erfuhren, dann war er dran. Mit Verrätern in den
eigenen Reihen ging man nirgendwo sanft um. Grenger wand sich
förmlich bei seinen nächsten Worten. »Ich habe da was von einem
Kollegen gehört. Kriminalrat Oberbauer deutete an, dass dieser Druwe
überall herumschnüffelt.«

Druwe. Immer wieder Druwe. Hilmarsson rieb sich den Kopf. Darin rauschte es wie auf der Berliner Avus beim Autorennen. Außerdem schmerzte sein Arm. Er schlug wütend mit der Faust auf den Sekretär. Die Kaffeekanne fiel zu Boden. Einen Tag hatte Druwe noch Schonfrist, denn er selbst musste sich erst berappeln. Aber übermorgen würde er sich den Kerl schnappen. Diese Gedanken behielt er für sich.

»Wir brauchen Lesslings Aufzeichnungen«, wandte er sich stattdessen an Grenger. »Ich wollte eigentlich ein Kommando in die Villa des Fettsacks schicken und alles auseinandernehmen lassen. Aber Hinsch hat das abgelehnt. Verdammt, Grenger, Sie müssen heute zu Bothmann nach Harrislee und ihn von der Sache überzeugen. Er soll sich ein paar Männer nehmen und Lesslings Notizen finden. Wir kommen sonst an das Geld nicht ran.«

Grenger schwieg einen Moment. Dann erst begriff er.

»Sie haben nichts, Hilmarsson? Sie wissen nicht, wo ihr Kontaktmann die Koffer untergebracht hat? Sind Sie wahnsinnig? Davon hängt unser ganzes Unternehmen ab. Sandkorn ohne Geld ist zum Scheitern verurteilt.«

Hilmarsson sagte nichts. In ihm bebte es. Erst die Sache mit Druwe in der Nacht. Jetzt kam ihm dieser Bursche quer. Er versuchte, sich zu beherrschen. Ihm war klar, dass er Grenger jetzt brauchte.

»Wie viel, Hilmarsson? Wie viel von dem Geld ist über Lessling gelaufen? Wie viel verlieren wir, wenn wir die Koffer nicht finden?«, fuhr Grenger fort.

»Alles.« Einen Augenblick lang schien es, als würde der Isländer ein wenig kleiner werden, in sich zusammensacken. Im nächsten Moment jedoch hatte er sich bereits wieder im Griff.

Grenger blickte ihn überrascht an.

»Das ist nicht Ihr Ernst, Hilmarsson! Lessling hat alle Transaktionen verwaltet? Sie haben die Sache nicht auf drei oder vier Leute aufgeteilt? Sind Sie übergeschnappt? Unternehmen Sandkorn ist darauf aufgebaut, dass die Leute erst einen Grundstock bekommen. Und dass sie auch in Zukunft Gelder erhalten. Verdammt, Hilmarsson!«

»Was fällt Ihnen ein, so mit mir zu reden, Grenger?« Hilmarsson war aufgesprungen, aber eine neuerliche Schwindelattacke verhinderte, dass er sich bedrohlich vor Grenger aufbauen konnte. »Wissen Sie was, Hilmarsson? Sie werden das Bauernopfer sein. Nicht ich. Die Sache haben Sie verpatzt. Mit Ihrer arroganten Art. Sie denken, alle tanzen nach Ihrer Pfeife. Ihr Herrenmensch-Gehabe ist nur hohles Getue. Sie haben versagt, Hilmarsson. Und das wird auch der Reichsführer ...« Weiter kam Grenger nicht.

Blitzschnell war Hilmarsson aufgesprungen und ohrfeigte sein Gegenüber heftig. Dabei zog er die Außenfläche seiner rechten Hand mit dem Siegelring über Grengers Gesicht. Dieser schrie auf und stürzte zu Boden. Ein tiefer Riss zeigte sich auf Grengers rechter Wange, Blut quoll hervor.

»Wage es nie wieder, so mit mir zu sprechen, du Made.« In Hilmarssons Augen loderte der Hass. Die Worte hallten in seinem Kopf, warfen ein Echo in seinen Erinnerungen. Es waren die Worte seines Vaters. Damals, als er ihn so unendlich oft verprügelt hatte.

Grengers Brille war zerbrochen. Der Mann wimmerte und hielt sich die blutende Seite. Hilmarsson warf ihm ein Hoteltuch zu.

»Herren und Hunde, Grenger. So war es jetzt zwölf Jahre in diesem Land. Und so wird es auch in Zukunft bleiben. Dafür werden Männer wie ich sorgen. Hören Sie auf zu winseln. Ziehen Sie den Schwanz ein und hören Sie mir jetzt gefälligst zu.«

In den folgenden Minuten gab Hilmarsson seine Instruktionen. Grenger sollte nach Harrislee fahren, in das Grenzpolizei-Kommissariat zu Hans Bothmann. Er sollte ihm die Lage darlegen und ihn auffordern, Lesslings Villa zu durchsuchen. Grenger sagte kein Wort mehr, nickte nur. Gegen zehn Uhr verließ er das Hotel. Als geprügelter Hund.

ENDSPIEL

»Ich hätte besser auf ihn aufpassen müssen. Er ist ein voreiliger Hitzkopf. Und offenbar ein Dummkopf.« Oberbauer machte sich immer noch Vorwürfe wegen der Eskapaden seines Assistenten. Das Bild, als beide Männer Jünger besudelt und bewusstlos in dessen Wohnung gefunden hatten, ging ihm nicht aus dem Kopf. »Aber ich mag ihn.«

»Wir waren genauso, als wir jung waren, Hans. Und trotz allem muss jeder irgendwann auf die eigenen Füße kommen. Klar, Jünger hat eine dumme Entscheidung getroffen. Vielleicht kostet ihn das Kopf und Kragen. Aber dafür bist nicht du verantwortlich.« Druwe war selbst nicht wohl in seiner Haut. Ihn plagte der Anflug eines schlechten Gewissens, denn schließlich hatte er aus seiner Verachtung für den jungen Kripo-Beamten keinen Hehl gemacht. Dabei hatte Jünger seinem älteren Vorgesetzten nur beweisen wollen, dass er es auch draufhatte. Vielleicht hätte Oberbauer dies erkennen können, wäre er nicht so oft mit sich selbst beschäftigt gewesen.

»Sicherlich wäre er nicht auf diese Schnapsidee gekommen, wenn ich dich bei der Sache mehr unterstützt hätte, Jens. Dann wäre er nicht so stark in Opposition zu dir gegangen.«

Druwe schwieg. Was war durch dieses Hätte und Wäre zu ändern? Diese Gedanken behielt er für sich.

»Ich will das Schwein kriegen«, fuhr Oberbauer fort. »Du hattest recht, wir können diese Leute nicht mit allem davonkommen lassen. Sie treiben es immer bunter und skrupelloser, wenn sie niemand aufhält. Es muss Grenzen geben. Eine für alle gültige Moral. Wenn wir daran nicht mehr glauben, dann hat unser Dienst hier gar keinen Sinn mehr.«

»Eben. Genau das ist es, Hans. Das Ganze gleitet ab in eine Anarchie. Ist es schon lange. In eine Führer-Anarchie. Jeder kann auf seiner

Ebene machen, was er will. Hauptsache, nach oben hin ist alles klar. Hauptsache, ich habe einen Befehl. Das hat mit Moral, Recht und Ordnung nichts mehr zu tun. Wir haben doch tatsächlich eine Verantwortung für Jüngere, Schwächere, Andersdenkende und Heißsporne. Wenn wir das nicht erkennen, dann dürfen in Zukunft Männer wie Hilmarsson immer ungestraft einen Peter Jünger hinrichten lassen.« Druwe hatte einen trockenen Mund. Ihm war leicht übel. Wer weiß, was ich gestern Nacht unter dem Berg alles eingeatmet habe, dachte er. Opiumdämpfe und Kokskerzen. Seine Lippe und sein Kinn schmerzten. Die rechte Schulter konnte er kaum bewegen.

Er und Oberbauer saßen wieder in dessen Dienstraum. Druwe war es mittlerweile egal, ob ihn Hinsch oder irgendein anderer unbelehrbarer Eiferer sahen. Hier brach erkennbar alles zusammen. Nachdem die Nachricht vom Tod Hitlers am Vorabend offiziell über den Rundfunk gekommen war, liefen die Leute auf dem Revier wie aufgeschreckte Ameisen umher. Dabei war es auf den Straßen eher seltsam ruhig. Eine solche Nachricht hätte noch vor zwei Jahren zu einer hysterischen Welle völkischer Depression geführt, so sehr hatte der Führer sich ins Selbstwertgefühl der meisten Deutschen geschlichen. Jetzt herrschte eher eine ruhige Resignation vor. Nur die Ämter und Dienststellen waren seit heute Morgen eifrig dabei, Akten zu entsorgen. Höhere Dienstgrade im Präsidium räumten Aktenschränke aus und ließen deren Inhalt in Blechtonnen auf dem Innenhof verbrennen. Druwe sah viele bekannte SS-Gesichter, die plötzlich in biederem, zivilem Anzug die Direktion verließen. Druwe gab dem Reich noch wenige Tage und schätzte, dass spätestens in einer Woche Englisch die Amtssprache auf dem Revier sein würde. Es sah also so aus, als könnten Eva und er die Sache überstehen. Außerdem hatte er beschlossen, sich einer möglichen Verhaftung zu widersetzen. Notfalls mit Waffengewalt. Insgeheim hoffte er mittlerweile für einen solchen Fall auch auf die Unterstützung durch Oberbauer.

Plötzlich öffnete sich die Tür. Ulrich Grenger betrat unaufgefordert den Raum. Er sah deutlich ramponiert aus. Seine Schläfen waren gerötet. Die Brille saß ihm schief im Gesicht, offenbar hatte er sie notdürftig gerichtet.

Ich fürchte, das war der Shell-Atlas, dachte Druwe. Aber Grengers rechte Wange war aufgerissen, und sein Auge schwoll an. Das war eindeutig nicht der Shell-Atlas gewesen. Bevor Druwe etwas sagen konnte, ergriff Oberbauer das Wort. Offenbar befürchtete er, Grenger würde wegen Druwe Ärger machen.

»Kollege Grenger, nicht wahr? Bevor Sie voreilige Schlüsse ziehen, ich habe den beurlaubten Inspektor hierher zitiert, weil ich noch ein paar Fragen zu der Sache mit dem KL-Häftling ...« Weiter kam Oberbauer nicht.

Grenger sprach undeutlich.

»Mir doch scheißegal, mit wem Sie es hier treiben. Ich habe wichtigere Dinge zu tun, von denen Sie beide nichts ahnen.« Mit diesen Worten legte er einen Zettel auf den Tisch. Darauf stand nur: *Kayser Hof. Zimmer 107.*

Druwe und Oberbauer lasen es.

»Was soll das, Grenger? Für Hotelreservierungen bin ich nicht zuständig. Oder hat Ihnen dort eine Edelnutte einen geblasen, und Sie wollen, dass ich sie verhafte, damit Sie nicht bezahlen müssen?«

Grenger beachtete Oberbauer gar nicht. Er sah Druwe in die Augen.

»Hilmarsson. Er ist verletzt«, sagte er leise. »Ihre Chance. Und wahrscheinlich die letzte.«

Im nächsten Moment war er bereits wieder durch die Tür verschwunden.

Oberbauer wollte ihm hinterhereilen, aber Druwe hielt ihn am Arm fest.

»Lass, Hans. Aus dem kriegen wir nichts mehr raus.« Er hielt kurz inne. »Er hat mir schon alles erzählt, was er weiß.«

»Glaubst du das, Jens? Mit dem Hinweis. Der Kerl soll oben an der Schiffbrücke sein? Nach alldem? Einfach wieder ins Hotel? Das ist doch eine Falle.«

»Ich weiß nicht. Hast du Grenger gesehen? Die Brille, seine Wange? Ich glaube, da ist noch jemand mächtig sauer auf Hilmarsson.«

»Du meinst ...?« Oberbauer blickte nachdenklich zur Tür. Dann betrachtete er noch einmal die Notiz.

»Und er hat gesagt, Hilmarsson sei verletzt.« Druwe deutete in die Zimmerecke, wo immer noch sein blutverschmierter Mantel lag. »Ich bin in dem Kellergang heute Nacht ausgerutscht. Auf dem Weg zum Bunker unter dem Museumsberg. Zuerst dachte ich, es wäre feuchtes Moos gewesen. Nein, es war Blut. Und das war nicht mein Blut. Ich muss den Dreckskerl erwischt haben, als er auf mich geschossen hat. Dabei habe ich gar nicht gezielt, sondern einfach nur mit der Waffe in den Gang gehalten.« Er überlegte kurz, bevor er fortfuhr. »Grenger ist nicht der Typ, der sich für eine erlittene Schmach selbst gerade macht. Er lässt machen. Und er weiß, dass ich Hilmarsson haben will.«

»Wir«, korrigierte Oberbauer seinen Freund, »wir wollen ihn haben.«

»Trotzdem müssen wir vorsichtig sein. Verletzte Raubtiere sind gefährlich. Diesmal muss alles klappen. Es ist unsere letzte Chance, das Schwein zu schnappen. Wenn Hilmarsson zu Bothmann nach Harrislee verschwindet, dann kriegen wir ihn nicht mehr. Übrigens hat mir mein Schwager vorhin erzählt, dass Himmler hierher kommt. Irgendein junger Marineoffizier hat Gerüchte ausgeplaudert, als er mit einer Schwester flirtete.«

»Himmler? Hier? Dann wäre Hilmarsson in Sicherheit. Der Reichsführer wird keinen seiner Leute durch einen OrPo-Inspektor verhaften lassen.« Oberbauer blickte seinen Kollegen mit großer Sorge an. »Im Gegenteil, ein Fingerzeig von ihm und der SD erledigt dich, Jens.«

Beide Männer legten sich in den folgenden Minuten einen Plan zurecht, wie sie Hilmarsson in dem Hotel dingfest machen konnten. Immer wieder schweiften Druwes Gedanken dabei zu Grenger ab. Er hatte den Mann verhört und ihm Schmerzen zugefügt. Wollte er ihm jetzt eine Falle stellen? Warum hatte er ihm diese Nachricht zukommen lassen? Hatte ihn Hilmarsson gequält und gedemütigt? Die Brille, die Wunde im Gesicht. Hasste Grenger diesen Mann mehr als ihn? Wollte er sich an ihm rächen? Druwe wollte es glauben. Grenger hatte auf ihn jedenfalls wie ein geprügelter Hund gewirkt.

Vielleicht hat der geprügelte Hund ja gerade eben seinen Herrn angepisst, dachte er.

Sie erreichten das Hotel gegen halb eins. Zwei robust wirkende Marinesoldaten hielten den Eingangsbereich vom allgegenwärtigen Gesindel frei. Schließlich wollten diejenigen, die noch ein paar Goldmark hatten, nicht durch Gedränge, Taschendiebstahl und Bettelei gestört werden. Offenbar hatte die Hotelleitung Beziehungen zum Stützpunkt Mürwik. Die beiden Soldaten blickten mürrisch auf die Ausweise der beiden Polizisten. Druwe erkundigte sich nach dem Hintereingang für die Angestellten. Über einen Seitenweg kamen er und Oberbauer zu einem Hinterhof. Die Luft roch bereits nach Küchendüften. Aus geöffneten Klappen drangen die zischenden Geräusche der Speisen, die in Bratpfannen brieten.

»Durch die Küche«, sagte Druwe.

»In einem solchen Haus muss es ein Treppenhaus für die Angestellten geben. Dann können wir den Hauptflur meiden. Am besten fragen wir einen Koch oder ein Dienstmädchen.«

Die beiden Polizisten betraten einen kleinen Raum, der über einen Gang zur Küche führte. Wie so oft fragte sich Druwe, ob alle Speiselokale in den hinteren Räumen so dreckig und unordentlich waren. Im *Kayser Hof* tanzten die Schaben zwar keinen Tango, aber Fleisch und

Brot lagen achtlos neben Küchenlappen und Scheuerpulver. Neben dem zubereiteten Gemüse lagen gammlige Reste von Kohl und Möhren. Trotz dieses Anblicks lief Druwe bei dem Essensduft das Wasser im Mund zusammen. In letzter Zeit hatte es immer öfter nur Steckrübenbraten gegeben oder eine wässrige Kohlsuppe. Da war das hier schon etwas anderes. Das erschrockene Küchenpersonal beruhigte sich erst, als beide Männer ihre Dienstausweise vorzeigten. Ein älterer Mann duckte sich hinter Fässern. Druwe vermutete, dass er einen späten Fronteinsatz unbedingt vermeiden wollte. Auf so etwas stand die Todesstrafe. Aber Druwe kümmerte sich nicht weiter um den Drückeberger. Er und Oberbauer bogen von der Küche nach rechts ab und nahmen den Weg, den ihnen der Koch beschrieben hatte. Tatsächlich gab es eine hintere Stiege in die oberen Stockwerke. So vermied es das Hotel, dass seine Gäste durch Personal, alte Wäsche und Putzeimer gestört wurden. Die alte Treppe knarrte so laut, dass Druwe dachte, Hilmarsson würde auf jeden Fall gewarnt sein. Endlich kamen er und Oberbauer an die Tür, die in den Flur des ersten Stocks führte.

Es war still im Haus. Vielleicht waren nur wenige Gäste da. Oder sie waren in den Speisesaal gegangen. Druwe war sich sicher, dass Hilmarsson auf seinem Zimmer geblieben war. Sofern er überhaupt dort war. Erstens war er verletzt. Zweitens war das Hotelpublikum nicht das, was der SS-Offizier für seiner würdig gehalten hätte.

Druwe stand jetzt in dem Flügel des Hauses, dessen Zimmer nach hinten abgingen. Mithin also die etwas preiswertere Seite. 101, 102, 103 las er auf den Türschildern. Der Flur führte dann vor ihm etwa fünf Meter weiter, ohne dass sich dort eine Tür befand. Also musste die Nummer 107 da vorn um die Ecke sein. Wahrscheinlich die Zimmer zur Fördeseite. Und wahrscheinlich noch vier Türen weiter, wenn sie um die Ecke bogen.

Druwe hörte Schritte auf dem Teppich. Sie kamen von vorn. Aus der

Richtung des Hauptflurs mit dem großen Treppenhaus. Eilige Schritte. Ein anderer Gast, dachte Druwe. Er hörte ein Klopfen. Energisch. Die Stimme war um die Ecke nur gedämpft zu hören.

»Herr Hilmarsson? Es ist dringend. Sie wollten doch benachrichtigt werden, wenn ...«

Verdammt, dachte Druwe. Wir sind aufgeflogen. Irgendein Küchengeselle hatte sich wichtig gemacht und war offenbar zum Empfang gelaufen. Wahrscheinlich hatte Hilmarsson Anweisung erteilt, ihn bei jeder ungewöhnlichen Aktivität im Haus zu benachrichtigen. Er gab Oberbauer ein Zeichen. Das Überraschungsmoment hatten sie verloren.

»Bitte, Herr Hilmarsson. Zwei ...«

Weiter kam der Mann, offenbar der Direktor, nicht. Druwe und Oberbauer stürzten im selben Moment um die Ecke, als die Tür aufgerissen wurde. Ein Schuss fiel und der Hotelangestellte stürzte stöhnend zu Boden. Einen kurzen Moment erschien Hilmarssons Gesicht im Flur. Er wusste, dass er in dem Zimmer in der Falle saß. Das Foyer des Hotels hatte hohe Decken, so dass die Fenster im ersten Stock gute sechs Meter über der Erde lagen. Zudem gab es vorn nur den Gehweg und das Straßenpflaster. Ein Sprung würde mit Sicherheit zu Verletzungen führen.

Zwei weitere Schüsse krachten durch den Flur in Druwes Richtung. Oberbauer sprang an seinem Kollegen vorbei und rannte auf die Tür zu. Dabei feuerte auch er aus seiner Waffe. Aber Hilmarsson war in dem Türrahmen eindeutig im Vorteil. Zumindest vorerst. Er ging in Deckung und tauchte im nächsten Augenblick kniend wieder auf. Oberbauer hatte sich jedoch offenbar darauf verlassen, den Gegner durch seine Schüsse etwas länger zurückzudrängen.

Die nächsten Sekunden verliefen für Druwe wie Ewigkeiten. Er selbst war noch an der Flurecke in Deckung geblieben. Er wagte nicht, zu schießen, da Oberbauer an ihm vorbeigelaufen war. Mit seiner linken Hand konnte er alles und nichts, Freund oder Feind treffen. Aber nichts von beidem sicher. Sein Freund und Kollege stürzte mit langen Schritten auf Hilmarssons Tür zu. Seinen Fehler erkannte er, als der blonde Schopf des Gegners in Hüfthöhe wieder im Rahmen auftauchte. Und es war ein tödlicher Fehler.

Wieder ertönten zwei Schüsse.

Der erste Treffer riss Oberbauer nach links. Der zweite warf ihn nach hinten um. Er glitt an der Wand zu Boden. Durch seine Fronterfahrungen wusste Druwe, dass der zweite Schuss ein Körpertreffer war. Die Wucht einer solchen Verletzung riss den stärksten Mann um. Innere Organe und Adern konnten zerfetzt worden sein. Wie zur Bestätigung bildete sich im nächsten Augenblick neben dem zusammengesackten Oberbauer eine hellrote Blutlache. Aber nun hatte Druwe wieder freies Schussfeld. Oberbauer hatte ihm seine Mauser vorhin mit neuer Parabellum-Munition nachgeladen, so dass er zehn Schuss im Magazin hatte. Vier Kugeln daraus zerfetzten nun den Türrahmen, hinter dem sich der Isländer befand. Druwe war selbst erstaunt über seine Treffsicherheit. Aber er wusste, dass die Zeit gegen Oberbauer lief. Sein Kollege lag halb an die Wand gesunken etwa fünf Meter von ihm entfernt. Und verblutete. Die rote Lache war bereits riesig. Wenn sich Druwe vorwagte, würde ihn Hilmarsson einfach hinrichten. Oberbauer war verloren, wenn nicht ein Wunder geschah.

Plötzlich erhob sich der Hoteldirektor, den Hilmarsson gleich zu Anfang niedergestreckt hatte. Es war eine dieser gespenstischen Szenen, die Druwe aus den Weltkriegen kannte. Wenn sich Tote erhoben. Oder Todgeweihte. Jeder Soldat kannte das. Männer ohne Beine wollten aufstehen. Männer ohne Gesicht wollten sprechen. Männer ohne Innereien meldeten sich zum Dienst zurück. Dem Kerl dort hatte die Kugel die halbe Schädeldecke weggerissen. Graurote Massen klebten an Wand und Kleidung. Dennoch erhob sich dieser lebende Tote. Ganz langsam schien er nach etwas in seinen Taschen zu suchen.

Druwe erkannte seine Chance. Er rannte los. Der Mann gab ihm einen Moment Deckung. Auch Hilmarsson würde überrascht sein, den Hingerichteten aufrecht stehend zu sehen.

Und so war es.

Der Kopf des Isländers erschien im Rahmen, als er Druwes Schritte hörte. Er zögerte, als der den Halbköpfigen vor sich sah, der nun nach vorn umkippte. Druwe schoss. Einmal, zweimal, dreimal. Drei Kugeln noch. Da griff Hilmarsson nach dem jetzt leblosen Körper, der in seine Richtung fiel, und warf ihn Druwe entgegen. Wie eine Strohpuppe im Orkanwind flog der Tote durch den Gang. Druwe wollte zur Seite springen, gab dabei zwei weitere Schüsse ab, die ihr Ziel verfehlten. Er strauchelte und wurde unter dem Leichnam begraben.

Dann hörte er Schritte im Flur, auf der Treppe.

Hilmarsson floh.

Nach scheinbar endlosen Sekunden hatte er sich unter dem Körper des toten Hoteldirektors hervorgearbeitet. Schon wollte er Hilmarsson hinterherlaufen, als er zögerte. Oberbauer, ging es ihm durch den Kopf. Er drehte sich hastig um. Sein Kollege lag reglos da. Er eilte zu ihm, fühlte die Halsschlagader. Schnell, schwach, unregelmäßig. Wie viele Kameraden hatte Druwe sterben sehen? Zwanzig? Fünfzig? Tausend? Für ihn war die Erste Hilfe bei Kriegsverletzungen mittlerweile fast zur Routine geworden. Er hatte seine Hände in Bäuchen gehabt, er hatte Adern zwischen zerschmetterten Knochen abgedrückt und Schädeltrümmer auf klaffende Gehirne gepresst. Er spürte, wenn das Leben langsam entwich, ein Hauch, ein letzter Atemzug. Ganz dünn war der Faden, der die Menschen im Diesseits hielt.

Druwe riss Oberbauers Jacke auf. Offenbar ein Schulterschuss, nur leicht blutend. An so etwas starb man nicht. Das Problem war irgendwo am Unterleib. Bitte kein Bauchschuss. Diese Leute verreckten meist jämmerlich. Verdammte Hand! Druwe bekam Oberbauers Hose nur langsam auf. Er riss und zerrte. Dann endlich sah er es. Beinschuss.

Oberschenkelarterie. Es sprudelte ihm munter entgegen, was in Oberbauer noch an Leben übrig war. An so etwas starb man fast sicher. Er presste seine linke Hand in die Wunde. Die falsche. Denn mit der Prothese konnte er gar nichts machen. Also drückte er die Lederfaust auf die Ader. Mit der linken Hand nestelte er an Oberbauers Gürtel. Dann am eigenen. Er brauchte etwas zum Abbinden. Jeder Herzschlag trieb das Leben aus seinem Freund. Langsam an Druwes Lederprothese vorbei. Hilmarsson entkam. Verdammte Scheiße! Das Schwein hatte nicht nur Jünger, sondern auch Oberbauer auf dem Gewissen. Wer wusste, wie viele SS-Mistkerle dank seiner Hilfe abtauchen würden? Wer wusste, wie viele Leben das noch kosten könnte?

Druwe begann zu rufen. Es musste an diesem Ort doch noch andere Leute geben. In den Zimmern. In der unteren Etage. Nichts rührte sich. Dann, nach einer Ewigkeit, kam ein Hoteldiener vorsichtig die Treppe hinauf.

»Kommen Sie her, Mann. Helfen Sie mir!«, schrie Druwe den Mann an.

Langsam, sehr langsam kam der Hoteldiener den Flur entlang. Druwe wollte schon losbrüllen, als er den klobig gearbeiteten Beinersatz sah. Natürlich, dachte er, ein Krüppel. Wie konnte es auch anders sein! Wenigstens hatte der Mann zwei gesunde Hände. Druwe wies ihn an, den Gürtel um Oberbauers Bein zu binden. Fest, sehr fest. Dann drückte er noch einen Jackenärmel darunter. Die Blutung stoppte endlich.

Druwe erhob sich.

»Sie bleiben hier, bis von der Diako Hilfe kommt. Verstanden?«

Der Mann nickte.

Druwe rannte los. Er wollte nach unten, besann sich aber eines Besseren. Von hier oben hätte er einen guten Überblick über die Schiffbrücke. Unten würde ihn das Gedränge nur behindern. Also lief er in Hilmarssons Zimmer, stürzte zum Fenster, öffnete es. Tatsächlich herrschte vor dem Hotel das reinste Chaos. Vertriebene, Einheimische, Schiffsbesatzungen drängten in Gruppen zu Zelten, Karren oder auf die Boote. Unmöglich, in dieser Menschenmenge eine Person auszumachen. Druwe wollte resigniert aufgeben, als er in der Ferne etwas wahrnahm. Auf dem Wasser. Ein kleines Fischerboot tuckerte in Richtung Marineschule. Das Wasser der Kiellinie zog einen langen Strich zurück zur Schiffbrücke. Es war offenbar von hier gestartet. Auf dem Boot standen zwei Männer. Der Fischer am Steuerruder. Der andere Mann stand dicht hinter ihm und schien seinen Arm an den Kopf des anderen zu halten. Er blickte jetzt grob in Druwes Richtung. Auf die Entfernung war sein Kopf nur wenig größer als der eines Streichholzes. Das Haar war blond. So blond, dass es blendete.

Druwe eilte nach unten. Er war blutverschmiert. Vor dem Foyer hatte sich eine kleine aufgeregte Menge versammelt. Der Schusswechsel hatte ihr Interesse geweckt. Die beiden Marinesoldaten blickten Druwe fragend und angewidert an. Die einzige Front, die die beiden bisher offenbar erlebt hatten, war die Schlacht am kalten Buffet. Wahrscheinlich die Söhne einflussreicher Kaufleute. Und Druwe sah wirklich aus, als hätte er gerade ein Schwein geschlachtet. Er befahl dem älteren Soldaten, den Hoteldiener bei Oberbauer im ersten Stock zu unterstützen.

Am Empfang griff er nach dem Telefon und wählte die Nummer der Polizeidirektion. Polizisten auf der ganzen Welt konnten es nicht leiden, wenn ihresgleichen zu Schaden kam.

Als Druwe dem Wachhabenden erklärte, dass ein Kollege angeschossen worden war, musste er gar nicht weitersprechen. Der Unterscharführer befahl noch während des Telefonats mit Druwe, einen geräumigen Wagen zum Hotel zu schicken. Danach kündigte Druwe dem Diakonissenkrankenhaus einen Schwerverletzten an. Er verlangte, dass sein Schwager Dr. Schmid informiert wurde. Zum zweiten Mal an diesem Tag. Mehr konnte er hier nicht tun. Jetzt galt es, an Hilmarsson dran zu bleiben.

PYRRHUSSIEG

Mit dem Boot kann es für Hilmarsson nur ein Ziel geben, dachte Druwe. Die Marineschule. Für längere Fahrten entlang der Küste war der Kutter zu langsam. Und es war viel zu auffällig, auf diese Weise nur ans andere Ufer gelangen zu wollen. Hilmarsson musste damit rechnen, dass Druwe ihn dort abfing. Aber die Marineschule war ein Stück weiter entfernt und als Militäranlage natürlich nicht einfach einsehbar und begehbar. Hilmarsson in seiner Uniform würde sicherlich keine Probleme haben, dort an Land zu gehen. Da war sich Druwe sicher.

Er stand in dem Waschraum des Speisesaals im Hotel *Kayser Hof*. Er wusch sich zügig und nur grob Oberbauers Blut vom Gesicht. Und von Hand und Prothese. Auf dem Hemd, dem groben Stoffmantel, der Hose. Überall klebte Blut. Er hatte genug davon gesehen, es reichte für mehrere Leben. Schreie, Wimmern, stummes Flehen und brechende Augen. Der letzte Atemzug war oft ein Seufzen, ein Hinübergleiten in friedliche Ebenen.

Wut stieg in Druwe auf. Er hämmerte erst mit seiner Lederfaust auf das Waschbecken, dann brach der Spiegel durch seinen Schlag.

So viele gebrochene Leben, dachte er, als sein Gesicht ihn aus den Bruchstücken anblickte.

Dann trat er wieder ins Hotelfoyer.

Den Weg vom Hotel zu den Hafenanlagen nahm er kaum wahr.

Leute, die ihm begegneten, wichen erschrocken zurück, als sie seine blutverschmierte Kleidung bemerkten. Ihm war klar, dass er ohne Uniform und in diesem Aufzug kaum einen Bootsführer überzeugen konnte, ihn nach Mürwik überzusetzen. Zu Fuß würde er mehr als eine halbe Stunde brauchen und wäre zudem erschöpft, wenn er ankam. Also ein Fahrzeug. Die Wache. Sein Zorn klang nicht ab. Jeder Schritt wurde zu einer Bestätigung seiner Absicht. Er oder ich. Die Sache ist jetzt persönlich. Aber er wusste nur zu gut, dass Gefühle bei der Polizeiarbeit schlechte Ratgeber waren.

Als er die Tür zum Revier aufstieß, grüßte ihn der Wachhabende, mit dem er vorhin am Telefon gesprochen hatte. Unwirsch verlangte Druwe nach einem Wagen.

»Benzinzuteilung erst heute Abend wieder. Peter 12 hat noch Sprit für hundert Kilometer, das muss aber eigentlich der Chef absegnen.«

Der Unterscharführer machte keine Anstalten, sich zur Wehr zu setzen, als Druwe hinter den Wachtresen trat und sich die Wagenschlüssel griff. Augenblicke später stand er wieder draußen. Er atmete tief durch. Peter 12 war ein verrotteter Opel aus Privatbesitz. Wieder das übliche Rotationsspiel. Mit dem totalen Krieg, 1944 ausgerufen von Goebbels, kamen alle guten Fahrzeuge in Besitz der Wehrmacht oder der SS. Dafür durften sich eben die wichtigsten Polizeidienststellen und andere Behörden ungeniert bei den verbliebenen privaten Automobilen bedienen.

Der Wagen sprang widerwillig an, wahrscheinlich lag das am minderwertigen Kriegsbenzin. Druwe brachte den Motor im Leerlauf ein paar Mal jaulend auf Touren, dann fegte er vom Parkplatz, Richtung Ostufer der Förde, den Ballastkai hinauf.

Im Hafen lagen Dutzende Lastkähne und einige kleinere Passagierschiffe, auf ihnen kamen die Flüchtlinge aus den Ostgebieten. An eine geordnete Hafenarbeit, etwa für Kohlelieferungen oder den lebenswichtigen Getreideumschlag, war bei den zum Teil in fünfter Reihe vertäuten Schiffen kaum noch zu denken. Einzig der Bereich am Ufer der Marineschule wirkte geordnet, aufgeräumt. Dort lag seit Jahren ein Passagierschiff der HAPAG, die *Patria*, und diente als Wohnschiff, meist für hohen Besuch. Überall sonst an den Kais befanden sich provisorische Zeltlager und Blechhütten. Halb verhungerte Gestalten wankten über die Straßen und durchwühlten alles auf der Suche nach Essbarem. Mehr als einmal konnte Druwe nur knapp eine Kollision vermeiden. Er fuhr die Straße Kielseng hinauf in Richtung Mürwik. Dann lenkte er den Wagen an den mächtigen Bunkeranlagen der Kriegsmarine, dem Treibstofflager und einer Flakstellung vorbei. Der Bunker war rechter Hand in die östlichen Höhen des Fördeufers hineingetrieben worden. Er erstreckte sich über gut einen Kilometer. Druwe wählte die hier nach links abzweigende Zufahrt zum Gelände der Nachrichtenschule. Am Schlagbaum musste er halten. Zwei Marinesoldaten näherten sich, der hintere sicherte seinen Kameraden mit angelegter Waffe.

»Zufahrt nur für Marineangehörige. Besucher müssen sich am Haupttor anmelden.«

Druwe hatte seinen Ausweis vorsorglich auf dem Nebensitz abgelegt. So vermied er jetzt missverständliches Hantieren in seiner Manteltasche. Unsichere Zeiten. Nervöse Finger am Abzug. Tödliche Missverständnisse.

»Ich bin dienstlich hier. Hauptmann Druwe, Inspektor der Flensburger Dienststelle.«

Die Gleichstellung der Dienstränge in Wehrmacht und Polizei hatte auch hier Vorteile. Als die beiden Soldaten die Papiere einsahen, nahmen sie Haltung an und grüßten.

»Herr Hauptmann, Sie sagten, Sie seien dienstlich unterwegs. Betreffen Ihre Ermittlungen einen Marineangehörigen, dann muss die Zuständigkeit erst ...«

»Gefahr in Verzug, Obermaat. Ein Mordverdächtiger soll sich mit einem Boot an das Ufer der Marine-Offiziersschule geflüchtet haben. Und nein, es ist kein Marine-Mann. Jede Sekunde zählt, wollen Sie das verantworten, Obermaat ...?« Druwe tat so, als starrte er auf das Namensschild des Unteroffiziers. »Also, wollen Sie, dass wir das in der Kommandantur erörtern, Obermaat Herrlinger?«

Der Angesprochene salutierte und bedeutete seinem Kameraden, den Schlagbaum zu öffnen. Druwe gab Gas und ließ die beiden in einer Abgaswolke hinter sich. Das Gelände hatte sich seit seinem letzten Besuch seltsam verändert. Es lagen keine Ersatzteile ausgeschlachteter Fahrzeuge mehr herum, keine Altreifen, keine Fässer, geteerten Lappen oder Tampen. Es war geflaggt wie in den besten Tagen des Dritten Reichs. Die Marine hatte hier immer auf einem eigenen Stil beharrt. So wehte die deutsche neben der preußischen Flagge. Und natürlich das unvermeidliche Rot mit schwarzer Swastika auf weißem Rund. Wie lange noch?, dachte Druwe. Er lenkte den Wagen in die Torpedostraße und stellte ihn vor dem Gebäude der Tirpitz-Kaserne ab. Wenn er von hier zum Lazarett und zur Offiziersschule wollte, musste er sowieso an den Uferanlagen entlang.

Druwe blickte angestrengt zum Wasser. Unübersehbar und imposant auch hier – trotz der Tarnnetze – der Dampfer *Patria* an der Blücherbrücke. Einige Minensuchboote und zwei Torpedoboote lagen offenbar zur Reparatur in den Anlagen. Druwe begab sich zügig zu den Kais. Als er einem Kadetten begegnete, zeigte er wieder seinen Ausweis. Augenblicklich wurde er von dem jungen Mann schneidig gegrüßt.

»Was geht hier vor? Machen wir uns hübsch für die Briten? Oder warum diese Flaggenparade und der Ordnungssinn überall?«, fragte Druwe.

Der Offiziersanwärter ignorierte die sarkastische Bemerkung. »Hoher Besuch, Herr Hauptmann. Es heißt, dass der Befehlshaber, Großadmiral Dönitz, hier Quartier nimmt.«

U-Boot-Dönitz, dachte Druwe. Guter Platz, um in die Ehrenkriegsgefangenschaft bei den Tommys zu gehen. Vorher noch ein paar Tage ausspannen in Mürwik, schließlich war der Krieg recht hart gewesen hinter den Tischen bei den Planspielen und Stabstreffen.

»Es wird gemunkelt, dass der Großadmiral von unserem Führer zum Nachfolger bestimmt wurde.« Der Kadett gab seine Gedanken unaufgefordert weiter, offensichtlich stolz auf diese Entwicklung. Ein Marineoffizier als neuer Hitler? Und dann noch dieser trockene Knochen Dönitz? Aber Druwe überraschte in diesen Tagen nichts mehr. Himmler würde das sicherlich nicht gefallen. Vielleicht waren das alles auch nur dumme Gerüchte.

»Wer kann mir Auskunft über die Aktivitäten an den Anlegern geben?«

»Im Moment? Herr Hauptmann, es ist das totale Chaos. Die Zivilisten machen uns wirklich zu schaffen, ständig neue Kähne und Boote. Wollen alle hier anlegen. Gestern haben wir zwei Warnschüsse abgeben müssen.«

Druwe war genervt. »Wer hat im Moment den Befehl?«

»Leutnant Meier, Sie finden ihn hinten im Depot.«

Als Druwe sich endlich zu Meier durchgefragt hatte, war er knapp davor, die Beherrschung zu verlieren. Zweihundert Kilometer weiter ging die Welt unter, und hier putzten Matrosen emsig wie Schuljungen Bänke und Tische, wickelten Kabel auf und ordneten Kisten nach Größe. Der neue Führer der Deutschen sollte einen guten Eindruck vom Standort bekommen. Lächerlich!

Der Leutnant entpuppte sich als harte Nuss.

»Sie suchen einen Militärangehörigen, Herr Hauptmann? Haben Sie da überhaupt die nötige Befugnis? Eigentlich ist das Sache der Feldpolizei.«

»Danke, Herr Leutnant, dass Sie mich über die Zuständigkeiten aufklären.« Druwes Stimme wurde schneidend kalt. »Und nein. Kein Militär, sondern ein Angehöriger der Schutzstaffel. Genauer gesagt vom Sicherheitsdienst. Laut Reichsführer-SS Himmler untersteht die SS in Strafverfolgungsangelegenheiten der Deutschen Polizei. Und, Herr Leutnant Meier, es schien mir immer so, dass unser neues Staatsoberhaupt, der verehrte Herr Großadmiral, keine großen Sympathien für die Männer der SS hegt. Er wird sicher wenig erfreut sein, zu hören, dass ein straffälliger SS-Mann durch Ihr beherztes Zögern seiner Verhaftung entgehen konnte.« Druwe griff die eben gehörten Gerüchte auf und spielte einen Bluff.

»Entschuldigen Sie, Herr Hauptmann. Ich musste nur sichergehen …«

»Schon gut. Sagen Sie mir lieber, wer heute Mittag Wachdienst an den Kaianlagen hatte. So etwa gegen ein Uhr.«

»Um dreizehnhundert? Die dritte Wache. Matrose Gerhard und Obergefreiter Werner. Noch bis sechzehnhundert. Die beiden arbeiten dort hinten bei den Fässern. Einen kleinen Moment, Herr Hauptmann.«

Einen Augenblick später standen zwei Matrosen vor Druwe. Als Werner seinen Kautabak neben das Tor spuckte, wurde er von Meier zurechtgewiesen.

Die Waffen werden zwar immer moderner und tödlicher, aber die Leute und ihre Manieren bleiben immer gleich, dachte Druwe. Auf seine Befragungen hin gaben beide an, dass vor etwa eineinhalb Stunden ein kleines Motorboot direkt an Brücke 1 angelegt hatte.

»Ein Schwarzer hat dringesessen.« Auf ein Räuspern des Leutnants hin korrigierte sich der Obergefreite sofort. »Also, ich meine, einer von der SS. Hat uns ganz schön angeschrien und zusammengefaltet, als wir ihn gefragt haben, was das soll. Hat was von Kommandosache des Führers gesagt und dass wir uns verpissen sollen.«

Ganz eindeutig Hilmarsson, dachte Druwe. Also sollte er recht behalten. Vielleicht hatte der Isländer hier in der Marineschule Kontakte.

Oder es war für ihn im Moment die einzig denkbare Lösung gewesen, hier abzutauchen. Druwe wusste, dass er auf der richtigen Spur war. Er fragte noch kurz, wohin der Mann gegangen war.

»In Richtung Sportschule, Herr Hauptmann.«

Als er wenig später bei den Gebäuden der Offiziersschule eintraf, waren auch hier emsige Aufräumarbeiten in Gang. Trotz der durch das abschüssige Gelände vorgegebenen Enge war der Bereich weitläufig gehalten. Körperliche Ertüchtigung für den Offiziersnachwuchs war seit jeher ein Credo jeder Militärbildung. Kasernenalltag. Hoch, runter, Deckung, Rolle, hoch, vorwärts. Für den Einzelnen blieb der Krieg immer gleich. Entweder er bewegte sich, oder er war tot. Dazwischen einige mehr oder minder schmerzhafte Abstufungen, dachte Druwe zynisch und rieb seine Prothese mit der gesunden Hand.

Ein Hauptbootsmann nutzte heute den Unterricht, um gleichzeitig Tampen, Fässer und Kisten von den Kadetten wegräumen zu lassen. Der Blick Richtung Förde zeigte Druwe die zweite Gruppe, die im eiskalten Wasser der vorgelagerten Marine-Badeanstalt das Ertrinken übte. Er wandte sich an den Ausbilder und fragte nach einem kürzlich hier eingetroffenen blonden, hochgewachsenen SS-Offizier.

»Ja, da war vor gut eineinhalb Stunden einer hier. Groß, kräftig. Ist einfach durch unsere Übungsreihen spaziert. SS-Hauptsturmführer, glaube ich.«

Druwe bedankte sich und marschierte in die Sportschule. Es roch nach Bohnerwachs und Schweißfüßen. Auch das änderte sich nie. Er erkannte schnell, dass eine weitere Suche hier wenig Sinn hatte. Die dritte Sportgruppe übte sich in der Halle im Nahkampf. Also weiter. Umkleideräume für zweihundert Mann, dazu die Duschen, die Räume der Ausbilder, die Gerätelager.

Hier vergehen schnell Stunden, ohne dass es etwas bringt, dachte Druwe. Warum die Sportschule? Kannte Hilmarsson einen der Schleifer? Oder hatte er sich hier unauffällig umgezogen? Offiziell hatten die Polizeikräfte einmal wöchentlich Wehrübungen und Körperertüchtigung auf dem Dienstplan. Dafür standen ihnen die Sporteinrichtungen der Kasernen theoretisch offen. Hilmarsson würde hier also kaum auffallen. Andererseits kannte Druwe keine Dienststelle, die es mit dem Sport so genau nahm. Und schon gar nicht die Kerle vom SD. Das waren alles Schreibtischhengste und Bleistiftritter. Er überlegte. Es war offenbar völlig unmöglich, hier Spuren zu finden. Er musste zur Ruhe kommen. In diesem innerlich erregten Zustand mit schnellem Herzschlag und dem Ohrenrauschen konnte er sich nicht konzentrieren. Er hatte da seine Methode.

Durchatmen. Augen schließen. Was würde wohl ein Sherlock Holmes tun? Ohne Spuren bleibt immer noch unser Verstand, mein lieber Watson! Wir können uns in den Täter hineinversetzen, um seine Gedanken nachzuvollziehen. Und diese Gedanken können manchmal ebenso wertvoll sein wie ein Fußabdruck.

Druwe blickte zurück zu den Anlegestellen. Das Boot, die Sportschule. Wenn Hilmarsson sich hier umgezogen hatte, dann nur, um sich zu tarnen. Er plante seine Flucht, jetzt endgültig. Der Seeweg war zu langwierig und außerdem unsicher. Zugegeben, Schweden wäre ein denkbares Ziel. Aber er müsste befürchten, in der mehr als dreißig Kilometer langen Außenförde noch abgefangen zu werden. Über Land? Da war nur noch ein Weg offen. Nach Dänemark. Aber erstens brauchte er dann einen unauffälligen Wagen, kein Fahrzeug der Wehrmacht oder Marine. Zweitens war laut neuesten Berichten plötzlich mit den Dänen nicht mehr gut Kirschen essen. Warum war er dann hier? Das Grenzpolizeikommissariat in Harrislee wäre bei weitem die bessere Wahl gewesen. Viele SS-Kameraden, unauffällige Zivilfahrzeuge.

Was willst du hier, Hilmarsson?

Als Druwe sich still diese Frage stellte, wurde es ihm plötzlich klar. Er verließ den Haupteingang der Sportschule im Laufschritt. Richtung

Fuhrpark. Das Verwaltungsgebäude lag hangaufwärts. Wie schon vorhin überquerte er den Appell- und Paradeplatz der Marineschule und betrat die Diensträume des Fahrzeugkorps, kurz NSKK. Als offizieller Parteiableger sah man sich hier offenbar besonders in der Pflicht, ein prachtvolles Flaggenbild zu präsentieren. Wie zu den Nürnberger Parteitagen hingen riesige rote Stoffbahnen neben dem Eingang vom Dach bis zum Erdgeschoss. Druwe suchte wieder das Zimmer des Dienststellenleiters. Bei den Fahrzeugen der Wehrmacht herrschte seit Jahren eine seltsame Gemengelage aus unklaren Zuständigkeiten der Partei und der Armee selbst. Hier war es nicht anders. Druwe hatte jedoch Glück. Er kannte den diensthabenden Offizier, einen Leutnant mittleren Alters, der in Glücksburg wohnte. Er und Druwe hatten sich einige Male zum Bier getroffen. Er beschrieb ihm Hilmarsson, aber Fehlanzeige. Keine Einträge auf diesen Namen. Enttäuscht wollte sich Druwe zum Gehen wenden, als der Marine-Leutnant ihn aufhielt.

»Einen Moment noch, Jens. Ich sehe hier einen ungewöhnlichen Vorgang. Diplomatenanfrage. Erst vor einer Stunde. Ist dieser Tage nicht häufig, wir sind ja nicht in Berlin.«

Druwe wandte sich ihm interessiert zu. Er spürte jenes seltsame Kribbeln, das immer dann auftrat, wenn er einer wichtigen Sache auf der Spur war. Der Offizier kontrollierte eine Zeile in dem Buch und öffnete einen anderen Ordner.

»Hier habe ich es. War kurz vor meinem Dienstantritt vor etwa einer Stunde. Eine Anfrage aus dem Funkraum. Fahrzeug für einen isländischen Militärattaché. Sonderauftrag, hohe Priorität. Sein Name ist Ásbjörn Vilhjálmur.« Der Leutnant brach sich fast die Zunge bei dem Versuch, die Worte auszusprechen. »Ein Funker hat den Wagen hier abgeholt, obwohl das nur fünfzig Meter sind. Aber Sie wissen ja, die Herrschaften tragen ihre Nasen in diesen Tagen besonders hoch ...«

Druwe ließ sich den Weg zum Gebäude der Funkkompanie erklären.

Ohne weitere Worte rannte er los. Dort angekommen stürmte er, ungeachtet der Proteste, in das Zimmer des Wachoffiziers.

»Es geht um die Sicherheit der Reichsregierung. Wie Sie wissen, trifft Großadmiral Dönitz als Nachfolger unseres geliebten Führers jeden Moment hier ein. Die Polizei, SS und der Sicherheitsdienst haben Kenntnis von einer Gruppe Verrätern erhalten, getarnt als isländische Diplomaten. Die Marine hat in Fragen der inneren Sicherheit den ermittelnden Beamten alle erdenkliche Hilfe zu gewähren, Erlass des Chefs SD Kaltenbrunner.«

Wieder ging Druwes Taktik der Einschüchterung gepaart mit der Aufforderung zum unbedingten Gehorsam auf. Sicherheitsdienst. Kaltenbrunner. Selbst abgeklärten Militärs lief es da eiskalt den Rücken runter. Und ein Funker hatte viel zu verlieren. Statt warmer Stube und Speckration konnte er schnell auch zum letzten Ostaufgebot gegen die Iwans gerufen werden.

»Kleinen Moment. Wir hatten Wachwechsel, da wird nicht immer alles berichtet. Aber ich sehe nach.« Umtriebig wurden Papiere gewälzt. Ein Rüffel an den Obermaat von nebenan sorgte zugleich für den Abbau der aufgestauten Spannung. »Verdammte Sauklaue. Hier ist es. Fünf nach zwei«, fuhr der Funker fort. »Ein Ásbjörn Vilhjálmur. Seltsamer Kerl. Groß, kräftig, ging aber leicht gebeugt mit Stock. Kahlrasierter Schädel und Augenklappe links. Sprach gebrochen Deutsch mit starkem nordischen Akzent. Rutschte ein paar Mal ins Englische und in seine Muttersprache. Hörte sich wirklich unheimlich an. Keine Begleitung, das hat uns schon gewundert. Nur zwei große Reisekoffer. Er gab an, vor fünf Tagen aus Potsdam abgereist zu sein, weil er sich bei den Russen nicht auf seinen Diplomatenstatus verlassen wollte. Der Weg über Land war aber schon abgeschnitten, so dass er sich in Wismar auf einen Kahn gerettet habe. Durch einen Tieffliegerangriff seien seine zwei Begleiter umgekommen. Klang alles recht glaubhaft, zumal er zwei Dokumente vorgelegt hat.«

Inzwischen war der Obermaat aus dem Funkraum hinzugetreten.
»Willi, du hast dir die Papiere doch genauer angeschaut.«
»Jawoll, Herr Oberleutnant. Waren alle blutverschmiert. Er sagte,
sein Mitarbeiter habe die Sachen bei sich getragen, als er erschossen
wurde. Er selbst war auch angeschossen worden. Hab den Armverband
gesehen.«

Diese Drecksau, dachte Druwe. Selbst die Verletzungen baute er
noch in seine Geschichte ein. Aber woher hatte er zwei Koffer? Aus
seinem Hotelzimmer hatte er ganz sicher kein Gepäck mitgenommen.
Hilmarsson musste sich hier bei der Marineschule eine Art Rückversicherung geschaffen haben. Wahrscheinlich war er deshalb zur Sport-
halle gegangen. Die Polizei hatte dort einige Spinde. In einem musste
er die Sachen für sich aufbewahrt haben. Sogar die Identität konnte
er ohne großen Aufwand wechseln. Kein Wunder, dass er hierher
wollte.

»Diplomatenstatus mit Genehmigung des Auswärtigen Amts. Und
Sondererlass direkt aus dem Büro des Oberbefehlshabers der Marine
Dönitz.« Der Offizier blätterte in den vor ihm liegenden Unterlagen.
»Leutnant Pretsch hatte vor mir den Dienst. Er hat Willi, also Ober-
maat Krause, den Text handschriftlich kopieren lassen. Hier, bitte.« Er
drehte das Heft zu Druwe, um ihm Einsicht zu gewähren.

Dem Bevollmächtigten der Regierung Islands, Herrn Militärattaché Ásb-
jörn Vilhjálmur, ist jedwede Unterstützung, ob materiell oder personell, zu
gewähren. Eine Ausreise aus dem Reichsgebiet steht allein im Ermessen
dieser Person und darf nicht behindert oder verzögert werden. Unterzeich-
net, Minister des Auswärtigen, J. v. Ribbentrop.

Druwe schob die Notizen über den Tisch zurück. »Und was hat er
nun gewollt, dieser Vilhjálmur?«, fragte er.

»Ich sollte beim Fliegerhorst anrufen, nach verfügbaren Zivilma-
schinen fragen. Und er wollte sofort vom NSKK drüben einen Wagen ...«

Druwe hatte genug gehört. Wütend schlug er die Lederprothese auf die Tischplatte. Die beiden Marinesoldaten wichen erschrocken zurück.

»Dieses verdammte Schwein! Er ist ein flüchtiger Mörder, verstehen Sie? Jetzt kutschiert er seelenruhig nach Weiche und schnappt sich eine Junkers, um sich nach Island abzusetzen.« Druwe funkelte den Oberleutnant an. »Setzen Sie sich sofort mit dem Fliegerhorst in Weiche in Verbindung. Geben Sie durch, dass der Mann auf jeden Fall aufgehalten werden muss.«

»Ich kann es versuchen, Herr Hauptmann. Aber er hat die Diplomatenpapiere. Da will sich keiner in die Nesseln setzen, fürchte ich.«

Druwe wusste, dass der Mann recht hatte. Hilmarsson hatte sich gut abgesichert. Er würde die Flucht nur verhindern können, wenn er direkt vor Ort war.

Ohne ein weiteres Wort zu verlieren, lief Druwe aus dem Gebäude.

Als er mit überhöhter Geschwindigkeit das Haupttor an der Kelmstraße erreichte, ließ er die Hupe röhren. Die überraschten Wachleute konnten gerade die Schranke öffnen, Druwe hörte ein metallisch kratzendes Geräusch, als er unter dem Schlagbaum hindurch raste. Kurz über das Twedter Holz, rechts hinab die Ziegeleistraße Richtung Kielseng und Flensburger Innenstadt. Der Motor jaulte bei Vollgas bergab bedenklich auf. Richtung Südstadt, dann Husumer Straße. Am Stadtrand musste er sein Tempo verlangsamen. Immer wieder behinderten provisorische Schanzarbeiten den Verkehr. HJ-Bengel und einige BDM-Mädchen hebelten Pflastersteine aus der Straße. An anderer Stelle stand ein vielleicht fünfzehnjähriger SS-Jüngling und kommandierte drei Volkssturmangehörige, die an einer Panzersperre aus Fichtenhölzern arbeiteten. An einem dritten Punkt, schon etwas außerhalb der Stadt, hatte sich eine kleine Menge versammelt. Druwe musste anhalten und stieg genervt aus dem Wagen. Er hörte die Stimme eines Knaben, der gerade in die Pubertät kam.

»Wir sind der Werwolf. Der Führer verlässt sich auf uns. Wir halten den Feind hier auf, dann knacken wir seine Panzer und murksen die Tommys ab.« Dabei hantierte er mit einem Karabiner aus den 1870/71er Kriegen herum.

Druwe trat aus der Menge hervor, die maulend, aber respektvoll Abstand hielt.

»Hast du sie noch alle, Junge? Geh spielen oder Mädchen ärgern, aber fummel hier nicht mit Sachen rum, von denen du nichts verstehst.« Er packte den Lauf des Gewehrs und riss die Waffe an sich. Dann holte er mit der Linken aus und verpasste dem Jungen eine schallende Ohrfeige.

Der Junge heulte auf und brach sofort in Tränen aus.

»Sei froh, dass ich nicht die Rechte genommen habe.« Druwe hielt die Lederprothese für alle gut sichtbar in die Höhe. »Und jetzt verzieh dich nach Hause. Und ihr mutigen Bürger Flensburgs ...« Er drehte sich zur Menge um und hielt seine Dienstmarke in die Höhe. »Ihr schafft hier gefälligst Ordnung, sonst schicke ich euch einen Trupp prügelwütiger OrPo-Kollegen hierher.«

Im Flensburger Vorort Weiche angekommen, nahm Druwe die alte Heerstraße, den Ochsenweg, um zum Fliegerhorst zu gelangen. Immer wieder musste er sich mit der Handsirene Respekt verschaffen und warten, bis der Weg von Handkarren oder Fußvolk freigemacht war. Endlich tauchte westlich der Straße der Flugplatz auf. In den letzten Wochen herrschte hier ein enormer Luftverkehr, den der Norden so bisher nicht gekannt hatte. Immer wieder wurden Maschinen umgeleitet, die aufgrund von Bombenschäden oder drohender Jagdfliegerangriffe Hamburg und Kiel nicht ansteuern konnten. Zwei ausgebrannte Wracks lagen auf den Feldern, Zeugen missglückter

Notlandungen bei Treibstoffmangel. Erstaunlicherweise war der Fliegerhorst bisher von britischen Angriffen verschont geblieben. Taktische Schonung nannte man das, wenn der Sieger in der Endphase eines Krieges von der bestehenden Infrastruktur des Feindes profitieren wollte. Und der britische Kommandeur Montgomery würde aus Lüneburg sicherlich nicht mit dem Schulbus nach Flensburg kommen wollen.

Druwe brachte den Wagen mit blockierenden Reifen zum Stehen. Der Kühler kochte. Die asphaltierte Fläche vor dem Kontrollturm der beiden Landebahnen war bereits in die Jahre gekommen. Offenbar traute das Großdeutsche Reich dem Norden Schleswig-Holsteins keine bedeutende Rolle im Luftverkehr zu, und so waren die Anlagen in den letzten Jahren eher vernachlässigt worden. Wer hätte ahnen können, dass Flensburg Regierungssitz werden würde? Dass der Flugplatz Flensburg-Weiche bedeutsam wie der Berliner Tempelhof sein könnte? Schließlich stand Großadmiral Dönitz ante portas.

Druwe hastete in den Vorraum des grauen Betonklotzes. Wieder einmal verwünschte er sich, dass er keine Uniform trug. Er musste sich ausweisen und das alte Spiel oben–unten spielen. Am anderen Ende des Rollfelds in etwa hundert Meter Entfernung stand eine Fokker F-10 mit rotierenden Propellern. Warmlauf vor dem Start.

»Dringende Reichssache. Mordfall an einem hochrangigen PM. Ist hier in der letzten Stunde ein hochgewachsener Isländer aufgetaucht? Gibt sich als Attaché aus. Über zwei Meter, kahl geschorener Schädel, links eine Augenklappe. Vielleicht hinkt der Mann oder benutzt einen Stock.« Druwe klopfte nervös mit den Fingern auf den Tresen, hinter dem ein Unteroffizier der Luftwaffe saß.

»Jawoll, Herr Hauptmann. Hatte alle notwendigen Papiere. Diplomatenstatus. Angemeldet über die Marineschule. Verlangte sofort das Flugzeug. Unsere letzte Maschine. Leutnant Kerner war nicht erfreut, schließlich soll ja Dönitz …«

»Ist das die Fokker da draußen?«, fragte Druwe ungeduldig.

»Ja, Herr Hauptmann. Starterlaubnis jeden Moment.«

»Die Briten schießen ihn doch ab.« Druwe war der Verzweiflung nahe, aber er ahnte die Antwort.

»Wir haben das britische Oberkommando per Funk informiert. Diplomatenflug. Island ist von den Amis besetzt. Die Tommys haben den Korridor vorgegeben, da wird die Maschine unbehelligt bleiben. Vielleicht ein oder zwei englische Begleitjäger. In Rejkjavik wird man den Herrn noch mal filzen. Aber seine Papiere sahen in Ordnung aus.«

»Halten Sie die Maschine fest. Keine Starterlaubnis, verstanden?«

»Jawoll, Herr Hauptmann. Ich muss Leutnant Kerner informieren ...«

Druwe war bereits draußen. Er rannte auf das Rollfeld in Richtung des Flugzeugs. Altes Modell. Die Tanks reichten gerade eben für einen Flug nach Island.

Dieser Hilmarsson hat ein verdammtes Glück, dachte Druwe. Ein teuflisches Glück. Aber nur noch ein kleines Stück, dann habe ich dich, du Dreckschwein.

Nach fünfzig Metern Spurt brannte bereits seine Lunge. Da setzte sich die Maschine in Bewegung.

Nein, durchfuhr es ihn. Das kann nicht sein.

Erst langsam, dann immer schneller näherte sich die F-10, dann brüllten die Motoren plötzlich auf. Der Pilot hatte auf vollen Schub gesetzt. Druwe lief, als ginge es um sein Leben. Er zog die Mauser. Eine Kugel war ihm geblieben. Das Stahl-Holz-Ungetüm raste jetzt auf ihn zu. Wenn er auf der Landebahn bliebe, würde ihn die Maschine zermalmen. Druwe sprang zur Seite, allerdings ohne den Blick von der Fokker abzuwenden. Das Flugzeug schoss im selben Moment an ihm vorbei. Er blickte in eines der Passagierfenster. Und er erkannte ihn. Hilmarsson sah aus dem Fenster. Ihre Blicke trafen sich. Er hatte seine Augenklappe angehoben. Beide Augen funkelten Druwe an, er lächelte kurz, dann war er an Druwe vorbei. Der Sog des vorbeirasenden Kolosses riss Druwe um. Im Fallen schoss er die letzte Kugel aus seiner Waffe ab. Wieder stürzte er schwer auf seine ungeschützte rechte Seite, aber dieser Schmerz war zu ertragen. Die Kugel schlug in den hinteren Rumpfbereich der Fokker ein. Ein kleines Loch nur. Ohne Folgen. Dreißig Meter weiter hob die Maschine vom Boden ab.

Wir wollen eine unvergängliche Spur hinterlassen
auf diesem vergänglichen Stern.

Hans Fallada (1893–1947), Das Abenteuer des Werner Quabs

EPILOG ...

5. Mai 1945

Was tun die Menschen nach dem Krieg? Ist ihr Alltag anders? Schmeckt ihr Brot nach Ruhe? Wird ihre Arbeit leichter? Sind ihre Herzen freier? Tritt die Liebe wieder neugierig hervor wie ein verschrecktes Reh am Feldrand nach dem Donner? Oder ist Frieden nur die Abwesenheit von Krieg? Fehlt den zerschlagenen Kreaturen gar plötzlich ihr Sinn? Sehnt der Mensch sich nach Zerstörung? Braucht er die Not, um durch allen Schein hindurchzusehen? Kommt er gar erst im Angesicht seines nahenden Endes zur Einsicht?

Solche Fragen werden – vielleicht – nach Jahren und Jahrzehnten gestellt. Es braucht Abstand, um zu erkennen. Wenn der Bauch nicht mehr vor Hunger schmerzt. Wenn die Wunden am Körper nicht mehr eitern. Wenn Blumen auf den Gräbern blühen. Wenn die Fotografien der Toten blass geworden sind und die Enkelin fragt: »Wer ist der Mann dort auf dem Bild?« Solange Erinnerung frisch ist, stellen sich diese Fragen nicht. In den Familien, bei denen das Schicksal den Rotstift angesetzt und Leben, Heimat, Hoffnung gestrichen hatte, wären sie einfach zu schmerzhaft, zu unerträglich gewesen. Ein Tag kommt, ein Tag geht. Morgen ist nur ein Versprechen.

In diesen frühen Maitagen schwiegen die Waffen bereits im Norden. Ein paar Stunden früher als anderswo. Ein paar Stunden früher endete hier das Töten. Ein paar Stunden früher sahen sich die Menschen um und erahnten vielleicht vage, was sie verloren hatten. Montgomerys Armee traf in Schleswig-Holstein nur noch auf vereinzelten Widerstand. Und sie traf auf Leere. In den Gesichtern, in den Herzen. Ihr Sieg musste den Siegern schal erscheinen, wenn sie dieses Totenland betraten. Denn auch die Lebenden waren mit den Toten fortgegangen. Gerissen in jenen Höllenschlund, den sie so willig zu öffnen bereit gewesen waren. Aber selbst der Teufel nimmt nicht jeden auf, so dass er wohl entschied, sie mögen weiterleben in ihrem ewigen Tod.

Druwe saß am Küchentisch in der Hinterhofwohnung unweit der Roten Straße. Er trank Evas Lieblingstee. Es war die letzte Tasse. Sie hatte ihren kostbaren kleinen Vorrat mit Hanne geteilt. Hanne war vorgestern mit ihren beiden Kindern und dem gebrechlichen Schwiegervater bei ihnen eingezogen. Die Familie hatte ihr Hab und Gut in Hinterpommern verlassen. Der klapprige Kahn, auf dem sie sich über die Ostsee gerettet hatten, war im Flensburger Hafen gesunken. Hanne weinte in beiden Nächten. Druwe hatte ihr leises Wimmern durch die dünnen Wände gehört. Am Morgen waren ihre Augen rot, aber sie lachte mit ihren Kindern. Druwe betrachtete das Brot, das Eva sauber in der Mitte geteilt hatte.

»Es reicht für alle. Ich werde mit Hanne zum Rathaus gehen. Ihre Zuteilungsscheine sind falsch ausgestellt. Das sind nur Rationen für eine Erwachsene und ein Kind«, sagte sie.

Eva Steinfeld stand neben Jens Druwe und presste seinen Kopf an ihre Flanke. Bei ihr fühlte er sich geborgen. Seine Verzweiflung hatte ihn vor zwei Tagen überwältigt. Er hatte sich gewünscht, auch er könnte weinen. Wie Hanne. Aber alles in ihm schien so hart, so fern. Unauflösbar und unerreichbar für seine Tränen.

»Ich war heute schon beim Postamt.« Eva zog einen Umschlag aus ihrer Schürze. Elsbeths Mann war Däne und durfte seine Post über Dänemark verschicken. Die Deutsche Reichspost hatte außerhalb des Großraums Flensburg ihren Dienst eingestellt. Sie nahm zwei Postkarten aus dem Kuvert. Die beiden Karten waren in winziger Schrift eng beschrieben. Eine reichte sie Druwe.

»Von Lupo.« Sie strahlte und begann vorzulesen:

Liebe Eva, meine Ruhe in Sønderborg währte nur kurz. Die Dänen haben mich interniert. Alle Deutschen sollen ausgewiesen werden, heißt es. Nun sitze ich also wieder in einem Lager. Es ist wohl meine Bestimmung. Herr Jørgensen versprach mir, er werde sofort Kontakt aufnehmen zu Genossen in Odense und Kopenhagen. Sie wollen sich für mich verbürgen. Trotz allem bin ich guter Dinge. Der Hunger schreckt mich nicht. Und hier schlagen sie einen nicht. Ich brauche nur eine Decke und ein Lager. Eine Suppe am Tag und ein wenig Ruhe. Habe noch ein wenig Geduld mit mir. Ich stehe wieder auf. Ich komme zurück. Dein Dich ewig liebender Bruder Lupo.

Eva weinte vor Freude. »Er lebt«, flüsterte sie. Dann sah sie Jens Druwe neugierig an, der die zweite Karte in seiner Linken hielt. »Was schreibt er an dich, Jens?«, fragte sie.

Auch er las vor:

Herr Inspektor Druwe, ich habe eine zweite Karte von einem Mithäftling hier erhalten. Er hat niemanden mehr, dem er schreiben könnte. Wie reich bin hingegen ich, da ich Eva an meiner Seite weiß. Auf diese Weise kann ich auch ein paar Zeilen an Sie richten. Ein Geschäftsfreund von Herrn Jørgensen brachte mir vor zwei Tagen einen Brief von Eva. Nun weiß ich einiges über Sie. Ich denke nun, Eva hatte recht, als sie davon sprach, dass Sie anders sind. Sie sollen wissen, dass ich Ihnen in dieser Sache danke. Um mich geht es dabei schon lange nicht mehr. Einzig meine Schwester und die Hoffnung auf eine gerechtere Zukunft lassen mein Herz weiterschlagen. Durch Ihre Haltung haben Sie ein wenig dazu beigetragen, dass diese Hoffnung fortlebt. Aber eines sollen Sie wissen, Herr Druwe. Wenn Sie meiner Schwester jemals wehtun, dann wird Sie ein alter Sozialdemokrat so durchdreschen, dass Sie wünschten, Sie wären in Stalingrad geblieben. Mir scheint, wir beide kennen eine Frau, die uns die Hoffnung zurückgegeben hat. Enttäuschen Sie mich bitte nicht, Herr Druwe. Ich sehe Sie wieder. Hochachtungsvoll, der Rote Ludwig Steinfeld.

... UND ABGESANG

»Grenger, verdammt, wie sehen Sie aus? Reißen Sie sich zusammen. Der Reichsführer erwartet Sie für den abschließenden Bericht.«

SS-Arzt Gebhardt wusste nicht recht, ob er als ranghöherer Offizier oder als besorgter Mediziner mit dem Mann sprechen sollte. Vor ihm stand der Sonderadjutant Himmlers, der offenbar bereits seit Monaten alle wichtigen Fragen einer gut organisierten Absetzbewegung von SS-Kameraden und Parteifreunden koordinierte. Grenger hatte Gebhardt gegenüber zwar einige Andeutungen gemacht, aber Genaueres wusste der Arzt nicht. Und auch Heinrich Himmler, sein Freund aus Jugendtagen, schien sich gänzlich auf Grengers Organisationstalent zu verlassen. Er wirkte trotz der nächtlichen Fahrten von Hohenlychen nach Schwerin und dann weiter nach Plön und Flensburg fast euphorisch. Schon mehrmals hatte sich der Arzt gefragt, ob sein berühmter Patient vielleicht an einer Psychose leiden könnte.

Jeder andere, der von den Eingebungen seiner Ahnen und den Stimmen des »Ersten« gesprochen hätte, wäre sicher in einer geschlossenen Anstalt gelandet. Aber dieser Mann hatte ein Jahrzehnt die Geschicke des Reichs aus dem Hintergrund gelenkt. Nie hatte eine Person außer dem Führer mehr Macht auf sich vereint. Er befehligte die Schutzstaffel und die Gestapo, den Sicherheitsdienst und die Reichspolizei. Er hatte den inländischen Geheimdienst unter seiner Kontrolle und war am Aufbau der Waffen-SS beteiligt gewesen. Seit zwei Jahren war er auch noch Reichsinnenminister. Seit einigen Wochen gab er sich nun als internationaler Staatsmann. Er hatte mit dem schwedischen Vertreter des Roten Kreuzes, Graf Folke Bernadotte, über die Freilassung von Häftlingen aus den Konzentrationslagern verhandelt. Sogar mit Norbert Masur, dem Vertreter des Jüdischen Weltkongresses, hatte er vorher in der Nähe von Berlin über den Freikauf von jüdischen Gefangenen gesprochen. Himmler hatte sich durch die Handlungsunfähigkeit des Führers in Berlin ermächtigt gesehen, einen Separatfrieden mit den Westmächten auszuhandeln. Und nun, nach dem Tod Hitlers, wollte er auch dessen Nachfolge als Reichskanzler antreten. Gebhardt wusste, dass all diese Hirngespinste wie Seifenblasen zerplatzt waren.

Bernadotte hatte keine Vollmachten gehabt. Masur war nicht gewillt, angesichts der nahenden deutschen Niederlage auf alle absurden und dreisten Forderungen des Reichsführers einzugehen. Schließlich hatte noch der amerikanische Befehlshaber, General Eisenhower, betont, dass es keine Sonderverträge mit den Westalliierten, sondern nur eine bedingungslose Kapitulation an allen Fronten geben könne. Zu Himmlers Verdruss hatte Hitler dann Großadmiral Dönitz zum neuen Reichspräsidenten ernannt. Und dieser vertrocknete Marine-Heini hatte den Reichsführer eiskalt abblitzen lassen. Für Männer wie Himmler gebe es keinen Platz in einem neuen, sauberen Deutschland, hatte der Marineoffizier mit der scheinbar weißen Weste erklärt. Alle

Hoffnungen ruhten jetzt auf dem Sonderkommando, das Himmlers Adjutant geleitet hatte. Gebhardt hatte vor einigen Tagen auch den zweiten Mann, Hilmarsson, in der Nähe von Berlin kennengelernt. Aber der war nicht aufgetaucht, obwohl er dem Reichsführer zusammen mit Grenger Bericht erstatten sollte.

Nein, dachte Gebhardt und betrachtete den zitternden Grenger. Für meinen alten Freund Heinrich ist es in den letzten Tagen gar nicht gut gelaufen. Für uns alle nicht, fügte er im Stillen hinzu. Aber wenn schon nur die Flucht als letzter Ausweg bleibt, dann sollen wenigstens die Taschen prall gefüllt sein.

»Gebhardt, bitte helfen Sie mir.« Grenger roch nach Alkohol, war unrasiert und stank nach Schweiß. Angstschweiß, dachte Gebhardt, der schon immer über die brillante Gabe verfügt hatte, Menschen schnell einschätzen zu können. Der Mann kommt fast um vor Angst.

»Mensch, Grenger. In einer Stunde wird der Reichsführer vor seinen fünfzig wichtigsten Vertrauten aus den Hauptressorts sprechen. SD, Reichssicherheitshauptamt, Gestapo. Dabei soll der Grundstein für eine Zukunft unserer Bewegung nach dem Frieden gelegt werden. Wir müssen Dönitz kräftig in den Arsch treten. Das waren seine Worte. Der arrogante Schweinehund wird sich schnell mit den Schwachköpfen in seinem Kabinett den Unmut der Volksgenossen zuziehen. Soll er doch die Kastanien aus dem Feuer holen, die Friedensbedingungen aushandeln und den ersten Aufbau organisieren. In zwei oder drei Jahren übernehmen wir wieder das Ruder, und die Leute werden uns zujubeln. Himmler will in Zukunft die Fehler des Führers vermeiden. Wir können nicht so tun, als wären wir allein auf dieser Welt. Aber wir werden an ihrer Spitze stehen. Amis, Engländer und das restliche Judenpack werden nach unserer Pfeife tanzen. Wie gesagt, das waren die Worte des Reichsführers. Um Himmels willen, Grenger, er braucht die Ergebnisse Ihrer Arbeit.«

Die Worte hatten sein Gegenüber gänzlich in sich zusammensinken lassen. Hier saß ein typischer Vertreter jener arischen Elite, die sich bisher in fein geputzter schwarzer Uniform immer aus allem Dreck herausgehalten hatte. Der Mann war weder an der Front gewesen, noch hatte er sich die Finger bei Einsatzkommandos, Säuberungen oder im KL schmutzig gemacht. Gebhardt kannte das. Es gab brillante Theoretiker unter den Medizinern: Anatomen, Pathologen, Biochemiker, sogar Chirurgen, die jede noch so kleine Einzelheit des Körpers kannten. Sie konnten darüber dozieren, Vorträge halten, reisten herum und gaben ihr Wissen zum Besten. Aber Männer wie Gebhardt waren durch Blut und Eingeweide gewatet. Wenn es um Leben und Tod ging. Wenn nicht totes Fleisch, sondern das erbärmlich röchelnde Leben vor einem lag. Wenn das Geschick des Chirurgen zum verlängerten Arm Gottes wurde. Ja, das Blut stählte den deutschen Mann. Gebhardt hatte für den ideologischen Schund vieler Parteigenossen nichts übrig, aber er glaubte fest daran, dass nur ein Mann, der durch Blut gegangen war, stärkste Belastungen aushalten konnte. Er selbst war solch ein Mann, Grenger nicht.

»Ich gebe Ihnen eine Spritze, Grenger. Danach waschen Sie sich. Klauen Sie einer Sekretärin das Duftwasser, oder reiben Sie sich mit Veilchenöl ein. Aber wenn Sie in einer Viertelstunde immer noch so stinken, werde ich dem Reichsführer empfehlen, Sie erschießen zu lassen. Haben Sie mich verstanden?«

Grenger nickte verunsichert. Daraufhin öffnete der Leibarzt Himmlers seine Arzttasche. Äskulapstab und Sigrune waren in Goldfäden in die Seiten der aus butterweichem Anilinleder gefertigten Tasche eingelassen. Ein Geschenk seines Freundes, des Reichsarztes der SS Ernst-Robert Grawitz, aus besseren Tagen. Gebhardt zog Pervitin in einer Spritze auf. Das Amphetamin hatte schon hysterische Hausfrauen, überforderte Panzerfahrer und verängstigte Fliegeranwärter auf Linie gebracht. Nicht zuletzt hatte der Führer bis zuletzt auf das Beruhigungs- und Aufputschmittel geschworen. Der Arzt schmunzelte fast unmerklich. Laut seinen Berechnungen waren in den Kriegsjahren über zweihunderttausend Kilo der Reinsubstanz in deutsche Körper gepumpt worden. Erschöpfung, Angst und Unruhe peinigten die rassisch überlegene deutsche Seele doch erstaunlich oft.

Fünf Kubik sollten reichen, dachte Gebhardt. Sonst erklärt sich Grenger noch selbst zum neuen Führer.

Arm, Gummischlauch, Kanüle, Vene. Routine. Dann endlich fand der flüssige Trost seinen Weg auch in die Zellen des Untersturmführers. Noch während der Injektion schloss der Mann die Augen und seufzte, bevor er tief ausatmete. Die Dämonen des Zweifels verlassen danach immer meinen Geist, hatte Hitler einmal zu seinem Leibarzt Morell gesagt, als er eine solche Spritze erhalten hatte.

Eine halbe Stunde später saßen Himmler und Gebhardt im Vorzimmer des großen, pompösen Besprechungssaals des Flensburger Polizeipräsidiums. Dumpf vernahm der Arzt die Geräusche, die durch die Tür drangen. Der Raum nebenan füllte sich bereits mit den Geladenen.

»War Grenger schon da?«, fragte Himmler.

Haar und Uniform saßen wie immer korrekt. Die runde Brille und die kleinen stechenden Augen hatten schon viele Untergebene und Verhandlungspartner verunsichert. Gebhardt kannte seinen Freund jedoch besser. Heinrich Himmler litt an allerlei nervösen Störungen. Er habe die Last seiner Ahnen zu tragen und ihr Erbe zu verwirklichen, sagte er immer. Angesichts dieser Bürde dürften auch Titanen ein wenig nervös werden. Aber Himmler war ein Hosenscheißer, das wusste sein Freund. In Jugendjahren wurde er oft verprügelt, mit seiner Fistelstimme rief er dann Gebhardt um Hilfe. Lustlos hatte er studiert und anschließend als Laborant gearbeitet. Schon früh hatte sich dann mit Hitler seine wahre Berufung angedeutet. So wurde er dessen »treuer Heinrich«. Insgeheim glaubte Himmler, dass der Führer ihm nur den

Weg bereiten würde. Sein Wahrsager, der Säufer und Okkultist Wiligut, hatte ihm dies eingeflüstert. Nach dem Führer würde Heinrich kommen, eine Misch-Inkarnation aus dem jetzigen Himmler und dem mittelalterlichen König Heinrich I.

Aber sollen die doch glauben, was sie wollen, dachte Gebhardt. Hauptsache, ich kann meine Arbeit bald wieder aufnehmen.

Himmler hatte ihm eine Klinikstadt versprochen. Nach dem Krieg würde Gebhardt das größte Zentrum für Medizin in Europa leiten. Menschenmaterial aus den Lagern gäbe es dann genug. Versehrte und Krüppel hofften auf Wunder. Und rassisch Minderwertige würde man, in kleinerem Rahmen zwar, weiterhin von ihrem Dasein erlösen. Auch das hatte Himmler versprochen.

»Mein lieber Karl, wir kommen jetzt zu dem würdigen Abschluss einer unruhigen Zeit. Die Tage des Führers sind vorbei. Es ist wichtig, dass wir die wichtigsten Gefolgsmänner schützen. Wir sind eine Blutgemeinschaft. Und Gemeinschaft bedeutet, dass wir uns nicht selbstsüchtigen Motiven hingeben. Ich könnte natürlich schon in Schweden sitzen oder sogar mit Eisenhower seinen fürchterlichen Bourbon trinken. Nein, Karl, ich bin geblieben. Ich weiß, wo mein Platz ist. An der Spitze dieses Volkes. Und an der Seite meiner Männer. Weil mir diese Männer wichtig sind. Weil sie wichtig sind für die Zukunft des deutschen ...«

In diesem Moment trat Untersturmführer Grenger in den Raum. Gebhardt hielt in Erwartung eines Desasters kurz den Atem an. Der Adjutant Himmlers hatte sich jedoch gefangen. Blass, aber rasiert stand er da und grüßte. Tatsächlich nahm Gebhardt den süßlichen Duft von Kölnisch Wasser wahr. Himmler verstummte und wies Grenger an, ihm Bericht zu erstatten. Und wieder einmal erlebte SS-Arzt Gebhardt eine erstaunliche Verwandlung seines Freundes. Eben war er noch der wiedererstandene Heinrich, Hoffnungsfigur des neuen Reichs. Und jetzt fiel er in sich zusammen. Grenger schilderte ihm, dass die Pläne für eine geordnete Flucht aufgedeckt worden seien. Er nannte Namen, aber Gebhardt war zu benommen, sie sich zu merken. Die meisten Geldkoffer seien schutzlos dem Zugriff der Alliierten ausgeliefert. Die an den Bahnhöfen in Schließfächern befindlichen Koffer könnten nicht an die Empfänger übergehen, da das Code-Buch mit den Namen, Nummern und Orten verschwunden sei. Und zu allem Überfluss habe sich Hilmarsson, der die Ausführung und Abwicklung überwachen sollte, aus dem Staub gemacht. Nach Grengers Schilderungen wurde es still im Raum. Es war, als befänden sich die drei Männer in einem Vakuum. Dann katapultierte die alles entscheidende Frage sie zurück in die Wirklichkeit.

»Was bedeutet das, Grenger? Wie viel haben wir?« Himmlers Stimme war leise, fast wirkte sie gebrochen.

»Ich habe ein paar Vorkehrungen für Sie persönlich getroffen, Herr Reichsführer.« Der Mann zögerte kurz. »Ein paar Tausend Reichsmark kann ich auftreiben. Die neuen Kennkarten und die Soldbücher der Marine sind bereit. Kleidung und Uniform sind auch vorhanden.«

»Ein paar Tausend Mark?«, flüsterte Himmler. »Das ist alles?«

Grenger nickte. »Es ist zu gefährlich, nach Esbjerg auszuweichen. Wenn Hilmarsson die Fischer und Frachterkapitäne nicht bezahlt hat, dann sitzen wir da fest. Ganz zu schweigen von den Zielorten. Egal, ob Stockholm, Halifax, Buenos Aires. Überall brauchen wir Geld, viel Geld, um weiterzukommen. Ich könnte zwar Kontakte zu ein paar ausgewanderten Familien herstellen, aber die Zeit drängt, Reichsführer. Das Beste ist, zunächst im Reich zu bleiben. Vielleicht können wir die Kameraden im Süden ...«

»Sie haben versagt, Grenger.« Himmlers Stimme klang schneidend kalt.

»Reichsführer. Wenn Hilmarsson nicht ...«

»Schweigen Sie!« Himmlers Stimme war zwar leise, aber er hatte sich binnen weniger Sekunden gefangen. So erlebte Gebhardt, sein

Freund aus der Jugendzeit, augenblicklich die erneute Verwandlung des Menschen Himmler. Jetzt ging es nur noch um ihn. Rücksichtslos würde er alles dafür tun, um selbst zu überleben. Alte Versprechen und Treueschwüre werden diesen Mann einen Scheißdreck interessieren, dachte der Arzt. Und alte Freundschaften ebenso wenig.

»Ich sollte Sie auf der Stelle erschießen lassen, Grenger«, sagte Himmler. »Und Hilmarsson werde ich ganz sicher erschießen lassen, sobald er auftaucht. Sie beide haben Millionen auf dem Gewissen. Nicht nur das Geld. Es ist die Zukunft dieses Volkes, die Sie weggeworfen haben. Diese Aktion sollte unsere Rückversicherung sein. Und jetzt? Ein paar Tausend.« Er schluckte. »Die Zeit drängt. Kratzen Sie alles zusammen, was wir haben, Grenger. Und wir brauchen einen unauffälligen Wagen. An den Engländern müssen wir sowieso zu Fuß vorbei. Wenn wir in Hamburg untertauchen können, werde ich Freunde in Rom kontaktieren. Ganz untätig war ich ja nicht. Wir brauchen Mittelsmänner für die Schweiz. Ich hatte gedacht, dass wir das Geld dort erst einmal für einige Jahre unangetastet lassen können. Bis hier wieder Ruhe eingekehrt ist. Aber jetzt sieht die Lage anders aus. Nun gut, meine Herren. Das bleibt unter uns. Ich habe eine Rede zu halten.« Himmler wirkte nun gefasster. »Sie wird dann eben ein wenig kürzer ausfallen als geplant. Und manchem Kameraden wird sie nicht gefallen. Aber nun ja, das Schicksal des Reichs verlangt eben auch Opfer.« Himmler trat in den Versammlungsraum und ließ Gebhardt und Grenger zurück.

Auch das kannte der Arzt. Heinrich Himmlers Fahne musste in den Wind, auch wenn dieser sich gerade um hundertachtzig Grad gedreht hatte.

NACHWORT

Wie viel Fiktion ist zulässig in der Darstellung einer (vergangenen) Wirklichkeit, die grausamer und menschenverachtender nicht hätte sein können? Auf diese Frage wird es wohl keine abschließende Antwort geben. Zu sehr hängt sie von persönlichen Überzeugungen und Bewertungen ab. Es mag aber gelten, dass es nicht die Aufgabe eines Autors ist, sein Publikum belehren und zum Verständnis zwingen zu wollen. Anmaßend und öde zugleich wäre ein solcher Versuch zum Scheitern verurteilt. Konkret am Beispiel des (fiktiven) Menschen Jens Druwe bedeutet das: Ich möchte gar nicht, dass er allzu leicht verstanden wird. Vielmehr liegt gerade der Reiz darin, zu erkennen, wie ungeheuer schwierig es ist, ihn (und damit allgemein den Menschen) zu verstehen.

Literarisch Erdachtes bleibt immer, was es ist, nämlich ein Konstrukt, ein im Geist konstruiertes Etwas. Es dringt bereits in die Wirklichkeit ein, sofern es nur wirkt. Und es wirkt eben dann, wenn LeserInnen sich vom Stoff angesprochen fühlen, wenn etwas »in ihnen und mit ihnen geschieht«. Im selben Moment schon verschwimmen die Grenzen von Realität und Fiktion. Fiktionen erfassen das Wirkliche nicht, sie sind immer (Sprach-)Suggestionen. Insofern stellt sich bei ihnen sehr wohl die Frage nach der Zulässigkeit, denn jede Suggestion birgt in sich schon die Möglichkeit der Manipulation. An diesem Punkt wird die eingangs gestellte Frage zu einer ethischen. Kontroverse Haltungen sind auch hier die zwangsläufige Folge. Und einem Diskurs darüber stelle ich mich gern.

Die historischen Hintergründe von »Totenland« wurden von mir nicht verändert. Dadurch sollte die Handlung des Kriminalfalls möglichst authentisch bleiben:

Der Zweite Weltkrieg endete durch Kapitulation der deutschen Truppen am 8./9. Mai 1945. Berlin und viele andere Städte Europas lagen in Trümmern. Zahlreiche NS-Akteure setzten sich aus der Hauptstadt ab. Hitler beging am 30. April Selbstmord in seinem Bunker. Und in Flensburg bildete Großadmiral Dönitz eine geschäftsführende Reichsregierung, die mit Duldung der Alliierten noch bis zum 23. Mai 1945 Bestand hatte.

Über Süddeutschland, Italien und Spanien kam es zu einer großen Fluchtbewegung von ranghohen Nazi-Funktionären und Kriegsverbrechern. Für deren Fluchtrouten (meist nach Südamerika) wurde schnell die plakative Bezeichnung »Rattenlinie« gefunden. Dass es auch eine »Rattenlinie Nord« gab, war lange Zeit nur Fachleuten bekannt. Die Zahl der über Norddeutschland ins Ausland entwichenen Täter war zwar geringer. Dafür war die Zahl der von dort aus im besiegten Deutschland untergetauchten Verbrecher höher. Wie im Roman beschrieben, wurden diese im Flensburger Polizeipräsidium und der Marineschule Mürwik mit falschen Pässen, Soldbüchern und Uniformen versorgt. Viele SS-Täter konnten auf diese Weise in der Nachkriegszeit einfach in der Heimat bleiben. Sie nahmen Tätigkeiten in Polizei, Verwaltung und Politik auf und knüpften oft nahtlos an alte Karrieren an.

Heinrich Himmler, Befehlshaber der SS und der Polizei, versuchte sich Ende April 1945 ebenfalls abzusetzen. Er flüchtete über die im Roman angedeutete Route nach Flensburg. Dort gewährte ihm Dönitz nicht die erhoffte Beteiligung an einer neuen Regierung. Er floh später durch Schleswig-Holstein über die Elbe nach Niedersachsen, wo er nach seiner Gefangennahme am 23. Mai 1945 Selbstmord beging.

Das Zuchthaus und Konzentrationslager Fuhlsbüttel (kurz »Kolafu«) in Hamburg hat es wirklich gegeben. Es gehörte zwar nicht zu den »großen« Lagern oder gar zu den Vernichtungslagern, in denen Millionen Menschen umkamen. Aber die überlieferten Haftbedingungen waren – wie in allen Konzentrationslagern – unvorstellbar grausam.

Das Kürzel »KL« wurde im NS-Sprachgebrauch als Kurzform für »Konzentrationslager« genutzt. Es ist unklar, ab wann sich die heute übliche Abkürzung »KZ« durchsetzte und welche Gründe es dafür gab. Der Mordfall selbst ist fiktiv. Ebenso sind es die direkt darin verwickelten Personen. Vorbereitungen für ein Untertauchen vieler SS-Verbrecher wie Otto Ohlendorff, Reinhard Glücks und Rudolf Höß (Kommandant des Lagers Auschwitz) hat es gegeben, auch waren diese Männer tatsächlich nach Norddeutschland geflüchtet. Allerdings sind die Figuren der beiden »Sonderadjutanten« Grenger und Hilmarsson erfunden.

Die in Druwes Rückblenden erwähnten Massaker an der russischen und jüdischen Bevölkerung im Rahmen des Ostfeldzugs hat es wirklich gegeben. Auch die sogenannten Säuberungsaktionen durch die Polizeibataillone sind historisch verbürgt. Ebenso hat es im großen Stil regelrechte »Beutezüge« von NS-Politikern und SS-Offizieren in den besetzten Gebieten gegeben. Edelmetalle, wertvolles Mobiliar und Kunstgegenstände wurden geraubt und unterschlagen.

Ich habe mich jederzeit bemüht, auch die fiktiven Elemente authentisch zu gestalten. So sind die geschilderten Alltagssituationen, die erdachten Bedingungen von Steinfelds Haft, die polizeilichen Ermittlungen und die Beschreibung der bis zum Schluss fortbestehenden Terrormaßnahmen des NS-Regimes auf der Grundlage monatelanger, ausführlicher Recherchen entstanden.

Eine bedeutende (den Ort Flensburg betreffende) Ausnahme will ich nicht unerwähnt lassen. Den im Roman erwähnten Museumsberg gibt es zwar wirklich, und dort wurden auch Schutzbunker erbaut, aber das vom Polizeipräsidium zum Berg führende Tunnelsystem und die riesigen, unterirdischen Räumlichkeiten unter dem Berg entspringen meiner Phantasie.

Ich verneige mich in Hochachtung und mit tief empfundenem Respekt vor den Opfern des Nationalsozialismus und ihrem Leid. Es kann und darf in der Bewertung dieses Leids keine Relativierung geben. Wohl aber beginnt Relativierung immer dort, wo Vergessen einsetzt. Und ich möchte nicht, dass vergessen wird. Meine Fiktion ist Vision, weil ich glaube, dass Sprache die beteiligten Gefühle wachhält. Und diese Gefühle sind wichtiger als die »nackten Tatsachen« und harten Fakten. Erkenntnisse aus der modernen Trauma-Forschung untermauern diese These. Eine beliebige Opferzahl können wir unbeteiligt (und emotionslos) betrachten. Wenn Opfer aber eine Geschichte bekommen, wenn wir ihnen in die Augen sehen (und sei es durch Fiktion), dann treten wir aus unserer inneren Anonymität heraus. Genau dann müssen wir Stellung beziehen. Die Gefühle lassen sich nicht betrügen. Und an unserem Mitgefühl für leidende Menschen entscheidet sich unser eigenes Menschsein. Gestern, heute und morgen.

Michael Jensen
Blutgold
Syndicat Berlin
Kriminalroman
462 Seiten. Broschur
ISBN 978-3-7466-3794-5
Auch als E-Book lieferbar

Legendär und kriminell

Berlin nach dem Ersten Weltkrieg. Glücksspiel, illegale Wetten, kleinere Diebstähle – so sehen die Geschäfte der Brüder Sass aus. Doch dann gerät ihre ganze Familie ins Visier der Polizei, als Rosa Luxemburg und Karl Liebknecht ermordet werden. Die Ermittlungen drohen für sie in einer Katastrophe zu enden. Bis ihre verschollen geglaubte Tante Antonia auftaucht und das Heft in die Hand nimmt. Mir ihrer Hilfegelingt es den Brüdern Sass nicht nur, vorerst den Kopf aus der Schlinge zu ziehen – ihnen steht auch ein einzigartiger krimineller Aufstieg bevor, der nicht nur die Polizei, sondern auch mächtige Neider auf den Plan ruft.

Packend und nach wahren Begebenheiten erzählt – wie die Verbrecherbande Sass ganz Berlin in Aufruhr versetzt

Regelmäßige Informationen erhalten Sie über unseren Newsletter.
Jetzt anmelden unter: www.aufbau-verlage.de/newsletter

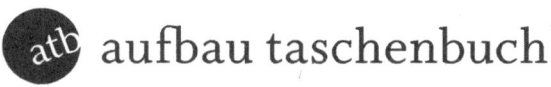

Michael Jensen
Blutige Stille
Syndicat Berlin
Kriminalroman
444 Seiten. Broschur
ISBN 978-3-7466-3795-2
Auch als E-Book lieferbar

Kriminelle Geschäfte

Unruhige Zeiten in Deutschland, doch die Sass-Brüder haben sich mit
ihrem Syndicat nicht nur in der Unterwelt einen Namen gemacht. Sie
handeln mit allem: Schnaps, Autos – und Waffen. Durch einen irischen
Mittelsmann beliefert das Syndicat sogar die IRA. Dann jedoch wird
1922 der deutsche Außenminister Walter Rathenau erschossen, und eine
Spur führt auch zum Syndicat. Für Franz Sass wird die Sache allmählich
zu heiß. Wenig später steht er selbst unter Mordverdacht.

Spannend und zugleich höchst unterhaltsam: ein Blick in die zwanziger
Jahre, so wie man ihn noch nie gesehen hat. Nach wahren Begebenheiten erzählt.

Regelmäßige Informationen erhalten Sie über unseren Newsletter.
Jetzt anmelden unter: www.aufbau-verlage.de/newsletter

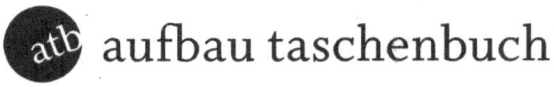

Michael Jensen
Blutiger Schnee
Syndicat Berlin
Kriminalroman
448 Seiten. Broschur
ISBN 978-3-7466-3991-8
Auch als E-Book lieferbar

Opium fürs Volk

Berlin im aufregenden Jahr 1925. Die Sass-Brüder, ehemals Kleinkriminelle, die sich ganz nach oben gearbeitet haben, planen den nächsten Coup. Mit einem chinesischen Partner wollen sie Opium in die Hauptstadt bringen. Ihre Rechnung scheint aufzugehen. Der Stoff wird ihnen förmlich aus den Händen gerissen, doch immer wieder werden Überfälle auf ihre Transporte verübt. Offenbar sind auch andere Kreise an den Drogen interessiert. Und dann taucht auch noch ein zwielichtiger Politiker auf, der von Franz Sass Informationen will und auch vor Erpressung nicht zurückschreckt. Seine Name: Joseph Goebbels.

Ein Roman über die berühmteste Verbrecherbande Berlins – und zugleich ein packendes Bild über Deutschland in den zwanziger Jahren

Regelmäßige Informationen erhalten Sie über unseren Newsletter.
Jetzt anmelden unter: www.aufbau-verlage.de/newsletter

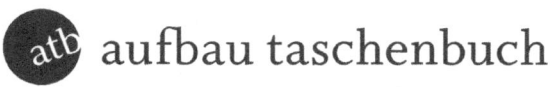

Michael Jensen
Blutiges Erbe
Syndicat Berlin
Kriminalroman
400 Seiten. Broschur
ISBN 978-3-7466-4029-7
Auch als E-Book lieferbar

Die Jagd nach dem Roten Erbe

Herbst 1925. Ein ungewöhnlicher Mord lässt Franz Sass und sein Syndicat aufhorchen. Auf dem Ufa-Gelände in Potsdam ist ein russischer Diplomat ermordet aufgefunden worden, ein Bekannter des Regisseurs Sergej Eisenstein, der gerade seinen Revolutionsfilm »Panzerkreuzer Potemkin« abgedreht hat. Offenbar sind Spione in Berlin unterwegs, die nach dem »Roten Erbe«, dem Geld russischer Adeliger, suchen. Franz Sass wittert ein Geschäft – warum sollte nicht er sich um das Vermögen der russischen Exilanten kümmern? Doch nicht nur Susanne, die Frau an seiner Seite, sondern auch die anderen Mitglieder des Syndicats ahnen, in welche Gefahr er sich damit begibt.
Hochspannend und unterhaltsam – die Zeit der Weimarer Republik aus einem ganz anderen Blickwinkel erzählt

Regelmäßige Informationen erhalten Sie über unseren Newsletter.
Jetzt anmelden unter: www.aufbau-verlage.de/newsletter

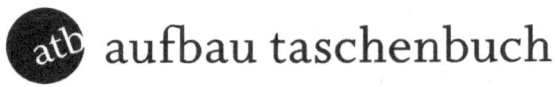

Michael Jensen
Bluthunde
Syndicat Berlin
Kriminalroman
429 Seiten. Broschur
ISBN 978-3-7466-4175-1
Auch als E-Book lieferbar

Der spektakulärste Coup von Berlin

Sommer, Ende der 1920er Jahre: die beste Zeit der Weimarer Republik. Für die Sass-Brüder und ihr Syndicat wird das Pflaster in Berlin jedoch allmählich zu heiß. Zu sehr sind sie ins Visier der Behörden geraten. Franz Sass plant einen letzten großen Coup: In einem der Tresore der Commerz- und Disconto-Bank sollen eine Million Reichsmark aus illegalen Wahlkampfspenden liegen. Mit dieser Beute hätten die Brüder endgültig ausgesorgt. Doch mit dieser Aktion legen sie sich mit einem höchst gefährlichen Feind an: Joseph Goebbels.

Das grandiose Finale der Syndicat-Reihe

**Regelmäßige Informationen erhalten Sie über unseren Newsletter.
Jetzt anmelden unter: www.aufbau-verlage.de/newsletter**

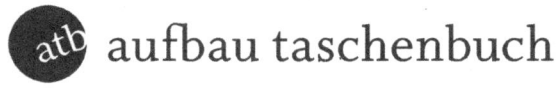